MADERA
DE SAVIA AZUL

Date: 10/2/20

Madera
de savia azul

José Luis Gil Soto

Primera edición: marzo de 2019

© 2019, José Luis Gil Soto
© 2019, Penguin Random House Grupo Editorial, S. A. U.
Travessera de Gràcia, 47-49. 08021 Barcelona

Printed in Spain – Impreso en España

ISBN: 978-84-666-6535-3
Depósito legal: B-2.100-2019

Compuesto en Comptex & Ass., S. L.

Impreso en Liberdúplex S. L. U.
Sant Llorenç d'Hortons (Barcelona)

BS 6 5 3 5 3

Penguin
Random House
Grupo Editorial

A Pilar, una ventana abierta al mundo

Y a Blanca y Helena, mis ahijadas

Fata viam invenient.
(El destino se abre sus propias vías)

PUBLIO VIRGILIO MARÓN,
Eneida.

La parte sur del palacio era muy hermosa, de paredes blancas y doradas, grandes ventanales y un estanque en el jardín que reflejaba los rayos del sol en los techos de maderas claras. Una amplia galería de suelo azulado se abría al exterior a lo largo de toda el ala, y hasta las estancias interiores llegaba el aroma de los jazmines y rosales fragantes que rodeaban los gruesos troncos de árboles recién brotados. La primavera, apasionada y rotunda, penetraba en el edificio hasta el último rincón.

La joven y su aya se acomodaron en el gabinete de lectura, donde se aspiraba el perfume de las flores mezclado con el viejo olor de los libros encuadernados con piel de ternero; y allí, al frescor de una ventana entreabierta, bajo la suave luz de la mañana, la mujer que había sido como una madre para ella desde que era una niña se dispuso a contarle su propia historia, el verdadero origen de la niña tornada en mujer a quien todos llamaban Ishalmha, la de los ojos de miel, la del cabello dorado, la de la sonrisa eterna. Cuéntame, le dijo, y la mujer borró su sonrisa cuando a sus ojos acudieron las nubes de la melancolía y, al fin, haciendo un esfuerzo para rescatar de la memoria hasta el último de los detalles, pronunció las primeras palabras con la serenidad de saber que iba a culminar para siempre la misión que un día le fue encomendada.

—Ha llegado la hora de que conozcas aquello que tanto te inquieta, querida niña. Rozas la juventud, y yo ya me siento vieja, y he retenido en la memoria demasiados secretos durante todo este tiempo. Conoce, pues, el misterio de tu origen y el futuro que te espera, pero toma asiento y come, y luego duerme, y despierta, y escucha con paciencia cuanto voy a contarte, un relato que se remonta a aquellos días en que yo era una humilde joven en mano de los sueños.

»Eran tiempos de paz en el país de la guerra. Los súbditos del rey Magmalión I no éramos ni pobres ni ricos, subsistíamos con el esfuerzo de nuestro trabajo y nos alimentábamos con lo poco que daba la tierra. Desde las montañas del norte hasta las llanuras fértiles del sur no había más que vastas explanadas, densos bosques y elevadas cordilleras, y únicamente Waliria, la capital donde florecía la corte Real, podía considerarse una ciudad en toda regla. Allí se alzaba el Gran Palacio donde vivía Magmalión, el Gran Jerarca, el Todopoderoso, el Príncipe de los Príncipes, que pasará a la historia por no haber manchado su tierra con una sola gota de sangre. Porque él era la Divina Justicia, y en sus dominios los malhechores pagaban con justicia y los bienintencionados vivían con largueza. La última epidemia conocida databa de tiempos de su padre, y la guerra más reciente había caído ya en el olvido. Los agoreros dijeron luego, cuando ya había sucedido el desastre, que los dioses no permiten a los hombres vivir placenteramente durante demasiado tiempo y que su ira se vierte con idéntica furia tanto si los humanos abrazan el mal como si experimentan demasiado gozo. Sea como fuere, este relato no pretende descifrar las intenciones de los dioses, sino contar la historia de un hombre humilde y bueno, una de esas almas que pasan por la vida sin hacer ruido y cuyo nombre nunca merecería la tinta de un libro. Y así habría ocurrido con él si no fuera porque su existencia, torcida cruelmente por el Gran Terremoto, cambió para siempre la historia del Gran reino de Ariok. Ahora voy a contarte esa historia, querida princesa, porque, aunque te ha sido ocultada desde siempre, esa historia es también tu propia vida.

PARTE I

LA IRA DE LA TIERRA

1

Desorientado y exhausto tomó al niño en sus brazos para alejarlo de las ruinas por si el terremoto volvía a repetirse. Salió a la calle y sus ojos vidriosos se cruzaron con los de su hijo, que lo miró despavorido y tembloroso. Por primera vez fue consciente del sufrimiento del pequeño, pero él, ya fuera por cobardía o por instinto, apartó la mirada y lanzó una ojeada alrededor. La gente huía de sus casas derruidas, gritaba en puro llanto con las manos en la cabeza; heridos y moribundos se arrastraban, y pedían auxilio para salvar sus vidas o las de sus familiares atrapados bajo los escombros. El barrio entero de los artesanos era una réplica del infierno o el infierno mismo, un caos espantoso y cruel. Vio al poderoso herrero arrastrarse sin una pierna; al curtidor con la mayor de sus hijas en brazos; al talabartero con la cabeza abierta mientras su esposa intentaba cortarle la hemorragia con sus propias manos; al sastre llorando y chillando enloquecido, tirándose de los pelos... Él gritó entonces frases incoherentes con las que pretendió pedir auxilio, palabras que se perdieron en el desastre y que después, transcurrido el tiempo, jamás lograría rememorar. Fue el último intento por aferrarse a una vida, la de su esposa, que ya se había extinguido.

Nunca supo cuánto tiempo estuvo allí, inmóvil y desesperado, sumergido en una espesa irrealidad mientras miraba a un lado y a otro sin poder creer lo que estaba sucediendo. Hasta que las voces de los soldados comenzaron a oírse a lo lejos y se fueron acercando a la velocidad con que sus cabalgaduras se lanzaban ladera abajo:

—¡Todos afuera! ¡Salid de la ciudad por la Puerta Sur! ¡Todos afuera! ¡Es una orden del rey!

Se llamaba Bertrand de Lis. Aquel día había madrugado como lo hacía siempre, con un ritual que parecía sacado de un manual de despertares. Se levantó a oscuras para no interrumpir el sueño de su mujer y de su único hijo, descorrió la cortina de la alcoba y la volvió a correr a sus espaldas, encendió una palmatoria para guiarse en la oscuridad y salió al pequeño patio donde crecía un laurel. Después de desperezarse con ganas tomó la luz titilante y entró en la cocina donde se encontraba el hogar, se sirvió un poco de café y con la taza humeante se dirigió a su pequeño taller de carpintería, que daba a la calle. Deslizó el cerrojo del postigo y lo dejó entreabierto para que penetrase el fresco y librase a la estancia de los vapores del barniz antes de retomar el trabajo que había dejado a medias al anochecer. Se sentía orgulloso del arca que estaba fabricando para un hombre influyente, un infanzón con fortuna. Cada vez recibía encargos más difíciles que, aunque no le gustase reconocerlo, lo aupaban a un lugar muy destacado del gremio de carpinteros. No había nadie que no lo llamase maestro.

Pasó la yema de los dedos por las piezas que había lijado la tarde anterior y asintió con satisfacción. Bajo una de ellas estaba el trozo de lija que había dejado a su hijo para que se entretuviese cuando acudió jugando con la pequeña hija del herrero. Ambos se habían afanado en el trabajo que les había encargado como si realmente fuese de gran importancia para el resultado final. Dos niños de apenas cuatro años imitando el gesto profesional del adulto fuerte y barbudo que tenían al lado. No pudo evitar enternecerse con la rememoración de la escena. ¿Llegaría el pequeño Erik a aprender de su padre como él lo hizo del suyo? ¿Se casaría algún día con la hija de Astrid y de Borg?

Detuvo sus pensamientos en Erik, un hijo demasiado pequeño para un padre tan mayor, aunque en realidad fuese al revés, él era un padre excesivamente mayor para un hijo tan pequeño, pero es que el matrimonio se le había presentado tarde, como si primero se hubiese casado con la madera y mucho después con Lizet, la dulce y maravillosa Lizet de Lodok, la única mujer capaz de sacarlo de entre los tablones, los barnices y el serrín, con aquella sonrisa que anticipaba la alegría y la ternura con que supo introducirlo en la magia del amor. Siempre tuvo Lizet una extrema habilidad para arrancarle una sonrisa, a él, a quien tenían por hombre serio y poco dado a expresar sus sentimientos. Pero ella lo había conseguido desde el primer día, lo había hecho reír a carcajadas y llorar de emoción, con ella era feliz y lo había sido toda su vida desde que se conocieron, y le había dado al pequeño Erik cuando ya habían perdido la esperanza de tener hijos, ambos demasiado mayores para ser padres pero lo suficientemente jóvenes para conservar la ilusión.

Se sentó y tomó entre sus manos un tablón de haya que había barnizado la tarde anterior y se dispuso a darle unos retoques. Por el postigo asomaba la primera luz del alba. Pensó entonces en el trabajo que se le acumulaba. Lizet y él habían convenido trasladarse pronto a una vivienda más grande que le permitiese ampliar también la carpintería, en la cual se hiciese ayudar por aprendices que fuesen ascendiendo y se quedasen con él para que el taller fuese creciendo, porque a veces se veía obligado a rechazar trabajos que nadie en Waliria podía realizar con tanta pericia como él. Su esposa tenía razón: había llegado la hora de expandirse.

Volvió a pasar sus dedos por la superficie barnizada de la madera y marcó mentalmente los puntos que tendría que retocar, introdujo el pequeño pincel en el recipiente de barniz y entonces vio con asombro que el líquido comenzaba a agitarse solo en el interior de la vasija. Ya no tuvo tiempo para más, porque la tierra se movió tan violentamente bajo sus pies que pareció que se quebraba el mundo.

Todo zozobró con fuerza a su alrededor. Instintivamente se puso en pie para ir en auxilio de su esposa y del pequeño, pero perdió el equilibrio y fue a dar de bruces contra la banqueta de trabajo: una vieja pieza de madera curada y dura como una piedra. Oyó gritos, chasquidos de madera rompiéndose, golpes de puertas y ventanas abriéndose y cerrándose con violencia, techos desplomándose con la facilidad de la lluvia. Los cascotes comenzaron a caer como si sobre el tejado se hubiese precipitado una montaña, hasta que se desprendió a grandes trozos sobre la mesa y el suelo cubierto de serrín.

El temblor duró unos segundos que fueron eternos, entre el ruido y la terrible sensación de que la vida se extinguiría en esos momentos. Luego cesó la zozobra, y con ella el estruendo, y con el estruendo el tiempo, que se paralizó un instante acompañado de un completo silencio, hasta que gradualmente fueron regresando a sus oídos los gritos desconsolados que terminaron por mezclarse en una sola voz. Perdió de nuevo el equilibrio al levantarse, como si todavía temblase el suelo, y a trompicones llegó a la alcoba donde solo pudo ver una desordenada montaña de maderos, tejas y cañas que lo cubrían todo y bajo la cual se oían los quejidos ahogados del niño. Únicamente del niño.

Bertrand se lanzó como un animal desesperado a retirar escombros. El más pesado de los maderos era difícil de mover y tuvo que hacer palanca con otro más fino que se partió al primer intento. Gritó enloquecido. ¡Aguanta, pequeño Erik, aguanta! Regresó al taller en ruinas con el corazón en un puño y rebuscó hasta localizar una pequeña palanca metálica que había quedado oculta bajo los tablones. De regreso a la alcoba introdujo la palanca bajo el madero y dejó caer su peso mientras bramaba con rabia, hasta que logró moverlo. Bajo aquel tronco viejo y pesado, a la luz tímida de un amanecer caótico, yacía Lizet inmóvil e inconsciente, con una herida en la cabeza de la que brotaba tanta sangre que se escurría por la sucia madera hasta el suelo. Con su cuerpo había protegido a su hijo, que se asfixiaría pronto si no se daba prisa en retirarla a ella. A Bertrand le fallaron las fuerzas cuando intentó apartar del todo la viga que le impedía liberar el cuerpo de su esposa. Sus manos resbalaron torpemente y varias astillas se le clavaron bajo las uñas; no sintió más dolor del que ya lo invadía. Lo intentó de nuevo y dejó al descubierto la fragilidad de su mujer.

Rodeó a Lizet con sus brazos y los huesos del pecho crujieron al sujetarla. Su corazón no latía. No, no latía. El suyo se heló en su interior de un golpe tan fuerte que retumbó en sus oídos. ¡No, por favor, no! ¡Lizet! ¡No te vayas! ¡Lizet! ¡Lizet! Te lo suplico, respira, vamos, respira. Intentó mantener la calma, reanimarla, devolverla a la vida por si no se había ido del todo. Sabía que podía hacerse, que había formas de lograrlo, pidió auxilio a gritos pero resultaba imposible hacerse oír. El tiempo se escapaba dejando tras de sí impotencia y desolación. Deseó que un golpe de tos le devolviera el pulso y la vida. Pero nada.

Fue entonces cuando sacó al niño de la vivienda a toda prisa y se encontró con el infierno en que se había convertido el barrio de los artesanos.

—¡No te muevas de aquí! —Reaccionó al fin a las puertas de lo que había sido su casa—. ¿Entendido? Vuelvo enseguida.

El chiquillo no habría podido moverse, aunque esa hubiera sido su voluntad, de tan atemorizado como estaba. Él volvió sobre sus pasos y entró de nuevo en la vivienda a medio derruir con el corazón helado, penetró en la alcoba y elevó en volandas a Lizet, a su amor, a su esposa fiel, a su alma gemela, a la madre de su único hijo, a aquella mujer siempre tan fuerte y tan valiente que ahora había sido aplastada por el techo como un animalillo en la trampa de un cazador.

Tambaleándose salió a la calle con ella en brazos. Los soldados seguían dando órdenes con contundencia: había que abandonar la ciudad inmediatamente y congregarse, hasta nueva orden, en las explanadas que se abrían más allá de la muralla. La mayoría se negó en un primer momento a dejar atrás a sus seres queridos, si bien una incipiente caravana de acémilas y gentes a pie se encaminaba ya hacia las puertas de la ciudad. En medio de todos ellos, algunos hombres y mujeres solitarios se movían resignados dejándose llevar hacia las afueras. Bertrand lo observaba todo con Lizet en brazos dispuesto a llevarla consigo, a darle sepultura en un lugar digno, con tranquilidad y con toda la entereza que pudiese mostrar ante su hijo. El niño, por su parte, no hacía más que mirar a su madre sin atreverse a pensar en nada, como si la pregunta que tenía atravesada en la garganta fuese a romper el hilo que aún la mantenía con vida en su imaginación.

Bertrand echó a andar con Lizet a cuestas y ordenó al niño que se agarrase fuertemente a sus ropas sin separarse de él ni un instante. El desorden crecía por momentos y el gentío se agolpaba con precipitación para escapar del desastre. Se empujaban unos a otros, los gritos impedían que pudiera escucharse siquiera lo que se decían entre ellos, las personas se mezclaban con los animales, los más torpes tropezaban y caían al suelo formando tumultos que colapsaban el largo callejón que llevaba hasta la Puerta Sur. Unos vociferaban invocando la clemencia de los dioses; otros, atrapados en una espiral de pánico, repetían los nombres de los muertos como si al hacerlo aliviasen su espanto.

En un momento de desconcierto varios soldados se abrieron paso con sus caballos, dando órdenes por doquier con el fin de ordenar la salida. Al percatarse de la gran cantidad de enseres que los evacuados llevaban consigo, se indignaron.

—¿Se puede saber qué hacéis? ¡Insensatos! Dejadlo todo y salid inmediatamente... ¡Vamos! Tú —oyó Bertrand que le gritaban justo a su lado—, ¡déjala aquí mismo! ¿No ves que está muerta?

Al oír aquellas palabras se cruzaron las miradas del padre y del hijo como hojas de tijera que cortasen el hilo que el niño temía romper. A los ojos del pequeño Erik asomó un ruego.

—Tal vez viva, soldado... Yo...

El soldado descabalgó de un salto.

—Mira, artesano. Sé lo que estás pensando, pero por favor, no me obligues a cometer una atrocidad delante del niño. Déjala ahí... —Le señaló un espacio abierto junto a una casa derruida— y dale un último beso. Y si quieres a tu hijo, sal inmediatamente de la ciudad, por lo que más quieras. Si se repite el temblor no vamos a salir ninguno. Ya habrá tiempo de volver.

Bertrand bajó los ojos y se apartó un poco de la muchedumbre en desbandada. Abrazó a Lizet con sumo cuidado, como si temiese hacerle daño. La depositó en el suelo con lágrimas en los ojos y le cruzó las manos sobre el pecho. Disimulando el llanto le pidió al niño que se despidiera de su madre, y el pequeño lo miró con ojos suplicantes. Él insistió, ya había oído al soldado, tenían que hacerlo. El pequeño se abrazó entonces al cuerpo sin vida de Lizet con toda la fuerza que le permitieron sus frágiles brazos, mejilla con mejilla. Bertrand no lo sabía entonces, pero aquella imagen de su hijo aferrado a su madre había de perseguirlo el resto de su vida, dormido y despierto, por siempre jamás.

—Vamos, pequeño... no te preocupes, que volveremos a por ella; *mamuki* nos esperará ahí hasta que regresemos.

Lo retiró con delicadeza y al separarlo vio que había dejado un reguero de lágrimas en la cara de su madre. Bertrand se agachó y la besó en los labios por última vez.

—Vendré mañana a darte la sepultura, Lizet... —dijo con un nudo en la garganta.

Al traspasar la Puerta Sur el sol se elevaba ya por encima de los árboles y acariciaba con su primera luz la explanada que se abría ante ellos. En medio del estruendo del éxodo se fueron congregando en la planicie llevando sobre sus espaldas la peor de las cargas: la pérdida de los seres queridos. Algunos, incapaces de asimilar las ausencias, se resistieron a cumplir las órdenes del rey y tuvieron que ser sacados a la fuerza por los soldados, que ejecutaron con determinación las instrucciones recibidas en medio del desconcierto; pero aun así, hubo quien prefirió morir a abandonar su casa, y en las horas que siguieron al temblor de tierra fueron frecuentes los casos de hombres y mujeres que eligieron quitarse la vida.

Miles de personas se concentraron a las afueras sin distinción de clases, ricos o menesterosos, trabajadores fornidos o tullidos desgraciados, artesanos, labradores, amas de cría, alarifes, barberos, clérigos, sastres, costureras, cirujanos, pensadores, hilanderas, escribanos, damas de compañía, nobles, soldados y caballeros de la corte. Pasaron las primeras horas entre gritos y lamentos mientras un ejército de grillos y cigarras elevaba su chirriar sobre el escaso pasto amarillento de la llanura, una gran porción de tierra arenosa e infértil rodeada de puntiagudos pedregales que la separaban de las verdes huertas regadas por un río de mediano caudal. La mañana fue luminosa bajo un sol enorme y justiciero. A la sombra de los escasos árboles que se alzaban aquí y allá, se dio cobijo a viejos y a recién nacidos con el fin de ponerlos a salvo del calor.

Al fondo, no muy lejos, la ciudad mostraba la muralla derruida a trozos, desmoronada como un bizcocho horneado en manos de unos niños, destartalada y frágil. Algunos la miraban ensimismados, haciendo comentarios acerca de su aspecto. Contemplándola desde las afueras, diríase que hacía muchos años que Waliria había sido abandonada.

Aguardaban impacientes, esperaban una orden para regresar a sus casas, unos con la esperanza de encontrar con vida a los desaparecidos; otros, como Bertrand, para dar digna sepultura a los que habían muerto; y todos, sin excepción, para reconstruir una vida que yacía derruida por los suelos.

El maestro carpintero se movía maquinalmente, y dándose órdenes como si al seguir sus propias instrucciones se pusiera a salvo de cometer errores imaginarios, buscó un lugar cómodo para el niño, miró alrededor para asegurarse de que no había cerca peligro alguno y escrutó entre la gente para identificar a posibles conocidos. Por cada paso que daba, por cada decisión que tomaba, negaba continuamente con la cabeza llevándose de vez en cuando las manos a la cara. Luego se frotaba los ojos, respiraba hondo y resoplaba, agitándose progresivamente y luchando por dominarse a sí mismo.

Bertrand sobresalía sobre las cabezas del resto. Era alto, mucho más alto de lo que era frecuente en Waliria, de forma que la puerta de su taller siempre destacó por sus dimensiones, porque no solo en altura destacaba, sino que su corpulencia entera sobresalía con evidencia entre sus paisanos. Esta cualidad, junto con el color de su cabello, le había valido en su primera juventud el sobrenombre de Oso. Sin embargo, cuando en la madurez comenzó a destacar entre los de su gremio y sus ojos claros iluminaron a toda una generación de aprendices, se olvidó su sobrenombre y todos lo reconocieron como maestro carpintero o simplemente maestro.

El maestro miró en dirección al campamento del rey. Confiaba en que se diese una rápida solución al caos creciente. Magmalión se había asentado en un extremo de la explanada, rodeado por la guardia real y los nobles de palacio, que se refugiaban de los rayos del sol bajo improvisados toldos. Allí se habían congregado los más adinerados hombres del reino con sus esposas y sus hijos, los altos mandatarios de la corte con sus deudos, la exigua familia real y todo un séquito de damas, sirvientes y camareros tan vulnerables, empequeñecidos y asustados como cualquiera. Los rostros de las damas, esos mismos que hasta la noche anterior habían lucido afeites y pigmentos, aparecían ahora demacrados, ojerosos y humedecidos por ríos de lágrimas. Sus labios, siempre rojos, perfilados y carnosos, se torcían ahora en muecas de abatimiento y dolor. La tragedia los empujaba hacia una realidad elemental e instintiva que los asemejaba a sus congéneres y los llevaba a la fuerza hasta los confines de la supervivencia animal. Allí se sentían vulnerables, muy próximos a las fronteras de la muerte que los igualaba a todos, y tal vez por eso necesitaban aferrarse a lo más alto, a un puntal, al rey.

Nada más traspasar la Puerta Sur con su séquito, el rey había pedido a los suyos serenidad para gobernarse en tan terrible circunstancia, severidad con quienes aprovechasen la desdicha, juicio para actuar en situaciones de emergencia, paciencia con los más desalentados, trabajo para mantener el orden y fortaleza para no sucumbir al abatimiento. Solicitó inmediatamente un informe a sus hombres de confianza sobre el estado en que había quedado la ciudad y aguardó con impaciencia a que regresaran desde el interior de las murallas. Cuando al fin el conde Roger de Lorbie —jefe de su guardia personal y general de todos sus ejércitos, intendente de la corte, máximo responsable de los asuntos internos del reino, guardián de las comunicaciones y de los abastecimientos, juez supremo de los asuntos de armas, responsable del urbanismo, garante del orden público, de las cuentas reales y del cobro de diezmos— se presentó ante él para informarle, el rey pidió que los dejaran solos.

Entonces el conde Lorbie le dijo cuanto había visto: una ciudad asolada por la más cruel de las ruinas, el palacio real agrietado hasta los cimientos, las casas de los nobles imposibles de levantar sin derruirlas antes completamente, el barrio de los artesanos destrozado, miles de cuerpos atrapados por los escombros, regueros de sangre bajo las puertas aplastadas, un ejército de ratas moviéndose nerviosamente de un lado para otro, millones de mosquitos formando nubes en torno a los regueros de aguas inmundas que emanaban de conducciones rotas. El infierno, si existe, debe de ser muy parecido a lo que queda de nuestra ciudad, le dijo.

El rey pidió entonces que lo dejasen meditar y que no lo interrumpiesen a menos que fuese del todo necesario, lo que no extrañó a ninguno de sus más fieles servidores que sabían que Magmalión requería tanto más sosiego cuanto más urgente era tomar una resolución. Así que dispusieron de inmediato un improvisado lecho a la sombra de un gran árbol, lo rodearon con una empalizada cubierta de telas y le pusieron por techo unas hojas de palma, y cuando el rey se hubo instalado en su fresca y sencilla estancia, ordenó silencio absoluto a su alrededor y se introdujo en un letargo oscuro tras sus párpados cerrados.

Mientras meditaba el rey, en la llanura se vivía un torrente irrefrenable de emociones. Muchos de los heridos fallecieron en las primeras horas y nadie sabía qué hacer con los cuerpos, puesto que no había quien tomase una decisión y abriese una senda hacia el orden en medio de aquella selva de desgracias. Tampoco se sabía cómo organizar el abastecimiento, la atención a los necesitados, la búsqueda de familiares desaparecidos, la protección bajo el sol amenazante, el abrigo del frío de la noche o la seguridad ante las primeras muestras de rapiña que comenzaban a darse entre la muchedumbre.

Bertrand miró a su hijo. Su cuerpo diminuto parecía encogido por la zozobra, tenía lágrimas resecas en la cara sucia, el pelo negro revuelto, sus ropitas rotas. Le pasó la mano por el cabello y se lo peinó como pudo hasta ordenarlo como solía hacerlo su madre, como si fuese un libro abierto, con una raya en medio y dos mitades lacias de melena cayéndole hacia los hombros. Sus ojillos oscuros y redondos se mantenían muy abiertos y clavados en la muralla. Erik tenía la mirada perdida y una sobrecogedora mueca de enajenación que resultaba inquietante. Sentado a su lado lo abrazó fuertemente, pero el niño se mantuvo muy quieto, con los brazos caídos a ambos lados del cuerpo y la mirada siempre fija en la lejanía de sus recuerdos. Con el corazón encogido intentó mantener la calma, mientras en su interior comenzaba a crecer una negra oscuridad. No podía desmoronarse, tenía que resistir a cualquier precio. Quería pensar que todo empezaría a ordenarse en la cabeza del pequeño —y por qué no, también en la suya— cuando al fin regresaran al interior de la ciudad y pudieran despedirse de Lizet como era debido.

Todavía aguardaron largas horas hasta que al fin salió Magmalión de su tienda como transfigurado. Su larga barba gris parecía haber crecido, las bolsas que caían bajo sus ojos eran más gruesas, los ojos enrojecidos y tristes se hundían en lo más profundo de dos cavernas, la piel apergaminada y amarillenta se agrietaba en un millón de arrugas y su cabello, otrora rizado, caía lacio bajo el yelmo ladeado como el gorro de un saltimbanqui. Pero su voz seguía siendo la de siempre, tan poderosa y firme que infundía un enorme respeto. Había tomado una decisión dolorosa pero firme, había sopesado la magnitud del desastre y temía que las epidemias apareciesen antes de que pudieran encontrarse los cuerpos sin vida de todos los desaparecidos bajo las ruinas de la ciudad. Todo era un desastre, una obra de los dioses, que habían mandado una señal al pueblo de Ariok. Sin duda, había llegado la hora, la tierra no había temblado por casualidad, los dioses le habían dicho que había llegado el tiempo de cumplir el sueño de su padre, el gran rey Melkok II: construir una nueva capital para el reino de Ariok en las lejanas tierras del sur, donde las praderas son verdes todo el año y la tierra se preña de frutos para regalar a los hombres. Era el momento de pedir un sacrificio sin precedentes a su pueblo, los dioses habían gritado y él había sabido reconocer la señal: tendría que destruir las vidas pasadas de sus súbditos para dar a las generaciones venideras lo que ellos siempre quisieron tener.

Para anunciarlo a todo el pueblo ordenó que lo llevasen al centro de la explanada y se dispuso inmediatamente lo necesario para que pudiese elevar su voz desde lo alto de un estrado. Desde todos los extremos de la llanura sonaron los soplidos estridentes de los cuernos llamando al silencio y los heraldos vociferaron anunciando la aparición del gran rey Magmalión para dirigirse a sus vasallos. Al escucharlos, la gente enmudeció por un instante y luego volvió a elevar paulatinamente su murmullo como una sola voz que denotaba incertidumbre y curiosidad al mismo tiempo, interrogantes que flotaban en el ambiente a la espera de saber cuáles serían las órdenes del rey. Aguardaban con anhelo una señal para regresar a la ciudad en ruinas o no hacerlo nunca más, la ansiedad superaba a la resignación y el deseo contenido de volver a traspasar las murallas se elevaba por encima de la paciencia. Estaban expectantes y ansiosos por reconstruir sus viviendas y sus vidas.

—Tranquilo, Erik, ya queda poco, regresaremos al lado de *mamuki* —dijo Bertrand sin saber en realidad qué había pasado de murallas hacia dentro, donde las alimañas estarían adueñándose ya de cada rincón.

En aquellos momentos la voz del infalible Magmalión resonó firme y potente sobre sus cabezas:

—¡Pueblo de Ariok, el tiempo de Waliria ha terminado!

Al oír aquellas palabras un murmullo como una desbandada de caballos se extendió por la explanada. ¿Qué estaba anunciando exactamente el rey?

—¡Los dioses nos han hablado y nos han mostrado el camino! ¡¡Pueblo de Ariok!! ¡Waliria es ya un foco de epidemias, un lugar repudiado por los dioses, las ruinas de nuestra vida pasada! ¡Ahora cumpliremos nuestro destino, el designio de los oráculos! ¡Fundaremos una nueva Waliria en un lugar de clima más suave y tierras más fértiles, donde el suelo no vibra bajos los pies, en la tierra prometida que Rakket ha reservado para los hijos de Ariok, en el lugar más bello del orbe!

Con las miradas se preguntaban unos a otros qué quería decirles el gran Magmalión, qué enigma encerraban sus potentes palabras pronunciadas con aquella voz que parecía sacada del mismísimo interior de la tierra, como si el terremoto hubiese sido engullido por él y se manifestase en sus entrañas. Las miles de almas en vilo que escuchaban fascinadas las palabras de su rey, zozobraban al son de sus temores. Quienes habían augurado que no regresarían nunca más a su ciudad estaban en lo cierto.

—¡¡¡Arde, vieja Waliria, ha cambiado el destino de Ariok!!!

Aterrados, los rostros se volvieron hacia la ciudad sin querer dar crédito a lo que estaba ocurriendo: una espesa nube de humo comenzó a elevarse de inmediato hacia el cielo cubriéndolo todo en apenas un instante y la desolación cubrió la explanada a la misma vez que la nube de humo la ensombrecía. Un ligero viento removió las pavesas lanzándolas por los aires ajenas al griterío incontrolado que emanó con violencia de las gargantas.

—¡Pueblo de Ariok!, vuestro rey cuidará de vosotros...

La voz del rey quedó ahogada por los gritos desgarrados de quienes ya no podrían dar sepultura a sus seres más queridos y jamás volverían a ver ni sus casas ni sus enseres, de los miles de hombres y mujeres que siempre recordarían a Waliria envuelta en llamas. Unos defendían la decisión del rey concienciados de que la ciudad no podría ser reconstruida sin que las epidemias se propagasen hasta matarlos a todos; otros, incapaces de asumir lo que estaba ocurriendo, maldecían de Magmalión como del mismo diablo, pues en sus cabezas y en sus corazones solo había lugar para lo que acababan de perder.

En apenas un instante, en medio de la desolación y las discusiones, un intenso olor a carne quemada se extendió por todas partes.

—¿Qué es ese olor, *papuki*? —acertó a preguntar el pequeño, atemorizado. Su padre lo miró con desconcierto. El niño no había apartado aún sus grandes ojos de las murallas que se elevaban a lo lejos y permanecía completamente inmóvil y sin derramar una sola lágrima.

Sin saber qué decir, quiso consolarlo de cualquier manera:

—Es el olor de los cuerpos cuando se quedan sin alma, mi pequeño Erik. El olor de los cuerpos cuando se quedan sin alma...

2

Bertrand se tenía por un hombre fuerte, no solo en lo referente al poder de su musculatura, sino también a la capacidad de
sobreponerse y afrontar las desdichas. Sobre sus espaldas recaían
siempre las quejas de los artesanos en mitad de las disputas, él
mediaba en los conflictos, enjugaba las tristezas, escuchaba las
penas. Tenía la impagable virtud de soportar la presión cualquiera que fuese su origen y siempre solía responder con acierto a los
problemas de otros. Ahora, en aquellas horas imborrables del
desastre, se culpaba por no ser capaz de sentir la amargura que
correspondía a la tragedia y lo achacaba a esa fortaleza interior
que lo aislaba de las desgracias. Un velo oscuro y espeso se interponía entre el desastre de la pérdida de Lizet y el estado de des-
protección en que se encontraban, la necesidad imperiosa de cuidar de su pequeño, la circunstancia insalvable de encontrarse sin
casa, ropas ni comida, en medio de una explanada donde reinaba
el desconcierto y donde parecía no haber una sola persona que
estuviese en disposición de ayudar a otra. Un fuerte instinto de
supervivencia lo llevaba a preocuparse por lo que debía hacerse
en el instante siguiente, por lo inmediato, sin permitir que aflo-
rase al completo la tristeza por la ausencia de su esposa.

Había adquirido la costumbre de meditar concienzudamente mientras lijaba la madera, la tallaba, la barnizaba o la ensam-
blaba, de dedicar a los problemas el tiempo necesario para su
resolución. Su trabajo requería horas y horas de tranquilidad

mientras realizaba tareas mecánicas que permitían hacer volar la imaginación o pensar acerca de las cuestiones inaplazables, de cualquier asunto que lo inquietase cualquiera que fuese su naturaleza, desde los más graves hasta los más simples y cotidianos: gobernar su hogar, planificar el futuro, calcular mentalmente los beneficios de un nuevo encargo o inventar juegos para el pequeño Erik. Sentado en su banco de madera había forjado la mitad de su vida y había trazado los planes para sí mismo y para otras personas de su alrededor desde que comenzó siendo un aprendiz hasta esos mismos instantes en que la violencia de las entrañas de la tierra lo habían arrastrado hasta allí. Siempre había tenido horas para reflexionar y ahora le faltaban minutos para apenarse. Quería ocupar su pensamiento con Lizet, dedicarle tiempo a ella preocupándose, llorando a solas, angustiándose por la pérdida y lamiéndose lentamente las heridas. Sin embargo, se había apoderado de él una apremiante necesidad de estar en alerta que había cerrado las puertas a los lamentos. Consciente de su desasosiego, intentó pensar mesándose la barba y se desenredó una pequeña viruta de madera.

—Ven —le dijo al pequeño—, intentaremos encontrar un sitio donde sentarnos a descansar.

El niño no se inmutó.

—Vamos, hijo —insistió—, tenemos que buscar un lugar a la sombra. Pronto quemará el sol y no aguantaremos aquí.

Al decirlo, tomó mayor conciencia aún de que aquello iba a ser un desastre. La muchedumbre, que ahora ocupaba sus pensamientos con el infortunio y los familiares perdidos, pronto empezaría a tener calor, hambre y otras necesidades que cubrir en un entorno hostil. No pasaría un solo día y ya tendrían que ir en busca de alimentos a las huertas próximas al río, donde las hortalizas no resultarían suficientes para alimentar siquiera a la mitad de la población durante una jornada porque serían esquilmadas por hordas de fuertes jóvenes hambrientos.

¿Qué estarían pensando en el campamento del rey?

—Allí, en aquel árbol —indicó a Erik.

El pequeño seguía sin moverse, con la mirada perdida, aturdido. Lo sujetó fuertemente por el brazo y tiró de él con determinación para llevarlo bajo la copa fresca y frondosa. Erik no pestañeaba. Sus redondos ojos negros nadaban en un ligero charco acuoso y su pelo caía triste a ambos lados de un rostro que había perdido el color.

Fue entonces cuando, al llegar junto al tronco, Bertrand vio a Astrid, la mujer de Borg, el herrero, que lloraba en solitario, abatida y derrumbada, con la espalda apoyada en la rugosidad de la madera. Se acercó a ella y pronunció temerosamente su nombre:

—Astrid...

La mujer elevó su mirada con dificultad y él sintió un escalofrío al encontrarse con sus ojos.

—Bertrand... qué desastre, qué desgracia tan grande, ellos... mi pequeña... —Rompió a llorar con amargura—... mi pequeña, Bertrand..., ella y su padre...

Los había perdido a los dos. Primero a su hija durante el temblor y luego a su esposo desangrado mientras huían despavoridos tras el río de gente que abandonaba la ciudad. Miraba a Bertrand y al niño pero en realidad apenas los veía, como si los traspasase para llevar al horizonte la tristeza de sus ojos. Al cabo de un rato logró centrar su mirada en el pequeño y echó en falta en sus ojos la misma vida que le faltaba a todos, y al recordar que la tarde anterior su hija había jugueteado con él y con otros niños en las traseras de los talleres de artesanía que regentaban sus padres, avivó su llanto.

Bertrand puso una mano en su hombro y la mantuvo quieta durante un rato.

—Ven, siéntate aquí a mi lado —susurró Astrid al niño con infinita tristeza—. ¿Quieres dormir un poco?

El pequeño la miró pero no contestó.

—Vamos, hijo... siéntate junto a Astrid y descansa.

Había mucho ruido. A los gritos, llantos y lamentos se sumaban las conversaciones cruzadas en medio de la desolación. Por todas partes había niños andrajosos, mujeres intentando dar de mamar a bebés debilitados, jóvenes vigorosos que no tardarían en entregarse a la rapiña para sobrevivir y viejos quejumbrosos arrastrándose con resignación lejos de la muchedumbre para no entorpecer. Desnudez, hambre y abismo, y un olor insoportable que emanaba de la ciudad destruida bajo un sol implacable que pronto acabaría con los más débiles.

Muchos sostenían aún la mirada a la catástrofe, comprobando cómo el fuego terminaba de consumir los últimos vestigios de la ciudad mientras las piedras de la muralla se teñían completamente de negro. Algunos se preguntaban qué iba a pasar en adelante, dónde iban a vivir y qué futuro les aguardaba sin el calor de un hogar. Otros, como Bertrand, se decían que si nadie ponía orden no tardaría en sobrevenir una hecatombe de proporciones mucho mayores que la causada por el terremoto.

Miró a Astrid y vio en ella las ruinas de la mujer que era en realidad, alta, esbelta y fuerte. Su mirada color esmeralda, inteligente y viva, estaba apagada y parecía gris; su belleza natural, desprovista habitualmente de artificios y adornos, había sido sustituida por la sombra de la amargura. Estaba a medio vestir, con apenas una camisola de dormir que se había descosido durante la huida, y sus pies estaban desnudos. Tenía arañazos en brazos y piernas, regueros de sangre reseca, su largo y abundante cabello castaño aparecía ahora deslavazado y húmedo, con mechones pegados a la piel de la cara y el cuello.

—Astrid, por favor, ¿podrías cuidar de Erik mientras echo un vistazo? —le pidió con la duda de no saber si la mujer estaba en condiciones de hacerlo.

El niño lo miró despavorido y se aferró a sus piernas. Astrid asintió levemente.

—Yo cuidaré de él, no tienes de qué preocuparte —lo tranquilizó.

Al salir del área sombreada por el gran árbol se topó con varios grupos que hablaban acaloradamente. Uno de ellos estaba compuesto por algunos conocidos del gremio de artesanos: Bert, el curtidor, con toda su familia; Disa, la vieja hilandera, con dos de sus sobrinos; y Rudolf, el comerciante, con su esposa y sus tres hijos jóvenes que se estaban ofreciendo a acarrear carne de caza. Parecían querer organizarse y se acercó a ellos.

—¡Maestro carpintero, qué alegría de veros! —gritó el curtidor.

Se abrazaron. La alegría de ver con vida a conocidos los emocionaba en aquellos momentos de desolación. Echaban en falta a tanta gente que cuando aparecía uno de ellos era como una nueva esperanza, una pequeña victoria al devastador terremoto. Le contaron que, por el momento, de cuantos conformaban el grupo de artesanos cuyos talleres estaban próximos unos a otros en el barrio, habían desaparecido el talabartero, el herrero, el ollero y los dos hermanos toneleros con todas sus familias. Sin embargo, habían encontrado deambulando solo a uno de los hijos del tejedor de lana.

—¿Y Lizet? —le preguntó temerosa Disa, la hilandera.

Bertrand bajó los ojos.

—¡Oh! Lo siento... Maldición de los dioses... El niño...

—El niño está bien —dudó un instante—; lo he dejado al cuidado de la viuda del herrero, Astrid, que también ha perdido a su pequeña.

Se lamentaron y maldijeron de tanta desventura. Luego se hizo un silencio finalmente roto por Rudolf, el comerciante, que elevó la voz más de lo necesario en un intento de espantar la sensación de desamparo que los sobrevolaba:

—¡Nos estamos organizando un poco, maestro! Nos vemos obligados a hacerlo con rapidez en previsión de que los grupos más jóvenes acaben imponiendo su ley. Algunos ya están ampliando el área de acampada para ir en busca de agua y alimentos. Los que conocen las huertas cercanas, los arroyuelos y las fuentes, los bosques con caza y las granjas próximas no tardarán en regresar cargados de comida y agua fresca para los suyos, lo que provocará severas disputas antes de que el sol esté en lo más alto. ¿Qué pensáis?

Bertrand no era capaz de pensar en algo que, sin embargo, creía necesario y acertado, lo que lo empujaba a albergar esperanzas de que habría alguien en la corte que se entregaría a la tarea de poner orden en medio del caos.

—No podemos dejar nuestra subsistencia en manos de la ley

del más fuerte. O se encargan de organizarnos o tendremos que hacerlo nosotros por nuestra cuenta —dijo con desgana.

Se miraron unos a otros mientras asentían.

—De acuerdo —sentenció Rudolf—, cuantos más estemos, mejor. Tenemos que organizarnos bien. Buscaremos un lugar adecuado para reunirnos todos y hacernos fuertes. Además, necesitamos herramientas, recipientes y todo aquello que pueda considerarse útil para sobrevivir más fácilmente. Pongámonos en marcha —animó Rudolf.

Transcurrieron dos días más en medio de un desconcierto creciente. Parecía que cada cual, en su interior, albergaba la certeza absoluta de que vendría alguien a organizarlo todo de un momento a otro. Una vez arrasada la ciudad aguardaban lanzando miradas hacia el campamento real por ver si Magmalión decidía qué debía hacerse, como si confiasen en que el orden fuese a imponerse porque así había sido siempre. Nadie se atrevía a expresar en voz alta los pensamientos propios cuando de la legítima duda se trataba, tras comprobar que pasaban las horas y nadie hacía nada por evitar que cada cual campase a su antojo. Confiaban en el rey, en sus hombres, en quienes habían organizado el reino generación tras generación sin que nadie llegase a dudar un instante que así había de ser por los siglos de los siglos. Siempre había regido un orden, un equilibrio incuestionable como la salida del sol, la llegada de las lluvias, la evolución de la luna o el soplido de los vientos. Hay cosas que suceden porque han de suceder y no merece la pena detenerse a pensar qué pasará el día en que esa sucesión mágica se rompa. Y tal vez por esa tendencia natural del hombre a pensar que lo que ha sido siempre, siempre seguirá siendo, crecía el desconcierto en cada uno de ellos sin que ninguno se atreviese a manifestarlo para no alarmar al prójimo.

—¡Oh, Majestad! ¡Príncipe de los Príncipes! ¡Gran rey Magmalión! Aquí tienes a tus más fieles súbditos, dispuestos a escucharte y aconsejarte.

El viejo Gabiok de Rogdom, el mayordomo de palacio, se inclinó ante el rey hasta casi tocar el suelo con su barba. A juzgar por su atuendo —una larga túnica púrpura sujeta con un cíngulo amarillo, un largo collar de oro con la insignia real y dos magníficas botas de cuero—, se diría que no había sufrido las consecuencias del terremoto en la misma proporción que el resto de la corte. El rey asintió a la vez que apretaba los labios. Estaba tan envejecido como cuando había aparecido ante su pueblo para comunicar que la ciudad sería devastada por el fuego.

—Está bien, sentaos.

Descansaba en un tosco sillón que había podido salvarse durante el urgente abandono de Waliria. Ante él, formando una sola fila en forma de media luna, se acomodaban como podían sus consejeros, sentados en el suelo o en duros taburetes de madera de roble. En el centro, el todopoderoso conde Roger de Lorbie, vestido con su uniforme de soldado, se puso en pie y comenzó a hablar pausadamente, posando su firme mirada en cada uno de los presentes.

—Majestad, creo que vuestra resolución es encomiable y, puesto que os conozco, sé que ha sido ampliamente meditada y que habéis tenido en cuenta los obstáculos que tendremos que salvar para lograr tan ambiciosa empresa; pero nuestro deber es prestaros consejo y yo me veo en la obligación de daros el mío, como siempre he hecho y como siempre haré mientras vuestra magnificencia me otorgue la confianza para hacerlo.

»Si lo conseguimos, Majestad, siempre se os recordará como quien logró dar al Gran reino de Ariok una capital digna de su grandeza, tallaréis vuestro nombre en la historia de este pueblo y por siempre se sabrá que la nueva ciudad ha sido obra vuestra. Del lugar elegido dicen que es inmejorable, un paraíso rebosante de vida y armonía donde las semillas germinan sin necesidad de un gran esfuerzo y los ganados engordan sin que los pastos se resientan, unas llanuras donde magníficos lagos reflejan el cielo azul en aguas cristalinas. Todo es perfecto allí, o al menos eso he creído siempre, aunque es un lugar tan remoto que ninguno de nosotros lo ha visitado jamás.

»Vuestra Majestad sabe, como yo, que miles de nosotros moriremos antes de llegar y que apenas una décima parte de la población logrará algún día establecerse en la nueva capital. Con vuestra decisión estáis condenando al reino a una generación perdida que se sacrificará por el futuro de los que ahora son aún niños y de los que estén por venir; pero probablemente ninguno de nosotros, aun si llegamos vivos a los Grandes Lagos, verá terminada la ciudad. Loada sea vuestra decisión si, aun conociendo las consecuencias, decidís llevarla a efecto. He dicho.

Lorbie ocupó su puesto y se puso en pie la Gran Aya —su verdadero nombre, poco conocido y nunca usado, era Hildegarda de Boik— para emitir su opinión. Se trataba de una mujer alta, mucho más que cualquier otra de las mujeres de la corte, y sus rasgos impedían calcular su edad, que siempre parecía indeterminada. Tal era su rostro —junto con las manos, era lo único que dejaba ver de su cuerpo—, que unos le suponían apenas veinte mientras otros le atribuían más de cincuenta. El cabello lo tenía cubierto con una caperuza que era prolongación de la capa negra que le caía sobre los hombros y le tapaba la mitad del vestido.

—Majestad. Creo que el conde Lorbie ha hablado con sabiduría. Permitidme añadir algo que ha de preocuparnos. Es mi deber advertiros que con el éxodo hacia el sur ponemos en riesgo la paz del reino. Vuestra Majestad no tiene descendencia, y aunque todos sabemos que el heredero ha de ser el hijo de vuestra sobrina, la venerable y sin par Shebaszka, no es menos cierto que ella ha perdido a su esposo y que hay quienes sugieren que su viudez es un obstáculo para que la línea de sucesión al trono sea la adecuada...

Los consejeros se removieron inquietos. La Gran Aya se atrevía a abordar aquel asunto. Magmalión nunca había contraído matrimonio y el único niño varón nacido de la familia real era el hijo de Shebaszka, la sobrina del rey, y aunque no era imprescindible que el heredero fuese un varón, la tradición en Ariok así lo dictaba. Pero Emory, el esposo de la princesa, el hermano del general Roger, había fallecido recientemente por unas fiebres incontroladas y la desolación había abierto la herida de la sucesión como en otro tiempo había sucedido cuando fueron múltiples los intentos para que Magmalión contrajese matrimonio. Incluso, por si el rey tuviese animadversión hacia el matrimonio, se habían seleccionado durante décadas a las mujeres más bellas del reino para que le sirviesen como concubinas, pero jamás había concebido un hijo. En la corte se decía que en realidad se debía a que nunca había logrado ni tan siquiera yacer con ninguna de ellas.

—Sé que a ninguno os gusta abordar este asunto —continuó la Gran Aya, que buscó con la mirada la aprobación de Magmalión para continuar hablando—, pero si hemos de perder una generación en beneficio de la siguiente, también hemos de asegurar que los nuevos pobladores del reino tengan un rey que marque sus designios. El niño es aún pequeño y su educación ha de ser la mejor posible. Todo lo que tiene que ver con la incertidumbre de la sucesión se agrava por la determinación de viajar al sur, y se convierte en inaplazable. Mi consejo es que Vuestra Majestad conciba un hijo o se designe a un posible sustituto o sustituta del pequeño Willem, el hijo de Shebaszka, por si algo os ocurriese, o que la princesa contraiga matrimonio de nuevo para que aumente su descendencia. He dicho, Majestad.

La Gran Aya se recogió un tanto el vestido para sentarse sin dificultad en un alto banco de madera mientras se ponía en pie la princesa Shebaszka, la más bella entre las bellas, la joya más preciada de Ariok, la sobrina huérfana del rey, ahora también viuda.

—Majestad, lo que ha ocurrido es algo terrible que puede ser aprovechado en beneficio del futuro del reino de Ariok, es cierto. Escuchando al conde Roger y a la Gran Aya no puedo más que inclinarme ante sus razonamientos y opiniones, y asentir al escucharlos con el convencimiento de que están en posesión de la razón. Y aún podría añadirse un temor nuevo. ¿Y si el general yerra en sus previsiones y sus augurios se quedan cortos? Quiero decir, Majestad, que si los Grandes Lagos están en un lugar tan remoto, puede suceder incluso que nadie logre llegar, y entonces el reino de Ariok desaparezca para siempre.

Las palabras de Shebaszka provocaron un nuevo murmullo que el rey acalló con un gesto para que la princesa siguiese exponiendo su razonamiento:

—Majestad, hágase si es lo mejor para Ariok, pero hágase con las garantías suficientes para que el éxodo culmine con éxito, para esta generación o para la siguiente. O incluso para la siguiente de la siguiente, pero que nunca nada pueda acabar con la grandeza de este reino y la magnificencia de sus gentes. En cuanto a la sucesión, los dioses quieran que mi hijo Willem se críe sano y llegue a reinar con el acierto y la mesura que vos lo habéis hecho. De su educación ya me cuidaré yo con la ayuda de las personas más sabias de la corte, aquellas que este Consejo decida, las de mejor juicio, las que atesoren cuantas virtudes se necesiten para convertir a un niño en rey. Pero no creo que para eso sea necesario que yo vuelva a contraer matrimonio. De verdad que no lo creo. He dicho, mi señor.

Shebaszka volvió a tomar asiento sobre un viejo cojín que había dispuesto en el suelo. Las miradas seguían puestas en ella cuando a su lado se puso en pie Dragan, el gran sacerdote, un hombre refinado, inteligente y culto sobre quien recaía el orden de los asuntos espirituales del rey.

—Majestad, permitidme que dude del éxito de una empresa que se me antoja imposible. Desde que era niño he venido oyendo hablar de las tierras de los Grandes Lagos como un lugar próximo al paraíso, igual que he oído hablar de estrellas habitadas y mundos subterráneos. Las leyendas han sido siempre el alimento de las ilusiones, el pábulo fácil de las habladurías, el soporte espiritual de quienes necesitan algo en que creer.

Dragan hizo una pausa y miró al rey, que negaba casi imperceptiblemente.

—Lo sé, Majestad. Sé que vos creéis en la existencia de aquellas tierras porque vuestro padre os dijo haber visto con sus propios ojos los mapas dibujados por un anciano viajero que aseguraba haber explorado las fértiles vegas del sur. Pero permitidme dudar al menos de su existencia, puesto que nadie más, nunca, ha vuelto a ver aquel mapa y, lo que es peor, nadie ha vuelto a tener constancia exacta de la existencia de tan benignos territorios. Así pues, mi consejo es que no se emprenda una marcha abocada al fracaso, un éxodo hacia ninguna parte o hacia una tierra imprecisa que solo conocemos en la imaginación de nuestros antepasados, que se convencieron de su existencia generación tras generación. No arriesguemos nuestras vidas y la pervivencia de nuestro pueblo. He dicho.

El rey se puso en pie antes de que hablase el último de sus consejeros y comenzase la deliberación posterior.

—Querido Dragan, he de corregirte antes de continuar esta sesión del Consejo, puesto que si no lo hago es posible que incluso las intervenciones del general Roger, de la Gran Aya y de la princesa Shebaszka puedan estar fuera de lugar. Pero no, los Grandes Lagos no son una mera leyenda ni tampoco el vestigio del recuerdo de un mapa que nadie ha visto, salvo mi propio padre. Vos, igual que yo, sabéis que en la cámara secreta de palacio siempre se ha guardado un tesoro en papiros y pergaminos, muchos de los cuales han sido puestos a salvo. Entre los documentos que hablan de nuestra historia, de los antepasados de nuestros antepasados, de los acontecimientos más remotos, hay varios mapas que dibujan las fronteras del reino de Ariok en épocas de paz y en tiempos de guerra, fronteras cambiantes que incluyen o excluyen montañas y ríos, paisajes verdes y desiertos, bosques y arenas. Pero en todos ellos, sin excepción, se localiza con precisión asombrosa el punto exacto donde se encuentran los lagos del sur. Y aún hay más. Estos mapas no son meras copias, sino que en sus leyendas pueden encontrarse los testimonios de quienes, en diversas épocas, fueron testigos de la existencia de los Grandes Lagos. Especialmente, recordadlo, el gran geógrafo Artimok, que dedicó su vida a recorrer las fronteras del reino sin dejar atrás obstáculo alguno. ¿No es cierto? Cuando mi padre, siendo yo todavía joven, firmó la paz con los plenipotenciarios del rey Danebod de Torkala, ya incluyó en sus cláusulas el gobierno de aquella franja de territorio reflejada en los mapas. No veo motivos para no creer en ellos a la vista de tantos indicios. Y, especialmente, no veo motivos para no creer en ellos cuando de su existencia da constancia vuestro rey.

Algunos asintieron. Dragan solicitó la palabra con los ojos entreabiertos y el ceño fruncido. Magmalión hizo un gesto para que aguardase y continuó hablando antes de concederle la palabra al sacerdote.

—Es cierto que es un lugar remoto, pero no tanto como para no poder alcanzarlo, puesto que nuestras fronteras del sur, que se sepa, siguen guardadas por guarniciones asentadas en algún lugar entre las montañas del Hades y los Grandes Lagos. Nuestros más grandes generales han sido siempre informados del cumplimiento de los acuerdos de paz en el sur y jamás, durante mi reinado, se ha tenido más noticia que la de la paz en aquella región a la que todos los militares de Ariok llaman de los Grandes Lagos. ¿No es cierto, Roger? Aunque tú mismo no hayas estado nunca allí, has oído hablar de ella y conoces con exactitud cómo se dotan con eficacia nuestras guarniciones.

—Majestad. Supongamos que tenéis razón —intervino Dragan—, y que debemos dar crédito a los mapas y a los frágiles testimonios que poseemos de la existencia de esa especie de tierra prometida. Si vos lo decís y Roger lo atestigua, creo firmemente en su existencia, pero aun así, ¿merece la pena exponer a nuestro pueblo en aras de una promesa tan inespecífica?

El rey asintió con rotundidad y dijo:

—Si no estuviera tan convencido no pondría en peligro a mi pueblo, puedes estar seguro. Mi determinación es buscar esa tierra y asentarnos en ella, aun a riesgo de padecer los obstáculos que bien ha analizado Roger. Pero no os engañéis: esta decisión no es algo que haya surgido en mi cabeza de pronto, aunque tengo que reconocer que el desastre que hemos sufrido ha acelerado una empresa que ya había arraigado en la cabeza de mi padre y que durante toda mi vida he querido acometer sin atreverme nunca. Considero el terremoto una señal de los dioses, un mandato divino que se me ha rebelado con la terrible crueldad de la tierra para decirme que ha llegado el momento.

—Siendo así, que los dioses nos protejan —sentenció Dragan—. Hagámoslo.

El sacerdote tomó asiento con resignación antes de que tomase la palabra el último de los consejeros presentes, Renat de Lisiek, el representante del pueblo y de los gremios, un viejo comerciante que había hecho fortuna sin tener los más mínimos conocimientos sobre cuentas y monedas, pero que atesoraba experiencia y sabiduría popular.

—Majestad, querido rey Magmalión, Príncipe de los Príncipes. Si yo hubiese de tomar una determinación como la que Vuestra Majestad ha tomado, no osaría siquiera dar un paso hacia el sur en busca de esos lagos de los que yo también he oído hablar como de un paraíso de los dioses. Después de una vida comerciando y estableciendo largas rutas de intercambios, por mí mismo y por medio de aquellos que me han servido bien, jamás he logrado ni tan siquiera acercarme a uno solo de aquellos lagos. Ahora, viejo como soy, con mis huesos comiéndome de dolores desde el alba hasta la huida del sol tras las montañas de poniente, me veo incapaz de emprender viaje alguno.

»Podría pasar por un hombre egoísta que solo mira por él, pero creedme que no es el caso. Comprendo que se nos pide un sacrificio, una inmolación necesaria para que quien perviva sea el reino y no las personas que ahora lo componemos, y si os manifiesto mi imposibilidad de emprender el viaje lo hago para que comprendáis cuál va a ser la respuesta de miles de hombres y mujeres que, como yo, ya no pueden esperar nada más que la muerte. Somos demasiado viejos, Majestad, hemos entregado nuestras vidas a la prosperidad del reino y ya no se nos puede pedir más. He dicho.

Magmalión meditó unos instantes paseando lentamente la mirada por sus consejeros. Comprobó que el viejo Gabiok de Rogdom pedía la palabra y dudó un momento sobre la conveniencia de dejarlo hablar, puesto que consideraba que las aportaciones de aquel grupo de elegidos era suficiente, por el momento. Gabiok, adivinando las intenciones del rey, gesticuló con insistencia para hacerse oír, puesto que era el único que en realidad no había opinado, y solo había tenido ocasión de abrir aquel Consejo, así que, Magmalión terminó por concederle el turno de palabra.

—Hablad, Gabiok, ¿qué tenéis que decir?

—Señor, he escuchado atentamente y no osaría contradecir a ninguno de vuestros consejeros, y menos aún a Vuestra Majestad. Si hemos de emprender el camino, hagámoslo cuanto antes y que Roger se encargue de organizarlo de tal manera que se asegure que la mayoría de los hombres y mujeres sanos llegan a los Grandes Lagos. En mi opinión, ha de garantizarse el éxito para los miembros de la corte, que seremos quienes daremos continuidad al reino. En cuanto a la muchedumbre que se congrega en esa explanada, no podemos garantizar que lleguen todos, y no quedará más remedio que proteger a los más fuertes y olvidarnos de los más débiles, dejando atrás, si es necesario, a viejos, enfermos y niños. Solo los hombres jóvenes y algunas mujeres que aseguren la procreación futura han de centrar nuestros esfuerzos; el resto no merece el riesgo de no llegar nunca.

Los consejeros se miraron unos a otros mientras Magmalión miraba con atención al mayordomo de palacio.

—Por último, estoy de acuerdo con la Gran Aya en lo que se refiere a la sucesión de Vuestra Majestad. Creo que la princesa Shebaszka ha de desposarse cuanto antes con alguien cercano a esta corte, con conocimientos y educación adecuados y de una edad próxima a la de la princesa. Hay algunos hombres así... ¿no es cierto? Sugiero que sea desposada con un joven que la haga concebir más hijos dignos de suceder a Magmalión.

Se elevó un murmullo entre los consejeros antes de que Gabiok de Rogdom continuase hablando, como si adivinasen las intenciones del mayordomo real:

—Sabéis que mi primera y difunta esposa era descendiente de vuestros antepasados, mi rey, y por eso me permito ofrecer a mi primogénito, Barthazar, para que vuestra estirpe perdure por siempre jamás.

Todos se giraron a mirar a Shebaszka, que había palidecido como si la hubieran abandonado los dioses.

3

El aire seguía cargado de cenizas, espeso y gris, e impedía que el sol brillase en todo su esplendor. Sobre sus cabezas sobrevolaban los buitres al olor de la inmundicia y las alimañas habían ganado terreno a la montaña acercándose con desconfianza a la llanura. La muchedumbre se había expandido tanto en busca de espacio que el improvisado campamento se extendía más allá de donde alcanzaba la vista.

Astrid y el niño se encontraban junto al mismo árbol para no ceder el hueco que ocupaban en la sombra, pues perderlo sería condenarse a sufrir al día siguiente el sofocante calor de la llanura expuesta al sol. Ella había adecentado sus ropas con desgana y se había cubierto con una túnica usada que otra mujer le había proporcionado solidariamente. Intentaba distraerse con pequeñas cosas, concentrar su atención en los cuidados del pequeño Erik, que, a su lado, la miraba sin decir nada.

—Vamos, hijo, dime... ¿qué te pasa?, ¿por qué no me hablas? —le preguntó desconcertada—. Porque... puedes oírme, ¿no?

Le acarició el pelo y lo abrazó fuertemente contra su pecho como si de esa forma pudiese ahuyentar los temores del niño y también los suyos propios, como si aferrarse a una vida tierna augurase un futuro alejado de la negrura que ahora lo ocupaba todo. El niño estaba cada vez más demacrado y bajo sus ojos crecían las ojeras como si el sol se pusiese en su cara dejándola a oscuras. A Astrid comenzó a preocuparle su estado más allá de las circunstancias, pues consideraba que se trataba de su salud y no solo de su ánimo.

Al poco rato llegó Bertrand. Venía con su camisa remangada, sudoroso y cansado. Se había entregado a la tarea de buscar sitio y útiles para el grupo liderado por Rudolf y había aprovechado para husmear por todas partes y conocer el estado general de los walirenses tras la tragedia. Saludó a Astrid y besó al niño en la frente antes de dejarse caer comoquiera en el suelo.

—La desconfianza ha crecido entre la gente por los repartos de comida y la distribución de los trabajos diarios —explicó—. Se reprocha a los ancianos que todos ellos se consideren inútiles para echar una mano en las tareas. Esgrimen su ancianidad para escatimar esfuerzos en beneficio de la comunidad, y hay una buena parte de los jóvenes que no cree que no sirvan para hacer nada. Riñen por cualquier cosa y esto no ha hecho más que empezar.

A Astrid no conseguía preocuparle nada de aquello, como si no hubiese cosa alguna que pudiera ser peor que lo que ya había sucedido. La relatividad con que lo veía todo transformaba en superflua la narración del carpintero. Sin embargo, le preocupaba la salud del niño y no se atrevía a decírselo a Bertrand.

—¿Y qué decir de los jóvenes? —continuó diciendo el maestro—. Discuten con el ímpetu propio de la juventud y provocan no pocas disputas alimentadas por el hambre. Y así crecen el caos y el desorden. Si no somos capaces de organizarnos nosotros, tendrá que imponerse la autoridad de un líder. Es así, nadie necesita más un líder que quien está inmerso en el desgobierno.

—Bertrand... —Astrid pronunció su nombre sin dejar de mirar al niño, y el carpintero comprendió que a su hijo le ocurría algo. Ella, dirigiéndose al pequeño, dijo—: Erik, dile algo a papá, que acaba de llegar —luego desvió la mirada y la fijó en los ojos de Bertrand para llamar su atención—, ¿no le dices nada?

El carpintero no acertó a comprender del todo, pero intuyó que el niño no era capaz de comunicarse con Astrid por algún motivo.

Había mucha gente en torno al grueso tronco del árbol. Junto a ellos dormitaba una pareja de ancianos y más allá una familia con varios hijos se afanaba en organizarse. Los niños se entretenían desviando las filas de hormigas que, como cuerdas negras extendidas por el suelo, iban a perderse bajo la escasa vegetación que crecía junto al árbol.

—¿Quieres jugar con otros niños? Mira, son largas filas de hormigas... ve con ellos —le sugirió su padre con un ligero movimiento de cabeza en dirección al grupo de chiquillos.

El pequeño miró hacia donde le indicaba su padre.

—Di algo, anda, no preocupes a papá —le instó Astrid cariñosamente.

Pero Erik los miró a ambos alternativamente y no articuló una sola palabra. Luego desvió su mirada hacia los niños y se alejó unos pasos para acercarse a ellos. Entonces Bertrand quiso preguntarle a Astrid qué quería decirle, pero en ese momento un gran revuelo les llegó desde las proximidades.

—Dicen que es el general Roger, que viene con sus hombres haciendo una ronda para censarnos a todos —aclaró alguien a su lado.

Efectivamente, el conde Roger de Lorbie, general de los ejércitos, no tardó en aparecer montado en su caballo, rodeado de varios hombres a pie que iban tomando nota y clasificando a los supervivientes por edad y estado de salud, diferenciando a los hombres de las mujeres y a los útiles de los inútiles, haciendo grupos por oficios y cualidades propias de cada cual.

«Astrid, sana, 33 años, viuda de herrero, perdió a una hija y está sola, conoce todo cuanto corresponde a su condición. Útil. Bertrand, 34 años, sano, artesano carpintero, ha perdido a su esposa y viaja con su hijo Erik, de 4 años. Útiles. Constantin, 59 años, casi ciego y cojo de la pierna derecha, trabajó en la cantera y perdió un pie aplastado con un sillar. Inútil...»

Bertrand se fijó en el general Roger. Tenía el aspecto de soldado fiero, pero hablaba de modo semejante a uno de los bibliotecarios reales que él había conocido gracias al encargo de realizar unas nuevas estanterías para los libros que atesoraba palacio. Había tenido la oportunidad de oír hablar a los eruditos de la corte y se había asombrado con la mesura de sus palabras y el acierto de sus razonamientos, que parecían enlazados con la armonía de las expresiones justas para cada momento. Lorbie hablaba poco, pero cuando daba órdenes a sus hombres o cuando se interesaba por la salud de alguien, lo hacía con el mismo tono de voz y la misma habilidad en la dialéctica con que lo habían hecho aquellos hombres sabios de la biblioteca.

«Simon, 43 años, agricultor, viaja con su esposa Lariet, de 40, y con tres hijos sanos. Todos útiles. Rudolf, comerciante, viaja con su esposa y sus tres hijos jóvenes. Todos útiles...»

Los hombres se fueron alejando y Bertrand volvió a retomar la preocupación por su hijo, pero cuando fue a interrogar a Astrid de nuevo comprobó que el niño había regresado a su lado y se había dormido en su regazo, y que ella también había cerrado los ojos y se había reclinado contra el tronco del árbol. Los contempló un momento y a continuación se procuró un hueco donde echarse a descansar.

Al amanecer del siguiente día el cielo estaba plomizo y cargado de aves negras que volaban en amplios círculos. Cuando Bertrand despertó con la primera luz, detectó en el campamento la inquietud propia de los preparativos y se puso en pie mientras Astrid y el niño seguían dormidos.

Se desperezó desdeñoso, se frotó los ojos y caminó entre jergones improvisados hasta alejarse del árbol.

—¿Qué ocurre? —le preguntó a Rudolf, que recogía en un hatillo unos mendrugos de pan de centeno.

—Parece que Magmalión ha determinado que no podemos permanecer más tiempo aquí, así que preparaos para la marcha e implorad a los dioses por que lleguemos con vida a esa tierra prometida donde quieren llevarnos. Si hay que construir una nueva ciudad en las tierras del sur tendréis trabajo sobrado hasta el final de vuestros días.

Bertrand no lograba imaginar la travesía hacia las tierras del sur llevando consigo a su pequeño, a quien probablemente sometería a terribles condiciones de vida durante mucho tiempo. Se despidió de Rudolf y regresó junto al árbol. Astrid había despertado ya y había dejado al niño recostado y con la cabeza apoyada en sus antiguas ropas rajadas. Al ver llegar a Bertrand lo interrogó con la mirada, pero no hizo falta que él le explicase qué estaba pasando, puesto que en ese momento los soldados del rey se extendieron por el campamento para dictar las instrucciones de Magmalión.

Se había dispuesto que el rey y su guardia personal marchasen abriendo el paso y marcando el ritmo al que habían de desplazarse, conforme a las necesidades de los más débiles, mujeres encintas, ancianos, niños, heridos y enfermos. De cuando en cuando se harían altos en el camino para esperar a los rezagados, y los pasos más complicados se afrontarían en un solo grupo fuerte y unido con el fin de evitar la dispersión y el abandono. El rey no estaba dispuesto a perder a sus súbditos por desatención, por lo que también dispuso que los que tuviesen dificultad para caminar recibieran los cuidados de soldados y médicos con el fin de garantizar la buena marcha. En el plazo de tres días se realizarían todos los preparativos, se construirían parihuelas y se designaría a los encargados de llevarlas, se organizaría con detalle el reparto de víveres, se fabricarían sandalias en grandes cantidades y se distribuirían entre la población, y finalmente se agruparía a la gente asegurándose de que en cada grupo hubiera hombres y mujeres de todas las edades y condiciones, para evitar que unos caminasen demasiado deprisa y otros, por el contrario, se retrasasen sin remedio.

—Tenemos que prepararlo todo —dispuso el carpintero.

—Bertrand... el niño ha perdido el habla. Antes de hacer preparativo alguno tienes que buscar un médico.

El maestro carpintero tragó saliva. Astrid había acentuado su cara de amargura mientras le confirmaba lo que él ya había sospechado.

—Tal vez sea algo pasajero y vaya recobrándola poco a poco.

—Sí, puede ser... pero creo que debes buscar un médico —insistió.

Bertrand regresó a donde estaban Rudolf y los otros miembros del grupo y ellos le indicaron que había un físico afamado junto a un viejo carro, y quiso intentarlo. Había una cola larguísima formada por tullidos, heridos gangrenosos, ancianos que se asfixiaban, mujeres a punto de parir, niños que se retorcían de dolor sujetándose sus vientres, y otros muchos afectados por toda clase de males. Al ver a Bertrand con aspecto saludable, una anciana que sangraba por la boca se aferró a él.

—Salvadme, por favor, ¡salvadme! Me muero y soy la única compañía de mis dos nietas. ¡Haced algo por mí!

Bertrand miró a la mujer y luego a su alrededor esperando encontrar la ayuda de alguien, pero cada cual seguía a lo suyo y nadie se preocupaba de la anciana.

—¡Amigos! ¿Alguien está dispuesto a dejar pasar en primer lugar a esta necesitada? —gritó para hacerse oír con claridad en toda la fila de enfermos—. Se ha quedado sola con sus dos nietas, de las que nadie puede hacerse cargo, salvo ella misma.

—¡Aquí todos estamos solos, o somos necesitados, o tenemos hijos y nietos a nuestro cargo! —respondió un hombre con un parche en el ojo—. ¿Acaso hay alguien que no esté pasando por todas las miserias posibles?

La mujer, que no dejaba de llorar y de quejarse, se dejó caer a los pies de Bertrand. Algunas voces en la fila empezaron a tomar partido favorable a dejarla pasar, más por no hacerse responsables de lo que pudiera ocurrirle que por convencimiento propio.

—¡Que pase de una vez y se vaya de aquí! —dijo alguien, y los demás callaron.

Bertrand constató al levantarla que la mujer pesaba poco más que un saco de trigo. Ella se asió a su brazo y le pidió que le sirviera de apoyo y la llevase ante el físico. Así que Bertrand avanzó junto a la fila mientras percibía las miradas desaprobadoras de la mayoría de los que aguardaban padeciendo sus propios tormentos. Aguardó a que el físico despidiese al paciente que estaba atendiendo y recorrió los últimos pasos hasta plantarse ante él.

Era un hombre al borde de la vejez, sin cabello y sin apenas dientes, de piel broncínea recorrida por abultadas venas azules. Sus ojos, de un negro brillante, se enmarcaban bajo dos surcos de piel que ocupaban lo que antaño habían sido cejas.

—Decidme, ¿qué os sucede? —preguntó con voz atiplada.

La mujer trató de explicarle lo que le ocurría hablando atropelladamente y con desorden. Le mostraba la boca ensangrentada, se tocaba el pecho y el vientre retorciéndose de dolor, se quejaba en alaridos y de vez en cuando dejaba los ojos en blanco.

El físico la exploró ante los ojos de Bertrand, que empezaba a sentir un calor sofocante. Una idea le rondaba la cabeza.

—Dejadla aquí para que mis ayudantes la traten, ¿sois responsable de ella?

—Eh... no, no. No lo soy. La encontré mientras aguardaba. Dice ser la única que puede cuidar a sus dos nietas y...

—Bien, bien. Podéis iros tranquilo, entonces. ¡El siguiente!

—¡No!, por favor... quería haceros una pregunta. —El físico lo miró, incómodo. Bertrand se había hecho el propósito de aprovechar la situación para evitar la espera y contar a aquel hombre lo que le ocurría a su hijo, aunque la idea de adelantarse a los que esperaban le provocaba una tremenda agitación interior—. Mi hijo tiene apenas cuatro años y vio morir a su madre aplastada por el techo de casa. Se ha quedado sin habla y me gustaría que lo vieseis. Debí haberlo traído pero... —Bertrand dejó en el aire la frase que había dicho de corrido y bajando la voz.

El físico hizo una mueca de fastidio, pero de pronto pareció reaccionar y miró con curiosidad al maestro carpintero.

—¿No habla, decís?

—Así es. Aunque oye perfectamente, no dice una sola palabra.

—¡Eh! ¡Amigo! ¿Os burláis de nosotros? ¡Ibais acompañando a esa anciana y estáis aprovechándoos de nuestra buena voluntad! —le gritaron desde la fila. El físico miró en dirección a los enfermos que vociferaban los reproches.

—Decidme, ¿dónde está vuestro hijo? Pasaré a verlo.

Bertrand le tomó las manos en señal de agradecimiento mientras hacía el ademán de irse.

—¡Oh! Benditos sean los dioses... ¡No sé cómo agradecer esta merced...! El pequeño estará bajo aquel árbol al cuidado de una mujer joven llamada Astrid. Por favor, no dejéis de ir a verlo, es todo cuanto me queda.

—Astrid... —repitió a fin de acordarse—. De acuerdo, ahora marchaos...

El físico lo observó mientras se alejaba entre abucheos e insultos del resto de la fila de enfermos y luego volvió a concentrarse en su tarea. Bertrand se apartó cuanto pudo y buscó un amplio claro en medio de la explanada, como si necesitase respirar. El suelo estaba reseco y se había cubierto de una densa capa de polvo como consecuencia de miles de pisadas sobre el mismo lugar, por lo que se elevaban pequeñas nubes blanquecinas a cada paso. Miró al cielo y notó la quemazón del sol en el rostro a la vez que una sensación de imperiosa sed se adueñaba de sus entrañas. Sintió la necesidad de quitarse los harapos y sumergirse entero en el agua de un manantial para desprenderse de la suciedad y el sudor que lo envolvían, y la certeza de que no tendría esa posibilidad en mucho tiempo lo hizo desearlo con mayor vehemencia.

Cuando regresó junto al árbol se encontraba fatigado. Astrid se entretenía jugueteando con Erik y, un poco más alejados, varios hombres sentados en círculo en el suelo debatían acaloradamente en torno a un pergamino. Al acercarse comprobó que se trataba de Rudolf y el resto de los artesanos, así como de algunos hombres más que no supo reconocer en un primer momento.

—¡Maestro, venid! —le gritó Rudolf cuando lo vio aparecer. Los rostros, apenas disimulada la lividez por la suciedad, se giraron hacia Bertrand—. Mirad este mapa.

Saludó sin disimular su cansancio y ocupó el hueco que le abrieron en torno al pergamino. Comprobó entonces que se trataba de un tosco mapa del reino de Ariok sobre el que se había trazado comoquiera la posible ruta a los lagos del sur. En él se representaban grandes extensiones de bosques, montañas cuya altitud venía determinada por la magnitud de los trazos, ríos que serpenteaban entremezclados con los caminos, asentamientos más o menos extensos bajo los cuales aparecían escritos nombres que Bertrand no había oído en toda su vida. Entre todos los elementos de la representación, sobresalía una amplia zona demarcada por un trazo grueso en cuyo interior se dibujaba una calavera.

—¿Qué es? —preguntó acercando su índice al mapa.

—Son las montañas del Hades —informó Rudolf—. Yo conozco la parte norte, pues está en la ruta del comercio de los tintes y manufacturas hacia el oeste. Es una gran elevación más allá del peligroso y húmedo bosque de Loz.

—¿De dónde ha salido el mapa? —preguntó Bertrand temiendo que aquella fuese la ruta determinada por el rey y los suyos.

—Me lo ha dejado un viejo amigo que aguarda allí, junto a aquellas rocas. Asegura que es completamente fiable y que lo consiguió hace tiempo como pago por los servicios prestados a un noble de la corte. Lo traía con los pocos enseres que ha logrado sacar de la ciudad y se ha mostrado dispuesto a dejármelo a cambio de una liebre que mi hijo ha conseguido cazar. Lo creí importante.

Los demás asintieron ante las palabras de Rudolf, que se mostró satisfecho. El mapa, sin embargo, produjo desasosiego en el grupo, pues a nadie escapaba que aquella representación gráfica de un terreno desconocido podía ajustarse a una realidad descorazonadora.

Bertrand desvió la mirada del mapa y observó por un instante a su hijo, que jugaba en silencio siguiendo las instrucciones de Astrid. El niño sostenía sus brazos en alto y descargaba con satisfacción una palmada sobre las manos de ella, luego cerraba el puño y volvía a elevarlo al aire con pillería. Seguía sin hablar, pero al menos parecía disfrutar con el juego. Bertrand sintió un cosquilleo en el estómago, ¿y si el pequeño había perdido el habla para siempre? Por un momento prefirió que Lizet no pudiera verlo así. Pensó en el físico y deseó que acudiera pronto a su llamada. Sin embargo, al llegar la noche de ese día no había cumplido su promesa de visitarlos, y el carpintero tuvo que posponer sus esperanzas pensando en el nuevo amanecer.

Como si percibiese la mirada de Bertrand sobre ella, Astrid abrió los ojos de repente y se encontró con la sonrisa leve del carpintero. Agradeció internamente su presencia, que le inspiraba algo más que la reconfortante compañía de quien podía prestarle ayuda. Sabía que despertaba en el carpintero el instinto de protección, igual que lo hacía su propio hijo, pero probablemente también se sentía protegido y acompañado, como se sentía ella igualmente. En aquellas horas de angustia eran, el uno para el otro, protectores y protegidos al mismo tiempo, y la creencia de que lo veían del mismo modo la hacía conciliar el sueño en mitad del desconcierto.

—Estabas tiritando, cuando en realidad hace un calor sofocante, ¿estás bien? —le preguntó Bertrand en voz baja. En su pesada mirada azul podía leerse que había dormido muy poco, tal vez nada.

Astrid asintió. Se desperezó descuidadamente y se frotó los ojos antes de acariciar con mimo al pequeño Erik, que permanecía sumergido aún en el mundo de los sueños. Estaba pálida y su rostro sucio descubría la misma profunda tristeza del día antes, quizás avivada por los recuerdos nítidos de las pesadillas.

—No te preocupes, es únicamente que me siento sin fuerzas, sin ganas de ponerme en camino hacia ninguna parte —reconoció entonces—. Las pérdidas, puestas en la balanza de la vida que nos espera, pesan tanto que pienso que no merece la pena seguir.

El maestro carpintero se estremeció. Aquellas palabras no venían sino a empujarlo al otro lado de la delgada línea por la que se había estado moviendo en las últimas horas, durante las cuales había disfrazado de fortaleza una creciente debilidad de espíritu. No haber tenido tiempo para pensar le había ayudado a no sucumbir ante la desesperación, pero las palabras de Astrid lo arrastraban al otro lado. De pronto se le antojó la ausencia de palabras en la boca de Erik un motivo suficiente para sentirse el más desdichado de los hombres; la desaparición de Lizet, una desgracia insuperable; el hundimiento de Astrid, un baño de crudelísima realidad; la inminente partida hacia un lugar inespecífico y un futuro de incertidumbres, un reto imposible de afrontar. Sintió debilidad y una sed pegajosa.

—Tenemos que ser fuertes y afrontar esta desgracia con valentía, Astrid —dijo, sin embargo, en un alarde de fingida bizarría—. Tu sentimiento es normal. Es el sentimiento compartido por todos nosotros en mayor o en menor medida. —Se acercó un poco más y le habló con cariño—: Pienso que si los dioses nos han conservado la vida es porque somos necesarios aún. Sé fuerte, por ti y también por quienes, como Erik y como yo, te necesitamos. Y sobre todo, sé fuerte por ellos: tu esposo y tu hija, en alguna parte, querrán verte feliz.

Astrid lo miró sorprendida. Conocía a Bertrand desde hacía mucho tiempo. Lizet y ella habían compartido amistad desde la infancia y ambas se habían desposado con miembros del gremio de artesanos. Lo habían hecho tarde, demasiado mayores para lo que era costumbre en Waliria, ellas y ellos por un motivo o por otro habían llegado al matrimonio cuando los de su misma edad ya tenían hijos bien crecidos. Esa circunstancia, la forma paralela en que habían conducido sus vidas, las había unido siempre, especialmente cuando carpintero y herrero habían compartido multitud de encargos en trabajos que requerían la coordinación de ambos.

Bertrand, a los ojos de Astrid, era un hombre comedido y recto, de pocas palabras, meditabundo a veces, introvertido y bonachón. Era muy distinto de Borg, su difunto esposo: un torbellino indomable capaz de matar un toro con sus propias manos y de hacer una fiesta de un entierro. No podía decirse que hubieran sido amigos, en el estricto significado del término, pero sí compañeros con una relación estrecha y comprometida, contrapuntos en lo personal y complementos en lo profesional.

Ahora miraba a Bertrand y lo veía más arrojado de lo que

siempre le había parecido, más seguro y decidido, como si fuese una mezcla de su esposo y de él mismo, ambos a la vez: la fuerza de uno y la inteligencia del otro mezcladas en proporciones indefinibles en una misma persona. Tal vez su percepción se debía a la necesidad de aferrarse a un punto fijo, sólido, a una referencia que le permitiese conducirse con la seguridad de no perder la perspectiva, un apoyo donde poder sentir que la vida dejaba de dar vueltas sin rumbo. O tal vez era una percepción real y Bertrand hubiese sacado de su interior a la verdadera persona que habitaba en él.

Una voz la sacó de sus cavilaciones. Un hombre se abrió paso entre unas viejas telas que colgaban del árbol; tenía una espléndida calva que brillaba a la luz como un espejo. Era, susurró Bertrand, el físico a quien esperaban.

—Tened un buen día —saludó amablemente—. Siento no haber podido venir ayer, pero las colas de enfermos son interminables y apenas somos unos cuantos para atenderlos a todos, así que cuando quise venir todavía llegaron algunos casos graves que requerían más atención de la que había previsto.

—¡Oh! No os preocupéis. No sé cómo agradeceros que hayáis venido.

El físico sonrió y negó con la cabeza mientras observaba al niño dormido.

—En realidad no tenéis que agradecerme nada. Ayer, cuando os hubisteis marchado supe que os conocía de algo. —Bertrand frunció el ceño—. Luego, cavilando acerca del asunto, recordé que vos fuisteis el maestro carpintero que hizo para mi residencia los mejores trabajos en madera que he visto nunca.

Bertrand hizo memoria. ¡Claro! Ahora lo recordaba. El físico era entonces un hombre mucho más joven y él acababa de ser reconocido como maestro carpintero después de un tedioso aprendizaje. En aquel tiempo el hombre que ahora tenía delante lucía un cabello abundante, y ahora le resultaba prácticamente irreconocible.

—¡Sí! Lo recuerdo bien. Si no me lo hubieseis dicho no habría sido capaz de reconoceros. —Se dio cuenta de la descortesía en ese mismo momento—. Quiero decir...

—No os preocupéis. He perdido todo el cabello y he envejecido deprisa. No tenéis de qué disculparos. Uno de los signos de grandeza que debería reconocerse en los hombres es el asumir los contratiempos con la naturalidad del devenir de la vida, sean de la índole que sean. ¿No os parece? De nada sirve preocuparnos por una roca en el camino si mañana puede desprenderse una aún mayor desde las montañas y aplastarnos como a una hormiga. Pero ese es un asunto que no solucionaremos hoy, me temo. ¿Duerme bien el niño?

—Oh... sí. —Bertrand permanecía aún en las reflexiones del físico—. ¿Verdad, Astrid? En realidad, observándolo parece no sufrir ningún mal; sin embargo, no habla, bien porque es incapaz, bien porque no quiere.

La mujer asintió y apostilló:

—Duerme muy bien, aunque a veces se muestra inquieto en sueños.

—Eso es normal —aseguró el físico—. ¿Qué ocurrió? —preguntó dirigiéndose a Bertrand—. Me refiero al terremoto. ¿Cómo lo vivió él?

El maestro carpintero le contó lo que había ocurrido como él lo recordaba, sin eludir los detalles, a pesar de que de vez en cuando notaba un nudo en la garganta que intentaba disimular.

—Está bien —asintió maquinalmente el físico—. Vamos a despertarlo.

El niño permanecía hecho un ovillo envuelto en su propia túnica, con la carita cubierta por los cabellos lacios que le caían a ambos lados. Entre sus manos sostenía un trapo anudado como si fuese un muñeco. Cuando lo zarandearon y abrió los ojos, se mostró sorprendido ante el rostro desconocido del físico.

—No te preocupes, pequeño —lo tranquilizó su padre—. Es un amigo que viene a vernos y quiere conocerte.

—Hola... me llamo Trabalibok —se presentó, y Bertrand cayó en la cuenta de que no había preguntado su nombre en ningún momento—, ¿cómo te llamas tú?

El niño miró con recelo al recién llegado y buscó una explicación en su padre. El carpintero entornó los ojos y movió la cabeza en señal de aprobación. Tú tranquilo, hijo, no pasa nada, es un buen hombre y no tienes nada que temer, parecía decir con aquel gesto.

—¿No quieres decirme cómo te llamas? —insistió el físico, pero el niño lo miró y no movió los labios—. ¿No? Al menos puedes oírme, ¿verdad? —El pequeño asintió despacio mientras un ligero rubor encendía sus mejillas—. Bueno... pues estoy seguro de que podrás decirme tu nombre, así, despacio —el hombre ralentizó sus propias palabras—, des-pa-cio... Dime tu nombre des-pa-cio.

El niño abrió entonces la boca en un movimiento de imitación, dejándose llevar por la vocalización del físico, pero cuando parecía que iba a pronunciar la primera de las sílabas de su nombre, volvió a cerrar la boca y renegó moviendo la cabeza con desesperación.

Lo intentó el físico tres veces más con infinita paciencia, pero no pudo sacar un solo sonido del interior del niño. Lo observó detenidamente, le hizo abrir la boca y escudriñó en su interior hasta la garganta, luego aplicó su oído al pecho, a la espalda y al vientre.

—El niño está completamente sano —sentenció al cabo. Luego, bajando un poco la voz y tomando a Bertrand por el brazo, lo apartó un poco—. Ha perdido la voz por la impresión de la muerte de su madre, sin duda. Es un mal infrecuente, pero estoy seguro de que habréis oído hablar de casos similares, en los que alguien perdía la voz por un impacto singular.

Bertrand asintió, aun sin estar seguro de haber oído tal cosa en toda su vida.

—Bien, pues la cuestión es que los casos conocidos han evolucionado de diferente forma. Hay quien ha recuperado la voz de la manera más inesperada y asombrosa, pero también hay, y no quiero asustaros, quien no la ha recuperado jamás.

El carpintero sintió un golpe seco en el interior de su pecho. Miró con disimulo por encima del hombro del físico y comprobó que mucha gente se desperezaba y se ponía en pie recogiendo los improvisados lechos y disponiéndose a afrontar la actividad del día que acababa de empezar. De un momento a otro se recibiría la orden de Roger de Lorbie de organizar la partida definitivamente y tendrían que agruparse siguiendo las órdenes que les diesen.

—Así que no podéis hacer nada —continuó diciendo el físico—, más que esperar y hacer sacrificios a los dioses a la espera de que pueda recuperar el habla lo más rápidamente posible. ¿Entendido?

El carpintero asintió.

—Entendido.

El físico miró a su alrededor y fijó su vista en Astrid, que acababa de apoyarse en el árbol con una mano, mientras con la otra se tocaba el vientre. Parecía tener náuseas.

—¿Os encontráis mal? —preguntó Trabalibok mientras se acercaba a ella, pero Astrid negó con la cabeza—. Dejad que os ayude. Poneos aquí...

—Os lo agradezco, estoy bien... No es nada...

Astrid se había quedado aún más pálida que al despertar. Bertrand la observó y pensó que debió sentirse indispuesta mientras hablaban el físico y él, pues además de su hundimiento no había percibido en ella ningún síntoma de enfermedad. Y ahora parecía realmente enferma, pálida y con los ojos hundidos, la cara chupada y los labios contraídos en una mueca de dolor.

En ese momento un heraldo se aproximó gritando instrucciones dictadas por el rey acerca de cómo habían de ponerse en marcha. Las voces del enviado real se aproximaban con rapidez y el físico parecía dispuesto a irse sin más. Él miró a Astrid, que había tomado en sus manos una escudilla de madera e intentaba dar algo de comer al niño.

—¡Sepan todos lo que la voz real dicta! Nuestro rey, el grandioso Magmalión, ordena a sus súbditos de toda condición que en el mediodía de hoy, cuando el sol caliente desde lo más alto, cada cual se agrupe con sus semejantes en el lugar que le sea asignado. Antes de que el aro dorado se oculte allende las montañas de poniente, todos los grupos han de estar formados y pertrechados adecuadamente, procurando para sus miembros más débiles cuantas prevenciones fueren necesarias según sus dificultades. Al alba de mañana se hará un sacrificio a los dioses al que ha de asistir el miembro de mayor edad de cada grupo, para que estos nos sean propicios en la más importante empresa en que el reino de Ariok se haya visto envuelto jamás.

Esos fueron los propósitos y así se hizo, se agruparon como se había indicado, regalaron un sacrificio a los dioses para encomendarse a ellos e iniciaron el penoso éxodo que comenzó hacia el mediodía de un día a finales del año treinta del reinado del gran Magmalión I de Ariok. El sol lucía brillante y grande y la tierra que pisaban era dura y descarnada, sin una pizca de pasto que pudieran aprovechar los rebaños que cerraban la caravana para abastecerlos durante el viaje. Las cabras ramoneaban algunos árboles bajos y de hojas escasas y las ovejas se dejaban los dientes a ras de suelo llenándose los hoyares de polvo. Los heridos eran cargados por mozos que se relevaban por turnos, los ancianos caminaban despacio emitiendo quejidos y los niños derrochaban energía jugando sin parar. Los adultos se miraban unos a otros sin atreverse a decir en voz alta que si aquello no hubiese sido ideado por el gran e infalible rey Magmalión, sería un verdadero y gran disparate.

4

—Vamos, bebe... así, despacio.

Bertrand levantó la cabeza y observó a los soldados que venían recorriendo la fila desde atrás con sus caballos empapados en sudor. Traían los zahones y las botas cubiertas de polvo y los rostros congestionados por el castigo que el sol les estaba infligiendo desde temprana hora. A su lado, el viejo Gunter «manos de barro» respiraba con dificultad. Era un anciano que había sido alfarero durante toda su vida y que había enfermado a fuerza de respirar el polvo de su pequeño almacén. Bertrand lo conocía desde que era niño, cuando su madre lo mandaba a comprar las vasijas en las que conservar la comida. Su grupo lo completaban dos muchachos fornidos; una mujer que se había quedado sola tras el desastre, conocida como Vasilak; un matrimonio de alta posición que viajaba con sus dos hijos: un niño y una niña que cuidaban de una gallina desplumada; y, por último, Simon, el agricultor, su esposa, Lariet, y sus hijos.

Movían sus cabezas como girasoles, dirigiendo sus miradas a los soldados a medida que avanzaban dando órdenes. De vez en cuando, estos se paraban para interesarse por alguien o para hacer alguna pregunta acerca del estado de salud general o de la eficacia en el reparto de la comida, y hacían chasquidos con la lengua cuando recibían las quejas de las gentes. Demasiado pronto para lamentarse si todavía no hemos hecho más que empezar este éxodo que se prolongará durante meses o años, quién sabe, decían. Pasaron de largo y se perdieron en la lejanía en busca del final de la interminable caravana que serpenteaba de montículo en montículo sin que su cabeza y su cola alcanzasen a verse desde donde se encontraba el grupo de Bertrand.

Cuando apenas llevaban recorrida media jornada, Gunter «manos de barro» dijo que ya no podía más, que era demasiado viejo y que había vivido lo suficiente como para alejarse de sus recuerdos en busca de una tierra prometida que a él ya no le prometería nada. Se negó completamente a continuar y pidió que lo dejasen donde estaba, que a pasitos cortos regresaría a las ruinas de la ciudad y allí sabría procurarse una digna sepultura donde algún alma caritativa —nadie dudada de que habían quedado atrás muchas personas que, a escondidas, habían renunciado a seguir al rey en su loable propósito— sabría despedirlo con un mínimo de dignidad. Bertrand, desconcertado, esgrimió tantos argumentos supuestamente convincentes que terminó por no tener ninguno. Mientras tanto, la fila había reanudado la marcha y el grupo que iba delante había puesto tierra de por medio abriendo un hueco que fue ocupado inmediatamente por los grupos que venían por detrás. Así, en apenas un suspiro, se mezclaron unos con otros armándose una gran algarabía.

—¡Aliona!, ¡Aliona! —gritó de pronto una de las mujeres del grupo al comprobar que con el tumulto había perdido de vista a su pequeña hija.

Empezó a cundir el pánico. Se empujaron unos a otros y todos se sintieron ofendidos en medio de empellones, insultos y desconsideraciones, como si nada tuviese tanta importancia como el lugar ocupado en la caravana. Bertrand intentó calmar los ánimos haciendo ver a los demás que era importante hacer reaccionar al viejo Gunter y que si ahora era él quien necesitaba ayuda, pronto serían otros los que merecieran la atención de sus convecinos, y no era cosa de despreciar al prójimo si el próximo podía ser uno mismo. Pero enseguida percibió que cada grupo había adquirido súbitamente una conciencia de unidad inquebrantable y competitiva con respecto a los demás grupos, como si se tratase de manadas salvajes que se disputaran la supremacía.

Quiso hacerse entender con palabras cargadas de mesura, pero su discurso no llegó a alcanzar el ímpetu necesario para gobernar la ira de los más fuertes. Un hombre fornido y joven perteneciente a otro grupo se apercibió de su intento y se acercó a él:

—¡Cállate de una vez! Si has perdido el sitio en la caravana es por tu torpeza, así que la próxima vez ya estarás más atento, a ver si aprendes.

Bertrand lo miró con desprecio. Él no hacía más que advertir de los peligros que se cernían sobre ellos, pero había quien prefería obviarlos y convertir una marcha que sería duradera y exigente en una competición vital. Prefirió no contestarle y continuar con su intento de poner un poco de orden, al menos en su grupo, pero el otro, con ganas de porfiar, volvió a encararse con él:

—¡He dicho que te calles! —le gritó mientras lo empujaba hasta dar con él en el suelo.

El pequeño Erik no lo había visto, pero uno de los niños que jugueteaban con él le advirtió que a su papá lo habían tirado violentamente al suelo. Al niño comenzó a batirle el corazón en las sienes y los tímpanos le resonaron como tambores de guerra, apretó los puños con fuerza y se lanzó irresponsablemente contra el agresor, arreándole un fuerte puntapié en uno de los tobillos. El hombre, dolorido e indignado, abofeteó al niño con fuerza. Erik, paralizado, abrió los ojos desmesuradamente y se llevó las dos manos a la cara.

De repente unos y otros se enzarzaron en una agria discusión. El hombre que había empujado a Bertrand se enfrentó a todo aquel que osó reprocharle su actitud. Bertrand, mientras tanto, logró ponerse en pie. Tenía fuerzas y arrestos sobrados para enfrentarse a aquel hombre, podía acabar con él si quisiera de un solo puñetazo, sus musculosos brazos le bastaban para hacerlo. Miró al niño, que lloraba en silencio mientras intentaba calmar el dolor de su mejilla, luego miró al incauto que lo había empujado, y finalmente a su alrededor hasta encontrar los ojos de Astrid que, en la distancia, intentaban decirle algo. Creyó leer en sus labios que no merecía la pena responder con violencia. Entonces se apresuró a abrazar al niño fuertemente, apartándolo del tumulto.

Al fin dos soldados del general Roger pusieron orden y se llevaron a varios de los alborotadores. Bertrand quedó a un lado de la fila abrazado a su hijo y agachado junto al viejo Gunter mientras la caravana continuaba su marcha sin reparar en ellos, que permanecieron allí silenciosos y resignados, con el convencimiento de que alguien acudiría en su ayuda.

Así estuvieron largo rato, hasta que cuatro soldados se detuvieron a su lado cuando regresaban de revisar el final de la caravana. Bertrand estaba sudando a chorros, la barba le goteaba sobre una camisola de lino que se le pegaba al cuerpo, tenía el rostro fatigado, sucio y enrojecido por el sol, la melena recogida en una trenza y los pantalones ennegrecidos por la mugre que se había acumulado desde el momento del terremoto.

—¡Paz y justicia! ¿Qué ocurre aquí? ¿Quién es este hombre y dónde está el resto del grupo?

—Paz y justicia, soldados de Magmalión. Se llama Gunter, ha servido a nuestro rey como alfarero durante toda su vida y necesita auxilio, pues se encuentra enfermo y es incapaz de continuar. He pedido ayuda, pero los demás han preferido continuar y no arriesgarse...

—¡Pero cada grupo tiene la obligación de permanecer unido y llevar consigo a los más desvalidos! En cada una de las divisiones que hicimos había jóvenes con vigor suficiente como para portar unas parihuelas. Decidme los nombres de los demás componentes del grupo y los traeremos para que os ayuden.

—Soldado, lo haría gustosamente, pero hubo un tumulto y los grupos se mezclaron unos con otros. Podéis comprobarlo vos mismo yendo en busca de los que me acompañaban, si lo deseáis, y veréis cómo resulta imposible identificarlos a todos.

—Este hombre tiene razón —intervino otro de los soldados—, no creo que la solución sea buscar lo que queda del grupo, porque probablemente sus miembros estén dispersos y mezclados con otros. Nada podrá hacerse antes de que el jefe vuelva a organizar la caravana.

—No nos hemos alejado de Waliria ni una jornada y ya han aflorado el egoísmo y la desconsideración. Nadie, ni siquiera nosotros, ha podido evitar que lo peor de cada uno haya salido a la superficie tan tempranamente. Estoy seguro de que al general Roger no le va a gustar nada lo que tenemos que contarle —dijo el más viejo de los soldados como pensando en voz alta—. Bien... artesanos, no creo que tardemos mucho en hacer un alto para reorganizarnos. Espero que para entonces no sea tarde. ¡Adelante!

Los soldados se alejaron y Bertrand se quedó en cuclillas junto al alfarero. Miró al cielo y lo vio adornado por nubes blancas e inmóviles que parecían distribuidas ordenadamente desde el horizonte hasta el sol, formando islas de diferentes tamaños y formas caprichosas en medio de un océano interminable. Si se quedaba un rato con la vista en lo alto acababa por encontrar parecidos razonables, ora un pato con las alas extendidas, ora una tortuga con un fino caparazón. Luego bajó la mirada y la clavó en Gunter, que respiraba desacompasadamente y repetía una y otra vez a Bertrand que se fuese y lo dejase allí tranquilo. El carpintero miró entonces a su hijo y lo vio jugueteando con un montoncito de tierra. El niño, advertido de la mirada de su padre, levantó la cabeza y volvió a agacharla. Tenía la carita sucia y enrojecida, las narices manchadas de mocos, las manos tiznadas y las uñas negras. La ropa era la de dormir, decente pero escasa, y las sandalias, que improvisadamente le habían suministrado antes de emprender la marcha, le quedaban pequeñas. Bertrand se dejó envolver por una pena momentánea, luego deshizo un gran hatillo que llevaba consigo y le extendió una abollada cantimplora de hojalata cerrada con un tapón de madera. «Bebe solo un poco, que ha de haber también para Gunter y para mí.» El chiquillo dio un sorbo y se la devolvió a su padre, que se la extendió al viejo. Finalmente, cuando quiso beber él, no quedaba una gota.

Se puso en pie y oteó el horizonte. Tarde o temprano, se dijo, darían orden de aprovisionarse, establecerían un campamento, saldrían de la caravana en busca de piezas de caza, de granjas dispersas donde encontrar leche, miel y huevos, de pozos y manantiales de los que beber, de ríos y lagos donde bañarse.

La gente seguía avanzando mientras ellos tres permanecían parados. Algunos hombres y mujeres que los reconocían hacían un alto breve y les preguntaban qué ocurría, y él daba rápidas explicaciones para evitar que nadie se quedase atrás por su culpa. Todos se lamentaban de su infortunio, pero nadie tomó la decisión de quedarse con ellos, ya fuese a ayudar o a darles compañía. Bertrand miró al fondo y pudo comprobar que ya se veía el final de la fila a lo lejos, mientras que la cabecera de la caravana se había perdido definitivamente hacía mucho tiempo.

Escudriñó alrededor en busca de alguna señal, de algún sitio donde asentarse para encontrar víveres y poder pasar el resto del día lejos del alcance de los rayos del sol, pero en aquella parte de la región solo había tierra desértica y pedregales abundantes. Los soldados habían dicho, antes de partir, que había que avanzar varias jornadas con lo poco que tenían hasta llegar a la zona de bosques, donde encontrarían comida y agua para mantenerse; pero no podía imaginar que mientras tanto no hubiese absolutamente nada más que tierra y piedras, sol, aire irrespirable, desorden, egoísmo, hambre y sed. ¿Qué le había pasado al noble pueblo de Ariok? ¿Qué especie de mal había arraigado en sus corazones?

Miró de nuevo al cielo y comprobó que en lugar del pato de alas extendidas había ahora una especie de caballo alado y donde antes parecía avanzar despacio una tortuga de fino caparazón ahora había una masa amorfa que, si acaso, podía parecerse a una gran saca de lana. De pronto escuchó un murmullo creciente, como si una misma voz se elevase cada vez más en medio de la llanura. Pronto se dio cuenta de que en realidad era una orden que se iban pasando unos a otros y que empezó a ser inteligible para él cuando se aproximaba a su posición: «alto en el camino», se decían los de delante a los de atrás, hasta llegar a su altura, cuando él mismo dijo a voz en grito «alto en el camino» y la gente se detuvo y deshizo la fila a la vez que cada cual se desplomaba sobre el suelo polvoriento para descansar y sacar de sus hatillos algo que llevarse a la boca.

Desde la parte más alejada vieron venir varios carros avanzando despacio y repartiendo víveres y un poco de agua en grandes tinajas de barro cocido. Cada grupo designaba a un miembro que se acercaba al carro y tomaba para todos los suyos una ración de comida y otra de agua que resultaban muy escasas. Pero pronto empezaron a empujarse unos a otros para llegar los primeros al carro, temiendo que fuese a terminarse la comida. Unos grupos competían con otros e incluso dentro del mismo grupo algunos miembros desconfiaban de la persona designada para aprovisionarlos a todos, por lo que se elevaron voces discordantes y acusadoras apenas se terminó, en un suspiro, la ración que les había tocado en suerte. Y así, mientras la discusión se extendía por la fila como un contagio, los que esperaban más atrás comenzaron a temer que la algarabía y el desorden les impidiesen obtener su propia comida, no porque les faltara paciencia, sino porque veían que el tumulto haría que tarde o temprano fueran asaltados los carros y no llegasen ni siquiera a la mitad de la fila, por lo que apremiaron a sus delegados a que avanzasen para tomar su ración sin aguardar a que los carros llegasen a su altura.

No tardaron los soldados en espolear sus caballos e imponer el orden por la fuerza. Hubo quien dudó de su capacidad para mantener a raya a toda aquella gente, y esta duda alentó a varios jóvenes a sublevarse contra los hombres del general Roger. El motín se saldó con un muerto, varios heridos, cientos de personas sin comer y la fila partida por diez o doce lugares distintos. Este hecho provocó que el rey enviase con urgencia a varios heraldos a leer a voces unas órdenes que habrían de cumplirse desde ese día en adelante. Bien era cierto que al oír las órdenes dictadas por Magmalión fueron pocos los que dejaron de advertir que no resolverían problemas como los del viejo Gunter. Nadie sabía qué hacer con quienes no podían dar un paso más.

La fila se puso en marcha al día siguiente cuando el sol aún no calentaba la tierra yerma que se extendía hasta donde les alcanzaba la vista. Astrid estaba tremendamente cansada, no había podido comer porque no había alimento que le parase en el estómago y apenas había conciliado el sueño. Le costó dar los primeros pasos. Miró hacia atrás pero no lograba ver a Bertrand y al niño, a los que había perdido de vista al poco de que se pusieran en camino. Le habría gustado formar parte del mismo grupo que Bertrand, pero los habían separado.

Había recalado en un grupo no mucho más afortunado que el de Bertrand. Lo conformaban tres viudas recientes, fruto del terremoto, a cada cual más hundida en su propia desgracia, tan sumergidas en la desolación que estar juntas y compartir su tribulación no servía para consolarlas. Las acompañaba un matrimonio de carniceros que no dejaba de preguntarse por la suerte de sus tres hijos, los cuales vivían con sus familias en la parte opuesta de la ciudad. Sus intentos de localizarlos habían resultado infructuosos a pesar de que durante todo el tiempo que permanecieron en la explanada no dejaron de vocear sus nombres y preguntar a todo el mundo si alguien sabía de ellos y de sus nietos. Completaban el grupo un matrimonio —Conrad de Stolberg y su esposa Alisal: él, funcionario de la corte Real y ella, camarera de un rico comerciante y de su acaudalada señora—, junto con su pequeña hija Ryanna; Rudolf, el comerciante, además de su esposa y sus tres hijos; y, por último, cinco miembros de una misma familia: padre, dos hijos y dos chiquillas de siete y cinco añitos, hijas de uno de ellos. Sus mujeres, tanto la del padre como las de los dos hijos, habían desaparecido.

La convivencia en el seno del grupo resultó desastrosa durante las primeras horas. Los jóvenes eran de fuerte carácter y se enfrentaban continuamente al resto, incluido su propio padre, protestaban continuamente por lo que consideraban una lamentable organización y, cuando alguien intentaba siquiera opinar sobre su actitud, se revolvían con fiereza sin dejar que nadie osara contradecirlos en lo más mínimo, por lo que andaban todos amedrentados y cohibidos ante sus muestras de intransigencia. Solo Rudolf parecía no temerlos y les reprochaba con frecuencia su comportamiento, pero nunca lograba hacerlos entrar en razón.

Los ánimos se calmaron a partir del tercer día gracias a un acontecimiento singular. Aguardaban el reparto de comida mirando en dirección sur, a la espera de que los carromatos hicieran su aparición en lontananza cargados de comida y agua cuando, de pronto, un rugido de admiración se elevó entre los primeros puestos de la caravana y todos dirigieron sus miradas en la misma dirección, poniéndose de puntillas sobre los pies descalzos o sobre las sandalias que apenas les permitían erguirse. El asombro fue generalizado cuando se percataron de que era el mismo rey Magmalión quien, rodeado de su guardia personal y algunos miembros de la corte, recorría la fila dirigiéndose de viva voz a su atormentado pueblo. Detrás de él y de la delegación real que lo acompañaba, se podían divisar los carromatos repartiendo la comida en perfecto orden.

Lo vieron acercarse pausadamente, rodeado de sus fieles, regalando sonrisas y palabras que no alcanzaban a escuchar al pronto, hasta que estuvo tan cerca que vieron su rostro moreno y surcado por dos profundas arrugas que le recorrían la cara desde los pómulos hasta la barbilla enmarcándole la boca, sus ojos de un azul profundo y sereno, la sonrisa de sus labios muy rojos. «Siento todo el sufrimiento que vamos a padecer, pero todo tiene un sentido, queridos hijos... La destrucción debida a la catástrofe nos pone al fin sobre una gran misión que viene desde muy atrás: llevar la capital del reino lejos de las fronteras más peligrosas y de las tierras más infértiles. No tenía sentido el esfuerzo de una reconstrucción tan costosa en un lugar que no era el mejor posible. Os pido fuerza y disciplina, ayuda al prójimo y al desvalido, perseverancia y suerte.»

Eso les dijo, aunque pocos prestaron la atención debida a sus palabras por el deslumbramiento que producía la comitiva. Allí iba Roger de Lorbie, lo suficientemente joven para desprender energía y también lo bastante mayor como para irradiar seguridad y experiencia. Quienes lo conocían explicaban al resto que era un hombre fiero en la lucha, sereno en las decisiones, justo en los juicios y severo en los castigos. Tenía una barba poblada y oscura, los ojos profundamente negros bajo unas cejas densas y una frente surcada por arrugas muy marcadas. Cabalgaba con armonía y se movía con su caballo como si animal y jinete tuviesen alas. Vestía una cota de malla con el emblema rojo y oro del rey Magmalión: un escudo en el que resaltaba una gran águila negra en posición de espera sobreimpresa en el centro.

A su lado, completamente tapada y dejando ver únicamente el rostro, la princesa Shebaszka se erguía sobre una yegua blanca con montura azul. Su figura sobrecogía por su belleza: esbelta, de mirada frágil y sonrisa plácida y angelical. Miraba a la gente sin decir nada, pero sus ojos transmitían pesadumbre y condescendencia. Era como si reconfortase al compadecerse, como si su interés se tradujese de pronto en una esperanza o una promesa que no podría dejar de cumplirse. Era, en definitiva, una de esas personas que sin decir ni hacer nada se convierten de pronto en depositarias de una confianza desmedida.

Filippha, una de las viudas que componían el grupo, susurró al oído de Astrid los nombres del resto de los componentes de la comitiva, hombres y mujeres a los que ella conocía bastante bien por haber servido en palacio desde que era pequeña. Ninguna de aquellas figuras le era ajena, y conocía sus nombres y sus vidas, los rumores de la corte, los chismorreos y las habladurías que de parte a parte recorrían la sede regia y las viviendas de los nobles que otrora se alzaron a su alrededor.

—Ese de la camisola blanca es Magnus de Gottem, el tesorero real.

Alguien a su lado dijo que era apuesto, a lo que Filippha respondió que, además de su esposa, tenía permiso real para poseer varias concubinas con las que tenía, según se decía, más de treinta hijos. Magnus era, probablemente, el personaje con más leyendas a su espalda, relacionadas con viajes increíbles de los que había regresado con poderes milagrosos, aunque algunos preferían pensar que simplemente se trataba de vastos conocimientos en las artes del comercio y del cálculo, los cuales habían propiciado que el reino se mantuviese lejos de la pobreza y que el rey llenara las arcas para beneficio de su pueblo.

—Ese otro, el de la melena plateada, es Gabiok de Rogdom, el mayordomo del rey. Que los dioses te protejan si algún día se fija en ti por cualquier causa, pues es un hombre oscuro poseído por el mal. No sé cómo el gran Magmalión puede hacerse aconsejar por un ser que podría pisotear a cualquiera que osara estorbarle lo más mínimo. Y lo mismo puedo decirte de su segunda esposa, a la que espero que no conozcáis nunca jamás. Se llama Mirtta y es un fiel reflejo de su marido, como si fuesen una misma persona desdoblada por brujería.

Cuando la comitiva real pasó justo a su lado, el rey volvió a repetir su discurso. Astrid se fijó en cada una de las personas que le había descrito Filippha, pasando su mirada de uno en uno, empezando por el rey. Magmalión le pareció una persona entrañable, que sonreía con los ojos mientras hablaba musicalmente, dotando a las palabras de cariño y afecto. Luego se fijó en Magnus de Gottem, en Roger de Lorbie y al fin en Gabiok de Rogdom. A su lado iba un joven apuesto.

—¿Quién es? —le preguntó a Filippha.

—Es Barthazar de Pontoix, hijo de Gabiok, al que sus allegados llaman Bartha. Es fruto de su primer matrimonio con Lutgarda de Pontoix, prima del rey. Es peor que el padre, os lo aseguro.

La casualidad quiso que en ese mismo momento en que miró al hijo del mayordomo real sus miradas se cruzaran, y Astrid sintió un escalofrío tan intenso que pareció helarle el alma. Podría jurar por todos los dioses que jamás había sentido hasta entonces nada semejante. La vida, la mala suerte o el destino quisieron que no fuera la única vez, pues a lo largo de los años que estaban por llegar aquellos ojos habían de dedicarle otras muchas miradas, y siempre le llegaron tan hondo o más que aquel día, y la inundaron de infortunio a su pesar.

Cuando el rey se alejó junto a los suyos y Astrid no había

logrado recomponerse aún de la mirada de Barthazar de Pontoix —no podía encontrar una explicación para la sensación de desasosiego que había dejado en su interior—, preguntó a Filippha por la reina.

—¿La reina? ¿Qué reina? —se extrañó—, ¡pero si no hay ninguna reina! ¡A nuestro rey no se le ha conocido relación alguna con mujer ni hombre en toda su vida!

Y era cierto, pero Astrid entonces no lo sabía. Aquel era un gran misterio sin resolver en lo que a la figura de tan magnánimo rey se refería, pues jamás se le atribuyó relación alguna con damas, cortesanas ni fulanas, y ni aun con mancebos se le había visto nunca en actitud lujuriosa, como si la lascivia no le hubiese lacerado ni una sola vez en su vida, ni tampoco la tentación en grado mucho menor que la intemperancia, el deseo carnal o el apetito que arrastra a los mortales hacia los pecados veniales de la carne. Y si pudiera entenderse su desinterés como un rasgo esencial de su carácter, en modo alguno era asumible que evitara la presencia de una mujer en su vida aunque fuera con el único objetivo de procurarse un heredero. Como consecuencia, proliferaron las conjeturas que le atribuían un defecto de constitución que lo inutilizaba para la cópula, y mientras unos lo achacaban a que adolecía de impotencia, otros aseguraban que carecía de verga o que la tenía tan pequeña que le resultaba imposible fornicar. Sea como fuere, nadie se habría atrevido a sugerir nada semejante en voz alta ni en presencia del rey, no porque temiese un castigo, que también, sino porque resultaba poco menos que imposible encontrar a uno solo de sus súbditos dispuesto a herirlo en su orgullo. Tanto era el amor que por él sentía su pueblo.

Esas y otras cosas hablaron mientras llegaban los carros con la comida, de la que dieron buena cuenta en un suspiro, de tan escasa como era y de tanta hambre como tenían, que más que personas parecían animales luchando por devorar una presa insignificante. Luego estuvieron un buen rato organizándose para cuando ordenasen que habían de ponerse de nuevo en marcha, asegurándose de que llegarían al gran bosque de Loz con fuerzas suficientes y sin menoscabo de la salud. Y mientras departían y se asignaban tareas y discutían acerca de cómo había de hacerse la marcha, Astrid se ensimismaba como si se perdiese intentando hallar la forma de no pensar.

Estuvieron así largo rato, al cabo del cual emprendió el rey su camino de regreso hacia los primeros puestos de la caravana y pasó de nuevo a su lado para perderse en la lejanía. Miró una última vez hacia Bertrand y le sorprendió que no se hubiese encontrado una solución a un problema que no solo le afectaba a él, sino también a otros muchos que se habían apartado de la fila y que permanecían inmóviles a un lado mientras los demás reanudaban la marcha dejándolos atrás. Se abstrajo de nuevo a cuanto la rodeaba y se dejó arrastrar por la inercia de la caravana bajo la luz suave del atardecer.

—¡Erik! —Despertó sobresaltado y manoteó en la oscuridad sobre el costado del niño. Estaba allí, a su lado; no había nada que temer. Había soñado que, al despertar, su pequeño había desaparecido, pese a que antes de dormir había atado la muñeca derecha de Erik a la izquierda suya con un trozo de cuerda.

Todavía era muy de noche y en el cielo se veían algunas estrellas tan grandes que parecían estar observándolos. Llegaban ruidos de animales salvajes y alguna que otra voz de quienes habían quedado retrasados a lo largo del día en los márgenes del camino. No había restos de fogatas ni lámparas encendidas, tan solo la tenue luz de la luna creciente. La respiración de Gunter le llegaba muy débil, más aún que la de Erik, que dormía profundamente.

Fue entonces cuando Bertrand tuvo tiempo de pensar por primera vez. Rescató a Lizet de ese rincón de la memoria donde la había apartado momentáneamente y la hizo presente con tanta fuerza que se encogió para protegerse de la amargura que lo envolvía como una araña envuelve a la presa con su fina tela. Ahogó el llanto lentamente mientras se mordía los labios, agazapado entre los sucios trapos sobre el jergón de yerbajos secos que había fabricado a duras penas para él y para el niño. Pobrecillo, pensó. ¿Qué será de nosotros? Él era un simple carpintero. Tal vez el mejor, eso era cierto, pero carpintero al fin y al cabo. No había hecho otra cosa desde que, siendo muy niño, su padre le enseñó el oficio y fue puliendo sus habilidades a fuerza de constancia y de tiempo, poco a poco, día tras día, tabla a tabla. Había conocido a Lizet durante los trabajos de uno de los encargos recibidos. Ella era hija de un humilde contable que le había encomendado a Bertrand la fabricación de las barandillas para la escalera de su casa nueva. Lizet y él se enamoraron a primera vista y tuvieron un noviazgo de muchas sonrisas y pocas palabras, de encandilamiento mutuo, de certezas. Supieron desde el primer momento que acabarían casándose y no necesitaron más esfuerzo que el de sumergirse en una rutina de recíproca compañía, queriéndose de verdad y regalándose la seguridad de saberse juntos, con el único sueño de poder criar sin contratiempos a los hijos que tuviesen. Ella amaba su bondad, su paciencia infinita, su presencia siempre oportuna y silenciosa allá donde se le necesitaba; y a él le cautivaba su alegría, la serena belleza que se desprendía de su sonrisa, la mágica luz de su rostro y las palabras siempre animosas que apuntalaban su espíritu. Era una mujer sencilla y cariñosa, y también inquieta y con ganas de aprenderlo todo. Según pregonaba siempre, desde que lo conoció le llamó la atención la habilidad que tenía para ver en cada pieza de madera el resultado final, la facilidad para anticiparse al trabajo terminado después de moldearla. Lo admiraba, lo idolatraba, pensaba con convencimiento que no había nadie como él.

Antes de que naciese Erik lo ayudaba en la carpintería. Le gustaba el tacto de los tablones, el olor dulzón de la madera y el intenso de los barnices. De vez en cuando se lo quedaba mirando largo rato, embelesada y sonriente, viendo cómo se movían sus manos mientras usaba con destreza las herramientas. Cuando él le devolvía la mirada agudizaba la sonrisa dejando ver sus dientes blancos, y en la cara se le dibujaban dos hoyuelos que la hacían realmente hermosa. Era frágil, delicada, suave... un susurro y un bálsamo. El día en que le anunció que estaba encinta la abrazó con tanta fuerza que ella tuvo que pedirle entre risas que la dejase respirar. La había contemplado y la había visto más bonita que nunca, con las mejillas muy sonrosadas y los ojos brillantes de alegría. Era un regalo, una suerte, una mujer maravillosa que siempre lo miró y trató con una admiración desmedida. Y él la amaba con todas sus fuerzas y jamás habría sido capaz de imaginarse una vida en la que no estuviese con él.

Y ahora se había ido. ¿Los contemplaría desde detrás del brillo de una estrella? Se quedó un momento pensativo y decidió que sí, que ella estaba allá arriba, observándolos, y se sintió avergonzado por no haber defendido a su hijo con la determinación de un valiente en el incidente de aquella tarde. Quizá, se dijo, era ella quien dirigía sus acciones y prefería conservarlo humillado, pero con vida para cuidar de su querido Erik. Lo cuidaré, Lizet, por mi vida, dijo en un susurro. Lo cuidaré mientras viva. Te llevo en el corazón como si no hubiese otra cosa en él. No quiero creer que nunca más estarás conmigo, con nosotros, que no volveré a verte reír, que no volverás a mirarme con esa alegría en los ojos, con ese amor reflejado en tu mirada. No quiero pensar que nunca más oiré esa voz dulce y deliciosa con la que me acariciabas el alma, esa voz de niña con que me dabas las buenas noches, con la que calmabas mis temores y me anunciabas que la vida, Lizet, era para nosotros. No me dejes solo, mi vida, no me dejes solo...

A lo lejos se oyeron caballos espoleados cuando empezaba a clarear a naciente. La tenue luz le otorgó una visión desoladora tras los ojos anegados en lágrimas silenciosas: había perdido de vista el final de la caravana y tan solo podía divisar pequeños grupos de imposibilitados que prácticamente habían sido desahuciados nada más empezar. No tardarían en morir si se quedaban allí.

Resultó que el ruido de caballos procedía de un grupo que se acercaba despacio por el norte. Sin duda, pensó, serían rezagados que habían retrasado su salida para ocuparse de algún encargo del rey o para asegurarse de que nadie se quedaba voluntariamente para morir entre las ruinas de la vieja capital. Eran seis o siete jinetes ataviados con camisas limpias de lino y calzones tostados de fina lana, cabalgando lentamente bajo las órdenes de uno de ellos, que destacaba por un ancho pañuelo rojo en torno a la cintura, a modo de cíngulo. Cuando se aproximaron más, Bertrand lo reconoció: era Bertolomy Foix, un afable mercader que ejercía de ayudante de Renat de Lisiek, el representante del pueblo y de los gremios, quien también era un viejo conocido que había surgido de la nada para convertirse en el más rico comerciante de cuantos se conocían en Waliria.

Se secó las lágrimas y se puso en pie. Bertolomy se acercó con sus hombres para interesarse por aquel grupo que permanecía rezagado a los pies del camino.

—¡Por todos los dioses! —rugió—, si antes encuentro a alguien que pretenda servir de comida a los carroñeros, antes encuentro al maestro Bertrand de Lis. Pero... ¿se puede saber qué despropósito es este? ¿Acaso creéis que podéis salvar la vida apartándoos de todo el pueblo en la primera jornada de camino? Que la furia de los cuatro elementos caiga sobre mí si me equivoco, pero aquí hay un buen hombre que pone en peligro la vida de un niño y la suya propia.

Bertrand miró al viejo Gunter y al niño antes de responder a Bertolomy, que ya había comprendido lo sucedido sin necesidad de explicación alguna.

—Veréis, venerable Bertolomy, es que...

—¿Quién es? —dijo señalando las parihuelas.

—Es Gunter, el alfarero, un hombre que ha trabajado toda su vida...

Bertolomy lo interrumpió de nuevo con un gesto que parecía decir que conocía perfectamente al alfarero. No en vano el comerciante había obtenido grandes beneficios a fuerza de comprar barato a los artesanos y vender caro a nobles, campesinos adinerados, sacerdotes, guardianes de los lugares sagrados, caprichosos, altos funcionarios de la corte y grandes maestros espirituales. Conocía de sobra a grandes y pequeños artesanos, entre otras cosas porque el ayudante del consejero real gozaba de una memoria prodigiosa que asombraba a todos por las increíbles muestras que daba de ello.

—¿Es tu hijo? —le preguntó, y Bertrand asintió. Quiso decirle que había perdido el habla, pero le pareció irrelevante y guardó silencio—. Sabes que no sobreviviréis si os quedáis aquí. Por mucha pena que nos dé dejar atrás a quienes no pueden seguirnos, no podemos sacrificar la vida de un niño, ni tan siquiera la vuestra, maestro, por cuidar a un anciano. Este viaje se ha concebido como un gran sacrificio del que solo unos pocos saldrán airosos, pero no podemos permitir que los más jóvenes perezcan por empeñarnos en empresas imposibles. Gunter no llegará a la tierra de los Grandes Lagos ni aun beneficiándose de tu generosidad, Bertrand, por lo que hemos de asumir que le ha llegado la hora. Dejémoslo aquí y despidámonos de él. El niño y tú subiréis a la grupa de nuestros caballos y os acercaremos al lugar que os corresponda en la caravana.

Bertrand observó que su hijo los miraba atentamente con una expresión de temor en el rostro que no supo interpretar. No sabía si se debía al miedo a quedarse atrás y morir allí, como había vaticinado Bertolomy, o al pánico que le daba tener que subir a la grupa de un caballo. Lo cierto era que el ayudante del consejero real tenía razón, pero a él le pesaría siempre haber dejado atrás a un hombre que no había hecho otra cosa que trabajar durante toda su vida con honestidad y entrega. Gunter era un hombre bueno que había ayudado siempre a quienes lo habían necesitado sin esperar nada a cambio, y ahora resultaba justo acompañarlo en el ocaso de su vida.

Bertolomy interpretó los pensamientos de Bertrand como si los estuviese diciendo en voz alta, así que no tuvo más remedio que llamar su atención de otro modo:

—Bertrand de Lis, esto es una orden: si queréis permanecer junto a este moribundo no os lo voy a impedir, pero el niño se viene con nosotros. ¡Subidlo a la grupa y vámonos! —mandó a dos de sus hombres.

Bertrand miró a Gunter con desconcierto y el viejo entornó

los ojos en señal de asentimiento. Ya no podía hablar y se aferraba a un hilo de vida con respiración fatigada y densa. El carpintero se acercó a él, hincó las rodillas en tierra y le apretó una mano entre las suyas.

—No puedo hacer otra cosa, Gunter. Mi hijo es aún pequeño y...

—Idos, o yo os perseguiré por insensato en mi próxima reencarnación. Os lo juro.

Bertrand sonrió tristemente.

—Lo siento —fue lo único que acertó a decir con voz quebrada.

Se puso en pie con pesadumbre y tomó al niño de la mano para aproximarlo a uno de los caballos. El jinete lo sujetó fuertemente y lo aupó con determinación para sentarlo ante él, agarrado a las crines. Luego el carpintero hizo lo propio y montó sin dificultad.

—¡Gunter! —gritó Bertolomy con voz ronca—, ¡nos vemos en la otra vida, viejo alfarero! Que tu tránsito sea agradable y que al otro lado te reciban los tuyos con el cariño que mereces. ¡Adiós, artesano! ¡Espero que no nos guardes rencor y que nos perdones, y que allá donde te toque vivir tu próxima vida tengas la dicha de ser feliz!

Bertolomy Foix espoleó su caballo y los demás le siguieron de inmediato. Bertrand volvió la vista atrás una última vez y comprobó que Gunter aún los miraba entre golpes de tos. Le pareció que, en medio del esfuerzo, el viejo pronunciaba unas palabras: pobre Bertrand, creyó que decía, aunque la lejanía y el ruido de los cascos de los caballos hacían poco probable que lo hubiese oído, así que lo atribuyó a su imaginación.

Antes de que pudieran darse cuenta ya habían alcanzado a los grupos traseros de la caravana, dispuestos a ponerse de nuevo en marcha con la primera claridad del día. La temperatura era agradable a esa hora y los rostros reflejaban la resignación de lo inevitable ante un futuro de despertares como el de esa mañana, con pases de revista, recogida de enseres y preparación de otra larga jornada por llanuras yermas que se perdían en los confines del horizonte. Una nube de moscas sobrevolaba la fila al reclamo de olores de comida y excrementos que la masa humana dejaba a su paso. Los insectos se removían vertiginosamente en torbellinos de vuelos cortos, posándose y elevándose al paso de los caballos.

—Aquel es nuestro grupo —indicó Bertrand.

Bertolomy ordenó a sus hombres que aproximasen a padre e hijo al lugar que les correspondía y les diesen queso aceitado, pan de centeno y un pedazo de pescado en salazón, así como una camisa limpia de algodón para él y otra para el niño, que tendría que usarla como si fuese una túnica debido al tamaño.

—Os estoy muy agradecido, noble Bertolomy —le dijo Bertrand afectuosamente.

—Id y cuidad de vuestro hijo, maestro carpintero, y cuidad también de vos mismo —dijo con cierta melancolía el ayudante de Renat de Lisiek—, y ojalá volvamos a vernos muchas veces. Si me necesitáis, sabéis dónde encontrarme; allí estaré para ayudar si está en mi mano, pues esta empresa va a ser más difícil que moldear la madera. En cuanto al viejo Gunter, estoy convencido de que los dioses sabrán recompensarlo por las vasijas que salieron de sus manos y en las que hemos comido y bebido durante tantos años.

Bertrand asintió con tristeza...

—Os lo agradezco, de verdad.

Bertolomy Foix sonrió, agitó la mano en señal de despedida y partió con sus hombres hacia las posiciones delanteras de la caravana, en busca del lugar que les correspondía junto a los miembros de la corte.

Cuando Bertrand se despidió de Bertolomy, Astrid estaba distraída peinando con sus manos a la pequeña Ryanna. La tenía sentada entre sus piernas y ambas miraban en la misma dirección, le tomaba el cabello con una mano, lo atraía hacia sí y con la otra abierta a modo de peine separaba los mechones con cuidado deshaciendo los nudos del cabello revuelto. Mientras tanto, la chiquilla le contaba historias inconexas de seres imaginarios que mezclaba con los sueños tenidos durante la noche, extraños relatos sin sentido en los que hacía convivir a su familia con seres venidos de otras tierras, emergidos de las piedras y las aguas, retorcidos individuos nacidos de los cabellos que caen cuando una niña se peina.

Desenmarañaba su pelo maquinalmente mientras pensaba en su hija perdida. Aunque intentaba disimular, se le hizo un nudo en la garganta y unas lágrimas calladas le resbalaron por la cara hasta rozar la comisura de los labios. Levantó la vista y, tras la humedad de los ojos, vio la llanura inmensa y desolada, la luz del sol que se elevaba inmisericorde, el bullicio de la gente mal vestida, despeinada y sucia, un carromato ruidoso que pasaba ante ella y un perro que se movía perezoso dos grupos más allá. La niña seguía hablándole y su voz se mezclaba con las órdenes que Filippha daba acerca de la comida:

—¡Vamos, holgazanes! Para un mal gazapo que el hijo de Rudolf cazó ayer y no habéis tenido tiempo de desollarlo... ¡Ay! ¿Dónde querrá llevarnos el rey con unos jóvenes como estos? —La mujer tomó un poco de agua de una vasija de barro y se lavó las manos después de empezar a quitar la piel al pequeño conejo, luego se secó en un sucio delantal que tenía sobre su vestido negro y lanzó el animalillo a medio despellejar a uno de los hijos del comerciante—. ¡Sigue tú y consérvalo hasta la hora de comer!

Astrid siguió con los ojos la trayectoria del conejo distraídamente, pero la niña cambió de pronto su tono de voz y consiguió captar su atención:

—¡Mira, Astrid, es el niño sin voz!

Se fijó entonces en Bertrand y en el niño, que retornaban a la caravana, y experimentó una reconfortante sensación de calidez. El carpintero, que solo había sido un buen vecino y un magnífico compañero de su esposo, había pasado de pronto a ser parte de su círculo más próximo. Los vio dirigirse hacia el grupo que les correspondía, caminando despacio, uno al lado del otro, pero el carpintero cambió su trayectoria al verla.

—Hola, Astrid, ¿cómo estás? —Ella se puso en pie sujetando a la niña por los hombros y sonrió muy tímidamente por primera vez desde el terremoto—. Toma, quiero compartir esto contigo.

Bertrand apreció aquel intento de sonrisa, triste pero sincero, como una avanzadilla que quisiera conquistar el terreno baldío del luto. Le extendió el queso que le había dado Bertolomy y Astrid lo acogió como un tesoro sin dejar de mirarlo a los ojos. Rudolf, que se había aproximado por detrás para pedirle ayuda a Astrid con unos rábanos que habían repartido los carromatos la tarde anterior, vio el queso en sus manos.

—¡Oh! ¡Gracias, maestro carpintero! —dijo efusivamente, adelantándose a cualquier reacción de ella—. Déjame, Astrid, ya lo guardo yo con el resto de la comida. ¡Esto no tiene precio en situaciones como esta! Espero que a tu grupo no le importe que compartas un manjar como este con nosotros, maestro. Te lo agradezco de nuevo.

Bertrand abrió la boca para protestar, pero de pronto comprendió que la actitud de Rudolf era incluso más razonable que la suya, puesto que la comida debía ser compartida. No tenía sentido que el queso lo consumiese Astrid únicamente, y de hecho ella probaría solo un poco de aquella pieza tan lustrosa. Así que tomó conciencia de que acababa de hacer una tontería, puesto que había privado a su hijo y al resto de los miembros de su grupo de un alimento valioso sin que Astrid fuese a aprovecharlo realmente.

—Vaya, mi intención era compartirlo contigo —acertó a decir Bertrand cuando Rudolf se hubo alejado. Astrid volvió a sonreír con tristeza mientras miraba alternativamente al niño y a él. El carpintero se ruborizó al comprender que ella se compadecía del error cometido por el carpintero al querer beneficiarla—. Vamos, Erik, despídete de Astrid y vayámonos a reunirnos con nuestro grupo.

Se dieron la vuelta abriéndose paso entre una multitud que ya se disponía a comenzar la jornada llevando consigo pocos enseres y mucho cansancio, hasta que llegaron a la altura donde estaban los suyos, aquella familia improvisada con la que ahora compartían destino. Llevaba bajo el brazo la ropa limpia para él y para el niño, así como el pan de centeno y el pescado en salazón. Astrid los vio alejarse, el padre de anchas espaldas y fuertes brazos; el niño un pequeño calco del padre con esos cuatro añitos que apenas daban para una pizca de sombra proyectada hacia atrás. Cerró los ojos y en ese instante algo se interpuso entre ella y el sol y ensombreció sus párpados cerrados, volvió a abrir los ojos y vio a Rudolf ante ella mirándola con una amplia sonrisa.

—Es una suerte que estés en nuestro grupo, Astrid. Una desgracia como la que hemos sufrido y que nos ha sumergido a todos en la más profunda tristeza solo puede superarse si se tiene al lado a gente como tú.

Quedó complacida por las palabras de Rudolf, pero permaneció un instante en silencio sin saber qué decir. No acababa de bosquejar ni por asomo el tipo de hombre que era el comerciante.

Sabía tratar a las personas que lo rodeaban y estaba siempre en el lugar oportuno, aunque ella, en los pocos días que llevaban juntos en aquel grupo, siempre que se le cruzaba intentaba evitarlo debido a que le producía un desasosiego que no podía explicar. Rudolf viajaba con su esposa, a la que trataba como si en realidad fuese su hermana o su hija, y esa forma de comportarse la desconcertaba.

—Gracias, Rudolf, pero no creo que en las circunstancias en que me encuentro pueda trasladar alegría alguna a nadie que esté cerca de mí. Anda, pequeña, vamos a seguir cuidando tu melena —dijo a la niña apartando la vista del comerciante. Se sentaron las dos de nuevo y él se despidió de ellas bromeando con la niña pero sin dejar de observar a Astrid.

Peinó a la chiquilla con parsimonia, sumergiéndose de nuevo en el recuerdo de su hija. Poco a poco, lágrimas silenciosas humedecieron el cabello de la niña, una tras otra como un río oscuro en el que se reflejase el brillo plomizo y denso del cielo al borde de la lluvia.

Era una improvisada choza hecha de ramas secas y grandes lienzos de tela que colgaban de troncos marchitos. Estaba partida en dos y en su interior apenas cabía un lecho reciente de pasto seco y lana vieja, una pequeña jofaina y un pedrusco limpio sobre el que colocar la ropa. Roger de Lorbie y su esposa Brunilda de Hazok —hija del conde Eboino de Hazok y nieta del también conde Arnulfo de Hazok, que fue mayordomo del rey Melkok— se disponían a dormir a pesar del ruido exterior de quienes no respetaban el horario establecido para el descanso. En la otra parte de la choza dormían ya sus dos hijos desde hacía rato. Dos soldados custodiaban el lugar sin perder de vista al resto de los compañeros de la guardia real, que habían sido dispuestos en círculo para preservar a los principales hombres de Magmalión.

Brunilda se desvistió con la prudencia que requería el lugar donde se encontraban, no del todo reservado e íntimo, y se enfundó una túnica blanca de fresco hilo que empleaba para dormir desde que salieron de Waliria. Él siguió el ritual de cada noche: se quitó la cota de malla y la camisola, se lavó el torso y se puso una camisa limpia mientras dejaba la otra en el exterior para que le diese el aire de la noche.

—No tenemos agua suficiente y no podremos aguantar mucho tiempo así. He enviado a varios hombres por delante para explorar lo que nos vamos a encontrar en las próximas tres o cuatro jornadas, pero nada sé de ellos. Si no erramos en nuestros cálculos, llegaremos a los primeros bosques en diez o doce soles, y allí podremos hacer acopio de comida en abundancia. Será por poco tiempo, eso sí, porque son pequeñas extensiones frondosas que atravesaremos deprisa.

—¿Y luego? —quiso saber ella. Brunilda acababa de tumbarse y escuchaba con atención a su esposo, que se estaba secando con un lienzo de lino. La luz de una pequeña lámpara le iluminaba el torso grande y musculado.

—Luego las montañas del Hades. Estuve una vez cuando era muy joven, en una expedición de reconocimiento en la que acompañé al rey. Las tengo en el recuerdo como un lugar peligroso.

—No me has hablado nunca de ese lugar. Jamás se habla de otros lugares de Ariok más allá de la propia capital y los terrenos colindantes, como si todos diésemos por supuesto que poco más existe. Ni siquiera solemos hablar de otros hombres y mujeres, de los campesinos dispersos en sus granjas, de otras ciudades que necesariamente ha de haber en algún sitio.

Roger terminó de abotonarse la camisa limpia de dormir y se tumbó junto a su esposa.

—No. Ariok ha estado siempre sumergido en guerras interminables hasta que llegó Magmalión, y desde entonces nuestra vida se ha reducido a Waliria, sin mirar hacia otros lugares del reino. Y ahora estamos aquí, dispuestos a cambiar la historia, pero envueltos en incertidumbre. Ya lo he hablado con el rey. Esas montañas serán el primer obstáculo realmente difícil para nuestro pueblo y tendremos que hacer un gran esfuerzo por ayudarnos unos a otros, sin saber qué nos aguarda después pero con la creencia de que tras las montañas del Hades hay una extensa llanura con abundante comida y agua suficiente. Estoy reclutando algunos muchachos en edad de servir como soldados, fuertes y sanos, porque vamos a necesitar muchos hombres armados para que protejan a la caravana. La precipitada salida hacia el sur ha impedido que nos preparemos como es debido, así que nos vemos obligados a hacerlo ahora.

—Tengo miedo de lo que pueda pasarnos. Nuestros hijos todavía no tienen edad para afrontar esta travesía y me atormenta pensar que llegue el momento en que no podamos hacer nada unos por otros.

—Tranquila, Brunilda. Mientras estén con nosotros nada les ha de faltar.

—¡Pero nadie aquí puede asegurar que va a estar con nadie! ¡Los dioses nos han sido propicios esta vez, pero ahí afuera hay cientos de mujeres y de hombres que han perdido a sus hijos, y también hay una multitud de niños que han perdido a sus padres! Me despierto en mitad de la noche, Roger —se aferró al poderoso brazo de su esposo—, me despierto con el pecho agitado y el corazón a punto de estallarme, y me asomo a comprobar que todo está en orden. Luego me desvelo y ya no puedo dormir.

—No tienes nada que temer —le susurró él a la vez que la rodeaba con los brazos enérgicamente—. Hay que tener confianza. El gran sacerdote ha encontrado buenos augurios en las estrellas y Magmalión asegura tener el sol y la luna de su lado desde que salimos. Según él, la tierra se ha movido para infligirnos un castigo que nuestro pueblo merecía desde hace mucho tiempo, pero que habrán de pasar miles de soles hasta que vuelva a suceder. Es verdad que el camino será duro, pero nuestros hijos ya soportan bien las fatigas a las que nos veremos sometidos. Sé fuerte y no te rindas nunca, Brunilda. Y triunfaremos.

Ella ya no dijo nada más. Se quedó pensativa un buen rato y fue sumergiéndose en el sueño a medida que los ruidos del exterior iban apaciguándose y el silencio se dejaba ocupar por los aullidos de la noche.

Al amanecer, cuando Brunilda abrió los ojos, Roger ya no se encontraba en la choza. Había despertado aún de noche y se había vuelto a poner su camisa de guerrero y su cota de malla, había salido al exterior y había respirado el aire fresco del alba antes de ir en busca de su caballo. Cuando llegó al lugar que habían elegido para el descanso de las cabalgaduras, se le acercó uno de sus hombres.

—Señor, hay un pastor que quiere veros.

—¿A mí? —se extrañó.

—Bueno, en realidad quiere hablar urgentemente con quien tenga el mando, según sus propias palabras.

El general Roger de Lorbie se quedó pensativo.

—Tráelo aquí.

El pastor era un hombre de escasa estatura, hosco, cejijunto y de oscura piel arrugada. El pelo, negro como el azabache, le crecía desde la mitad de la frente. Una barba cerrada y oscura le daba un aire simiesco.

—Dime, ¿qué pasa?

—Verá, señor, tenemos problemas con las ovejas y con las cabras. Sabíamos que habría poca comida por el camino, pero no imaginábamos que no habría ninguna. Para colmo, les dimos de beber en un abrevadero que más bien parecía un cenagal apestoso, y ahora se retuercen de dolor y se les hincha el vientre. Se están muriendo.

En ese momento una voz surgió desde detrás de uno de los carromatos. Era Gabiok de Rogdom, que vestía un espléndido uniforme de consejero real, con camisa gris y falda negra hasta las pantorrillas, botas de piel y gorro de paño. A su lado, su hijo Barthazar miraba al pastor con el rostro contraído en un gesto de extraña burla.

—¿¡En un cenagal!? ¿Acaso no se os ha dado agua de las cisternas para que bebiese el ganado? ¡Es nuestro alimento para cuando no haya otra cosa, por todos los dioses! ¿Qué ha pasado con el agua? —gritó Gabiok.

Roger quiso calmarlo:

—Gabiok, no os preocupéis. Yo me ocupo...

El mayordomo no disimulaba su furia ante la magnitud del problema. En realidad, nadie había previsto que pudiera presentarse una adversidad así.

—Señor. El agua de las cisternas no fue suficiente ni para una cuarta parte de los animales. Cuando reclamamos más cantidad a los encargados de la cisterna, estos nos dijeron que si no había agua para los humanos menos aún habría para los animales, y que tendrían que conformarse con lo que se les proporcionaba. Los demás pastores y yo comprendimos que las personas teníamos preferencia y que después se atendería a los animales, y por eso buscamos una solución para no dejar morir de sed al ganado.

El mayordomo sintió que le hervía la sangre, pues el encargado de las cisternas era su propio hijo Barthazar.

—¿Es así como cuidáis del ganado? ¡Se os ha encomendado una tarea y no sois capaces de cumplir con vuestro cometido! —Sus gritos iban en aumento, tenía el rostro desencajado y las venas del cuello y la frente se le marcaban como raíces—. ¡Id y decidle a todos los pastores que pasaré a ver los rebaños, y que como haya una sola cabra o una sola oveja muerta pagaréis con vuestra vida! ¡Inútiles!

El general Roger se sintió despreciado por Gabiok, puesto que era él y no el mayordomo quien tenía que garantizar el orden en la caravana y disponer lo necesario para que hubiese alimentos y agua suficientes.

—¡Vete! —gritó Gabiok. A continuación inclinó la cabeza ante el conde Lorbie a modo de saludo.

El pastor agachó la cabeza y musitó una disculpa al tiempo que se alejaba sin girarse. Tropezó entonces con una piedra y sus huesos fueron a dar en el suelo. Gabiok, que ya se disponía a marcharse, tomó la caída por una muestra de torpeza que alimentó su rabia.

—¡No servís ni para teneros en pie! —gritó enfurecido.

Entonces Barthazar desenvainó su espada y sujetó fuertemente su empuñadura a medida que se acercaba a grandes zancadas hasta donde se encontraba el pastor. El hombrecillo, al verlo venir, se encogió en el suelo sin ser capaz de huir.

—¡No! ¡Por favor, no!

El hijo del mayordomo descargó un fuerte golpe y le segó la cabeza de un solo tajo. Roger enmudeció de asombro al tiempo que Gabiok sonrió de satisfacción; Barthazar tomó la cabeza del pastor por el pelo y subió a lomos de un caballo sin riendas ni montura, lo espoleó con los talones y galopó velozmente hacia donde se encontraban los demás pastores. Roger, desconcertado e iracundo, tomó otro caballo inmediatamente para ir tras Barthazar. Gabiok hizo lo mismo temiendo que el general fuese contra su hijo.

Varios de los pastores vieron llegar a Barthazar. Al principio no reconocieron al jinete ni distinguieron lo que llevaba en sus manos, pero cuando se aproximó lo suficiente y pudieron verlo con nitidez, no pudieron dar crédito a lo que veían.

—¡Tomad! —dijo Barthazar arrojando la cabeza a los pies de los pastores cuando llegó hasta los rebaños—. ¡Esto os sucederá a todos si muere el ganado! ¿Me habéis oído? Arreglaos como podáis, pero si volvéis a culparme de la muerte de un solo animal regresaré para hacer lo mismo con cada uno de vosotros.

En ese momento una mujer dio un fuerte grito. Barthazar la vio aparecer desde detrás del rebaño, con un bebé en brazos y un chiquillo de unos tres años agarrado a su delantal. Se lanzó en busca de la cabeza de su esposo en medio de alaridos.

—¡Malnacido! ¡Malnacido! ¡Los dioses os harán pagar lo que habéis hecho! ¡Hijo de mala madre...!

Barthazar sintió una furia creciente. Volvió a desenvainar la espada y se lanzó a por la mujer. Cuando estaba a punto de consumar la decapitación, se contuvo y paró el caballo, descabalgó y ordenó:

—Sujetadla.

Los pastores dudaron, pero en ese momento vieron aparecer a dos jinetes a lo lejos y se amedrentaron.

—¡Sujetadla! —amenazó con su espada.

La mujer se había agarrado a la cabeza sanguinolenta y lloraba desconsolada. Al darse cuenta de lo que estaba a punto de ocurrir se puso en pie.

—Hideputa, te maldigo, morirás joven en castigo por tu maldad.

—¡Sujetadla!

Tres pastores la sujetaron fuertemente y otro le tapó la boca. Barthazar le levantó la larga falda negra que vestía y la acometió fuertemente por detrás. Al terminar, dio orden de que todos los pastores hiciesen lo mismo, todos los días, hasta que la mujer quedase encinta de nuevo.

—Es una orden y me ocuparé de que se cumpla.

Roger, que había llegado demasiado tarde, contemplaba la escena con enorme indignación y un asco irreprimible. Unas tremendas ganas de atravesar a Barthazar con el acero de su espada fueron apoderándose de él hasta hacerle empuñar fuertemente la empuñadura. Gabiok, que acababa de sofrenar su caballo a su lado, adivinó sus intenciones y lo conminó a permanecer quieto y guardar silencio. Por el bien de vuestros hijos, le dijo.

Bertrand no había conseguido sacar de Waliria ni una sola de sus herramientas, pero alguien le había proporcionado una pequeña gubia mientras aguardaban la partida de la caravana en la explanada extramuros, y con ella intentaba acondicionar ahora un pequeño bastón para Erik con una rama seca de abedul. Lo hacía distraídamente, con la facilidad de los años de práctica, como si le resultase tan habitual como comer o respirar. Sujetaba el palo con una mano y con la otra movía la gubia mecánicamente y con destreza, sacando largas virutas al desnudar la madera. El niño lo observaba a intervalos, mientras jugueteaba con una pequeña piedra que en su imaginación era un carromato cargado de leña para el hogar. Erik vestía esa mañana un faldón grueso que Astrid le había proporcionado la tarde antes, y ahora su viejo cinturón desentonaba con la magnífica confección de la pieza. El cabello del pequeño caía a ambos lados de su cara protegiéndola del sol, mientras que su naricilla asomaba a su rostro, enrojecido y brillante.

—Me han dicho que el mayordomo real ha dado un escarmiento a los pastores por dejar morir a las ovejas. Parece que esos holgazanes no se preocuparon de dar adecuadamente de comer y de beber al ganado y han puesto en riesgo nuestra subsistencia —le dijo Simon a Bertrand. El hombre estaba fabricando un pequeño asiento transportable con unos trozos de rama del mismo abedul del que el carpintero había sacado el palo para el bastón, un imponente árbol que se erguía completamente seco a un lado del camino.

—¿Por qué iba a hacerlo? —preguntó Bertrand distraídamente.

—Creedme, maestro, conozco a alguno de esos pastores y sé que la mañana del terremoto estaban en los calabozos por malhechores. No sé si ese mayordomo es más o menos justo, pero sí puedo deciros que la gente tiende a echar tierra sobre quienes tienen que poner orden. A mí me gusta el orden. Me gustan las cosas serias y bien hechas, y no soporto que nadie se desvíe de su camino, y por eso prefiero que los que deben cuidar de nosotros lo hagan con contundencia y sin remilgos. ¿No os parece?

El niño los miró un momento y volvió a recorrer con su carromato los caminos de tierra que serpenteaban entre cardos agostados. Al pasar su brazo entre las plantas un espino se le clavó en el brazo y una gotita de sangre se resbaló hasta la muñeca. El pequeño se retiró el espino sin quejarse y chupó su herida con brusquedad antes de seguir jugando. Bertrand levantó la vista y vio a su hijo moverse con agilidad, luego miró hacia el grupo de Astrid y no logró localizarla en un primer momento; luego, pasando la vista por la fila la vio hablando con Rudolf, que la tenía sujeta por los brazos a la altura de la cintura. Ella parecía contrariada e intentaba retroceder, finalmente se separó de él y fue en busca de agua a una pequeña pipa de madera. Bertrand dudó si ir o no a su encuentro, pero finalmente siguió con su tarea.

—... y bien, ¿qué opináis? —terminó de decir Simon.

—Eh... bueno...

—Creo que sí, que es lo mejor. De todas formas ya lo hablaremos. —Simon se levantó y se dirigió al abedul en busca de más ramas secas mientras el niño seguía jugando y Astrid regresaba a su grupo con un cuenco de madera repleto de agua. ¿Qué le habría querido decir Simon?

Desde la lejanía se fue acercando la orden de ponerse de nuevo en marcha. Poco a poco se fue levantando la larga fila y a lo lejos ya se veía moverse como una sierpe que zigzagueaba en el horizonte.

—Toma, Erik, para ti, ¿ves? Se usa así... —Bertrand se agachó como un anciano encorvado y le mostró a su hijo la utilidad del palo—, para caminar mucho más descansado.

El niño lo tomó en sus manos y lo imitó.

—Así, muy bien. —Sonrió su padre con satisfacción.

Bertrand puso su mano sobre el hombro del niño y comprobó que utilizaba correctamente el bastón, adelantándolo a la distancia justa para apoyarse en él y descargar sobre la madera el peso del cuerpo.

Cuando se aproximó la hora del ocaso volvió a darse el alto. Bertrand buscó rápidamente con la vista un lugar donde dejarse caer y descansar. Una de las sandalias le estaba dañando los pies.

El grupo se congregó rápidamente en torno a él y con agilidad montaron su pequeño campamento antes de que fuese tarde, puesto que el sol había caído ya hacía rato y solo quedaba la luz justa para organizarse y dormir. Cogieron los alimentos que les quedaban antes del nuevo abastecimiento que tendría lugar por la mañana, los repartieron y empezaron a dar cuenta de ellos. Habían establecido tres divisiones dentro del mismo grupo, de manera que uno de los matrimonios se había unido a Vasilak y entre ellos se repartían a su manera la parte que les correspondía; por otro lado estaban los dos muchachos jóvenes y huérfanos, que daban cuenta de lo que les tocaba en suerte devorando con ansia cuanto les era proporcionado; y, por último, la familia de Simon junto a Bertrand y su hijo.

Comían en silencio en torno a un pequeño recipiente de madera donde habían depositado el pescado en salazón y un poco de carne ahumada sobre pan de centeno. Cada cual comía su porción.

—Creo que el reparto está mal hecho —aseguró Lariet de pronto mirando a Bertrand—. Mis hijos tienen la misma porción que tu hijo a pesar de que ellos son mayores que él. Y yo tengo la misma porción que tú, cuando en realidad me encargo de la comida y de las tareas de este grupo, y tú solo has hecho un bastón de abedul.

Bertrand la miró con el gesto duro, no conocía a Lariet antes del terremoto y solo había podido comprobar que era una mujer rubicunda que todo lo hacía derrochando energía, y ahora mostraba una carácter áspero y severo.

—No creo que... —comenzó a decir Bertrand, pero Simon lo interrumpió.

—Maestro carpintero, creo que mi esposa tiene razón. Nuestros hijos deberían tener mayor porción de comida, y ella debería verse compensada de algún modo por su trabajo.

Bertrand dejó de masticar, los miró alternativamente y luego miró a su hijo, que comía un poco de pan de centeno mientras se entretenía jugando con una fila de hormigas que cruzaba el círculo que habían conformado entre todos ellos. Algunos de los insectos llevaban pequeñas migas hacia el hormiguero.

—Estoy de acuerdo con que tus hijos tengan mayor proporción de comida que mi hijo, puesto que son mayores que él —otorgó Bertrand—, pero no lo estoy en absoluto con que vos tengáis más comida que yo, salvo que también vuestro esposo tenga menos porción y la suya sea exactamente como la mía.

—Bien, dijo Lariet. Él tendrá menos que yo y la misma cantidad que vos, mientras que mis hijos tendrán más a partir de ahora y vuestro hijo tendrá menos.

—De ninguna manera —negó Bertrand—. Ellos tendrán más, pero no a costa de la porción que le toca a Erik, que ya es de por sí muy escasa. Así es que mi hijo tendrá lo mismo que tiene ahora, y el resto se repartirá de la forma en que hemos convenido.

Lariet se levantó con evidente ofuscación.

—¡De acuerdo! ¡Pero no quiero veros holgazanear ni quiero ver a vuestro hijo juguetear sin hacer nada mientras mis hijos nos ayudan!

—Pero vuestros hijos son mayores y tienen edad de ayudar, precisamente por eso van a tener más porción de comida que él, que es aún muy pequeño y no tiene ni edad ni capacidad para contribuir con su trabajo. Apenas puede caminar con facilidad.

Simon terminó de comer precipitadamente, se levantó y se alejó gruñendo. Los demás lo miraron con extrañeza y luego siguieron comiendo.

—Mirad lo que habéis conseguido —protestó Lariet—. Menuda compañía nos ha tocado en el grupo. ¿Y vamos a ir así hasta los Grandes Lagos? Acabaremos por devorarnos unos a otros...

A partir de ese día Lariet comía más que Bertrand y Simon, y los hijos del agricultor comían más que Erik, por lo que el carpintero comenzó a pasar verdadera necesidad y tenía hambre a todas horas, mientras que Lariet comía a boca llena y sus hijos también. Sin embargo, así como él comenzó a tener evidentes síntomas de delgadez, Simon no parecía estar afectado por el nuevo reparto.

Una mañana Bertrand despertó antes de la amanecida envuelto en un fuerte olor a tierra mojada. Desató la cuerda que lo mantenía unido a Erik y al ponerse en pie una ligera brisa fresca le erizó el vello de los brazos, por lo que instintivamente se frotó con ambas manos desde los hombros hasta los codos. El cielo estaba cubierto y el olor a mojado era cada vez más intenso, miró a su alrededor y algunos ya se habían desperezado como él y miraban al cielo previendo lluvia.

Cuando fue a recoger sus cosas vio algo extraño. Junto al lecho de Simon zigzagueaba algo que en principio lo alertó porque parecía una serpiente. Se aproximó un poco más y comprobó que en realidad se trataba de un denso reguero de hormigas que iban y venían con pequeños trozos de alimento. Hurgó con cuidado de no despertarlo y descubrió bajo sus ropas una abundante ración de comida. Era pescado en salazón y recordó que ese día habían cenado poco y habían hecho el reparto de forma que la única que había comido pescado en salazón había sido Lariet. Tal vez aquello explicase que él estuviera sufriendo falta de alimento y Simon no, y es que Lariet había conseguido más comida para ella y para sus hijos y daba una porción a escondidas a su esposo, de manera que solo Bertrand y Erik padecían los rigores del racionamiento impuesto por la mujer. Así que tomó el pescado y lo guardó celosamente junto a la gubia y algunas herramientas rudimentarias que había empezado a fabricarse con maderas duras y que guardaba en una especie de funda de cuero.

Se sentó junto a su hijo y esperó a que la claridad fuese dando forma a las siluetas que se apreciaban difusas en la noche, a las nubes que se movían lentamente en el cielo, al movimiento creciente de la caravana, al trasiego de carromatos tirados por bueyes y acémilas y a las mujeres sacudiendo viejas mantas. El ruido se fue haciendo cada vez más elevado. Se mezclaban el canto de los gallos con el rebuzno de los asnos, el balido de las ovejas, las voces de las gentes, el martilleo de un herrador, el restallido de un látigo, las risas de una mujer y los gritos de un niño. Erik abrió los ojos y los fijó en el cielo gris antes de desviarlos para observar a su padre, que le sonreía desde arriba. Abrió las aletas de la nariz como queriendo respirar todo el olor a tierra mojada que les llegaba desde la lejanía, y se puso en pie de un salto.

—Vamos, Erik, hoy parece que tendremos lluvia.

El niño se levantó y señaló hacia donde estaba Ryanna.

—¿Quieres ir a jugar? Anda, ve... pero toma, come esto... —Bertrand sacó el pescado con cuidado de que no lo viese ninguno de los miembros de la familia de Simon—, y cuando nos pongamos en marcha ven de nuevo a mi lado. ¿De acuerdo? Bien, así me gusta.

Cuando Simon se desperezó en el lecho se dio cuenta enseguida de que le faltaba la comida. Entonces dio un respingo y le habló al oído a su esposa, que enrojeció de ira y dirigió su mirada a Bertrand, quien a su vez sonrió para sus adentros pero los miró con indiferencia desde donde estaba.

—Buenos días, Lariet y Simon.

Ellos le respondieron con una sonrisa forzada.

Al poco se pusieron en marcha de nuevo y caminaron duramente por terrenos a los que afloraban rocas afiladas como dentaduras que emergiesen de la tierra. Hacia el mediodía el cielo se oscureció mucho más y comenzaron a caer las primeras gotas de agua fresca.

Los niños empezaron a juguetear y muchos adultos miraron al cielo con sus bocas abiertas como buzones. Paulatinamente la lluvia fue haciéndose más intensa, hasta que llegó a ser molesta y fría, pero nadie parecía estar preparado para protegerse del agua y pronto se improvisaron capas engrasadas, cueros y sombreros. Ya por la tarde, los primeros hombres de la escolta real avistaron a lo lejos el verdor de los bosques enseñoreando una amplia llanura tras la cortina de lluvia que les nublaba los ojos.

Poco a poco fue arreciando y empezaron a formarse grandes charcos que hacían el suelo resbaladizo y peligroso, la caravana comenzó a romperse y una niebla espesa desdibujó los ocres y verdes que se mezclaban al fondo como los colores en la paleta de un pintor. No solo había cambiado el tiempo, sino que además parecía que de repente habían entrado en un nuevo mundo al acercarse a aquella masa boscosa que les aguardaba a lo lejos. A pesar del suelo resbaladizo apretaron el paso con el fin de alcanzar el refugio de los árboles antes de la anochecida y eso supuso que la caravana se descompusiera definitivamente.

Roger se veía incapaz de poner orden, porque la propia cabeza de la fila estaba acelerando tanto la marcha que solo los jóvenes y adultos más fuertes podían seguirla. Comprobó que aquella precipitación se debía a que Gabiok de Rogdom había ordenado alcanzar inmediatamente el bosque antes de que cayese la niebla por completo, saltándose sus órdenes como responsable de la organización del éxodo y amparándose en que el mayordomo real siempre tendría que velar por la integridad, seguridad y bienestar del rey Magmalión.

A media tarde no alcanzaban a verse unos a otros y una multitud de rezagados se apresuró torpemente al comprobar que los más jóvenes se lanzaban precipitadamente hacia el bosque sin medir las consecuencias. La fila, disgregada y rota, dio lugar a grupúsculos que apenas mantenían el contacto, individuos que gritaban llamándose unos a otros para no perderse, familias desesperadas que de pronto se vieron incapaces de hacer que todos sus miembros avanzasen a la vez. Bertrand sujetó fuertemente a Erik y lo ató a él por la muñeca, pero en el tiempo que empleó en hacerlo perdió definitivamente a Simon y a su familia. Se quedaron solos. Por todos lados se oían voces desconocidas, el rodar de los carromatos en una carrera apresurada y sin rumbo, las órdenes de los soldados que intentaban servir de guía, los gritos de quienes se hacían daño al resbalar o al ser pisoteados por otros.

Aunque se había atado al niño, Bertrand lo asía fuertemente de la mano e intentaba caminar adaptándose a él, porque resbalaba a cada paso y quedaba colgado en el aire por la mano de su padre. Una de las veces que perdió el equilibrio se fueron ambos al suelo y el pequeño emitió un sonido a medias entre una queja y un grito, pero luego permaneció en completo silencio de nuevo.

—¡Erik, hijo! ¿Estás bien? —preguntó instintivamente su padre a sabiendas de que no obtendría ninguna respuesta. Le acarició la cara y le retiró el barro del faldón y la camisola. Una pequeña manta que lo envolvía para protegerlo de la lluvia se había mezclado con el barrizal y estaba completamente empapada.

El ruido de un carro se aproximó a ellos sin que supieran bien por dónde y el carpintero sujetó a su hijo con firmeza, lo elevó en volandas para ponerlo a salvo y se alejó de lo que creía que era la trayectoria del enganche. Se recompuso como pudo, chapoteando en el barro, y continuó caminando con él a cuestas, tapado a medias por su propia capa.

Poco a poco los ruidos fueron llegando más apagados y comprendió que se había apartado definitivamente de la caravana. A lo lejos se oían gritos de gente dispersa, extraños ruidos que no lograba identificar, rebuznos de asnos que resonaban con eco. Anduvo desorientado durante un buen trecho por una zona pantanosa que le cubría hasta las rodillas, moviéndose despacio, vacilante, hasta que vio entre la niebla el contorno siniestro de algunos árboles y luego los destellos de una fogata que podía servirle de guía, y hacia allí se dirigió esquivando troncos y matojos. Iba tiritando y cansado.

Salió lentamente de la laguna y a medida que se acercaba a la fogata empezó a oír risas y vozarrones.

—¡Hola! ¿Quiénes sois? —gritó todavía lejos, pero nadie respondió y volvió a intentarlo cuando estaba un poco más cerca—: ¡Amigos! ¡Soy Bertrand de Lis, maestro carpintero, y ando perdido!

—Escuchad... parece gente perdida —dijo alguien—. Aquí, ¡acercaos al fuego!

Al aproximarse fue distinguiendo las siluetas. Era un pequeño grupo de seis o siete personas, hombres y mujeres jóvenes que, sin duda, habían alcanzado el bosque a primera hora de la tarde y habían tenido tiempo de encender un fuego que pugnaba por no apagarse por culpa de la densa niebla.

Cuando los vieron llegar, una de las mujeres se acercó para ayudarlo.

—Venid. Soy Justine, y estos son algunos de mis amigos. Sed bienvenido. ¡Oh! Pobre niño, está empapado. ¿Estás bien? Vamos, señor, acercaos al fuego.

Bertrand se aproximó con el niño de la mano y dirigió un saludo a los seis muchachos que hablaban animadamente junto al fuego mientras se calentaban y secaban sus ropas.

—Paz y justicia. Soy Bertrand de Lis, maestro carpintero, y este es mi hijo Erik. Nos hemos desviado de la caravana en mitad de la tempestad.

Estaban sentados en troncos cubiertos de musgo y a su alrededor se elevaban altísimos árboles de formas indefinidas de los que caían gotas de agua como un eco de la lluvia. El fuego iluminaba tímidamente los rostros que la niebla, cada vez más densa e impenetrable, se empeñaba en ocultar hasta hacerlos irreconocibles.

—Venid, sentaos y disfrutad del calor del fuego mientras dure, pues se están apagando las llamas a pesar de que queda mucha leña por consumir —los invitó uno de los jóvenes—. Y tomad, comed un poco de lo que tenemos aquí, que no es mucho.

Bertrand se lo agradeció sinceramente, partió un poco de bizcocho enmohecido y un mendrugo de pan y le dio de comer a Erik. Luego intentó reavivar la candela, pero el muchacho tenía razón, era como si la niebla asfixiase las llamas o empapase los troncos hasta hacerlos incombustibles.

—Vamos a pasar frío esta noche —dijo otro.

—Y las alimañas vendrán si el fuego no las ahuyenta —opinó la muchacha.

El carpintero pensó que sería mejor dormir sin fuego en un lugar desconocido y lóbrego como aquel, ya tendrían tiempo por la mañana de explorar los alrededores y comprobar si se trataba de un sitio seguro, pero por el momento sería mejor así.

En la oscuridad de la niebla prepararon un espacio amplio

para dormir pegados unos a otros junto a las escasas brasas que quedarían cuando el fuego se apagase definitivamente.

—Oh... tienes que disculparme, pero no recuerdo tu nombre, pequeño... —dijo Justine.

—Se llama Erik —respondió Bertrand—. Perdió el habla el día del terremoto.

La muchacha hizo un gesto de franca contrariedad y acarició la cara del niño.

—Anda, ven. ¿Puede dormir a mi lado?

Bertrand dudó un momento.

—Claro, pero tengo por costumbre atar su muñeca a la mía durante la noche.

Así que se tumbaron todos unos junto a otros y Erik se colocó entre Bertrand y Justine, el fuego fue consumiéndose mientras todavía conversaban tumbados sobre sus mantas y capas, y finalmente se hizo la oscuridad solo rota por algunos rescoldos que todavía brillaban entre los troncos sin quemar.

Bertrand durmió un poco pero despertó alertado por un crujido de ramas secas.

—¿Quién anda ahí? —preguntó en voz baja para no alarmar al resto, pero el ruido se fue aproximando y no obtuvo respuesta. Pensó que tal vez sería un animal y permaneció alerta. De repente oyó un silbido intenso y una réplica del mismo un poco más lejos. Luego un aullido, más crujir de ramas, pisadas muy próximas y finalmente una mano tanteando entre ellos.

—¿¡Qué es esto!? —gritó, por lo que los demás despertaron sobresaltados.

A partir de ese momento todo ocurrió muy rápidamente, se alzaron varias voces a su lado, notó el acero de un puñal entre la niebla, en mitad de la oscuridad los muchachos no dejaban de gritar, Justine chillaba entrecortadamente, como si forcejease con alguien, se oían nuevas voces, amenazas, golpes. Quiso aferrarse a su hijo pero lo empujaron y la cuerda que los unía se rompió.

—¡Erik! ¡Erik! —se desgañitó.

Había temido que ocurriese algo así. El niño no podía hablar y, por lo tanto, aunque lo oyese a su lado nada los podría reunir de nuevo salvo la casualidad. Así que decidió no dejar de hablar ni un momento para que su hijo pudiera guiarse en la oscuridad y acudiese a su lado.

—¡Erik, quédate junto a mí! ¡Ven acá, con *papuki*! ¡No te despegues de mí, Erik, no te muevas de aquí!

Los muchachos continuaban forcejeando, Justine gritaba sin parar y sus gritos se oían cada vez más lejanos, los asaltantes gruñían y golpeaban sin conmiseración y Bertrand seguía vociferando para orientar a su hijo arriesgándose a servir de reclamo para los salteadores. Por un momento creyó tocar el pelo de Erik, intentó sujetarlo fuertemente, pero se le escurrió entre las manos cuando unos fuertes brazos tiraron de él. Se giró propinando puñetazos al aire, lanzando patadas desesperadas mientras regresaba al punto imaginario donde había tocado a Erik por última vez. Golpeó duramente a alguien y se oyó un fuerte lamento, pero no podía saber si se trataba de uno de los malhechores o de sus jóvenes anfitriones. Se esforzó mientras gritaba el nombre de Erik, pero ya no volvió a identificar a su hijo. Sintió un fuerte golpe en la cabeza, luego un mareo. Luego, nada.

Cuando volvió en sí tenía el corazón agitado y un intenso dolor en la sien. Era de día.

—¡Erik! ¡¡Eriiiik!! —gritó con todas sus fuerzas.

La niebla había levantado y a su alrededor todo era completamente nítido. Nada se parecía a lo que a medias vio e imaginó la noche anterior: ni el calvero del bosque ni los árboles ni el círculo de troncos en torno a la fogata apagada. No había ni rastro de Erik ni de los muchachos, estaba solo, gritando desesperadamente el nombre de su hijo, pero recibía por toda respuesta la reverberación de su propia voz ronca y quebrada.

Gritaba y gritaba con las manos ahuecadas en torno a la boca, engullido por el bosque cerrado, la niebla alta aún, la vegetación espesa apenas surcada por algunas veredas imprecisas.

Los ladrones le habían robado las ropas y solo tenía un trozo de camisa vieja anudado a la cintura. No sentía el frío, ni tampoco el dolor de las ramas secas y duras que crujían bajo sus pies descalzos. Su torso, fuerte y musculado, brillaba humedecido por la espesura mientras se movía como un animal herido. Corrió en todas las direcciones intentando regresar siempre al mismo sitio, por si Erik lo oía gritar y era capaz de orientarse en aquel laberinto, pero ni tan siquiera él pudo conseguirlo y después de varias vueltas ya no supo encontrar el campamento abandonado de la noche anterior.

PARTE II
EL DESGARRO DEL ALMA

Ishalmha ya no percibía la fragancia de las flores que se deslizaba silenciosamente desde el jardín del palacio. Boquiabierta y con el corazón palpitándole como un golpe de mar escuchaba atentamente la narración de su aya. Desde detrás de sus ojos de miel parecía estar contemplando a aquel hombre solitario envuelto en las sombras alargadas del bosque, con el alma desgarrada por la pérdida de su hijo. Su voz aterciopelada se habría atrevido a preguntar por qué le contaban aquella historia tan triste si no fuera porque desde las ventanas altas del palacio podían verse los Grandes Lagos. Sabía que lo que le estaban desvelando era algo tan íntimo y secreto que Bertrand de Lis era ya parte de su propia vida y solo le faltaba saber por qué.

El gabinete de lectura le pareció de pronto un lugar mágico elegido cuidadosamente para aquel relato: los colores de sus paredes, los adornos del techo, la decoración de sus cortinas y el orden misterioso y magnético de los libros que reposaban en los anaqueles. Una oleada de sensaciones penetró en ella a través de la luz apaciguada de la tarde, filtrada por las hojas de los árboles que crecían altos y frondosos más allá del jardín.

Observó a la mujer que tenía enfrente y le pareció que por las incipientes arrugas que surcaban su cara se deslizaban como diamantes las lágrimas de Bertrand mientras gritaba el nombre del niño sin voz. Continúa, por favor, dime quién soy y de dónde vengo, dime qué hago aquí sentada mientras aquellos hombres atraviesan llanuras de piedras y bosques malditos para venir hacia aquí. Cuéntame qué pasó luego, dime dónde está Erik si es que tú lo sabes, revélame que fue de Astrid y de Bertrand, y qué pasó con Roger de Lorbie, Gabiok de Rogdom, la princesa Shebaszka... Y dime, mi querida aya, dime qué hizo el rey Magmalión con todos ellos.

La mujer la miró con la dulzura de una madre y con los destellos de satisfacción con que se mira a la hija que acaba de hacerse mujer, luego entornó sus ojos profundos como si en ellos estuviese escrito el resto de la historia y regresó con sus palabras al bosque maldito de Loz.

1

La soldadesca se disponía ordenadamente formando un semicírculo en torno a una gran hoguera que se elevaba en mitad de un amplio claro del bosque. Frente a ellos aguardaban los hombres principales de la corte Real y un grupo nutrido de guardias que les cubrían las espaldas. En una silla de mano oscurecida aún por la humedad, Magmalión no disimulaba su preocupación por las noticias que le hacían llegar sus hombres: una gran desbandada había provocado que la mayor parte de la caravana se encontrara perdida. Además, se sabía que pobladores salvajes del bosque habían asaltado a grupos aislados durante la noche, aprovechando la oscuridad y la densa niebla, por lo que los soldados se habían visto obligados a hacer una redada con el fin de intentar capturar a los ladrones y castigarlos conforme a los códigos del reino de Ariok.

—Deberíamos terminar de cruzar el bosque por este lugar, señor, con premura —aconsejó el general Roger de Lorbie—, porque según nuestros exploradores es la parte más estrecha y transitable. Una vez lo hayamos atravesado acamparemos el tiempo necesario para el reagrupamiento de quienes vagan perdidos en mitad de la espesura.

—Permitidme que discrepe, mi rey —intervino Gabiok—. Creo que deberíamos atravesar inmediatamente el bosque, como bien dice el general Roger, aprovisionándonos de lo que esta espesura pueda proveernos, pero disiento del jefe de la milicia en cuanto a la acampada. Sabemos el riesgo que corremos si llegamos demasiado tarde a las montañas del Hades, ¿no es cierto, general?, puesto que pueden aparecer las nieves y convertir la cordillera en una trampa mortal.

Magmalión miró a Roger de Lorbie esperando una réplica, mas el general titubeó un momento antes de responder y su duda se le antojó al rey un motivo de reflexión.

—Sí... eso es cierto. No obstante, las montañas solo deben atravesarse si vamos en grupo, porque aquellos que se hayan dispersado tendrán muy difícil hacerlo en solitario, como vos sabéis, gran Magmalión.

El rey enarcó una ceja, apretó los labios y miró a la Gran Aya esperando su intervención. A pesar de la duda inicial, el argumento de Roger resultaba consistente.

—Mi gran rey y señor, confío en el criterio de Roger —comenzó a decir la Gran Aya—. Nadie más que él conoce qué debe hacerse y cuáles son los medios de que disponemos. Además, sus exploradores nos sirven de avanzadilla y en ellos confiamos este éxodo. Sin embargo —miró a Gabiok—, tengo que admitir que me inquietan las palabras del mayordomo real. No puedo imaginar qué sería de nuestro pueblo si quedamos atrapados en esas montañas.

La Gran Aya, la mujer de indescifrables sentimientos, apretó sus finos labios para sellar su silencio, pero continuó mirando al rey con sus ojos color violeta muy abiertos y sus grandes pestañas apuntando al cielo y al suelo como pétalos de flor.

—Shebaszka... —inquirió Magmalión.

La bella Shebaszka estaba lívida y temblorosa. Había pasado mucho frío y a pesar de que a esas horas ya le habían proporcionado ropa seca y recién calentada junto a la hoguera, sufría aún los espasmos de toda una noche empapada bajo la espesa niebla.

—Señor, según he podido oír esta mañana son cientos los hombres, mujeres y niños que han dejado de seguirnos. Sufro por ellos y me lamento por la suerte que puedan estar corriendo. Opino que habría que aguardar al mayor reagrupamiento posible, pero ignoro cuánto tiempo tendremos antes de que las probabilidades de nevadas sean tan grandes que pongamos en riesgo a todo nuestro pueblo.

—¿Cuánto tiempo tendríamos para el reagrupamiento, Roger? —inquirió el rey.

—Es muy difícil de calcular, señor...

—Con vuestro permiso, mi rey —interrumpió Gabiok—. Si hemos venido deprisa durante las jornadas anteriores ha sido precisamente porque ya es demasiado tarde. Esas montañas son traicioneras y nadie puede asegurar que vayamos a ser capaces de cruzarlas antes de que nos sorprendan las nieves.

Roger de Lorbie no confiaba en las palabras del mayordomo real. Era consciente de que las montañas se atravesarían mucho más rápidamente si el grupo era reducido y estaba compuesto por hombres y mujeres jóvenes y sanos, por lo que sospechaba que lo que Gabiok pretendía, en realidad, era salvarse él a costa de los que quedasen atrás.

—Renat... —instó Magmalión a hablar al representante del pueblo y de los gremios.

—He cruzado esas montañas dos veces en mi vida, señor, y son verdaderamente peligrosas sin un solo copo de nieve. Si llegan a sorprendernos las nevadas no creo que ningún habitante de Waliria llegue nunca a las tierras de los Grandes Lagos. —Renat comprobó que el rey murmuraba un lamento—. Sin embargo, opino que todavía tenemos tiempo por delante para que las nieves hagan su aparición. No creo que antes de veinte o treinta jornadas haya nada que temer, e ignoro si Roger de Lorbie o Gabiok de Rogdom conocen algún augurio que yo ignore.

—Tal vez vos, Dragan, podáis arrojar luz acerca de nuestro destino. ¿Qué dicen las estrellas? —preguntó Magmalión con la preocupación reflejada en el rostro.

—El cielo está oculto por la niebla, mi buen rey, pero durante todas las noches desde que salimos de Waliria he podido observar las estrellas y la luna con detenimiento. En ellas se dibujan penurias y dobleces que se mezclan con limpios destellos, por lo que, sin duda, nos aguardan desastres pero también éxitos. He invocado a Rakket y me ha desvelado grandes enigmas, pero ninguno de ellos augura para nuestro pueblo la aniquilación total.

—Luego entonces no nos sorprenderán las nieves, puesto que si así fuera nadie sobreviviría según el criterio de Gabiok —sugirió Lorbie.

—O tal vez lo que quiere decir el augurio es que tengo razón y hay que cruzar ya las montañas para que podamos sobrevivir —replicó Gabiok sin mirar a Roger.

—Bien —zanjó Magmalión—. Atravesemos inmediatamente el bosque y aguardemos al otro lado hasta el segundo amanecer, momento en que nos pondremos en marcha para subir a las grandes montañas del Hades. ¡A quien para entonces haya quedado atrás, que los dioses lo guíen y protejan!

—¡El rey Magmalión ha hablado! ¡Hágase lo que dicta Magmalión! —gritó Gabiok con su potente voz.

Roger cruzó su mirada con Brunilda y notó la inquietud en ella, luego miró a sus hijos y sus semblantes transmitían la despreocupación de la ignorancia, ajenos a peligros y adversidades. Eran niños que disfrazaban el éxodo de aventura sin quererlo, como un juego que solo podía terminar bien. Al verlos así, a Roger le recorrió un pensamiento que quiso ahuyentar como a una manada de lobos, movió ligeramente la cabeza e inmediatamente se ocupó de dar las órdenes precisas para poner en marcha la diezmada caravana.

Astrid se acercó al fuego y se sentó junto a Filippha, cuyos dientes castañeteaban con fuerza en mitad de la amanecida fría y hostil. El bosque había resultado ser una trampa demoledora que habían logrado atravesar juntos a fuerza de aferrarse unos a otros entre la oscuridad y la niebla. Rudolf había ejercido de guía y ella se había asegurado de que siguieran juntos en todo momento, desgañitándose y comprobando a cada paso que estaban todos. Ahora, muerta de frío, sentada en silencio junto al fuego, miraba ensimismada las llamas. ¿Qué sería lo siguiente? Miró por un instante a Ryanna. La niña yacía profundamente dormida bajo una capa sobre la que habían caído hojas marchitas de los árboles. A su lado, su madre la observaba angustiosamente, como si la suerte de la pequeña, tan incierta como la de todos ellos, lacerase su ánimo dotando a su rostro de una expresión desesperada. Al contemplarla, se dijo a sí misma que se cambiaría por aquella mujer y que prefería la angustiosa incertidumbre de Alisal a la terrible certeza de que no volvería a ver a su hija.

Siguió un buen rato junto a la lumbre, con la mirada en el fuego mientras esperaba un sueño que no llegaba, hasta que se cansó de aguardar a que el cansancio la venciese. Resignada al fin, decidió conversar un rato con sus compañeros, Filippha, Alisal o Rudolf, cuyos rostros mortecinos eran alumbrados a medias por las tímidas llamas del fuego húmedo. Bromeó con ellos para arrancarles algunas sonrisas, sembrar un poco de alegría para cosecharla luego y consumirla como se consumían los troncos para calentar los cuerpos mientras repartía esperanzas que calentasen las almas. Era tal vez un escudo protector, una muralla tras la que parapetarse y a cuyo cobijo combatir en vida a una muerte que se empeñaba en oscurecerlo todo a cada instante. En cualquier caso era, se repetía Astrid para sus adentros, la única arma de que disponía para luchar.

Bertrand apartaba la maleza con la furia de una alimaña, desgarrándose la garganta a gritos, ¡Erik! ¡Erik!, pero no había ni rastro, no solo de Erik, sino de ningún signo de vida humana. Los árboles parecían tragarse su voz insignificante, cerrándose a su paso como una muralla infranqueable, rodeada de maleza, raíces, zarzas, lagunas y pedregales cubiertos de musgo. A su alrededor solo se oía el eco de su propia voz mezclado con los aleteos de aves que no lograba ver, cuyos cantos resultaban tan siniestros como la penumbra bajo las grandes hojas de las catalpas.

¡¡Erik!! ¡¡Erik!! Sus rugidos empezaron a ahogarse en incipientes lágrimas de impotencia al sentir que ya no podía caminar más con los pies descalzos y el torso desnudo. La vegetación se hizo tan espesa que no lograba avanzar más que unos cuantos metros con un desgaste de energía que lo agotaba por completo. «No puedo más... —se dijo—. Piensa, Bertrand, piensa un poco. Párate a pensar.»

Miró a su alrededor.

—¿Hay alguien ahí? ¿Alguien puede oírme? —gritó ahuecando la voz.

Pero no parecía haber nadie por ningún lado. ¿Cómo podía haberse apartado tanto de la caravana la noche anterior? ¡Qué importaba! Lo único que quería era encontrar a quienes se hubiesen llevado a Erik, suponiendo que no se hubiera perdido él solo al huir despavorido durante el asalto. ¡Oh, por el dios de todas las cosas! ¿Cómo podría sobrevivir en medio de aquella maleza que parecía engullirlo todo?

Se apoyó en el tronco de un gran árbol y se observó los pies ensangrentados. Miró a su alrededor y tomó dos grandes trozos de madera seca, comprobó que no le habían robado la gubia y con paciencia fue dando forma a dos suelas que luego sujetó con unas juncias y fibras enrolladas, hasta que tuvo unas sandalias improvisadas que le permitían caminar sin destrozarse los pies.

De pronto tuvo una idea. Treparía a uno de aquellos árboles e intentaría ganar perspectiva para ver el bosque desde arriba. De aquel modo tal vez descubriese el paradero de Erik y la ubicación de los grupos de gente que todavía vagase por el bosque desde la noche anterior. Sin duda, ni Magmalión ni ningún otro de toda la caravana podría haber atravesado el bosque todavía en busca de las montañas. Eligió un alto álamo de tronco rugoso y limpio, se fabricó una fuerte correa con fibras de hojas de cáñamo y comenzó a trepar con habilidad. Estaba acostumbrado a los árboles, a escalar para tomar maderas de los ápices y a llegar alto para estudiar las resinas, por lo que no le costó subir con rapidez hasta las primeras ramas. Desde aquella altura todavía no podía ver nada porque los árboles de alrededor eran demasiado altos, pero siguió trepando y cuando alcanzó ramas superiores aparecieron en el horizonte los grandes picos desérticos de las montañas del Hades. Al menos ya sabía hacia dónde se encontraba el sur. Siguió trepando con el fin de escudriñar en el bosque, pero desde arriba solo se veía una tupida masa verde que impedía ver nada bajo la espesura.

Calculó que el extremo sur del bosque estaría a media jornada de camino si los obstáculos no se lo impedían, pero... ¿cómo abandonar aquella jungla sabiendo que Erik podía estar todavía allí? Quiso bajar un poco para intentar ver algo desde media altura, pero el descenso era mucho más complicado que la subida y ya estaba cansado. Poco a poco fue deslizándose, haciendo fuerza con las piernas en torno al tronco, rasgándose la piel en el interior de los muslos. Consiguió asentar los pies en una de las ramas gruesas a media altura del árbol y se sentó a descansar. Una densa humedad ascendía desde el interior del bosque mojándolo todo, traspasada por los primeros rayos del sol que habían aparecido tras los últimos jirones de niebla. Desde su posición volvió a gritar: ¡Erik! ¡Erik! ¿Alguien puede oírme?

Le pareció oír una voz a lo lejos. Alguien gritaba como él, pero los sonidos de la naturaleza le impidieron identificarla. Se calló y aquella voz siguió gritando desde un lugar indeterminado. ¿Era alguien en su misma situación? ¿O es que lo habían oído y le estaban respondiendo? No podía saberlo. Al cabo de un rato, desesperado, descendió con gran esfuerzo.

Abatido se recostó contra el árbol y hundió la cabeza entre las rodillas. Si no salía del bosque perdería la oportunidad de viajar en el seno de la caravana y quedaría atrás definitivamente, con gran riesgo para su vida. Los ladrones que habitaban en el bosque tardarían poco en caer sobre él, y aunque no tenía nada que ofrecerles, poco o nada valía su vida para ellos. Pero no iba a irse. No iba a dejar atrás el bosque pensando que Erik podía estar todavía allí. ¿Y si no estaba? ¿Y si el niño había logrado salir? Podía ocurrir que hubiese encontrado en su huida a más gente y se hubiese unido a ellos. Claro que también podía estar en manos de los ladrones.

De repente le pareció que todo a su alrededor era ruido: graznidos de aves extrañas, aullidos de depredadores, chillidos de carroñeras, pisadas sobre la hojarasca, silbidos del viento en las ramas de los álamos, reptiles corriendo entre la maleza, crujidos de madera partiéndose. Erik, Erik, Erik. Se puso en pie de un salto, le temblaban las piernas, miraba a todos lados, le dolían los pies heridos sobre la madera dura. Se puso a correr entre los árboles, Erik, Erik, Erik, intentando hacer un círculo cada vez más grande, dibujando en su imaginación una espiral perfecta entre los troncos hasta que le parecieron todos idénticos, como si siempre transitase por el mismo sitio. No había comido, apenas había dormido, no había descansado. Corría con la respiración agitada, gritando sin parar, hasta que perdió la noción del tiempo y el control sobre los movimientos, y en su imaginación la espiral perfecta se convirtió en un laberinto sin salida en el crepúsculo. Cayó rendido.

Despertó avanzada la mañana siguiente con el cosquilleo de las hormigas recorriéndole el cuerpo, adentrándose por la barba hasta los labios y hurgándole entre los dedos de los pies. Se las sacudió y se desperezó. Los rayos del sol se abrían paso entre el boscaje y hacían brillar las gotas de rocío en la hierba y en las telarañas, que parecían de cristal. Se dijo que llevaba mucho tiempo dormido, y cuando quiso volver a caminar sintió náuseas, como solía ocurrirle siempre que tenía el estómago completamente vacío. Tenía que encontrar algo para comer antes de seguir recorriendo el bosque.

Buscó arbustos con frutos, madrigueras de conejos y setas comestibles, pero tuvo que conformarse con los huevos diminutos de un nido abandonado de jilgueros. Siguió husmeando como un animal, olisqueando entre la maleza, con todos los sentidos puestos en la misión de encontrar comida. En un momento en que se agachó para pasar sin dañarse bajo un espeso zarzal, vio que una vereda se abría paso hacia un pequeño claro del bosque. Casi a cuatro patas siguió el trazado del sendero sobre el que se distinguían huellas de animales. Jabalíes, pensó. Siguió hasta el claro y cuando estaba a punto de alcanzarlo sintió una presencia inexplicable. No había ruidos, ni veía a nadie, pero sentía que había alguien cerca. Recordó por un instante una ocasión en que, siendo niño, su padre tuvo que salir de casa y lo dejó solo un rato. Estaba solo, pero sintió que había alguien más en la vivienda. Resultó que un ladrón había entrado por la parte trasera y fue sorprendido por su padre a su regreso. Se notan las presencias, se dijo. Se notan. Yo siempre las he notado, y no estoy solo en estos momentos.

Despertó horas después con el martilleo doloroso del golpe en la cabeza. Sangraba ligeramente, pero la herida no le dolía tanto como el estacazo que le habían propinado sus atacantes, ladrones sin escrúpulos que habían recibido por toda educación la de las duras condiciones del bosque de Loz y la necesidad de la supervivencia a toda costa. Eran como animales con instinto cazador para los que la vida humana valía igual que la de un ciervo o un jabalí, o incluso menos. Vivían en una comuna nómada que recorría los bosques y las estepas en busca de un sustento que no siempre estaba asegurado, hombres y mujeres rudos que no dudaban en deshacerse de sus propios hijos si resultaban un estorbo. Alimañas, pensó Bertrand cuando los vio moverse en los minutos en que permaneció despierto sin que ellos lo percibiesen.

Iban vestidos con pieles y cueros curados, fibras vegetales tejidas comoquiera, caparazones de bichos indeterminados y cáscaras de grandes frutos vaciadas y usadas como gorros deformes. Iban sucios y portaban armas rudimentarias pero contundentes, así como una especie de angarilla cargada de alimentos silvestres recién recolectados. Varios niños jugueteaban en torno a las mujeres y dos mozalbetes con rostros duros repartían mandobles a todos ellos. En el centro destacaba la figura de uno de los hombres, fuerte y alto, engalanado con unas plumas de colores y una especie de armadura tejida con más esmero que el resto de los atuendos. Era, sin duda, el jefe, y permanecía sentado y rodeado de varias mujeres. De pronto se levantó y tomó a una de ellas por el brazo, a lo que la mujer reaccionó apoyándose contra el tronco de un árbol sumisamente antes de que él la acometiese por detrás fornicando como una bestia.

Bertrand apartó la vista sin saber si era por pudor o porque le causaba un gran dolor verse en medio de salvajes, golpeado y despojado de sus rudimentarias sandalias y la escasa ropa que había cubierto sus cueros, atado al tronco de un árbol robusto. Parecía que lo habían olvidado mientras descuartizaban un animal que al carpintero le resultó imposible identificar. Un perro salvaje, tal vez. O no tan salvaje, sino uno de los canes que iban en la caravana. De pronto le sobrevoló la idea de que fuese una persona, un niño tal vez. Pensó en Erik y no pudo evitar una arcada, y entonces se dieron cuenta de que había vuelto en sí.

Alguien dio un grito y el jefe, aliviado ya de su deseo carnal, se apartó de la mujer y giró su rostro hasta cruzar la mirada con la de Bertrand, que se sintió a merced de la voluntad de un animal, más que de un hombre. El jefe tribal se colocó su armadura y anduvo torpemente hacia él, con el hastío de un imprevisto reflejado en el rostro, como con fastidio, culpabilizando al prisionero de una interrupción indeseable. Cuando estuvo frente a él escupió en el suelo con la indiferencia de quien tiene una ocupación pendiente y quiere realizarla antes de continuar con sus quehaceres. Bertrand miró de nuevo el fresco cadáver que estaba siendo despiezado por hombres y mujeres ante sus ojos.

—¿Qué quieres? —le preguntó bruscamente el hombre. Esperaba la voz de un salvaje, un idioma desconocido basado en sonidos guturales irreconocibles, asilvestrados, propios de animales o de hombres apartados de toda civilización desde su nacimiento, pero era el idioma de Ariok, si acaso pronunciado con cierta imprecisión.

—Me habéis golpeado y robado.

—¿Venías con ellos?

Bertrand pensó que para los habitantes de los bosques debía de impactar el paso de una caravana de semejantes dimensiones. Era algo insólito para cualquiera que la viese, y mucho más para hombres y mujeres acostumbrados a vivir muy alejados de toda masa humana.

—Sí.

—¿Por qué? ¿¡Por qué!? —se enfureció el jefe.

Bertrand se asustó con la voz ronca y fuerte de aquel hombre que parecía un oso.

—Vamos de paso y teníamos que atravesar el bosque. Los demás miembros de la tribu dejaron momentáneamente sus faenas y se concentraron en la conversación entre el jefe y el reo, cuyas facciones y forma de hablar merecían la curiosidad con que se contempla un bicho exótico.

—¿De dónde venís y hacia dónde vais? —El hombre se había acercado hasta casi tocar su rostro.

—Venimos de Waliria y nos dirigimos hacia el sur en busca de la región de los Grandes Lagos. Hemos abandonado las ruinas de la ciudad después del terremoto.

—¿Terremoto? ¿Te refieres al crujido de la tierra?

—Sí, supongo que sí.

Bertrand era incapaz de adivinar las intenciones que escondía aquel hombre detrás de los ojos fieros con que lo miraba. Le recordaba a algunos soldados fornidos dotados para la guerra, a vigías entrenados para enfrentarse a cualquiera de su misma especie, a los forzudos que se exhibían en los circos cuando se quería entretener al pueblo. Era una masa de músculos, mandíbulas apretadas, ojos pequeños y hundidos, cejas pobladas, vello abundante en el pecho y un miembro grande como el de un caballo.

—Di... ¿qué es Waliria?

—Eh... —El carpintero dudó; no podía creer que viviesen ajenos a la existencia de Waliria estando a solo a unas jornadas de distancia—. Una gran ciudad amurallada. Mucha gente habitaba en sus casas y palacios. El propio rey tenía allí su residencia y muchos nobles, soldados, sacerdotes, artesanos, escribanos... No sé. Muchísima gente organizada y más o menos feliz, hasta que sucedió la desgracia.

—¿Habéis oído eso? —dijo con una sonrisa mientras se giraba a mirar a sus súbditos, que rieron con sus palabras como si estuviesen obligados a hacerlo—. Un rey... Lo que faltaba.

—Sí, el gran rey Magmalión.

—Magmalión...

El hombre comenzó a recorrer con sus manos el cuerpo de Bertrand y este se retorció con furia, pero no pudo impedir que continuase su exploración. Apretó sus brazos y su pecho, luego bajó hasta su pene y sus testículos y los sopesó durante un rato ante el estremecimiento de Bertrand; bajó hasta sus muslos y subió de nuevo a las nalgas para apretarlas con fuerza. Le miró los dientes, los ojos y la nariz. Finalmente se separó de él y lo examinó en su conjunto.

—Creo que podemos sacarle provecho, así que no lo mataremos, sino que nos servirá como esclavo —dijo dirigiéndose a sus súbditos sin dejar de mirarlo—, ¿a qué te dedicas?

Bertrand lo miró con una mezcla de indignación y desconcierto. Aunque tenía ganas de triturarlo con sus propias manos, se esforzó en reprimir su furia interior y dijo:

—¡Dejadme partir! He perdido a mi hijo y debo encontrarlo. Aún es pequeño y ha perdido el habla. Está desvalido...

—¡Cállate! ¡He preguntado a qué te dedicas! —lo amenazó con una especie de lanza muy afilada y Bertrand temió que fuese a ensartarlo de un momento a otro.

—Soy carpintero —respondió airadamente.

—Bien. Nos vendrás muy bien. Pero te aseguro que te mato si intentas escapar o hacer daño a cualquiera de nosotros. Esta es mi tribu y aquí tu vida vale menos que la de una serpiente venenosa. ¿Has entendido? ¡Ah! Y no te preocupes por tu hijo, está muerto.

Bertrand estalló como si la sangre se le acumulase de pronto en la cabeza. El corazón golpeteó fuertemente contra sus huesos, los ojos se le nublaron, las piernas se le debilitaron y un dolor intenso y creciente le quemó por dentro. Un fuerte grito de rabia logró estremecer a los miembros de la tribu. No sintió dolor cuando el jefe lo golpeó en respuesta a su grito y lo hizo perder el sentido.

El sol comenzó a calentar el bosque librado ya definitivamente de la niebla de los días anteriores y el vapor del agua se elevó en nebulosas traspasadas por haces de luz que se colaban por los huecos de los verdes árboles.

2

Gabiok de Rogdom entró en la tienda que se había levantado para el rey. Iba con una especie de peto de cuero sobre la camisa blanca, empuñaduras bordadas en rojo y un faldón tostado con la insignia del reino estampada en hilos de múltiples colores. Como siempre, su aspecto y sus vestiduras no parecían estar en consonancia con la estrechez que pasaban las gentes que a esas horas aguardaban la orden de partir hacia las faldas de las montañas.

—¿Qué deseáis, mayordomo? —le preguntó el rey.

—Creo que ha llegado la hora, señor. Debemos partir.

—He ordenado al general Roger una última incursión por las lindes del bosque en busca de extraviados y heridos. En cuanto él y sus hombres regresen, partiremos sin demora, Gabiok. No tenéis de qué preocuparos.

El mayordomo real hizo un gesto de contrariedad, pero se inclinó en una reverencia. Cuando se disponía a salir se volvió de nuevo.

—Majestad...

—Decidme, Gabiok.

—Majestad, ¿habéis reflexionado acerca del matrimonio de vuestra sobrina Shebaszka con mi hijo Barthazar?

El rey lo observó durante unos momentos como si quisiera leer en sus ojos algo más que lo que decían sus palabras, apretó los labios y se mesó las barbas con extraordinaria lentitud mientras fruncía el ceño.

—No he tomado una decisión, Gabiok, no creo que sea el momento...

—Permitidme una licencia, Majestad. —El mayordomo dio unos pasos en dirección al rey sin dejar de mirarlo—. Cada día salgo temprano a impregnarme del sentimiento de vuestro pueblo, a cruzar mi mirada con la de vuestros súbditos, a intentar leer en sus ojos la alegría o la tristeza, la seguridad o el temor, la virtud o el pecado. Veo en sus rostros la preocupación extrema que cincela la incertidumbre, que es la madre de todos los miedos, más aún que las peores certezas. Son hombres, mujeres y niños que necesitan la autoridad de un líder que los guíe con fortaleza, porque el día en que su guía les falte serán miembros de un pueblo perdido. —El mayordomo hizo una pausa para cargar de solemnidad sus palabras—. Ahora es Vuestra Majestad el guía de todo un pueblo, pero llegará el día en que Ariok se vea perdida si no es capaz de ver en un solo hombre la magnanimidad heredada de su buen rey Magmalión.

—Todo eso lo sé, Gabiok. Y nada de lo que me decís tiene que ver con que Shebaszka se vea obligada a tomar por esposo a vuestro hijo o a cualquier otro. Sé que Barthazar es un joven apuesto, valiente e inteligente, y que es miembro de mi propia familia y eso lo convierte probablemente en el mejor candidato para desposarse con mi sobrina, pero no es el único. Y ahora, por favor, aplacemos este asunto; las montañas nos esperan.

—Majestad —insistió Gabiok—. No quiero que se malinterpreten mis palabras. Considero que para el reino es imprescindible que se asegure la sucesión, y aunque está asegurada con el hijo de Shebaszka, cualquier cosa podría ocurrirle. Y, ¿por qué no decirlo? Nadie mejor que quien lleva sangre real en sus venas para ser el padre de los sucesores. Mi hijo ya fue un candidato a desposarse con vuestra sobrina. Ella eligió al débil hermano de Roger y falleció. Era un joven dado a la poesía y a la música, de frágil aspecto y salud quebrada, y aunque era un hombre de escasa fortaleza, nada se objeta a la legitimidad del heredero; mas conviene tener presente que puede haber heredado la proclividad a la enfermedad que caracterizaba a su padre.

Magmalión se sintió incómodo con la disertación del mayordomo real. No se vio con ganas de argumentar en contra de su alocución, aunque debía reconocer que en el fondo había algo de cierto en su razonamiento, pese a que quedaba un tanto deslegitimado por un fuerte sabor a codicia.

—Id tranquilo, Gabiok, que todo se hará a su debido tiempo. Insisto en que ahora no es el momento. —El rey contuvo su impaciencia.

El mayordomo asintió pesaroso y salió al exterior con la amarga sensación de estar desposeído del poder de persuasión que siempre tuvo. Había pocos soldados por los alrededores, por lo que supuso que Roger se había empleado a fondo en la empresa de rescatar de las garras de la espesura a cuanta más gente mejor. Todavía había muchos grupos en los que se echaba de menos a alguno de sus miembros, y aun así Gabiok pensaba que eran demasiados.

Roger había partido aún de noche junto a todos los hombres disponibles con el objetivo de recorrer ordenadamente los márgenes del bosque en un área amplia. Se habían organizado de tal manera que nunca se perdieran de vista unos a otros y barrieran la zona boscosa sin dejar nada atrás. El sol ya había levantado lo suficiente como para calentar, olía a resinas, madera y hierba mojada. De vez en cuando pisaban rodales de florecillas blancas que desprendían aromas sutiles.

Habían encontrado a algunos hombres y mujeres que habían sido sacados del bosque, y cuando parecía que ya no iba a aparecer nadie más y el jefe de la milicia dio la orden de reorganizarse para partir, uno de los soldados lo llamó a voces:

—¡General Roger, venid!

El general espoleó su caballo y pidió a dos soldados que lo acompañasen.

—¿Qué pasa? ¿Algún muerto?

El soldado había descabalgado y estaba agachado tras un matorral.

—No, mi general. Un niño.

El rey reclamó la presencia de Shebaszka nada más ausentarse Gabiok y ella acudió presurosa a la llamada de su tío, quien ya estaba acomodado en su carruaje para comenzar aquella jornada que había de alejarlos del bosque.

—Buen día tengáis, mi señor —lo saludó al acomodarse frente a él, en sentido contrario a la marcha del carruaje en el que viajaba Magmalión.

—Buen día también para ti, Shebaszka. —Al rey le bastó observarla un momento para comprobar que la cara de su sobrina se mostraba ensombrecida—: Tu cara refleja siempre tu estado de ánimo sin error posible, desde que eras pequeña y buscabas consuelo en mi regazo cuando tu madre te reprendía. Dime, ¿el recuerdo de tu esposo hace sangrar aún la herida de tu corazón?

Shebaszka, a la que asombraba siempre la facilidad con que Magmalión diseccionaba sus sentimientos, se irguió en actitud de incómoda defensa, abrió los ojos y frunció el ceño a la vez que escrutaba a su tío como si con su gesto lo instase a hablar.

—Sabéis que no he llegado a superarlo del todo, señor...

—Verás, querida Shebaszka, no dejo de pensar en el problema de la sucesión si mi salud se quebrase y a tu hijo le sucediese una desgracia. Voy siendo mayor y no solo no he tenido nunca una esposa, sino que jamás he comprendido la atracción que los hombres a mi alrededor sienten por las mujeres. Eres sangre de mi sangre y si me ocurriese algo hoy mismo tendrías que ser tú quien se hiciese cargo de este reino hasta que tu hijo estuviese preparado, así que puedo confesarte mis sentimientos con la fe de que nunca traicionarás mi memoria y respetarás con tu silencio la revelación de mis inquietudes e intimidades.

Shebaszka asintió con perplejidad. Aunque lo que le confesaba su tío era conocido por todos los que lo rodeaban, jamás había salido de sus labios nada parecido a tan sinceras manifestaciones, por lo que lo vio de pronto envejecido y cansado, como sumergido en el repaso a una vida que se extingue irremediablemente. Decidió guardar silencio y dejar que Magmalión siguiese hablando.

—Lo cierto es que aunque como rey podría haber yacido con las mujeres más hermosas de la corte, nunca he sido capaz de hacerlo, a pesar de haber pasado noches enteras junto a muchas de ellas, envuelto en cuidadosas caricias. Jamás conseguí que me atrajesen y nunca logré una cópula. Esa es mi desdicha.

El rey parecía ensimismado, hablando ahora con los ojos puestos en un punto indeterminado, más allá del carromato donde se encontraban. Su memoria había volado, sin duda, hacia otros momentos de su vida, hacia otro lugar, hacia otros rostros de fina belleza, de pieles aterciopeladas, de delicados perfumes. De pronto regresó al tiempo actual y miró a Shebaszka con gesto duro.

—¡No! Nunca pude. Y ahora confiamos la suerte de Ariok a la salud, fortaleza y capacidad de un niño, tu hijo Willem, de quien nadie puede saber si será digno sucesor de esta estirpe. —El rey volvió a perder su mirada en un tiempo pasado—. ¿Sabes? A lo largo de los siglos han sido muchos los herederos envenenados por haberse detectado en ellos debilidad, incapacidad o simple imperfección. Entre los muchos hijos que siempre tuvieron los reyes de Ariok se elegía siempre a aquel que reuniese todas las virtudes contenidas en el Libro Celeste, un compendio de cualidades interpretadas por tres personas que se suponían capaces de juzgar a quien había de suceder al rey. Esas tres personas eran el propio monarca, el gran sacerdote y el mayordomo real. Y si ellos consideraban que el niño, cumplida cierta edad, no reunía las cualidades contenidas en las páginas sagradas del Libro Celeste, era sutilmente asesinado por envenenamiento, accidente o picadura mortal.

El rey volvió a mirar a Shebaszka, que llevaba mucho sin pestañear, sopesando las palabras de su tío.

—Querida hija, pues para mí eres como una hija, he respetado tu tiempo de luto, pero en estas circunstancias no puedo más que pedirte que vuelvas a entregarte a un hombre digno de ser tu esposo y padre de posibles herederos para que el reino tenga donde elegir entre los sucesores de este viejo rey. —Shebaszka entreabrió los labios sin decir nada y sintió que se agitaba su respiración—. Así pues, solo queda elegir al hombre adecuado y obligarte a que lo tomes como esposo después de oír tu opinión. Son nuestras las normas y tú las conoces bien.

La luz cegó momentáneamente los ojos desconcertados de Shebaszka cuando abandonó el carro real. En el exterior sobresalían las voces de los soldados afanados en transformar el desorden en una caravana capaz de encarar las faldas de las montañas antes del mediodía. Cuando se acomodó a la intensa luminosidad, miró al horizonte y vio las cimas blanquecinas recortadas en el cielo despejado y se le antojaron tan altas que parecía imposible llegar a ver a toda aquella gente encaramada en lo alto de semejante prodigio. Aspiró el aire fresco de la mañana y lo soltó lentamente en busca de sosiego para su interior agitado. Sentía la lucha entre el deseo y el deber, una pugna inaplazable apenas aliviada por pensamientos imprecisos, como si mirar a la rueda de un carro y pensar que estaba poco engrasada supusiera una tregua reconfortante antes de regresar a la dolorosa guerra.

Las hogueras casi extinguidas elevaban al cielo el humo de sus rescoldos desde diferentes puntos como recuerdo del hogar efímero en que se convertía cada acampada. Miró hacia los límites del bosque y vio venir a su cuñado Roger junto a sus soldados. El jefe de la milicia traía a un niño a medio vestir en su propio caballo.

—¡Salud, Roger!

—¡Salud, princesa!

—¿Dónde lo habéis encontrado? —preguntó Shebaszka mirando al niño.

—En el bosque, agazapado junto a un matorral. Está desnutrido y muerto de frío.

Gabiok pasó a su lado distraídamente. También la Gran Aya se dirigía ya hacia el lugar que le correspondía para iniciar la marcha, y lo mismo hicieron Renat, Magnus y Dragan.

—¿No ha dicho quiénes son sus padres ni en qué lugar viajaba en la caravana? Algo que sirva para encontrarlos...

—No hemos conseguido arrancarle una sola palabra. Ni siquiera sabemos si conoce nuestro idioma y si viene con nosotros desde Waliria..., aunque este tejido es de buena calidad y no creo que provenga de pobladores del bosque —dijo Roger mientras frotaba un extremo deshilachado de la ropa que cubría al niño.

El chiquillo lo miraba todo con ojos de asombro, parecía asustado y estaba, sin duda, exhausto.

—Dejad que venga conmigo. Debe de tener la misma edad, poco más o menos, que mi pequeño Willem, así que yo lo cuidaré y le daré de comer y de beber, le pondré ropa seca y lo haré entrar en calor. —Lo miraba con una mezcla de pena y preocupación—. ¿No hablas? ¿Acaso es porque no conoces nuestro idioma?

El niño la miraba con ojos cansados. El temblor iba abandonándolo poco a poco y el color morado de sus labios iba desapareciendo en favor del rojo, como si retomara la vida que se le estaba escapando cuando lo encontraron. El pelo, revuelto y sucio, le caía a los lados como hojas marchitas de trigo.

—Si necesitáis ayuda no dudéis en pedírmela —se ofreció Brunilda—, que yo estaré encantada de contribuir a sus cuidados y a mover cuanto haga falta por identificar a su madre o a su padre, si es que alguno de ellos viaja en la caravana. Por ahora, no podía encontrarse en mejor compañía.

La princesa mandó que lo cuidasen como si fuese su propio hijo, lo alimentaron, lo vistieron, lo untaron con aceite de esencia de poleo y lo acostaron sobre un lecho de lana, separado del pequeño Willem por una fina tela que protegía al heredero de picaduras de insectos. Y por esa extraña defensa infantil que levanta una muralla ante los hechos dañinos, el pequeño Erik se sintió vivificado y se sumergió en un profundo sueño.

Una vez que hubo dejado al niño con las doncellas que cuidaban a Willem, Shebaszka regresó a su lugar. Iba aún compungida por el ultimátum que le había dado Magmalión, de manera que no disimulaba su extrema preocupación. La sobrina del rey era conocida por su extrema sensibilidad, y en aquella mañana podía leerse en su rostro el estado de ánimo que la envolvía. A nadie escapaba que Shebaszka se encontraba inmersa en un mar de dolor desde la muerte de su esposo y que únicamente su pequeño la hacía sobreponerse. Era una mujer que se conmovía con el sufrimiento ajeno y a la que afectaba tremendamente el propio, por lo que un niño asustado y desvalido hacía zozobrar los cimientos de su entrega y además contribuía a mitigar su propia pesadumbre.

Intentó pensar en el niño recién encontrado y también sintió el ligero bálsamo de aplazar lo inaplazable y el regusto suave de la procrastinación, luego ordenó que le trajesen su caballo, montó decididamente y galopó hasta ponerse a la altura de los demás miembros del consejo real con el fin de entablar conversación y ahuyentar su pesadumbre por algún tiempo, pero al pasar junto a Gabiok este la saludó tan afablemente que su sonrisa siniestra no hizo sino avivar las brasas y prender de nuevo la llama del fuego que le ardía por dentro. Vio a Roger un poco más adelante y se sintió algo más reconfortada. Su cuñado siempre le infundía seguridad, como si inspirase la certeza de que nada era imposible y que con sus actos se impulsasen siempre las más difíciles iniciativas con la esperanza de hacerlas realidad. Roger era, por así decirlo, una roca firme, un rodrigón al que agarrarse para mantenerse en pie, un guardián de la tranquilidad. Aunque su fallecido hermano y esposo de Shebaszka se le parecía tremendamente en el aspecto, nadie reconocía semejanza alguna en el carácter, pues si Roger era pura fortaleza, su hermano era débil pero de inteligencia sublime, un hombre de modales exquisitos y refinada agudeza, un estratega y un visionario cuya clarividencia lo llevó a gozar del reconocimiento de toda la corte. Emory nunca tuvo enemigos conocidos; Roger sí.

Aunque entabló conversación con la Gran Aya, con Dragan

y con Renat y departió luego animadamente con Brunilda, no consiguió apaciguar su ánimo en modo alguno porque continuamente le aguijoneaba la memoria la propuesta del rey. Era consciente de que únicamente había estado retrasando una reflexión inevitable y que el consuelo del aplazamiento había sido el espejismo de un oasis inexistente.

El tiempo había logrado lo que no había conseguido el esfuerzo, y paulatinamente se había reducido la frecuencia con que el dolor acudía en oleadas de recuerdos para encoger su corazón, hasta que la rememoración de su vida anterior sobrevoló para arrancar sonrisas y un poco de melancolía. Entonces ocurrió que en medio de las idas y venidas de la idea desde la oscuridad a la memoria y otra vez a la oscuridad, ocupó el pensamiento el recuerdo de su esposo fallecido como la reminiscencia de una batalla vencida contra el dolor de la ausencia. Él vino a ocuparlo todo en aquella mañana luminosa pero triste, y su imagen se expandió en su interior como un líquido denso de añoranza y honda pena. Lo echó de menos como hacía tiempo, evocó los días con él, su sutil existencia, las dulces palabras con que la emocionaba, sus penetrantes ojos verdes que la calmaban o estremecían, pero siempre la colmaban de felicidad y plenitud. Echó en falta su protección y aquella seguridad con que se movía por la vida cuando estaba junto a él, la certeza perenne de que cualquier peligro que se ciñese sobre ellos quedaría ahuyentado irremediablemente por la extraordinaria fuerza de su unión.

La fila se estrechó de pronto cuando los primeros soldados encararon la vereda que ascendía por los primeros tramos de las faldas montañosas, y se detuvo para acomodarse a la nueva situación. Shebaszka miró hacia atrás con los ojos inundados en lágrimas y comprobó que la caravana se perdía a lo lejos como una enorme columna sin fin, disciplinada y en orden. Se preguntó cuántas de aquellas gentes serían incapaces de llegar a la cumbre y luego descender por una ladera peligrosa y dura, y no pudo evitar que aquel pensamiento se diluyese en la tristeza de sus cavilaciones y en el amargor de su llanto. Poco a poco se fue aproximando al inicio de la vereda y cuando le tocó el turno espoleó su caballo y se inclinó ligeramente en la montura para comenzar el ascenso a las montañas del Hades.

Erik no recordaría nunca lo que estaba ocurriendo; era demasiado pequeño para que su frágil memoria pudiera rememorar jamás aquellos instantes. Sin embargo, vivió su rescate como un hecho extraordinario. En su corazón tierno no cabía más que el efímero instante del presente, la vida carecía de pasado y de futuro, y nada había más atrás del momento que acababa de ocurrir ni más adelante del que estaba ocurriendo. Apenas se vio reconfortado por el calor de unas mantas y la compañía de un niño como él con quien compartir risas, alimentos y juegos, dejó de pensar en el bosque, en el frío, en la niebla, en la noche y, al fin, en su padre. Así, cuando Erik llenó su pequeño estómago y el color rosado volvió a sus mejillas, también regresaron a sus labios las sonrisas calladas de la mudez.

Willem, el heredero, el hijo de Shebaszka, agradeció igualmente su presencia, un niño de su edad con quien jugar bajo las sábanas de un improvisado lecho errante, con quien compartir la vivencia de un éxodo que era para la infancia una aventura, e incluso con quien enfadarse y discutir por un simple mendrugo de pan.

La abundante vegetación de la parte baja de la cordillera se iba transformando en matorral a medida que ascendían por su falda. Los cursos de agua bajaban con violencia desde los manantiales más altos en busca del valle y de los bosques, y complicaban el paso a los carros, a las acémilas e incluso a la gran columna de hombres a pie, de forma que de nuevo los más débiles comenzaron a quedarse atrás irremediablemente. Lorbie tuvo que enviar a un grupo de hombres por delante con grandes hachas para cortar ramas gruesas que habían crecido muy bajas y que impedían el paso de las caballerías y de los carromatos; a otros les ordenó colocar grandes piedras en los arroyos que cruzaban los caminos, fabricando improvisados puentes que permitiesen el tránsito de la caravana; y también tuvo que preocuparse de que quienes tenían más dificultad en avanzar contasen con la ayuda necesaria.

Al tercer día de subida cuatro carros se habían despeñado montaña abajo con sus ocupantes dentro, un soldado había sido aplastado por una gran piedra desprendida desde lo alto y otro había rodado por la ladera empujado por un tronco mal cortado. Las muertes más trágicas habían sido la de una niña que se había precipitado tras una mariposa y la de su madre que había querido saltar tras ella como si tuviese alas para rescatarla en el aire. Los ancianos con problemas respiratorios sufrían a medida que ganaban altura y las mujeres encintas se negaban a seguir el ritmo de la caravana y se echaban a tierra buscando un descanso que siempre resultaba insuficiente.

Puesto que el camino era muy angosto, había pocos lugares para reposar, y los que había solamente eran adecuados para pequeños grupos de gente, mientras que el resto tenía que conformarse con estrechos desfiladeros de los que no podían salir ni hacia delante ni hacia atrás. Esto puso en riesgo el reparto de comida porque resultaba imposible retroceder con los carromatos cargados de víveres, y cada grupo tuvo que procurarse su propia comida la mayor parte de los días. Se alimentaban de pececillos que bajaban por los torrentes, de ranas que croaban tranquilamente junto a los remansos, de lagartos que corrían entre las rocas y de raíces y flores que crecían por todas partes y que fueron desapareciendo a medida que ascendían.

Astrid apenas conciliaba el sueño y pasaba las noches en vela, atrapada en el desarraigo y en la permanente culpa por seguir viva. Era como si no le correspondiese estar allí, como si su vida se hubiese extinguido junto a las de su hija y su marido, pero estuviese gozando de una prórroga inmerecida en la que cada hora fuese un golpe asestado a la zona dolorida, como cuando se mordía la boca por dentro y cada vez que comía volvía a morderse en el mismo sitio, haciéndose la llaga cada vez más grande. Dolor sobre dolor y un terrible estremecimiento al pensar que se alejaba cada día un poco más del lugar donde se quedaron ellos para siempre, su pequeña hija y aquel hombre fuerte pero cariñoso que la había hecho feliz.

Hacía varias jornadas que no veía a Bertrand y a su hijo Erik. La mañana en que amaneció en un calvero del bosque de Loz junto a los rescoldos de la fogata que había prendido Rudolf, ya los echó en falta. Pensó que iba a reencontrarse con ellos más tarde, cuando la caravana se hubiese organizado a las afueras del bosque, pero al acudir al grupo donde habían estado el padre y el hijo recibió la pésima noticia de su desaparición. Desde entonces no había hecho otra cosa que mirar hacia atrás con la esperanza de volver a verlos, pero las curvas y contracurvas del camino los acercaban cada vez más a la cima y el carpintero no había vuelto a aparecer. Veía a algunos de los miembros del que había sido su grupo, a Simon y a Lariet junto a sus hijos, a Vasilak, la viuda, y a otros cuyos nombres no recordaba. Asomaban tras los recodos del camino y siempre confiaba en que el siguiente en hacerlo fuese el carpintero, pero no volvió a verlo.

Subían y subían. Desde arriba se veía serpentear la caravana. De vez en cuando se oían gritos que resonaban en un eco por todas partes. Eran accidentes, muertes, desgracias. Se oían también algunas risas, pero escaseaban. Era como si las gentes se sintiesen culpables al reír ante tanta miseria y tanta incertidumbre, caminaban al margen de toda alegría y diversión, incapaces de acostumbrarse al infierno en que se estaba convirtiendo el éxodo. Por las noches se oían algunos gemidos de parejas que fornicaban bajo las mantas o al aire libre, pero incluso ellos renegaban de su disfrute. Algunos padres mandaban callar a sus hijos cuando reían, pero no cuando lloraban. La tristeza había penetrado en sus corazones y la montaña no contribuía a desterrarla.

3

La zona más alta de la montaña estaba despoblada de vegetación y expuesta a los vientos fríos, por lo que pronto empezaron a ser necesarias mantas gruesas y ropajes de invierno. Sin embargo, resultó que eran pocos los que podían presumir de haber llevado consigo mantas, pieles o capas en el apresurado abandono de la ciudad devastada por el terremoto. Así, cuando los que dormían al raso despertaron una madrugada con el contacto helado de la nieve sobre sus rostros, elevaron sus voces temerosas e hicieron que de repente cundiera el pánico de principio a fin de la larguísima fila.

La nevada fue al principio un moteado disperso y lento que llevaba los copos a mezclarse instantáneamente con la tierra, hasta que unos fueron cayendo sobre otros y la superficie comenzó a blanquear y las ropas a empaparse, y entonces tomaron verdadera conciencia de que se trataba de una nevada abundante y peligrosa, porque las piedras resbalaban, la cortina de nieve dificultaba la visibilidad y los carros se atascaban y perdían el control precipitándose hacia los cortantes de la roca.

Ni el calzado ni las ropas eran adecuados para soportar el frío y la nieve. Gabiok pidió urgentemente una reunión del consejo real pero el desconcierto creciente impidió que pudiera celebrarse. Roger estaba con sus soldados cortando ramas de los árboles cercanos para improvisar cobertizos que resultarían insuficientes, pero con los que pretendía dar ejemplo para que el resto de la caravana los imitase; Shebaszka y Brunilda concentraron sus esfuerzos en preservar a los niños; Renat y Dragan acudieron rápidamente a la tienda que se levantó junto al carro del rey; y la Gran Aya se mezcló con el resto de los hombres y mujeres de la corte bajo unas mantas que se extendieron entre los carromatos.

Gabiok estaba fuera de sí, a cualquier miembro del consejo real con que se cruzaba le gritaba que debieron hacerle caso, que él había advertido que podían llegar las nevadas si no se daban prisa en salir del bosque, y había acertado. Apenas quedaban tres o cuatro jornadas para llegar a la cima y otra para comenzar el descenso, pero la nevada podía ser mortal si no remitía. Él dijo lo que iba a pasar y nadie más supo verlo, repetía una y otra vez.

En un momento en que reprochó lo mismo al rey, Magmalión se indignó. El monarca no solía mostrarse alterado, pero no soportaba que en momentos de dificultad los hombres más audaces del reino reivindicasen falsos laureles.

—Querido Gabiok, sé que lo predijiste, pero tu indignación no remediará nada, te lo aseguro. De nada sirven los lamentos ni la absurda sensación de triunfo derivada de un acierto en la desgracia, así que puedes concentrar tus esfuerzos en buscar y proponer soluciones en lugar de derrochar energías en reivindicar que tenías razón. Una razón que, por cierto, podías no haber tenido si esta nevada se hubiese retrasado tan solo cuatro o cinco días.

Gabiok destacaba por su lealtad, pero el rey había advertido que llevaba algún tiempo distanciándose de las virtudes que lo elevaron ya en su juventud a un cargo tan importante. Durante largos años había contribuido con su esfuerzo a un reinado extraordinariamente fructífero y ahora se mostraba nervioso e incisivo, y polemizaba con frecuencia quebrando la armonía que caracterizaba al consejo real. Magmalión no dejaba de buscar los orígenes de la actitud de Gabiok, y creyó encontrarlos en el deseo frustrado del mayordomo de asegurar para su hijo varón un futuro aún más elevado que el de su propio padre.

Y tal vez el hijo no alcanzase la valía de su antecesor y eso lo crispase más.

La nevada duró toda la noche y buena parte del día siguiente. Los niños, que habían jugado con la nieve hasta que el frío les entumeció los miembros, se habían refugiado junto a los adultos bajo ramajes mal puestos o a cobijo de las pocas ropas que cubrían sus cabezas. Cuando al fin se despejó el paisaje y el sol iluminó las cumbres blancas como si en lugar de estar en el cielo estuviese en la propia tierra, los habitantes de Ariok respiraron aliviados.

Hubo muchos muertos. También hubo enfermos que empeoraron de sus dolencias, especialmente los que tenían problemas de respiración, resfriados y males de huesos. Aunque se retiraron con rapidez las protecciones buscando el calor del sol, tiritaban y tosían sin parar provocando un eco ronco. Una gran parte languideció a lo largo del día y se abandonó a la muerte en las últimas horas o durante la noche siguiente sin poder aguantar un solo instante más.

Con el rostro desencajado como nunca se le había visto, Magmalión exigió que se sacase de allí al pueblo de Ariok, que se trabajase sin descanso para alcanzar la cima y buscar al otro lado de la cordillera un lugar adecuado para pasar el invierno, un espacio donde se pudiesen construir cabañas que luego diesen lugar a un establecimiento definitivo en el que dejar a quienes no quisieran seguir, una ciudad nueva poblada por súbditos de Ariok que algún día podrían mandar a sus hijos o nietos a la nueva capital que se levantaría en las llanuras de los Grandes Lagos. Cuando sus músculos se relajaron, su voz se suavizó y sus energías se agotaron por completo en el ataque de ira, Magmalión palideció y ordenó que no lo dejasen dormir hasta que aquella pesadilla hubiera pasado.

Una luz intensa y de destellos azulados emergía de la nieve cuando el general Roger trasladó a sus hombres la necesidad de hacer un esfuerzo por encima de lo exigible y dio orden de continuar hacia la cima, a sabiendas de que la capa blanca que todo lo cubría había borrado los trazos del sendero por donde habían de transitar. Esa inseguridad los hizo avanzar despacio tras las huellas de los exploradores que, titubeantes, caminaban hincando picas en busca de socavones transformados en trampas.

Los ariokíes, los hombres y mujeres que los seguían, no tenían más calzado que el que se habían fabricado durante el camino, ni más abrigo que el que habían podido improvisar, por lo que la nieve ennegrecía sus pies a medida que ascendían fatigosamente tras la estela de sus guías. Trabalibok subía y bajaba acompañado por unos cuantos físicos más que aún quedaban en la caravana, recorría la fila hasta la extenuación con el rostro desencajado previendo tantas amputaciones de miembros congelados que no se veía capaz de hacerlo ni aun con la ayuda de un ejército de médicos, por jóvenes y capacitados que fuesen. En un momento en que alcanzó a ver a Roger lo hizo partícipe del problema y cuando se despidió del jefe de la milicia tuvo la sensación de no haber sido capaz de transmitirle la magnitud del desastre que se avecinaba, con decenas o incluso cientos de adultos y niños amputados, con heridas infectadas y gangrenadas que necesitarían reposos y cuidados incompatibles con la marcha. Roger lo había despachado como lo hacía con aquellos soldados que acudían a él para informarle de que habían encontrado una roca cortante o que más arriba tenían que tener cuidado con un gran agujero repleto de nieve blanda. Eran problemas menores, asuntos que requerían una acción controlada y que se solucionarían con una breve orden suya y el esfuerzo de unos cuantos hombres. Eran, en definitiva, simples obstáculos, contratiempos insignificantes que merecían la atención efímera del hombre encargado de velar por todos ellos, asuntos baladíes frente al problema irresoluble que se les estaba viniendo encima y cuyas consecuencias eran imprevisibles aún. Se necesitaría la acción de un cirujano en condiciones de asepsia absoluta, con instrumental adecuado y desinfectado, en una superficie firme, lisa y cómoda, y luego un lugar donde reposasen y se alimentase bien a los intervenidos, en un lecho cómodo y cálido, bajo los cuidados de voluntarios que velasen por ellos.

Solo tomaron verdadera conciencia de lo que ocurría cuando a la mañana siguiente apareció ahorcado uno de los pocos médicos que quedaban, colgando de una soga que pendía de un ramón seco de uno de los escasos árboles que crecían en la zona alta de la montaña. Nadie lo entendió en un principio, salvo sus propios compañeros, y cuando Roger acudió a interesarse por las posibles causas del suicidio, Trabalibok volvió a explicarle exactamente lo mismo que la tarde anterior, con las mismas o parecidas palabras, pero sucedió que idénticas expresiones causaron una reacción muy diferente en el general, como si el físico hablase por vez primera de sus temores.

Roger, extremadamente alarmado, acudió con premura a trasladar al rey las malas noticias con el temor de agravar la crisis en que parecía haberse sumergido el monarca. Lo encontró despachando con el mayordomo real. Gabiok había vuelto a la carga con el asunto del matrimonio de su hijo con su cuñada Shebaszka, pero el rey no le había trasladado determinación alguna todavía. Cuando Roger los interrumpió, el viejo creía tener casi convencido al rey después de tantos intentos infructuosos.

—¡Por Rakket que tenéis por costumbre importunar! ¿No podéis aguardar, conde Roger? —espetó visiblemente malhumorado—. Estoy despachando con nuestro señor y aún no he acabado... Parece que esperáis a verme entrar aquí para acudir vos a interrumpirme. ¿Será posible?

—Espero que sepáis disculparme, gran Magmalión, tenemos un problema de consecuencias imprevisibles y considero urgente tomar una determinación —dijo sin hacer caso al mayordomo real.

Gabiok protestó airadamente considerando que cada día se enfrentaban a problemas alarmantes y que no creía que hubiese ninguno que no pudiese esperar unos minutos más, pero Magmalión conocía a Roger como si fuese su propio hijo y su rostro reflejaba temores que solo había visto en él en antesalas de batallas imposibles de vencer.

—Gabiok, déjanos solos.

—Pero señor...

—Gabiok, ordenaré que Shebaszka contraiga matrimonio

de nuevo y propondré a Barthazar como pretendiente. —Al mayordomo real se le iluminó el rostro—. Ahora id, por favor.

Gabiok besó la mano del rey y corrió a dar la noticia a su hijo. Al pasar junto a Roger le dedicó una mirada cargada de odio, pero el jefe de la milicia estaba demasiado preocupado como para reparar en él.

Después de escuchar atentamente al conde Lorbie, el rey, con la templanza que lo caracterizaba, dispuso que se ayudase a los físicos en todo lo que necesitasen hasta alcanzar el valle, donde montarían un hospital y podrían hacer las intervenciones que fuesen necesarias. Roger advirtió que tal vez fuese demasiado tarde, por lo que el rey determinó que se reclutase a todos los jóvenes en condiciones de cargar con los enfermos y que se adelantasen a la caravana para cruzar con urgencia la cima de la montaña y afrontar el descenso velozmente.

Al salir de despachar con el rey, dispuesto a trasladar las órdenes para su cumplimiento inmediato, Roger sufrió un golpe de viento tan violento que lo hizo tambalearse. El vendaval comenzó de pronto a formar remolinos levantando la tierra y lanzándola con furia contra los rostros, azotó las plantas rastreras desarraigando espinos y aulagas que rodaron como crecientes bolas de nieve, levantó por los aires las lonas, tumbó los carromatos y se llevó con violencia todo cuanto se interpuso en su camino. Nubarrones tan negros que parecían extraídos de un volcán ensombrecieron el cielo como si fuese noche cerrada.

Hombres y mujeres se aferraron a las rocas para no ser arrastrados, sujetaron a los niños con desesperación y gritaron intentando hacerse oír por encima del rugido del viento. Roger temió por la vida del rey y pensó en regresar a la tienda donde lo había dejado, pero vio a Brunilda aferrada a la rueda del carromato donde viajaba con sus hijos, que se había deslizado por una placa de hielo hasta el borde de un cortante. Cuando quiso acudir en su ayuda fue zarandeado de nuevo por otro golpe de viento y cayó al suelo. Consiguió ponerse en pie y vio con ojos entrecerrados que la rueda del carro estaba a punto de desprenderse y que la vida de su familia estaba en peligro. Contra el viento llegó hasta Brunilda y se aferró al lateral del carro con todas sus fuerzas, pero el tornado hizo que el carro girase inesperadamente descargando todo su peso sobre ellos.

Más tarde, cuando todo hubo pasado, cada cual lo contó según su propia experiencia, pero pocos dudaron de que se había desencadenado tan velozmente que habría resultado imposible preverlo. Nadie, ni siquiera los sacerdotes augures, ni los más expertos ni los animales, que suelen variar su comportamiento en los instantes previos a una tormenta o a cualquier otro accidente natural de similar magnitud, mostraron una sola señal por insignificante que esta fuera.

El tornado fue implacable en su recorrido de este a oeste a lo largo de la falda de la montaña, dando paso a una calma tan intensa que más parecía el amanecer tranquilo de una aldea alpina que los vestigios desastrosos de un huracán. Así, cuando el rugido del viento se transformó en soplido y este se extinguió con la misma inmediatez con que había llegado, dejó tras de sí un silencio premonitorio, un desolador mutismo como después de una batalla.

Sin apenas lamentos se irguieron como por turnos los supervivientes del desastre. Se levantaron cegados por la suciedad de sus ojos, negros como deshollinadores, y escupieron la tierra para no masticarla. Se sacudieron los cabellos, los escasos ropajes o la piel desnuda, y miraron a su alrededor para comprobar si había alguien más que hubiese resistido la embestida brutal del tornado. Entonces comenzaron poco a poco los quejidos, los lamentos que sobrevinieron al tomar conciencia de lo ocurrido, gemidos de incredulidad ante la evidencia, interrogantes sin respuesta.

Alguien advirtió entonces que ni siquiera el rey había escapado a la fuerza natural del viento y lo que había sido el cerco inexpugnable que protegía al cortejo real era ahora un devastado redil de cuerpos inertes y carros volcados en el que apenas destacaban algunas figuras humanas empeñadas en ponerse en pie. Unos cuantos soldados y otros hombres en aparente buen estado de salud corrieron a socorrerlos para proteger a Magmalión con el temor inconfesable de hallarlo sin vida.

Encontraron al rey muy malherido como consecuencia de un terrible golpe. En un primer momento pensaron que había muerto, pues se encontraba inconsciente, pero comprobaron enseguida que aún respiraba imperceptiblemente. Permanecía bajo su propio lecho sin ser capaz de moverse. A Shebaszka la localizaron inconsciente pero con vida. Tenía una herida profunda en un brazo por la que sangraba abundantemente y en un primer momento temieron no poder hacer nada para salvarla.

El viento se había calmado y había arrastrado las nubes, por lo que un sol espléndido quemaba la piel sin que ninguno sintiese más que una brisa helada que acariciaba la capa de nieve.

—¡El heredero! ¡El heredero!

Uno de los hombres de Roger que buscaba a su jefe desesperadamente encontró al niño asustado y tembloroso que estaba enfundado en su pijama bordado con el emblema real. Rápidamente se dio orden de que fuera explorado por los físicos y que se buscase a una mujer joven que lo cuidase, puesto que las doncellas que Shebaszka tenía bajo sus órdenes se habían despeñado en el carro donde también viajaba el pequeño, cuya salvación era una incógnita y un milagro. Al parecer, dijeron, había saltado de su propio carro a tiempo, probablemente empujado por alguna de las doncellas que lo cuidaban. Las muchachas, sin embargo, no habían tenido tiempo de ponerse a salvo y se habían precipitado por el desfiladero.

El niño recibió todas las atenciones posibles y fue llevado junto a su madre. Uno de los físicos que trabajaban a las órdenes de Trabalibok —este era uno de los fallecidos en el desastre— se ocupó de atenderlos a ambos mientras otro se encargaba de prodigar los cuidados necesarios al rey. El físico determinó que tanto Shebaszka como su hijo estaban bien, pero que tal vez el susto de verse a salvo en el último instante había privado al niño del habla.

Para Gabiok también había ocurrido todo en apenas un instante. Había sufrido algunos golpes pero había sido capaz de ponerse a salvo milagrosamente. Cuando salió de despachar con el rey y dejó al conde Roger dentro de la tienda, corrió en busca de su hijo para anunciarle que Magmalión había determinado proponerlo como único pretendiente a desposarse con Shebaszka. Al salir, percibió que un viento helado soplaba con excesiva fuerza llevándose consigo algunos objetos. Su primera intención fue regresar a la tienda, pero prefirió ir en busca de Barthazar. Lo encontró enjaezando su caballo junto a una carreta, pero ya se había percatado de que el viento estaba tomando una fuerza inusitada y había buscado refugio tras una roca de considerable tamaño. Al ver llegar a su padre lo llamó desde su posición y apenas tuvieron tiempo de hablar cuando la violencia del vendaval los obligó a protegerse. Allí soportaron las arremetidas del huracán temiendo por sus vidas hasta que cesó el ruido ensordecedor y comenzaron a oírse los lamentos de las gentes, los llantos, las voces llamando a socorrer a los heridos.

Salieron juntos a campo abierto y su primer pensamiento fue acudir a la tienda del rey, donde Gabiok esperó encontrar a Magmalión y a Lorbie. Pero cuando llegaron y vieron a los soldados en torno al cuerpo herido del Gran Jerarca, se preguntaron de inmediato dónde podía estar el jefe de la milicia. Entonces Gabiok tuvo un presentimiento. Al salir de la tienda había visto a Brunilda intentando tirar de las mulas para enderezar su carro, que se había desplazado por una placa de hielo.

—¡Ven, corre! —le gritó a Barthazar—. Ahora volveremos.

Ambos dejaron atrás el tumulto que se había formado en torno al rey. Gabiok se dirigió entonces al lugar donde había visto a la esposa de Roger y vio el carromato volcado, una mula muerta y la otra desenganchada y hundida en la nieve hasta el corvejón.

—¡Vamos, ayúdame! ¡Llamaré a los soldados!

El panorama era desolador. Dentro del carro estaban los hijos del matrimonio, inconscientes, probablemente muertos. Gabiok se apresuró a sacarlos por si se podía hacer algo por ellos.

Mientras el mayordomo real sacaba los cuerpos, Barthazar bordeó el carromato. Primero encontró a Brunilda, que sobresalía de cintura a cabeza por debajo de la madera del carro; había muerto aplastada. Luego continuó hacia la parte delantera y vio al general. Estaba vivo y consciente, inmóvil bajo el pescante. Uno de los varales se había roto y se le había clavado ligeramente en el pecho provocándole una herida por la que sangraba. Intentó hablarle, pero no fue capaz. Con su mirada le suplicó que lo sacase de allí.

Barthazar miró a uno y otro lado, y no vio a nadie. A sus espaldas había un cortante profundo. Roger y él quedaban ocultos por la estructura del carro y lo que aún se conservaba de la lona rasgada. Se agachó y comprobó que la herida no era profunda. El jefe de la milicia intentaba hablarle.

—¡Levanta esto...! —le rogó con un hilo de voz.

Barthazar volvió a mirar a su alrededor y vio a su padre afanado aún con los niños. Miró de nuevo al general, indefenso y suplicante. Se cruzaron las miradas, la una de terror, la otra centelleante. Roger tuvo tiempo de adivinar en el brillo de los ojos de Barthazar lo que iba a suceder, había tras su destello una fuerte carga de codicia, el atisbo de una oportunidad, pero, sobre todo, una inmensa ausencia de bondad. No tuvo tiempo de volver a suplicar, solo de compadecerse, de temer por quienes se quedaban, por aquellos que tuviesen el infortunio de cruzarse con aquella mirada en otros momentos de la vida que para él se extinguía sin remedio. Entonces, Barthazar sujetó fuertemente el varal roto y lo apretó con violencia contra el pecho del conde, cuyos ojos se abrieron con espanto al sentirlo penetrar en su cuerpo. No tuvo tiempo de decir nada más, de ver nada más. La madera le atravesó el corazón y un gran chorro de sangre enrojeció la nieve en una mancha que se expandió bajo sus pies.

—¡El general Roger de Lorbie ha muerto! —gritó Barthazar—, ¡ha muerto el jefe de la milicia!

Gabiok acudió con rapidez y al cruzar la mirada con su hijo comprendió que había llegado su momento. Con voz firme y fría dijo:

—Vayamos a interesarnos por el rey. ¿Shebaszka ha salvado la vida?

—No lo sé, iré a averiguarlo.

Enseguida comenzaron a llegar soldados y voluntarios alarmados por el grito que anunciaba la muerte de Lorbie y de su esposa. El rumor traspasó enseguida los límites del cerco real y comenzó a extenderse a lo largo de la caravana, de boca en boca.

Gabiok fue inmediatamente a ver cómo estaba Magmalión y lo encontró tumbado en un improvisado lecho atendido por dos médicos. Todo era desorden alrededor, objetos esparcidos por doquier, ropas revueltas en el suelo, nieve mezclada con tierra, ramas de árboles partidas, restos de comida y, sobre todo, mucha sangre.

—¡Paso al mayordomo real! ¿Cómo está el rey? —preguntó con voz enérgica mientras se abría paso a fuerza de imponer su autoridad.

Magmalión estaba despierto, respiraba débilmente y era incapaz de moverse. La rama de un árbol aislado había caído sobre la tienda y había arrastrado a su paso la lona y la estructura de madera hasta dar justo a los pies del rey, golpeándole duramente las piernas. Al ver a Gabiok a su lado le habló con voz débil:

—Querido Gabiok... traedme a Shebaszka, a Roger, a... —emitió un quejido y entrecortó sus palabras—... a todo el consejo real.

—¡Oh, gran Magmalión!, lamento que no será posible. Mi corazón se duele como pocas veces en mi larga vida, puesto que gracias a los dioses vuestra sobrina ha sobrevivido al azote del viento, pero no puedo decir lo mismo de Roger de Lorbie, el gran jefe de la milicia, jefe de vuestra guardia personal, general en jefe de todos los ejércitos, intendente de la corte, responsable de los asuntos internos del reino, guardián de las comunicaciones y de los abastecimientos, juez supremo de los asuntos de armas, garante del orden de los gremios, de las cuentas reales y del cobro de diezmos... El conde Lorbie ha fallecido junto a su esposa y a sus hijos.

—Oh, no... —El rey cerró los ojos y por sus mejillas rodaron lágrimas de dolor—. He llevado a mi pueblo a la desolación y a la muerte. Roger, Brunilda... no me lo perdonaré nunca. ¡Shebaszka! ¡Traed conmigo a mi amada sobrina!

—Lo haremos, señor. En cuanto a Roger... es una gran pérdida y me duelo junto a vos por su ausencia. Pero vos mejor que nadie sabéis que el reino de Ariok está por encima de los hombres y que nada ha de faltar a vuestro pueblo. Haremos como a Roger le habría gustado, nos sobrepondremos a la desgracia y reflotaremos nuestra empresa como él habría querido. Si a vos os parece bien, pondré interinamente en su puesto a Barthazar, con la única intención de no perder tiempo y organizar de inmediato la caravana y la atención a los heridos. Él es joven y fuerte, y goza plenamente de nuestra confianza...

El rey asintió con abatimiento y Gabiok se apresuró yendo en busca de Barthazar. Lo encontró junto a Shebaszka, que acababa de abrir los ojos y gritaba desgarrada abrazada al niño, tembloroso y asustado.

—¿Qué le pasa? —preguntó Gabiok.

—Ha abierto los ojos, ha visto a su hijo junto a ella y se ha puesto a gritar cuando le han contado que el niño ha salvado la vida milagrosamente. Supongo que por un momento lo ha imaginado despeñándose junto a las doncellas dentro del carromato. Es un ataque nervioso...

Shebaszka gritaba amargamente, abrazada al pequeño niño mudo cuyo nombre ni siquiera conocía. Le habían asegurado que era el único superviviente del carromato. Willem, su pequeño Willem... lo había perdido para siempre. El heredero del reino de Ariok. ¿Qué hacer ahora?

—Dejadla tranquila junto a su hijo... la princesa está muy emocionada y necesita descansar —ordenó Gabiok—. El nuevo jefe de la milicia, el general Barthazar, se hará cargo de todo.

Barthazar miró a su padre sorprendido, y este asintió.

—Luego vendré a veros —le dijo Barthazar a Shebaszka, aun a sabiendas de que ni siquiera lo escuchaba—... mi querida princesa. ¡A partir de ahora yo me haré cargo de los cuidados del heredero y de su madre, la sobrina del rey! Vosotros, venid conmigo —les ordenó a dos soldados—, tenemos mucho trabajo por delante.

Cuando Barthazar se disponía a retirarse llegaron la Gran Aya y Dragan al lugar donde Shebaszka lloraba abrazada aún al niño.

—¿Qué ocurre, Gabiok?

—El heredero ha salvado la vida milagrosamente y la princesa ha sufrido un ataque al volver en sí y darse cuenta de que ha estado a punto de perderlo.

—Roger ha muerto, ¿lo sabíais?

—Sí... —quiso ocultar que lo había descubierto Barthazar—, lo sé. Magmalión ha querido que Barthazar tome el mando de manera interina y me ha ordenado que convoquemos el consejo real.

—Pero el rey no está en condiciones...

—Lo sé, pero tal vez sea oportuno que nos reunamos junto a él. ¿Dónde está Renat?

—También ha muerto —se adelantó a anunciar Dragan.

—Vaya... qué desastre. Hoy que era un día muy feliz para mi familia por la decisión del rey de nombrar a mi hijo único pretendiente a contraer matrimonio con la princesa... —deslizó interesadamente Gabiok—. Todo se ha empañado... ¡qué desastre!

La Gran Aya y Dragan se miraron y luego miraron a Barthazar, que ya estaba impartiendo órdenes.

—Habrá que preparar un funeral para Roger, Brunilda y su hijo pequeño.

—¿Su hijo pequeño? ¿Acaso el mayor ha sobrevivido?

—Sí, pensé que lo sabíais —dijo la Gran Aya—. Roger, hijo de Roger, vive, gracias a los dioses.

—Bien... Vayamos a ver al rey —propuso Gabiok visiblemente sorprendido—. Bartha, creo que deberías acompañarnos. Luego podrás organizarlo todo conforme a las instrucciones que nos dé, si es que está en condiciones de dictar órdenes.

Pero no lo estaba. La desolación se adueñó entonces del pueblo de Ariok al conocer que su señor estaba gravemente herido y que el gran Roger había perdido la vida. Era como si el pueblo los hubiese considerado inexpugnables y el hecho de conocer su caída fuese el peor de los augurios, una punzada mortal en el corazón de las gentes cuya esperanza residía en la fortaleza de sus guías.

Shebaszka seguía abrazada al niño mientras musitaba: ¡mi Willem!, ¡mi pequeño!... Su llanto era tan intenso que quienes se encargaban de asistirla —un físico joven, la mujer de un soldado y un eunuco de la corte llamado Azzo— se emocionaron.

—Apartaos un poco, dejad a la princesa, está sufriendo un ataque... Ha estado a punto de perder a su hijo. —La Gran Aya había regresado junto a Shebaszka ante la imposibilidad de que el rey presidiese el consejo real—. Dejad que hable con ella...

La Gran Aya se inclinó y acarició el pelo de la joven, que seguía llorando desconsoladamente.

—Tranquila, Shebaszka... podía haber sido una gran desgracia, pero vuestro hijo está con vos... Todo ha pasado.

La princesa se apartó por primera vez del niño, al que se había aferrado con todas sus fuerzas, y dejó su rostro al descubierto. Estaba congestionada, los ojos enrojecidos, las mejillas muy rojas y mojadas por las lágrimas, las facciones contraídas, los labios mordisqueados... El pequeño, sobrecogido por los gritos, miró atemorizado a ambas mujeres alternativamente, con los ojos muy abiertos y la respiración agitada.

—Ya pasó todo... Tranquila, Shebaszka, sosegaos... El pequeño Willem está bien, gracias a los dioses. Hoy se ha tambaleado el reino, pero aunque Magmalión nos abandonase tenemos un heredero al trono de Ariok.

La princesa no dejaba de llorar mientras negaba con la cabeza, pero era incapaz de hablar porque su voz se entrecortaba en espasmos de llanto. Reuniendo fuerzas consiguió acompasar la respiración por un instante para poder hablar:

—Qué desgracia, Gran Aya... qué dolor...

—Sí querida, es cierto... Ha sido un azote para nuestro pueblo, pero al menos Magmalión vive y vos estáis a salvo en compañía de vuestro hijo, el heredero, el ungido por los dioses, el sucesor de su tío abuelo el rey, el grande entre los grandes...

Shebaszka prorrumpió de nuevo en un llanto amargo al escuchar aquellas palabras. Negaba compulsivamente con la cabeza, incapaz de hablar para deshacer el entuerto, para decirle a la Gran Aya que su hijo había muerto, que el heredero de Ariok se había despeñado en el carro donde viajaba junto a las doncellas que cuidaban de él. Quería decirle que aquel niño asustado que vestía un pijama con el emblema real no era sino un niño de origen incierto que había sido encontrado por Roger en el bosque. De nuevo intentó dejar de llorar por un momento y aclararlo todo:

—No, Gran Aya... no...

—Habéis de sosegaros —la interrumpió—, la pérdida de Roger y Brunilda, la de su hijo pequeño, la de Renat... y la gravedad de las dolencias de nuestro rey nos afectan a todos. Pero tenemos que ser fuertes y estar unidos unos a otros porque habéis de saber que —suavizó su voz y se acercó al oído de Shebaszka— Gabiok y Barthazar se han aupado al poder absoluto en apenas un suspiro sin que podamos oponernos. Os necesitamos fuerte, Shebaszka. Solo vos, la sobrina del rey, la madre del heredero, tenéis la legitimidad suficiente para oponeros a un movimiento de esta índole. Estamos con vos. Dragan, Magnus, yo misma... os necesitamos. Necesitamos a Willem. Sois nuestra salvación y la salvación del reino. —Acarició el pelo del asustado niño—. Hemos tenido suerte. Si el pequeño hubiese muerto nadie impediría que hoy mismo os obligasen a desposaros con Barthazar, que se proclamaría rey si, los dioses no lo quieran, falleciese Magmalión.

—Pero... yo... ¡No puedo! ¡Oh, por Rakket, no...! —consiguió gritar Shebaszka en un golpe de desesperación.

—¡No os preocupéis! Todos estamos con vos. Tranquilizaos, recuperaos del susto y buscad fuerte vigilancia para el niño. Tenemos que convocar el Consejo mientras Magmalión siga consciente... está muy grave.

Shebaszka se tapó la cara con ambas manos y gritó de nuevo. Empezaba a comprender la gravedad de la situación y la crisis que se abriría si desvelaba que Willem había muerto, pero su dolor era mayor que cualquier razón.

—Tenéis que ser fuerte... El reino os necesita y necesita a Willem. Tenemos que mostrarnos firmes y ser la voz de nuestro rey. Sé que os afecta la responsabilidad que tenéis que soportar, que pensáis que no vais a poder con la carga que tendréis que llevar sobre vuestros hombros, pero no estáis sola, pues todos estamos a vuestro lado. Nuestra tarea ahora, por el bien del pueblo de Ariok, es impedir que Gabiok y Barthazar consigan una cohorte de partidarios ávidos de cargos que acudan al socaire de las falsas promesas del mayordomo real y de su hijo. Ansían el poder más que cualquier otra cosa en este mundo y, lo que es peor, más que ninguno de nosotros. Por eso somos más débiles. Por eso tenemos que mostrarnos fuertes.

—Willem, Willem... mi pequeño Willem.

Shebaszka miró al niño. Seguía asustado y sin decir una sola palabra. Ni siquiera sabía si la entendía, si podía comprender lo que estaba ocurriendo. De pronto cayó en la cuenta de que probablemente él había sido el último en ver a Willem con vida y la reflexión le agudizó el llanto mientras lo miraba. El niño rompió a llorar atemorizado.

Barthazar asumió inmediatamente el mando y comenzó a dar órdenes como un eco de su padre, que se vio de pronto con todo el poder en sus manos, como si la desaparición de Roger y la indisposición del rey convirtiesen a los demás en marionetas que él podía manejar a su antojo. La fuerte personalidad de Dragan y de la Gran Aya, así como de otros hombres y mujeres próximos a Magmalión, parecía haberse diluido repentinamente como si acusaran la ausencia de liderazgo y necesitasen cubrir el vacío dejado por su señor. Así ocurrió que a Gabiok y a Barthazar les bastó un fugaz intercambio de miradas y apenas unas palabras para comprender qué debían hacer: restablecer el orden según su antojo, organizar cuanto antes la caravana y emprender la huida hacia el valle sur llevando consigo a los miembros más destacados de la corte y aquellos otros que pudieran serles útiles, desentendiéndose por completo del resto. Solo se ayudaría a los pastores con sus rebaños, a los hombres y mujeres más jóvenes y a los niños que pudieran valerse por sí mismos. El resto debía completar el tránsito alpino por su cuenta, organizarse a su manera y procurarse alimento y medios para sobrevivir sin que nadie garantizase que se les esperaría más adelante. En cualquier caso, la tierra de los Grandes Lagos acogería a quienes lograsen alcanzarla, más tarde o más temprano.

Hacía tiempo que los grupos de la caravana se habían deshecho en aras de la supervivencia, quedándose definitivamente atrás quienes no podían seguir el ritmo. Los abandonos causaron tanto o más dolor que el desastre del terremoto, escenas espeluznantes de padres que se negaban a abandonar a sus hijos con miembros congelados o amputados por los físicos, hombres y mujeres abocados a perecer o a transitar en solitario por tierras desconocidas e inhóspitas, y si la incertidumbre de los territorios ignotos del sur atemorizaban a quienes iban precedidos de los soldados y exploradores, ¿cómo no iban a infundir temor en quienes se sabían expuestos al peligro de la soledad y abandonados a su suerte?, ¿qué iba a ser de aquellos que, cargados con la responsabilidad de familias enteras bajo su cuidado, no sabían ni hacia dónde iban ni qué les aguardaba más allá de donde alcanzaban a ver sus ojos?

Barthazar se dispuso a reclutar con prisas a los más jóvenes y algunas mujeres que pudieran serles de ayuda.

Pasados los primeros momentos de desconcierto, la preocupación por el estado de abatimiento de la princesa Shebaszka comenzó a alarmar a quienes la rodeaban. Ella, incapaz de sobreponerse por muchas horas que pasaran, se sentía morir y eludía cualquier intento de conversación. No quería hablar con nadie; estaba destrozada.

Determinó cerrar los ojos y fingir que estaba dormida. ¿De verdad nadie se daba cuenta? A ella le parecía imposible, pero era fácil que no hubiese nadie capaz de reconocer el rostro de un niño tan pequeño, salvo si estaba familiarizado con él. Roger y Brunilda lo habrían hecho, pero habían muerto. ¡Qué desgracia! Las doncellas, por supuesto, pero tampoco estaban. ¿Habría alguien más capaz de darse cuenta de que el niño no era Willem? Tal vez su primo, el hijo de Roger, pero dudaba que un jovenzuelo que apenas había reparado en el pequeño fuese capaz de advertirlo.

Necesitaba serenarse y pensar en lo más inmediato, en decidir si anunciaba su dolor, su pérdida, o si hacía caso a los argumentos de la Gran Aya y daba continuidad a la tremenda confusión que se había originado tras la catástrofe. Si el rey fallecía y ella ponía de manifiesto que Willem ya no estaba, se vería obligada a contraer matrimonio inmediatamente para dar un hijo varón al reino, y Barthazar era el único pretendiente con el beneplácito de Magmalión. Pero ella no quería sino morir, no podía pensar en algo semejante. Sin embargo, mientras el niño estuviese vivo ella podría seguir buscando pretextos para rechazar a Barthazar y todos se volcarían en cuidarlos a ella y a su hijo.

A pesar de todo, tal vez eso era lo de menos. Lo peor era que, de pronto, el reino se había quedado sin heredero y solo ella lo sabía. Para todos los demás, lo más grave que podía haber pasado era exactamente lo que había ocurrido pero ignoraban, y en su ignorancia se felicitaban por el hecho de que el pequeño Willem continuase entre ellos y hubiese conservado milagrosamente la vida. Y, por si fuera poco, precisamente la inconcebible forma de ponerse a salvo lo convertía en una especie de elegido, de príncipe ungido por los dioses, de héroe elevado de pronto a una dimensión extraordinaria.

Barthazar de Pontoix montó el caballo huérfano de Roger porque era el mejor de todo el reino. Lo hizo enjaezar al modo en que lo hacía el anterior jefe del ejército para que no hubiera ninguna duda de que ahora él ocupaba su puesto, se engalanó con el uniforme de su antecesor y tomó la mejor espada de cuantas se conservaban aún en el círculo íntimo de Magmalión. De esa guisa, acompañado por los mejores hombres de cuantos habían salvado la vida, se dispuso a inspeccionar lo que quedaba de la caravana.

—Ha sido un desastre, señor. Hay muertos y heridos por todas partes, gente que necesita atención y a la que no podemos prestar más que una leve mirada, necesitados de alimentos, recién nacidos que van a morir porque sus madres no pueden amamantarlos, ancianos y tullidos que se han abandonado ya a su suerte... Y, para mayor desgracia, ha muerto el más valioso de nuestros físicos, el gran Trabalibok.

—¡Basta! ¡Tengo mis propios ojos para verlo! ¿Sabéis? Mi padre tiene razón. Este éxodo es un despropósito porque resulta imposible avanzar llevando semejante carga. Imaginad a un hombre sano intentando abrirse paso por un lugar inhóspito, una selva cerrada o una montaña pedregosa, llevando sobre sus hombros un peso mayor que el suyo propio. ¿Podéis verlo? ¿Qué creéis que le ocurriría? Ahora imaginadlo libre, sin carga alguna más allá que sus propias vestimentas. ¿Qué creéis que garantizaría mejor su supervivencia? No respondáis. Pensad por un momento que la carga que lleva consigo es su propio padre. ¿No creéis que morirán ambos? ¿Qué creéis que le diría su padre cuando se adentrasen en ese lugar intransitable? ¿Eh? Decidme...

—Su padre le diría que lo dejase morir tranquilo y que se pusiese a salvo él.

—Tú lo has dicho, soldado.

Bajaron por la ladera entre lamentos, quejidos y súplicas de ayuda de quienes se encontraban dispersos a lo largo del sendero que el tránsito de hombres y animales había abierto en la nieve. Algunos se abalanzaban sobre los caballos invocando al dios Rakket, o implorando la magnificencia del gran rey Magmalión. Otros, incautos, clamaban por la presencia del todopoderoso Roger.

—¡Roger ha muerto! ¡Barthazar es ahora el jefe supremo! —gritaba él mismo.

Al llegar a un recodo del camino pudieron contemplar la fila zigzagueante que se perdía en los confines de la montaña, salpicada de restos de carros, cadáveres abandonados, pequeñas hogueras sobre las rocas, tumultos en torno a heridos, animales dispersos.

—Inútiles... —Los despreció escupiendo al suelo con rabia—. Dejad que piense... Tenemos que reclutar a todos los jóvenes que consideremos aptos para servir a la corte. Los adiestraremos en las cuestiones más elementales y los haremos subir hacia la cima para que, tras bajar de las montañas, podamos restablecer el orden.

—¿Y el resto, señor?

—Dejaremos un destacamento al otro lado de la cordillera a la espera de quienes consigan sobrevivir a estas nieves. Y que los dioses los protejan y hagan de ellos lo que quieran.

Continuaron bajando por la misma senda por la que habían subido, pero ahora se les antojaba mucho más estrecha debido a la nieve que la cegaba continuamente. Un grupo de jóvenes se estaba organizando para remontar lo que les quedaba de subida y alcanzar al fin la cima, y cuando vieron llegar a los caballeros se pusieron en pie y los miraron desafiantes. Eran más de diez, por lo que resultaba evidente que no pertenecían a un mismo grupo, sino que se habían juntado para defender mejor sus intereses. Uno de ellos dio varios pasos al frente mientras los otros se apresuraron a tomar piedras del suelo en rápidos movimientos que no pasaron inadvertidos a los soldados, por lo que estos llevaron las manos a sus espadas y ballestas.

—¡Eh, vosotros! ¿Dónde están los demás miembros de vuestro grupo? —inquirió Barthazar.

—Nosotros somos el grupo —contestó uno con descaro. Era un joven de complexión fuerte, pelirrojo, con el pelo arremolinado, pecas en la cara, calzas ceñidas y camisola oscura. Había en su mirada un fondo de maldad y ausencia de miedo. Las aletas de la nariz le vibraron y los músculos de los brazos se le marcaron bajo las mangas de la vestimenta.

—¿Acaso me estáis diciendo que habéis abandonado a los débiles para juntaros los fuertes y garantizar así vuestra supervivencia? —inquirió Barthazar para ponerlos a prueba, a sabiendas de que era precisamente esa la actitud que él valoraba.

—¿Supervivencia? ¿Acaso no tenéis ojos? ¿No veis más allá de las crines de vuestro caballo? ¿Eh? —El joven se acercó un poco más a Barthazar—. ¿A esta forma de abandonarnos la llamáis supervivencia? Los más desvalidos, como vos los llamáis, han ido muriendo ante la impotencia de todos nosotros. Incluso los niños, con pies amputados y heridas purulentas han sucumbido sin que pudiésemos hacer nada, mientras los de allá arriba nos dejabais abandonados a nuestra suerte. Hemos destripado ovejas y cabras y las hemos cocinado sobre las rocas para poder vivir, y ya no queda más ganado que el que se ha dispersado y perdido por las laderas en busca de alguna brizna de hierba que sobresalga de la nieve. No... no hay más grupos. Gracias a vuestras atenciones, cada cual se las arregla ya como puede y nadie piensa en serio en llegar a esa tierra inventada de los Grandes Lagos. No contéis con nosotros.

—¡Insolente! ¡Decidme vuestro nombre! —Barthazar se adelantó hasta rozarlo con el hocico del caballo y desenvainó la espada. El sonido metálico provocó un frío eco—. ¡Vuestro nombre!

—Mi nombre nada os importa.

—Sois demasiado insolente para servirme, y sin embargo tenéis exactamente las mismas ideas que tenemos nosotros —dijo abarcando a sus soldados con la mirada—. De nada vale esperar a los más viejos. Por el contrario, es mucho mejor aprovechar el vigor de los más jóvenes. Así que os ayudaremos a subir a la cima y a bajar al otro lado de las montañas del Hades para reorganizar una caravana joven y fuerte, vital, que pueda emprender la marcha con garantías de llegar sanos y salvos a la tierra prometida por el rey.

—Aunque quisiéramos esperar a los más viejos no podríamos, porque nuestros padres y abuelos han muerto por vuestra culpa. ¡No contéis con nosotros!

Barthazar, que en un primer momento había simpatizado con las ideas del muchacho, sintió agitarse su interior como sucedía siempre que alguien lo contradecía, blandió su espada con la habilidad que lo caracterizaba y, cuando iba a asestar el golpe certero que decapitaría al joven, una piedra lanzada con una honda se la arrebató violentamente. Los soldados desenvainaron y espolearon sus caballos, pero una lluvia de piedras los hizo retroceder y los obligó a emprender una desordenada huida. No eran capaces de retroceder en un paso tan estrecho, de manera que parecía que les habían tendido una emboscada.

Hombres y mujeres de los alrededores acudieron de inmediato a intentar mediar entre los jóvenes rebeldes y los soldados del rey, pero sus voces no causaron efecto alguno en los muchachos envalentonados. Barthazar y sus hombres consiguieron a duras penas ponerse fuera del alcance de las piedras y ascendieron el último trecho del camino batiéndose en retirada.

—Vamos, rápido, ¡huid por todos los dioses! —advirtió uno de los adultos a los jóvenes intrépidos—. No os quedéis aquí porque volverán a mataros. ¿No os dais cuenta de que lo que pretendían era reclutaros para llevaros con el rey? ¡Insensatos! ¿Qué habéis hecho? Ese hombre no era Roger, sino Barthazar, un noble sin escrúpulos capaz de cortar la cabeza a un pastor inocente o de violar a cuantas mujeres se le antoje. Ninguno de vosotros quedará vivo si no partís inmediatamente a refugiaros donde podáis, rápido.

De la cara de los jóvenes desaparecieron los signos de osadía y un temor incipiente se apoderó de ellos. Antes de que quisieran reaccionar vieron cómo los caballeros volvían ladera abajo en un número mucho mayor, con lanzas, espadas, arcos, ballestas y escudos. Parecía imposible que hubiesen tardado tan poco tiempo en armarse de aquella manera. Los muchachos corrieron despavoridos pero la nieve profunda les impedía alejarse con rapidez, se hundían y luchaban hasta la extenuación por avanzar apenas unos pasos.

—Venid conmigo —dijo Rudolf a algunos hombres y mujeres que presenciaban la angustiosa huida de los jóvenes—, detendremos a los soldados. Tú, Astrid, quédate ahí al cuidado de los niños. Vosotras, acompañad a Astrid —les dijo a su esposa y a Filippha—, vosotros dos venid, y tú también, vamos.

Se pusieron en mitad del sendero a la espera de que llegase Barthazar con los refuerzos. Cuando los caballeros, con sus yelmos, aparecieron tras el recodo que había más arriba, Rudolf les dio el alto. Barthazar le gritó:

—¡Apartaos o seréis muerto! —Y espoleó violentamente su caballo.

Pero el comerciante no se apartaba. Los demás, temiendo lo peor, lo instaron a hacerse a un lado, las mujeres comenzaron a gritarle para hacerlo desistir, pero Rudolf parecía clavado en el suelo, impasible, confiado. Los jóvenes eran incapaces de alcanzar los primeros abetos que crecían en lontananza, en la orilla de un arroyuelo que bajaba desde las cimas; continuaban pugnando por salir del atolladero, clavados en la nieve como animalillos incapaces de huir de su trampa.

—¡Apartaoooos!

Rudolf levantó los brazos, los agitó, gritó algo incomprensible para Barthazar, que, enfurecido, enfiló su lanza en el último momento. El comerciante lo vio venir y gritó, su esposa se lanzó en su ayuda, pero Astrid la sujetó, Filippha tapó la cara a una niña y dos muchachas que los acompañaban hicieron lo mismo con los demás chiquillos.

El comerciante no pudo defenderse; la lanza lo ensartó atravesándolo de parte a parte. Barthazar soltó el arma, que quedó atrapada en el cuerpo de Rudolf. Levantó la mano y los soldados pararon en seco.

—¡Ballesterooooos! ¡Apuntad y tirad a matar!

Los jóvenes estaban lejos y los soldados no se atrevieron a meterse con los caballos en la nieve. Los ballesteros enfilaron sus armas y apuntaron en la lejanía siguiendo las marcas que sobre la nieve habían dejado los pies de los jóvenes que huían desesperadamente. Algunos se habían aproximado ya a los abetos, y otros, los más torpes, quedaban aún lejos de la línea de árboles.

—¡Disparad!

Las flechas dejaron un reguero de marcas negras sobre la nieve sin alcanzar a ninguno de ellos. Lo mismo ocurrió en una segunda tanda y en una tercera y una cuarta. No hubo ni una víctima más.

Barthazar, contrariado, ordenó que los dejasen, por el momento.

—Seguid recorriendo la fila y reclutad a cuantos jóvenes veáis con fuerzas. Tomad también a algunas doncellas y a mujeres jóvenes que puedan servir allá arriba. No dejéis atrás a nadie que pueda contribuir al buen orden de Ariok, obligadlos si es necesario o matadlos si se oponen a venir con vosotros.

El nuevo jefe de la milicia se giró hacia donde se encontraban la esposa de Rudolf y las demás mujeres. Entonces cruzó la mirada con Astrid por segunda vez en su vida, y algo le dijo que aquellos ojos le resultaban conocidos.

—Vos, venid conmigo —le dijo entonces. Astrid miró a Filippha desconcertada—. Vamos, no tengo tiempo que perder.

4

Durante los primeros días Bertrand fue llevado como un animal, atado con una correa que le erosionaba la piel y le dejaba el cuello en carne viva. Iba descalzo y completamente desnudo, con las muñecas atadas a la espalda, sufriendo arañazos de zarzas y otros matorrales por la imposibilidad de apartarlos al pasar. Sufría continuos latigazos de las ramas en la cara cuando quien le precedía tirando de la correa las apartaba para abrirse paso soltándolas después, entonces él cerraba los ojos y apretaba los dientes antes de recibir el impacto, sin quejarse ni maldecir. No abría la boca.

Unos pasos por delante de él iba el jefe de aquella manada de salvajes, grande, monstruoso, moviéndose entre la maleza con la agilidad de un animal en su territorio, salvando los obstáculos sin apenas prestar atención al camino, con la suficiencia insultante de quien sabe moverse en su espacio. Lo observaba desde atrás, el pelo largo, las extremidades grandes, las espaldas anchas y musculosas, la piel curtida. Lo veía como una pieza de caza, un bicho al que mataría con sus propias manos desde que le dijo que su hijo estaba muerto y que se lo había dado de comer a los perros que engordaban para comérselos a su vez. Un niño pequeño y asustado que no hablaba nada, le había dicho con indiferencia, como si aquello formase parte del orden natural de las cosas. De lo que había sucedido después solo recordaba que, al recuperar la conciencia, había crecido en él un odio desconocido hasta entonces, unas ganas insaciables de matar.

Habían emprendido la marcha cuando el jefe lo había considerado oportuno, hacia ninguna parte y hacia todas, un peregrinaje errático con el único fin de conseguir alimentos. Al parecer, toda su existencia consistía en ir de un lado para otro estableciéndose por poco tiempo en lugares protegidos, a salvo de visitantes indeseables, sin dejar demasiado rastro de su estancia. De vez en cuando pasaban por santuarios sagrados, cuevas a resguardo de extraños donde tenían la costumbre de pasar algún tiempo disfrutando de lo recolectado durante sus batidas. Según pudo saber Bertrand, aquellas cavernas eran lugares de obligada estancia cuando a las mujeres les llegaba la hora de parir, especialmente si habían sido preñadas por el jefe. No pudo evitar ver a aquellos niños como crías de un asesino, fieras en potencia que se criaban impregnadas de salvajismo y maldad.

Al poco tiempo de su cautiverio llegó el frío de las cumbres tras las primeras nevadas que blanqueaban la montaña cercana. Desde lo alto llegaba el resplandor azulado de la nieve y también un viento helado que congelaba pies y manos en las zonas más desprotegidas, por lo que evitaban los calveros y buscaban la protección de rocas y vegetación espesa. Paulatinamente fueron acercándose a un área recóndita del bosque donde se abrían varias cuevas que les servían para hibernar a resguardo de los vientos helados.

Un amanecer gélido, tras una noche de nevada intensa, el bosque se presentó ante sus ojos como un conjunto de figuras monstruosas vestidas de blanco. Árboles, matorrales, piedras y accidentes del terreno conservaban sus formas suavizadas bajo una gruesa capa de nieve. Bertrand los vio ataviarse con rapidez con abultadas pieles y pensó que era un grupo organizado y mucho más preparado para ponerse en marcha que la insólita caravana de la que él se había extraviado. Le dieron una pelliza vieja y en desuso para cubrirse y su piel morada lo agradeció mucho más que él mismo.

El bosque nevado era más peligroso que en su desnudez, pues no podía saberse dónde se pisaba, y el camino carecía ahora de las señales conocidas por sus habitantes. Grupos de hombres organizados salían diariamente de caza avanzando despacio por la nieve, sirviéndose de varas y grandes calzados, y siempre regresaban con magníficas piezas que admiraban a Bertrand, el cual permanecía sumido en su mutismo y rumiando su odio con la cólera creciente que a veces se mezclaba con atisbos de sufrida resignación por agotamiento, como anticipos de una rendición inevitable.

Lo tenían atado a un árbol como a un perro y le echaban de comer los desperdicios, vísceras de los animales que capturaban, huesos roídos por los canes, despojos que nadie quería y que igual servían para las alimañas que para él. Allí hacía sus necesidades, se mataba piojos y chinches, aplastaba hormigas enormes que amenazaban con subírsele hasta la cabeza y espantaba bichos de todas clases. Pasaba continuamente del hundimiento a la ira cuando tomaba conciencia de su verdadera situación, un hombre cuya suerte había cambiado para siempre en apenas un instante. Si se culpaba a sí mismo por no haber sido capaz de cuidar de su hijo, el abatimiento lo arrastraba a las profundidades más oscuras, pero si responsabilizaba a aquella tribu de salvajes, la rabia lo hacía morderse los nudillos hasta hacerlos sangrar.

Una tarde se le acercó el jefe eructando después de una copiosa comida regada con un extraño licor obtenido de alguna planta desconocida para él. Lo vio acercarse despacio, rascándose su entrepierna con una mano mientras en la otra portaba una estatuilla de madera.

—¡Tú, carpintero! Haz algo, toma. —Le extendió la figura—. Quiero que me hagas otra como esta. Igual, ¿eh?, igual, de la misma madera, del mismo color y todo igual, ¿eh?, todo igual, de la misma madera y del mismo color y todo igual, ¿eh?

Bertrand la tomó en sus manos y la observó con desprecio. Tenía algo más de un pie de altura y representaba a una especie de duende con una flauta en su mano, gorro puntiagudo, grandes zapatones y una nariz afilada como una zanahoria. Tenía que admitir que estaba muy bien esculpida y que habría sido todo un reto imitarla en otras circunstancias.

—No puedo. Imposible.

Bertrand quiso devolverle la estatuilla, pero el hombre lo miró con sus ojos negros hundidos y amenazantes, lo agarró fuertemente por el cuello y lo levantó en peso hasta que, sin respiración, emitió un grito ahogado.

—Tú no eres carpintero, me has mentido. ¡Me has mentido! —Lo soltó bruscamente y Bertrand cayó al suelo tosiendo e intentando recuperar el resuello mientras negaba con la cabeza sin ser capaz de decir nada—. Te voy a matar ahora.

—¡No he mentido! Soy carpintero, pero no puedo hacer una figura como esa porque en este bosque aún no he visto ni un solo árbol que nos dé esa madera —protestó casi sin respiración—. Tampoco podría hacerla de una madera similar, porque no tengo herramientas. Primero tendría que fabricarlas, pero no tengo metales ni forma alguna de encontrarlos. ¡No puedo hacer milagros! ¡Qué tipo de hombre puede moldear la madera con sus manos! ¡¿Creéis que esa figura la hicieron sin herramientas?!

—¡No me grites! ¿eh?, no me grites que te mato. —Lo amenazó con el puño en alto—. ¡Y no insultes a nuestro duende sagrado! Esto estaba antes de que yo naciese, y antes que mi padre y mi abuelo y su abuelo, ¡y es secreto! ¡No se hizo con herramientas porque no lo ha hecho nadie, ya estaba! ¡Tú no entiendes, pero ya estaba! Y quiero uno igual, de la misma madera y el mismo color, igual, ¿eh? ¡Igual!

—Supongo que nadie lo hizo, pero si quieres que lo haga yo, necesito herramientas. Puedo hacerlo, pero si cuento con un horno, con metal y con madera.

—Hazlo, igual, ¿eh?

—Sí, igual —dijo con desconfianza.

A partir de aquel día Bertrand engañó a su pensamiento con el entretenimiento de fabricar algunos útiles de carpintería. Le proporcionaron trozos retorcidos de metal, objetos inservibles que habían ido encontrando por las inmediaciones del bosque o que habían robado en incursiones a pequeñas granjas o en asaltos a viajeros que osaban cruzar sus dominios, luego improvisó una pequeña fragua en un roquedo y moldeó el metal como pudo, dando como resultado unos primeros utensilios escasamente moldeados: una pequeña argallera, una azuela sin mango, un formón casi inútil y una gubia aceptable. Tendría que seguir intentándolo y hacer acopio de madera dura para fabricar una garlopa. A falta de escofina utilizaría alguna piedra rugosa.

Se afanó durante más de quince jornadas y cuando vio todas las herramientas juntas se lamentó del resultado. Había trabajado de sol a sol al calor sofocante de la pequeña fragua, chamuscándose el vello de los brazos y hasta de la barba, había sudado copiosamente tostándose la piel al fuego y se había esmerado en el trabajo como si fueran a pagarle por él, y ahora solo tenía dolor en los brazos y una colección de piezas inservibles. Por un momento se dijo que tenía que haber pasado algún tiempo con Borg, el marido de Astrid, para aprender a moldear el metal con la extrema facilidad con que lo hacía él. Al pensar en el herrero se le vino Astrid a la memoria y no pudo evitar que le aguijoneara el dolor profundo por la pérdida de Erik, como lo hacía siempre pero especialmente cuando el pasado reciente era rescatado por su memoria. Intentaba no pensar más que en lo que estaba haciendo, canturreaba y se esmeraba por mantenerse activo mentalmente sin abandonarse a los recuerdos, pero no podía impedir que la oscuridad lo inundase todo y que la imagen del niño se le apareciese con su sonrisa, jugueteando en la imaginación como un remedo de la realidad, y entonces era incapaz de concentrarse y apretaba las mandíbulas hasta el dolor, o se mordía la lengua y sacudía fuertemente la cabeza mientras respiraba muy hondo.

Durante los días siguientes volvió a calentar el metal en la fragua y a mejorar las piezas que tenía mientras el jefe tribal lo amenazaba con matarlo si le resultaba inservible, acusándolo siempre de trabajar lentamente como consecuencia del desinterés en el encargo que se le había hecho. Transcurridas diez jornadas más de trabajo las herramientas habían mejorado bastante, aunque los filos no eran lo suficientemente cortantes como para labrar la madera si no era toscamente. Aun así, dio por concluida la fabricación de utensilios y se dispuso a buscar el tronco adecuado para la talla. Volvió a examinar la estatuilla con mucho detenimiento y se convenció por completo de que jamás había visto madera semejante. Era dura, con vetas que no le recordaban a ningún árbol conocido, y estaba tan envejecida que le resultaría imposible saber cuál era el tono original, así que tendría que conformarse con buscar alguna otra similar sin salir del bosque y esmerarse todo lo posible por imitar la imagen del duende. Lo miró distraídamente y se dijo que el jefe no se sentiría satisfecho con el resultado, pues ni el material, ni las herramientas, ni las condiciones de trabajo estarían a la altura del tallador que había creado la imagen.

Continuaba atado a los árboles. La correa inicial había sido sustituida por una pesada cadena cubierta de óxido que arrastraba de un lado para otro mientras era conducido de árbol en árbol. Lo dejaban libre cuando tenía que maniobrar en la fragua, pero no lo desposeían de la cadena, sino que la arrastraba haciendo ruido como si fuese un cencerro que delatase su presencia allá donde estaba. Y mientras tanto, él trabajaba y alimentaba su odio, trazando en su imaginación planes de evasión con finales felices.

Una mañana se presentó el jefe ante él para interesarse por su trabajo. Harto ya de prescindir del amuleto que obraba en poder del carpintero, quiso conminarlo a terminar bajo una nueva amenaza de muerte. Se dirigió al árbol en torno al cual Bertrand había trazado un círculo perfecto a fuerza de caminar para mantener sus músculos sanos. Lo acompañaba uno de sus muchos hijos, un mozalbete moreno y curtido que caminaba con agilidad sirviéndose de un bastón de madera.

—¡Eh, tú, carpintero! Muéstrale a mi hijo cómo lo haces. Enséñale la figura que estás haciendo para mí, ¿eh? Venga, ¿eh?

Bertrand estaba sentado contra el tronco del árbol, tapado con las pieles que le habían proporcionado para protegerse del frío. Tenía mal aspecto: el cabello alborotado, las barbas descuidadas sobre las cuales destacaban grandes ojeras, la mirada un tanto perdida en objetos indeterminados. Sin abrir la boca tomó un trozo de lienzo de lino que le habían dejado para conservar sus herramientas y lo desenrolló ante sí. Por el suelo se esparcieron objetos metálicos con mangos de madera que pretendían ser útiles de carpintería, pero no eran más que toscas imitaciones casi inservibles. Entre ellas destacaba otro envoltorio también de lino anudado con un corto trozo de juncia, lo desató y apareció un bosquejo de lo que debería ser la réplica de la estatuilla sagrada, pero no era más que una mala aproximación a las formas de la escultura.

—¡Esto es lo que has conseguido hacer en todo este tiempo! ¿eh? ¡Y te dije igual! —gritó enfurecido, y el niño lo imitó con un grito semejante.

—He estado fabricando las herramientas —se justificó Bertrand.

—¡Holgazán! ¡Te has burlado de mí! ¡Tú no sabes hacerlo igual!, ¿eh? Dime la verdad, tú no sabes hacerlo igual, ¿eh? Eres mentiroso, tú no sabes.

El jefe se aproximó a él y Bertrand se levantó de un salto, pero no pudo evitar que le propinase un fuerte puñetazo en el tórax que lo dejó sin respiración durante unos instantes. Intentó tomar aire pero se retorció pensando que se asfixiaba. Entonces el niño imitó a su padre y le propinó otro puñetazo, esta vez en el vientre, pero no solo no hizo más daño a Bertrand, sino que en ese momento el carpintero logró inhalar una bocanada de aire. De pronto se quedó inmóvil mirando fijamente al niño, que seguía ante él con mirada desafiante, lo sujetó fuertemente por el brazo y lo atrajo hacia sí, le quitó el bastón y lo esgrimió en el aire mientras lanzaba al aire un grito tan desgarrador que alertó a toda la tribu.

—¡Apártate que lo mato! —le ordenó el jefe a su hijo a la vez que intentaba arrebatar el bastón al carpintero. Pero Bertrand parecía haber enloquecido, así que el jefe de la tribu le propinó otro puñetazo que volvió a dejarlo sin respiración y lo hizo soltar el bastón y caer al suelo de rodillas retorciéndose en arcadas. El padre le devolvió el bastón al niño. Era un bastón de abedul que había sido labrado con mimo con una gubia de buen metal no hacía demasiado tiempo. Era el bastón de Erik.

Astrid abandonó su lugar en la fila haciendo caso a las instrucciones dictadas por el general Barthazar, sin apenas despedirse de Filippha ni de nadie. Ignoraba a qué respondía aquella orden y temió que tuviese algo que ver con su cercanía a Rudolf, a quien el general había matado brutalmente por desobedecerlo. Pero pronto dejó de ser la única, puesto que el grupo de soldados fue seleccionando a otras mujeres —casi todas más jóvenes que ella— y también a hombres, a medida que ascendían por la pendiente. Durante el trayecto iban sobrepasando una interminable hilera de peticiones de clemencia y auxilio por quienes sufrían las consecuencias devastadoras del tornado, ancianos, jóvenes y niños con miembros ennegrecidos e incluso amputados por cuyas heridas se les escapaba la vida sin remedio. En medio de un caos infernal, ni siquiera el general parecía capaz de poner orden.

Impulsada por tanta desolación, Astrid aprovechó un alto que hicieron los soldados para acercarse a una familia que pedía ayuda desesperadamente. Se trataba de su hija, una niña preciosa cuyos dedos de los pies se habían ennegrecido por congelación y necesitaban la intervención urgente de un cirujano.

—Tranquila, pequeña, pediré ayuda para ti. Tus padres están contigo y no tienes nada que temer —intentó consolarlos mientras miraba hacia los soldados—. Ahora pediré que os ayuden y os lleven ante un médico.

Astrid se puso en pie y vio en los rostros de los padres de la niña una sombra de esperanza, miradas que imploraban ayuda en silencio, caras iluminadas por el anhelo de una solución que la hicieron dirigirse al último de los soldados a caballo que abrían paso al grupo del que formaba parte.

—Por favor, buen soldado, esta familia necesita ayuda, se trata de su hija, que aún está a tiempo de sanar si es llevada ante un médico —dijo de corrido, con la esperanza de que el joven jinete se fijase en ella, pero el soldado la miró con indiferencia y al instante volvió a mirar al frente, como si nada hubiese escuchado. Entonces Astrid se dirigió al soldado inmediatamente anterior y volvió a repetir lo mismo, pero ni siquiera obtuvo un mínimo de atención.

Fue repitiendo su petición cada vez más desesperadamente a cada uno de ellos, hasta que llegó al general Barthazar.

—Por favor, general, esta familia necesita ayuda.

El general la observó con los mismos ojos con que la había mirado las veces anteriores, y ella le sostuvo la mirada a pesar de percibir el mismo desasosiego que había sufrido en las otras ocasiones.

De pronto se le vino a la memoria la violenta forma en que había matado a Rudolf y no pudo evitar despreciarlo, y aun así siguió mirándolo con ojos suplicantes.

—Vuelve a tu sitio. —Y dirigiéndose a sus hombres—: ¡Adelante! ¡Continuemos hacia arriba!

Astrid se vio de pronto en medio de los caballos y temió ser pisoteada, pero logró sortearlos y salir al espacio abierto que había entre los soldados y los demás seleccionados para subir siguiendo la estela del general. Miró hacia atrás y vio entonces la cara de desesperación de los padres de la niña que, tumbada sobre un lecho de mantas deshilachadas, aguardaba con un atisbo de ilusión una solución que no llegaría nunca.

El resto de la subida la hizo con la mirada puesta en la nuca del general, con el gesto endurecido y la mirada cargada de resentimiento. Solo se distrajo de la desazón cuando a su lado una joven comenzó a sentir pánico porque pensó que había sido seleccionada para ser sacrificada a los dioses. Entonces Astrid la convenció con buenas palabras de que no debía preocuparse y que, sin duda, habían sido sacados de la fila porque necesitaban su trabajo en beneficio de otras personas.

Al fin llegaron a la parte delantera de la caravana. Se trataba del espacio ocupado por la corte Real, que intentaba recuperarse de los estragos causados por el tornado. Se les pidió que aguardasen órdenes y, por primera vez, se les desveló que habían sido seleccionados para ayudar a quienes se encargaban de cuidar del bienestar de los hombres y mujeres más importantes del reino.

Cuando Bertrand logró recuperarse lo habían dejado solo. Miró al cielo y apretó los puños ahogando sus propios gritos. Tiró de la cadena poseído por un odio infinito, por una rabia irreprimible que lo hacía retorcerse de dolor. Sin dejar de mirar hacia arriba juró que se vengaría, que los mataría con sus propias manos, que trazaría un plan para hacerlo como si no tuviese otra misión en la vida más que lanzar su odio contra aquellos salvajes que le habían arrebatado a su hijo.

Apenas durmió esa noche, recostado contra el árbol. Si lograba conciliar el sueño lo asaltaban pesadillas que lo despertaban espantado, hasta que las primeras luces de la mañana lo hicieron desperezarse con el propósito firme de dejar atrás el bosque para siempre.

Los miembros de la tribu se movilizaron temprano y él les pidió pronto que le encendieran de nuevo la fragua, puesto que resultaba imprescindible fabricar una nueva herramienta para cumplir los deseos del jefe de tener la escultura hecha inmediatamente. Así que lo llevaron junto a la pequeña gruta donde prendieron el fuego y ataron la cadena a otro árbol próximo. Pidió algunos metales para fundirlos y le proporcionaron desechos de herrería, herrajes de puertas en desuso y algún que otro marco partido. Fue fundiendo el metal con disimulo, como si estuviese fabricando sus herramientas, y poco a poco se fue construyendo un estoque de dos palmos. Cuando consideró que lo tenía, tiró de la cadena y la aproximó al fuego hasta que dos de los eslabones estuvieron en condiciones de ser moldeados, los abrió y los dejó sueltos, cogidos tan solo por un fino hilo de metal. Al final, exhausto, metió el estoque bajo sus pieles y se aseguró de que los eslabones estaban bien sujetos antes de avisar de que había concluido la forja de sus herramientas. Soltaron la cadena y lo llevaron de nuevo a su árbol.

Estuvo todo el día observando a los miembros de la tribu, sus movimientos, la docilidad con que se comportaban unos con otros, la promiscuidad de sus miembros, el extraño comportamiento de los niños que se disputaban con agresividad hasta el más mínimo objeto, la autoridad del jefe cuyas órdenes se cumplían con la velocidad de un rayo. Era una sociedad jerarquizada en la cual unos ejercían la fuerza sobre sus inferiores, los vejaban, violentaban sus intimidades con independencia del género, los obligaban a trabajar o a servir unos a otros sin ninguna condescendencia, cazaban, comían, fornicaban y dormían, y todo lo hacían maquinalmente, como si jamás aflorasen los sentimientos entre ellos.

Bertrand no podía reconocerse a sí mismo. Su odio era tan grande y la rabia interior tan desmedida, que la pacífica armonía que lo había conducido siempre no era más que un montón de cenizas cubierto por una sed no saciada de sangre y de venganza. No podía apiadarse de ninguno porque era incapaz de ver en ellos a personas, sino a animales depredadores, alimañas culpables de la muerte de su hijo, machos y hembras de una especie desconocida hasta entonces. Parecían hombres y mujeres, niños y niñas, pero no lo eran. Eran animales que se burlaban de su desgracia, que se atrevían a mostrar el bastón que fabricó para su hijo, que se jactaban de haberlo dado a comer a los perros con los que luego se habían saciado. Sentía impiedad para con ellos con la certeza de no ofender a los dioses. Los odiaba a muerte.

Trabajó en la estatuilla con todo el interés que pudo y acertó a recrear en la copia la sutileza de las curvas y las facciones de la cara, pero sin llegar aún al grado de perfección del original. Cuando consideró que su trabajo había alcanzado un parecido razonable, aun sin llegar a ser perfecto, hizo llamar al jefe. Tenía en su cabeza lo que iba a suceder: le enseñaría la escultura y él se acercaría para tomarla en sus manos y poder compararla con el original, entonces sacaría el estoque y le atravesaría el corazón. Sin dar tiempo a que nadie reaccionase, tiraría del eslabón abierto y se vería libre. Lo demás nada importaba. Correría hacia el sur y se defendería si le era posible. Y si no, se quitaría la vida.

El jefe de la tribu no acudió ese día a la llamada del prisionero. Llegó la noche y Bertrand se envolvió en sus pieles raídas, se acomodó contra el tronco del árbol y se dispuso a dormir, pero no fue capaz de conciliar el sueño. El cielo estaba despejado y una luna enorme lo iluminaba todo convirtiendo el bosque en sombras de distinta intensidad bajo un inabarcable mar de estrellas azuladas. Miró en dirección al campamento donde dormían los miembros de la tribu y solo vio sombras imprecisas camufladas entre figuras amorfas.

Palpó bajo las pieles, tocó el estoque y las estatuillas, la original y la copia, y reconoció cada protuberancia, cada nudo de la madera, la calidez de su tacto y los defectos de la escultura. Luego tocó la cadena, eslabón a eslabón, hasta que llegó al que tenía sujeto por el fino hilo metálico y pensó en lo fácil que le resultaría soltarse y aprovechar la luz de la luna para huir sin que nadie se diese cuenta. Cuando despertasen al alba él estaría ya muy lejos. Incluso podría guiarse por las estrellas mucho mejor que a plena luz del día, donde el bosque volvería a convertirse en un laberinto sin salida en el que el norte parecía estar siempre en el mismo lugar que el sur y el este donde el oeste, más allá de un árbol o de un matorral que uno creía identificar como el que acababa de ver un rato antes.

¿Por qué no escapaba? Tenía tomada la decisión de matar como si hubiese anidado en él inevitablemente sin que ninguna solución le satisficiese en la misma medida que verlo muerto a sus pies. ¿Verdad que sí, Lizet? ¿Verdad que lo ves igual que yo? Mi pobre Lizet... te dije que cuidaría de nuestro pequeño para siempre y ni siquiera fui capaz de retenerlo conmigo entre la niebla. Tú, que todo lo ves ahora desde otro lugar, tú que brillas con esos destellos tan hermosos, habrás sufrido nuevamente por lo que le hicieron a nuestro pequeño Erik, y por eso estás de acuerdo conmigo, por eso me comprendes, por eso eres capaz de escrutar en mi interior y saber que ya no podré vivir tranquilo si no lo mato. Ya ves, tu querido Bertrand, tan pacífico y tan incapaz de hacer daño ni tan siquiera a un pajarillo, y ahora solo pienso en atravesarle el corazón.

Rememoró las tardes de juventud en que antes de desposar a Lizet paseaba con ella por los campos de Waliria recolectando flores y asomándose a los nidos. En un cortante próximo a las murallas de la ciudad anidaban cientos de abejarucos que adornaban la puesta de sol con sus idas y venidas, desplegando sus alas multicolores contra el cielo azul. Ellos, abrazados y fuera de las miradas de los adultos, se regalaban palabras de amor que luego reproducían por separado en el silencio de sus alcobas, durante las noches de insomnio. En una de aquellas tardes se tumbaron sobre la hierba. La primavera estaba avanzada y el sol calentaba lo suficiente como para arroparlos bajo la cálida sensación de un amor pleno, uno junto al otro, la cabeza de Lizet sobre el pecho de Bertrand, su respiración acompasada, su voz deliciosa. Se quedaron dormidos.

Alguien lo zarandeó.

Lizet...

—Despertad, pero no hagáis ruido, por lo que más queráis.

—Lizet...

—Shhh. Vamos, despertad. Tenéis que marchar ahora, os he desencadenado y podéis iros. Vamos, vamos...

Bertrand abrió los ojos y vio la luna en lo alto, grande, blanca, con esos círculos misteriosos sobre su superficie luminosa. A su lado una joven a la que no reconoció al pronto. ¿Lizet?

—Tenéis que iros porque si no os matarán. El jefe piensa cobrarse vuestra escultura y mataros al amanecer como sacrificio a sus propios dioses, porque dice que puso en vos la esperanza de que le sirvieseis para algo pero que en realidad le resultáis inútil, una boca que alimentar, un hombre desaprovechado... Creo que en realidad os teme. Marchad, por favor...

Bertrand estaba confundido. Se fijó en las facciones de la muchacha y al fin la reconoció como la que el jefe había acometido contra el tronco del árbol el día en que lo hicieron prisionero.

—¿Por qué hacéis esto por mí? —le preguntó susurrando.

—Hace muchos años que soy su prisionera, desde que era una niña... marchad, os lo suplico.

—Venid conmigo, entonces.

—No puedo... id, por favor... marchad, rápido.

—No pienso irme. Voy a matarlo.

—Estáis loco. No saldréis vivo de aquí, vamos, marchad inmediatamente. Dejad las figuras de madera junto al árbol y partid hacia donde sea, pero pronto. No conocéis las costumbres de estas gentes, para ellos vuestra vida vale tanto como la de un conejo. O menos.

—Tengo que vengar a mi hijo, mi pequeño...

—¿Vengarlo? ¿Qué le ha pasado a vuestro hijo?

—¿Acaso no lo sabéis? Deberíais saberlo... vosotros lo matasteis y lo disteis de comer a los perros, e incluso ese niño, el hijo de vuestro jefe, se permite venir a enseñarme el bastón que yo mismo le hice... ¡lo mataré con mis propias manos!

—Shhh. ¡No! ¡Nadie mató a vuestro hijo! ¿Era el niño que no podía hablar? Borriod, nuestro jefe, dijo que no podíamos mantener a más niños y menos aún si tenían defectos como la mudez, y lo dejó abandonado en el bosque. Es posible que todavía viva.

—¿Qué? —Bertrand sintió un calor intenso en su interior.

Habían sido muchos días de alimentar un odio que había enraizado en su corazón, el mismo corazón que ahora palpitaba como si se hubiese desatado una tempestad dentro del pecho y el retumbar de los truenos fuese perceptible desde el exterior. Sujetó a la muchacha por las muñecas con incredulidad, paralizado por un torrente de pensamientos.

—¿Dónde lo abandonasteis? ¡Decidme, por favor! ¿Dónde lo visteis por última vez?

—Marchad ahora mismo y seguid hacia el sur, hacia las montañas. El niño corrió hacia las montañas tras esa caravana en la que veníais. Tendréis que aguardar mucho tiempo hasta que la nieve alimente los ríos para poder atravesarlas en busca de los valles, escondido en las lindes del bosque, a no ser que viajéis durante más de cincuenta lunas hasta mi tierra, hacia donde se pone el sol, en busca del pueblo de Trimib.

—¿El pueblo de Trimib? ¿Hay en Ariok una zona poblada hacia el oeste?

—¡Id! ¡Vamos! Si se despierta Borriod os matará, pues no le gusta dejar testimonio de nuestra presencia. Piensa que nuestra vida depende en buena parte de la ignorancia de nuestra existencia, así que debéis iros ya, por favor. Id en busca de vuestro hijo.

—Venid conmigo. Vos no sois como ellos. Venid hasta la tierra de los Grandes Lagos y uníos a la gran civilización de Waliria. Sois inteligente, bella y valiente y tendréis una vida plácida al lado del gran rey Magmalión.

—No puedo... —dijo con enorme tristeza. Bertrand percibió en la penumbra cómo bajaba su mirada cargada de pesadumbre—. Estoy encinta.

—¡Oh, Rakket! ¿Por qué lo permites, gran dios?

—Voy a dar un hijo más a Borriod. Todas le damos hijos a Borriod.

Bertrand la besó en la frente y al hacerlo sintió que la muchacha se estremecía.

—He de irme. Decidme... ¿cómo os llamáis?

—Elizheva.

—Elizheva... os debo una vida más allá de mi vida; jamás olvidaré vuestro nombre. Que los dioses os protejan hasta que algún día, en esta vida o en la otra, volvamos a vernos.

El carpintero se ajustó las pieles, aseguró el estoque bajo el brazo y dejó la estatuilla original junto al árbol guardándose la otra. Miró a la mujer y le sonrió antes de girarse para comenzar a andar con sigilo.

—¡Señor!

Bertrand se giró por última vez.

—¿Cuál es vuestro nombre?

—Bertrand. Bertrand de Lis.

Ella sonrió por primera vez.

—Yo tampoco lo olvidaré nunca.

—¿Has oído, Lizet? Tú lo sabías... —Soltó una carcajada sonora y un graznido le respondió como un eco—. Sabías que nuestro pequeño no había muerto. Iré en su busca. Ayúdame a encontrarlo y protégelo mientras tanto. Ojalá esté con ellos, con Astrid, con todos, y hayan logrado pasar esa maldita montaña. Pobre pequeño...

Anduvo con cautela al principio y apresuramiento después, siguiendo la marca de las estrellas que lo guiaban hacia el límite sur de la espesura. Los ruidos del bosque lo sobresaltaban cuando presagiaba una alerta general en el poblado nómada de Borriod. El jefe salvaje de la tribu, advertido de su ausencia, podía haber emprendido una búsqueda a muerte por un bosque que le resultaba tan familiar como a él su taller de carpintería, por lo que cualquier crujido lo alarmaba mucho más que los aullidos de los lobos.

Oyó unas pisadas y aplicó el oído a la penumbra, giró la cabeza buscando la orientación adecuada para detectar de dónde provenían, pero el ruido cesó de pronto. Con cautela, echó a andar siguiendo la misma dirección sur que lo llevaría a las laderas de las montañas, ¿y luego qué? Tendría que buscar un lugar adecuado para pasar el invierno sin llamar la atención de Borriod y los suyos, alejándose lo suficiente como para estar a salvo a la espera de que la estación cálida deshiciese la nieve. ¡Pero no podría aguantar tanto tiempo! ¿Y si hacía caso a Elizheva y bordeaba las montañas por el oeste en busca del pueblo de...? No recordaba el nombre, pero poco importaba ahora. En otro momento de su vida le habría movido la curiosidad de conocer a otros pobladores de Ariok, pero ahora solo podía pensar en la manera más rápida de unirse de nuevo a la caravana y buscar a su pequeño Erik. ¿Habría recuperado el habla? Volvió a oír las pisadas a sus espaldas y se detuvo. De pronto vio que un jabalí salía de la espesura y cruzaba un pequeño calvero para perderse de nuevo entre los matorrales. Respiró aliviado y se dio cuenta entonces de que el bosque clareaba en aquella zona, donde el matorral era mucho más frecuente que los altos árboles.

Comenzó a ver los perfiles de las plantas y las rocas con mayor nitidez; estaba amaneciendo. Miró entonces al frente y vio recortada en el cielo la silueta gigantesca de la montaña, iluminada apenas por la primera luz que llegaba desde naciente y alumbraba una gran masa de nieve uniforme y sobrecogedora. Solo entonces comenzó a sentir un frío intenso en los pies descalzos. Miró al suelo y se dio cuenta de que una gruesa capa de nieve se abría paso hacia el interior del bosque como si fuesen los pies de las montañas del Hades. Había llegado al lindero del bosque, y aunque él no podía saberlo, se había detenido justo en el lugar donde los soldados de Roger habían encontrado con vida a su pequeño.

5

—Willem, ese es el nombre de nuestro heredero, el elegido, el llamado a suceder al gran rey Magmalión, el ungido por los dioses, el Gran Jerarca, el Príncipe entre los Príncipes... Vosotros sois a partir de hoy los garantes de su bienestar y de su salud, los vigías de su conducta, quienes, bajo nuestra supervisión, entregaréis vuestras vidas, si es preciso, a la causa de hacer de Willem nuestro próximo rey.

Astrid miró a su alrededor sin comprender qué estaba pasando allí. Había observado al niño con detenimiento y el parecido era tan asombroso que habría jurado que era el mismísimo Erik quien se les mostraba vestido de príncipe, mirando hacia el suelo con timidez, luciendo el emblema real bordado en rojo a la altura del pecho de una túnica arrugada y sucia pero de buen hilo. Junto a ella, lo contemplaban varias mujeres, seis soldados, un anciano y una extraña mujerona alta y delgada a la que solo podía vérsele la cara y a la cual creía haber visto ya en alguna parte.

—La princesa Shebaszka, su venerable madre, es la única que puede disponer a su antojo lo que con el príncipe Willem ha de hacerse. Solo ella, sin supervisión previa ni más consejo que su propia decisión, puede contradecir las órdenes, variar los hábitos, oponerse a las conductas y desviar las pautas marcadas de antemano. Ella, la sobrina del gran rey Magmalión, es soberana en lo que a la educación y cuidados del príncipe se refiere.

Estaban en un espacio delimitado por cinco carromatos inutilizados a los que faltaban ruedas, pescantes, lonas o varales, pero que resultaban lo suficientemente sólidos como para que ellos tuvieran la sensación de cierto recogimiento. Quien hablaba era un hombre que rozaba la ancianidad, dotado de un rostro sereno, ojos vivos y armonía en los movimientos.

Rodeada de desconocidos, escuchaba las órdenes con atención y observaba al niño con detenimiento, ansiando tenerlo cerca para recrearse en un parecido tan asombroso que le costaba creerlo. El príncipe no solo tenía las mismas facciones que el hijo de Bertrand, sino que, en un momento en que había mirado al frente, había podido comprobar que poseía exactamente la misma mirada triste y asustadiza que la hizo compadecerse de Erik nada más verlo tras el terremoto. Willem llevaba en sus ojos la misma carga de desconsuelo y la necesidad inmensa de un cariño arrebatado, era como un gazapo temeroso que evitaba los ojos de los demás como si en ellos temiera descubrir el objeto de una búsqueda.

—Astrid... ¿quién es Astrid?

Se sobresaltó al oír su nombre y tardó en identificarse.

—Soy yo...

—Bien, Astrid. El general Barthazar quiere verte. Después te pondrás a disposición de la princesa Shebaszka y recibirás las órdenes oportunas. —El hombre dejó de mirarla y se dirigió de nuevo al resto—: La caravana va a reanudar la marcha muy pronto, por lo que debemos poner todo el empeño en organizarnos antes de alcanzar la cima y comenzar el descenso.

Astrid aguardó a que cada cual se empeñase en realizar su cometido y se dispersase la reunión. Intentó acercarse al niño para satisfacer su curiosidad, pero enseguida se lo llevaron de allí y no pudo seguirlo porque el hombre que le había trasladado las órdenes de ir a ver al general Barthazar se dirigió de nuevo a ella en medio del desorden:

—Hola, Astrid, soy Dragan, sacerdote del templo de Waliria y guía espiritual de nuestro buen rey Magmalión. La princesa Shebaszka, a la que conoceréis pronto, nos ha encomendado a la Gran Aya y a mí que organicemos el entorno del heredero para garantizar su seguridad, su salud y sus cuidados, así como su educación, y le proporcionemos todas las comodidades posibles durante el tiempo que dure este éxodo.

Astrid percibió entonces que no estaban solos y que también los acompañaba aquella mujer a la que solo podía vérsele la cara y a quien Dragan acababa de identificar como la Gran Aya. A ambos los recordaba de cuando la comitiva real había recorrido la caravana de un extremo a otro y Filippha los había identificado.

—Hola, Astrid —se presentó la Gran Aya.

—Hola, es para mí un honor.

—Bien —intervino de nuevo Dragan—, has de acudir a la llamada del nuevo general Barthazar de Pontoix, sustituto del muy llorado Roger de Lorbie, que ha fallecido junto a su mujer y el más pequeño de sus hijos. Ignoramos qué quiere el general de ti...

Astrid percibió un tono interrogante en las palabras de Dragan.

—¡Oh! Yo también lo ignoro... En realidad yo... Bueno... he perdido a mi esposo y a mi hija y no me encuentro muy bien, pero intentaré hacer todo cuanto se me encomiende lo mejor que pueda.

—¿De dónde procedes? ¿Quién era tu esposo?

—Procedo de la estirpe de Lambert y me desposé con Borg, artesano del gremio de los herreros. Mi madre fue camarera del señor de Dok y mi padre trabajó en las caballerizas reales hasta que murió a consecuencia de una coz.

—De acuerdo, Astrid, solo queremos advertirte que te debes a la princesa Shebaszka, sobrina de Magmalión y madre de Willem. Ella te dirá qué has de hacer y cómo has de hacerlo, y en todo momento ha de estar informada de cualquier asunto que ataña a su hijo. Por lo tanto, nadie más debe interponerse entre la princesa y tú. ¿Entendido?

Astrid asintió, aunque en realidad no entendía absolutamente nada. Ella estaba muy lejos de comprender cómo funcionaban las cosas en la corte y le parecía increíble que alguien pudiera presentarse como guía espiritual. Se sentía incómoda, incapaz de comprender el sentido de su vida, y aceptaba los hechos como partes indivisibles de un destino incierto.

—Ahora ve, el general Barthazar quiere verte. Y recuerda, todo lo que ataña a Willem debe conocerlo Shebaszka. No lo olvides jamás.

Fue conducida entre carros y caballos hasta un espacio delimitado por dos grandes rocas que parecían las paredes de una estancia. Un hombre de edad avanzada, inexplicablemente vestido con llamativa pulcritud, daba órdenes a todo el que se interponía en su camino.

—¡Gabiok...! El general Barthazar ha mandado llamar a esta mujer, de nombre Astrid...

—¡Sí! ¡Venid!

Astrid fue llevada ante el nuevo jefe de la milicia. Cuando estuvo ante Barthazar y la miró a los ojos, volvió a sentir el mismo desasosiego que la primera vez que lo vio. Era como si se abriese un hueco en ella, como si en su interior soplase un frío helado que le recorriese las entrañas.

—Bien... —Barthazar miró a su alrededor y comprobó que se habían quedado solos Gabiok, Astrid y él—, te han encomendado cuidar de un niño ¿verdad? —Astrid asintió levemente, en realidad se encontraba muy agitada—. No te costará, pues en la caravana cuidabas de una niña, según he podido saber. Eres viuda de un herrero, perdiste a tu hija, procedes de una estirpe reconocida y tus modales y tu belleza te han granjeado la admiración de quienes te conocen. Dime... ¿puedo confiar en ti?

Astrid asintió de nuevo casi imperceptiblemente.

—Me gustaría que me lo dijeses en voz alta.

—Podéis confiar en mí —dijo sin convencimiento, atormentada por el temor que le infundía aquel hombre. Miró al otro, al que estaba impecablemente vestido, y percibió su gesto duro, su mirada intensa clavada en ella. Permanecía en silencio.

—Bien. Yo te he sacado de la caravana, donde has pasado penurias y donde probablemente pasarías muchas más, pues nadie puede garantizar la completa protección de las miles de personas que nos siguen. Solo unos pocos elegidos llegaremos a los Grandes Lagos, y ahora tú eres una de ellas. Siéntete afortunada. —Barthazar guardó silencio y la contempló de arriba abajo—. Por cierto... supongo que la princesa Shebaszka te procurará un atuendo acorde con tu belleza.

Astrid miró al suelo. ¿Qué querían de ella? Desde que la sacaron de la caravana no se encontraba cómoda, como sugería el general Barthazar, sino todo lo contrario. No comprendía qué hacía allí y qué querían exactamente de ella. Sin saber bien por qué, le llegó a la memoria la imagen de la muerte de Rudolf, el hombre que la protegía aun a riesgo de parecer descortés ante su esposa. Barthazar lo había atravesado con su lanza y al rostro del comerciante había asomado una expresión que no lograba sacudirse.

—Vamos a pedirte algo y esperamos que no nos falles —intervino Gabiok, y su voz le pareció a Astrid como sacada de una tormenta.

—Tú serás una de nuestras confidentes —comenzó a decir Barthazar—, nos irás contando todo cuanto se hace y se dice en el entorno de la princesa y de su hijo. Cualquier detalle, por insignificante que sea, ha de ser puesto en nuestro conocimiento. Si yo no puedo escucharte, mi padre, el mayordomo real, lo hará siempre que lo desees. No te guardes nada para ti, no tengas secretos con nosotros, porque si lo haces, si traicionas la confianza que depositamos en ti, nos sentiremos muy decepcionados... ¿lo entiendes?

Astrid asintió de nuevo, aunque seguía sin entender nada. Los dos hombres la miraron fijamente con ojos de acero y ella impactó contra ellos alternativamente, sintiéndose empequeñecida e insignificante, hasta que empezó a ver sus rostros duplicados y a escuchar sus voces distorsionadas, y dando traspiés supo anticiparse al desvanecimiento que le estaba sobreviniendo y que la llevó a caer en los brazos de Gabiok.

Cuando recuperó la conciencia se sorprendió al verse envuelta en los últimos preparativos para partir, después de que se hubieran celebrado comoquiera los ritos de despedida a los fallecidos de renombre y se hubiera garantizado que el rey podría ser transportado preservando la escasa salud que le quedaba. Comprobó entonces con estupor que el resto de los miembros de la caravana poco importaban ya, después de haber asegurado que los más jóvenes ocupaban los puestos inmediatamente posteriores a los miembros de la corte.

La habían tumbado boca arriba sobre una lona sucia y cuando se incorporó sintió en el rostro el azote de la brisa helada. La nieve, blanca y compacta, reflejaba los rayos del sol como un espejo. La acompañaron al interior de uno de los carromatos reparados para continuar la marcha y allí le proporcionaron una larga falda roja de grueso paño, una camisa blanca y un pañuelo para el pelo. Era una suerte de uniforme que había logrado salvarse en el interior de un baúl rebosante de atuendos bordados con el escudo del rey. Luego, junto a dos mujeres más y dos eunucos, fue instruida en los cuidados elementales de un niño. Astrid pensó que en realidad la mujer que pretendía darle lecciones haría más de dos décadas que habría criado a sus hijos, suponiendo que los hubiera tenido, mientras que ella solo tenía que cerrar los ojos para verse a sí misma cuidando de su pequeña, dándole sus alimentos machacados con mimo, limpiando sus desechos o aliviando sus resfriados. A medida que escuchaba los consejos de la mujer crecía su sensación de angustia, solo aplacada por el deseo de tener ante sí al niño del prodigioso parecido con el hijo de Bertrand. Al pensar en el carpintero y en su hijo se preguntó dónde estarían, qué habría sido de ellos después de que penetrasen en el bosque y ella los perdiera de vista para no volver a verlos durante la trágica ascensión a las montañas del Hades.

—Y bien... ¿alguna pregunta? —quiso saber la mujer, y nadie pareció cuestionarse nada.

A continuación fueron conducidos al lugar donde Astrid se encontró por primera vez con la mirada, la voz y la delicadeza de la princesa Shebaszka. Estaba muy pálida, recostada sobre una montura que reposaba en el suelo, intentando ingerir algún brebaje que habían preparado especialmente para su recuperación cuando anunciaron que se presentaban ante sus ojos quienes, en adelante, estarían bajo sus órdenes para prodigar los cuidados necesarios tanto al niño como a ella misma.

Desde el primer instante, Astrid vio en Shebaszka a una criatura increíblemente diferente a todos los seres que había conocido jamás, como si fuese fruto de un prodigio contra natura. Su mirada, sus gestos y sus palabras resultaban tan excepcionales como el aura que la envolvía y que conseguía atraer la atención de quienes la contemplaban.

—Os mostraré al niño para que se familiarice con sus nuevos cuidadores —anunció la princesa después de las presentaciones—. Aguardad.

Shebaszka se levantó con dificultad y desapareció tras las cortinas que formaban la lona suelta de uno de los carros. Al cabo de un momento regresó con el pequeño.

—Ya conocéis a Willem, mi querido hijo, el heredero al trono de Ariok. Solo es un niño, y aunque todo el mundo se empeñe en hacer de él un rey prematuro, no deja de ser un pequeño infante y como tal ha de ser tratado. Vosotros me ayudaréis a que crezca fuerte y sano, por lo que a cada cual se os asignará una tarea concreta.

Astrid estaba embelesada mirando al niño. Ahora estaba muy cerca de él, mucho más que la primera vez que lo vio vestido con el emblema real, y pudo verlo claramente. Él, a su vez, la miraba con ojos muy abiertos. De pronto, el pequeño echó a correr y se abrazó fuertemente a sus piernas ante el asombro del resto. Shebaszka, desconcertada, intentó disimular:

—Bueno, parece que el niño ha visto en ti algo especial, no cabe ninguna duda, hay veces que los más pequeños se encariñan enseguida... así que tú te dedicarás a acompañarlo en sus juegos y a dormir a su lado —ordenó dirigiéndose a Astrid, que asintió atónita mientras acariciaba el pelo del chiquillo—, y vosotras dos a cuidar de sus ropas y a preparar sus comidas. En cuanto a vosotros, lo vigilaréis en todo momento y velaréis por su seguridad y por la mía.

Todos ellos asintieron como se les había enseñado, inclinando la cabeza en señal de respeto y sumisión. Astrid permaneció, sin embargo, mirando a Shebaszka, que la escrutaba con desconcierto.

—¡Ah! Se me olvidaba —continuó la princesa—. El niño ha sufrido un tremendo susto, pues no sé si sabéis que estuvo a punto de despeñarse en el interior del carro donde viajaba. Aunque según los físicos no es nada grave, ha perdido momentáneamente el habla.

Astrid se tambaleó y tuvo que ser atendida de nuevo por desvanecimiento.

«Eres Erik, qué duda cabe, y por eso no entiendo lo que está pasando aquí —se dijo para sí sin atreverse a decirlo en voz alta—. No sé dónde está tu padre, el bueno de Bertrand, ni tampoco sé qué significa esta mentira, podría suponerse que me han seleccionado porque te conozco, pero entonces alguien me habría aclarado todo esto en lugar de presentarte como el heredero Willem. ¿Por qué? ¿Acaso te hacen pasar por él para ponerlo a salvo? ¿Eres su doble? ¿Dónde está el verdadero heredero? ¿Cada una de las personas que me rodean son quienes dicen que son? Por Rakket... Shebaszka, tu supuesta madre, ¿es en realidad la princesa?»

Astrid viajaba junto al niño en el carromato que seguía al del rey Magmalión, quien agonizaba rodeado por médicos y miembros del consejo real, incluida Shebaszka, que no se apartaba de su tío ni un momento.

La princesa, que cuidaba de su tío con una angustia creciente, determinó que esperaría a la noche para desvelarle lo que había ocurrido, buscando consejo en él, porque el secreto que custodiaba resultaba tan relevante que únicamente la sabiduría de Magmalión podía aconsejar qué debía hacerse en el futuro. Pero el rey empeoraba mientras descendían la montaña por el desfi-

ladero, con el valle inmenso al fondo, verde e inabarcable, surcado por tantos cursos de agua que parecía imposible poder atravesarlo.

Cerca de ellos, en uno de los flancos del carromato real, viajaba Dragan a caballo, contemplando la llanura. Se detuvo junto
a una roca que sobresalía como un mirador, sacó un pequeño
lienzo de sus alforjas y luego rebuscó entre sus ropajes hasta
encontrar un hatillo donde guardaba una pequeña pluma y un
recipiente con tinta. El guía espiritual de Magmalión era un fino
observador de la naturaleza, de las estrellas, de los minerales y
de las plantas, de la anatomía humana, de los cuatro elementos...
Llevaba siempre consigo pergaminos sobre los que dibujaba y
describía cuanto observaban sus ojos y luego meditaba sobre lo
que había plasmado en ellos, relacionando conocimientos para
concluir, a menudo, que todo en la naturaleza tiene un orden.

Al descubrir el valle no pudo dejar de asombrarse. Era inmenso, surcado por ríos que en lugar de afluentes unos de otros
parecían bifurcaciones de uno solo. Al observarlo a la luz de la
tarde, con el reflejo plateado en las aguas, se le ocurrió que aquella extensión verde e interminable podía convertirse en una
trampa mortal, pues no habría sitio por donde cruzar los cauces
sin saber los peligros que entrañaban. Así que se dispuso a dibujar en su lienzo aquella trama tupida y laberíntica antes de alcanzar el llano, donde perderían la perspectiva y se verían atrapados en un territorio que podían tardar años en cruzar. Intentó
hacerlo con detalle, memorizando a la vez cuáles eran los espacios donde la tierra aparentaba ser firme, las lenguas verdes por
las que se podría transitar sin encontrar continuamente un río
que les cortase el paso. Pero siempre, invariablemente, llegaba
a un punto en el que ya no se podía avanzar más, por lo que se
rindió a la evidencia de que solo le quedaba dibujarlo con la mayor fidelidad posible y estudiarlo luego detenidamente antes
de trazar la mejor ruta, aquella que entrañase menos peligros y
les ahorrase construir puentes continuamente.

A sus espaldas transitaba la parte compacta de la caravana,
compuesta por jóvenes insolentes y burlones, incapaces de apre-

ciar qué se escondía tras lo que consideraban el dibujo de un artista caprichoso. Dragan maldecía entre dientes, sin poder apartar la vista del valle para no perder ni un solo trazo del laberinto, porque en cuanto se descuidaba se veía obligado a regresar a un punto de referencia y seguir de nuevo con la vista el recorrido de un cauce elegido por su aparente anchura, identificado sin más elementos de juicio como un río principal.

Poco a poco fue cayendo la tarde y la parte delantera de la caravana se alejó de donde él se encontraba. Puesto que no había terminado, sopesó la conveniencia de dormir allí mismo y continuar el día siguiente retomando el dibujo o reanudar la marcha para alcanzar su lugar en la fila antes de que fuera noche cerrada. Cuando consideró que la luz era ya insuficiente, marcó una cruz en el mapa y miró a sus espaldas. La caravana era ya un goteo de pequeños grupos rezagados, gentes que lo miraban con desconsideración, hombres y mujeres que se le antojaron de pronto peligrosos. Así que enrolló su dibujo, guardó el tintero y la pluma y montó en su caballo para recuperar el espacio perdido.

Cuando Dragan ocupó su lugar en la caravana, esta se había detenido ya en la parte baja de la ladera para pasar la noche. En el carro de Magmalión titilaba la luz de una vela que proyectaba sobre la lona la sombra alargada del lecho del rey junto a dos figuras que lo acompañaban en plena quietud. Lo mismo sucedía en otros cinco carros más, todos ellos iluminados en el interior como candeleros que tuvieran por pantallas sus propias cubiertas, mientras en el exterior una fila de hogueras hacía del círculo cerrado por la guardia real un espacio acogedor en el que varios grupos daban cuenta de la cena casi en silencio para no perturbar el descanso del rey. No hacía frío al sur de las montañas y a su resguardo tampoco se movía el viento. El cielo estaba despejado. Había luna llena.

Mirtta, la esposa de Gabiok, salió del carro de Magmalión, y Shebaszka respiró aliviada, en parte por verse a solas con su tío y en parte por verse libre de la presencia de una mujer ausente siempre de los asuntos reales y presente ahora, como un ave carroñera que aguardase la muerte del rey y no quisiera perdérsela.

Magmalión reposaba tranquilo, con la respiración acompasada y silenciosa, el rostro digno, el cabello peinado, la barba recortada. De vez en cuando abría los ojos y miraba a un lugar indeterminado, luego buscaba con la mirada hasta encontrarse con su sobrina y sonreía. Hablaba poco, porque hacerlo le suponía un esfuerzo que lo agotaba.

Shebaszka se asomó al exterior y comprobó que no había nadie junto a la lona del carro, se acercó al rey y aproximó sus labios para que nadie pudiera oír sus susurros.

—¿Podéis oírme? —preguntó temiendo que se hubiese quedado profundamente dormido, pero Magmalión abrió los ojos y asintió—. Ha pasado algo terrible.

Al ver cómo el rey endurecía su semblante Shebaszka se dijo que tal vez no debía contar un secreto así a quien se debatía entre la vida y la muerte, pero consideró que el propio rey la había aleccionado siempre anteponiendo los asuntos del reino a la salud de las personas, y el asunto que quería compartir con él era de tan extrema gravedad que no solo se le antojaba excesivo para soportarlo ella sola, sino que además no quería quedarse con la duda de cuál habría sido el proceder del mejor rey que había tenido Ariok.

—Mi hijo, nuestro amado Willem, ha muerto. —Él emitió un gemido, pero antes de que pudiese hablar, su sobrina le tapó la boca con la palma de su mano—. Aguardad... El tornado no solo acabó con la vida de Roger, Brunilda y su hijo pequeño, sino que muchos más han muerto allá arriba, en la montaña. Mi pequeño iba en el interior de un carro que se despeñó arrastrado por el viento, pero en su interior no estaba solo, puesto que además de las doncellas que lo cuidaban también viajaba un niño aparentemente sin habla que Roger había encontrado desvalido en el bosque. Ordené que lo alimentasen, lo cambiasen de ropa y lo alojasen junto a mi hijo.

Magmalión pareció comprender de pronto, como si su sabiduría supiera anticiparse a lo que iba a contarle Shebaszka.

—Todos consideran un milagro que Willem se haya salvado, cuando en realidad el milagro fue que el pequeño, cuyo nombre ignoro, lograra saltar del carro y salvar su vida. Nadie, absolutamente nadie, parece haberse dado cuenta. Y ahora todos consideran que el pequeño es mi hijo y... vuestro heredero.

El rey la sujetó por la muñeca para apartar la mano que le mantenía la boca cerrada, la miró con ojos acuosos y le dijo con dificultad:

—Trae al niño a mi presencia.

—¿Ahora?

Magmalión asintió.

Shebaszka salió del carromato y ordenó a Astrid que llevase a su hijo ante el rey.

Astrid preparó al niño como si fuese su propio hijo, le retiró la camisola con delicadeza y le puso una túnica corta de color azul y unos botines de piel sobre calzas blancas. Luego le lavó la cara con un poco de agua fresca y alisó su cabello acariciándolo despacio. Lo miró a los ojos y él esbozó una leve sonrisa muda. A Astrid le dieron muchas ganas de llamarlo por su nombre, pero algo le decía que aquella farsa aconsejaba prudencia.

—Estás muy guapo, Willem —le dijo sonriendo también, y al pequeño se le ensombreció el rostro de pronto y arrugó el entrecejo. A Astrid no le cupo duda de que el niño no reconocía el nombre—. Venga, vamos. Nos espera el rey. ¡El rey, pequeño!

Al bajar del carromato sintieron una brisa ligera y agradable. Diversos grupos se concentraban en torno a hogueras, hablaban en voz baja y reían por primera vez en mucho tiempo. El carro del rey ocupaba el espacio central y estaba rodeado por un círculo inexpugnable de soldados que les franquearon el paso inclinando las cabezas en señal de respeto al heredero. Astrid se sintió incómoda y torpe, de pronto le pareció que caminaba a trancos, que lucía su vestido toscamente y que desentonaba visiblemente a los ojos de los soldados y los eunucos que cercaban el espacio real más íntimo. Esa sensación se acentuó definitivamente cuando, al entrar con el niño en el carro donde descansaba el rey, vio a Magmalión tumbado en su lecho de ricos ropajes y, a su lado, la belleza y la mirada de Shebaszka, tan deslumbrantes que la empequeñecieron hasta la insignificancia.

—Ven, Willem, este es tu tío abuelo, el gran Magmalión, nuestro señor —le dijo la princesa.

El pequeño no se movió y apretó con todas sus fuerzas la mano de Astrid, que pensó que aquel gesto evidenciaba que la princesa no solo no era la madre del niño, cosa que ya sabía, sino que además la conocía desde hacía muy poco tiempo y aún no tenía confianza con ella. Pero entonces... ¿dónde estaba Bertrand? ¿Cómo había llegado Erik hasta allí sin su padre?

—Anda... ve con... —le susurró Astrid, y el niño la miró suplicante—. Ve con...

Astrid quiso decir «tu madre», pero de repente se dio cuenta de que el niño aún tendría fresco el recuerdo de Lizet, su verdadera madre, y que acabaría por volverse loco con tanta superchería.

—Ve con el rey —dijo al fin, y el niño obedeció titubeante.

Magmalión, que dormitaba sumergido en su agonía, abrió los ojos, se giró torpemente para ver al niño y alargó una mano bajo la manta bordada que lo cubría para salir al encuentro del pequeño. El niño miró a Astrid antes de tomar la mano del rey y ella asintió.

—¿Cómo te llamas? —le preguntó Magmalión sin soltar su mano diminuta ante el estupor de las dos mujeres.

Astrid retuvo con esfuerzo sus ganas espontáneas de contestar por el niño y Shebaszka la miró por un instante temiendo una reacción de extrañeza ante la pregunta del rey. Se cruzaron sus miradas, pero la princesa la desvió instantáneamente y dijo:

—Willem ha perdido el habla, querido tío —le recordó—. Los físicos opinan que sufrió tan grande sobresalto al conservar su vida que perdió el habla en ese mismo instante, pero que probablemente es algo pasajero.

El rey miró al niño a los ojos.

—¿Estás asustado?

Erik movió la cabeza afirmativamente.

—No temas, Willem. —Se esforzó en sonreír—. Ahora estás conmigo y con la princesa Shebaszka.

Magmalión guardó silencio y continuó mirándolo a los ojos durante un rato. El niño, incómodo, se giró hacia Astrid, y el rey le apretó levemente las manos llamando de nuevo su atención. Astrid tenía un nudo en la garganta, se sentía fuera de lugar, tenía ante sí al gran rey de Ariok, a Magmalión, al Todopoderoso, al Gran Jerarca, al Príncipe de los Príncipes...

—Mírame, Willem —le habló balbuciendo, y el pequeño lo miró de nuevo, atemorizado. El rey lo observó otra vez fijando la atención en sus ojos durante el tiempo en que el niño fue capaz de sostener su mirada antes de desviarla hacia el suelo—. Bien, pequeño —dijo al fin—, ve a descansar, que es muy tarde.

—Ven, hijo. —Shebaszka lo besó en la frente y se lo entregó a Astrid para que se lo llevase a dormir—. Luego iré yo.

El niño se precipitó sobre Astrid y se aferró a ella con tanto ímpetu que estuvo a punto de hacerla perder el equilibrio y sacarla del carromato a la fuerza. Cuando hubieron salido, Shebaszka escrutó al rey.

—¿Y bien?

—Que los dioses devuelvan el espíritu de tu amado hijo Willem reencarnándolo en un buen hombre. Ahora, Ariok tiene un rey viejo y moribundo, una princesa inteligente, sensible y bella, y un heredero llamado Willem que atesora tras sus ojos una inteligencia inabarcable. Está atemorizado. Ha perdido el habla, es cierto, pero su temor nace de su corazón. Lo ocurre, querida Shebaszka, es que es un corazón de niño, y como tal ha de tratarse. Haz de él un digno sucesor de mi dinastía.

Magmalión cerró de nuevo los ojos y se quedó tranquilo. Shebaszka comprendió que el rey aprobaba su decisión de guardar silencio en lo que se refería a la muerte de su hijo y que con aquellas palabras nombraba al misterioso niño como heredero del reino. A partir de aquel momento su labor sería la de desdibujar su pasado y hacer que su frágil memoria de niño olvidase su vida anterior. Tendría que olvidar a sus padres, ignorar su nombre, borrar su procedencia. Era tan corta su edad, que tendría que terminar por creer que había nacido de su vientre. Ya no había marcha atrás.

Al pensarlo, una tristeza profunda se agarró al corazón de la princesa. Era como traicionar a su amado esposo, Emory, y a su pequeño hijo, Willem. Recordó el día de su nacimiento, la cara iluminada de su padre cuando pusieron al recién nacido en sus brazos, la insondable sensación de felicidad que todavía la hacía llorar cuando lo rememoraba. Otorgar a un niño desconocido la suplantación de aquella dicha era traicionar su propia condición de madre y, lo que era mucho peor, la condición de padre de su por siempre amado Emory.

—¿Y si no recupera el habla? —preguntó en voz muy baja.

El rey, sumergido ya en sus sueños, no respondió.

6

Alentado por la idea de que su hijo estaba vivo trazó su plan de marcha con la única intención de unirse a la caravana recuperando el tiempo perdido, avanzando mucho más rápido que ellos, siguiendo el rastro que por fuerza tenían que haber dejado miles de personas a su paso. Dormiría lo imprescindible durante el tiempo en que la oscuridad le impidiese orientarse, y aun así, en las noches de luna procuraría guiarse en la penumbra para no perder tiempo. Ese fue su propósito cuando, al amanecer, se desvaneció con la luz el temor de ser perseguido por los salvajes, puesto que para ellos era apenas más valioso que un animal. A no ser que quisieran la estatuilla que había querido conservar.

El sol, que le había descubierto la montaña nevada frente a él, lo ayudó a entrar en calor y a ver las cosas con optimismo por primera vez en mucho tiempo. Se vio capaz de alcanzarlos pronto, de abrazar a su hijo que viajaría con Astrid y con los otros, jugueteando como siempre con las hormigas. ¿Habría recuperado el habla? Deseaba tenerlo con él, darle el cariño que necesitaba un niño que había visto morir a su madre, un pequeño tan sensible, tan cariñoso y espabilado, tan aferrado siempre al delantal con que su madre cocinaba para ellos. La quería con locura y ella a él. Y el padre a ambos. ¡Qué tristeza! Lizet, ayúdame a alcanzarlos, a salvar los obstáculos, a conjurar los peligros, a tenerlo pronto a mi lado para hablarle de ti, de tu forma de ser y de quererme, y de quererlo a él, y de sonreírme cuando me ofuscaba empeñado en trabajar algún trozo de madera complicado. Me necesita, tengo que cuidar de él y darle tu cariño y el mío, tengo que quererlo por los dos y enseñarle por las noches las estrellas donde ahora habitas. Quiero enseñarle a hablarte y a confiar en ti, para que nunca te olvide. ¿Te olvidará? Es tan pequeño que probablemente olvidará tu cara, tus gestos, tu mirada y tu voz. Pararán los años y tendré que describirte siempre para que él sepa cómo eras, para que te guarde en la memoria como te guardo yo.

Y Bertrand se preparó durante varios días, cazó conejos para hacerse buenos zapatos con sus pieles, se aprovisionó de comida, guardó todas las fuerzas que pudo y al fin, una mañana, impaciente y decidido, encaró la pendiente sin importarle la nieve ni el peligro que suponía una trampa mortal como las montañas del Hades en tiempo de nevadas.

Pronto se dio cuenta de por dónde habían subido los habitantes de Waliria en busca de la cima, porque había por todas partes restos de comida, jirones de ropa, trozos de madera, fragmentos de vasijas y toda suerte de despojos dibujando sobre el blanco de la nieve un sendero que se perdía y volvía a aparecer a tramos, debido a que poco a poco iban siendo enterrados por nuevas nevadas. Se animó a seguir el mismo camino por donde habían transitado los que le habían precedido, puesto que eso garantizaría que habían elegido el trayecto adecuado, pero no tardó en percatarse de que la nieve le impedía avanzar y de que la caravana había pasado por allí cuando aún no había caído un solo copo.

Se hundía en la nieve y se servía del estoque para intentar caminar más rápido sin conseguirlo, acumulando ansiedad a cada golpe de deseo y contragolpe de realidad, queriendo llegar pronto y asimilando a duras penas que tal vez no podría ascender por la montaña hasta que llegase la estación seca. De cuando en cuando nevaba un poco o soplaba un viento helado que le impedía tenerse en pie, y buscaba refugio en pequeñas rocas o en troncos aislados que emergían como estatuas. Paró a comer y apenas pudo sostener el alimento con sus manos heladas. No llevaba ni media jornada y ya le parecía imposible afrontar la subida a aquella gigantesca mole blanca. Miró hacia atrás y vio el bosque verde y soleado allá abajo, cada vez más pequeño, y se dijo que pronto lo perdería de vista y ya solo vería recodos tan parecidos unos a otros que perdería la noción del espacio y del tiempo, envuelto en la oscura amenaza de las tormentas.

Al segundo día el tiempo era apacible y le pareció que ascendía a buen ritmo, alejándose del valle de la cara norte mientras seguía la estela de vestigios walirenses. Hacia el mediodía se sentó a descansar junto al cauce helado de un arroyuelo. A medida que avanzaba iba teniendo más dificultad para identificar los lugares por donde había subido la caravana, porque la nieve había enterrado más profundamente las señales que le permitían seguir el rastro. Sacó algo de comer y miró en derredor tranquilamente, escrutando en busca del rastro de algún animalillo que pudiera cazar para garantizarse la comida de los próximos días. De pronto se dio cuenta de que frente a él, en la otra orilla del arroyo, yacía un hombre apoyado en el tronco de un árbol. Se puso en pie de un respingo y acudió rápidamente a verlo. Estaba completamente congelado, las cejas y el cabello blancos, los labios y los dedos morados, la piel dura y cetrina. De la caravana, sin duda —se dijo—. Pobre hombre, algo le había impedido seguir subiendo y había entregado su vida a las nieves.

Lo dejó allí y continuó la subida. Al atardecer, tras doblar un recodo peligroso junto a un desfiladero, se topó con un carromato abandonado, semienterrado ya en la nieve. Un poco más adelante, tres cadáveres medio comidos por las alimañas, dos mujeres y una niña. Tuvo náuseas. Luego varias ovejas y algunas cabras muertas, abiertas en canal por los lobos, y más adelante otro anciano, y otro niño, y otro. Comenzó a obsesionarse con los niños muertos; se le aparecían de pronto sus rostros mezclados y como por arte de magia se le parecían a Erik. En todos ellos encontró un parecido, un rasgo que le hizo sospechar que tal vez no había observado bien a los que había dejado atrás y que alguno de ellos podía ser su hijo. Luego sacudía la cabeza y se decía a sí mismo que lo que acababa de pensar era descabellado y que estaba siendo víctima de la fatiga y del frío, pero sobre todo del impacto de lo que estaba presenciando.

Se dejó caer desalentado. ¿Qué había pasado? ¿Acaso la caravana no había conseguido coronar la cima y salvar las montañas del Hades? ¡Qué desastre! Ya no pudo caminar más aquel día. Al anochecer comenzó a soplar el viento con mucha fuerza, por lo que tuvo que parapetarse tras una roca y cubrirse con sus pieles sin dejar un solo poro de su cuerpo expuesto a la ventisca. Apenas pudo dormir en toda la noche, tiritando de frío, aguantando las embestidas de las ráfagas violentas que la nieve lanzaba contra él como si fueran piedras. Amaneció un día insoportable, como lo había sido la noche, y la luz le trajo la visión de otros carros destrozados y de más cuerpos abandonados un poco más arriba. Al saltar sobre otro arroyuelo vio bajo el hielo la cara congelada de una mujer que lo miraba como si estuviera viva, con los ojos muy abiertos, inerte y atrapada en la masa de hielo. Se quedó paralizado contemplándola, como si su expresión encerrase una advertencia definitiva.

Entonces desfalleció y se sentó en la nieve mientras imploraba a los dioses. Miró hacia arriba, hacia donde se suponía que estaba la cima, y no vio nada porque todo era niebla y oscuridad. No podría atravesar la montaña, había sido muy ingenuo y empezó a dudar de que la caravana lo hubiera conseguido. Erik, pobre niño.

Se rindió a la evidencia de lo imposible, y con pasos cansados comenzó el descenso con casi tres días por delante, nada para comer y una terrible sensación de desfallecimiento. Anduvo dando traspiés casi sin dormir, deseando llegar de nuevo al valle, a los límites del bosque, donde el sol le calentaría los huesos. Pero cuando al fin, varios días después, consiguió poner los pies sobre la hierba sin nieve, las heladas de las dos últimas noches habían causado estragos y no había ser viviente que asomase por parte alguna, ni pájaros ni conejos ni nada. Las fuentes eran carámbanos de un grosor tan grande que ni con el estoque conseguía traspasarlos, los ríos estaban helados y peligrosos, las plantas crujían bajo los pies, el aire cortaba la cara. No lucía el sol, el cielo estaba encapotado y amenazaba con nevar también en las zonas más bajas.

Buscó refugio adentrándose de nuevo en el bosque pero sin perder de vista la salida, por si volvía a toparse con los malhechores. En un pequeño calvero a resguardo de los vientos consiguió fabricarse un lecho mullido de ramas diversas para pasar la noche, y apenas se había tumbado descubrió una conejera donde hizo presa. Con el conejo y unas raíces recién recolectadas satisfizo sus necesidades y se echó a dormir sin ganas de pensar en otra cosa que no fuese descansar para emprender el camino del oeste, siguiendo las indicaciones de la joven Elizheva.

¡Trimib era el nombre! Despertó sobresaltado cuando aún era de noche pero con la sensación de haber dormido plácidamente durante muchas horas seguidas. En sueños había recordado el nombre del lugar de origen de Elizheva, hacia donde se encaminaría para bordear la montaña sin un día que perder, porque a pesar de no haber tenido tiempo de conversar con ella y preguntarle acerca de la ruta y de las jornadas que separaban el bosque de Loz de la ciudad que la vio nacer, estaba dispuesto a aventurarse y ponerse en camino cuanto antes.

Se desperezó con ganas, tomó la piel del conejo desollado la tarde anterior y la colgó en un palo del tamaño de un hombre, se ajustó sus pieles viejas y el calzado desgastado, con unos juncos verdes tejió un hato en el que introdujo la poca comida que le quedaba y el ídolo de Borriod, tomó luego el palo con el pellejo en el extremo para que le sirviese de bastón y se ató el estoque a la cintura con un tahalí hecho también de juncos. De esa guisa se dirigió de nuevo al exterior del bosque y comenzó a caminar de espaldas al sol que asomaba tímidamente por entre las nubes dispersas. De vez en cuando se introducía entre los árboles porque a su sombra se sentía más protegido que expuesto en la llanura que se extendía interminable entre el bosque y la montaña. Cuando veía un curso de agua con suficiente calado como para albergar peces en su interior, se acercaba con la esperanza de que el carámbano hubiese dejado al descubierto los reflejos plateados de las escamas expuestas a los rayos del sol. Entonces, con paciencia, conseguía sacar uno o dos pescados y los colgaba también del tahalí introduciendo los extremos sueltos de los juncos por entre las branquias, aguantando unos cuantos coletazos hasta que dejaban de moverse, y los destripaba con la intención de asarlos cuando parase un rato para comer.

Anduvo atento siempre al bosque, temiendo que de un momento a otro la banda de Borriod pudiese salirle al paso. Dispuesto a vender cara su vida, también lo estaba a matar si era necesario.

La helada fue desapareciendo a medida que calentaba el día, el agua comenzó a fluir desde la ladera de la montaña descubriendo zonas pantanosas que penetraban en el bosque y obligaban a Bertrand a bordearlas, entrando y saliendo de la espesura hacia el valle una y otra vez. La montaña resplandecía con el reflejo del sol en la nieve y emitía destellos multicolor que lo obligaban a entornar los ojos. Cuando el sol estuvo en lo alto hizo una fogata y asó un poco de carne y uno de los peces que había capturado esa mañana. Sabía que el humo podía servir de reclamo si Borriod lo buscaba todavía, aunque consideró que estaba lo suficientemente lejos y asumió el riesgo. Aun así, mantuvo el fuego vivo mientras se asaba la comida y luego lo apagó sin esperar a calentarse un poco los pies antes de continuar caminando. Echó a andar de nuevo y al poco se topó con un arroyo, se arrodilló en su orilla y ahuecando ambas manos bebió un poco de agua helada. Al levantar la vista, reconfortado, le pareció estar teniendo una alucinación: ante él, a veinte pasos escasos, una cabra lo miraba fijamente como esperando una respuesta.

Se desenganchó el tahalí, sujetó el estoque pinchándolo en una de las pieles que lo cubrían y se acercó a la cabra susurrándole. Tranquila, cabrita, tranquila... anda, ven conmigo... Pero la cabra retrocedió en la misma medida en que él se acercaba, y así estuvo intentándolo durante un buen trecho, sin que la cabra se fuese y sin que él desistiera en su empeño de echarle el tahalí al cuello, hasta que al fin la cabra se quedó quieta y Bertrand la ató como si fuese un perro. Te tengo. Vendrás conmigo. La miró por todas partes para asegurarse de que estaba sana. ¡El hierro de los ganados del rey! Así que te has escapado de la caravana... Bien... Me alegro... Me darás leche, calor y compañía. Y quién sabe si algún día también me darás carne.

Le puso nombre a la cabra, Wa, en honor a la capital derruida de Ariok, y con Wa siguió caminando por el límite del bosque dos días más, cazando, pescando y ordeñando a la cabra, junto a la cual dormía siempre con la doble intención de recibir calor y de que Wa le sirviera de alarma en caso de que se ciñese algún peligro sobre ellos. Los animales detectan las amenazas antes que nosotros, se dijo, y así, estando próximo a ella podría adelantarse a los peligros. Al quinto día, casi al atardecer, divisó a lo lejos el final del bosque. La densidad de arboleda disminuyó gradualmente a su derecha y se abrió ante sus ojos una extensa estepa aparentemente despoblada, salvo por algún matorral en rodales que salpicaba la superficie hasta el horizonte y algunos pedregales que se elevaban como estatuas entre la maleza. El sol cayó ante sus ojos y una sensación de congoja se apoderó de él al saber que al día siguiente perdería la silenciosa protección que le había otorgado la cercanía del bosque.

Cuando despertó, la cabra se había comido los juncos con los que se había tejido el tahalí que ahora servía de ronzal y pacía mansamente a unos cincuenta pasos, envuelta en una nube de moscas que se sacudía de cuando en cuando dando cabezazos al aire. Bertrand había aprovechado el refugio de los últimos matorrales antes de dejar atrás el bosque definitivamente y quiso sacar un postrer provecho a la espesa vegetación que todavía se extendía a su alrededor tejiendo un nuevo cabestro, esta vez con fibras más resistentes extraídas de unos cardos altos y fuertes que crecían en un majadal abandonado. Cuando lo hubo acabado se acercó a la cabra, pero el animal, esquivo, se resistía a dejarse atar de nuevo. Quiso probar a alejarse siguiendo su camino, y entonces la cabra comenzó a caminar lentamente tras él, saltando sobre las primeras matas bajas que daban la bienvenida a la estepa.

Horas más tarde, cansado, se aproximó a la ladera de la montaña buscando en ella la protección que había perdido al dejar atrás la arboleda. La cordillera era tanto más baja cuanto más al oeste, y en sus faldas crecían algunas plantas comestibles, regadas por los torrentes cristalinos que bajaban llenando socavones antiguos, ahondados durante siglos de erosión, pozas donde se criaban peces de escaso tamaño y en cuyas orillas se movían torpemente entre las piedras cangrejos de río y algún que otro galápago.

Se agachó como una alimaña, cubierto por sus pieles, el cabello largo y revuelto, la barba por el pecho, los brazos fuertes, las manos anchas, y con asombrosa destreza sacó del agua unos cuantos peces y recogió de entre las piedras tantos cangrejos como se le antojó que necesitaría para comer sobradamente. Se levantó y echó a andar de nuevo, y entonces Wa, como si quisiera imitarle después de que él ya se hubiese alejado un tanto, bebió de la misma agua, hurgó con su hocico entre la hierba fresca y continuó su marcha apretando el paso para llegar a la altura del carpintero, como si reclamase su ronzal. La ató de nuevo y ambos caminaron por entre el matorral, zigzagueando a paso vivo y con la determinación de que la caída del sol les cogiese mucho más allá de lo que ahora era la línea del horizonte. Al norte una llanura interminable y monótona; y al frente un punto lejanísimo e indeterminado donde parecían confluir la serranía y la planicie. Ninguna señal de vida humana, se dijo Bertrand, y se diría que ninguna señal de vida. Se sentía cansado y le dolían los pies. ¿Hacia dónde voy? Siguió caminando, cada vez más lentamente, arrastrando los pies, hasta que decidió echarse a descansar. Una bruma extraña y densa fue cubriendo el cielo lentamente a medida que iba envolviéndolo una congoja inquietante. No tardó mucho en comprender que era el temor a estar separándose de Erik para siempre. Cada vez más lejos, cada paso más allá.

Un ladrido. ¿Algún perro cimarrón habría olisqueado el rastro de la cabra? Si era así, acabaría atacándolos en medio de la oscuridad. Se irguió, comprobó que el animal seguía atado a un arbusto y se puso en pie con sigilo, pero en la penumbra no pudo ver nada más allá de los dos o tres matorrales de las proximidades. El suelo crujió helado bajo sus pies. Hacía mucho frío. Deseó que amaneciese para sentirse seguro, pero las nubes se interponían entre él y las estrellas y no pudo calcular cuánto quedaba para el alba. Volvió a oírse el ladrido más cerca y sacó el estoque. Dudó entre dejar libre a la cabra para que se defendiese o intentar defenderla él si es que llegaba a sentirse seguro ante un ataque. Si era un único perro podría librarse de él, pero si eran dos o más sería imposible. Miró alrededor. Los árboles más próximos estaban sierra arriba y no podría alcanzarlos de noche. Se quedó inmóvil, aplicando el oído a la oscuridad como si así pudiera captar mejor los ruidos del campo.

De pronto oyó algo que lo alertó. ¿Un caballo? Movió la cabeza en varias direcciones para constatar que lo que acababa de oír era un relincho. Se le aceleró el corazón. Durante sus horas de duro caminar se había imaginado encontrando un caballo en lugar de una cabra, un corcel que le permitiese llegar con rapidez a Trimib y bordear galopando las montañas para confluir pronto con la caravana, que avanzaría a esas horas lentamente más allá de la cordillera, camino de las lejanas tierras de lagos, al sur del sur. Estaba concentrado en el ruido cuando percibió en el rostro un cambio de viento que arrastró los ladridos y los relinchos en otra dirección.

—Lizet, ayúdame...

Oyó de nuevo un ladrido, ahora mucho más nítidamente. Wa comenzó a mostrarse inquieta, tiraba del dogal curvando hasta el límite de su flexibilidad la rama a la que estaba atada.

—Luz. Necesito luz.

Pero parecía que aún quedaba mucho para la amanecida y que las nubes alargarían las horas de oscuridad más allá de la aurora. Sin darse cuenta había empuñado el estoque con tanta fuerza que le dolía el antebrazo, lo relajó y respiró hondo con ánimo de tranquilizarse. Era consciente de que estaba dispuesto a matar, lo había estado durante su cautiverio y seguía estándolo ahora que un único objetivo lo impulsaba a sobrevivir cada día: tenía que encontrar a su hijo. Era lo que daba sentido a su vida, aunque no pudiera evitar que un pensamiento oscuro se interpusiera cada día entre él y el horizonte desde que comenzaba a caminar hasta que se dejaba caer para descansar al final de la jornada: ¿Y si nadie había sobrevivido a las montañas? ¿Y si todo el reino de Ariok había quedado sepultado bajo la nieve? ¿Y si Erik era ya tan solo un cuerpecito congelado cubierto de blanco? Cuando lo asaltaba el desánimo sacudía la cabeza con fuerza y hablaba con Lizet para reafirmarse en la idea de vivir para encontrarlo, conjurando las dudas y llevándolas hacia un punto lejanísimo del pensamiento.

¿Sería un caballo suelto?, ¿un caballo salvaje? No le serviría de nada si así fuese, pero un caballo y un perro juntos no eran una pareja habitual sin domesticación de por medio. En ese caso, ¿habría jinete o vagaban sueltos por el campo? Pueden ser varios jinetes y varios perros, se dijo. ¿Una caravana que se dirija a Trimib? Miraba fijamente la oscuridad hacia donde creía haber oído a los animales, como si fijar la vista intensamente pudiera abrir un haz de luz en las tinieblas. Vienen por allí, en esa dirección. ¿Y si no vienen, sino que van? Pueden haberse acercado un poco y ahora estar alejándose de nuevo.

—Shhh —dijo susurrando para intentar acallar a la cabra, que no dejaba de removerse inquieta, tirando de la rama y embistiendo al suelo—. Shhh... tranquila, Wa, tranquila... Creo que está amaneciendo.

Una luz escasa y brumosa comenzó a dibujar contornos difusos.

—¿Niebla? Lo que faltaba. No sé qué he hecho para que los dioses nos abandonen así, mi querida Lizet. Ayúdame, por favor.

Se hacía de día tras un velo blanquecino y opaco y no había vuelto a oír ni un solo ruido más allá de algunos pájaros, el pateo de la cabra sobre la hierba helada y un pequeño chorro de agua que había escapado al hielo en un cauce cercano. Permanecía quieto y tenso, sin moverse para no mezclar los sonidos lejanos con los suyos propios mientras continuaba escudriñando entre la neblina.

De súbito, un perro del tamaño de una oveja apareció gruñendo entre los matorrales y comenzó a ladrar a la cabra fieramente, luego advirtió la presencia de Bertrand y repartió sus ladridos furiosos entre ambos, yendo de uno a otro, saltando sobre las patas traseras con las fauces muy abiertas. El carpintero blandió el estoque:

—¡Fuera, chucho! ¡Vamos, vete! —le gritó sin elevar su voz por encima del ladrido, pero el perro lanzó varias dentelladas a la cabra y estuvo a punto de herirla, por lo que no tuvo más remedio que lanzarle una estocada que penetró levemente en la piel. El perro aulló apartándose unos pasos, pero no fue más que una retirada momentánea antes de lanzarse a por él rugiendo y moviéndose ágilmente para tantearlo por todos los flancos—. ¡Calla! ¡Calla! Te voy a rajar en dos, maldita sea...

—¡No! —gritó una voz de mujer.

Bertrand, sorprendido, lanzó miradas escrutadoras por todas partes, pero la niebla le impedía ver nada. A la misma vez, el perro retrocedió rugiendo entre dientes.

—¿Elizheva? —preguntó tímidamente.

Entonces un caballo castaño emergió de entre la niebla montado por la mujer que le había librado de la muerte en el bosque, la que lo había apartado de las manos del temible Borriod.

—Sí, soy yo...

Al acercarse pudo verla con claridad. Estaba completamente pálida, con marcadas ojeras, echada sobre las crines del caballo, exhausta. Bertrand se adelantó para salir a su encuentro, y ella, sabiéndose acompañada al fin, se dejó caer exánime en sus brazos. El caballo retrocedió y el carpintero temió que se le escapase. Miró a Elizheva y recordó que estaba encinta. Se quitó una especie de sobrepelliz que llevaba puesta, la extendió en el suelo y la colocó con cuidado tumbada boca arriba. Luego se aproximó al caballo, susurrándole con delicadeza, pero el animal se alejó unos pasos, lo siguió con cuidado y volvió a alejarse un poco más, y luego más, hasta que echó a trotar y lo perdió de vista entre el matorral. Desesperado, miró a sus espaldas. Elizheva lo necesitaba pero él tenía una ocasión única de conseguir un caballo y salvar la vida. La suya y probablemente la de ella. El perro comenzó a lamer la cara de Elizheva, que era incapaz de moverse mientras Bertrand miraba alternativamente al lugar por donde había desaparecido el caballo y el lecho donde se encontraba la mujer.

—Maldita sea... —dijo, y volvió sobre sus pasos.

Se puso en cuclillas junto a la joven y le tocó la cara y la frente; ahora que la veía a plena luz se dio cuenta de que era mucho más joven de lo que le había parecido en el bosque de Loz. Lívida y sin fuerzas, respiraba muy débilmente. Tomó un pequeño cuenco de madera que utilizaba para recoger la leche de la cabra, se acercó a Wa, la ordeñó y le dio de beber el líquido tibio a la muchacha. Luego sacó un poco de conejo ahumado y se lo dio a comer, pero era incapaz de ingerirlo. Bertrand se acercó al riachuelo helado, enjuagó el cuenco y lo llenó de agua fresca para ayudarla a tragar el trozo de carne.

—¿Te ha seguido alguien? —le preguntó temiendo que se hubiese escapado llevándose consigo el caballo, cuya vida sería, sin duda, mucho más preciada que la de ella para Borriod y los suyos.

Elizheva dijo algo que él no pudo oír en un primer momento.

—¿Qué dices, muchacha?

—Sí, me han seguido...

Bertrand vio una roca que sobresalía por encima de los arbustos y creyó que si subía podría divisar una buena porción de terreno con la intención de saber si quienes habían seguido a Elizheva se encontraban cerca. Además, desde lo alto localizaría el caballo, que era su única posibilidad de salvación.

Llegó a los pies del roquedo y comprobó que era mucho más grande de lo que le había parecido desde lejos. Se paró un momento a escuchar posibles ruidos: ladridos del perro de Elizheva, relinchos del caballo, balidos de la cabra Wa... Nada que lo alarmase. Miró hacia arriba y sopesó la posibilidad de subir por la cara norte, más cortante pero con agarraderas suficientes como para trepar sin dificultad, por lo que se lanzó decididamente sin pensarlo. Subió con agilidad, agarrándose fuertemente a los asideros que le proporcionaba la roca, probando la estabilidad de los huecos y salientes donde ponía cada pie y, aunque tuvo algún sobresalto, pudo encaramarse con facilidad en lo alto del peñasco, desde donde se veía una gran extensión de estepa y también un buen tramo de montaña hacia el este y hacia el oeste. Oteó el horizonte, escrutó los alrededores barriendo cuanto alcanzaba su vista y al principio no vio nada raro. Luego, cuando volvió a examinar el territorio a su alcance vio el caballo pastando mansamente junto a un chaparral de escasa altura. Ahora que lo veía con tranquilidad apreció que era un animal hermoso y bien proporcionado. Lo imaginó pasándole la almohaza después de haber soltado todo el pelaje del invierno y se le antojó un caballo digno de las mejores guarniciones. Era el caballo de un rey. ¿Era el caballo de un rey? Pensó que tal vez había pertenecido a alguno de los miembros de la corte y que Borriod lo había tomado para sí después de que la caravana sufriera los estragos de la nieve.

Tomó algunas referencias para no perder de vista el lugar donde estaba el caballo una vez que bajase de la roca y pensó cuál sería la mejor manera de atraerlo sin que se espantase de nuevo. El corcel era la única posibilidad de llegar con vida a Trimib si quería llevar consigo a Elizheva.

Cuando se dispuso a bajar cayó en la cuenta de que sería mucho más difícil que subir, al menos por la misma cara por la que lo había hecho. Miró hacia abajo por todos los sitios posibles y creyó que la mejor forma de descender sería por la cara sur, agarrándose a un fino árbol que emergía de una grieta abierta en el risco. Se dejó caer para arrastrarse poco a poco, primero aferrándose a la superficie rugosa de la peña y luego buscando con los pies algunos huecos en los que soportarse, pero el primer tramo le resultó tan difícil que se dio cuenta pronto de que iba a despeñarse sin remedio. Se agarró con todas sus fuerzas, como si intentase clavar las uñas en la piedra, hasta que llegó al borde y pudo bajar uno de los pies. Entonces se aferró al tronco y se dejó caer con el ánimo de descansar en un saliente que había un poco más abajo, pero el pequeño árbol no tenía raíz suficiente en la grieta y se desprendió con facilidad. Bertrand cayó de golpe, rebotó en la roca y se despeñó precipitándose al vacío.

7

Astrid condujo al niño a su lugar de descanso, lo desvistió y volvió a ponerle la ropa de dormir. Otra de las mujeres encargadas de sus cuidados vino a ayudarla, se llamaba Lauretta y la identificó como la joven que, después de ser reclutada, temió haber sido elegida para ser sacrificada a los dioses. Era tremendamente joven y provenía de una familia de escribanos de tradición ancestral que también habían muerto en el desastre. Entre las dos dieron algo de comer al niño, lo acomodaron en su lecho y lo acunaron hasta que cayó rendido y se durmió.

Lauretta le dijo entonces a Astrid que ella se quedaría a dormir con Willem, por orden de Azzo, el eunuco grandullón, grueso y mofletudo encargado de la intendencia, pero Astrid dudó un instante y luego replicó diciendo que solo recibiría instrucciones de la princesa Shebaszka. La joven salió airadamente del carro y avisó a Azzo, que asomó la cabeza y vociferó que eran órdenes de cumplimiento inmediato. Azzo era el hombre de confianza del rey en los asuntos de palacio y uno de los lugartenientes más fieles del mayordomo real, una de esas personas que trabajaban a diario para contribuir al orden cotidiano de los asuntos menores en torno al monarca. El niño, que no comprendía el alcance de la conversación pero percibía el conflicto, se abrazó a las piernas de Astrid. La discusión entre las cuidadoras entre sí y de Astrid con Azzo, trascendió más allá de la lona del carromato y alcanzó a oírse en todo el campamento, alarmando a la propia Shebaszka.

La princesa dejó al rey bajo los cuidados de la Gran Aya, que había ido a interesarse por su salud, y se dirigió a donde descansaba el niño para ver qué ocurría. En el cortísimo trayecto hasta el lugar de donde procedían las voces, se dijo a sí misma que si ese llanto fuese del verdadero Willem habría corrido temerosa y con el corazón encogido hasta tener a su hijo entre los brazos. El pensamiento la hizo suspirar profundamente y cerrar los ojos por un instante; tenía que asimilar lo que estaba ocurriendo, luchar y sobreponerse, pero sensaciones como la que acababa de sobrecogerla inspiraban en ella un fuerte sentimiento de culpa. Al llegar a la altura del carro donde lloriqueaba el chiquillo tuvo que contener las lágrimas.

—¡Paz y justicia, querida princesa! —saludó el eunuco con voz meliflua—, vuestro hijo se dispone a dormir en compañía de la sin par Lauretta, a la cual he ordenado que vele esta noche por un sueño sereno del pequeño Willem.

Shebaszka vio a Astrid con cara de protesta y al pequeño abrazado a sus piernas. Resultaba evidente que el niño le había demostrado cariño desde un principio. Por un momento, al pensamiento de la princesa acudió la idea de que Astrid podía ser la madre del pequeño, pero inmediatamente le pareció descabellado por la forma casual en que ambos habían llegado hasta allí.

—Parece evidente que no quiere separarse de vos... —dijo dirigiéndose a Astrid.

—Siento que así sea pero yo... —comenzó a justificarse Astrid a la vez que desviaba su mirada hasta los pies.

—¡Oh, no debes sentirlo! Eso demuestra que el niño se siente bien en vuestra compañía.

—¡Pero hay que llevar un orden, princesa, no podemos hacer lo que a cada uno nos convenga! —protestó el eunuco.

—Creo que no se trata de establecer unas normas y de cumplirlas por encima de todo orden, sino que si la experiencia evidencia un error pueda ser enmendado en favor de la armonía y el equilibrio sin perjuicio de que transcurrido el tiempo puedan volver a asignarse tareas según convenga, ¿no lo veis así?

El eunuco, lejos de darse por vencido, respiró hondo antes de contestar:

—Con mis respetos, princesa, el encargado del buen orden y supervisor supremo de cuanto sucede aquí, el general Barthazar, me ha ordenado que asigne una tarea a cada persona de cuantas hemos elegido para acompañar al heredero en cada momento del día y en todo cuanto necesite, y he cumplido puntual y fielmente mi cometido. Esta noche me ha pedido expresamente que librase a Astrid de dormir con vuestro hijo.

La princesa guardó silencio mientras meditaba acerca de las palabras del eunuco. Astrid, por su parte, miró alternativamente a Azzo y a Shebaszka, atemorizada por lo que acababa de oír. Entonces habló la princesa:

—Id y decid al general que la princesa Shebaszka prefiere dar las órdenes directamente en todo cuanto atañe al bienestar de su hijo —y luego, mirando a Astrid—: quedaos únicamente vos esta noche aquí y mañana se verá qué conviene. Ahora he de acompañar al rey, cuya debilidad amenaza con privarnos para siempre de su protección y sabiduría.

Amagó con retirarse cuando cayó en la cuenta de que no había dado un beso al niño y volvió a sentirse confundida y desorientada, incapaz de ejercer de madre en semejantes circunstancias. Se acercó y lo besó en la mejilla sin que él se separase de Astrid ni un instante.

Mientras regresaba al lado de su tío, Shebaszka pensó de nuevo que el afán con el que el niño se aferraba a su cuidadora podía resultar incómodo para su condición de madre. El eunuco se había retirado antes de que ella besase al niño, de lo contrario podría haber advertido las preferencias del chiquillo. Cualquiera que la conociese sabría que su hijo Willem la adoraba y que resultaba insólita una despedida como la que acababa de ocurrir. Luego pensó en Astrid: era una mujer diferente del resto, poseía algo, un matiz tal vez, no sabría definirlo, pero su intuición raramente erraba. A pesar de ello, no podía permitir que el niño prefiriese otra compañía; si seguía así, tendría que apartarlo de Astrid aunque le doliese.

Esa noche, Erik se quedó dormido apoyado en el vientre de Astrid. Ella no se atrevía a moverse, le acariciaba el pelo, lo observaba con el tacto porque la luz era insuficiente una vez apagada la vela, lo intuía desconcertado pero seguro en su compañía. Imaginaba que estaría desorientado, incapaz de asimilar un cambio de nombre, un giro a su tierna vida, la ausencia de su padre. ¿Dónde estaría Bertrand? ¿Habría muerto también él? ¿Habría entregado su vida en las montañas del Hades? Se encaminaban hacia la nada. Si seguían así no iba a sobrevivir nadie, ni siquiera el rey que los había llevado al desastre.

La respiración pausada del niño se agitó como si le leyese el pensamiento, se removió inquieto y musitó un gruñido como si quisiera hablar, probablemente alterado por alguna pesadilla. Astrid pensó que tal vez sería contraproducente que recuperase el habla de inmediato, pues algo le decía que existía un motivo vital para que Erik suplantase al heredero y temía por su seguridad. Por otra parte le gustaría preguntarle qué había pasado, dónde estaba su padre y por qué estaban ambos allí fingiendo ser lo que no eran. Pero no, no era conveniente que hablase aún. Tenía la certeza de que lo mejor para el niño sería olvidar primero y hablar después, cuando no se acordase de nada. ¿Y si aparecía Bertrand? Era perfectamente posible que no hubiese muerto y que aún se encontrase en un punto indeterminado de la caravana. ¿Y si en el entorno del rey estaban seguros que no podía suceder algo así? A Astrid le dio un vuelco el corazón. En ese caso tendría que dar por hecho que conocían la muerte de Bertrand. Aquellos pensamientos la llevaron a cerrar los ojos y desear que al amanecer nada de aquello fuese real. Sin embargo, fue incapaz de conciliar el sueño.

De pronto se le vino a la memoria la mirada amenazante del general Barthazar y de su padre, Gabiok, que esperaban que fuese su confidente. ¿De qué confidencias? Tenía el firme propósito de no hacer nada que pudiera perjudicar al niño, aun a riesgo de perder la vida. Aquel pensamiento le removió el estómago de nuevo, como venía ocurriendo sin motivo aparente desde que salieron de Waliria. Contuvo las náuseas respirando hondo y se sosegó sumergida en sus pensamientos. Rudolf... el pobre. «¿Dónde estaba Filippha? ¿Y la pequeña Ryanna? No sé —se dijo—. En realidad no sé qué está pasando aquí.»

Tenía que ganarse a la princesa, parecía una mujer sensible y fuerte a la vez, sosegada pero firme, y creía haber causado una impresión favorable en ella. Si lo conseguía podría garantizarse permanecer junto al niño, lo cual sería magnífico y la haría estar protegida en el seno de la corte y observar cuanto ocurría a su alrededor. Además, le había cogido un tremendo cariño al pequeño.

No fue capaz de dormir en toda la noche. A cada instante intentó en vano cerrar los ojos y sumergirse en los sueños, pero siempre tropezó con las incógnitas y la incertidumbre, con las preguntas sin respuesta y la necesidad de saber qué estaba pasando. Caía momentáneamente en manos de Morfeo, pero de inmediato sufría el martirio de saberse despierta con el tormento martilleando en su cabeza: Erik y ella en aquel carromato, y todos los demás girando a su alrededor: un rey más cerca de su fin que de su reino, un general cuyos ojos de hielo ansiaban confidencias, una princesa entre un general y un niño, un niño sin habla entre los recuerdos y el olvido.

Al alba confundió los sueños efímeros con los pensamientos de la noche y se le mezclaron los sentimientos; estaba aturdida y cansada. Creía haberse dormido de madrugada pero no estaba segura, seguía en la misma postura, sosteniendo con su vientre la cabeza del niño. Tenía ojos legañosos, labios secos, boca pastosa y náuseas que pronto derivaron en arcadas y en un leve vómito que consiguió desviar a tiempo para no manchar al pequeño.

—¡Vamos!, ¡arriba, arriba! —Distinguió en el exterior la voz del eunuco intendente, que al momento asomó la cabeza por la abertura de la lona del carromato—. ¡Vamos, vamos, hay que prepararse para continuar la marcha! ¿Aún estás así? ¡Por Rakket!, te reclama el general Barthazar... ¡Ve inmediatamente! Está claro que no conocéis al general ni a su padre... Lauretta se hará cargo del niño mientras tanto, lo vestirá, lo lavará y le dará algo de comer.

Astrid se desperezó con indiferencia, apartó con cuidado al niño —que no se había inmutado a pesar de la luz y de las voces del eunuco— y se dispuso a prepararse. Lauretta entró en el carromato.

—¿Puedes salir y aguardar fuera? No estoy preparada —le pidió visiblemente molesta.

La joven la miró con desprecio, como si no comprendiese que tuviese que ausentarse para que ella pudiera acicalarse.

—¡Remilgos! —dijo mientras volvía a salir afuera.

Al cabo de un rato salió Astrid con una jofaina de agua sucia que vació sobre la tierra. Lauretta permanecía a la espera con los brazos en jarras y cara burlona. Astrid no la miró y se alejó para acudir a la llamada de Barthazar. La recibió Gabiok, ataviado con una túnica azul, limpia y brillante. Como siempre, el mayordomo real parecía traído de otro lugar, como si no fueran con él ni los contratiempos ni las penurias del éxodo. En su expresión atisbó el mismo gesto siniestro de las otras veces, ausente, lejano. Estaba allí pero a la vez lejos. La miraba pero veía mucho más allá. Casi sin palabras, la guio hasta Barthazar.

—He aquí la mujer —dijo al llegar ante su hijo.

—¿Y bien? ¿Por qué no viniste anoche? Te mandé llamar, se lo dije a Azzo, ¿qué pasó? —preguntó el jefe de la milicia sin más trámite.

Los miró a ambos. No había pensado qué contestar. Se sentía cansada, muerta de sueño, desorientada.

—No sé, yo... Todo está normal, no había nada que contar —se le ocurrió decir.

—¿Normal? No tomes esto como una amenaza, Astrid. Te llamas Astrid, ¿verdad? —intervino Gabiok con diplomacia—. Sabes que el reino está atravesando un momento muy delicado. El rey agoniza, nuestro pueblo pasa todas las penurias imaginables, estamos afrontando un viaje con final incierto, se nos han ido hombres y mujeres de una valía incuestionable...

Astrid asintió con displicencia.

—Y todo ello hace que tengamos que postergar ciertos asuntos importantes —continuó Gabiok—. No sé si sabes que la princesa Shebaszka quedó viuda y sola para criar al heredero, el pequeño Willem. Lo que pretendemos es detectar posibles problemas alrededor de la princesa, queremos protegerla sin que ella tenga que sentirse ofendida por considerar que nadie se entromete en sus asuntos. Es una mujer de una sensibilidad extraordinaria, ya la conocerás, y no permitiría que nos inmiscuyésemos en su vida. Por eso preferimos que quienes estáis cerca de ella obedezcáis sin discutir nuestras órdenes sin que ella lo sepa, pues de nada serviría entonces. Es un asunto de tan grande importancia que, por el bien del reino, estamos dispuestos a segar la vida de un traidor antes que ver comprometida nuestra misión. Y para nosotros es traición todo aquello que se nos oculta. ¿Lo has comprendido, Astrid? Nunca desobedezcas una orden nuestra.

—Sí —afirmó secamente Astrid, a quien desde hacía un rato se le mezclaban las ideas en la cabeza y solo deseaba irse de allí. Aquellos hombres se le antojaban repugnantes y manipuladores. Tras sus amenazas, se dijo, solo podía haber ambición de poder.

—Está bien, Astrid... —dijo Barthazar acercándose a ella lentamente y tocándole ligeramente el cabello—. Está bien...

Astrid retrocedió instintivamente.

—No tenemos nada más que decirte, puedes retirarte —soltó bruscamente Gabiok interrumpiendo la repentina galantería de su hijo—, y ya sabes, anótalo en tu cabeza: no vuelvas a desobedecer una orden, jamás.

Astrid asintió y volvió sobre sus pasos. De camino al encuentro con Erik se le mezclaron las ideas con la indignación creciente, avivó el paso, frunció el ceño, apretó la mandíbula y los puños. Involuntariamente se le aceleró el corazón y le aleteó la nariz. Resopló antes de cambiar de trayectoria e ir en busca de la princesa Shebaszka.

No solo estaba intrigada y temerosa, sino que notaba que la angustia se iba apoderando de su interior arrinconando a la resignación y a la tristeza de los primeros momentos. No estaba dispuesta a dejarse arrastrar por los acontecimientos como si lo que estaba ocurriendo careciese de importancia. Se le venían de golpe los rostros de Barthazar y Gabiok mezclados con la inocencia pura de la mudez de Erik, envuelto en una falsedad turbia a la que ella estaba contribuyendo desde la más cruel ignorancia. Si la suplantación era o no beneficiosa para el niño o para el reino tendría que determinarlo también ella, que parecía la única dispuesta a no saltarse la verdad.

Llegó a la altura del carruaje del rey, rodeado por soldados que, aunque se turnaban parecían siempre los mismos: rudos, mal uniformados tras el paso de la montaña, desaliñados y con gesto fiero. Notó que un nerviosismo creciente la invadía por dentro.

—Quiero hablar con la princesa —dijo con fingida firmeza.

Uno de ellos la miró con desgana y le respondió secamente:

—No se puede pasar de aquí.

Astrid resopló decepcionada. Iba a suplicar al soldado cuando Shebaszka apareció ante sus ojos descendiendo del carro después de una noche en vela, arrastrando los pies y conteniendo un bostezo, con el pelo revuelto y el vestido arrugado. Cuando traspasó la fila de soldados, Astrid la abordó sin remilgos pensando que era su oportunidad.

—Princesa...

Shebaszka apreció rápidamente su gesto preocupado.

—Buen día tengas, ¿qué te ocurre?

—Veréis, señora... yo...

De pronto, tener ante sí a la sobrina del rey le hizo tomar conciencia de su verdadero origen, de su insignificancia, no porque antes no admitiese la enorme diferencia que había entre ambas, sino porque la certeza de ser depositaria de un misterio había hecho crecer en ella la determinación de enfrentarse a la grandiosidad de la realeza sin reparar en las consecuencias, y ahora, la dignidad con que brillaba el halo de la princesa Shebaszka desvaneció sus arrestos devolviéndola instantáneamente a la asunción de su propia pequeñez.

—Solo quería pediros disculpas por lo de anoche —se le ocurrió decir para salir del paso, y la princesa le contestó con un agradecimiento desganado.

Shebaszka estaba muy cansada, dio por terminada la conversación y se encaminó hacia su carro, donde a aquella hora el niño estaba siendo atendido por Lauretta. Astrid titubeó. Había ido en busca de la princesa con la verdadera intención de averiguar qué hacía Erik allí y por qué lo hacían pasar por el heredero, pero no se atrevía a abordar abiertamente un asunto que se le antojaba incluso peligroso. Entornó los ojos un instante y volvió a arraigar en ella la determinación con que había salido del encuentro con Gabiok y su hijo, regresó a ella la creencia de que podía exigir una explicación, el convencimiento de que ninguna persona puede estar por encima de otra bajo ninguna circunstancia. Así, haciendo acopio de valor, se apresuró a alcanzar a la princesa, que se había alejado unos pasos.

—Me gustaría que se me diese una explicación —le dijo en voz baja sin ser consciente de que estaba traspasando una línea sin retorno.

La princesa se paró de pronto y la miró cautelosa, el tono que había empleado la criada la hizo desconfiar. Astrid se dio cuenta de que titubeaba y supuso que temía las consecuencias de armar un revuelo, pero a la vez pensó que para la princesa sería muy fácil dar la orden a los soldados y acallarla para siempre. Se miraron fijamente. Astrid sentía que le temblaban las piernas, le sudaban las manos y el corazón le palpitaba con mucha fuerza.

—Estoy muy cansada —la princesa intentó zanjar la conversación—, he pasado la noche junto al rey y solo quiero dar la bienvenida al nuevo día a mi hijo amado, y luego descansar. Te ruego que cumplas tu cometido y saques provecho de la oportunidad que se te da de trabajar para la corte Real.

Por un momento Astrid se compadeció de la princesa. En sus palabras había cansancio, era cierto, pero también temor. La invitación a sacar provecho de la oportunidad que se le daba era también una forma de decirle que no removiese las cosas, que aceptase la situación sin hacer ni hacerse preguntas. Pero tal vez por eso, porque no se resignaba a participar de una farsa sin conocer la verdad, relegó tanto la efímera lástima que había sentido por la princesa como sus propios miedos por haberse adentrado en un espacio peligroso, y sin pensarlo una sola vez más dijo:

—Conozco a ese niño...

—¡Calla! —le gritó Shebaszka horrorizada a la vez que miraba a su alrededor por si alguien pudiera haberla oído.

—Señora, el príncipe Willem está listo para visitar al rey —irrumpió Azzo—. Vos tenéis todo preparado para vuestro descanso, tened en cuenta que la caravana se pondrá en marcha al amanecer, según el general Barthazar —y dirigiéndose a Astrid, que aún miraba a la princesa con evidente ofuscación—: ¡Y tú, muévete, que tenemos que organizarlo todo para partir!

Shebaszka y Astrid se sostuvieron la mirada, la princesa intrigada por la repentina aparición de aquella criada extraña que amenazaba con desmoronarlo todo y la otra debatiéndose en un mar de dudas, desconcertada, confusa y a punto de gritar que la princesa no era la madre de aquel niño y que el niño no era más que el hijo de un humilde y buen carpintero.

—Obedece a Azzo y disfruta del día —dijo al fin la princesa disimulando su consternación. Astrid vio entonces en sus ojos el brillo encendido de la súplica, y su voluntad quebrada se guardó el grito en el rincón de la prudencia—. Hablaremos en otro momento.

La princesa continuó su camino y Astrid se la quedó mirando mientras se alejaba, preguntándose qué podía llevar a una mujer como Shebaszka a engañar a todo el mundo haciendo creer que aquel era su hijo. Solo se le ocurría una explicación: poner al verdadero heredero a salvo de grandísimos peligros. En ese caso sería Erik quien los corría. Al pensarlo se sintió mareada y no pudo controlar las náuseas que se apoderaron repentinamente de ella. Otra vez. Una y otra vez.

Magmalión se encontraba mejor y decidió convocar el consejo real antes de hacer un sacrificio a los dioses y partir de nuevo hacia el sur en torno al mediodía. Todo estaba preparado: los caballos enganchados con sus guarniciones recién engrasadas, los carros reparados, las vituallas almacenadas, los ganados bajo el cuidado de algunos pastores viejos y otros recién incorporados, mucho más jóvenes, las cubas llenas de agua, la mayor parte de los enfermos repuestos, los soldados pertrechados. En la milicia había nuevos miembros reclutados por Barthazar en la caravana, hombres poco adiestrados en el arte de las armas pero con el vigor suficiente para contribuir a la seguridad de la corte Real.

Improvisaron una tienda con viejas lonas y sacaron al rey sin moverlo del lecho, recién aseado y vestido lo mejor que se pudo, con un gran peto púrpura bordado en azul y una capa de gala cubriéndole las piernas. Frente a él se dispusieron Gabiok, Dragan, la Gran Aya, Shebaszka, Barthazar y también Magnus, a quien el rey había mandado llamar al Consejo. Hacía frío y Shebaszka mandó traer una gruesa piel de oso para extenderla sobre el maltrecho cuerpo de su tío, que lo agradeció con una leve sonrisa y un intento de apretón de mano.

—¡Oh, gran Magmalión, señor de Ariok, guía de nuestro pueblo! —comenzó a hablar Gabiok para introducir el consejo real—. Reconfortados con vuestra mejoría y necesitados de vuestra sabiduría en estos momentos de flaqueza, nos sentimos hambrientos de luz y de fortaleza para sobreponernos a la catástrofe. Los que hoy podemos loar a los dioses por haber sobrevivido a las montañas del Hades creemos más que nunca en la viabilidad de esta empresa. Recurrimos a vos como padre, como sabio entre los sabios, como soporte de un pueblo que ansía sentirse protegido bajo la capa de vuestra estirpe.

Gabiok se inclinó ante el rey y retrocedió dos pasos sin darle la espalda. Cuando se disponía a hablar el nuevo jefe de la milicia, el hijo del mayordomo real, Magmalión levantó una mano y masculló con dificultad:

—Es el Consejo más triste de mi vida. —Tragó saliva y la gran aya solicitó un cuenco de agua para él—. Las ausencias de Roger, a quien quería como un hijo, y de Renat, me dejan un vacío insustituible.

Las palabras del rey aguijonearon el orgullo de Barthazar, que internamente se regocijó aún más por la muerte de Roger de Lorbie.

—Quiero recordarlos para siempre, a ellos y a Brunilda y a su hijo, y a todos los que han entregado sus vidas por el reino desde que salimos de nuestra capital destruida. Que se haga un sacrificio a los dioses cuanto antes y que algún día se erija un mausoleo en un lugar destacado de la nueva ciudad que levantará el pueblo de Ariok junto a los Grandes Lagos. Es mi deseo que se invite a Roger, hijo de Roger, a contemplar el sacrificio a mi lado, en honor a su padre y a su madre, y también a su hermano, y que nos acompañe a mi sobrina Shebaszka, viuda de su tío Emory, y a mí mismo. Cúmplase mi voluntad como si del mismo Rakket emanase, puesto que este rey es mortal pero los dioses velan por nos eternamente.

—¡Ha hablado el rey por boca del dios! —gritó Dragan, el gran sacerdote.

Bien era sabido que solo Magmalión podía hacerlo, porque era el ungido, el señalado por los dioses, el portador del estigma divino. Era el elegido para expresarse como si el mismo dios Rakket lo hiciese, un oráculo infalible cuando en Waliria respondía en el templo a las consultas de los grandes hombres. Solo Dragan, para asuntos menores, podía equiparársele en pronósticos y predicciones como intermediario en la transmisión de un oráculo. Y lo que la deidad dictaba, dictado quedaba.

Después se hizo un silencio y Gabiok miró a Barthazar para indicarle que era su turno. El hijo del mayordomo se adelantó dos pasos, inclinó la cabeza para mostrar sus respetos al rey y habló así:

—Es un gran honor para mí presentarme ante el rey como jefe interino de la milicia. Sabéis, ¡oh, gran Magmalión!, que siempre he servido en vuestra guardia y que por llevar sangre real mi compromiso con la paz y la justicia del reino ha sido inquebrantable desde que dejé atrás la infancia. Mis hechos me acompañan con honor, y por eso hoy, antes de daros cuenta de cuanto a vuestro alrededor ocurre, me arrodillo ante vos... —Se arrodilló inclinando la cabeza hasta casi tocar la rodilla— para suplicar mi ratificación como jefe de la milicia y la ostentación de los demás cargos que recaían sobre el malogrado Roger de Lorbie, vuestro general, que los dioses hayan acogido con los honores que mereció en la vida y en la muerte.

Barthazar se puso en pie, retrocedió dos pasos y aguardó a que el rey hablase, pero Magmalión se lo quedó mirando sin decir nada, con los ojos acuosos y un hilillo de saliva cayéndole por la comisura de los labios. Al comprobar la impasibilidad del monarca, Gabiok se adelantó a cualquier otra intervención.

—Gran Magmalión y dignos miembros de este Consejo, si alguien se opone a la ratificación de Barthazar como sucesor del conde Lorbie en todos los cargos, que hable ahora. De lo contrario, mi rey, entenderemos que vos otorgáis la confianza suplicada.

Miró uno por uno a los miembros del consejo real y terminó por posar sus ojos en Shebaszka, que disimuló su disgusto. La princesa miró a la Gran Aya, y esta a Dragan, pero ninguno se atrevía a oponerse en ese instante, como si hacerlo supusiera desatar una guerra que a nadie convenía. Todos miraron entonces al rey, pero Magmalión había cerrado los ojos y sobrevolaba la duda de si estaría en disposición de continuar la reunión.

—El rey no se encuentra bien —dijo la Gran Aya en un intento de romper el silencio que parecía otorgar a Barthazar los poderes que no deseaban, pero sus palabras se superpusieron a las que en ese mismo momento pronunciaba Gabiok: «Queda pues ratificado el nombramiento de Barthazar de Pontoix. Es la voluntad de este Consejo.»

—Es la voluntad de este Consejo —repitió mecánicamente el rey, que acababa de abrir los ojos con dificultad, sin saber bien lo que decía. La Gran Aya miró a Dragan con asombro y este le devolvió una mirada de resignación. Sin solución de continuidad, Barthazar se adelantó dos pasos y comenzó a hablar con rapidez:

—A nadie escapa que hemos sufrido un gran desastre, pero la eficacia de nuestros soldados y la colaboración voluntaria de los hombres más jóvenes de nuestro pueblo han contribuido a sepultar a los muertos, ayudar a los heridos y a organizar a los sanos para emprender de nuevo el camino. Nos enfrentamos a un valle surcado por una maraña de ríos, por lo que he enviado exploradores por delante para que nos vayan abriendo camino.

—Disculpad —intervino Dragan—. Me permití dibujar un mapa desde la falda de la montaña, puesto que se trata de una tremenda red de cauces que impiden el paso por todas partes. Así, con este dibujo, podemos tener una orientación de por dónde ha de irse para no perder el tiempo y retroceder continuamente por la imposibilidad de habilitar puentes a cada instante.

—Nadie mejor que los exploradores —interrumpió Barthazar—, pues ellos comprueban la realidad con sus propios ojos y no han de confiar en un mapa que aunque sea digno de vuestras manos, querido Dragan, probablemente no pueda reflejar profundidades, anchuras de cauce, caudales y otros elementos imprescindibles, así que aguardaremos el regreso de dos exploradores que están por llegar y decidiremos cuál es el mejor camino para mañana.

—Loables intenciones, Barthazar, pero ha de tenerse en cuenta que lo que parece el mejor camino en un día, puede convertirse en una trampa al día siguiente. Es fácil comprender lo que digo, no hay más que ver el mapa. —Lo mostró a todos desenrollándolo con habilidad—. Aunque parecería que por aquí se va bien, por ejemplo, nos damos cuenta enseguida de que solo un poco más adelante confluyen cuatro cauces, mientras que si se hubiera optado por ir por aquí... —Señaló una ruta concreta— nos habríamos encontrado un cauce difícil el primer día, pero nos habríamos asegurado el avance hasta los confines de este otro río.

Los demás miembros del Consejo asintieron y el rey, que

había recobrado fuerzas milagrosamente, pidió que le acercasen el mapa. Dragan se adelantó y se lo explicó con paciencia hasta que comprendió que su señor lo había entendido.

—¿Y cómo puedes asegurarnos que el mapa es exacto? —preguntó Barthazar con escepticismo—. Ahí se ven tantos ríos que parece imposible no haber cometido un solo error. Y un error aquí puede suponer nuestra perdición.

—Utilícese el mapa —dijo Magmalión con voz débil—, y que los exploradores se supediten a él y no al revés. Has realizado un gran trabajo, Dragan, he de reconocerlo. Tu astucia te engrandece.

Barthazar contuvo su ira alentado por lo que todavía le quedaba por tratar en aquella reunión.

—¿Algo más? —preguntó el rey después de un golpe de tos.

—Sí, gran Magmalión —repuso Barthazar—, hemos pasado por alto un hecho gravísimo que solo gracias a la protección de Rakket no ha causado una crisis sin precedentes en el reino de Ariok. Me refiero a la milagrosa salvación del príncipe Willem, que pudo haber muerto también durante el vendaval y habernos privado del único heredero a la corona que con magnanimidad portáis.

—Cierto... continuad.

—Es por ello que, una vez conocida mi condición de único pretendiente a contraer matrimonio con la princesa Shebaszka, ruego que me sea concedida esa dicha en este acto y no dilatemos más una cuestión que puede afectar a todo el reino transcurrido el tiempo. Resulta fácil imaginar qué habría ocurrido si el príncipe Willem hubiera sido llamado por los dioses.

Shebaszka lo miró desconcertada; no había previsto abordar la decisión sobre su matrimonio tan pronto. Lo cierto era que no estaba preparada para desposarse con Barthazar y que tenía que conseguir dilatar el dictamen del rey hasta que resultase imposible eludirlo. Sentía unas tremendas ganas de desvelar que su corazón estaba malherido, que había perdido a su esposo primero y ahora a su amado hijo, y que por nada del mundo deseaba desposarse ni con Barthazar ni con nadie, pero mucho menos con él, a quien tenía en escasa estima. Sabía cuáles eran sus obligaciones y lo que se esperaba de ella, la responsabilidad que recaía sobre una princesa del reino, el escaso margen de voluntad propia que albergaba la pretendida libertad de elección otorgada por el rey. No podría negarse, tarde o temprano, y todos lo sabían, pero sintió que prefería quitarse la vida a desposarse de inmediato. Sin embargo, como le había enseñado Magmalión, cuanto mayor era su desesperación, más grande debía ser su cautela.

—Mi señor, mi gran rey... he de consultar serenamente a mi corazón antes de desposarme —se atrevió a decir—. Sé que el general Barthazar entenderá que los últimos acontecimientos me han impedido meditar con sosiego si al fin he conseguido sobreponerme a la pérdida del príncipe Emory, mi amado esposo. Vos —dijo dirigiéndose al jefe de la milicia— no querríais por esposa a quien aún añora los brazos de otro hombre, estoy segura. Vuestro honor y vuestra dignidad, tan necesarios para nuestro bien y el de todo el reino, así han de exigirlo.

Sin saber qué decir, Barthazar asintió levemente, deslumbrado por la princesa y sobrecogido por el efecto que las palabras honor y dignidad habían causado en él.

—Sea —admitió el rey—. Tomaos algún tiempo, pero no podremos dilatarlo mucho más. Cuando estéis preparada, comunicádmelo —miró a Barthazar con ojos recriminatorios—, es una decisión que el rey ha de comunicar al Consejo.

Barthazar reprendió a su padre con la mirada, puesto que suya había sido la idea de indagar en las intenciones de la princesa. Gabiok entornó los ojos. Tranquilo, parecía decirle. Entonces tomó la palabra.

—La postura de la princesa es comprensible, y además la honra. Pero dada la importancia del asunto que nos preocupa, considero necesario que contraiga matrimonio inmediatamente y no creo que haya mejor pretendiente que mi hijo. La incertidumbre siempre acarrea malentendidos y problemas, ¿no lo creéis también vos así, gran Magmalión?

El rey meditó un instante y sopesó las palabras de Gabiok. Era cierto que no debía demorarse mucho más tiempo esa cuestión y en su fuero interno admitía que si no fuese su propia sobrina la implicada adoptaría una resolución mucho más concluyente en un asunto que resultaba capital para los intereses del reino. Los demás lo sabían y no se atrevían a exigirle contundencia, salvo el mayordomo real por motivos que nada tenían que ver con la estabilidad de Ariok, sino con intereses personales, aunque se escudaba en un sentido de la responsabilidad que también resultaba evidente ante los demás miembros del consejo real.

El rey sintió ganas de tomar una decisión que sorprendiese a ambas partes, puesto que no se encontraba cómodo con un asunto en torno al cual todo resultaba tan previsible: los intereses personales enmascarados con la evidencia tras el interés general y su propia debilidad por Shebaszka tan innegablemente escondida detrás de su tibieza. Se encontraba cansado y enfermo y sabía que cualquier demora sería un tiempo perdido, así que habló con circunspección:

—Los asuntos del reino priman sobre cualquier interés personal y todos los que estáis aquí lo sabéis. Así que mi decisión es que mi querida sobrina Shebaszka tome por esposo sin dilación a mi deudo Barthazar de Pontoix, hijo de Gabiok de Rogdom y de Lutgarda de Pontoix, su primera esposa. —La princesa miró al rey con desesperación mientras Gabiok y Barthazar se miraban con aire de triunfo—. Siento no poder otorgaros más que cuatro lunas, querida Shebaszka, para que te prepares para este nuevo matrimonio. Sé que para ti es difícil y confío en que Barthazar sepa comprenderlo.

Y dicho esto, el rey volvió a cerrar los ojos.

Echaron a andar con desgana bajo un aguacero repentino, chapoteando en la tierra mojada con zuecos de mala manufactura, hechos demasiado deprisa durante los días de descanso. Aunque nada dispuso el nuevo organizador acerca de ayudar a los rezagados, unos cuantos hombres encabezados por Dragan dejaron indicaciones suficientes para anunciar hacia dónde se dirigían, junto a una copia del mapa que el gran sacerdote había dibujado con el fin de que pudieran guiarse con mayor soltura en la enorme extensión de terreno que tenían por delante.

La caravana había menguado y la organización era distinta. Tras los miembros de la corte había un nutrido grupo de nuevos soldados y detrás de estos un gran contingente de jóvenes de toda índole, muchos de los cuales eran pendencieros que amedrentaban al resto por la fuerza. Detrás de los muchachos iban hombres de mediana edad, saludables y en su mayoría juiciosos, pues se trataba de gente acostumbrada a ganarse la vida y a sacar adelante a sus familias con su sudor y su esfuerzo. Con ellos viajaban niños y algunos de los ancianos de buena salud que habían logrado superar la montaña sin resentirse. Por último, en un lamentable estado, emprendieron la marcha quienes se sabían débiles e incapaces de aguantar por mucho tiempo el ritmo de los demás, pero que estaban dispuestos a resistir hasta el último aliento, cuando solo les quedase la opción de continuar el viaje por su cuenta, expuestos a los peligros y a la muerte.

Como la caravana era más reducida y la organización diferente, comenzaron a verse algunos ganados en las posiciones delanteras. De vez en cuando escapaba a los pastores algún cerdo en busca de comida, y tenían que ir a echarle el guante dando un espectáculo que arrancaba las risas de quienes los contemplaban. También algunas ovejas y cabras se adelantaban a los rebaños, metiéndose entre la gente o siguiendo su propia trayectoria en busca del agua de los cauces más cercanos.

Los carros avanzaban con dificultad, pues con frecuencia se adentraban en terrenos embarrados donde las ruedas se hundían y los caballos tiraban hincando sus cascos progresando lentamente con la ayuda de palafreneros que tiraban de los ronzales resbalando a menudo en el barro. Luego, cuando lograban salir de las zonas más húmedas, transitaban por mesetas desde donde conseguían ver varios ríos a la vez.

Al atardecer, cuando el sol comenzó a caer, el camino elegido discurría por una pequeña loma que confluía con dos vaguadas paralelas a sendos ríos caudalosos y muy superficiales que derramaban sus aguas por orillas imprecisas. Los rayos del sol hacían especialmente hermoso aquel lugar a esa hora, acariciando los torrentes con la suavidad de la luz de la tarde. Los rostros se veían anaranjados y envueltos en el brillante fulgor de las aguas, y los ríos como una alfombra sobre la que se esparciesen millones de diamantes que lo ocuparan todo. Sin necesidad de orden alguna, la caravana se detuvo a contemplar la belleza de aquel sitio antes de iniciar el descenso.

A lo lejos, donde las riberas de ambos ríos se juntaban, se encontraba el primer lugar donde tendrían cortado el paso. Según Dragan, merecía la pena remontar uno de los ríos porque tendrían más fácil cruzar y salir posteriormente hacia una gran extensión de terreno sano y fértil, pero los exploradores aconsejaron a Barthazar que atravesaran por un punto que parecía seguro o construyesen un pontón de piedra por un estrechamiento que creían poco profundo.

Las gentes, ajenas a la división de opiniones acerca de la ruta a seguir, se maravillaban con un paisaje de ensueño. Nunca antes habían visto nada semejante. Algunos incluso ponían en tela de juicio que lo que tanto brillaba en lontananza fuese agua, pues, decían, jamás se había oído decir a nadie que pudiera haber tanta junta en sitio alguno.

Astrid tomó al niño por la cintura y lo subió sobre un cancho de tres o cuatro palmos, se puso una mano a modo de visera y contempló maravillada la hermosura que se ofrecía a sus ojos. Él la imitó y, al contemplar el portento, exclamó:

—¡Oh!

Astrid se sobresaltó. De pronto albergó la esperanza de que la impresión causada por la belleza de las vistas hubiera devuelto el habla al pequeño.

—¿Te gusta, Er... Willem? —le preguntó con expectación.

El niño asintió moviendo la cabeza mientras intentaba acompañar el gesto con palabras, pero no fue capaz de pronunciar ninguna más. Astrid, desilusionada, le removió el cabello y le dio un beso en la frente.

—Tranquilo, hijo... disfruta del paisaje.

La gente seguía sorprendida, gozando de la visión dulce de un mundo desconocido. Un poco más abajo, a su izquierda, Astrid pudo ver a la pequeña Ryanna con su madre y se alegró sinceramente de verlas de nuevo después de tanto tiempo, puesto que los había perdido de vista cuando la sacaron de la caravana. Por primera vez desde el temblor de tierra se veían rostros alegres, caras de esperanza recreándose en la belleza, luz sobre las sombras. Astrid quiso retener aquella imagen para recordarla cuando la noche devolviese la oscuridad a su alma y de nuevo se apoderase de ella esa sensación tenaz de estar viviendo una vida ajena. Se giró para prolongar la leve sensación de alivio durante unos instantes más a fuerza de contemplar los rostros felices de los infelices, las sonrisas de las caras tristes y la esperanza de la frustración. Fue entonces cuando, al pasar la vista por el gentío que se congregaba a sus espaldas, sorprendió al general Barthazar observándola de arriba abajo.

—Vamos, pequeño —dijo—. Está empezando a hacer frío.

En los días siguientes bajaron hasta la orilla de los ríos y remontaron el de mayor caudal haciendo caso a Dragan, aunque tuvo que dejar claro que la decisión final la tomaba el mismísimo jefe de la milicia, quien no consentía que se contraviniesen sus órdenes como responsable de la organización de la caravana. De esa manera llegaron a un punto donde la acción de la naturaleza había construido una especie de azud natural que permitía el paso a la otra orilla tomando ciertas precauciones, aunque algunos pusieron en duda que fuese obra de la naturaleza un azud que más bien parecía un badén concienzudamente trazado, por lo que sugirieron que tal vez se trataba del legado de antiguas tribus nómadas. Sin embargo, hubo pocos que creyesen que, a excepción de la naturaleza, alguien pudiera haber construido aquel paso salvo los dioses, que se mostraban al fin benévolos con su reino más querido. Así que agradecieron la acción divina una vez que hubieron cruzado todos y luego encontraron el camino expedito durante varias jornadas hacia el sur, con el corazón encogido por la salud de Magmalión y el miedo a las catástrofes que pudieran sobrevenir. Las experiencias de los últimos tiempos los habían tornado temerosos.

Durante las siguientes jornadas se acostumbraron a determinadas rutinas derivadas de las tareas que cada cual tenía asignadas, especialmente en el entorno del rey y del heredero. En los carros donde viajaban se habían establecido los turnos con rigor y los trabajos se habían distribuido según la valía y las aptitudes de cada cual, de manera que la organización parecía dar sus frutos cuando al cabo de tres días los ánimos estaban calmados y completaban cada jornada sin sobresaltos.

Una mañana, después de desayunarse con un trozo de pan de cereales y un cuenco de leche, Lauretta observaba fascinada a Astrid mientras esta desvestía, lavaba y volvía a vestir al niño. La habilidad de Astrid para realizar aquellas tareas le resultaba inalcanzable, por lo que su primitiva altanería había ido dando paso a una suerte de admiración no disimulada que la hacía sentirse mucho más próxima a la mujer que al eunuco Azzo, a quien en un primer momento había obedecido ciegamente. Terminaron de vestir al niño y aguardaron a que llegase la princesa Shebaszka para recogerlo y pasar el resto de la mañana juntos, hasta que la caravana parase para comer.

Las dos mujeres hicieron un gran hatillo con ropa sucia con el fin de lavarla después en el río que serpenteaba entre orillas de intenso verdor y que se abría paso hacia un pequeño lago que se adivinaba a lo lejos. Mientras tanto, el niño jugueteaba silencioso y concentrado con una pequeña figura de madera que se asemejaba a un caballo.

Cuando oyeron fuera la voz de la princesa reclamando la compañía de su hijo, Astrid le echó un último vistazo para asegurarse de que aparecería ante su madre con impecable apariencia. Le alisó la túnica azul con energía y le pasó las manos por el cabello.

—Anda, Willem, ve con tu mamá —le dijo Astrid, y aguardó con expectación la reacción del niño a sus palabras.

Pero el pequeño no se inmutó, le dio la espalda y salió del carromato con determinación. Se oyeron la risa de Shebaszka y sus palabras cariñosas, el revuelo de los eunucos elogiando la belleza del niño y las palmadas de conformidad sobre la grupa del caballo cuando lo alzaron y lo pusieron junto a su madre. Astrid se quedó pensativa. En su cabeza resonaron durante un rato sus propias palabras: «Anda, Willem, ve con tu mamá.» Negó con la cabeza y se puso a trabajar.

Cuando pararon para comer, Lauretta y ella salieron del carro con la ropa sucia y se dirigieron al río. Después de superar las montañas del Hades alguien había fabricado un poco de jabón y ahora podían permitirse lavar las vestimentas y dejarlas bastante limpias. Bajaron lentamente hacia el cauce, Astrid con la ropa al hombro y la joven Lauretta con el jabón envuelto en un trozo de tela gruesa. Al llegar a la orilla eligieron una roca limpia para restregar los tejidos sin romperlos y se acomodaron junto a ella.

—Me gusta ver cómo haces las cosas —le confesó la muchacha mientras la miraba con una amplia sonrisa en la boca—, cómo lavas, cómo vistes al niño y cómo sabes entenderlo y calmar su llanto. Te quiere mucho y tú le has cogido cariño muy pronto, y él te corresponde como si fueses su propia madre.

Astrid sacó un vestido del agua y lo extendió sobre la piedra, luego la miró y le devolvió la sonrisa antes de restregarlo con un buen trozo de jabón. Algunas mujeres habían bajado también al río para lavar sus ropas, y desde detrás de unos árboles llegaban voces de hombres que parecían estar bañándose.

—¿Qué edad tienes, Lauretta? —le preguntó sin mirarla.

—No estoy segura. Quince o dieciséis. Eso me decía mi madre.

—¿Qué pasó? —Ahora sí levantó la vista y la miró a los ojos.

A la chiquilla se le ensombreció el rostro y Astrid comprendió que sus padres habían muerto durante el temblor de tierra. Más víctimas y más desgracias. Se apiadó de la muchacha y asintió sin que hiciese falta que ella le explicase nada, así que para que no le contase lo que le resultaba tan doloroso quiso cambiar de asunto:

—¿Cómo te eligieron para que ayudases a cuidar del niño?

—¡Oh, fue muy gracioso! —Rio sinceramente, y al hacerlo descubrió en plenitud su maravillosa dentadura blanca—. Yo jamás he cuidado de niño alguno, pero el día en que el general Barthazar bajó por la ladera buscando gente que ayudase, me vio junto a un niño que ni siquiera conocía pero que había caído de bruces sobre la nieve y era incapaz de levantarse. Lo sujeté y lo elevé en el aire, le limpié un poco la nieve que tenía en la cara y en ese momento apareció el general y me señaló con el dedo. Y aquí estoy.

Astrid sonrió.

—Entiendo. —Volvió a restregar la ropa con el jabón sobre la piedra y luego la enjuagó en el cauce limpio y manso del río.

Se había formado una imagen de Lauretta que no se correspondía con la realidad y ahora se daba cuenta de ello. Era una muchacha tremendamente atractiva y por sus modales había pensado en un primer momento que, en realidad, se trataba de una de esas mujerzuelas que se prostituían desde muy jóvenes y que en la caravana viajaban formando un grupo propio protegido por hombres de mal vivir. Además, los primeros días, con el desconcierto de las órdenes de Azzo y la imposición de que Lauretta realizase tareas que creía suyas, la había considerado entrometida e insolente. Ahora se daba cuenta de que Lauretta era un alma en pena, una joven desvalida que tal vez adoptaba un gesto tosco y poco amigable como escudo de propia defensa.

—Toma, ayúdame —le pidió al sacar del agua un pesado vestido de la princesa Shebaszka.

Lo escurrieron y lo pusieron junto al resto de la ropa lavada, a continuación rehicieron el hatillo y Astrid volvió a echárselo a la espalda. Como la ropa estaba mojada y la pendiente era ahora ascendente, sintió que apenas podía con la carga, por lo que tuvieron que llevarla entre las dos, sujetándola cada una por un lado.

Tendieron las prendas en unas cuerdas que colgaban de un extremo a otro de la lona a ambos lados del carro y cuando hubieron terminado dieron cuenta de la comida que les sirvió uno de los eunucos y se acomodaron de nuevo en el interior para reanudar la marcha. Entonces se anunció el regreso de Shebaszka y de su hijo, que querían descansar tranquilos y juntos, por lo que las dos mujeres tendrían que abandonar el carromato de nuevo y hacer el camino a pie. Cuando se encontraron junto a la carroza, Willem se abrazó fuertemente a Astrid, que cruzó la mirada con la princesa. Se hizo entonces un tenso silencio percibido por Lauretta, que las observó a ambas con perplejidad.

—Venga, Willem, descansa junto a tu madre y luego jugaremos —intentó disimular Astrid sin dejar de mirar a Shebaszka.

Se despidieron y echaron a andar. Caminaron hasta la puesta de sol por un terreno llano y arenoso. A cada paso los pies se hundían un poco en el lecho de arena, e igual sucedía con los cascos de los caballos, las pezuñas del ganado y las ruedas de los carros. Apenas se percibía esa dificultad añadida, pero al cabo de unas horas acusaron el cansancio y se mostraron rendidos cuando, en una extensa alameda, pararon para pasar la noche.

Astrid se encontraba tremendamente agotada, con las piernas doloridas y una presión en el vientre que la incomodaba hasta las náuseas. Le dolía también la cabeza y sufrió un ligero mareo al dejarse caer junto a un árbol para descansar antes de acudir a la carroza y hacerse cargo de nuevo del niño cuando la princesa se ausentase para pasar la noche junto al rey.

Apenas había cerrado los ojos para ahuyentar el mareo cuando Azzo vino a buscarla.

—¡Vamos, vamos! ¿Qué haces ahí parada? ¿Es que no tienes responsabilidades? ¡Por todos los dioses, no sé dónde buscan mujeres como tú!

Lo miró con una mueca de desprecio. Acababa de sentarse, sentía la sangre fluir por sus piernas, tenía los tobillos hinchados, estaba cansada y era incapaz de acudir a realizar trabajo alguno. Tenía que descansar un poco.

—¡Te reclama el general Barthazar en su propio carro! Conque, ya sabes... andando ¡in-me-dia-ta-men-te!

Se puso en pie a regañadientes. No se encontraba con fuerzas para acudir a una cita que le resultaba incómoda, con Barthazar y con su padre. Había observado al mayordomo real en los últimos días cuando había tenido ocasión y le había parecido grotesco. Había entre su forma de vestir y su cara un contraste aterrador, como si bajo los ricos ropajes que vestía hubiese un ser sobrenatural y no un hombre. Tanto el tono de su piel como las facciones de su rostro eran más parecidas a las de un animal que a las de un humano. Tenía algo inquietante en la mirada, igual que su hijo, y hasta sus manos eran diferentes a las del resto.

Arrastró sus pies hasta la carroza de Barthazar y la hicieron subir al interior donde el general se encontraba solo, sin su padre. El sol se estaba ocultando y la luz tenue en el exterior hacía que solo pudiera ver su silueta recortada sobre el fondo claro de la lona. Estaba recostado sobre una especie de diván largo y estrecho.

—Acércate —le ordenó.

Astrid se estremeció con la voz grave del general. Agachada para no dar con la cabeza en la parte alta de la carroza y sujetándose la túnica larga con ambas manos para no tropezar, dio dos pasos y se aproximó con cautela.

—Acércate más, siéntate a mi lado.

Se sentía mareada y confusa, le dolían las piernas y no tenía fuerzas para tenerse en pie. Se sentó junto al general. No le gustaba su tono de su voz, las palabras secas y cortantes y el olor acre que predominaba en el interior de aquel carro que se iba quedando a oscuras por momentos. Deseaba que la interrogase cuanto antes y la dejase ir a descansar.

De pronto sintió una mano sobre su rodilla, acariciándola suavemente, y se estremeció. El general percibió su sorpresa y se anticipó al movimiento instintivo con el que la mujer pretendía separarse de él:

—¿Qué puedes decirme de esa joven que te ayuda a cuidar del niño?

Astrid ni siquiera escuchó la pregunta. Llevó su mano a la del general para apartarla de su rodilla, pero entonces él apretó fuertemente:

—¡Ah! —exclamó ella.

—Shhh, no hagas ruido, Astrid, o lo lamentarás.

Sintió cómo aflojaba la mano y le liberaba la rodilla.

—Se llama Lauretta y perdió a sus padres durante el terremoto. No sé nada más de ella.

—Es realmente hermosa... —Subió un poco su mano hasta el interior del muslo y Astrid intentó retirarse hacia el extremo del diván, pero entonces Barthazar se echó sobre ella y la inmovilizó con ambas manos. Pegó su cara a la de Astrid y le habló casi rozándole los labios.

—Ese niño me resulta extraño, muy extraño. Descríbemelo.

El peso de Barthazar sobre ella le impedía respirar con facilidad.

—Es un niño cariñoso —acertó a decir con el corazón en la boca. Sentía el aliento del general sobre ella, sus manos sujetándole las muñecas, las piernas separando ligeramente las suyas. Creyó percibir que al general le crecía el miembro y se le agitaba la respiración. Estaba excitado. Le soltó una muñeca y le acarició los senos apretando cada vez más fuerte, hasta que le dolieron.

—¡Soltadme! ¡A mí! ¡Acudidme! —gritó forcejeando para zafarse de él. Quiso escurrirse hasta el suelo del carromato para salir a rastras al exterior, pero el general la atenazó y le tapó la boca fuertemente.

—No vuelvas a gritar o diré que te he encontrado muerta a los pies del carro.

Se subió la túnica e introdujo una mano por debajo de la de Astrid, volvió a sacarla y se escupió en los dedos antes de repetir el movimiento.

—Voy a fornicar contigo, Astrid...

Ella forcejeó con todas sus fuerzas, dio patadas al aire e intentó morder la palma de la mano con la que el general le tapaba la boca, hasta que comenzó a sentirse débil y una evidente sensación de mareo se apoderó de ella. Entonces supo que iba a desmayarse de un momento a otro. Todavía tuvo tiempo de sentir que la penetraba con fuertes embestidas, de notar su miembro dentro, de escuchar sus gemidos de placer y los susurros de palabras obscenas al oído. Barthazar fue alimentando su propia excitación a medida que se acercaba al clímax, hasta que, de pronto, gimió más fuerte y apretó con todas sus fuerzas antes de quedarse inmóvil. Luego su respiración se fue calmando y la relajación hizo que su peso cayese sobre ella. Astrid no sintió retirarse al general porque para entonces había perdido la conciencia.

8

—¡Vamos! Tenemos que irnos, ¡rápido!

Bertrand abrió los ojos y vio el rostro borroso de la delicada Elizheva enmarcado en el cielo azul. Su voz le llegaba distorsionada e incomprensible, como si estuviese burlándose de él. Se esforzó por concentrarse pero tuvo que cerrar los ojos de nuevo.

—¡Oh, que los dioses nos protejan! Has debido de hacerte mucho daño... —lo tuteó—, pero tienes que hacerme caso. ¡Vamos, vamos, Borriod se acerca! Vienen todos ellos y terminarán por encontrarnos, verán el caballo, la cabra y el perro, y darán con nosotros. ¡Nos matará a los dos sin contemplaciones! ¡Vamos! ¡Despierta!

Elizheva lo abofeteó varias veces, lo zarandeó, le pellizcó la cara. Bertrand volvió a abrir los ojos y los fijó en una pequeña nube blanca que parecía una manada de búfalos, luego dos búfalos, y finalmente un solo búfalo. Parpadeó varias veces. Entre sus ojos y la nube se interpuso de nuevo la cara de Elizheva y esta vez la vio con nitidez y escuchó sus palabras de apremio: Borriod se acercaba y, si los descubría, los mataría. Los mataría, porque no se podía mover.

—¿Dónde está el caballo? —preguntó con dificultad.

—Ahí, suelto... voy a cogerlo, pero tienes que levantarte, por favor.

—No puedo. Monta y vete, ¡rápido!

La joven dudó. No estaría viva si no fuera por Bertrand, y si ahora volvía a irse sola terminaría por sucumbir en mitad de la sabana.

—¿No puedes ponerte en pie? Cogeré el caballo y nos iremos los dos. ¡Pero tenemos que irnos ya! Borriod quiere nuestra sangre, nos matará. ¡Nunca sale del bosque y si ahora lo hace es porque se considera traicionado y la traición la vengará con la muerte! ¡Nos matará a los dos! ¡Vamos, tienes que intentarlo!

—¡Coge el caballo! Mientras lo coges yo me pondré en pie —le mintió él.

Entonces la muchacha se alejó y fue en busca del caballo. Cuando estaba muy cerca del semental el animal amusgó las orejas y retrocedió un poco. Ella le habló con suavidad y se acercó muy despacio, pero el rocín volvió a retroceder. A lo lejos se oían voces, Borriod se acercaba.

—Tranquilo, tranquilo... —Elizheva se agachó y cogió un puñado de hierba que le ofreció con la mano extendida.

El caballo permaneció quieto. Cuando estuvo a su lado le sujetó la cabeza, le dio a comer la hierba y le frotó el hocico. Tenía el bocado puesto y las riendas colgaban a ambos lados de las crines, las tomó con delicadeza, le dio unas palmadas cariñosas en el cuello y tiró de él. El animal la siguió con obediencia hasta donde se encontraba Bertrand, que había conseguido sentarse en el suelo. Se encontraba molido, tenía un fortísimo dolor en la espalda y adormecidas las piernas. En un primer momento temió haber perdido por completo la movilidad de ambas, e incluso de los brazos, pero poco a poco iba recobrando la sensibilidad y se sentía mejor. Aun así, era incapaz de ponerse de pie.

—Tienes que irte sola —le dijo con firmeza—, monta en el caballo y llévate la cabra. Su leche te servirá de alimento hasta que encuentres otra cosa.

Elizheva estaba espantada. No le faltaba valentía, pero después de haber experimentado las dificultades de la soledad no se sentía capaz de sobrevivir ni aunque llevase una docena de cabras. Necesitaba a Bertrand pero también quería vivir para tener el hijo que llevaba en sus entrañas. Quería llegar al pueblo de donde la robaron siendo una niña para venderla, buscar a sus padres si es que vivían, a sus hermanos si los tenía, y criar a su hijo junto a su familia en un lugar seguro y alejado del nomadismo de los salvajes de Borriod. Al jefe de la tribu no lo quería como padre de la criatura que iba a alumbrar y tampoco quería ver crecer al niño en manos de ladrones, forajidos y asesinos.

Se echó a llorar:

—Tienes que venir conmigo, por favor. Yo te ayudaré a levantarte y a subir al caballo —le suplicó.

—Lo haría. Nadie más interesado que yo en vivir para encontrar a mi hijo, pero no hay tiempo que perder. Si ese salvaje nos encuentra nos matará a los dos, mientras que si te marchas ahora viviremos ambos. Yo me ocultaré entre la maleza y tú pondrás tierra de por medio inmediatamente. Ve. Rápido. No esperes más o se nos echarán encima.

Las voces se oían muy cerca. A tiro de piedra se oyó un ladrido.

—¡Un perro! ¡Te olfateará y te encontrarán! —se alarmó la muchacha—. ¡Vamos, Bertrand! ¡Tienes que encontrar a tu hijo!

Elizheva soltó el caballo y se aproximó para ayudarlo.

—¡¿Qué haces?! ¡Vete!

No le hizo caso. Se colocó detrás de él y lo sujetó con rabia por las axilas para levantarlo, pero Bertrand era tremendamente pesado y no logró moverlo. Motivado por la reacción de la muchacha, se recostó en la roca que tenía a sus espaldas e hizo un gran esfuerzo, puesto que ya solo había una solución: intentar montar en el caballo y echar a correr con rapidez.

—¡No puedo, Elizheva!

—¡Inténtalo o nos matarán!

El animal había retrocedido de nuevo y se encontraba fuera de su alcance. Temiendo lo peor, la muchacha se acercó a él con nerviosismo, pero el rocín percibió su agitación y retrocedió aún más. Se oían voces muy cercanas. Reconoció con claridad el timbre de la voz de Borriod ordenando que siguieran a los perros. De pronto el que iba con Elizheva comenzó a ladrar con fuerza. Sabían que estaban allí.

Bertrand se palpó la daga bajo sus ropas al tiempo que se aferraba a la piedra intentando ponerse de pie. Mientras tanto la muchacha lloraba implorándole al caballo que no retrocediese más, cogió otra vez un puñado de hierba, pero esta vez no funcionó porque el animal también estaba agitado con los ladridos y las voces cercanas. Relinchó dando la pista definitiva a Borriod y a los suyos de dónde se encontraban.

El carpintero pensó que ellos no sabían que él estaba allí. La buscaban a ella y esperaban encontrarla sola, por lo que podía jugar con esa ventaja. Se dejaría caer al suelo y se arrastraría hasta ocultarse para atacar luego a Borriod. Pero en ese momento la muchacha consiguió sujetar al caballo y montó en él precipitadamente. Bertrand había podido elevarse un poco, apoyado en la roca sobre la que estaba logrando sentarse a fuerza de sostenerse sobre sus brazos. Elizheva aproximó el caballo hasta rozarlo y le tendió una mano desesperada.

—¡Sube!

—¡Ahí está! ¡Hay alguien más! ¡El maldito carpintero! —se oyó.

Los perros seguían riñendo entre ellos pero ya nada importaba. Borriod se lanzó en una carrera desesperada hacia el caballo para impedir que Bertrand subiese a la grupa. En su intento definitivo por afianzarse a lomos del animal, el carpintero tiró de la muchacha y la desequilibró, por lo que tuvo que agarrarse fuertemente a las crines. Entonces él se sujetó a la cintura de la muchacha pero se le quedaron las piernas colgando en el aire. En un último esfuerzo consiguió impulsarse y quedó a medio montar, Borriod llegó a su altura y tiró fuertemente de él. En ese mismo momento Elizheva aguijó el caballo con ímpetu y Bertrand tiró de ella con la misma fuerza que Borriod se aferró a él, por lo que no pudo evitar desplazarse hacia atrás, incapaz de sostenerse, y notó que las riendas se le escurrían entre las manos.

Uno de los hombres de Borriod apareció entonces entre los matorrales empuñando un cuchillo y se abalanzó sobre ellos clavando la afilada hoja en la pierna colgante de Bertrand, que se sintió morir. El jefe de la tribu salvaje aprovechó para intentar el tirón definitivo que derribase a Bertrand antes de que el caballo se alejara con ambos jinetes, pero el carpintero, que no había podido sacar su estoque para no perder definitivamente el equilibrio, vio la oportunidad en el cuchillo, se sacó la afilada hoja de su propia carne y en un movimiento desesperado se echó hacia atrás, una mano agarrando el metal y la otra aferrada a la cintura de Elizheva. Estiró su largo brazo y lanzó una puñalada fallida que solo pudo rasgar el aire, por lo que a punto estuvo de caer. Se recompuso con rabia y volvió a intentarlo, y de pronto sintió que el cuchillo ofrecía resistencia, apretó la empuñadura más fuerte y percibió que la hoja se deslizaba bruscamente. Un instante después, casi sin darse cuenta, sintió el viento en su rostro mientras galopaban a toda velocidad. Eran libres.

Elizheva sofrenó el caballo cuando advirtió que Bertrand perdía fuerza en los brazos en torno a su cintura, miró hacia atrás, vio el rostro contraído del carpintero y oyó el leve gemido de dolor que había quedado oculto tras el ruido de los cascos del caballo al galopar. Solo entonces sintió el tibio contacto con la sangre que chorreaba por el costado del caballo y vio la herida que llevaba en la pierna. Sin embargo, ni la mirada perdida tras un ligero lagrimeo, ni la contracción del gesto, se debían al dolor de la herida, sino a la extraña sensación de desamparo que se había apoderado de él por la certeza de haber matado a un hombre. En el último instante, cuando blandió el puñal al aire y este ofreció resistencia, segó de un tajo el cuello de Borriod causándole la muerte instantánea. Ahora, mirando frente a frente a Elizheva, poco le importaban la herida y la sangre porque todo su pensamiento lo ocupaba la criatura que nacería de su vientre. Su presencia en el mundo de los vivos le recordaría, si llegaba a conocerlo, que había enviado a un hombre, a su padre, al mundo de los muertos.

—¡Estás herido! ¡Oh... estás perdiendo mucha sangre! La muchacha miró alrededor y comprobó que el paisaje había cambiado poco pese a llevar cabalgando mucho tiempo. La altitud de la sierra había disminuido y sus faldas seguían surcadas por torrentes de aguas cristalinas que iban a perderse en la lejanía de los llanos entre un matorral abundante. Buscó un arbusto en el que atar al caballo y un suelo seco y limpio para tender a Bertrand y examinar su pierna.

Descabalgó y llevó al caballo de las riendas hasta un tronco fino, lo ató y luego intentó ayudar al carpintero, pero Bertrand no pudo sostenerse y ella fue incapaz de soportar su peso, por lo que se le vino encima y ambos rodaron por los suelos.

—¡Lo siento! ¡No he podido...! —lamentó la muchacha.

El suelo estaba cubierto por una hierba baja y tupida. Bertrand se tendió jadeando y se llevó la mano a la herida de la pierna. Estaba sangrando abundantemente. Pero aún peor que la herida era el dolor paralizante que tenía en la espalda y que se había reavivado con el golpe.

—Tranquila, no te alarmes.

El perro los había seguido y olfateaba los alrededores meneando el rabo nerviosamente. Se internó en una espesa zarza en cuyo interior se oyó el revoloteo de pájaros.

—Tenemos que curar esta herida y evitar que pierda más sangre —continuó diciendo el carpintero—. Toma. —Desgarró una túnica que vestía bajo la zamarra de piel—. Ve a mojarla en agua y trae algunos juncos; me haré una correa para detener el sangrado.

Mientras la muchacha se alejaba, Bertrand pensó que le resultaría imposible continuar el viaje durante algún tiempo. Tendría que establecerse allí, acomodarse lo mejor posible y convalecer hasta sentirse capaz de emprender de nuevo la marcha. Miró alrededor y temió que Elizheva, acostumbrada a la exuberancia del bosque, fuese incapaz de proporcionar para los dos los alimentos que necesitaban. Él no podría moverse, sería imposible que cazase o pescase para los dos, ni siquiera estaba en condiciones de ponerse en pie.

—Lizet, ayúdame —imploró mirando al cielo—. Déjame morir para reunirme con vosotros si Erik está contigo y ayúdame a vivir si todavía puedo encontrarlo. Mándame una señal, quiero seguir luchando si luchar tiene sentido y quiero morir tranquilo si morir me permite veros.

El perro salió del zarzal con una codorniz entre los dientes. La mordisqueaba sin llegar a dañarla, tenía el plumaje húmedo de babas y un pequeño reguero de sangre. Miró a Bertrand con desconfianza y fue en busca de la muchacha serpenteando entre retamas.

—Toma, ponte esto alrededor de la pierna y limpia la herida con agua fresca. —Elizheva le dio el trozo de tela y un haz de juncos recién cortados. En la otra mano llevaba la codorniz. La acercaba y alejaba del perro que, juguetón, saltaba como si quisiera atraparla para comérsela.

—Gracias...

La chica miró el ave, dubitativa.

—No sé si desplumarla y encender fuego para asarla. El humo puede alertar de nuestra presencia a posibles salteadores. Incluso puede que Borriod no haya desistido y siga persiguiéndonos, a pesar de que contamos con la ventaja del caballo.

Bertrand se dio cuenta de que ella ignoraba la muerte del jefe de la tribu, pero decidió ocultársela. No alcanzaba a saber qué sentimientos albergaba Elizheva hacia el salvaje por el hecho de ser el padre del hijo que llevaba dentro. Imaginaba que lo aborrecería, aunque eso fuese juzgar de manera simple lo que tenía que ser por fuerza complejo, así que decidió mantenerse prudente por el momento.

—Me temo que no podré continuar el viaje por algún tiempo, Elizheva.

—Lo entiendo.

La muchacha era realmente hermosa. Aunque no resultaba fácil calcular su edad era evidente que gozaba de una extrema juventud. Necesitaría alimentarse bien y habían perdido la cabra, que les proporcionaba leche y podía haber sido fuente de carne llegado el caso. Bertrand miró alternativamente a la joven y al perro y negó con la cabeza para apartar de sí la idea de comerse al animal.

—Si no soy una carga para ti me gustaría que admitieses que

me quede contigo hasta que te sientas con fuerzas para seguir —le dijo ella.

—¿Una carga? ¿Tú? No... claro que no. Soy yo quien lastraría tu futuro si permanecieses conmigo. Tienes un caballo y eres muy joven, estás acostumbrada a sobrevivir en el bosque y estoy convencido de que puedes cazar y pescar, recolectar raíces, frutos y setas, buscar en las madrigueras y en los nidos, poner trampas, lanzar piedras... Ignoro la distancia que nos separa de Trimib, pero con el caballo podrás llegar y alumbrar allí con la tranquilidad de saberte en casa. Por el contrario, si te quedas aquí perderás un tiempo precioso, te verás obligada a compartir conmigo la poca comida que puedas obtener, y ni siquiera sé si podré continuar o moriré a consecuencia de esta herida que puede ennegrecerse y extenderse por mi pierna hasta acabar conmigo. Ve y no mires atrás. Me quedaré mucho más tranquilo.

La muchacha pareció dudar, luego se quedó mirando fijamente los ojos claros de Bertrand mientras meditaba. Estuvo así un tiempo y él se sintió incómodo, apartó la vista hacia otro lado y miró alrededor: perro, caballo, paisaje, montaña, nubes blancas... y regresó a los ojos de la muchacha al tiempo que ella empezó a hablar.

—Apenas recuerdo a mis padres, pues yo era solo una niña cuando me apartaron de ellos, pero sé que eran gentes buenas y sencillas. Durante todos estos años he crecido en la tribu de Borriod y curiosamente siempre he sido objeto de burla porque los demás niños me consideraban extraña. En algunas ocasiones, Borriod y sus hombres asaltaban a viajeros que cometían la imprudencia de penetrar en el bosque o merodear en sus proximidades, y los capturaba, robaba e incluso mataba. A las mujeres las poseía antes de hacerlas desaparecer. Especialmente recuerdo a una dama muy bella que cayó en manos de Borriod cuando dejé atrás la infancia. Se encaprichó de ella y la retuvo mucho tiempo. Ella se las valió para conservar algunos libros y me enseñó a leer a escondidas, convirtiéndome en la única persona de cuantas habitaban en el bosque que sabía hacerlo. Y aquella mujer, así como la mayoría de las personas que pasaron por allí, me hechizaron porque siempre vi en ellos la excelsa virtud de la bondad. Pero ahora hacía mucho tiempo que no nos visitaba nadie. Cuando fuiste capturado no me hizo falta oírte hablar para saber que en tu interior habita la misma bondad que vi en otras personas como tú. En la tribu de Borriod nadie me diría que tomase mi caballo y me fuese para tener a mi hijo con la tranquilidad de saberme acompañada por los míos. Si hoy estuviese aquí con cualquiera de ellos temería por mi vida, puesto que mi caballo valdría más que yo misma. Esa es tu grandeza: te miro a los ojos y sé que te atormenta la incertidumbre del paradero de tu hijo, y aun así estás dispuesto a que suba a mi caballo y me vaya dejándote aquí, incapaz siquiera de ponerte en pie. Por eso, por la luz de tu mirada y la grandeza de tu corazón, me quedaré a tu lado mientras pueda ayudarte y me iré el día en que sea un estorbo.

9

Shebaszka había sido educada para servir al reino y, sin embargo, llegada la hora, se veía incapaz de cumplir con lo que se esperaba de ella y no se veía desposada de nuevo. Lo cierto es que no olvidaba a Emory. Se sucedían las estaciones e intentaba no regodearse en la pena de su ausencia, pero no podía evitar las sacudidas del recuerdo. Estaba ahí, en algún lugar de sus adentros, en el desván de su esencia. Sabía que no habría lucha capaz de vencer ese sentimiento, tendrían que arrancarle el alma, desgarrarla y llegar hasta la médula y, aun así no podrían extirparlo porque intuía que había quedado enquistado en su propia sustancia. Dolía la cicatriz en los cambios de tiempo, en los días grises en que los árboles dejaban caer sus hojas, en las noches frías de invierno y en los crespúsculos hermosos. Él seguía estando en algún sitio o en todos los sitios, y le removía las entrañas de un modo u otro, implacablemente. Y se preguntaba dónde estaría él y qué sentiría por ella, y si el mismo amor que le profesaba ella seguía latente en el corazón de él. Pensó con amargura que los amores nunca son exactamente recíprocos, porque las balanzas del amor siempre estuvieron rotas, pero podía afirmar con rotundidad que Emory la amaba.

El tiempo se agotaba, pasaban los días y se aproximaba el día en que tomaría a Barthazar por esposo. ¿Era posible que Magmalión no se diera cuenta de que iba a hacerla una desdichada? Acaso su sabiduría emanaba de sus propias experiencias y no gozaba de ninguna en el campo del amor y del matrimonio. Él mismo había descuidado su responsabilidad como rey no habiendo querido entregar su vida a una mujer a la que no amase para perpetuar su estirpe y asegurar la integridad y la estabilidad del reino de Ariok. ¿Lo mismo que Magmalión no había querido o no había podido hacer se le exigía ahora a ella? Al menos tenía un hijo y eso ya era mucho más de lo que había hecho el propio rey, por lo que si se paraba a pensarlo, su tío no tenía autoridad para exigirle que lo hiciese, por mucho poder que ejerciese desde su posición. Cabía preguntarse qué ocurriría si rechazaba al nuevo jefe de la milicia. Y, al contrario, qué pasaría si se casaba con él sabiendo que no estaba preparada para hacerlo.

Tendría que yacer con él, entregar su vida, unirse para siempre a su destino. Serían reyes mientras Willem llegaba a la edad adecuada para reinar. Reyes. Barthazar sería el rey y ella la reina. Apenas habían hablado en toda su vida, por lo que parecía claro que el interés del nuevo general era llegar a la más alta cota de poder jamás pensada. Él querrá darme hijos, pensó, y entonces Willem podría ser un estorbo. Pero Willem ha muerto y este niño cuyo nombre no conozco llegará a rey si yo no vuelvo a engendrar un heredero. Un heredero. Por un momento pensó en la posibilidad de que el niño mudo desapareciese y fuese sustituido por otro hijo suyo, o incluso por una hija, pues si bien Magmalión siempre quiso un varón, nada impedía que Ariok tuviese una reina. Pero no, no soportaba la idea de que el padre fuese Barthazar, a pesar de que era el único varón de la familia de Magmalión en edad de desposarse.

Si lo rechazaba estaría contraviniendo las órdenes del rey y este tendría que desposeerla del título de princesa y desterrarla. Se quedaría sola cuidando de un niño que no era suyo, educándolo en condiciones de miseria. Esa no era forma de servir al reino. Tendría que casarse con Barthazar y le tendría que dar descendientes. ¿Desvelaría entonces que el verdadero Willem había muerto y apartaría al falso de la línea sucesoria en favor de su segundo hijo? Era una posibilidad, pero entonces tendría que defender que había mentido para estabilizar al reino durante la agonía de Magmalión pero que ya no había motivos para sostener la suplantación del heredero, sería lo más sensato, la mejor de las soluciones, y de ese modo un hijo suyo llegaría a ser rey, un niño de su propia sangre y de la sangre de Magmalión. Y, sin embargo, le horrorizaba pensarlo.

Era noche cerrada, estaba destrozada y solo quería regresar junto a Erik, abrazarse a él y cerrar los ojos. Quería huir de la realidad, buscar refugio en el lado de los sueños recibiendo el calor y la ternura del niño, como si fuese lo único que pudiera devolverla a un momento anterior, a los días felices en que veía jugar a su hija en el sosiego del hogar mientras se oían los golpes contra la bigornia de la fragua. Pensó en su esposo y se sintió hundida y desdichada. Dejó atrás una hilera de piedras claras que sobresalían apenas un palmo y se internó en una zona de jergones donde descansaban soldados, cocineros, sastres y otros sirvientes de la corte. Luego entró en el espacio donde estaban los carromatos reales, que esta vez se disponían en forma de rombo, a diferencia de como solían colocarse cuando hacían los altos en el camino. El terreno libre entre las rocas había obligado a disponerlos así.

Había una fila de soldados pero los esquivó. No quería hablar, no quería ser vista, deseaba llegar cuanto antes a su lecho sin que nadie se interpusiese en su camino. De pronto aborrecía toda presencia humana que no fuese la del niño dormido, como un refugio, la única evasión posible. Tal vez no era un deseo, sino la necesidad de olvidar momentáneamente el dolor que sentía y la angustia que la mortificaba. Iba arrastrando los pies, ligeramente mareada de nuevo. Sentía el aliento de Barthazar, sus manos asquerosas recorriéndola, su sexo dentro de ella. Al llegar a la altura del carromato, Azzo estaba esperándola.

—Esto es el colmo... ¿dónde has estado? ¿Eh? ¿Qué manera es esta de cuidar de un niño? Estás como muerta ¡Bah! No puedo comprenderte. Se te da una oportunidad única, la de cuidar de la persona más importante del reino después de nuestro Gran Magmalión y tú te dedicas a perderte de noche. Sola no, claro. ¡Ay! —suspiró con resignación—. Me obligas a hacer algo que me duele. No creo que estés preparada para cuidar al heredero y por el momento no puedo dejarte con él, búscate un sitio donde dormir y mañana informaré de tu comportamiento. Lo siento.

—Por favor... déjame pasar, estoy tremendamente cansada —le suplicó.

Le dolían las piernas y el mareo era creciente. Empezó a sentir náuseas de nuevo.

—No, lo siento. El niño está dentro con dos cuidadoras. Como no acudías he tenido que buscar una sustituta. ¡Vamos, ahí tras los carros encontrarás algún jergón vacío! Y si no, estoy seguro de que algún soldado estará encantado de compartirlo contigo... —Azzo soltó una risilla maliciosa.

Astrid sintió que se apoderaba de ella una rabia creciente, un odio momentáneo que nacía de la desesperación y se extendía por su interior ramificándose hasta ocuparlo todo. Lo miró con dureza y el eunuco se dispuso a marcharse dándole la espalda y acompañando la despedida con un mohín de desprecio. Entonces ella buscó a su alrededor y vio junto a la rueda del carro un pesado mazo de madera de los que utilizaban para sacudir jergones y mantas, lo sujetó con fuerza, lo levantó cuanto pudo y golpeó a Azzo duramente haciéndole perder el equilibrio y caer de bruces.

—¡A mí! ¡Soldados! ¡A mí! —vociferó el eunuco.

Cuatro soldados acudieron de inmediato y sorprendieron a Astrid con el mazo en las manos. Lo soltó y quiso entrar en el carromato, pero para entonces Azzo se había levantado y la cogió por el pelo.

—¿Adónde crees que vas? Esta mujer está loca y pretende perturbar el sueño de nuestro heredero Willem. ¡Detenedla!

—¡Dejadme! —gritó enloquecida y fuera de control. El contacto físico la estremecía, no quería que la tocasen, no soportaba un solo roce—. ¡Suéltame! ¡He dicho que me sueltes, malnacido!

Estaba furiosa y era incapaz de contener su rabia. Quería entrar a toda costa, necesitaba dejarse caer, taparse con las sábanas, ocultar su rostro contra el niño y dormir.

De pronto irrumpió la princesa Shebaszka, que había oído las voces y había salido con urgencia del carro real ataviada tan solo con una tosca túnica puesta comoquiera encima del camisón que utilizaba para dormir. Era difícil verla de aquella guisa, despeinada, somnolienta y vestida con improvisación. Los soldados bajaron la mirada.

—¿Se puede saber qué ocurre aquí? ¡El rey está enfermo y es la hora del descanso! ¿Es que no hay soldados suficientes para poner orden? Y vosotros... ¿por qué no estáis cumpliendo con vuestra obligación?

—¡Oh! princesa... ruego que nos perdonéis. No tenéis de qué preocuparos, todo está bajo control —intentó tranquilizarla el eunuco—. Podéis iros a descansar. Willem está perfectamente y nosotros estábamos dirimiendo ligeras diferencias, eso es todo. Pero ya está solucionado.

—¡No me deja entrar a dormir junto al niño! —gritó Astrid—. ¡Pretende dejarme fuera sin ningún motivo! Por favor, dejadme entrar, os lo suplico. Necesito descansar... —Se veía incapaz de dar explicaciones, solo quería verse sola, no hablar, no pensar. De repente los odiaba a todos, detestaba ser el centro de las miradas.

—Yo no pretendo nada. ¡Llegaste muy tarde! ¿Por qué no le dices a la princesa dónde has estado? ¿Has estado compartiendo jergón con algún sirviente? Dile por qué has llegado tarde y has descuidado tus tareas... ¿Pretendes cuidar así de nuestro venerado Willem? ¡Me vi obligado a sustituirla por otra para que nos ayudase con vuestro hijo al atardecer! —dijo mirando a la princesa—. ¡Incumplió sus obligaciones!

Shebaszka la miró y la vio demacrada, con grandes ojeras y los ojos enrojecidos.

—¿Es eso cierto? —preguntó.

A Astrid le habría gustado defenderse, decirle a la princesa que Azzo sabía que había sido reclamada por el general, pero estaba tremendamente abatida y, además, prefería que no la relacionasen con Barthazar. Estaba agotada, le temblaban las piernas, pero sobre todo se sentía desesperada. No quería hablar. No quería que la mirasen.

—¿Es eso cierto? —volvió a preguntar la princesa alzando la voz.

Un torrente de rabia subió de nuevo por las entrañas de Astrid, el mismo odio momentáneo que había sentido antes de golpear a Azzo, la misma sensación de sentirse acorralada, humillada y hundida. Notó batir sus sienes, temblar las aletas de la nariz, golpear el pecho como un tambor y ascender una ola de calor hasta su garganta, hasta ese lugar donde nacen las palabras desconectadas ya de toda razón, fruto de la ira y del desprecio, manantial de desafueros desprovisto de contención. En un instante, con la cólera golpeando cada sonido de su propia voz, se sorprendió a sí misma diciendo:

—Lo realmente cierto es que el niño no es el heredero del reino de Ariok.

La princesa abrió los ojos desorbitadamente mientras los demás prorrumpían en risas burlonas por lo que consideraban una ocurrencia defensiva, hasta que la princesa apretó los puños y gritó:

—Detened a esta mujer hasta nueva orden —determinó—. Realmente está loca.

Se hizo un silencio sobrecogedor, roto únicamente por la voz quebrada de Astrid.

—Si me detenéis lo pagaréis caro.

La princesa, que ya había dado media vuelta para disimular su estupor, se volvió de nuevo a mirarla. Se sentía agitada e incapaz de controlar aquella mentira que amenazaba con crecer hasta límites incontrolables. Se encontró con los ojos inyectados en sangre de la sirvienta.

—Detenedla y aisladla, rogaré al general Barthazar que se haga cargo de la situación.

Se volvió de nuevo y se encaminó hacia la carroza real con verdadera preocupación. ¿Qué sabía aquella mujer? Tendría que tomar medidas para evitar un desastre, aunque tuviera que desterrarla, o deshacerse de ella. Lo que fuera necesario.

Astrid la vio alejarse mientras dos soldados la sujetaban por los brazos. Ella, presa de una ira incontenible, arremetió contra los soldados, les dio cuantas patadas pudo, la emprendió a mordiscos y a punto estuvo de arrancarle una oreja a uno de ellos, hasta que la redujeron a fuerza de golpes. El eunuco esbozó una sonrisa triunfal y se regocijó en la imagen de la mujer desesperada mientras era conducida a las afueras.

Traspasaron el alfoz hacia el lado opuesto al río y la condujeron hacia donde dormían los caballos, los mozos de cuadra y los palafreneros. Se dejó conducir sin decir palabra ni oponer resistencia, abandonada a su suerte y sin ser capaz ya de pensar qué iba a hacer ahora. Olía a estiércol y orines, y estaba muy oscuro. Fueron todavía más allá de las rocas, hasta el lugar donde titilaba la débil llama de un candil. Al aproximarse pudo ver que tras la roca escasamente iluminada había dos centinelas que custodiaban a varias personas que dormían en el suelo. Supuso que eran malhechores, gente que aguardaba la acción de la justicia por haber cometido alguna fechoría en la caravana, y sintió escalofríos al verse a sí misma detenida y acusada. Intentó escudriñar entre los rostros de los prisioneros pero no pudo reconocer a ninguno. Los centinelas, jóvenes fornidos que soportaban a duras penas las horas de insomnio, la recibieron con desinterés.

—Cuidado con lo que hacéis con ella; es prisionera de la princesa Shebaszka y pasará a disposición del general. Así que andaos con ojo.

Los centinelas la observaron con curiosidad y luego miraron a sus compañeros, que se encogieron de hombros. Astrid percibió en ellos un atisbo de duda. Quienes la habían acompañado regresaron a sus puestos de guardia y ella se quedó a solas con los centinelas, que la observaban con ojos de hiena. Se acercaron a ella con grilletes en las manos.

—¡No me toquéis! —gritó enfurecida.

Ellos se miraron con incredulidad. Una prisionera es una

prisionera, parecían decirse, pero ninguno sabía cómo tratar a una mujer que provenía del ámbito de la corte.

—Tenemos que ponerte esto —le dijeron—, encadenarte como al resto de los prisioneros.

—Estoy encinta y la princesa lo sabe —mintió con firmeza—, por lo que no se me puede tratar de ese modo. No voy a escapar, conque dejadme dormir tranquila y no os arrepentiréis.

Volvieron a dudar. No parecían estar seguros de cómo actuar, pero tenían claro que querían descansar y solo había un modo de hacerlo con tranquilidad.

—Lo siento —decidió uno de ellos—, aquí no hay trato de favor para nadie si no recibimos órdenes expresas. Túmbate ahí —le señaló un hueco en el suelo, entre los demás prisioneros— y cállate si no quieres problemas. Vamos a ponerte los grilletes.

Astrid cerró los ojos y apretó los dientes. Masculló protestas airadas, los insultó y se resistió cuanto pudo, pero de nada sirvió. La sujetaron entre los dos y le pusieron aros metálicos en muñecas y tobillos. Como los tenía muy hinchados le apretaron hasta que le dolió, pero ya no tuvo fuerzas para resistirse. Se calló de pronto, dejó de protestar, de lamentarse. Únicamente se dijo que no iba a terminar sus días así. Entonces le sobrevino un fuerte mareo y se dejó caer boca arriba intentando sobreponerse mientras abría los ojos y miraba a un punto fijo en el firmamento, a una estrella con un brillo intenso, allá, muy lejos al principio y luego cada vez más cerca. Hasta que creyó que casi podía tocarla. Estaba encinta, eso era cierto. Lo sabía desde hacía tiempo, llevaba un ser en sus entrañas; pero no sabía que estaba a punto de perderlo.

La princesa Shebaszka no lograba dormir. Aquella mujer sabía que Willem no era el verdadero Willem, eso estaba claro. Estaba prisionera y sería juzgada, y sufriría destierro y probablemente la muerte, lo cual era tremendamente injusto. Pero en esos momentos no lograba centrarse en las consecuencias de una decisión injusta, sino en la incertidumbre de no saber qué conocía Astrid que ella debía saber: quiénes eran sus verdaderos padres, su paradero y otros muchos detalles de la vida del nuevo Willem.

Pasaron las horas y siguió sumergida en un terrible insomnio, tumbada junto al lecho de Magmalión, envuelta en el pensamiento que la distraía de las reflexiones acerca de la propuesta de matrimonio que todas las noches anteriores también le habían robado el sueño.

Echaba de menos la capacidad de análisis y el acierto en las decisiones de su tío Magmalión, que siempre tuvo gran facilidad para adoptar medidas certeras. Su presencia y su vitalidad habían sido durante toda su vida una fuente de tranquilidad, puesto que siempre tuvo la seguridad de encontrar en él la solución a cualquier problema por complicado de resolver que pareciese. Y ahora extrañaba la firmeza con la que se guiaba por la vida y los guiaba a todos los demás. Nunca antes había tenido la terrible sensación de inseguridad y la zozobra de saberse vulnerable que tenía ahora. Era incapaz de tomar una determinación sin temer sus consecuencias, y eso cuando la tomaba, porque a veces ni siquiera se veía capaz de asumir la responsabilidad de decidir. Una cosa era participar en el consejo real dando su opinión, emitiendo su juicio, siempre bien valorado y útil a la hora de la toma de decisiones, y otra cosa bien distinta era tener que decidir sin que nadie la ayudase a elegir el camino correcto.

Sus dudas la hacían pensar que tal vez no estaba capacitada para reinar transitoriamente entre el momento de la muerte de Magmalión y la mayoría de edad del heredero. No se veía a sí misma dotada del carácter firme y decidido que se debía poseer para gobernar por encima del dolor ajeno, marcando los designios de todo un pueblo que creería en una infalibilidad que no gozaba y en una capacidad heredada de Magmalión que en realidad era intrínseca a la persona del rey no por el hecho de serlo.

Además, a pesar de que pasaban los días, seguía sintiendo el mismo dolor por la muerte de su hijo, un dolor oculto, encerrado entre los barrotes de la responsabilidad, deseando salir a la luz para desvanecerse con el paso del tiempo. Era como si por permanecer encerrado se conservase intacto y solo cuando al fin pudiese salir afuera comenzase a degradarse, como si el olvido consistiese en un proceso paulatino que se iniciase con la liberación de la verdad.

Y a todo ello se sumaba que a medida que pasaba el tiempo veía con mayor claridad que había tomado una determinación sumamente arriesgada e insólita permitiendo que sobre un niño desconocido recayese la carga de heredar el trono. Era un disparate sin salida, un secreto que solo compartía con un rey que agonizaba y que pronto no estaría para poder hablar de ello. Cuando pensaba que sería un secreto que soportaría solo ella, un ardor interior le quemaba las entrañas, porque el único alivio posible lo sentía cuando descargaba sobre el rey la responsabilidad de sus propios actos.

Se desposaría con Barthazar aunque le doliese y daría a Ariok un heredero con verdadera sangre real. Luego confiaría a su esposo el secreto que ahora la unía al rey y entre ambos sabrían hacer lo necesario para que el falso Willem quedase desheredado en favor de su supuesto hermano pequeño. La aliviaba pensar en esa posibilidad y por eso crecía en su interior la certeza de que era la decisión correcta. Así, al amanecer, cuando Magmalión abrió los ojos y le recordó que tenían que pensar en su boda, ella le dijo que estaba preparada, y le habló de sus planes para concebir más hijos y relegar a Willem. El rey, somnoliento aún, le pidió que le trajese un poco de agua y lo dejase meditar unos instantes. Le trajeron una jofaina con agua fresca del río y una toalla de hilo con la que secarse, se lavó, se incorporó en el lecho y entornó los ojos como si durmiese de nuevo, pero Shebaszka conocía aquel gesto de su tío y guardó absoluto silencio mientras él estuvo pensando. Al cabo de un rato, Magmalión habló:

—Oí hablar a mi padre de un tiempo y un lugar donde los reyes se elegían sin necesidad de un vínculo de sangre. Esos reyes se llamaban emperadores y sobre ellos recaía también la virtud de la divinidad, eran muy poderosos, y mientras unos resultaban virtuosos otros eran tan mezquinos e inútiles que merecían la muerte a manos de los mismos que los veneraban. Gobernaban un gran imperio que pervivió durante siglos. Nunca supe dónde ni cómo, pero tengo la absoluta certeza de que mi padre no inventó aquella historia. Así pues, considero que si ha habido imperios donde sus reyes no tenían que llevar necesariamente la sangre del rey anterior y esos imperios han pervivido durante tanto tiempo ejerciendo su poder sobre otros reinos, así puede hacerse también en Ariok. El reino está por encima del rey. Eso es lo importante.

—Pero no conozco en Ariok heredero alguno que no haya llevado la sangre del rey.

—Es cierto, pero nada lo impide. En caso de que el rey no tenga descendencia puede designar heredero a quien considere oportuno, y ya lo he hecho. Pude designarte a ti, pero tu madre se opuso tan bruscamente que no tuve otra opción que aguardar a que tuvieses descendencia. El destino ha querido que haya designado a un niño que lleva por nombre Willem y que a los ojos de todos es tu propio hijo. Ahora bien, si tienes más descendientes y consideras que Willem no es adecuado para reinar, en tu condición de regente del reino puedes proponer al consejo real que se designe heredero a otra persona, sea hombre o mujer. Pero ten mucho cuidado, pues en ese caso toparás con la oposición de Willem si este tiene uso de razón y se considera agraviado, y si hay algo que siempre he tenido presente durante toda mi vida fue la mayor de las enseñanzas de mi padre: la peor de las guerras es la que se libra entre las gentes del mismo reino.

Shebaszka asintió pensativa.

—Querida Shebaszka. Sé que el tuyo será un matrimonio alejado de cualquier sentimiento afectivo, sin que medien el amor o la admiración. Quiero que sepas que a lo largo de tu vida tendrás que seguir tomando determinaciones dolorosas que irán en contra de tu propia voluntad, que anularán tu personalidad y te convertirán en una persona que no quieres ser. Todo eso es cierto. Tu condición de princesa es una celda en la que te encuentras prisionera, pero no permitas que nadie te encadene en tu propia celda, dentro de cuyas paredes podrás al menos moverte con libertad.

Magmalión cerró de pronto los ojos y Shebaszka supo que se había sumergido de nuevo en la meditación. Sus últimas palabras le recordaron que había decidido ir a hablar con Astrid, que permanecía prisionera y aislada. Si Willem ostentaba la condición de heredero no podía desaprovechar la única fuente de información que tenía acerca de él.

Cuando la Gran Aya llegó al carromato real para acompañar a Magmalión y despachar con él los asuntos que la atañían, la princesa salió y pidió a un soldado que la condujese hasta donde Astrid se encontraba cautiva. Era muy temprano y apenas se apreciaba la luz del alba guiando los movimientos de quienes preparaban la partida en una nueva jornada que se adivinaba difícil, pues Dragan y Barthazar habían vuelto a discutir acerca de cuál sería el itinerario correcto.

Shebaszka y el soldado traspasaron la línea de carros, atravesaron un espacio de jergones enrollados y actividad frenética, se desviaron hacia unas rocas altas y se aproximaron al lugar donde a aquellas horas se ensillaban caballos y se pulían guarniciones. La princesa se subió el vestido para no arrastrarlo por el estiércol de caballo y hundió sus botas de cuero en un charco de purines que la condujo, al fin, al lugar donde los centinelas custodiaban a varios prisioneros. Cuando los soldados vieron llegar a la princesa supieron que venía en busca de la prisionera de la noche anterior, se inclinaron ante ella y le indicaron que la mujer que buscaba se encontraba enferma.

—¿Dónde está?

—Venid. Está ahí, detrás de las rocas. Creo que tiene algo... —El centinela miró dubitativo al soldado que acompañaba a la princesa—. No sé, mejor será que juzguéis vos.

Había un olor intenso en aquel lugar pese a que estaban al aire libre. Shebaszka y el soldado se adelantaron para mirar tras las rocas, pero el centinela retuvo al soldado con la intención de que dejase sola a la princesa que, tras andar unos pasos, comenzó a oír un gemido angustioso. Miró hacia atrás y dudó por un instante si pedir al soldado que la acompañase, pero comprendió que era mejor que fuese sola.

Al doblar tras la roca encontró a Astrid retorciéndose de dolor en el suelo, con grilletes en tobillos y muñecas, con una mancha de sangre que empapaba su túnica. Estaba lívida y exangüe, tenía los ojos vidriosos, los labios morados, el cabello empapado en sudor y el gesto contraído. Se encogía en espasmos de un dolor que contenía con rabia.

—Por todos los dioses... ¿qué te ocurre?

Astrid la miró con desprecio y luego volvió a contraerse reprimiendo un alarido.

—Creo que he perdido al niño. Estaba encinta —desveló con esfuerzo.

Astrid pensaba que se debía a la violación del general, pero no estaba dispuesta a dar tantos detalles. Tampoco estaba segura de haberlo perdido, pero tenía dolores semejantes a los de un parto y estaba expulsando sangre que no podía verse. Le habría gustado mirar bajo la túnica, pero los grilletes se lo impedían. Ni siquiera podía acompañar las contracciones con la ayuda de sus manos.

Shebaszka permanecía inmóvil y aterrada. De pronto reaccionó.

—¡Rápido! ¡Liberadla de los grilletes y avisad al médico!

—¡No! —Astrid temió que el examen de un médico determinase que había mantenido relaciones íntimas con un hombre y tal vez no supiera distinguir que no había sido por voluntad propia. Eso reforzaría la tesis de Azzo y daría al traste con las escasas posibilidades que tenía de defenderse—. Liberadme de los grilletes y permitidme limpiarme un poco y reponer fuerzas. Necesito descansar.

La liberaron y, ante los ojos silenciosos de Shebaszka, intentó asearse con el agua clara de un cubo rebosante que le proporcionaron. Luego pidió que la dejasen ir al carro donde tenía sus escasas ropas para poder cambiarse, y al río a lavar la ropa manchada, pero no pudieron concedérselo porque iban a ponerse en marcha de inmediato.

—Tendrás que partir con el resto de los prisioneros, que irán a pie —le dijo el jefe de los centinelas.

—Irá conmigo en el carro hasta nueva orden —dictaminó la princesa—. Ponedle de nuevo los grilletes y dadme a mí la llave. Ordenaré que nos dejen solas durante un rato del trayecto y luego se decidirá sobre su futuro.

Astrid la miró con indiferencia. Se debatía entre el agradecimiento y el desprecio, aunque ni una cosa ni la otra afloraban con tanta fuerza como la rabia de sentirse ultrajada y tremendamente sola. Durante el tiempo en que había tenido la certeza de estar encinta se había sentido doblemente acompañada, por Erik y por el pequeño que crecía en sus entrañas, hijo de su esposo y hermano de su pequeña. Ahora no tenía ni a uno ni a otro, había sido vejada por un general sin escrúpulos y la única mujer poderosa que habría podido salvarla era ahora su verdugo.

La subieron al carro de Shebaszka y le proporcionaron ropas para cambiarse, se aseó lo mejor que pudo e inmediatamente llegó la princesa sin haber pensado qué iba a decirle. La caravana se puso en marcha y el traqueteo del carromato obligaba a elevar la voz por encima de lo normal. Astrid se encontraba débil y lo único que quería era dormir.

La princesa estaba aún sobrecogida por la revelación de Astrid al admitir que había perdido al niño que llevaba dentro.

—¿Por qué no dijiste que estabas encinta?

—Lo descubrí hace muy poco, y era el último recuerdo de mi esposo y de mi hija... —Astrid sintió ganas de llorar pero apretó la mandíbula y ahuyentó el llanto, luego miró a la princesa con dureza. Se sentía destrozada, desmoronada por dentro, y era capaz de cualquier cosa.

Shebaszka no terminaba de adivinar qué clase de mujer tenía enfrente. La descortesía y la crudeza con que la había tratado la noche anterior y la forma de mirarla que tenía ahora la desconcertaban. Pero lo que de verdad quería de ella era desentrañar el significado de las palabras que no la habían dejado dormir. Calculó en su cabeza los términos que iba a emplear, pero le salió una pregunta sencilla:

—¿Quién es el niño?

—¿Qué está pasando? —respondió con otra pregunta—. ¿En verdad sois vos la princesa? ¿Ese hombre que yace moribundo es el gran rey Magmalión? Sé que el niño está muy lejos de ser vuestro hijo y no sé si creer que cada cual es quien dice ser.

—¿Quién eres en realidad, Astrid, y quién es el niño? —insistió Shebaszka.

Astrid advirtió que la princesa estaba atemorizada y que aparecía ante sus ojos como una mujer vulnerable. Notó que tenía delante a una mujer, solo a una mujer. Su condición de sobrina del rey no le otorgaba virtudes más allá de las que como persona pudiera poseer.

—Soy la humilde viuda de un herrero, la madre de una niña a la que ya nunca volveré a ver. Vivía en el barrio de los artesanos y mi hija jugaba y reía junto a un niño de padres maravillosos cuyo nombre actual es Willem. —Astrid hizo una pausa con el fin de evaluar la reacción de la princesa, que la escuchaba con una profunda curiosidad—. El niño vio morir a su madre y perdió el habla. Viajaba en la caravana junto a su padre e ignoro cómo ha llegado a convertirse en el heredero del trono de Ariok. —Se quedó pensativa un instante y añadió—: Si me lo hubiesen dicho la tarde antes de que la tierra temblase y él jugaba alegremente junto a mi pequeña, lo habría creído un verdadero disparate. Decidme, ¿dónde está su padre?

—Su padre... —repitió Shebaszka, conmovida.

—Sí, ¿qué ha sido de él? —insistió Astrid.

—No lo sé, pero lo único que importa ya es que solo existe Willem, el heredero de Ariok, mi hijo. ¿Lo entiendes? Su padre era Emory y yo soy su madre, nació en la corte y creció junto a su tío abuelo, el rey Magmalión.

Astrid se estremeció. Bertrand había perdido a su hijo o el hijo había perdido a su padre, pero lo cierto era que el niño sería el rey de Ariok. Era una historia tan disparatada que le costaba asimilar que fuera cierta.

—Ayúdame y te ayudaré. Lo único cierto es que ahora quien está a nuestro lado es mi hijo Willem. Ya está.

—¿Qué lleva a una madre a no reconocer la muerte de su hijo y reemplazarlo por otro niño al que no conoce de nada?

—De ese niño depende el reino y nuestra propia vida. No importan los detalles, el caso es que Ariok ha de tener un rey o un heredero, y si cuando Magmalión fallezca no hay un sucesor nombrado por él mismo, el reino se debilitará y quedará a merced de la ambición. Magmalión es un hombre sabio y nuestra labor consiste en educar a Willem en los pilares de la sabiduría de su antecesor, hacer de él una persona que tenga la justicia por principal virtud, la prudencia como emblema, la paz como fin último.

—¿Quién más sabe que el niño no es vuestro hijo?

—El rey.

Astrid volvió a estremecerse. Sabía que su propia vida corría peligro, que conocer un secreto de tamaña importancia la convertía en una suerte de objetivo por el bien del reino y que no dudarían en callarla para siempre con tal de apuntalar la mentira en la que se habían instalado. Si la princesa era capaz de disimular la tristeza por la muerte de su pequeño —Astrid sabía en qué se convertía la vida de una madre tras perder a un hijo—, también lo sería de cualquier atrocidad. Aun así, decidió jugar sus cartas, puesto que ya poco tenía que perder.

—Puedo ayudaros, pero a cambio quiero sentirme segura en la corte y estar cerca del niño. Yo lo conozco bien, y él, aunque perdió el habla, sabe quién soy y se aferra a mí. Mi seguridad debe estar tan garantizada como la suya, y hemos de estar juntos.

La princesa la miraba fijamente a los ojos y en ellos veía sufrimiento, pero no maldad. Aun así, no sabía si podía fiarse de ella y tampoco estaba segura de que fuera fácil deshacerse de su presencia sin que antes desvelase su secreto.

—Resulta imprescindible que el niño olvide su pasado —dijo Shebaszka con contundencia—. Aún es pequeño, pero tiene que olvidar su corta vida anterior. El hecho de que sepa quién eres podría complicar las cosas.

—Es muy pequeño. No tendrá recuerdos anteriores, se acostumbrará a quienes lo rodeen y no recordará nada de lo que haya ocurrido antes de que tenga memoria. Ni yo ni nadie puede recordar nada de sus primeros años. ¿Acaso podéis asegurar que sois sobrina del rey? ¿No pudieron cambiaros por otra persona después de cumplir cuatro inviernos completos?

Shebaszka pareció dudar.

—Resulta extraño a ojos de los eunucos y de otras cuidadoras que Willem te tenga más cariño que a su propia madre.

—Pues arreglemos esto del modo en que queráis, pero si pretendéis condenarme todo el reino de Ariok sabrá lo que está pasando aquí —amenazó con firmeza—. Aunque me quitéis la vida no servirá de nada.

La princesa endureció el gesto. No estaba dispuesta a soportar amenazas.

—¡Por todos los dioses!, ¿no te das cuenta de que puedo hacer que desaparezcas de aquí antes de que puedas abrir la boca? Sé lo que estás sufriendo, ambas hemos perdido a nuestros hijos y padecemos silenciosamente el azote de una vida que ya no parece pertenecernos... Sobre mí pesa todo el reino, hasta el punto de verme obligada a sostener esta gran mentira. Cada hora de cada día desde que supe que mi hijo había muerto he pensado que no lo soportaría, pero estoy aquí, frente a una mujer a la que apenas conozco y que se permite amenazarme. ¿Qué pretendes? ¿Quieres hundirte tú misma? Y sobre todo... ¿quieres hundir al niño?

Astrid pensó que en realidad la princesa tenía razón. Ella era una simple viuda de herrero que el azar había llevado a estar frente a frente con la mujer más importante del reino de Ariok. Ella no era nada, no era nadie, y aun así se permitía poner una espada sobre la cabeza de la princesa Shebaszka, a quien sobraba una orden para borrarla para siempre. Sin embargo, no podía dejar de luchar. Ahora no. Su seguridad y su vida dependían de que pudiera estar al lado de Erik; lejos de él no era más que una presa fácil.

—Ambas hemos sufrido, es cierto. Hemos perdido a nuestros esposos y a nuestros hijos. Pero yo no soy princesa, sino una mujer sencilla y humilde que vagaba por las laderas de las montañas del Hades cuando me trajeron a cuidar de un niño que supuestamente era el heredero de nuestro señor Magmalión. Sin embargo, encontré al mismo niño a quien yo había cuidado en las horas siguientes al terremoto, al que vi sin habla en la explanada de Waliria, asombrado cuando las llamas consumieron nuestros hogares deshechos. Y si el destino me trajo hasta aquí no creo que ahora quiera apartarme de él, así es que no puedo obedeceros. Me quedaré junto al niño y únicamente podréis separar nuestros destinos quitándome la vida.

Shebaszka se quedó pensativa. Astrid parecía una muerta. De hecho estaba, probablemente, muy grave en aquellos momentos. Y, sin embargo, no tenía miedo. La observó en silencio y de nuevo no alcanzó a ver un ápice de maldad tras su mirada, solo valentía y determinación, o tal vez la desesperación de quien ya no tiene nada que perder y no teme a la muerte.

—No sé qué hacer contigo —se sinceró.

—Dejadme junto a vos y no os arrepentiréis nunca, os lo aseguro. Seré siempre leal a Magmalión.

Shebaszka suspiró. Tenía que tomar una determinación inmediata según conviniese al reino, como le habían enseñado desde pequeña. Intentó sopesar las consecuencias pero en ese momento llegó Willem jugueteando con un pequeño trozo de madera como si fuera un animal tirando de un carro. Vio a la princesa y le sonrió. Luego se percató de la presencia de Astrid, reptó como una lagartija entre ropajes y se abalanzó sobre ella abrazándola fuertemente. Shebaszka se apresuró a quitarle los grilletes ante la mirada escrutadora del niño.

—Estábamos jugando —le explicó sonriendo.

10

El perro le lamió la mano que, distraídamente, había dejado caer a un lado del cuerpo mientras dormía. Elizheva aprovechó su reposo para alejarse un poco en busca de alimentos, el perro se levantó perezosamente y la siguió por un buen trecho de pendiente, colina arriba, hasta que llegó a lo más alto. Desde allí se divisaba una tundra como si no hubiese otra cosa en el mundo, una extensión asombrosa de terreno sin un solo árbol, desprovista de altibajos, una masa homogénea de matorral que se fundía con el cielo plomizo en el horizonte. A su derecha se veía solo montaña, cada vez menos nevada y más pedregosa, escasamente verde, surcada por algunos torrentes que se perdían luego en la llanura como si se los tragara la tierra. No había lagos, no había grandes ríos. Parecía no haber vida.

Allá abajo se adivinaba la figura inerte de Bertrand, cubierto a medias por un tejado de barda que ella estaba construyendo sobre su cabeza. Quería levantar una cabaña, aunque fuese pequeña, para que ambos pudieran guarecerse del calor y de la lluvia. Había cortado palos fuertes y los había trabado a modo de pilares, luego, siguiendo siempre las indicaciones del carpintero, había buscado ramas de arbustos, largas y jóvenes, y él las había preparado para superponerlas y atarlas fuertemente con resistentes fibras de junco y retamas. Pronto estaría acabada y después intentaría preparar una estructura para el caballo y para el perro.

Rastreó con minuciosidad las cumbres y encontró algunos nidos con huevos, raíces comestibles y frutos que no se atrevió a recolectar porque no le resultaron familiares y pensó que podían ser venenosos. La vegetación era allí diferente a la del bosque y eso la hacía dudar y mostrarse insegura a la hora de alimentarse.

A lo lejos vio un conejo y lo siguió hasta la madriguera. Tapó una de las salidas con una redecilla de juncos finos que había tejido a ratos y se sirvió del perro para hacer que el conejo huyese hasta quedar atrapado. Lo golpeó certeramente en la nuca y se lo llevó de regreso colgando del cinturón. Al pasar junto a uno de los riachuelos bebió un poco y recogió cuanto líquido pudo en un recipiente de madera que había fabricado Bertrand. Bajó otro trecho y llegó junto al carpintero, que aún dormitaba tranquilamente.

Lo observó mientras desollaba el conejo. Habitualmente dormía poco, se removía inquieto entre sueños sin conseguir un descanso completo o se instalaba en una duermevela envuelta en pesadillas que lo desesperaban. A veces gritaba en mitad de la noche y despertaba febril y aterrado, con sus ropas empapadas en sudor y el rostro contraído por la experiencia que acababa de vivir en la realidad cristalina del subconsciente. Pero ahora dormía tranquilo, con la respiración pausada y la cabeza echada a un lado.

Era un buen hombre, inteligente y sensato. En el poco tiempo que llevaba a su lado había conversado mucho más con él de lo que lo había hecho con todos los miembros de la tribu de Borriod juntos durante todo su cautiverio, y había descubierto maravillada que sus palabras la hipnotizaban como una serpiente a su presa. Bertrand expresaba sus pensamientos con asombrosa exactitud, describía de igual forma los objetos que los sentimientos y era capaz de emocionarla hasta las lágrimas con solo hablarle. No había vivido nada parecido desde que pasó por la tribu aquella prisionera que la enseñó a leer, y si tuviera que compararlos diría que el carpintero era aún más fascinante y sagaz que ella. Lo cierto es que jamás se había sentido tan acompañada como ahora y pensó que cuando naciese su hijo querría seguir al lado de Bertrand para que el pequeño aprendiese de él.

Terminó de desollar el conejo y encendió fuego para asarlo. Un ligero viento elevó las pavesas en remolinos y se esparcieron entre los matorrales. El perro olfateó el conejo y Elizheva le dio a comer el despojo del animalillo que, atravesado por un espetón de palo, comenzó a cocinarse despacio. Bertrand abrió los ojos al olor del asado. Cuando vio la frágil figura de la muchacha en cuclillas junto al fuego sonrió para sus adentros. Al momento, sintió un retortijón de estómago vacío.

—Has tenido buena caza hoy —le dijo, y ella se sobresaltó al pronto; luego le respondió sonriendo:

—Y tú un buen sueño... ¿cómo estás?

—Hambriento. ¿Has dado de comer al caballo?

—Lo he cambiado de sitio para que tenga hierba fresca —respondió señalando con su dedo el lugar donde pacía tranquilamente el animal. Luego he estado arriba, en la montaña, y he traído huevos, raíces y agua.

—¿Cómo te encuentras? —Bertrand se señaló su propia tripa.

—¡Oh! Bien..., como si no tuviese nada ahí dentro. —Elizheva sonrió—. Va a ser muy tranquilo.

La muchacha llevaba el cabello ondulado al viento, tenía las mejillas sonrosadas y la sonrisa fresca.

—He soñado con su nacimiento.

—¿De verdad? —A la muchacha se le iluminó la cara y se puso en pie dejando que el conejo se asara lentamente. Sus ojos vivos lo miraban con curiosidad.

—Estábamos en Trimib junto a tu familia. Estabas tumbada en un jergón junto a tu pequeño y tenías una cara de inmensa felicidad. —Bertrand recordó la cara de Lizet cuando nació Erik, pero no se lo dijo a Elizheva, como si aquella imagen grabada en su memoria fuese una parte inseparable de su intimidad.

—¡Tengo muchas ganas de llegar a Trimib! —De pronto se le ensombreció el rostro.

Bertrand pareció recordar sus dolencias y se miró la herida. Estaba sanando bien. Luego movió las piernas varias veces, despacio, ayudándose con ambas manos para llevar las rodillas hasta el pecho. Las tenía entumecidas pero ganaba movilidad día a día. La espalda, sin embargo, seguía terriblemente dolorida, como si se la hubiese partido en dos con la caída.

—Volveremos a ponernos en camino muy pronto.

Ella esbozó media sonrisa y lo miró con ternura. Sabía que no era cierto.

Shebaszka sofrenó su caballo junto al carro del rey, desmontó y mandó llamar a un palafrenero para que tirase de las riendas del animal durante una parte del trayecto. Habían transitado durante casi una estación entera por lugares verdes y fértiles, espacios con agua, praderas y flores, lugares que les habían permitido acampar durante largo tiempo a la espera de una mejora de la salud del rey que no llegaba nunca. Ahora, dejados atrás los bellos parajes, se habían adentrado en un lugar extraño, rodeado de bosques fósiles de árboles muertos, como si un viento helado los hubiese convertido en troncos sin hojas o como si un hechizo hubiera transformado en madera sin vida a miles de hombres huraños. El suelo estaba recubierto por una ligera capa de limo verdoso pero marchito, y por doquier podían verse pieles de sapo resecas al sol, camisas viejas de culebras y osamentas esparcidas de mamíferos que debieron pastar allí en otro tiempo.

Un eunuco la ayudó a subir. Mientras lo hacía, notó que el corazón le palpitaba muy fuerte batiéndole las sienes y que un ligero sabor a sangre le invadía el paladar; estaba muy nerviosa. El rey había empeorado en las últimas horas y no quería que pasara más tiempo sin que la viese al fin desposada. Si Magmalión había de irse para siempre lo haría con la tranquilidad de saber que su sobrina aseguraba la estabilidad del reino. Lo había sopesado todo y ya solo quedaba afrontar el futuro con valentía.

—Buen día tengáis, mi señor —le dijo inclinándose ante él, por lo que el rey supo que había llegado la hora. Shebaszka solo utilizaba con él semejantes fórmulas de respeto cuando se dirigía al rey y no a su tío.

—Paz y justicia, y que los dioses te protejan, querida Shebaszka. Tienes fecha de boda, ¿verdad? —La princesa confirmó sus sospechas con una leve inclinación de cabeza—. Bien...

El rey no dijo nada más y aguardó a que fuese ella la que hablase, aunque temía que antes de hacerlo le reprocharía de algún modo que la obligase a casarse con Barthazar. Sabía que no lo quería, e incluso era muy probable que lo detestase, y a él le dolía en el alma tener que condenar a su querida sobrina para siempre. Pero no tenía elección.

—Mi señor ...

—No necesito que digas nada, Shebaszka. Me basta con que me informes del día en que te desposarás y cómo quieres que lo hagamos. Hay que comunicarlo a Barthazar y a su familia.

—Mi señor...—repitió sin alterarse, y el rey comprendió que no iba a hacerle caso—, desde que era muy pequeña fui educada en los asuntos del reino, me acostumbraron a convivir con vos y a tomar parte de decisiones que fueron adquiriendo importancia a medida que iba creciendo. Recuerdo que al principio esas decisiones solo tenían que ver con llevar un caballo u otro, o con celebrar el nacimiento de un nuevo miembro de la familia en una estancia de palacio o en otra. Pero luego, cuando tuve edad suficiente, fui partícipe de decisiones que tenían que ver con la defensa de nuestras fronteras, con el destino de los fondos reales, con el acopio de grano y con la administración de Waliria y de todo el Ariok conocido.

»Luego, con mi ingreso en el consejo real tuve el honor y el inmenso orgullo de poder aconsejaros según mi criterio, siempre anteponiendo los intereses del reino a los míos propios. Y de ese modo me sumergí tranquila cada noche en el mundo de los sueños.

»Ahora sé que se me pide algo que cambiará mi vida para siempre, pues cuando aún late con fuerza mi corazón con el recuerdo de quien fue mi amado esposo, el príncipe Emory, he de desposarme y garantizar la continuidad de tu estirpe.

»Seré la regente de este reino en vuestra ausencia, y cuidaré con esmero la educación de quien está destinado a sucederos, pero si vuelvo a ser madre podré comparar la valía de uno y otro hijo, y decidir cuál de ellos merece ser rey, y siempre podré argüir que oculté la muerte del verdadero Willem por el bien del reino y que ha de ser su hermano menor quien ocupe el trono de Ariok, llegado el caso.

»De ese modo garantizaría que la sangre del mejor rey conocido, vos, sigue estando destinada a regir los designios de nuestro pueblo por muchos años, y mi conciencia podría irse tranquila el día en que los dioses me llamen a su lado y mi espíritu sea reparado para la próxima reencarnación.

—Confío plenamente en ti —la interrumpió Magmalión.

—Voy a hacer lo mejor para Ariok.

—Aunque no sea lo mejor para ti —le replicó.

—Me desposaré en la próxima luna llena y me convertiré en alguien que no soy. En realidad, no sé si ha venido a despedirse vuestra sobrina Shebaszka, que desaparecerá para siempre jamás.

El rey entornó los párpados y a sus ojos acudieron unas lágrimas inevitables. Está muy viejo, pensó Shebaszka. Ha llegado la hora.

Ante la mirada aprobadora de Bertrand de Lis, Elizheva «la Bella» —como la apodó el carpintero para sí mismo—, construyó la cabaña, el establo, la perrera y un cobertizo para guardar la comida y el grano que ella misma recolectaba por los campos. No hacía caso a las advertencias de él instándola a no trabajar tanto y cuidar de la criatura que ya crecía visiblemente en su interior. Pasaban los días y su cuerpo manifestaba claramente los síntomas de la preñez, aunque ella no se diese por aludida y siguiese la misma actividad que el primer día. Y Bertrand se preguntaba si no sería precisamente ese dinamismo el que la mantenía ágil y fuerte, como si nada ocurriese en su interior.

Mientras tanto, él aprovechó su inactividad para fabricar cuerdas, vasijas y herramientas. Pedía a la muchacha que le trajese juncos, ramas de ciertas plantas, trozos de madera y pequeños fragmentos de diferentes minerales, y a veces, cuando ella volvía de cazar y recolectar los frutos de la tierra, él le entregaba los utensilios ya terminados causando una gran admiración en ella.

Un día le pidió un retazo de madera de unas características determinadas: pequeño pero alargado, duro, del tronco de algún arbusto. Ella obedeció como siempre, sin preguntarse para qué lo quería, puesto que era frecuente que fabricase cualquier utensilio o vasija. Pero Bertrand comenzó a tallar un juguete para cuando naciese el niño de Elizheva, un caballo de madera del tamaño de una algarroba, casi de un palmo de largo. Aprovechaba cuando ella no estaba, sacaba el trozo de madera de debajo de sus pieles y poco a poco iba dando forma a su regalo. Lamentaba no tener las herramientas adecuadas, una buena gubia, una escofina y un escoplo. Tenía que valérselas con la punta del estoque que se había fabricado y que todavía conservaba, y con la gubia defectuosa que también había conseguido hacerse para tallar la estatuilla de Borriod, que ahora presidía la cabaña desde lo alto de una de las finas vigas que soportaban el techo.

Además de afanarse en la talla de madera del caballo, Bertrand aprovechaba cuando Elizheva no estaba para esforzarse en su recuperación: movía las piernas, giraba el tronco cada vez con menos esfuerzo y probaba a levantarse para reforzar su musculatura y no perderla. Quería darle una sorpresa cuando estuviese recuperado y se sintiese con fuerzas para montar a caballo, antes de que para ella fuese demasiado tarde. Además, los recursos eran cada vez más escasos y la muchacha tenía que ir cada día más lejos que el anterior en busca de comida, y en ocasiones regresaba agotada sin haber encontrado nada, por lo que tenían que apañarse con parte de las reservas que guardaban en el recién construido almacén.

Poco a poco los alimentos empezaron a escasear de forma alarmante. La muchacha montaba a caballo y, acompañada por el perro, iba en busca de comida recorriendo la falda de la montaña hasta donde se perdía la vista y más allá, y volvía al campamento de origen lamentándose de que no había ni ranas en los charcos, ni lagartos entre las piedras ni nidos de pájaros en los arbustos, y no digamos ya conejos, de los que no había ni rastro.

—Hazte una idea, Bertrand. Hacia donde tenemos que ir cuando te recuperes, hacia allá —señaló en dirección a poniente—, no hay nada de nada, casi ni matorral, ni ríos caudalosos. Si queremos partir tendremos que hacer acopio de comida, y para eso tendré que buscarla yendo hacia levante, rebuscando mucho más allá, llegando casi hasta donde perdimos de vista a Borriod. Y claro...

Elizheva no se atrevió a decirlo, pero Bertrand comprendió enseguida que ella temía encontrarse con los bandidos del bosque, aunque era casi imposible que hubiesen permanecido tan lejos del cobijo que les daba la espesura. Una vez derrotados habrían regresado compungidos en busca del amparo de la tribu. Pero era lógico que la muchacha tuviese miedo de recorrer en solitario la falda de la montaña en aquella dirección.

—No te preocupes. Cuando yo me encuentre bien haremos acopio de todo antes de ponernos en marcha de nuevo. Fabricaré dos grandes alforjas para llevarlo todo.

—Cabalgaremos los dos a lomos del caballo y no nos cabrán alforjas. Había pensado en unas parihuelas con dos varales largos llevados hasta los cuartos delanteros del animal. ¿No crees que sería mejor?

—Nos retrasaría demasiado. Puedo intentar hacer unas alforjas lo suficientemente estrechas para que puedan compartir conmigo la grupa del caballo y llevar ahí comida suficiente para pasar todo ese terreno yermo que tú ya has explorado. ¿Cómo es la montaña hacia ese lado?

—Casi no hay montaña. Sin apenas darte cuenta se va uniendo con la llanura hasta que ni siquiera cuesta subir a su cima. Desde allí arriba parece que este terreno no tiene fin, todo el paisaje es idéntico a ambos lados de la colina, por todas partes estos arbustos y esta tierra seca y dura en la que se abren pequeños arroyos de orillas verdes. La única diferencia es que hacia el sur hay, además, tantas piedras como plantas, como si naciesen de semillas y se extendiesen por todas partes. Mirar hacia allá encoge el corazón porque parece que no hay vida entre las rocas, es todo árido y feo. Da un poco de miedo.

Una mañana, cuando Bertrand abrió los ojos vio a Elizheva rebuscando entre las cenizas de la fogata del día anterior. Hurgó por todas partes, cogió algo y se lo llevó a la boca. Al principio no supo qué estaba haciendo, pero luego se dio cuenta de que la muchacha estaba hambrienta y no le importaba ingerir pequeños restos de carne de la que había cocinado la tarde antes. Era un galápago que había encontrado en la orilla de un gran charco estancado y lo había cocinado atravesado por el espetón de madera. A Bertrand se le ensombreció el alma al comprobar lo que estaba pasando: Elizheva no podía más, ya no era capaz de ir tan lejos a por comida y necesitaba alimentarse, comer más, llenar su estómago y reponer energías. Pero no quería reconocerlo abiertamente.

Al ver que Bertrand estaba despierto disimuló y tomó entre sus manos el caparazón del galápago:

—Puede servir para fabricar cualquier cosa. Estoy segura de que tú sabrás buscarle utilidad. Bueno... —Se puso en pie—... voy a ir en busca de algo para comer hoy. Por cierto, tenemos mucho estiércol del caballo, podríamos utilizarlo para cultivar. Estoy segura de que esta tierra, mezclada con el estiércol, nos dará buena cosecha. Solo tengo que buscar semillas de algunas plantas con frutos. —Se quedó pensativa al darse cuenta de que el problema era precisamente que no había planta alguna que pudiera cultivarse—. Lo pensaremos.

Él asintió sin hacer ningún comentario. Estaba muy afectado por lo que acababa de ver y se sentía tremendamente responsable de lo que pudiera sucederle a la muchacha, que aunque había elegido libremente quedarse a su lado estaba entregando su vida y la de la criatura que llevaba en su vientre.

Elizheva se acercó, le dio un beso en la frente y montó a lomos del caballo. La vio alejarse. En lugar de sacar la figura de madera para seguir tallando el caballo de juguete con el que pretendía sorprenderla, tiró hacia atrás de sus pieles y se dispuso a ponerse en pie. Quería poner toda su alma en ese empeño, tenía que conseguir levantarse porque era la única forma de que ambos pudieran salvarse. Mientras se aferraba a un bastón de madera que había hecho para cuando pudiera caminar hizo un cálculo rápido del tiempo que podían llevar allí y se dio cuenta de que llevaban casi una estación completa durante la cual habían sobrevivido gracias a la habilidad y la valentía de la muchacha. Pero ya habían llegado al límite.

Se giró completamente para ponerse de rodillas y sintió un fuerte crujido en la espalda, pero no le dolió. Tenía miedo de erguirse, por lo que permaneció en la misma posición durante un buen rato antes de apoyarse en el bastón y echar un pie hacia adelante elevando la rodilla hasta formar un ángulo recto con respecto al suelo. Ahora llegaba lo difícil, el impulso definitivo que lo haría levantarse o desistir. Cerró los ojos, apretó los dientes y comenzó a alzarse, el bastón se tensionó hasta curvarse con su peso y él se elevó hasta que sintió un dolor intenso que se extendía hacia las piernas. Se quedó un momento encogido sin saber si iba a poder continuar, aguantó la respiración y tomó impulso de nuevo. Al hacerlo, la madera del bastón cedió definitivamente partiéndose en dos, Bertrand perdió el equilibrio y cayó de rodillas sobre el suelo duro de tierra barrida con escoba de retama.

—¡Ah! —gritó de dolor. Atravesar a un hombre con un palo desde el trasero hasta la boca debía ser muy parecido a lo que acababa de sentir. El dolor del golpe le había recorrido todo el cuerpo haciéndole un daño especial desde la parte baja de la espalda hasta el cuello.

Sollozando de rabia e impotencia se tumbó a rastras en su jergón y se lamentó de su infortunio, aunque se dijo a sí mismo que no podría cejar en su empeño de emprender viaje cuanto antes por la salud de Elizheva y porque nada deseaba más que continuar la búsqueda de su hijo.

Así, cada mañana, cuando la muchacha tomaba su caballo y se alejaba en busca de comida, él la veía marchar, paulatinamente más enflaquecida y desmejorada, y volvía a intentar ponerse en pie, fortaleciendo sus músculos y soportando el dolor que aún lo paralizaba.

Al amanecer de uno de aquellos días olió a tierra mojada. Era aún de noche cuando lo despertó la agradable sensación de la lluvia lejana, echó hacia atrás las pieles que lo cubrían y comprobó que hacía más frío que de costumbre, por lo que supo que el cambio de estación estaba próximo y que nada podrían hacer Elizheva y él para evitar morir de hambre si no se apresuraban a partir en busca de un lugar donde obtener alimentos. Miró hacia el cobertizo donde dormitaba el caballo y se dijo que si no había más remedio tendrían que matarlo, pero sería lo último que hiciesen. Miró hacia la perrera que con tanto cariño había preparado la muchacha y negó con la cabeza, espantado por la posibilidad de que tuviesen que sacrificarlo mucho antes que al caballo.

Ella despertó a su lado con las primeras luces de un amanecer plomizo, y el olor a tierra mojada se había acentuado. Acostumbrada a vivir en el bosque, supo calcular en un instante que no tardarían en mojarse y que habían de prepararse para vivir bajo la lluvia, preparó sus pieles, enjaezó el caballo y se dispuso a partir como cada día a sabiendas de que cuando regresara encontraría a Bertrand soportando las goteras del techo de barda.

—Cuando vuelva taparé los huecos por donde se filtre la lluvia. Mientras tanto, intenta cubrirte bien y aguantar un poco. No creo que caiga agua abundante.

Aguijó el caballo y partió hacia el este.

Bertrand repitió los mismos movimientos de cada día, primero se puso de rodillas con mucho esfuerzo, luego adelantó un pie y puso la pierna en ángulo recto, se sujetó fuertemente en un nuevo bastón más grueso y resistente y se impulsó hacia arriba. Nunca llegaba a ponerse completamente en pie y únicamente conseguía sostenerse encorvado sobre las débiles piernas; pero esta vez fue diferente. Las primeras gotas de lluvia hoyaron la tierra seca y repiquetearon sobre el techo, primero como el susurro del viento suave y luego cada vez más fuerte, hasta que una cortina de agua perforó la barda por todas partes y vino a mojarle la cara. En ese momento se dijo que ya no quedaba margen y que la vida no iba a darle otra oportunidad salvo aquella misma. Lizet, ayúdame. Sintió un fuerte dolor en la espalda, donde siempre, en ese punto que le paralizaba las piernas haciéndolas insensibles e incapaces de sostener su propio cuerpo, tembló, se le doblaron las rodillas, pero se agarró al bastón hasta que le dolieron las manos, tomó impulso de nuevo y se irguió soportando el chasquido de sus huesos. Para no caer al suelo se aferró fuertemente a la estructura de palos que soportaba el tejado y esta cedió a su peso doblándose como un junco. Entonces se soltó para evitar que se derrumbase la cabaña y se vio a sí mismo en pie por primera vez desde hacía más de tres lunas llenas.

Cuando Elizheva regresó bajo la lluvia, apesadumbrada y con las manos vacías, miró distraídamente hacia la cabaña. Al principio no percibió nada extraño porque la penumbra del interior desdibujaba los contornos; luego, al desmontar, la sobresaltó el movimiento de una persona en pie y se puso en guardia pensando que habían sido objeto de un asalto. Temió por la vida de Bertrand. Rodeó la cabaña con sigilo, pero el carpintero se dio cuenta de que estaba asustada y le habló:

—No temas, Elizheva la Bella. El artesano ha logrado ponerse en pie.

Entonces la muchacha corrió a su encuentro con el corazón en la boca y, al verlo erguido y sostenido por sus propias piernas, rio a carcajadas y mezcló su risa con un nervioso llanto de alegría:

—¡Gracias, gracias a los dioses, gracias! —gritó abrazada fuertemente a él—. ¡Pensé que íbamos a morir aquí! ¡Gracias! ¡Oh, Bertrand, qué fuerte eres! ¡Te quiero, te quiero!

De pronto, en medio de la alegría, Elizheva lo besó en los labios. Fue un roce fugaz, una caricia de su boca roja y perfilada, apenas un relámpago que lo dejó tan deslumbrado, perplejo y confuso que le impidió dar gracias a Lizet por haberlo ayudado en su empeño de volver a levantarse.

Empeoró el estado de salud del rey esa misma noche, como si la espera lo hubiese mantenido vivo y la boda de Shebaszka fuese el último de los asuntos del reino de cuantos merecían su atención. No había vuelto a abrir los ojos desde que la princesa había acudido a hablar con él, y paulatinamente se había ido agitando su respiración y debilitando los latidos hasta hacerlos casi imperceptibles.

El carromato se había detenido al borde de los bosques inertes, en una colina desde la que se veía un hermoso paisaje de bosques claros. En torno a él se dispusieron los miembros del consejo real ante la presencia de Willem, el heredero. Dragan ordenó que trajesen una cabra para sacrificarla a los dioses y Barthazar mandó un mensajero que extendiese la noticia de la extrema gravedad del rey por toda la caravana. Gabiok se introdujo en el carro junto a Shebaszka y a la Gran Aya no pasó desapercibido el movimiento del mayordomo real.

—Paz y justicia, princesa, y dolor en un momento como este —dijo al entrar en el carro donde yacía el rey—. ¿Anunciasteis la fecha de vuestra boda cuando aún estaba consciente? Es de suma importancia, como sabéis...

La princesa miró a Gabiok y vio en él a un ser indeseable. Una vez más, lo importante para él era lo que para ella tenía menos relevancia. Era como si ambos viviesen en realidades distintas desde siempre, como había podido constatar desde que por primera vez asistió a una deliberación del consejo real. Podía decirle que sí, que lo había hecho, y que su intención era casarse con Barthazar en la próxima luna llena; sin embargo, un arrebato de ira se apoderó de ella junto al lecho de muerte de Magmalión:

—Ni siquiera sé si me casaré con Barthazar, ya lo comunicaré a su debido tiempo. No es el momento, Gabiok.

—Pero eso no puede ser... ¡Sería contravenir las órdenes del rey!

—Ya lo he hablado con él.

—¡Maldita sea! Si Magmalión no puede manifestarse, jamás sabremos si es cierto que lo habéis hablado con él o queréis simplemente aprovechar su postración.

—No lo sabréis. ¡Así es y así lo han querido los dioses! —respondió airadamente.

—¡Tenéis que salir ahora mismo ahí afuera y decir cuándo vais a casaros con Barthazar! —gritó el mayordomo real. Estaba crispado, se le habían hinchado las venas del cuello y de la frente, tenía los dedos de las manos contraídos, los ojos rojos y la mandíbula muy apretada—. Magmalión aún vive y esa decisión tiene plena validez, pero cuando él muera ¡puede que no la aceptemos! Y entonces, princesa... ¡ateneos a las consecuencias! El general Barthazar y yo mismo estamos dispuestos a ejercer la justicia por nuestra mano.

Gabiok salió atropelladamente y Shebaszka apretó los puños y se metió uno en la boca para ahogar un grito de rabia. Notó entonces que Magmalión se movía y que su respiración se hacía más agitada.

—Está bien —se dijo. Entonces se irguió y asomó su cabeza al exterior—. General Barthazar, ¿podéis subir, por favor?

El general miró a su padre y tras su asentimiento subió al carromato. Shebaszka pidió a la Gran Aya que los dejara solos y la mujer accedió.

Al igual que Gabiok, Barthazar iba impecablemente vestido con el uniforme de jefe de la milicia de Ariok, azul y rojo con el emblema real bordado en oro en el pecho, cinturón de cuero bien pulido, espada limpia y brillante, botines de piel. Su rostro no podía ocultar la sorpresa. La princesa lo miró a los ojos, unos ojos de azul grisáceo, fríos como el metal. Tenía Barthazar en la cara una cicatriz que tapaba con una barba poco poblada. A pesar de que era un hombre en general apuesto, a Shebaszka nunca se lo había parecido, aunque tampoco podía afirmar lo contrario.

—General. Espero que me permitas tutearte a partir de este momento. He comunicado al rey mi decisión de desposarme contigo en la próxima luna llena. —Barthazar intentó mantenerse firme, pero a su cara asomó una mueca de alegría imposible de disimular—. Pero he estado a punto de renunciar a mis derechos de sucesión salvo si el rey aceptaba varias condiciones —mintió—. La primera de ellas es que Gabiok deje de ser mayordomo real y salga inmediatamente del consejo real. La segunda es que el consejo real incapacite a Magmalión si se prolonga su agonía y yo asuma la regencia del reino inmediatamente, pasando tú, mi esposo, a ser el regente consorte bajo mi autoridad. Y la tercera es que estos asuntos sean trasladados al consejo real en una sesión que convocaremos inmediatamente.

El general no pudo disimular su estupor. Pensó aceleradamente las consecuencias de lo que la princesa acababa de comunicarle e intentó adelantarse a lo que pensaría su propio padre. Estaba dispuesto a cualquier cosa con tal de desposarse con Shebaszka y ejercer de regente consorte a partir de ese momento, pero Gabiok era imprevisible. Podía aceptar las condiciones con tal de ver a su hijo en lo más alto, pero también podía sentirse herido en su orgullo y reaccionar contra sus propios intereses.

—Está bien —dijo al fin—. Puedes convocar al consejo real en nombre del rey. Cuentas con mi apoyo y con el del ejército —al decir esto miró al monarca y no pudo evitar desear su pronta muerte—. Al terminar el Consejo mandaré hacer pública tu decisión.

La respiración de Magmalión seguía agitada cuando Barthazar abandonó el carromato. Shebaszka lo miró y le habló como si él pudiera oírle:

—Sé que no apruebas mis mentiras, pero ya no puedo hacer otra cosa, siento decepcionarte. Lo cierto es que mi vida se está convirtiendo en una gran mentira y casi no me doy cuenta, cada día intento llegar a la noche sin que se haya desmoronado todo y me doy por satisfecha si seguimos manteniendo las esperanzas de volver a ser lo que fuimos. Me envuelvo cada vez en más falsedades, hasta que un día despierte sin saber quién soy y ya no sea capaz de despojarme de mis corazas para aparecer de nuevo como fui.

Dragan y la Gran Aya pidieron permiso para entrar e interrumpieron el monólogo de la princesa, que los animó a pasar y acomodarse lo mejor posible en el carro, donde apenas cabían todos. Shebaszka tomó un poco de agua fresca que acababan de traer, empapó un paño y se lo puso al rey en la frente.

—Está muy débil —les informó—, pero creo que comprende lo que hablamos.

—Estamos preocupados —intervino Dragan en voz muy baja—, sentimos que Barthazar y Gabiok gobiernan Ariok a sus anchas mientras Magmalión agoniza y tú te encargas de sus cuidados. La Gran Aya —la miró— y yo nos sentimos incapaces de dar órdenes. Los soldados obedecen al general y el resto del personal parece haber asumido que solo padre e hijo, además de ti, princesa, pueden dirigirlos. Y no sabemos cuál es tu decisión acerca de la propuesta matrimonial de Barthazar de Pontoix... ¿cuándo tendrá lugar el enlace?

—He hablado con él. —La princesa dejó el paño fresco en la frente de Magmalión y les dedicó una mirada misteriosa—. Voy a convocar Consejo en nombre del rey y os comunicaré la fecha de la boda, como hice con mi tío ayer mismo, antes de que perdiera la conciencia.

La Gran Aya y Dragan se miraron y asintieron en silencio. Sabían el sacrificio que hacía Shebaszka al aceptar desposarse con Barthazar. Y también sabían lo que esa decisión dolía al propio rey. Pero, en cualquier caso, ellos respiraban aliviados, puesto que Barthazar estaba mejor bajo el control de la princesa que dolido por su rechazo.

Dejaron atrás el campamento algunos amaneceres después, con unas alforjas de juncos repletas del acopio que habían logrado con esfuerzo durante jornadas intensas de caza y recolección: raíces, setas, frutos rojos y un conejo recién cazado. Bertrand llevaba las riendas del caballo y Elizheva iba a la grupa, abarcando con sus brazos el torso poderoso del carpintero. Su vientre, abultado ya sensiblemente, se apretaba contra la cintura de él.

—¿No sientes que se mueve? ¡Mira, ahora está dando patadas! —Le gritaba. Él sonreía por la felicidad de ella, pero al instante siguiente volvía a adoptar un gesto serio y preocupado. El cielo amenazaba lluvia de nuevo, estaba empezando a hacer frío y, por lo que sabían, había una amplia distancia hasta donde había abarcado la vista de Elizheva cuando subió a la colina en busca de comida. No sabía qué les aguardaba y temía que la comida que llevaban fuese tan insuficiente que se vieran en aprietos antes de que se dieran cuenta.

Cabalgaron durante varias lunas, protegiéndose de la lluvia y del frío, cazando pequeñas presas que no daban para llenar los estómagos, dejándose las uñas en busca de raíces que cada vez eran más profundas, rebuscando en madrigueras, recolectando frutos pasados y hojas marchitas. Y mientras crecía el vientre de Elizheva menguaban las carnes de ambos, que estaban muertos de hambre y ateridos de frío, expuestos a la lluvia y al viento y cansados de jornadas interminables por paisajes monótonos de bajo matorral y escasa hierba seca.

También el caballo y el perro enflaquecieron hasta dejar los costillares expuestos a las inclemencias del tiempo, sin un mínimo recubrimiento de grasa que los protegiese de la intemperie. Apenas comía algo de hierba rasa el caballo y ninguna cosa de reseñar el perro, ambos sometidos a las mismas jornadas interminables desde al amanecer hasta que sus sombras les tomaban la delantera para perderse en la lejanía en los días en que las nubes les daban tregua.

Algunas veces, cuando paraban a descansar en cualquier parte, Elizheva miraba a Bertrand con ojos tristes y él le correspondía con unos labios apretados o un entornar de ojos que significaban lo siento, y ella derramaba alguna lágrima silenciosa porque no intercambiaban más palabras que gestos y miradas que eran como diálogos y lamentos. Y pasaban los días sin hablarse porque hacerlo era aceptar que habían fracasado en su intento y que la realidad de su esfuerzo había quebrado sus ilusiones. Así, sin hablar, parecían aplazar la aceptación de lo inevitable, como si ocultárselo aliviase los tormentos, como si quisieran engañarse a ellos mismos porque así aún quedaba un resquicio para el triunfo. Un día Bertrand orinó sangre porque hacía mucho que no bebía. Otro día Elizheva dejó de notar patadas en el vientre y pensó que había perdido al niño.

Una mañana, cuando el carpintero había tomado ya la firme determinación de matar al perro, tuvo que frotarse los ojos porque creyó ver en lontananza un rebaño de cabras bajo los cuidados de un niño. Aguijó el caballo, que apenas respondía a los estímulos del jinete, y cuando fue acercándose con la débil esperanza de que no fuese un espejismo, oyó el balido de los animales, el ladrido de un perro que no era el suyo, el tolón de los cencerros y un silbido llamando a recogida.

—¡Ayuda! Por favor, ¡ayuda! —pidió con un grito nervioso.

Elizheva, que tardó en comprender lo que ocurría, abrió los ojos desorbitadamente y estuvo a punto de caer del caballo mientras gritaba:

—¡Alabado sea Rakket! ¡Ayudadnos, por todos los dioses!

El niño los vio llegar al trote y azuzó a los perros, luego tomó un buen guijarro en sus manos, lo puso en la honda de cáñamo que llevaba colgada al hombro, tomó impulso y lo lanzó con tanta pericia como violencia. Bertrand no tuvo reflejos para esquivar el golpe.

El general ordenó que una triple fila de soldados formase un cerco en torno al lugar donde se celebraría el Consejo. Bajaron el lecho de Magmalión, a quien habían vestido con sus mejores galas aunque permanecía inexpresivo y sin conciencia, y lo mostraron como si fuese una estatua a la que venerar. Resultaba difícil sentirse bajo su protección en aquellos momentos, aunque todos los miembros del Consejo, salvo Barthazar, mostraban la misma veneración que siempre habían expresado antes. Para ellos no cabía otra forma de presentarse ante su señor, aunque su actitud forzada naciera de un sentimiento de culpabilidad, de comprobar cada cual, sin saber que al resto le ocurría lo mismo, que en aquellos momentos el rey les infundía lástima en lugar de admiración.

El caso de Barthazar era diferente, puesto que él no había

participado en los Consejos cuando Magmalión los había presidido en plenitud de facultades, cuando su magna figura les hacía sentirse como niños bajo la protección de un padre a quien admiraban por encima de cualquier otro. Él no estaba impregnado de la serena presencia del hombre sabio que había sido siempre Magmalión I, de su pensamiento y sus reflexiones, de las resoluciones que emanaban de la simple aplicación de un inabarcable sentido de la justicia.

Seguían echándose en falta la voz firme de Renat y la seguridad abrumadora con que se explicaba y actuaba Roger, y también —por qué no reconocerlo—, la prestancia con la que acudían a tan importantes sesiones los mismos que ahora vestían poco menos que harapos, salvo Gabiok y Barthazar, cuyos ropajes hacían crecer la suspicacia de quienes no podían explicarse que solo ellos conservasen prendas tan admirables.

—¡Oh, rey Magmalión! Tu presencia, aun en estos momentos en que acaricias las tinieblas y nos privas de tu clarividencia y de la luz de tus sabias determinaciones, es para nosotros motivo de reconocimiento y de la más profunda admiración. Tú, que siempre nos has guiado, sigues haciéndolo con el último hálito de vida que nos convoca hoy ante ti. Loado seas siempre, enviado de los dioses, y loada sea tu estirpe. Iniciamos este Consejo que, según nuestras costumbres, corresponde tutelar a vuestra sobrina, la princesa Shebaszka, madre de vuestro heredero.

—¡Gracias, mayordomo real, fiel Gabiok! —intervino la princesa recurriendo a una fórmula de cortesía e ignorando las diferencias que los separaban—. Hemos convocado este consejo real para tratar dos asuntos de extraordinaria importancia para el futuro del reino de Ariok. El primero de ellos es la fecha que he elegido para tomar a Bartha como esposo, y las condiciones que he pedido al rey y que este ha aceptado. En segundo lugar, la propuesta de inhabilitación del rey por su débil estado de salud y mi nombramiento como regente del reino hasta la mayoría de edad de mi hijo Willem.

»Hoy he comunicado al general Barthazar lo mismo que ayer al rey. He decidido desposarme con él en la próxima luna llena, con la única condición de que el matrimonio sea consumado cuando mi corazón se sienta preparado para entregarse a él como merece. Espero que él sepa aceptarlo.

Gabiok le dirigió a su hijo una mirada reprobatoria, pero Barthazar no quiso mirarlo y asintió reafirmando las palabras de Shebaszka. Ya hablaría más tarde con ella de ese nuevo asunto que no estaba dispuesto a asumir. Se sintió traicionado por el hecho de que la princesa no hubiese incluido esa condición entre las que le planteó junto al lecho del rey.

—Por otra parte —continuó la princesa—, considero imprescindible hacer efectiva la regencia del reino sin esperar a que nuestro señor Magmalión nos deje para siempre. Él nos ha servido sabiamente durante toda su vida; es hora de que seamos nosotros quienes le demostremos que hemos aprendido de sus enseñanzas y que su espíritu nos sobrevuela y lo hará para siempre. Quiero someter a vuestra aprobación mi asunción de las responsabilidades como reina regente hasta la mayoría de edad de quien está llamado a ser Willem I de Ariok. Me gustaría escuchar vuestras intervenciones antes de continuar.

—Vuestra decisión es juiciosa, princesa —intervino Gabiok adelantándose al resto. Shebaszka apreció que hablaba con la templanza que le caracterizaba, aparentemente tranquilo y sosegado, con dominio de sus sentimientos, al contrario de lo que había hecho en el interior del carromato cuando estaba a solas con ella y con el rey—. Desposaros con mi hijo me resulta grato como padre, pero no deben prevalecer mis sentimientos sobre mis deberes, por lo tanto hablo también como consejero del rey y como mayordomo real, y sé que vuestro enlace será lo mejor para Ariok y para todos nosotros.

Shebaszka asintió en señal de agradecimiento.

—Sin embargo... —continuó Gabiok—, no creo que sea tolerable vuestra decisión de decidir el momento de la consumación del matrimonio, puesto que a pesar de que vuestro corazón necesite aún ser reparado por completo, me temo que vuestra elección no se debe a que profeséis un gran amor por el general Barthazar —miró a su hijo con ojos de hielo—, sino a que bus-

cáis lo mejor para Ariok. Por lo tanto, si no os desposáis anteponiendo el corazón a la razón, no deberíais anteponer los sentimientos al objeto último de este matrimonio, que no es otro
que dar más herederos al reino por si los dioses quisieran llevarse a Willem antes de tiempo.

—Es un derecho que me asiste, Gabiok, y además es mi condición para aceptar desposarme con Barthazar. Ya se lo he dicho
a él y está de acuerdo, ¿no es así? —interrogó al propio general.

—Así es. —Barthazar la miró con una falsa sonrisa en los labios. Su indignación era creciente. En realidad, a él poco le importaba que la princesa lo amase o no, él tampoco la amaba a
ella. Pero pronto ejercería de rey y no estaba dispuesto a que
remilgos sensibleros lo impidiesen. Ya solucionaría él lo de la
consumación del matrimonio.

—Está bien —admitió Gabiok—, pero entonces considero
que lo adecuado sería establecer un consejo de regencia en lugar de que vos la ejerzáis de inmediato. En realidad, debería ser
este consejo real quien asumiese la regencia del reino. Sé que
vais a proponer que se someta a votación, y que en ese caso el
gran sacerdote Dragan y la Gran Aya votarán a vuestro favor, y
que con dos votos a favor y dos en contra, ejerceréis la justicia
y desequilibraréis la balanza. Propongo, sin embargo, que vuestro voto no cuente, puesto que se os está otorgando o negando
la posibilidad de convertiros en reina al término de esta magna
reunión.

—Con vuestro permiso, princesa, me gustaría expresar mi
opinión —solicitó la Gran Aya con firmeza—. En primer lugar,
lamento que la indisposición de nuestro gran señor Magmalión
se convierta en una lucha de poder por la ambición desmedida
de nuestro mayordomo real y de su hijo.

—¡Es intolerable! —exclamó Gabiok.

—¡Silencio! —ordenó la princesa—. Que cada cual exprese
su opinión, como siempre ha sido y seguirá siendo en el seno de
este Consejo.

—Lo intolerable, mayordomo, es vuestra abierta pretensión
de acaparar poder siempre. No contento con imponer a vuestro

hijo como general y pretendiente a rey regente y consorte, también osáis desviar la tradición arioki de que la regencia recaiga sobre el padre o la madre del heredero hasta que este pueda presidir el consejo real. No veo nada malo en ello y, desde luego, no debería vincularse a la consumación de un matrimonio.

—Aun así, Gran Aya, sugiero que se someta a votación y que la princesa no ejerza su voto —insistió Gabiok volviendo a dulcificar el tono de su voz.

—¿Dragan? —lo invitó a hablar Shebaszka.

—Admirado Gabiok. Nunca en mis años en la corte de Ariok oí que hubiese ocurrido lo que está ocurriendo aquí. Bien es cierto que jamás un terremoto asoló Waliria, nos sometimos a un éxodo, padecimos un huracán, asistimos a la agonía de nuestro rey, a la muerte del padre del heredero, a la del jefe de la milicia... En definitiva, jamás se dieron las circunstancias que ahora se nos presentan, pero sí hay algo que no es nuevo y que se ha dado siempre en este consejo real, desde que yo tengo conciencia de su existencia, es que siempre se ha actuado con absoluta imparcialidad, anteponiendo los intereses de Ariok sobre los particulares y familiares. Nunca vi a nuestro señor Magmalión tomar una decisión en favor de su sobrina, la princesa Shebaszka, por ejemplo. Al contrario, perjudicó a su propia familia cuando no tuvo más remedio si con sus actos se beneficiaba el común de los súbditos de Ariok.

»No estoy en contra de que se vote en el seno del Consejo, puesto que es lícito hacerlo. Pero es cierto que nunca se hizo porque precisamente nosotros, como consejeros, lo que hicimos siempre fue aconsejar al rey para que fuese él quien en última instancia tomase sus decisiones, con sabiduría y acierto, ¿no es así, mayordomo?

—Lo es, Dragan, pero no es menos cierto que Magmalión está sumido en las tinieblas y que por ello nos vemos obligados a tomar decisiones importantes, y a mi juicio no deben ser tomadas por la princesa Shebaszka porque eso sería una suplantación de nuestro rey, y ella aún no es regente del reino ni sucesora de su tío. Por eso creo que debería haber una regencia y que debe recaer en última instancia en su persona, pero no antes de que cumpla con su palabra de desposarse y consumar su matrimonio, puesto que, cuando Magmalión tomó la decisión de que se desposase con mi hijo, nada se habló de imponer condiciones tan severas y parciales como la que nos acaba de anunciar y que demuestran que tal vez no se halle aún preparada para asumir los asuntos del reino, cosa que este Consejo puede hacer con garantías suficientes.

—De acuerdo, que se vote —otorgó Shebaszka—. ¿Qué pasará en caso de empate? Es lo más probable...

—Que no habrá regencia y que habría un vacío de poder —intervino la Gran Aya.

—¿Es eso lo que queréis? —inquirió la princesa dirigiéndose a Gabiok.

—Quiero que no se impongan condiciones y que este Consejo dicte lo que ha de hacerse.

—Pero el Consejo está incompleto —sugirió Dragan—. Nadie ha sustituido a Renat como representante del pueblo y de los gremios. Deberíamos aceptar a un nuevo miembro antes de votar.

—No servirá de nada —dijo Shebaszka mirando a Gabiok—, ¿verdad, mayordomo? Ningún candidato os resultará lo suficientemente preparado para sustituir a Renat. Creo que deberíamos votar y terminar esto cuanto antes. Nos tomaremos un tiempo después y volveremos a convocar el Consejo cuando Magmalión nos abandone. Creo que él puede oírnos y comprender lo que está pasando aquí, y quisiera ahorrárselo.

—Votemos de una vez —sugirió la Gran Aya.

—Traed pergamino para votar —ordenó Shebaszka.

Al momento trajeron ocho trozos de vitela para que cada cual marcase su opción y lo entregase a la princesa. A cada uno se le facilitó un poco de tinta encarnada y una pluma de ganso recién cortada, y todos hicieron su marca en el pergamino y luego lo entregaron a Shebaszka.

—Bien, terminemos con esto. —Mostró el primer trozo—: Regencia. Un voto a favor de mi regencia. Veamos el segundo. Consejo. Empate a uno. El siguiente: Regencia. Dos a uno.

Sacó el cuarto de los trozos de debajo y lo mostró con una sonrisa en los labios:

—Regencia. —Miró a Gabiok sin disimular las señales de su triunfo dibujadas en su rostro; estaba claro que Barthazar había votado a su favor—. A partir de este momento soy la reina regente de Ariok.

—Muy bien —admitió Gabiok malhumorado—... reina. ¿Hemos terminado? Deseo retirarme. Tengo asuntos que tratar con el general Barthazar. —Lo miró con ojos como dagas.

—No, aún no hemos terminado. Ahora me gustaría, como reina, abordar otro asunto. Creo que hay cargos en la corte que deberían dejar de ser desempeñados permanentemente por la misma persona. Bien es sabido que el tiempo causa desinterés y cansancio y que la desgana se apodera de quienes permanentemente se ocupan de una misma tarea. Creo que, por el bien de todos, habría que relevar a sus titulares.

Gabiok abrió los ojos desorbitadamente cuando la princesa clavó los suyos en él.

Despertó en una choza a las afueras del pueblo y su primera imagen fue la de una vieja desdentada y surcada de arrugas que le sonreía desde arriba. Olía a lumbre y maderas viejas. Apartó la vista hacia el techo por donde se filtraba la luz en haces de polvo y volutas de humo hasta que se cruzó ante su mirada la sonrisa forzada de Elizheva, que le acercó un bol de gachas rancias.

Le dijo algo pero no pudo oírla. Movía los labios, le hablaba, pero a él le resultaba imposible entenderla. Luego distinguió sonidos distorsionados y más tarde comprendió que le hablaba del caballo, del niño, de Trimib. En su cara había preocupación y alerta. Él miró de nuevo a la vieja, que ahora estaba junto a un hombre de mediana edad, piel atezada, pelo negro y revuelto, sonrisa siniestra y mirada torva.

Más tarde supo que el niño había acertado de lleno con el guijarro en su cabeza y le había hecho perder el sentido. Además, le había abierto una herida profunda por la que había manado sangre a borbotones. Elizheva había impedido que cayese del caballo, lo cual habría sido mortal para su espalda maltrecha. Asustado, el niño había huido, y ella había pedido auxilio a gritos mientras el caballo avanzaba al paso. La familia que habitaba en la cabaña donde ahora se encontraban los había atendido, les habían dado de comer, le habían curado la herida a Bertrand con emplastos de hierbas y se la habían vendado, lo habían acomodado en un jergón y habían alimentado a Elizheva hasta que estuvo realmente satisfecha. Les habían proporcionado alojamiento y, en definitiva, les habían salvado la vida. En contrapartida, se habían empeñado en cobrar sus servicios quedándose con el caballo.

—¡Eso no puede ser! —les dijo la muchacha—. Si hemos de pagar por lo que habéis hecho por nosotros lo haremos, pero no con el caballo.

Al ver que ellos insistían, continuó:

—No, no... Buscaré a mi familia. Yo soy de aquí, de Trimib. Tenéis que recordarme. Fui secuestrada siendo muy pequeña, vivía aquí con mis padres. Estoy segura de que viven, eran jóvenes. ¿No me recordáis? Yo os mostraré dónde vivíamos. Recuerdo esta ciudad, próspera y rica. Mis padres tenían una casa de dos plantas, con un gran espacio en las traseras donde se criaban gallinas, conejos y gansos, y donde estaban los establos que albergaban dos o tres buenos jumentos y el caballo de mi padre. En la parte alta se acumulaba el grano y la sal, y mis hermanos y yo jugábamos a escondernos entre fardos de lana.

Pero ellos se encogieron de hombros, así que Elizheva se decidió a recorrer Trimib en busca de su familia con la promesa de regresar con una cantidad suficiente para pagar por todo.

Salió de la cabaña y se encaminó hacia el interior del pueblo. Trimib resultó ser una aldea diminuta y pobre, con casas de una planta de caña y adobe y techos de barda, habitadas por pastores y unos cuantos artesanos de escasa importancia. Sobrevivían gracias a las tribus nómadas que cruzaban la estepa de norte a sur y de sur a norte llevando consigo ganados que pastaban hierbas escasas y ramones de pequeños arbustos. En la aldea les daban de comer y se quedaban a cambio una mínima parte de sus ganados, que pasaban a engrosar y rejuvenecer los rebaños de los trimibenses.

Por más vueltas que dio no encontró un solo signo de prosperidad, ni tampoco un vestigio de que Trimib hubiese sido próspera jamás. No solo no había ni una casa de dos plantas, sino que no parecía haberla habido nunca. Negó con la cabeza, volvió sobre sus pasos, recorrió el pueblo entero y se topó con una realidad sobrecogedora. Preguntó a un viejo que mataba las horas sentado en el brocal de un pozo, y no recordaba familia alguna como la que ella describía. Luego a una anciana que tejía una sucia lana a las puertas de una casa, y tampoco supo dar respuesta a sus inquietudes. Por más que recorrió el poblado de punta a punta no logró recordar ni una sola esquina, ni un espacio abierto o cerrado, ni un rincón.

Conmocionada, regresó a la choza sin ser capaz de decir palabra. Bertrand consiguió que le contase lo que había visto, y entonces intentó que les devolviesen el caballo con la promesa de trabajar duro para pagarles. Pero por más que discutieron no consiguieron nada. A la llamada de los habitantes de la choza acudieron hombres recios armados con hoces, martillos y hondas, exigiendo el pago de los servicios prestados.

—Veréis... No poseemos nada, salvo ese caballo, y lo necesitamos para subsistir. No podemos quedarnos sin nada. Como podéis ver, la muchacha está encita —la miraron y asintieron, y entonces Bertrand cayó en la cuenta de que todos pensaban que él era el padre, pero no era el momento de dar explicaciones—, y tendremos que establecernos en este pueblo para que alumbre aquí. Comprendo que queráis cobraros lo que habéis hecho por nosotros, pero no tenéis por qué establecer cuál es el medio de pago. Si creéis que el caballo es suficiente le pondremos precio y pagaremos una cantidad equivalente, pero no os quedaréis con el animal.

—No —le contestaron con contundencia—. El caballo ya es nuestro. Son las normas de Trimib para los ganaderos nómadas.

—¡Pero no somos ganaderos nómadas! Yo venía en una caravana que se dirige hacia el sur en busca de los Grandes Lagos, organizada y dirigida por el gran Magmalión. Y ella vivía en el bosque de Loz con un grupo de salvajes. ¿No lo entendéis? Necesitamos parar aquí algún tiempo hasta que encuentre a su familia y pueda tener a su hijo en paz.

—Quedaos, si es eso lo que queréis. Pero el caballo es nuestro y estamos dispuestos a matar por él —lo amenazaron. Bertrand comprendió que nada podía hacer frente a tanta cerrazón y, sobre todo, ante un grupo nutrido de deudos preparados para defender la posesión de un animal que ya consideraban suyo.

Elizheva se echó a llorar y Bertrand se dijo que no solo se debía a la pérdida del caballo y a la impotencia por no poder recuperarlo, sino que principalmente era consecuencia de la decepción que había sufrido. Llevaba toda su vida soñando con escapar de Borriod y regresar junto a su familia, pero probablemente había idealizado imágenes de la infancia y nada de cuanto había desarrollado su imaginación a lo largo de los años había existido nunca. La abrazó con fuerza y ella intensificó su llanto.

—Llora... —le dijo con suavidad—. Yo estoy a tu lado.

—Estamos perdidos, Bertrand —respondió la muchacha con voz entrecortada.

Él no contestó. No tenía fuerzas para hacerlo.

—¡Eres un traidor! —le espetó Gabiok a su hijo.

—¡No consiento que me acuses de traición, tú, precisamente tú, que has urdido este plan! Querías que llegase a ejercer de rey, ¿no? Pues estamos a punto de conseguirlo y tú me llamas traidor. ¿Acaso no era cierto que querías lo mejor para mí? ¿Es posible que lo que desearas, en realidad, fuera ostentar tú mismo el poder absoluto en Ariok? ¡Tu ambición es desmedida! Pero escúchame bien, estoy a un paso de llegar a lo más alto, y te lo debo a ti, es cierto, lo cual no te otorga la impunidad suficiente para desacreditarme.

—Todavía puedo hacer que no llegues a nada. Toda la vida

has sido un inútil y solo has crecido gracias a mí, a mi perseverancia, a los planes que he ido trazando para ti desde que eras un mocoso y no acertabas a ganar en ninguno de los juegos en que tenías que competir con otros niños. Roger siempre te venció. Hasta Emory, un enfermizo y endeble amanerado, te venció. Barthazar, siempre el último en todo, el niño torpe y asustadizo, el menos avispado de todos. Y, sin embargo, siempre tuviste a tu padre que te ha alzado a lo más alto, eres el todopoderoso jefe de la milicia, el responsable de todos los órdenes en la corte, y ahora serás quien tenga en sus manos la educación del heredero del trono y, por lo tanto, podrás moldearlo a tu gusto, podrás hacer de él un súbdito. Si tuvieses la habilidad suficiente harías que te necesitase siempre, que no fuera capaz de tomar una sola decisión sin ti, que creciese a tu sombra y nunca saliese de ella. Pero no, has traicionado a tu propio padre donde más le duele, en el consejo real, consintiendo que quieran relevarme como mayordomo real y votando en contra de una propuesta que nos otorgaba un poder casi ilimitado.

—Por eso no os entiendo, o tal vez os entienda demasiado bien. No estáis contento con que yo acabe siendo esposo de la reina regente porque lo que, en realidad, os habría gustado es ser una quinta parte de la regencia. Un quinto o un hijo rey. Y preferís un quinto para vos y otro quinto para mí. ¡Pensarlo me provoca náuseas!

—Eres terco. Estarás en manos de Shebaszka, serás un muñeco a sus pies, esperando a que quiera yacer contigo, viéndote de furcia en furcia y rechazándote más cuantas más furcias pasen por tu entrepierna. Te arrastrarás detrás de ella. Mientras que si se hubiese constituido un consejo de regencia habría sido ella la que hubiese dependido de ti, porque tú no serías un quinto, sino dos, contando conmigo.

—Habría dado igual, dos quintos contra tres quintos. No veo la diferencia.

—La diferencia es que al menos en el Consejo siempre tendrían que haberse puesto de acuerdo en todo, y aunque no te lo parezca ahora, Dragan y la Gran Aya no siempre estarán al lado de Shebaszka, porque están educados para servir al reino y habrá veces que, con dolor de su corazón, opinarán en contra de esa condenada princesa.

—Esa condenada princesa será mi esposa y madre de mis hijos.

—No vayas a decirme ahora que te has vuelto sensible de pronto.

—¿Sensible de pronto? No merece la pena seguir discutiendo. Pienso aprovechar mi lugar en lo más alto. Si estás de mi lado, padre, sabré ser un hijo agradecido; pero si no lo estás, estarás contra mí.

—No has entendido nada. Si lo hubieses entendido te habrías dado cuenta de que no podría estar contra ti —Gabiok guardó silencio un instante antes de continuar—: Despósate cuanto antes y cuenta conmigo si quieres. Tengo los días contados en el Consejo gracias a lo que ha ocurrido hoy.

—Anunciaré públicamente la proximidad de nuestro enlace. Eso es lo primero.

Caminaron hacia el pueblo con el perro a su lado, olisqueándolo todo. Era un poblado ruinoso, como le había descrito Elizheva, de casas de adobe y paja culminadas con tejados de ramaje. En sus fachadas se abrían puertas bajas y estrechas, y ventanucos enmarcados en maderas podridas que se deshacían a la intemperie por el paso del tiempo. En una de las calles había un ensanche presidido por un pozo artesiano de escaso diámetro, se acercaron y comprobaron que estaba completamente seco y que en el fondo podían verse los objetos que, con los años, se habían ido tirando desde arriba: herramientas inservibles, trozos de metal oxidado, ruedas de carro destrozadas, guarniciones resecas, huesos esparcidos y trozos de madera cubiertos por hongos. Del brocal sobresalía un arco de adobe desde el que colgaban los herrajes de una vieja polea.

Continuaron la marcha y recorrieron el pueblo con la esperanza de encontrar alojamiento a cambio de trabajo o materiales que les sirvieran para establecerse en algún terreno abandonado, pero las calles estaban desiertas y más allá de las casuchas no parecía haber tierras sin dueño, sino huertas mal cultivadas y espacios amojonados con pedruscos que sobresalían más de dos palmos.

Volvieron sobre sus pasos y vieron a una anciana arreando dos burros viejos seguidos de un gato tiñoso. De los lomos del primer jumento colgaban dos grandes alforjas cargadas de calabazas, habas, coles, brevas y haces de centeno; de los del segundo, unas cangallas con sendos cántaros de barro. Apretaron el paso y salieron a su encuentro:

—Paz y justicia, buena señora —la saludó Bertrand.

La mujer se quedó callada, escrutándolo con la mirada, con cara de no haber entendido nada. Como el carpintero supuso que no lo había oído, le gritó:

—¡Paz y justicia, buena señora!

La mujer echó mano a una hoz que colgaba de la albarda y se puso en guardia. Bertrand, extrañado, dio un paso atrás y extendió sus brazos para proteger a Elizheva. La mujer frunció el ceño y tensó los fibrosos músculos que, como cuerdas, se estiraban bajo su piel cuarteada por el sol y los años. El carpintero era mucho más fuerte y alto que ella, y si hubiera querido despojarla de la hoz no habría tenido más que darle un manotazo rápido y seco antes de que ella pudiera reaccionar, pero comprendió que podía hacerse entender antes de generar conflicto alguno.

—¡Por todos los dioses! —exclamó—. No queremos haceros daño. Acabamos de llegar a este pueblo y solo buscamos trabajo y alojamiento. Ella está encinta y necesitamos descansar.

La mujer bajó la guardia y miró a Elizheva de arriba abajo, luego colocó la hoz en la albarda y dijo al fin:

—No puedo ofreceros ni trabajo ni alojamiento —y diciendo esto continuó su camino.

—¡Esperad! —le rogó Bertrand—. Necesitamos quedarnos aquí algún tiempo, no podemos continuar nuestro camino. Solo queremos trabajar y subsistir en Trimib. ¿A quién podemos dirigirnos?

La mujer los observó de nuevo con sus ojillos acuosos. Llevaba un pañuelo en la cabeza y vestía una túnica negra sujeta a la cintura con una correa de cuero. En los pies, dos sandalias de esparto dejaban ver unos feos dedos ennegrecidos y sin uñas.

—Id a aquella casa y preguntad por Rerad el Negro. Él es el único que puede ayudaros —dijo mientras sacaba de la albarda un pequeño cántaro y un cazo, abrió el recipiente, vertió un poco de leche en el cuenco y se lo extendió a Elizheva—. Bebedla, os hará bien. Estáis muy cansada.

La muchacha bebió con avidez y se lo agradeció:

—¡Oh! Está riquísima. Estoy en deuda con vos.

La mujer sonrió apenas.

—Gracias, le dijo Bertrand. Por cierto, ¿hay algún carpintero aquí?

—Id a ver al Negro —insistió sin más.

Se despidieron de ella y se encaminaron a la casa que les había indicado la anciana. Se trataba de un edificio ligeramente más grande que el resto y sus puertas y ventanas eran de buena madera curada y estaban enmarcadas en piedra, en lugar de madera podrida. El tejado no era de barda, sino de pizarra bien dispuesta, y el adobe de la fachada aparecía enjalbegado con lo que parecía una fina capa de cal. Bertrand dio dos golpes secos en la puerta —madera de pino, se dijo, y no he visto un pino desde el bosque de Loz—, pero nadie respondió y volvió a golpear, esta vez más fuerte. Al cabo de un rato se deslizó una tranca al otro lado de la hoja y apareció un hombre completamente negro. Bertrand y Elizheva dieron un respingo y se echaron atrás.

—P... paz y justicia —acertó a decir el carpintero.

El hombre parecía un guerrero, fuerte y alto, dotado de un rostro extraño con labios gruesos, ojos muy blancos surcados por venas rojas, ausencia completa de barba, el pelo corto y rizado. Vestía una camisola abierta hasta la cintura que dejaba ver un pecho amplio y musculado. Jamás habían visto una cosa así.

—¿Paz y justicia? ¿En nombre de quién venís aquí a impartir justicia? —Su voz era grave y sonó extraordinariamente potente, aumentada por el eco de la estancia.

—¡No! No impartimos justicia. —Bertrand comprendió que aquella expresión tan utilizada en Waliria no tenía correspondencia en Trimib—. Es la forma de presentarnos que tenemos los habitantes de la capital de Ariok, Waliria.

—¿Waliqué?

—¡Oh! Waliria, la capital de Ariok —repitió Bertrand con extrañeza—, ¿no habéis oído hablar de la capital de este reino? ¿Tampoco habéis oído hablar de Magmalión? Íbamos en éxodo después de un fuerte terremoto. Nos dirigíamos hacia los Grandes Lagos, al sur, pero nos hemos visto obligados a desviarnos y...

—¿Qué queréis? —lo interrumpió Rerad el Negro.

Bertrand, que se había quedado con la palabra en la boca, suspiró y dijo:

—Soy maestro carpintero pero puedo trabajar en cualquier cosa. Ella está encinta y no podemos continuar nuestro camino, así que tenemos que quedarnos en Trimib algún tiempo.

—¿Tienes herramientas? —lo tuteó.

—No.

—Entonces no eres maestro de nada.

Bertrand prefirió ignorar la osadía.

—¿Hay carpinteros aquí? ¿Y herreros?

—Yo soy el carpintero, el herrero, el herrador, el constructor y el sacerdote. En realidad, creo que lo soy todo.

—¿También el juez?

—También.

—Creo que nos han robado el caballo.

—No. Os lo han cobrado por curar tu herida de la cabeza y daros alojamiento y comida.

—Así que ya lo sabíais...

—También soy adivino.

—Es un cobro injusto y no preestablecido. Deberíamos haberlo acordado previamente —protestó Elizheva y, al escucharla, el Negro cambió el semblante y la miró como si no hubiera reparado antes en ella.

—¿Y tú qué sabes hacer?

—Está encinta —lo atajó Bertrand, y Rerad lo miró arrugando el entrecejo, visiblemente contrariado. Luego volvió a clavar sus grandes ojos en ella a la espera de una respuesta.

—Un poco de todo.

—Está bien. Trabajaréis para mí y yo os daré alojamiento y comida.

—¡Oh! ¡Gracias! Respondió Elizheva.

Bertrand sonrió levemente e inclinó la cabeza en señal de agradecimiento.

—¡Artuk! —gritó girando la cabeza hacia dentro de la casa. Al momento apareció un hombrecillo que, a todas luces, era su ayudante o su mayordomo—, ¡lleva a mis nuevos empleados a la casa vieja! Trabajarán a cambio de alojamiento y comida. Él es carpintero, que cambie puertas, ventanas y techo. Por prestarle las herramientas comerá la mitad. Si quieren un jergón cada uno, comerán la cuarta parte durante una semana. Si quieren ropas, durante dos semanas. Y que ella venga temprano cada día a ayudar aquí hasta que termine las tareas que le asignes. Cuando llegue la caravana del oeste nos vendrá bien para que atienda a las mujeres. Creo que van a estar aquí mucho tiempo... A partir de este momento Artuk os transmitirá mis órdenes. Ahora, id. Estoy cansado.

—¡Pero nos tratáis como a esclavos! —protestó Bertrand indignado—. Entenderéis que en esas condiciones no podemos aceptar trabajar para vos, pues resulta humillante. Tendré que establecerme por mi cuenta, trabajar para ganarme mi propio sustento, hacer lo que sea necesario...

Rerad lo miró con fijeza.

—¿Esclavos? No sabes lo que dices. Id si queréis, yo no os retengo, pero nadie en Trimib os dará nada sin mi permiso, eso tenedlo por seguro. Aquí, me pertenecéis.

La mañana de los desposorios de Shebaszka, reina de Ariok, y de Barthazar, jefe de su guardia personal y general en jefe de todos sus ejércitos, intendente de la corte, máximo responsable de los asuntos internos del reino, guardián de las comunicaciones y de los abastecimientos, juez supremo de los asuntos de armas, responsable del urbanismo, garante del orden de los gremios, de las cuentas reales y del cobro de diezmos, amaneció con brumas que impedían ver más allá del alcance de una flecha.

Se habilitó un estrado alto para que todo el pueblo de Ariok pudiera asistir al acontecimiento, se retiraron los carromatos, se adornó la explanada con rosas, lirios, orquídeas y azucenas, se preparó un trono especial para el rey Magmalión, que permanecía sumido en las profundidades del sueño y respiraba cada vez más débilmente, y se prepararon guirnaldas que adornaban las maderas sobre las que se sostenía el escenario. A Willem lo vistieron con un uniforme nuevo, tejido al efecto por las hilanderas de la corte Real, mujeres acostumbradas a realizar las labores y bordados más bonitos jamás vistos, y a los empleados próximos a la reina se les obligó a vestir con librea añil y pañuelos fucsias con un nuevo emblema diseñado especialmente para Shebaszka, consistente en un halcón con las alas extendidas que sujetaba con sus garras el emblema de Magmalión y una silueta dorada de las antiguas murallas de Waliria, en recuerdo del origen y señas de identidad del pueblo de Ariok. Por último, un estandarte escarlata luciendo el mismo emblema se colgó de un alto mástil que se elevaba por detrás del estrado y que ondeaba a ratos con la ligera brisa que ascendía desde el río hasta la explanada cargada de aromas de poleo.

Astrid le echó un último vistazo a Willem y le dedicó una sonrisa aprobatoria. Por su parte, Lauretta terminó de peinar su cabello y se ajustó el pañuelo fucsia.

—¿Estoy bien? —preguntó.

—Estás preciosa —la animó Astrid, que cada vez demostraba más aprecio a la muchacha—, ¿y yo?

—Tú, ¡ni la misma reina!

Ambas se echaron a reír hasta que Azzo interrumpió su alegría lanzándoles improperios por lo que consideraba una falta de decoro en un día tan solemne. Cesaron las risas y terminaron de prepararlo todo en silencio, en el interior de la tienda que ocupaban desde hacía varios días. Luego, siguiendo las instrucciones de los enviados de Dragan, que ejercía de maestro de ceremonias, se dirigieron hacia los lugares reservados ante el entablado donde tendría lugar la unión.

Caminaban despacio, levantando sus vestidos con ambas manos para no ensuciarlos, pendientes siempre de que Willem llegase impecable al momento de la celebración. Cuando se aproximaron al lugar comenzaron a llegarles vapores de plantas aromáticas quemadas en pebeteros dispuestos en torno a la tarima. En un rincón, atado por los ollares a un fuerte tronco, pacía el becerro que había de ser sacrificado a los dioses en mitad de la ceremonia. Todo aquel colorido y la alegría que se respiraba, los trajes nuevos, los peinados recientes y el ambiente perfumado, lejos de alegrar a Astrid la sumieron en una ligera tristeza al recordar que esperaba una sentencia, la determinación de lo que la nueva reina quisiera hacer con ella. Días antes, mientras recibían las instrucciones acerca de cómo debían ir vestidos, Shebaszka le había dicho que posponía la decisión sobre su futuro hasta después de su enlace con Barthazar. Ella, que no sabía quién sería el afortunado esposo de la princesa y padre accidental del niño, había temblado de arriba abajo al saberlo y había sido incapaz de tenerse en pie. Todo había pasado por una indisposición debida a la reciente pérdida de la criatura que llevaba en su vientre y nadie supo el verdadero motivo de su reacción.

Astrid miró hacia atrás y vio miles de personas dispuestas alrededor de la explanada a la espera de que dieran comienzo los desposorios de la reina. Solo entonces fue consciente de la cantidad de gente que viajaba por detrás de ellos, mucha más de la que había visto bajar por la ladera de las montañas, más incluso de la que pudo adivinar al salir de Waliria, a pesar de que las bajas habían sido tantas que probablemente no quedaba más de la mitad de los ariokíes que comenzaron el éxodo. De pronto pensó en Bertrand, ¿estaría allí, entre aquella muchedumbre? Le gustaría que supiera que Erik estaba vivo y que era el niño que caminaba junto a ella, vestido de uniforme, cada día más desenvuelto en el entorno de la corte Real, como si verdaderamente se tratase del príncipe heredero. ¿Qué diría Lizet si viese a su pequeño? Pobre Lizet... siempre tan dulce y soñadora.

Entre la gente, vio a Filippha, con la que no tenía relación alguna desde hacía tiempo. Estaba afanada en acarrear pétalos de flores para esparcirlos por el suelo conformando una alfombra que llevaba hasta el estrado. Más allá, junto a la escalinata que permitía el acceso al lugar donde se celebraría la unión, el hijo de Roger despuntaba como un jovenzuelo apuesto.

Distinguió también a Ryanna, la niña rubia a la que peinaba en la caravana. Se alegró de verla y no pudo evitar emocionarse al sentir ganas de volver a peinar aquel precioso cabello. A su lado, le pareció ver a Alisal, pero no vio a su esposo, Conrad, y pensó que tal vez había sucumbido al duro camino desde Waliria.

Continuó el recorrido por la gente hasta que de pronto vio a Barthazar. Aguardaba junto a Gabiok en un lateral del escenario, vestido con el uniforme de general del ejército, la mirada escrutadora y fría, el gesto solemne. Un poco más atrás, la esposa de su padre, Mirtta, parecía ajena al acontecimiento. A Astrid empezaron a temblarle las piernas y apartó bruscamente la mirada del general y su padre intentando pensar en algo que inhibiese la horrible sensación de vulnerabilidad que la asaltaba cuando lo veía. Miró al niño y vio que le sonreía a alguien a la vez que un atronador ¡oh! se elevaba al cielo desde donde se encontraba el público. Siguió la trayectoria de su mirada y se topó con la reina regente, que acababa de aparecer por entre los cortinones que habían dispuesto como entrada al escenario. La acompañaba Dragan, vestido con una túnica de hilo completamente blanca, suelta hasta los pies. Del cuello del sacerdote colgaba un extraño collar del que pendía la imagen en oro de un bebé recién nacido, símbolo de la debilidad de los hombres frente a los dioses que dan y quitan la vida y preparan el espíritu para cada nueva vida que se ha de vivir.

Al tiempo que aparecieron Shebaszka y Dragan, cuatro soldados con uniformes de gala de la guardia personal del rey elevaron el lecho donde reposaba inconsciente Magmalión. De repente, un rugido aún mayor que el que se había producido como consecuencia de la aparición de la reina, tronó en toda la explanada:

—¡¡Magmalión!! ¡¡Magmalión!! ¡¡Magmalión!!...

Dos trompetas sonaron entonces anunciando la presencia del rey y el estandarte con su emblema fue agitado en el aire hasta que fueron a colocarlo justo por debajo del nuevo escudo de Shebaszka. Dragan bajó por unas escalinatas y dos fornidos soldados le acercaron el becerro, que agitó su cabeza intentando embestir con la testuz, pues su cornamenta era aún incipiente. Un eunuco con la cabeza rapada acercó un gran cuchillo sobre una bandeja de plata, Dragan lo tomó en sus manos y otros cuatro soldados sujetaron con fuerza el animal, que respiraba agitado y expulsaba una densa espuma por el hocico. El sacerdote se acercó con el cuchillo en una mano y con la otra palpó su yugular, y con un movimiento hábil hizo un corte limpio y certero, el becerro se removió con furia y los soldados lo sujetaron sin poder evitar que salpicaduras de sangre roja y tibia se disparasen por todos lados. Finalmente, el animal cayó entre estertores.

—¡Oh, Rakket, padre de todos los dioses! —gritó Dragan elevando al cielo sus manos manchadas de sangre—. ¡Te invocamos en esta hora y te ofrecemos este sacrificio como símbolo de la fragilidad de la vida y del sometimiento de todas las criaturas a tu voluntad! ¡Que nuestro ofrecimiento sea de tu agrado y que la muerte de este becerro, elegido entre los mejores de nuestros rebaños, nos una a ti y a todos los dioses que en ti convergen! ¡Elevamos a ti nuestras voces y pedimos que Trok, dios del amor, extienda su suave protección sobre Barthazar de Pontoix y la princesa Shebaszka de Ariok, que hoy deciden desposarse ante tu fiel pueblo! ¡Elevamos a ti nuestras voces y pedimos que Ridak, diosa de la fertilidad, les otorgue la virtud de la procreación y doten a nuestro reino de hermanos de nuestro heredero Willem! ¡Elevamos a ti nuestras voces y pedimos que Pidek, dios de la carne, otorgue vigor a nuestros reyes y príncipe! ¡Y a ti, Rakket, elevamos nuestras voces para pedirte que te apiades del espíritu de nuestro buen rey Magmalión y le otorgues la dicha de una reencarnación virtuosa y digna de los méritos que ha hecho en esta vida!

Dragan se arrodilló y los miles de ariokíes que acababan de escucharlo hicieron lo propio a la misma vez. Luego se levantó y tomó la sangre del becerro en un cuenco de madera, se aproximó a Shebaszka y dibujó una espiga en su frente con el rojo líquido. Posteriormente hizo lo mismo con Barthazar, en cuya frente dibujó una espada. Y finalmente se acercó a Willem y le dibujó una estrella.

A continuación tomó las manos de Barthazar y Shebaszka y las unió, luego tomó una pequeña cuerda, las ató por las muñecas y derramó sobre ellas el resto de la sangre que quedaba en el cuenco. Unas doncellas se acercaron entonces y echaron sobre sus cabezas cientos de pétalos de rosas. Finalmente, un soldado se aproximó sosteniendo una espada en sus manos y se la entregó al general Barthazar; era la espada del rey Magmalión.

—Estáis desposados ante los dioses y ante vuestro pueblo. Cumplid con vuestras obligaciones y gobernadlo con paz y justicia —les dijo Dragan.

Miles de voces se alzaron entonces en vítores y gritos de alegría. Shebaszka miró a Barthazar y ambos esbozaron una sonrisa forzada y a continuación se besaron, lo que hizo que arreciara el griterío.

Entonces Shebaszka se adelantó hasta el borde del estrado y las voces se acallaron al unísono. Con voz potente y firme anunció:

—Querido pueblo de Ariok. Tenéis por costumbre que en los desposorios de cualquier miembro de nuestra familia se os otorgue un privilegio. Pues bien. Nos hemos visto obligados a detenernos en este lugar y no sabemos cuánto tiempo más tendremos que estar aquí, hasta que el espíritu de Magmalión goce del sosiego y presencia de los dioses. A todo aquel que no quiera continuar hacia el sur el día en que al fin reanudemos la marcha, se le otorgará carta de ciudadano de la ciudad que hoy se funda en este lugar, una ciudad que puede empezar a construirse bajo el orden y los dictados de mi esposo. Esta ciudad que hoy nace llevará por nombre Magmalia, en honor y recuerdo por siempre de nuestro rey y señor.

El pueblo prorrumpió en aplausos y vítores, lanzaron sombreros y pañuelos al aire, cantaron y gritaron el nombre de la reina y de su esposo, y también de su hijo el príncipe, y se entregaron a una fiesta que duró hasta el amanecer.

Puesto que el matrimonio no podía consumarse, los esposos se dirigieron por separado a sus aposentos, cada cual en un lugar diferente de la nueva ciudad que, como un embrión, había empezado a levantarse antes de que le fuera otorgada carta de naturaleza, a fuerza de construir tiendas y cabañas sin ningún orden.

A la mañana siguiente, cuando los sirvientes de la reina regente quisieron acudir a servirla y ayudarla a vestirse, peinarse y prepararse para la primera jornada de su recién estrenado matrimonio, se oyeron unos gritos ensordecedores en toda la explanada. En un primer momento nadie sabía qué estaba ocurriendo, porque la confusión se adueñó de todo aquel que iba acudiendo al lugar. El rey regente, el general Barthazar, fue avisado de inmediato y se dirigió a la residencia de la reina con toda la premura que pudo, sin dar crédito a lo que acababan de decirle. Por todas partes se elevaron gritos y llantos. Al despuntar el pimer día de la era Magmalia, Shebaszka, sobrina del rey Magmalión, madre del príncipe Willem y viuda del sin par Emory, esposa reciente de Barthazar y reina regente de Ariok, fue encontrada ahorcada al amanecer, colgada de las vigas de su propia estancia.

PARTE III

EL REGALO DE LOS DIOSES

Les habían servido frutas con miel, un poco de carne estofada y pan de cereales, pero la comida permanecía intacta sobre la mesa baja de caoba que separaba los sillones donde permanecían sentadas. Dos grandes candeleros iluminaban la estancia ahora que se había ocultado el sol, proyectando las sombras sobre los altos cortinajes y el techo labrado de madera. En los anaqueles aparecían los libros y se ocultaban un instante después tras las sombras que provocaban las velas con sus pequeñas llamas oscilantes.

La joven Ishalmha no había abierto la boca, se había limitado a escuchar a su aya como si interrumpir la narración fuese irrumpir en los sentimientos de los personajes de tan increíble historia. Ahora, cuando la mujer acababa de hacer una pausa para acercarse a la boca una fina jarra de cristal llena de agua, se atrevió a susurrar las palabras que acababan de brotarle del alma: ¿Shebaszka se quitó la vida?

—Nunca se sabrá con absoluta certeza —le contestó la mujer dejando reposar la jarra sobre la mesa—. Nunca. Unos divagaron acerca de la debilidad de la reina regente y de su incapacidad para hacer frente a los asuntos del reino; otros insinuaron que al tomar verdadera conciencia de lo que acababa de hacer no soportó verse a sí misma como esposa de Barthazar. Otros muchos creyeron siempre que la había matado su propio esposo, pero nunca lo dijeron, unos por cobardía y otros por no remover un asunto que ya nada solucionaría. Incluso se sospechó que

Barthazar podría haber querido consumar el matrimonio aquella misma noche y que la reina, al oponer resistencia, forzó el desenlace. Por último, hubo quien hizo correr la versión que yo he tenido siempre por cierta: Gabiok, una vez conseguido el trono regente para su hijo, se deshizo de la reina para mantener su cargo de mayordomo real y para que Barthazar fuese la persona más preeminente del reino.

En cuanto a Magmalión, se dice que a pesar de su inconsciencia supo lo que había ocurrido y que su espíritu abandonó este mundo antes que su cuerpo, después de errar entre las sombras. Más tarde, cuando ocurrió su muerte, se erigió en la creciente ciudad de Magmalia un mausoleo que lo recordará para siempre. Y allí, en aquel lugar privilegiado, vigilan los dioses sus cuerpos, el del rey y el de la reina regente, mientras que sus espíritus vivirán para siempre en otras vidas, en otros cuerpos, en otros mundos o en el mismo que los vio crecer, como está escrito por voluntad de la corte de Rakket, padre de toda deidad.

Pero la muerte de Magmalión había de suceder, como digo, más tarde. Mientras tanto, debido a su delicado estado de salud, nadie hubo que se atreviera a insinuar que había que partir. Así que Magmalia comenzó a florecer con las lluvias y con el sol, como un ensayo de lo que había de ser la gran capital del reino en los lagos del sur. En la recién fundada ciudad se puso de manifiesto que se había perdido a más de la mitad de los artesanos y que faltaban maestros constructores, canteros, alarifes, herreros, carpinteros, tallistas... También se detectó falta de moneda, escasez de tejidos, ausencia de metales y carencia de herramientas. Así que Magmalia fue haciéndose poco a poco, a golpe de trabajo y esfuerzo. Allí estuvieron tiempo y tiempo, incluso hasta mucho después de la muerte de Magmalión, cuando se consideró que el nuevo asentamiento era digno de nuestro reino y de quienes fueran a quedarse allí.

La joven tenía tantos interrogantes en su interior que dudaba si podría soportar hasta el final la narración pausada de su aya, como si quisiera saber con urgencia qué había ocurrido con cada uno de los personajes.

—Has de tener paciencia, mi querida niña. Todo lo sabrás a su tiempo, pero has de conocer la historia como fue, para que ningún detalle escape a tu entendimiento, puesto que cuando esta humilde servidora cierre la boca, tú la tendrás abierta, y esta historia que ahora te estoy contando serán los cimientos de una nueva vida para ti. De una nueva vida sin mí.

La mujer sonrió con la vista puesta más allá de los ojos de la joven, y esta supo que ya no estaba allí, sino en algún lugar de Magmalia o de Trimib, justo en el tiempo en que sucedieron los hechos que aún estaban por contar. De nada valdría insistir. Así que tomó un poco de estofado con pan y dos trozos de manzana con miel, se recostó en el cómodo respaldo y se dispuso a escuchar de nuevo. En su cabeza los interrogantes; en su corazón los deseos.

1

Bertrand pasaba las noches despierto por los llantos de la pequeña, a la que habían puesto de nombre Dagne, que significa nuevo día. Intentaba entretenerla con su flamante caballo de madera, pero aún era tan frágil e insignificante... Elizheva, a su lado, dormía a pierna suelta mientras él se encargaba de calmar los llantos; y, cuando al fin lo conseguía, intentaba dormir pero abría los ojos a cada instante, involuntariamente, sobresaltado por cualquier ruido que hacía la recién nacida, y en las largas horas de la noche se la quedaba mirando en la penumbra, escrutándola, comprobando si respiraba, si se movía, si tenía hambre, calor o sed.

Durante el insomnio daba vueltas a la idea de desvincularse de Rerad el Negro y trabajar por su cuenta para recuperar el caballo que tanta falta le haría cuando volviese a emprender la marcha, pero sabía que si se establecía por su cuenta nadie en Trimib le haría ningún encargo debido a que todos obedecerían a quien consideraban el hombre más poderoso del poblado. Además, ni siquiera tenía herramientas; todas las que usaba eran propiedad de Rerad. Por no tener, no tenía ni metal para fabricarlas. ¡Y, sin embargo, no podía admitir que fuera a quedarse allí para siempre! ¡Tenía que ir en busca de Erik, continuar su marcha, buscar los Grandes Lagos y esperar que Magmalión hubiese llegado también allí con su caravana! Pobre Erik... ¿se acordaría de él? Se estremecía y tenía que esforzarse en contener las lágrimas cuando pensaba que estaba transcurriendo demasiado tiempo y que ya ni siquiera lo recordaría.

Durante el día trabajaba en el taller de Rerad. Unas veces se dedicaba a construir casas o a reparar viviendas antiguas con grandes y pesadas vigas que tenía que subir con la ayuda de algún que otro operario a las órdenes de el Negro. Otras, se dedicaba a la fabricación de muebles, puertas, ventanas, escudillas, artesas... Y otras, muy escasas, a realizar algún trabajo de marquetería que requería mucha paciencia y mucho tiempo. En general, tenía que esforzarse hasta la extenuación a cambio del alojamiento y la comida.

Así pasaron las lunas y las estaciones sin más signos del paso del tiempo que el crecimiento de la recién nacida, a la que su madre alimentaba con su propia leche. Bertrand, a pesar de que jamás olvidaba a Lizet, comenzó a sentir que aquella casa que compartía con Elizheva era como un hogar para él, donde cuidaba de la muchacha y su hija, a donde iba a comer y dormir cada día, donde despertaba al lado de una hermosa mujer a la que nunca había visto más que como una chiquilla.

Pero ocurrió que entre Bertrand y Elizheva brotó una atracción difusa y extraña. Después de tanto tiempo juntos, de tantas noches acurrucados como si fueran padre e hija en aquella cabaña cuando él había estado convaleciente, empezaron a verse de un modo diferente, ambos al mismo tiempo, sin decírselo el uno al otro. Bertrand comenzó a sentirse atraído por ella y a cuidar su higiene mucho más de lo que lo hacía habitualmente, se recortaba la barba, se cuidaba el cabello, se lavaba a menudo y se perfumaba con romero. Ella, por su parte, se arreglaba antes de que él llegase, lo recibía con sutiles roces y con ropajes sensuales que marcaban su figura bajo la tela.

Una noche, cuando Bertrand regresó cansado a casa, ella lo esperó con una túnica nueva. Al sentirlo en la puerta, salió a su encuentro y le dio la bienvenida con un abrazo. Habitualmente lo recibía con una sonrisa y le indicaba lo que había para comer, le preguntaba por el trabajo o le contaba los avances de Dagne. Pero esa noche lo abrazó fuertemente. Bertrand no supo reaccionar en un primer momento. Soltó el hatillo que llevaba consigo y correspondió a su abrazo.

—Te adoro —le dijo ella al oído.

Bertrand sabía que aquel día podía llegar y sintió que no estaba preparado, que el recuerdo de Lizet era tan fuerte que aunque deseaba a Elizheva le resultaba imposible dar rienda suelta a sus sentimientos. Sin embargo, le dijo:

—Yo también a ti.

Elizheva apretó su cuerpo contra el de él a la vez que con la boca buscaba sus labios. Lo besó ligeramente. Bertrand retrocedió un instante.

—Bésame —le dijo. El roce de su boca era suave y tibio, pensó Bertrand, que mantenía su boca cerrada. Entonces ella apretó sus labios contra los de él—. ¿No te gusto? —preguntó ella, dolida.

—No es eso...

—Entonces, bésame —insistió, y volvió a buscar la tibieza de su boca.

Bertrand sintió su cuerpo bajo la túnica y experimentó una leve e inevitable erección. Abrió los labios y dejó que la lengua de Elizheva penetrase un poco entre sus dientes hasta encontrar la suya.

—Te quiero —le dijo ella mientras introducía una pierna entre sus muslos. La lengua de Bertrand la recibió con encendido deseo. Ambos habían imaginado aquel momento pero jamás se lo habían confesado. Y allí estaban, abrazados, besándose, buscándose el uno al otro con un ardor desconocido. Él había vivido su amor con Lizet de una manera intensa y bonita, pero Elizheva jamás había besado a un hombre. Borriod la trataba como al resto, como a una hembra de una manada, como a un animal. Ahora sintió la lengua de Bertrand y se notó mucho más excitada de lo que había pensado que estaría cuando llegara el momento. Mucho más de lo que lo había estado nunca.

—Ven —instó a Bertrand.

Comprendió él que Elizheva lo llevaba a la alcoba, y su excitación se hizo muy intensa. Ambos jadeaban ya cuando descorrieron la cortina ante el camastro donde dormían habitualmente. El artesano tuvo tiempo de darse cuenta de que la camita de la niña no estaba allí, por lo que Elizheva lo había previsto todo y la había sacado para no despertarla.

Se despojaron de las túnicas con unas prisas que no tenían. Elizheva tenía el rostro encendido y la respiración entrecortada, abrazó desnuda el poderoso torso de Bertrand y le acarició la nuca y la espalda, los brazos, las nalgas. Luego, sin vacilación, comenzó a besarle el pecho, le mordisqueó los pezones y lo empujó hacia la cama, pero era alto y pesado y fue él quien la sujetó a ella y la tendió con suavidad.

Bertrand estaba ya fuera de sí. La contempló desnuda un instante y luego se inclinó sobre ella y le tocó los senos. A Elizheva se le inflamaron los pezones y emitió un gemido. Él le besó primero uno y luego el otro, suavemente, y ella sintió el calor de su aliento y de su saliva, el jugueteo de su lengua pasando por la areola, y experimentó una aguda sensación de placer. Bertrand fue bajando con sus labios por el vientre, hasta encontrar el vello de su sexo con la lengua. Lamió decididamente y ella gritó.

—Ven aquí —le dijo.

Un deseo incontrolable se adueñó de Bertrand. Ella alargó su mano y le tocó el pene. Estaba caliente y duro. Él cerró los ojos y no pudo evitar gemir de placer cuando ella se lo acarició con rítmicos movimientos de arriba abajo.

—Quiero sentirte dentro —susurró ella.

Entonces él subió para volver a besarle los senos y luego fundió su boca con la de ella mientras comenzaba a penetrarla. Empujó un poco, y Elizheva respondió con un gemido. Luego empujó un poco más y ella murmuró:

—¡Quiero sentirte muy adentro!

Bertrand la penetró entonces completamente, sin dejar de besarla. En aquellos momentos sintió que la amaba, que todo el deseo contenido adquiría de pronto un sentido, que el placer de sentirse dentro de ella era superior a cualquier otra cosa. La besó intensamente mientras se movía rítmicamente apretando con sus glúteos y sus muslos contra ella. Elizheva gemía cada vez más fuerte.

—¡Oh! Quiero sentirte siempre así, siempre dentro de mí, ¡siempre! —Volvió a besarlo.

Sus lenguas se movían enloquecidas en sus bocas, buscándose al mismo ritmo que Bertrand se movía dentro de ella y crecía la excitación cada vez más deprisa. De repente, Elizheva sintió una fuerte sacudida en su interior, un espasmo intenso y violento de placer que culminó en un grito. Se aferró a su espalda y lo rodeó con sus piernas, como si lo único que hubiese fuese el cuerpo firme y musculoso de él. Experimentó otra sacudida, y luego otra. Entonces el cuerpo de Bertrand se tensó y de sus adentros salió un gemido brutal, y ella notó que en su interior se derramaba en espasmos la semilla cálida de él. Finalmente, la sensación de placer fue desvaneciéndose en ambos, paulatinamente relajados y exhaustos.

Durante un rato quedaron abrazados en silencio, acariciándose mutuamente, completamente pegados. Comprendieron al mismo tiempo que se habían mantenido alejados por necesidad o por miedo, pero que en realidad hacía mucho que aquello debía haber ocurrido, y ahora se sentían tan dichosos que no querían pensar en nada más que en seguir abrazándose hasta quedar dormidos.

Algunos días después se anunció la llegada de una caravana que venía desde lejanas tierras del sur y se dirigía hacia el norte. Eran mercaderes nómadas que atravesaban Ariok por poniente y que acabarían en la capital del vecino reino de Varkad, con quien en tiempos del abuelo de Magmalión se sostuvieron cruentas guerras a cuenta de la definición de la frontera imprecisa que separaba ambos reinos al oeste de las montañas del Hades. Desde que se firmó la paz, hacía ya mucho tiempo, se habían respetado las fronteras e incluso se facilitaba el paso a las caravanas que se desplazaban de un reino a otro de forma transitoria. Resultó ser una tribu muy nutrida. La componían varias familias de mercaderes nómadas que comerciaban con tejidos, metales preciosos, diamantes, especias, tintes y maderas raras, y venía desde lejanísimas tierras al sur de Ariok con el objetivo de hacer un alto en el camino y continuar hasta la capital de su reino, donde pretendían venderlo todo y hacer acopio de algunas manufacturas, cueros, vidrios tintados y cereales, además de cambiar acémilas por animales nuevos y caballos de Varkad, conocidos por su brío y fortaleza. Venían en el grupo decenas de hombres y mujeres de todas las edades, algunas de las cuales eran prostitutas que ofrecían sus servicios a los varones de la caravana pero también a los de aquellos lugares por donde transitaban, a la espera de recalar definitivamente en Varkad, ciudad conocida también por ser un lugar dado a la licencia y al libertinaje.

Resultó que el hombre que dirigía el grupo era un rico mercader que viajaba con sus mujeres e hijos. Al recalar en Trimib lo primero que hizo fue dirigirse a ver al Negro y pedirle protección, comida y descanso para él y su familia, además de reclamar la asistencia de herradores para las caballerías y un carpintero que recompusiese cangallas, jaulas rotas y algunos útiles desgastados o inservibles.

Bertrand recibió la orden de Rerad, recogió algunas herramientas y clavos en un rollo de cuero, se lo cargó al hombro con una correa y se dirigió a las afueras de Trimib, más allá de las huertas próximas al poblado, donde habían acampado los mercaderes. Según Rerad, debía preguntar por Ameb, el varkadí; él le indicaría qué debía hacerse. Caminó por un angosto sendero que discurría por entre las traseras de las últimas casas, donde crecían laureles y pequeños huertos y se elevaban, apartados, gallineros y corrales con conejos sueltos y algún que otro cerdo engordado con desperdicios. Al aproximarse al campamento le salió al paso una mujer con una túnica ceñida y corta, por encima de las rodillas, que dejaba ver un amplio escote. Llevaba afeites en la cara y pinturas en los ojos.

—Son diez arkidis —se ofreció acercándose a Bertrand a la vez que se sacaba un pecho completamente para que quedase a la vista del carpintero.

Bertrand no supo reaccionar con contundencia y solo se le ocurrió decir:

—¿Arkidis? Esa moneda dejó de usarse hace mucho tiempo.

—Está bien. Dime qué puedes ofrecerme a cambio —le dijo remangándose la túnica hasta medio muslo. Bertrand no pudo evitar mirarla. Al observarla de cerca se dio cuenta de que era mucho más joven de lo que le había parecido al principio. Demasiado joven, se dijo.

Quiso darle algo a cambio de nada, se hurgó instintivamente en busca de unas monedas, pero enseguida recordó que trabajaba por su sustento y que no recibía renta alguna por su esfuerzo, por lo que nada tenía que ofrecer a la mujer.

—Lo siento, no tengo nada para darte —dijo sin más explicaciones.

—¡Bah! Los hombres de este pueblo sois cada vez peores. En realidad no creo que seáis hombres. ¿Prefieres a un hombre? ¿Eh? También puedo ofrecértelo.

Bertrand hizo un gesto de despedida y se adentró en el campamento, donde se presentó como artesano carpintero y preguntó por Ameb. Le indicaron que podía encontrarlo al fondo, en una gran tienda de madera y lonas que habían levantado junto a varios carros desvencijados. Allí se dirigió mientras admiraba los caballos, mulas y asnos que pacían por todas partes, los grandes fardos de mercancías, los carromatos, las mujeres afanadas en lavar y tender la ropa, las fogatas con calderos humeantes. Observó que había mucha más vida en el campamento de los mercaderes que en el pueblo de Trimib durante todo un año, y sintió cierta añoranza de la vida que bullía en Waliria en otro tiempo.

Al llegar a la tienda le salieron al paso dos jóvenes fornidos con caras de pocos amigos.

—Vengo buscando a Ameb porque así me lo ha indicado Rerad el Negro. Soy Bertrand, artesano carpintero —se presentó.

Uno de los jóvenes entró en la tienda mientras el otro lo observaba con ojos fieros. Bertrand se dijo que más parecía un guerrero que un mercader.

—Pasa. Pero deja eso ahí —le dijo refiriéndose al envoltorio que portaba.

—No puedo; son mis herramientas —respondió Bertrand sin pensarlo.

—Déjalas ahí, te digo.

Ante la insistencia del guardián decidió exponer sus argumentos.

—No son mías. Si desaparecen tendré que pagarlas. Estoy aquí para trabajar, no voy a matar a nadie a martillazos.

Entonces los hombres lo sujetaron, le quitaron el rollo de cuero a la fuerza y lo empujaron dentro de la tienda. Bertrand protestó airadamente mientras sus ojos se acomodaban a la penumbra del interior:

—¡¿Este es el recibimiento que se dispensa a un hombre que viene a trabajar?!

—Disculpad y tranquilizaos, os lo ruego, maestro carpintero —oyó que le decían. Cuando al fin pudo distinguir con nitidez el interior de la tienda vio a un hombre de mediana edad rodeado de varias mujeres de extraordinaria belleza. Todos lo observaban con gesto divertido.

—No es este el modo en que se recibe a un simple artesano que viene a ponerse a vuestra disposición —se atrevió a decirle.

—Tomamos precauciones, eso es todo. Una caravana como esta requiere de un pequeño ejército que la custodie y garantice su seguridad. De lo contrario seríamos demasiado vulnerables y lo perderíamos todo con suma facilidad. Lo que se ve es cuanto poseemos.

Bertrand suspiró aceptando con desgana la explicación del mercader y luego se lo quedó mirando en silencio, a la espera de que le dijesen qué tenía que reparar y regresar cuanto antes al poblado para acudir a casa a tomar el almuerzo y ver a Elizheva, aunque luego tuviese que exprimirse el resto del día con el fin de recuperar el tiempo perdido.

Recibió los encargos por parte de uno de los hombres de Ameb. Se trataba de mucho más trabajo del que había previsto, pues había que reparar carros, cangallas, herramientas, poleas, cubos, barriles, artesas y otros recipientes. Por si fuera poco, algunos de estos trabajos llevarían su tiempo, puesto que no era fácil recomponer las ruedas rotas y los varales de los carros, que requerían maderas muy curadas, pero a la vez lo suficientemente flexibles para que resultasen moldeables. Durante días trabajó duramente en el taller y tuvo que desplazarse con frecuencia al campamento de Ameb a tomar medidas y hacer pruebas. En una de las ocasiones en que se encontraba intentando poner una rueda nueva a un carro, una voz lo sorprendió desde atrás:

—Trabajas bien, artesano. —Bertrand dejó un momento la rueda sobre un poyo de madera que le servía para soportar el eje y miró hacia atrás. Era Ameb.

—Hago lo que puedo, señor. En otro tiempo recibí encargos mucho más difíciles que estos, se lo puedo asegurar, pero tenía un taller repleto de magníficas herramientas y acopio de maderas de todo tipo, cada cual para una cosa. La corte de Magmalión daba para mucho.

—Así que vienes de Waliria.

—Así es. La ciudad fue destruida por un terremoto.

—Lo sé. Una verdadera tragedia. ¿Es cierto que Magmalión emprendió un éxodo desesperado hacia los Grandes Lagos del sur?

—Sí, lo es. ¿Existe en verdad ese lugar, los Grandes Lagos?

—¡Por supuesto que existe! Está en la frontera con Torkala y muy cerca de Navadalag, su capital. Se trata de un lugar hermoso, un paraíso no poblado más que por soldados que custodian una amplia franja de terreno en las proximidades de la frontera. No suelo pasar por allí porque resulta infructuoso, no hay comercio alguno, y siempre transito por una gran vía que lleva a la capital del reino sur, a la corte del viejo rey Danebod.

—Decidme... ¿cuántas jornadas hay desde Trimib hasta los Grandes Lagos?

—Desde Trimib hay al menos veinte o treinta lunas. Desde aquí un poco más.

Bertrand admitió con displicencia la broma de Ameb.

—¿Queréis ir hasta allí? —le preguntó Ameb.

—Sí. Pero no tengo caballo. Tenía uno pero nos obligaron a pagar con él la sanación de una herida —se señaló la cicatriz que se le notaba en la cabeza—, y ahora trabajo por la manutención y el alojamiento. Así que no tengo dinero para comprar otro; pero tengo que hacer algo para llegar hasta allí.

—Ven conmigo y trabaja para mí. Nosotros nos dirigimos a Varkad, pero dentro de un año volveremos a emprender el viaje hacia el sur y pasaremos muy cerca de los Grandes Lagos. Si vienes conmigo y trabajas manteniendo mis carros yo te recompensaré y cuando pasemos por la ruta cercana a ese lugar te regalaré una mula con la que puedas hacer el último tramo del viaje. E incluso, si Magmalión consigue su propósito supongo que tendrá que establecerse en una ciudad de nueva construcción y a mí me interesará desviarme de la ruta y acercarme a husmear por allí, por lo que podrás venir conmigo.

Bertrand dudó un instante.

—Sois muy amable y aceptaría con agrado, pero he perdido a mi hijo y sospecho que viaja en la caravana de Magmalión. Es aún pequeño y no me gustaría estar tanto tiempo sin él, puesto que es cuanto me queda en la vida. Aun así, si dentro de un año pasáis de nuevo por Trimib y no he conseguido emprender el viaje por mi cuenta, tendré que unirme a vuestra caravana, si todavía me aceptáis.

—Pensáis viajar hasta Trimib...

Bertrand lo miró extrañado. O era la segunda vez que bromeaba o había dos lugares llamados Trimib, y así se lo preguntó a Ameb.

—¡Pero claro! —le contestó el mercader—, ¿no lo sabíais? ¡Este poblado, en realidad, es llamado Trimib por su cercanía a la ciudad de Trimib, que queda a unas veinte o treinta jornadas al suroeste de aquí!

A la cara del carpintero asomó un gesto de absoluta perplejidad. Boquiabierto, sin ser capaz de articular palabra, observó a Ameb durante unos instantes que a Bertrand le parecieron un abismo, un tiempo largo durante el cual pasaron por su mente los dos años que llevaban esclavizados en un lugar que no era el que creían que era.

—Maldita sea, no puede ser...

Cerró los ojos y agachó la cabeza, sumergido en un mar de

pensamientos oscuros. Habían estado atrapados en una pesadilla de la que ahora despertaba inesperadamente, con la misma pesadez con que lo hacía tras las noches de insomnio.

—¿Qué os ocurre, artesano?

Bertrand, entre maldiciones, le contó acaloradamente lo sucedido, el tiempo que llevaban perdido creyendo que solo había un Trimib, el poblado donde se encontraban, el lugar que habían confundido con al que Elizheva había soñado regresar.

—Ese maldito Rerad os ha engañado, sin duda. —Ameb le dio una palmada en la espalda con la que pretendió compadecerse—. Venid y trabajad aquí, y yo os pagaré a vos en lugar de pagar a Rerad, así podréis ganar lo suficiente para preparar vuestro viaje.

—¡Pero eso no puede ser! Estoy aquí como trabajador a sus órdenes y no por mi cuenta. Él os reclamará la cuantía por los servicios que os ha prestado, aunque sea yo quien realice el trabajo. Luego él me paga a mí con alimentos y cobijo.

—Pues dejad de trabajar ya para él y trabajad para mí. Al término de vuestra tarea yo os pagaré con una mula que os servirá para hacer el viaje hasta Trimib más cómodamente. ¿Qué os parece?

Bertrand estaba asombrado. Una mula valía mucho más que todo el trabajo que todavía quedaba por hacer en el campamento. Además, Rerad se enfadaría muchísimo y estaría dispuesto a expulsar la caravana del sucedáneo de Trimib en que se había convertido de pronto el poblado a los ojos de Bertrand.

—Sé lo que estáis pensando —dijo Ameb—. La mula vale más que vuestro trabajo pendiente, pero no os preocupéis por eso. Iréis a Trimib siguiendo mis indicaciones y allí preguntaréis por una persona que yo os diré, y le daréis la mula. Él os proporcionará trabajo y podréis ganar lo suficiente como para comprar un caballo.

En la cabeza de Bertrand hervían las ideas. ¿Era aquel otro Trimib el verdadero origen de Elizheva? ¿Estaría allí su familia? De pronto pensó que ella lo abandonaría cuando llegasen allí y se sentiría de nuevo desamparado, ahora que estaban unidos como si fueran esposos. Por otra parte, lo que Ameb le proponía era de una extrema generosidad.

—¿Cómo os podría pagar la mula?

—Trabajad ahora para mí y algún día me devolveréis el favor, no os quepa duda.

—Sabéis que eso es prácticamente imposible, y aun así veo en vuestros ojos que no estáis tratando de engañarme.

—¿Por qué habría de hacerlo?

—¿Por qué habríais de ayudarme de este modo?

—Muy sencillo. Puedo hacerlo y mi vida adquiere más sentido cuanto más ayuda presto. ¿No os pasa a vos?

Bertrand asintió convencido de que tras las palabras de Ameb se escondía una gran verdad, pero una verdad difícil de admitir y, sobre todo, muy infrecuente. Lo cierto era que a él le habría gustado estar en el lugar de Ameb y poder ofrecerle ayuda, así que aceptó la suya con entusiasmo:

—No tengo herramientas propias, pero tengo una idea. Mientras tanto seguiré trabajando para Rerad. ¡Espero que no cambiéis de opinión!

Ameb sonrió y se despidió de él. Bertrand siguió un rato pensativo, sin ser capaz de concentrarse en la tarea de alinear la rueda y encajarla en su eje. Pensaba en el verdadero Trimib.

Bertrand descendió al pozo seco que había en la plazoleta colgado por la cintura de una fuerte soga que había sacado de los talleres de Rerad sin que nadie se diese cuenta. Era de noche y había dado instrucciones precisas a Elizheva para que le ayudase a subir después, cuando hubiera recogido todos los hierros oxidados que había en el fondo. La niña había quedado en casa bajo los cuidados de una joven vecina que se había ofrecido voluntaria para que la pareja quedase libre durante un buen rato. Llevaba una palmatoria en una mano y un cesto de mimbre con asa en la otra, pero cuando hubo descendido la mitad de la distancia hasta el suelo la llama se apagó y Bertrand exclamó algo que retumbó en todo el vaso. Elizheva se alarmó.

—Estoy bien, no te preocupes —la tranquilizó—. Intentaré buscarlos a tientas.

Precisamente habían elegido una noche sin luna para que los vecinos no se alarmasen si sentían el ruido y comenzasen a curiosear acerca de las intenciones de Bertrand, capaz de arriesgar su vida descendiendo a un pozo que, aunque seco, no ofrecía garantías suficientes de seguridad, puesto que era tan viejo que hacía temer un derrumbe y sepultar para siempre entre escombros a quien osara bajar a sus profundidades.

En otras circunstancias, Elizheva le habría dicho que era una locura, pero había quedado tan impactada con el descubrimiento de un verdadero Trimib mucho más grande y floreciente que nada podía ya ser más fuerte que el deseo de partir cuanto antes. Así que no solo no había ofrecido resistencia al plan de Bertrand, sino que incluso lo había alentado. Ahora, sin embargo, en mitad de la noche oscura, el eco proveniente de las profundidades le encogió el corazón y la hizo sentirse culpable por haber permitido que él estuviese allí. ¿Y si se soltaba la soga mientras subía con el peso de los hierros? ¿Y si le ocurría algo y ella no tenía fuerzas suficientes para tirar de él? De pronto el plan le pareció tan descabellado y peligroso que el corazón le golpeó con violencia dentro del pecho.

Bertrand rebuscó con las manos. Al tacto pudo distinguir trozos de madera vieja, quijadas de burro, pieles resecas de anfibios, vegetales de varios tipos y artilugios inservibles de hierro. Recogió estos últimos y los fue echando en la cesta de mimbre. Al pasar la mano por unas ortigas sintió un escozor instantáneo y agudo, pero no se rascó, como le habían enseñado desde que era niño. Siguió tanteando y todavía obtuvo varios objetos más: un trozo retorcido y deforme que no pudo identificar y los herrajes de una puerta podrida. Introdujo todo en el cesto, soltó la soga de su cintura y la ató fuertemente al asa.

—Ya —dijo con voz apenas audible, pero el eco la amplificó como si fuese un vozarrón en el interior de una caverna.

Elizheva estaba advertida: primero subiría el cesto con los hierros y luego volvería a lanzar la soga para que subiese él, aunque ninguna de ambas cosas fuera fácil. Tiró fuertemente pero el cesto ni siquiera se movió. Bertrand determinó entonces que lo cargaría solo a la mitad y que subirían el hierro en dos tandas, la muchacha lo intentó de nuevo y él ayudó elevando el recipiente desde abajo. La polea crujió al tensarse la soga y chirrió con cada uno de los impulsos, y a Elizheva le pareció que aquel ruido, probablemente desapercibido si fuese de día, resultaba un verdadero estruendo en mitad de la noche.

Cuando consiguió sacar el cesto cargado de hierro ya estaba agotada y todavía quedaba otra carga, además del propio Bertrand.

—No puedo más, no tendré fuerzas para sacarte de ahí si tengo que subir el cesto de nuevo —le susurró desde arriba—. Tendremos que regresar otro día.

—No hay más días, Elizheva. Es hoy o no será nunca.

—Pero estoy agotada y me sangran las manos.

Bertrand negó contrariado. Sabía que aquello significaba que verdaderamente no iba a ser capaz de continuar, por lo que pensó aceleradamente para encontrar una solución. De pronto tuvo una idea. Cargó el cesto de nuevo y le pidió a ella que atase el extremo de la soga fuertemente a la base del arco sobre el que se soportaba la carrucha. Elizheva hizo varios nudos y cuando creyó que estaba completamente atado le susurró que había terminado. Entonces él comenzó a trepar por la soga, primero una mano, después la otra. Los primeros impulsos fueron ágiles y fuertes, pero pronto comenzó a sentirse exhausto y a temer que no lo conseguiría. Al alcanzar el tubo del pozo intentó servirse de los pies buscando pequeños huecos en la piedra y en los ladrillos de barro que estaban comidos por la humedad, pero cuando parecía que iba a conseguirlo perdió pie y se quedó colgando, las manos se le resbalaron y la soga se las fue quemando mientras se deslizaba hacia abajo. No podía permitirlo. Sus manos eran imprescindibles para su trabajo y sin ellas jamás podría abandonar aquel poblado. Lo intentó una vez más con mayor determinación, se aferró fuertemente a la soga antes de alcanzar de nuevo la zona del vaso del pozo, puso los pies en la pared de ladrillos y recuperó el ritmo de subida: primero una mano, después la otra, dando pasos cortos en horizontal contra el muro.

Elizheva lo oyó pugnar por subir, jadeante, luchando por alcanzar la parte alta del brocal. La soga estaba tan tensa que parecía que iba a romperse. De repente se dio cuenta de que lo que ella había considerado un nudo sólido e imposible de desatar estaba prácticamente suelto.

—¡Por todos los dioses! —exclamó—, ¡el nudo!

Bertrand la oyó hablar en lo alto, pero no logró saber qué decía porque su propio esfuerzo y la respiración agitada le retumbaban en los oídos. Le quedaba poco para alcanzar su objetivo. Elizheva intentó atar de nuevo la parte que se había soltado y reafirmar el nudo, pero la tensión a la que estaba sometida la soga se lo impidió. Desesperada, se aferró entre llantos a la cuerda como si sus manos ensangrentadas pudieran con todo el peso de su amado Bertrand. Quiso pedir auxilio pero sabía que nadie podría acudir a tiempo de evitar la tragedia. El nudo se soltó completamente y la soga se deslizó entre sus manos llevándose una parte de su piel.

—¡No! —exclamó sin poder evitarlo.

—¡Calla! —la tranquilizó Bertrand, que en ese preciso instante acababa de echar mano de la parte alta del muro. Ella cayó de rodillas, sin fuerzas, llorando.

Bertrand hizo un último esfuerzo y salió al exterior, la rodeó con sus brazos y le susurró al oído:

—Tranquila, ya ha pasado, tranquila, no llores...

Un vecino gritó desde una ventana:

—¿Quién anda ahí?

—Vámonos, rápido.

—Aún queda el otro cesto —dijo ella.

—No. La soga ha caído al interior. No podemos sacarlo.

—¡Pero los vecinos lo verán ahí abajo y sabrán que alguien ha estado intentando sacar el hierro del pozo!

—Ya pensaremos algo, ahora tenemos que irnos.

El hierro que habían subido la primera vez reposaba junto al brocal, y como no tenían recipiente alguno para transportarlo, tendría que quedarse allí hasta que regresaran con otro cesto, así que acordaron ir a casa, curar las heridas y volver luego con un segundo cesto para cargar al menos lo que habían logrado sacar. Llegaron a casa y despidieron a la muchacha que cuidaba a la pequeña, luego hicieron un ungüento con algunas hierbas que guardaban en un recipiente de madera y se lo aplicaron en las manos. Finalmente se las vendaron con trozos de tela limpia.

—No puedes ir solo a por los hierros, tengo que acompañarte.

—¿Y la niña?

—La dejaremos aquí un rato, no pasará nada.

—No. Iré solo y haré cuantos viajes sean necesarios, quédate aquí con ella —sugirió él mientras miraba sus manos envueltas en la tela empapada en ungüento.

Así lo hicieron. Bertrand salió de nuevo a la noche oscura y se dirigió al pozo con el cesto en ristre. Cargó unas cuantas piezas hasta el límite del peso que podía soportar y se encaminó a casa, descargó y volvió sobre sus pasos a recoger el resto. Caminaba distraídamente, pensando en que aquella idea resultaba descabellada y que no la habría puesto en práctica de no ser por lo emocionada que se había mostrado Elizheva ante la perspectiva de que el otro Trimib fuese el bueno, el suyo, el lugar donde encontraría a su familia. Así que ya no había marcha atrás, cogería el hierro que luego fundiría su compañero el herrero —que, por supuesto, también trabajaba para Rerad—, a quien había pedido el favor esa misma tarde y había estado dispuesto a arriesgarse por él para que pudiera fabricar sus propias herramientas, que escondería en casa. Al llegar al pozo puso el cesto en el suelo y se dispuso a llenarlo de nuevo, pero ya no había ni rastro del hierro.

2

La muerte de Shebaszka dejó un reguero de lágrimas permanente en su tío, el maltrecho rey Magmalión, de cuyos ojos cerrados brotó una fuente inagotable de tristeza en forma de llanto. No hubo nadie en el reino que no lamentase su desaparición, tal vez porque la princesa —para ellos siempre sería la princesa— representaba a ojos del pueblo el colmo de la integridad. A ella se le atribuyeron en vida las virtudes que verdaderamente poseía y muchas otras que el imaginario popular quiso sumarle hasta hacer de ella la imagen de la perfección, y ahora que había muerto nadie dudó en atribuirle todavía más de las que nunca podía haberse imaginado que poseyera, de tal modo que a partir de ese momento fue para el pueblo de Ariok la más virtuosa de las mujeres que haya existido nunca.

Los primeros días tras el funeral fueron de un tremendo desconcierto, puesto que no había precedente semejante en toda la historia conocida del reino. Había un rey legítimo deslegitimado por el consejo real, que lo había inhabilitado para dejarlo morir en paz y había nombrado una reina regente que había muerto al día siguiente de haber contraído matrimonio. Por otra parte había un heredero menor de edad cuya custodia no había sido prevista en caso de fallecimiento de la madre. Así las cosas, todavía con el dolor agarrado a los corazones, hubo de convocarse consejo real, y comoquiera que no había nadie que tuviese la potestad de hacerlo, Barthazar se adelantó a realizar la convocatoria autodenominándose rey.

Esta vez las ausencias se notaron demasiado. Magmalión, Shebaszka, Roger, Renat... Cuando Gabiok tomó la palabra, la Gran Aya miró a Dragan y apreció en sus ojos un profundo reflejo de tristeza. A un lado, Magmalión yacía sumergido en su agonía. Aunque su presencia no era estrictamente necesaria, habían convenido reunirse ante él en señal de respeto y admiración.

—¡Oh, gran Barthazar!, esposo de la reina regente de Ariok —comenzó a decir el mayordomo obviando la condición de viudo de su hijo, a quien prefirió llamar esposo—, nos ponemos a tu disposición para cuanto necesitéis de nosotros, que ayudados por los dioses a los que nos encomendamos, os ofrecemos nuestra opinión y nuestros consejos para ayudaros en la siempre difícil tarea de presidir este ilustre órgano.

—¡Agradezco tus palabras, mayordomo real y padre! —lo tuteó—. Hoy me presento ante vosotros como rey regente de Ariok —Dragan y la Gran Aya se miraron. Así como Gabiok había eludido el asunto, Bartha había comenzado su intervención dejando claro que presidía el Consejo en calidad de regente—, y como tal asumo las responsabilidades inherentes a mi condición. Desearía que no fuese así, puesto que este lugar correspondía a mi amada Shebaszka, pero el destino ha querido que hoy tenga que afrontar la dura tarea de reinar en solitario.

»En muy pocas horas me veo soportando sobre mis hombros la tremenda carga de guiar a mi pueblo y lo haré con determinación y firmeza. Aquí, en esta ciudad recién fundada, arranca una nueva era. Magmalia será el punto de partida y Barthalia, la nueva ciudad a orillas de los Grandes Lagos, será el símbolo de nuestra grandeza.

—¿Barthalia? —se sobresaltó Dragan.

—Gran sacerdote, conteneos, no he terminado. Cada cual intervendrá en este Consejo cuando le corresponda, así que sentaos y aguardad vuestro turno.

La Gran Aya apretó el brazo de Dragan y este contuvo la ira.

—Os decía que Barthalia, la nueva ciudad a orillas de los Grandes Lagos, será el símbolo de nuestra grandeza. Así que cuando los dioses decidan que Magmalión ha de abandonarnos para siempre, partiremos hacia el sur sin demora. Nuestros exploradores partieron hace diez días y no han regresado aún, ni lo harán hasta que no estén en disposición de decirnos cuánto tiempo tardaremos en llegar a nuestro destino.

»Hasta entonces, dedicaré mis esfuerzos a organizar los asuntos del reino, descuidados en extremo a causa de la enfermedad de nuestro antiguo rey Magmalión y a la excesiva atención que mi esposa dedicaba a su hijo.

»A partir de ahora yo me responsabilizaré personalmente de la custodia y educación del príncipe Willem, a quien adopto como hijo. En él se depositan nuestras esperanzas para el futuro. Ahora bien, igual que se obligó a la princesa Shebaszka a contraer matrimonio para asegurar que hubiera más descendientes de sangre real, me hago el firme propósito de hacer lo propio, garantizando así que Ariok cuenta con posibles sustitutos de Willem. Para ello tomaré las decisiones que sean necesarias cuando lo considere oportuno.

»Ahora os escucharé con atención, pero os advierto que tengo asuntos importantes que resolver, por lo que os ruego que os expreséis con brevedad.

Barthazar bostezó y bebió de una copa de plata en la cual le habían servido un poco de vino. Por encima del recipiente vio levantarse a la Gran Aya con expresión iracunda.

—Querido mayordomo, querido general, querido sacerdote. Solicito que se suspenda esta reunión del consejo real por dos motivos. El primero, es que faltan varios miembros del mismo, que habrán de nombrarse. El segundo, que el general Barthazar no es rey regente, puesto que solo lo era como consorte y ni siquiera consumó el matrimonio.

—¡No estoy dispuesto a escuchar esto! —gritó Barthazar.

—¡Callad! —le ordenó desafiante su propio padre.

Se armó un revuelo. Los cuatro gritaron a la vez y se cruzaron las voces sin que alcanzaran a entenderse. Finalmente, Gabiok, vociferando enloquecidamente, se hizo oír:

—¡Basta! Dragan y la Gran Aya tienen razón —dijo con firmeza. Tanto el sacerdote como la mujer quedaron sorprendidos. Barthazar también—. Nadie puede proclamarse rey a sí mismo.

El general se vio de pronto acorralado; no esperaba que su padre se pusiera en su contra y eso lo desconcertó.

—¡Pero soy el legítimo esposo de la reina!

—¡Sí!, pero has de contar con el apoyo de la mayoría para ejercer de regente —afirmó Gabiok—. Nombremos primero a los demás miembros del Consejo y luego determinemos quién debe ejercer la regencia, porque tal vez lo más sensato sea que este consejo real se convierta en consejo de Regencia.

—¡Así es! —intervino la Gran Aya—. Aplacemos la reunión y propongamos nuevos miembros de este órgano.

Barthazar no supo qué responder. En aquel momento solo deseaba verse a solas con su padre y pedirle explicaciones. Ahora que tenía la posibilidad de ser rey no iba a ceder bajo ningún pretexto.

No podía decirse que Astrid se hubiera alegrado de la muerte de Shebaszka, pero parecía que ya nadie recordaba que sobre ella pesaba una posible condena con pena de destierro. Así las cosas, vivió días enteros de tranquilidad al lado del niño, que no pareció acusar la ausencia de la que pretendía ser su madre. Sin embargo, hubo un hecho que vino a quebrar aquella tranquilidad. Una mañana, después de que le hubiesen dado el desayuno, cuando se disponía a jugar con una espada de madera que le había regalado la esposa de Magnus, Astrid se encontró de frente con Barthazar. Al verlo, sintió unas terribles ganas de arremeter contra él, de sacarle los ojos con sus propias manos, de acuchillarle el cuello hasta matarlo. Aunque, cuando lo oyó hablar, la sensación de rabia dejó paso al mismo temor de las últimas veces, ese sentimiento que le aflojaba las piernas y se las volvía temblorosas e incapaces de sostenerla.

—Vaya, vaya... me alegro de verte de nuevo. —La miró de arriba abajo con lascivia y luego clavó sus ojos en el niño, que lo miraba con admiración por su colorido uniforme—. Supongo que sabéis que ahora Willem es mi hijo adoptivo y que está bajo mi custodia.

Astrid imaginó que así debía de ser, ya que al fin y al cabo era el viudo de Shebaszka, aunque solo lo fuera por un día de matrimonio. Aunque le repugnaba la idea, tenía que admitir que aquello resultaba lógico.

—¿Sigues sin hablar? —le preguntó al niño—. Vaya, veo que sí. Creo que te tienen demasiado consentido. Voy a tener que enseñarte a ser un hombre. Con esas ridículas vestimentas y esa mirada asustadiza pareces una niña.

El pequeño se aferró a las piernas de Astrid y lo miró solo de reojo.

—Es un niño extraordinario —dijo ella con aspereza.

Barthazar la miró con desprecio.

—¡No me contradigas! —le gritó. Entonces sujetó fuertemente al niño por el brazo y tiró de él—. Vamos. Haré de ti un hombre.

Astrid lo vio irse, atemorizado, mirando atrás buscando una protección que ella no podía prestarle, así que como respuesta le lanzó un beso intentando disimular su desazón. Barthazar tiraba de él enérgicamente y lo llevaba casi a rastras. Cuando comprobó que el niño no dejaba de mirar hacia atrás le propinó un tortazo que le provocó el llanto y a Astrid le sobrevino un acceso incontrolable de verdadero odio.

Estuvieron esperando su regreso durante todo el día. A la hora del almuerzo le prepararon un poco de pescado fresco, pan de cereales y algo de leche de cabra, pero no acudió a comer. Durante toda la tarde aguardaron a que llegase para dar un paseo y jugar con él, pero tampoco retornó. Finalmente, cuando el sol acababa de ocultarse, Azzo vino a decirles que el general había ordenado que Lauretta fuese a recoger al niño. Astrid tuvo entonces un presentimiento.

—¡No vayas! —le dijo.

—¿Por qué? Me asustas.

Astrid no podía decirle lo que estaba pensando. Miró a Lauretta. Su túnica ceñida se ajustaba a las curvas de la muchacha. En su cara, iluminada por unos enormes ojos azules y adornada por unos labios de un rojo intenso, se dibujaba una sonrisa inocente.

—Iré yo, Lauretta.

—¿Por qué no quieres que vaya? ¿Eh? —preguntó la joven sin disimular su malestar por el empeño de Astrid, y esta lo percibió con claridad. ¿Cómo explicárselo? Quiso decirle que no confiaba en Barthazar y que ella lo tomase como quisiera, pero podía ocurrir que la malinterpretase y le acarrease problemas. En realidad, solo había una razón por la que no quería que fuera y era inconfesable, así que determinó no insistir.

—Son cosas mías, Lauretta. Ve a por Willem, estoy deseando verlo y achucharlo. Lo prepararé todo para que pueda dormir pronto, estará muy cansado.

Lauretta salió al exterior y, acompañada por Azzo, se dirigió hacia la tienda del general Barthazar. Cuando hubieron llegado, el eunuco se despidió de ella y dio media vuelta dejándola sola ante los soldados que hacían guardia y que le facilitaron el acceso. Cuando entró, vio al jefe de la milicia solo en su tienda, vestido únicamente con una túnica blanca. No había ni rastro de Willem, porque en esos momentos el príncipe ya había llegado junto a Astrid, quien supo al instante lo que iba a ocurrir. Abrazó al niño y él, como si también lo supiera, cerró los brazos fuertemente en torno a su cuello mientras ella pedía a los dioses por Lauretta.

Lauretta miró en derredor esperando encontrar al niño dormido en cualquier rincón, pero enseguida se dio cuenta de que no estaba allí. Dirigió al general una mirada interrogativa y este soltó una carcajada.

—Estaba tan cansado que no ha podido esperar a que llegases y uno de mis hombres lo ha llevado a vuestra tienda. —Lauretta comenzó a levantarse para irse, puesto que Willem no estaba allí.

—¡Oh, no! Quédate aquí conmigo, siéntate ahí, por favor.

He mandado que trajesen este vino especialmente para ti. Pruébalo, verás qué aroma y qué sabor tan exquisito.

Se puso en pie y caminó despacio por detrás de la silla que acababa de ocupar la muchacha, que intentó seguirlo con la mirada forzando su cuello al girarse. Cuando estuvo detrás de ella se acercó y le acarició levemente con ambas manos desde la nuca hasta los labios. Se estremeció al sentir el tacto de aquellas manos fuertes y perfumadas, y de pronto se vio atraída por él y se dejó hacer. Desde atrás, aquellas mismas manos penetraron bajo la túnica hasta sus pechos, y los acariciaron suavemente hasta presionar los pezones con los dedos. Lauretta se escurrió en la silla y echó la cabeza hacia atrás buscándolo con la mirada, el pulso acelerado y un cosquilleo en las ingles. Cerró los ojos y se mordió los labios. Entonces las manos volvieron a subir hasta su boca y uno de los dedos se introdujo entre los labios. Ella lo chupó con ganas.

Barthazar sintió una fuerte erección bajo su túnica blanca. La excitación de la muchacha lo enardeció de pronto y perdió el control. Se dio la vuelta, la sujetó fuertemente por la cintura atrayéndola hacia sí, le arrancó la túnica violentamente, la echó sobre su cama y comenzó a mordisquearla por todas partes. La muchacha gimió y él se excitó aún más. Se despojó de su túnica y se echó hacia delante con su pene entre las manos, hasta llevarlo a la boca de Lauretta, que vaciló por un momento. Entonces él presionó violentamente sobre sus labios y la obligó a separarlos. Ella chupó entre jadeos. Al cabo, cuando el general consideró que era suficiente se echó hacia atrás y al instante siguiente se inclinó para sujetarla fuertemente por los glúteos y la penetró con fuerza. Lauretta gritó de dolor. Barthazar se dio cuenta de que la muchacha conservaba su virginidad y entonces su excitación alcanzó un grado sumo. Arremetió con fuerza hasta que sintió que la desfloraba, y a continuación se movió en arremetidas rítmicas sin hacer caso a su dolor, hasta que sus movimientos se aceleraron y de pronto bramó y se quedó paralizado. Su respiración se fue calmando y sus músculos se relajaron paulatinamente.

Lauretta regresó a su tienda cuando Astrid y Willem ya estaban dormidos, pero Astrid se despertó y le preguntó si estaba bien.

—¡Oh, sí! Estoy bien. Descansa. Hasta mañana.

Astrid se dio media vuelta y tardó en conciliar el sueño. No quiso preguntar más.

A partir de aquel día la rutina se repitió continuamente: Willem desayunaba y uno de los hombres de Barthazar iba a buscarlo temprano. Al anochecer, Lauretta se dirigía a la tienda del general aunque el niño era devuelto por el mismo hombre que lo había recogido por la mañana. A pesar de que resultaba evidente que Lauretta no iba a por el niño, Astrid no quiso indagar mientras ella no quisiera contarle lo que hacía cada noche cuando salía con el absurdo pretexto de recoger a Willem, sabiendo ambas que no era cierto. Astrid temió en un principio que la muchacha acudiese a la llamada de Barthazar en contra de su voluntad y que él la estuviese obligando bajo amenazas, pero ni su aspecto ni su carácter parecían mostrar contrariedad o disgusto, sino al contrario, la muchacha parecía encontrarse feliz y pasaba todo el día riendo y bromeando. De vez en cuando se quedaba ensimismada y hacía preguntas acerca de Barthazar: ¿verdad que es apuesto? o ¿no te gustaría casarte con un hombre así?

Astrid eludía en lo posible hablar del general y tenía que admitir que el hecho de que Lauretta se mostrase evidentemente enamorada de él, al margen de inexplicable, resultaba ser un cierto alivio.

.

Transcurrieron casi veinte días de lluvias intensas y la actividad de Magmalia se detuvo por completo. El suelo estaba embarrado, el agua ponía a prueba los techados de las cabañas que habían sido levantadas recientemente, los ganados se refugiaban junto a pedregales agrupando sus cabezas, los hombres apenas si podían salir a cazar y menos aún a pescar, nadie se aventuraba a recolectar otra comida que la más cercana y los suministros cesaron casi por completo. Tampoco durante ese tiempo hubo noticias acerca de la salud de Magmalión ni de ninguna otra cosa que no fuera lo mal que lo estaba pasando el pueblo acampado por todas partes. Los ancianos y los niños sufrían enfermedades y nada podía hacerse más que tener paciencia.

Mientras que Lauretta se mostraba irritada porque Barthazar no había vuelto a llamarla, Astrid se sentía contenta puesto que Willem tampoco había sido reclamado en ese tiempo y pasaba los días con ellas encerrado en su tienda a resguardo de la lluvia, jugando y derrochando el cariño que había echado en falta en los días del inicio de su adiestramiento. Sin embargo, hubo algo del comportamiento del pequeño que inquietó a Astrid. Si bien seguía siendo el niño cariñoso y dulce que era, en ciertos momentos se mostraba irascible y agresivo, sin duda contagiado por la violencia con que se comportaban los hombres de Barthazar, que querían convertirlo en guerrero de forma prematura. Así las cosas, se esforzó en jugar con él intentando llevarlo de nuevo al estado de pureza infantil en que lo había conocido siempre, pero resultó imposible. El niño había dejado atrás una parte de esa inocencia al descubrir en su interior una porción de la desconfianza que, tarde o temprano, acaba creciendo en cada cual. Astrid pensó que podía ser algo natural, consecuencia de la trayectoria vital de cualquier persona. Ella, sin ir más lejos, se había endurecido por la pérdida de su hija y de su esposo, también debido a las calamidades que habían pasado en la caravana y, por último, por la terrible experiencia de verse mancillada por Barthazar. Se sorprendía al saberse ahora más fuerte, menos sensible y mucho más arrojada de lo que era. Del mismo modo, Willem había cambiado su destino. Podía haber sido el aprendiz de su propio padre, maestro carpintero en un tranquilo barrio de artesanos. Tal vez se hubiese casado con su hija y habría sido parte de su familia, un hombre trabajador y tierno como lo era su padre, bondadoso y dulce con su esposa. Ya no lo sería nunca. Ahora era un aprendiz de rey, un niño que perdería su infancia entre armas, sumergido en aburridos asuntos del reino que no comprendería, envuelto en intrigas de la corte y, en definitiva, sería un hombre que tardaría mucho en tener voluntad propia si es que llegaba a tenerla alguna vez.

Astrid se estremeció al pensarlo y se compadeció de él. Tal vez lo mejor sería que no le volviese nunca el habla y lo dejasen en paz. Claro que, ahora, sin su padre ni nadie más que ella que se pudiera hacer cargo de él, no encontraría con facilidad un buen medio de vida. Si al fin llegaban a los Grandes Lagos y no regresaba la voz a su garganta y decidían abandonar la idea de que fuese rey, tal vez ella podría hablar con los herreros para que lo tomasen como discípulo, alegando que era la viuda de uno de ellos.

En eso pensaba Astrid cuando la Gran Aya se presentó en la tienda para decirles que Willem asistiría por primera vez a una reunión del consejo real y que debían vestirlo para la ocasión.

—Y, por favor, que nadie más lo sepa. Yo misma vendré a recogerlo para que me acompañe a la reunión. Si alguien da otra orden, acude a mí inmediatamente —le pidió a Astrid—, sin decir a nadie una sola palabra. ¿De acuerdo?

—De acuerdo.

Había dejado de llover y el cielo permanecía encapotado y gris plomizo. Los regueros de agua corrían por todas partes y el río iba embravecido allá abajo. La gente empezó a salir de las tiendas, de los tenderetes improvisados, de los carros y de algunas cabañas cuyos tejados de barda habían estado a punto de desplomarse.

Astrid y Lauretta prepararon a Willem como le correspondía por su condición de príncipe. No hacía mucho se había establecido que si el niño asistía a actos importantes se le vistiese con un uniforme similar al que solía vestir habitualmente el general Barthazar, pero en el cuerpecito del pequeño parecía de juguete. Era un pantalón blanco y una camisola carmesí sobre la que habían bordado en amarillo el escudo de Shebaszka. Astrid cayó en la cuenta de que ese escudo tal vez quedase en desuso y hubiese que volver a bordar otro.

Cuando terminaron de peinarlo y aguardaban a que llegase la Gran Aya, se presentó Azzo en la tienda. Al ver al niño vestido con las galas de príncipe montó en cólera:

—¡Pero adónde creéis que va el niño! ¡Vamos, el general Barthazar envía a uno de sus hombres para que retome su entrenamiento, ahora que han desaparecido las lluvias! Conque, venga, quitadle eso y ponedle su uniformito de soldado. ¡Ay! ¡Os creéis que es un muñeco para vuestra diversión!

Astrid y Lauretta se miraron sin decirse nada.

—¡Vamos, el soldado espera fuera! Cambiad al niño y entregádselo.

Azzo dio media vuelta y salió de la tienda.

—Espera aquí y no lo cambies. Si Azzo insiste, inventa algún pretexto, pero no le quites el uniforme. Espera a que yo regrese.

Astrid salió precipitadamente y se topó con los soldados que hacían guardia, que estaban conversando con un tercer hombre que era, sin duda, quien debía conducir a Willem a los campos de entrenamiento de los hombres de Barthazar. Saludó sin ganas y, sin mirar atrás, se encaminó hacia la tienda de la Gran Aya apretando el paso. Cuando llegó a las puertas, los soldados que la custodiaban le impidieron el paso.

—Soy Astrid, estoy al cargo del príncipe Willem. He de hablar con la Gran Aya.

La hicieron esperar el tiempo justo para consultar en el interior y luego la hicieron pasar.

—Gran Aya, el general Barthazar ha ordenado que el príncipe Willem retome hoy los entrenamientos.

—¿Los entrenamientos? ¿Qué entrenamientos?

—¡Ah! Pensé que lo sabíais. Hace tiempo que...

—Ya me lo contarás, no hay tiempo —la interrumpió—. ¿Está el príncipe preparado?

Astrid asintió.

—Bien. Ve a por él y llévalo directamente a la reunión del consejo real, yo estaré esperando. Daré la orden a los soldados de la entrada para que lo dejen pasar. ¡Deprisa!

Ambas salieron de la tienda. La Gran Aya fue en busca de Dragan y le contó sus planes. Astrid se encaminó apresuradamente en busca de Lauretta y del niño. Cuando se aproximó, vio a los tres soldados que seguían conversando tranquilamente y a Azzo, que merodeaba por los alrededores. Temiendo que el eunuco volviese a reclamar la presencia del príncipe, entró rápidamente en la tienda. Al entrar vio que el pequeño llevaba puesto su traje de entrenamiento y blandía su espada de madera como si fuese un guerrero. Astrid, desconcertada, interrogó a Lauretta con la mirada.

—No puedo incumplir las órdenes de Barthazar, lo siento —dijo la muchacha con firmeza.

El consejo real comenzó con la presencia de las personas que habían sido invitadas para ocupar las plazas vacantes. En conversaciones anteriores a la celebración de la reunión, habían llegado a un consenso acerca de los nombres: Magnus de Gottem, el tesorero, y el viejo comerciante Bertolomy Foix en sustitución de Renat de Lisiek, de quien había sido ayudante. Ambos eran muy conocidos; el tesorero llevaba mucho tiempo en el privilegiado círculo cortesano y gozaba de una gran confianza por parte del inhabilitado rey Magmalión y también del resto de los miembros del Consejo, mientras que Bertolomy había prosperado comprando tejidos más allá de las fronteras de Ariok y tintándolos al gusto de las damas de Waliria para luego venderlas a precios muy superiores a los de compra. Además, se le conocía por su generosidad y su ayuda a niños huérfanos y gente con dificultades.

Dragan y la Gran Aya se habían extrañado de que ni Gabiok ni Barthazar hubiesen presionado para que entrase en el Consejo algún militar, próximo al jefe de la milicia, que le debiese obediencia, por lo que ahora no estaban seguros de si Bertolomy era favorable a la regencia de Barthazar o Magnus había cambiado de opinión. Lo cierto es que aparentemente estaban enfrentados dos a dos y la balanza se inclinaría hacia donde quisieran los recién incorporados. Por eso la Gran Aya quería que Willem estuviese presente en la reunión. Aunque le repugnaba tener que utilizar al niño, creía firmemente que los nuevos consejeros, e incluso el mayordomo real y su hijo, guardarían cierto respeto al heredero, por muy infante que fuese. El hecho de tenerlo delante, de sentir su presencia, tal vez los intimidase en la medida en que se encontraban frente a una realidad y no ante una figura indefinida y etérea.

—Y bien, querido Barthazar —Gabiok miró a su hijo con una sonrisa afectuosa—, nos hallamos reunidos de nuevo en consejo real bajo tu protección con el fin de acoger a los dos nuevos miembros que sustituirán a quienes ya no están entre nosotros, nuevos consejeros que pondrán su sabiduría y su experiencia a tu servicio para gloria de Ariok. —Dragan y la Gran Aya cruzaron sus miradas para decirse que de nuevo Gabiok trataba a su hijo como rey interino sin esperar a que el Consejo adoptase su resolución—. Y puesto que no necesitan presentación, simplemente se les otorga la posibilidad de hablaros aquí por primera vez, si vos consentís...

La Gran Aya se mostraba más nerviosa que de costumbre. Miró a un lado y a otro, se mordió el labio, miró a Dragan y se encogió de hombros sin explicarse por qué Astrid no había llevado a Willem a su presencia. Magnus dio un paso al frente y, con una sonrisa suave y franca, miró a sus interlocutores antes de hablar:

—Mi señor Barthazar, os conocí cuando apenas erais un niño que jugueteaba de la mano de vuestro padre, nuestro mayordomo real y fiel servidor del gran Magmalión, y os he visto crecer teniéndoos como medida del tiempo, puesto que en vuestro crecimiento he hallado siempre el espejo de mi vejez. Así pues, os hablaría como a un hijo si no estuviese presente vuestro padre y si no me encontrase ejerciendo el honorable cargo de consejero por vez primera en mi larga vida. Solo me queda poner mi experiencia y mis conocimientos a vuestra disposición para que os sirvan de consejo cuando así lo necesitéis. A los demás —miró en derredor— agradezco que sin opinión en contra hayáis encontrado adecuada mi designación para esta dignidad que, con responsable dedicación, ejerceré a partir de este momento.

La Gran Aya volvió a mirar hacia el acceso donde esperaba

ver aparecer de un momento a otro a Willem, más aún cuando el discurso de Magnus no dejaba lugar a dudas: se ponía a disposición de Barthazar y no del Consejo, por lo que solo cabía esperar de él que apoyase la regencia para el viudo de Shebaszka. Tenía que confesarse a sí misma que jamás lo habría imaginado, puesto que Magnus era tremendamente inteligente, un hombre capaz de ver más allá, pero tal vez se había dejado llevar por la creencia de que Barthazar era el esposo de la legítima reina y que solo a él correspondía el gobierno. Desvió la mirada en el momento en que Bertolomy se disponía a hablar.

—Loados sean los dioses, que han querido que hoy me vea entre vosotros representando al pueblo y a los gremios como antes lo hiciera el gran Renat de Lisiek. Intentaré parecerme a él en cuanto a su sentido de la justicia y equidad, en cuanto al acierto en las decisiones y la firmeza en las actuaciones, en cuanto a la honestidad con que se guiaba por la vida. —A Bertolomy se le quebró la voz recordando al desaparecido Renat—. Así pues, mi único objetivo es parecerme a él y con el mismo acierto trasladaros el fruto de mis reflexiones, que a su vez derivarán siempre de lo que considere más beneficioso para el pueblo que se extiende a vuestros pies y que por el bien de Ariok trabaja cada día.

La Gran Aya se inclinó para susurrar unas palabras al oído de Dragan. En esencia, le dijo que se había equivocado completamente en el juicio previo, puesto que esperaba que Magnus fuese menos servil y Bertolomy todo lo contrario, mientras que había resultado al revés: el tesorero se había puesto al servicio de Barthazar y el comerciante al servicio del Consejo. Se apartó del sacerdote y volvió a mirar hacia la entrada, pero Willem no aparecía y empezó a preocuparse por el niño. Ahora le tocaba hablar a ella. Había imaginado su intervención apelando al sentido común, con la mirada puesta en el futuro del príncipe en quien debían verse reflejados todos ellos, en aquel niño que era el sucesor de Magmalión, el gran rey. Había pensado hablar removiendo las conciencias, forzando a que cada cual contemplase al hijo de Shebaszka y, reflexionando, pensase en lo mejor para el reino.

—Bienvenidos, Magnus de Gottem y Bertolomy Foix —comenzó su intervención sin dejar de mirar a la entrada con la esperanza de que Willem apareciese de la mano de Astrid de un momento a otro—. A ninguno de los presentes escapa que nuestro pueblo se encuentra en una situación difícil, no solo por la incertidumbre que acarrea el éxodo, sino porque se da la extraña circunstancia de que nuestro rey agoniza, nuestra reina regente ha muerto y su hijo, el heredero, es aún pequeño y además está aquejado de un extraño mal que le ha privado del habla. Así las cosas, tras el fallecimiento de la única persona que podía haber dado otros posibles herederos al reino, el príncipe Willem es nuestra única esperanza.

»Pero aún es un niño, y hasta que alcance la edad a la que pueda asumir las responsabilidades del trono hemos de designar a quien ejerza de regente en Ariok, pero este consejo real se halla dividido entre quienes creen que el general Barthazar ha de ejercer de rey por ser el viudo de Shebaszka y quienes creemos que debe ser el propio Consejo el que se constituya en consejo de regencia, ya que ser esposo de la reina regente no le otorga, a mi juicio, la condición inmediata de rey, menos aún cuando su matrimonio no fue consumado.

La Gran Aya se sentó y Dragan tomó su relevo.

—Poco voy a añadir a las palabras de la Gran Aya, puesto que hago mío su pensamiento. Os doy la bienvenida y rogaré a Rakket que vuestros consejos sean siempre fruto de la meditación y nos iluminen con acierto. No tengo nada más que decir.

—¡Bien! —Barthazar se levantó con determinación. Su rostro reflejaba una enérgica agresividad—. ¡Os hablo como rey regente y general de los ejércitos! Me desposé con la reina regente de Ariok y enviudé trágicamente la misma noche de mi enlace, sin que ello reste validez alguna a lo que debía haber sido un largo y fructífero matrimonio. Ahora ocupo legítimamente su lugar y también el lugar que como padre me corresponde, y como tal educaré al príncipe Willem hasta que le llegue el momento de reinar, si es que recupera el habla, porque de no ser así, tal vez habría que inhabilitarlo.

La Gran Aya y Dragan protestaron pero las voces de Barthazar y Gabiok se mezclaron con las suyas para que no pudieran hacerse oír. Magnus intentó mediar con comedimiento y Bertolomy no supo qué decir, pues la algarada lo cogió por sorpresa.

—¡El ejército está de mi lado y hará cumplir la legitimidad de mis pretensiones! —gritó Barthazar por encima de las demás voces.

—¡Basta! —se hizo oír Gabiok, y de pronto se impuso el silencio—. ¿Es que siempre vamos a estar discutiendo? ¿Qué pensaría de nosotros nuestro buen rey Magmalión si pudiese oírnos? ¿Eh? Él quiso que Barthazar se casase con su sobrina. Fue él quien bendijo esa unión para que mi hijo ejerciese de padre del príncipe Willem. ¡Votemos de una vez y acatemos lo que digan los votos secretos!

La Gran Aya no pudo dejar de admirar la habilidad del mayordomo real apelando a la aprobación de Magmalión de aquel enlace absurdo que había derivado en la muerte de Shebaszka. Pero ya era tarde. Solo cabía esperar un golpe de suerte. Miró de nuevo a la entrada esperando que la oportuna aparición de Willem cambiase el sentido del voto, aunque ni siquiera así estaba segura de conseguirlo.

—¿Qué pasará si estamos igualados? —preguntó—. Antes éramos seis, pero decidía nuestro rey. Ahora no tenemos rey. Bartha es el sustituto de Roger, Bertolomy lo es de Renat, y Magnus de Shebaszka.

—En ese caso, yo lo soy de Magmalión —intervino Barthazar.

La Gran Aya sonrió. Sabía que aquello había sonado tan pretencioso que probablemente haría pensar a Bertolomy y Magnus.

—¿Vos sois el sustituto de Magmalión? Os recuerdo que Barthazar entró en este Consejo como sustituto interino de Roger —dijo mirando a los nuevos consejeros.

—¡Pero me casé con Shebaszka por deseo de Magmalión! ¡Por eso ahora ocupo su lugar!

—¡Aplacemos entonces esta decisión! No se puede ser rey y general al mismo tiempo.

—¿Queréis decir que hay que nombrar a quien me sustituya como representante del ejército?

La Gran Aya permaneció en silencio. Si decía que sí estaba otorgando a Barthazar la condición de rey. Si decía que no, reafirmaba a Barthazar como general, pero no desmontaba sus argumentos a favor de ser regente.

—¿Estáis dispuesto a elegir en calidad de qué os presentáis aquí y que los demás os pongamos en el sitio que os corresponda?

Barthazar contrajo el gesto, se le notaba la furia en la cara.

En ese momento Mirtta entró en el recinto donde se estaba celebrando el Consejo. Con caminar decidido se acercó a su esposo y le habló al oído mientras los demás seguían discutiendo.

—¡Consejeros!

Se hizo de nuevo el silencio.

—Nuestro gran rey, Magmalión I, ha muerto.

3

Bertrand no durmió en toda la noche pensando en que una cesta llena de hierros cubiertos de herrumbre reposaba en el interior del pozo con una soga atada a su asa y que otra parte de los desechos metálicos había desaparecido en plena noche antes de que a él le hubiese dado tiempo a recogerlos. Le inquietaba pensar que los hubieran visto y que se extendiese por el pueblo la noticia, que desataría múltiples especulaciones acerca de sus verdaderas intenciones.

A la mañana siguiente aparcó sus preocupaciones al ver la cara de felicidad de Elizheva con la pequeña en brazos, como si nada hubiese pasado. La joven estaba exultante ante la perspectiva de viajar al otro Trimib y poder encontrar al fin el rastro de su familia después de la tremenda decepción que había supuesto su llegada al poblado del mismo nombre. Ahora sabía que lo que había guardado su cabeza no había sido un deseo transformado en recuerdos, sino al revés, unos recuerdos transformados en el enorme deseo de regresar a sus orígenes. Por eso para ella nada tenía ya importancia y ni el hierro en la cesta ni el robo de las piezas sobrantes tenían más relevancia que una anécdota cualquiera. Lo verdaderamente importante era que el futuro pasaba por lograr la libertad y viajar al verdadero Trimib en busca de su familia. Si la encontraba, convencería a Bertrand para ir en busca de su hijo y regresar de nuevo para formar un hogar. Lo amaba y quería compartir la vida con él.

Apenas una hora más tarde, mientras caminaba hacia los talleres de Rerad, Bertrand seguía muy preocupado. Llevaba bajo las vestiduras el hierro rescatado de las profundidades del pozo con la intención de fundirlo y fabricar sus propias herramientas, pero su pensamiento volaba a lo que había acontecido la noche anterior. Pasó cerca del pozo y estuvo tentado de acercarse al brocal para comprobar si la cesta seguía allí, pero se dijo que sería como quien acude al escenario del crimen después de haberlo cometido. No. No iría. Si alguien andaba tras su pista podría hacer preguntas incómodas y que el caso llegase a oídos de Rerad, el señor del pueblo, el jefe. Él lo manejaba todo y todo estaba sometido a sus caprichos. No había nada que no pasase por su mano, compra o venta que no estuviese regida por su criterio, precio que no fuese convenido por él, caravana que no pagase a él sus derechos de acampada, encargo que no se hiciese a los empleados de su casa en el nombre del amo. Eso es lo que era, el amo, el dueño y señor de aquel Trimib en miniatura, cuyos habitantes vivían tranquilos bajo su amparo como los salvajes de Borriod lo hacían bajo el suyo. Era una historia repetida mil veces: un caudillo bajo cuya protección vivía tranquila la gente a la que faltaba voluntad propia, un jefe todopoderoso cuyo poder era otorgado por quienes le entregaban su vida y la de sus hijos e hijas, algunas de las cuales pasaban a formar parte del concubinato de ese jefecillo, de un mandamás cualquiera, para orgullo y tranquilidad de un padre sin alma.

Miró hacia el pozo y no se sintió culpable de nada. El reino de Ariok vivía en libertad gracias a los esfuerzos de Magmalión, que reinaba con mano firme pero pacificadora, otorgando a sus súbditos libertad y prosperidad. Ni Rerad ni Borriod ni nadie podía suplantar el poder del rey, no tenían derecho a fomentar la esclavitud ni a impartir justicia. ¿Dónde estaban los tentáculos de la corte? ¿Por qué en lugares como aquel no había un lugarteniente del rey? ¿Quién impartía justicia allí? No quería asumir las respuestas que daba a sus propias preguntas, pero era evidente que si alguna vez hubo justicia real en el poblado fue sobornada por el propio Rerad.

Cuando llegó a la puerta de acceso a los talleres uno de los vigilantes le cortó el paso. Era un hombre grandullón lleno de cicatrices, como si fuera un excombatiente o un matón a sueldo en retirada, malhumorado y despótico.

—Tú, carpintero, el jefe te está esperando. ¡Acompáñame!

Bertrand pensó instantáneamente que aquello tenía que ver con el hierro del pozo. ¿Qué otra cosa podía ser? No creía que la llamada de Rerad tuviese nada que ver con el trabajo que estaba haciendo para Ameb, ni tampoco con la propuesta del comerciante de trabajar para él sin depender de la voluntad del Negro.

En compañía del vigilante atravesó el espacio de tierra viva que dejaban los cobertizos enfrentados donde trabajaban los artesanos. Llevaba bajo sus ropajes el hierro y no podía presentarse con él ante el jefe, pues, aunque no se notaba mucho, era evidente que sujetaba algo para no dejarlo caer y que, a poco que se fijasen en él, no cabría la menor duda de que escondía algo.

El olor a cueros se mezclaba con el de salazones, jabón, madera, hierro fundido y tintes. Al pasar por delante de la fragua hizo un guiño cómplice al herrero y, sin que el vigilante se diese cuenta, dejó caer el bulto que llevaba bajo la túnica para no presentarse ante Rerad con la pesada carga pegada al cuerpo. El herrero le correspondió con un encogimiento de hombros y continuó dando golpes en la bigornia.

El vigilante no hablaba una sola palabra. Pasaron ante un huerto de surcos recién regados desde los cuales se elevaban cañas por las que trepaban verdes guisantes. En un rincón apartado reposaba un viejo cubo de madera hecho con duelas de abedul que llamó la atención a Bertrand, porque era una madera que no había visto desde aquel viejo ejemplar que sirvió para hacer el bastón de Erik. La evocación del pequeño cayado robado por Borriod le acarreó una tremenda desazón, pero sus pensamientos fueron interrumpidos por el vozarrón avinagrado del vigilante.

—Espera aquí, ahora te llamarán.

Se fue el hombretón y él se quedó solo, pero no tuvo que esperar mucho. Al momento, uno de los mayordomos de los que se servía Rerad para su orden interno le indicó que pasara a las estancias donde el jefe trataba sus negocios. Al entrar vio al Negro de pie, mirando por un ventanal con vistas al huerto y a los cobertizos de los artesanos. Aunque le anunciaron la presencia del maestro carpintero permaneció quieto, tapando casi por completo el ventanal con su elevada estatura y sus anchas espaldas. Bertrand recorrió con la mirada la estancia donde se encontraban y comprendió al momento que el Negro no había reaccionado porque quería que se diese cuenta por sí solo del motivo por el que lo había mandado llamar: sobre un banco de madera reposaban los hierros viejos que habían desaparecido la noche anterior junto al pozo.

Aguardó en silencio a que Rerad dijese algo, con el pensamiento acelerado como el corazón, puesto que aunque había tenido toda la noche para pensar en lo ocurrido, no se había centrado en un pretexto creíble por si llegaba un momento como el que estaba viviendo. El silencio espeso evidenciaba que sabía sobradamente por qué estaba allí. Callar era como asumir que ese mutismo estaba justificado, pero ya era tarde para hablar, así que continuó esperando a que Rerad dijese algo. Sin embargo, el mayordomo regresó al cabo de un rato y le indicó que lo siguiera; la visita había terminado. Su perplejidad se transformó inmediatamente en un profundo sentimiento de culpa tras dejar atrás la estancia, pero no se trataba de que él asumiese culpa alguna, sino de que al salir por aquella puerta después de permanecer a solas con Rerad sin decir una sola palabra era como si se hubiera inculpado a sí mismo, y esa sensación le produjo una indignación creciente, fruto de su torpeza.

—¡Quiero volver a ver a Rerad, no puedo irme así! ¡No soy culpable de nada!

El mayordomo lo miró con indiferencia y le comunicó con frialdad que su tiempo había terminado y que su jefe ya estaba ocupado en otros asuntos, por lo que resultaría imposible que lo escuchase. Quiso volver sobre sus pasos para exigir a Rerad que le dejase explicarse, pero de pronto le asaltó un fuerte temor al pensar en Elizheva y en la niña, y echó a correr hacia su casa con el corazón en la boca.

Pasó por la plazuela donde se encontraba el pozo y no pudo evitar desviar la mirada. Vio una cuerda tensa atada a la viga donde se soportaba la carrucha y se preguntó si alguien se habría descolgado para coger la cesta que habían dejado ellos. Siguió corriendo, dobló la esquina que daba a su callejuela y gritó desesperadamente cuando vio la puerta abierta de su casa.

—¡Elizheva! —gritó con fuerza a la vez que entraba en la vivienda.

Al traspasar el umbral se le heló el pulso. La casa estaba completamente vacía. No había nadie. No había muebles. No había nada.

Desesperado, levantó una losa de pizarra próxima a la chimenea y sacó su viejo estoque, que permanecía oculto allí como un medio de defensa, y lo escondió entre sus ropas. Luego salió con rabia para dirigirse de nuevo a la casa de Rerad, dispuesto a exigir explicaciones.

Al pasar cerca del pozo se sobresaltó. La cuerda que había visto antes muy tensa ahora se movía. De pronto, un presentimiento lo azotó como un relámpago, se acercó al brocal con la angustia agarrada al estómago y al asomarse gritó desgarrando el aire: un cuerpo colgaba inerte por los pies con la cesta llena de metal atada a su cuello.

Inmediatamente se había suspendido la reunión y habían acudido todos desordenadamente a postrarse ante el cuerpo sin vida de su rey. Estaban tan afligidos que nadie se dio cuenta de que Barthazar apenas se había conmovido; bien al contrario, había comenzado a dar órdenes de inmediato, sin guardar siquiera el debido silencio que los demás necesitaban en un momento tan difícil. Su rey, su gran rey, el gran Magmalión, parecía dormir plácidamente con la serenidad de un niño. Se les había ido para siempre. De pronto les pareció que se hacía un vacío infinito, pues si bien había estado postrado y sumido en el silencio absoluto durante su agonía, su mera presencia reconfortaba. Pero ya no estaba y en apenas unos días dejarían atrás su cuerpo como si lo abandonasen o como si fuese él quien los abandonase a ellos. Y se sentirían huérfanos como nunca antes se habían sentido.

Habría que organizarle un gran funeral, aunque estuviese lejos de lo que habría sido el boato de Waliria, donde todo estaba al alcance de la corte. En Magmalia las cosas no serían tan fáciles, puesto que no había templos donde honrar a los dioses, ni ornamentos con que adornar un catafalco, ni materiales adecuados para erigir un monumento. Habría que localizar canteras, extraer los bloques de piedra, moldear elementos de metal, cincelar los adornos y las inscripciones. Ni siquiera había flores suficientes en los alrededores, sino arbustos y plantas salvajes que podrían servir para salir del paso, pero que apenas adornarían una ceremonia muy alejada de lo que habría sido adecuado para un rey tan distinguido como lo había sido Magmalión.

Sumergida en sus pensamientos, la Gran Aya no se dio cuenta de que el ejército había empezado a desplegarse en torno a Magmalia. Los hombres de Barthazar estaban ocupando posiciones en lugares estratégicos, controlando a la población y restringiendo los accesos después de que se conociera la muerte del rey. La gente de la caravana se sentía inquieta y se aproximaba a curiosear o simplemente a manifestar sus condolencias, aunque no sabían bien a quién debían dar cumplido pésame. Unos decían que al general Barthazar, otros que directamente al hijo huérfano de la princesa Shebaszka, convertida en reina regente poco antes de su muerte. Pero la mayoría no sabía a quién y tal vez por eso era mayor la curiosidad y el deseo de acudir a las exequias.

La Gran Aya cayó de pronto en la cuenta de lo que ocurría. Se encaminaba hacia la tienda del príncipe heredero, pero aminoró la marcha y anduvo a pasos más lentos mientras sus reflexiones se aceleraban. Las exequias. Tal vez ese fuese el momento más importante. Con un poco de suerte Barthazar y Gabiok no se habrían dado cuenta de que el pueblo no sabía a quién mostrar sus condolencias y si la situación se manejaba con inteligencia podrían sacar partido de la presencia de Willem en el funeral. Pero antes tendría que ver qué había ocurrido para que el príncipe no hubiese acudido a la reunión del Consejo.

Apretó el paso de nuevo. Lucía un tímido sol entre nubes inocentes y se movía una brisa que disimulaba la quemazón. Oyó a unas cuantas mujeres que, como plañideras, lloraban ya la muerte del rey porque el de boca en boca había hecho correr la noticia con la ligereza de un rayo. Cuando llegó a la altura de la caseta donde debía encontrar a Willem, solo vio a Azzo en la puerta discutiendo con Astrid.

—¿Qué pasa? —preguntó.

—Esta mujer siempre anda dándome quebraderos de cabeza, Gran Aya.

—Astrid, ¿dónde está el príncipe? —quiso saber la Gran Aya desentendiéndose de la acusación del eunuco.

—Se lo llevó Lauretta a sus entrenamientos por orden del general Barthazar. Azzo me obligó a obedecer. —Dirigió una mirada acusadora al hombretón.

La Gran Aya había ido en busca de Astrid con el ánimo encendido, puesto que resultaba inadmisible que se hubiesen incumplido las instrucciones que con tanta claridad había dictado. Solo una desgracia, cosa que ya se habría sabido, podía justificar que Willem no hubiese estado presente en la reunión del consejo real. Pero el anuncio de la muerte del rey lo eclipsaba todo y no era momento de enredarse en discusiones. Ya aclararía a quién se debía que Willem no hubiese estado presente en una cita tan importante.

—Vamos, inmediatamente. Azzo, ven con nosotras. Es una orden.

Los tres se dirigieron a los campos de entrenamiento en busca de Willem. Lo vieron a lo lejos luchando con su espada de madera contra uno de los hombres de la milicia. A la sombra de un gran árbol aguardaba ensimismada Lauretta, que se sobresaltó al verlos aproximarse.

—¡Vengo a por el príncipe! ¡Tú, que deje de luchar y que

regrese inmediatamente a su tienda! —ordenó a Lauretta—, y ahora vas a explicarme por qué se han desobedecido mis órdenes. ¡El niño tenía que venir conmigo!

En un primer momento Lauretta palideció al ver la figura imponente de la Gran Aya enfundada en su peculiar túnica, con la capa sobre los hombros y mostrando únicamente el rostro. Pero luego se recompuso.

—Solo puedo obedecer órdenes del rey, Barthazar.

—¡Barthazar no es el rey, necia!

Lauretta había enloquecido, pensó Astrid. Intuía que estaba enamorada de Barthazar, y no tenía ninguna duda de que él únicamente la utilizaba para dar rienda suelta a sus instintos. Al saberla con el juicio perdido no pudo más que compadecerse de ella.

—Lo siento... solo puedo obedecer órdenes suyas. Yo...

—¡Tú nada! —le gritó la Gran Aya—. Hoy no era un día de entrenamiento.

—Disculpad, Gran Aya —intervino Astrid—. Tenéis que comprender a Lauretta. En realidad, no sabemos qué órdenes prevalecen, si las de vos o las de Barthazar. Al fin y al cabo, él es el viudo de su madre y...

—¡Por todos los dioses! Ahora comprendo... Parece que tenéis miedo a Barthazar y para vosotras sus órdenes están por encima de las mías, cuando yo ya era miembro del consejo real cuando él era apenas un niño. Tendré que tomar una determinación —zanjó.

Astrid no quiso replicar delante de Azzo y Lauretta, pero tendría que aclararlo con la Gran Aya en algún momento. Por otra parte, hablaría con la muchacha para saber por qué se había enfrentado a ella aquella mañana como si le fuese la vida en el hecho de que el niño acudiese a su cita con los adiestradores. Quería que le confirmase si estaba tan locamente enamorada que no le importaba enfrentarse a cualquiera con tal de complacer a Barthazar.

No tardó en encontrar el momento de hablar con la gran aya. Mucho más calmada, la mujer parecía meditar mientras caminaba con cara de preocupación, sin duda por la muerte del rey. El niño iba unos pasos por delante, jugando a perseguir a un pajarillo que hacía vuelos muy cortos y volvía a posarse en el suelo.

—Lo siento. No pude evitarlo, aunque me enfrenté a ellos.

La Gran Aya regresó del mundo de sus pensamientos y la miró sin decir nada, por lo que Astrid continuó hablando:

—La muchacha tiene buen corazón, pero me temo que hay un hombre poderoso que se lo ha robado y eso la ha hecho perder la razón. De cualquier forma, ninguno sabemos bien a quién hemos de obedecer. Si recibimos órdenes del gran sacerdote Dragan, no sabemos si tiene preponderancia sobre vos. Si las recibimos de vos, no sabemos si hemos de obedeceros por encima de las que recibimos del señor Gabiok. Si las recibimos de él, ni siquiera sabemos si está por encima o por debajo de su propio hijo. Y, en cualquier caso, los soldados siempre están a las órdenes de Barthazar, a quien ya llamaban rey antes de que esta mañana se conociese la muerte de nuestro querido señor Magmalión.

Había hablado de corrido y la Gran Aya la había mirado atentamente, aunque tenía la sensación de que, en realidad, no la había escuchado. En un primer momento no contestó, pero luego pareció digerir sus palabras y, después de dirigir una mirada rápida al niño, respondió.

—No tengo una respuesta a tus inquietudes, si bien me gustaría que me ayudases. Nunca antes se había vivido un momento así en Ariok y por lo tanto no creo que estemos preparados para afrontarlo. Te ruego discreción y te agradezco la ayuda que nos prestas. Supongo que si Shebaszka confió en ti para cuidar de su hijo debes de tener cualidades muy destacadas.

—Gracias, Gran Aya —dijo sinceramente.

—En cuanto a lo de esa chiquilla... también supongo que tendrá grandes cualidades cuando se ha confiado en ella, y, sin embargo, me preocupa lo que me dices de su enamoramiento. ¿Puedes darme más información?

Astrid miró de lejos a Lauretta y se avergonzó de sí misma

antes de confesarle su secreto a la Gran Aya, pero consideró que no podía ocultárselo.

—Hace tiempo que se ve con Barthazar, quien la llama a su tienda y duerme con ella.

La Gran Aya abrió los ojos desmesuradamente, pero no añadió nada más. Estaban llegando a la casa del príncipe.

—Escúchame. Esto es muy importante y no podemos fallar. Puesto que no puedes confiar en ella y no podemos apartarla ahora del niño porque llamaríamos la atención de Barthazar, debes ocultarle nuestras verdaderas intenciones. Necesito que Willem presida los funerales del rey.

Astrid creyó encajar de pronto las piezas del rompecabezas y asintió preocupada. Sobre ella recaía la responsabilidad de sortear a Barthazar y a su padre en cuantas órdenes diesen que fueran contrarias a lo que acababa de oír, añadiendo la dificultad de que ni Azzo ni Lauretta podían sospechar siquiera lo que pretendía la Gran Aya.

—Haz lo que te he dicho...

Asintió. La Gran Aya le inspiraba confianza. Aun así era incapaz de confesarle que había sido violada por Barthazar y que lo odiaba a muerte, y que haría cualquier cosa para perjudicarlo. No quería más recompensa que verlo acabado y sometido a las órdenes de Willem.

—Nos va la vida en esto, Astrid. No confíes en nadie, salvo en Dragan y en mí. Sé que te estoy pidiendo algo que aparentemente no te incumbe, pero estoy segura de que puedo contar contigo.

La mirada violeta de la Gran Aya se había vuelto de pronto especialmente penetrante. Sí, podía contar con ella, aunque no sabía que tenía motivos sobrados para hacerlo. Amaba a Willem y odiaba a Barthazar. ¿Qué más necesitaba?

Se despidieron con un abrazo y cuando Azzo se marchó a sus quehaceres ella se acercó a Lauretta:

—¿Tan enamorada estás de Barthazar que tienes que obedecerlo ciegamente? No era tan importante que el niño fuese a entrenarse hoy para luchar, especialmente si se trataba de asistir a su primera reunión del consejo real. ¿Te imaginas qué habría dicho Magmalión si hubiese estado en condiciones de saberlo? Pelear con una espada de madera contra un soldado en lugar de aprender a moverse entre los más poderosos de la corte.

Lauretta bajó los ojos y Astrid percibió en ella un atisbo de azoramiento. Está arrepentida, pensó.

—Estoy... encinta.

Astrid no pudo evitar una exclamación sonora.

—Voy a darle un heredero al rey.

Un flujo de amarga bilis le subió a Bertrand desde las entrañas: habían matado al herrero. Su compañero era quien pendía de la soga en el interior del pozo, con sus pies atados a la cesta que Elizheva y él habían perdido la noche antes. De pronto tomó conciencia de hasta dónde podía llegar Rerad, el despiadado y asesino Rerad, y temió por la vida de Elizheva y Dagne.

Aferrado a la mampostería del pozo aguantó el vómito como pudo e intentó recomponerse, tenía que actuar rápidamente, evitar que Rerad hiciese con ellas lo mismo que con el herrero. ¿Qué hacer? Se le pasaron por la cabeza las imágenes fugaces de Lizet y de Erik —algún tiempo después se preguntaría por qué y no hallaría explicación—, luego pensó que dar gritos y alarmar a la población podía trastornar la tranquilidad de Rerad y sacarlo de sus maquinaciones, pero enseguida lo descartó por incierto; y finalmente decidió casi irreflexivamente acudir con premura a hablar con Ameb y explicarle lo que había sucedido, encomendarse a él y pedirle ayuda para enfrentarse a Rerad. Así que se dirigió a toda prisa al campamento del mercader, temiendo que fuera demasiado tarde. Si el Negro había sido capaz de ahorcar al herrero, con mayor motivo acabaría con la vida de Elizheva.

Encontró al varkadí departiendo amigablemente con dos orondos comerciantes de su caravana, a escasos pasos de un corro formado por sus mujeres. Al verlo llegar sudoroso y jadeando, se disculpó ante sus contertulios y salió a su encuentro.

—¿Qué ocurre, maestro carpintero?

—Ha sido terrible. Rerad ha descubierto que quiero fabricar mis propias herramientas y me ha llamado a su presencia. No me ha dicho una sola palabra, tenía ante sí los trozos de hierro que intenté rescatar de un pozo abandonado para fundirlos en la fragua. Me descubrieron y ha ahorcado al herrero, pero lo peor de todo es que han desaparecido mi mujer y la niña... Necesito que intercedáis ante el Negro.

—Es terrible... dejadme pensar...

—No hay tiempo, buen Amed. Puede haberla matado ya...

—¿Y por qué os castiga matando a los demás y no a vos? Entendedme...

—Más valdría. Pero ha desvalijado mi casa, que está completamente vacía. Y ellas han desaparecido.

—No debería enfrentarme a Rerad... mi caravana acampa aquí una vez al año y necesito su consentimiento, su protección y su ayuda. Siempre ha sido un buen colaborador y nos ha beneficiado, así como yo lo he beneficiado a él procurándole cuantiosas ganancias. Hablaré con él, pero si ha tomado una determinación que considera justa, dudo que pueda ayudarte en esto.

—Puede estar pensando en matarlas si no lo ha hecho ya... os suplico que actuéis con prontitud, no sea demasiado tarde...

—Iremos a verle ahora mismo y vos vendréis conmigo. ¡Preparad mi caballo y mi escolta! Y que uno de los mensajeros vaya por delante a pedir audiencia con el Negro. Decidle que quiero verlo inmediatamente por un asunto importante.

—Os lo agradezco. No sé cómo podré pagaros...

No tardaron en emprender la marcha hacia el poblado. Hacía mucho que Bertrand no veía un caballo tan bien enjaezado como el de Ameb. Era un corcel castaño de pelo brillante y exquisitas proporciones, que caminaba con una armonía extraordinaria. Sus arreos estaban cuidados, pulidos y muy limpios. Era una maravilla. Su jinete no desdecía en absoluto: ataviado con una túnica anaranjada y un turbante carmesí, se adornaba con cadenas y anillos de oro, y en su oreja derecha destacaba un grueso pendiente que llevaba engarzada una piedra preciosa. El blanco de sus ojos negros y rajados brillaba en contraste con su tostada piel. Al cinto llevaba una espada cuya hoja curvada era de un metal desconocido para Bertrand, pues si bien parecía plata a primera vista a nadie se le habría ocurrido llevar como arma una espada así.

Cuando llegaron a casa de Rerad, este les recibió con honores, sin hacer comentario alguno al ver llegar a Bertrand junto a Ameb, como si lo esperase, por lo que el carpintero supuso que el Negro ya había sido informado del motivo principal de la visita. Después de los saludos, el varkadí le dijo a Bertrand que lo dejase hablar a él, luego explicó a Rerad que la idea de que el carpintero trabajase para él había sido suya y que no comprendía por qué se había enojado tanto por el hecho de que quisiese hacer sus propias herramientas. También se interesó por el paradero de su mujer y de su hija y le pidió que las dejase en libertad a la mayor brevedad. Finalmente, dijo:

—Os tengo por un hombre justo y bueno, y no puedo imaginar qué otra cosa que yo no conozco ha podido ocurrir para que os enojéis hasta el extremo de matar para vengar una afrenta tan leve. Confío en vuestra capacidad de reflexión y os ruego que reconduzcáis vuestra conducta.

Rerad parecía escuchar atentamente sin mirar más que a Ameb e ignorando por completo a Bertrand. Cuando el varkadí hubo terminado de hablar replicó con suma tranquilidad y con absoluta contundencia:

—Hace muchos años que nos conocemos, Ameb. Siempre he sido generoso con quienes han cumplido mis reglas y jamás he tomado represalias contra quienes las han aceptado, pero soy implacable con aquellos que, conociéndolas, las incumplen. Este poblado depende de mí y moriría si yo faltase, pues sus habitantes son gentes sin iniciativa, eran indigentes incapaces de gestionar sus propias vidas cuando los conocí. Ahora yo les doy de comer, cuido de ellos, les proporciono vivienda y ropas, aseguro el bienestar de los viajeros, obtengo beneficios que invierto en mejorar los campos y los ganados... A cambio pido lealtad, que no se conspire a mis espaldas, que nadie pretenda hacer nada que pueda perjudicarme y romper este equilibrio que he conseguido con mucho tiempo y esfuerzo.

—Todo eso me parece encomiable y nada puedo reprocharos al respecto. Pero no veo nada malo en que un maestro carpintero quiera ganar dinero. Aquí trabaja para vos a cambio de la vivienda y la alimentación, pero jamás podrá ser un hombre libre si no puede obtener dinero. Vos y yo somos dueños de nuestras vidas porque obtenemos beneficios, y eso nos permite dirigir nuestros destinos y, a veces, el de cuantos nos rodean, pero resulta injusto que queramos atarlos para siempre en aras de nuestro propio beneficio. Cuando alguien de mi caravana quiere separarse e irse, intento ayudarlo. Contrae una deuda conmigo, es cierto, y no sé si a lo largo de la vida podrá pagármela. Si es así, seré beneficiado; si no lo es, al menos estaré complacido por haber contribuido a la felicidad de un hombre.

—Vos y yo, aunque nos parecemos, no somos iguales. Vos vais de un lado a otro y vuestra vida es un ir y venir de gentes que forman parte de vuestra caravana de mercaderes y luego desaparecen, pero no os preocupa, porque siempre habrá alguien que ocupe su lugar. Aquí, sin embargo, necesitamos que haya agricultores, ganaderos, carpinteros, hombres de armas... Tiene que haber de todo para que nuestra pequeña comunidad perviva. Si no fuese así, estaríamos condenados a desaparecer.

—También necesitaríais un herrero, supongo, y por lo que tengo entendido cuelga a estas horas de una soga en el interior de un pozo.

—Incumplió las normas. Es un ejemplo para el resto, un sacrificio, una manera de mantener viva nuestra comunidad. Si pensáis que disfruto matando, os equivocáis. Para mí hoy es un día muy triste, pero si el herrero ha perdido la vida es porque la conservaba, y la conservaba gracias a mí. Podría contaros su historia, pero os aburriría. Lo cierto es que él y su familia estarían muertos hace muchos años si no fuera porque yo los acogí bajo mi protección.

Bertrand no soportaba la conversación. Únicamente pensaba en Elizheva y el razonamiento de Rerad le parecía una burla.

A punto de estallar, todavía hizo el esfuerzo de seguir escuchando por respeto a Ameb, ya que se había prestado a defenderlo sin que nada le obligase a ello.

—Luego entonces, este poblado es fruto de vuestra tiranía. Si dejaseis libres a sus hombres y mujeres, se irían a la ciudad de Trimib y buscarían allí un modo de vivir, cada cual según sus habilidades, pero en libertad y siendo dueños de sus destinos y no como marionetas manejadas por vos. Veo claro que en realidad sois egoísta y todo lo hacéis por vuestro propio bienestar, ya que si todos se fuesen vos también tendríais que iros y buscaros la vida, mientras que aquí sois el jefe y todos os obedecen.

—¡Yo los protejo! En innumerables ocasiones arriesgo mi vida por ellos, y lo saben. Si no fuese así conspirarían continuamente contra mí en lugar de rendirme pleitesía. Pero no, no lo hacen, todo lo contrario, me veneran, me adoran. Solo unos cuantos desagradecidos, como este extranjero —miró por primera vez a Bertrand con desprecio—, incapaz de comprender nada, se rebelan contra nuestro perfecto equilibrio.

—No podéis retener a un hombre en contra de su voluntad.

—No lo hago. Simplemente exijo que si alguien quiere vivir aquí acate las normas.

—Vuestras normas esclavizan.

—Es posible. En cualquier caso, si los habitantes de este poblado, según vos, son esclavos, son esclavos felices. Yo me encargo de que lo sean.

—¿Sois feliz? —le preguntó Ameb a Bertrand.

El carpintero se sobresaltó. Hacía rato que calculaba los movimientos que tendría que hacer para que a Rerad no le diese tiempo a reaccionar antes de que él le atravesase el corazón con el estoque que se palpaba bajo las ropas.

—¿Feliz, decís?

Ameb asintió. Bertrand miró a Rerad.

—Siempre he sido un hombre libre y quiero seguir siéndolo, por lo que nadie puede retenerme. Este poblado está dentro de los dominios de Ariok, donde reina el gran Magmalión, un gobernante justo que no permite la esclavitud ni la tiranía. No estoy dispuesto a pasar mi vida aquí mientras mi hijo vaga en solitario por algún lugar en la ruta de los Grandes Lagos. No. No me quedaré un minuto más. Exijo que me digáis dónde están Elizheva y la niña y que me devolváis el caballo que tan mezquinamente consentisteis que nos arrebataran. Si no me permitís trabajar para ganarme mi sustento y la capacidad de comprar lo que necesito, quedaos aquí y pudríos en vuestro pueblo de esclavos felices.

—Lo que pide es justo —intervino Ameb antes de que Rerad pudiese hablar.

—Lo que pide es imposible —repuso el Negro.

—No me quedaré un suspiro más. Decidme ahora mismo dónde están Elizheva y la niña. —Bertrand metió la mano bajo sus ropas disimuladamente dispuesto a matar a Rerad antes de que pudiese siquiera moverse.

—Habéis vivido holgadamente bajo mi protección. Me debéis vuestra libertad.

—¡No debo nada! —Bertrand estaba al límite.

—¿Cuánto? —preguntó Ameb.

—¡No tengo ningún precio! —gritó Bertrand a Ameb—. ¡No soy una cabeza de ganado! Siempre he sido un hombre libre, y asumir que alguien me pone precio es pasar al mundo del comercio de esclavos. —Ameb lo sujetó por el brazo—. ¿Vais a comprarme? ¿Os perteneceré acaso después de pagar mi valor? ¡Esto es un despropósito y no estoy dispuesto a hacerlo! Lucharé con mis manos si es necesario. —Miró enfurecido a Rerad y lo amenazó—: Os mataré, lo juro por Rakket.

—¡Callad! Dejadme hablar con él un momento —pidió Ameb a Rerad y, sujetando a Bertrand, salieron de la estancia.

—¿Crees que no me he dado cuenta de que tenéis un arma bajo vuestras ropas? ¿Estáis loco? Yo mismo lo mataría, pero no ganaríamos nada. Posiblemente sus hombres harán lo mismo con vuestra mujer y vuestra hija si siguen vivas. Seamos inteligentes y salgamos de aquí con tres vidas y la bolsa un poco más vacía. El dinero se repondrá, no os quepa duda, pero vuestras vidas no. Matar a ese hombre es muy fácil, pero salir con vida después de hacerlo es imposible.

Las palabras de Ameb causaron un efecto apaciguador en Bertrand, quien a duras penas pudo asumir que conviniesen un precio por él, como si fuese una mula. Así que volvieron a entrar y acordaron el importe: quinientos varkadís, pidió el Negro por él, y otros quinientos por la niña, por lo que supieron que seguía viva. Durante el tiempo que había estado trabajando en el campamento de Ameb había aprendido que un caballo costaba cincuenta varkadís y que un hombre rico, como algunos de los comerciantes que viajaban en la caravana, podía ganar al año cerca de mil. Quinientos por liberarlo le pareció un robo.

—En cuanto a la mujer... son dos mil quinientos varkadís. Es joven y está en edad fértil.

—¡Maldito hijo de perra...! —rabió el carpintero.

Ameb solicitó a uno de sus hombres que dispusiera tres mil quinientos varkadís y a continuación pidió que liberasen a Elizheva y a su hija. Cuando Bertrand las vio llegar se abrazó a ellas desesperadamente.

—¿Estáis bien? ¡Oh, por Rakket!, dime, ¿estáis bien?

Estaban bien, aunque tremendamente atemorizadas y preocupadas por lo que hubiese podido pasarle a él. Sin embargo, estaba claro que Rerad había previsto desde el principio que podría sacar beneficio de ellos de algún modo, bien explotándolos o bien vendiéndolos, porque de lo contrario habrían seguido la suerte del herrero, cuya muerte no acababa de ser comprensible para ninguno de ellos. Al pobre hombre podía haberlo explotado también haciéndolo trabajar más horas, o haberlo vendido igualmente si alguien se interesaba por él, pero la reacción de Rerad no era la de un hombre en sus cabales.

Salieron dejando atrás la casa del Negro para dirigirse al campamento de Ameb. Bertrand iba ensimismado, mientras que Elizheva charlaba animadamente con el mercader.

—No debiste hacerlo —dijo de pronto el carpintero.

—No había otra solución —respondió Ameb.

—No podré devolverte lo que has pagado. Y lo peor de todo es que ahora siento que somos una mercancía. Nunca antes me había sentido inferior a ningún otro hombre, y ahora es como si te perteneciese, y no puedo tolerarlo. Prefiero morir a dejar de ser libre.

Bertrand estaba muy serio. Ameb sofrenó su caballo para hablarle. Sus hombres los seguían, Elizheva miraba alternativamente a uno y a otro sin comprender la actitud de su amado, y la niña sollozaba en busca del pecho de su madre.

—Algún día os buscaré y os pediré cuentas. Ahora id a Trimib y luego buscad a vuestro hijo. No seáis necio, carpintero, agradecedme lo que he hecho por vos y no os culpéis por nada, puesto que no sois culpable de la actitud de ese hombre ni tampoco de la mía, y ahora pensad... ¿qué habríais hecho en mi lugar?

—Habría hecho lo mismo —dijo Bertrand sin pensarlo.

—Entonces no os acuséis. Descansad esta noche y mañana por la mañana os darán dos acémilas cargadas con lo necesario para que podáis viajar cómodamente hasta Trimib. Allí sabréis buscaros la vida, sois el mejor carpintero que he conocido.

—Os estoy agradecido.

—Suerte.

Ameb espoleó su caballo y los demás lo siguieron. Ya no intercambiaron más palabras, porque cuando llegaron al campamento el mercader continuó su camino para dirigirse a su tienda, donde lo esperaban sus mujeres.

4

Nadie podría olvidar nunca el funeral de Magmalión I de Ariok en la recién fundada ciudad de Magmalia. El día amaneció lluvioso y un viento molesto agitaba la copa de los árboles y arrastraba hojas secas y desperdicios en remolinos que se movían caprichosamente perdiéndose en el horizonte. De vez en cuando se abría un claro entre las nubes por donde penetraban algunos rayos de sol que se ocultaban de nuevo para volver a asomar dibujando el arcoíris.

En el centro de una gran plaza donde se estaban construyendo altas casas, fuentes y canales, donde más tarde se erigiría un gran monumento a quien había sido su rey, se había cavado una gran fosa cuyas paredes se habían recubierto de los primeros y toscos bloques de piedra de una cantera cercana.

Bajo la lluvia, desde primera hora, los obreros trabajaban en la tumba, achicando agua y construyendo un improvisado sistema de drenaje que la aislaría para la posteridad. Junto a la fosa pétrea, ya en la superficie, se colocó un estrado de madera donde se honraría el cuerpo del rey mientras se realizaban los sacrificios a los dioses. Un pebetero de plata colocado tras el estrado albergaría la llama funeraria de Magmalión si la lluvia, en un acto que sería tomado por un mal augurio, no la apagaba.

Aún llovía apenas un rato antes de la hora convenida, pero como si Rakket quisiera honrar también a un hombre que le había sido fiel durante toda su vida, amainó de pronto y un sol intermitente comenzó a calentar sin llegar a ser molesto. Una hilera de mujeres, en la que se encontraban Astrid y Lauretta, se aproximó en procesión desde las orillas del río hasta la plaza portando ramos de flores recién cortadas, por cuyos pétalos aterciopelados resbalaban aún las gruesas gotas de la lluvia reciente. Cada una de las mujeres se sentía parte importante de aquella alegoría de la fertilidad, pero nadie como Lauretta para asumirlo como propio; tanto que, mientras caminaba con paso lento y firme, sujetaba el ramo de flores con una mano mientras que la otra reposaba cálidamente en su vientre.

Por el extremo opuesto de la plaza, a la vez que la procesión de mujeres, en una sincronización perfecta, asomaron los soldados de la guardia real luciendo sus uniformes de luto, cuyos tonos oscuros contrastaban con el brillo de sus armas recién bruñidas. En medio de la columna militar, el cuerpo embalsamado de Magmalión reposaba boca arriba, vestido de gala, sobre unas andas cubiertas con láminas doradas. Tras las parihuelas, Barthazar. El general había elegido un uniforme muy alejado del luto con la única intención de llamar la atención y ser el centro de las miradas de todo el pueblo, agolpado en torno a la plaza. De carmesí y plata, los destellos del sol reflejado en sus adornos, lo convertían en la diana de todas las miradas. Caminaba, además, en solitario, pues así lo había dispuesto. Nadie había entre las andas y él.

Justo detrás de Barthazar caminaban despacio los miembros del consejo real, salvo Dragan, que aguardaba junto al estrado vestido completamente de negro, preparado para los sacrificios. Cuando el cuerpo sin vida del rey penetró en el espacio abierto de la plaza, un rugido de admiración se elevó entre el gentío como una tormenta, y las oraciones se hicieron audibles abriéndose paso entre un mar de llantos. Entonces Barthazar se hizo más visible y todos pudieron admirarlo, caminando erguido y solemne, portando en sus manos la espada que Magmalión le había regalado el día de su boda con Shebaszka. Quería con ese gesto influir en el subconsciente del pueblo, hacer ver a las gentes que era él quien sucedía a Magmalión, tanto en la procesión fúnebre como en la vida, y que aquella espada que los había protegido siempre estaba ahora en sus manos.

Sonrió satisfecho al comprobar que el gentío lo admiraba y entornaba los ojos cuando lo miraban, mostrando así sus condolencias. Se sabía tan protagonista como el propio fallecido, o aún más, acaparando las miradas, que se intensificarían cuando subiese al estrado para ser el último en besar el rostro sin vida de Magmalión, dando así a entender que solo él tenía el privilegio de hacerlo.

Detrás de él, a muchos pasos, sentía la frustración de la Gran Aya, quien seguramente se estaría rindiendo a la evidencia de que el pueblo lo aclamaba a él, de manera que nunca se olvidaría el día del funeral de Magmalión porque también era el primero de los días de la era Barthazar. Por eso había dispuesto que el funeral fuese grandioso, porque así también él lo tendría algún día en la plaza principal de Barthalia y sería aclamado y bendecido por los dioses, y las mujeres le llevarían flores en procesión como lo hacían ahora con el rey. Miró en derredor sin querer ver a nadie en concreto, aunque fijó sus ojos en Lauretta, una de las muchachas que le proporcionaba placer a su antojo. Aquella muchacha simple y embobada se había enamorado de él y se entregaba con esa pasión estúpida que se apoderaba de las que decían sentir amor. En cualquier caso, tenía una habilidad especial para excitarlo. La devoraba mientras ella le susurraba niñerías de enamorada a las que jamás prestaba atención.

La comitiva avanzó hacia el centro de la plaza y rodeó la gran sepultura que se abría en el centro, dirigiéndose al estrado. Dragan salió a su encuentro, elevó al cielo una oración y una súplica por el buen tránsito de Magmalión, a continuación ordenó que comenzaran los sacrificios, para los que se habían dispuesto las diez reses más rollizas del rebaño, cuya sangre sería vertida sobre las cabelleras limpias de otras tantas vírgenes de Ariok, entre las que se encontraban varias hijas legítimas e ilegítimas de Magnus. Las muchachas, vestidas de blanco, se alineaban en dos filas de cinco a ambos lados de la tumba aún vacía. Barthazar se fijó en algunas de ellas. Sin duda, los hombres que habían ayudado a Dragan tenían una habilidad especial para encontrar la belleza rebuscando entre las gentes del pueblo.

El cuerpo del rey se colocó sobre el estrado y fue adornado con las flores que las mujeres fueron colocando acercándose en procesión. Una vez que habían depositado sus ramos, varios eunucos ayudados por otro grupo de mujeres fueron tejiendo un colorido manto floral alrededor del cadáver. Cuando terminaron, se retiraron a uno de los laterales y se colocaron en dos filas ante las protestas del público, que vio cómo las recién llegadas les impedían ver lo que sucedía en el centro de la plaza.

Se sacrificaron las reses entre los rezos de Dragan, que con su vozarrón elevaba sus súplicas al cielo asegurándose de que eran audibles en toda la explanada. Ejerciendo de maestro de ceremonias iba ordenando el sacrificio de cada res y el vertido de la sangre sobre las vírgenes, invocando en cada uno de los ritos a los dioses cuyo padre, Rakket, había de tutelar la transmigración del espíritu de Magmalión.

Barthazar se colocó junto a Dragan, mientras que el resto de los miembros del consejo real se colocaba ante la fosa, frente al cadáver del rey. La llama de Magmalión permanecía encendida en el pebetero que se elevaba tras el estrado, donde también lucía un pendón con sus armas y otro con las de Shebaszka, tal y como había ordenado Barthazar para que todos pudiesen identificarlo con él. Un coro juvenil elevó sus voces desde un lugar indeterminado y la música se extendió por toda la plaza mezclándose con los aromas del incienso, provocando una sensación de relajación y adormecimiento generalizado, roto únicamente por las voces que, de vez en cuando, salían del interior de Dragan como de una caverna.

Astrid lo contemplaba todo desde la fila de mujeres después de haber depositado su ramo de flores. Cuando se había acercado a Magmalión para dejar un ramillete de lilas, había visto a Barthazar a unos pasos de ella y no había podido evitar que volviesen a abandonarle las fuerzas y a sentir sus piernas tan frágiles que apenas podía sostenerse. Contemplando la ceremonia junto a Lauretta, se sentía incapaz de compartir con ella la alegría por el hijo que esperaba.

La ceremonia resultó larguísima, entre cantos, oraciones y sacrificios. Ninguno de los presentes había asistido a un funeral semejante y, aunque cansado, resultaba inolvidable por las emociones contenidas y la solemnidad del acto. Cuando al fin terminó la parte ceremonial, se introdujo el cuerpo sin vida de Magmalión en una caja de madera con sencillas incrustaciones de plata. Antes de cerrarla para bajarla hacia la fosa, Barthazar, con su uniforme rojo y brillante, subió al estrado lentamente para que todo el mundo pudiera admirarlo y no perdiera detalle de lo que iba a hacer. Ceremoniosamente se arrodilló ante el rey, luego se puso en pie y se inclinó sobre Magmalión para besarlo en la frente. Tomó su espada, la espada del propio rey, y la depositó a sus pies, luego la tomó de nuevo y la elevó en el aire para posteriormente ceñirla en su cintura. La gente rompió a aplaudir y Barthazar sintió un escalofrío. Lo había conseguido, el pueblo lo había comprendido, lo aclamaba como sucesor del rey.

El cuerpo descendió lentamente hacia la fosa pero Barthazar no bajó del estrado. Luego se introdujeron junto a la caja los enseres personales del rey, sus útiles de escritura, sus armas, el pendón con su escudo bordado, el libro sagrado de Rakket y varias joyas introducidas en vasijas de oro, y el general dirigió las operaciones desde arriba para que todo el mundo pudiera verlo. De pronto vio que la Gran Aya salía de su posición y, llevando de la mano al príncipe Willem, se aproximaba a la fosa. ¿De dónde había salido el niño? Se suponía que había de estar vigilado y apartado del funeral, y, sin embargo, allí estaba, vestido con un uniforme idéntico al del rey, pero con la enseña del príncipe heredero y los bordados en negro en señal de luto. Barthazar hizo un gesto a los miembros de la guardia real que tenía más cerca pero no parecían entender sus ademanes, con los que pretendía ordenar que apartasen al niño inmediatamente. La Gran Aya siguió acercándose a la fosa y, cuando estaba a tan solo unos pasos, dejó libre al niño, que terminó de recorrer el espacio que lo separaba del hueco. Se agachó, tomó un puñado de tierra en una mano y una flor en la otra, se giró y recorrió la plaza con la mirada, fijando sus ojos en los asistentes hasta donde le alcanzaba la vista. Un murmullo de admiración se elevó por encima de la música del coro, Barthazar se esforzó en llamar a su lado a uno de los soldados, pero todos tenían puesta su atención en el príncipe, el coro cesó en su música y se hizo el silencio más sepulcral. Incluso los obreros dejaron de echar tierra en la fosa. Podía oírse la brisa acariciando los ropajes y los sombreros cuando, de repente, una voz grave de mujer se elevó en mitad de la plaza:

—¡El rey ha muerto! ¡Viva el príncipe Willem!

Barthazar la miró desconcertado. En respuesta al grito de la Gran Aya el niño echó el puñado de tierra y la flor sobre el ataúd del rey. La gente, enternecida por el gesto del príncipe, comenzó a aclamar su nombre. En un primer momento fueron unos cuantos, pero poco a poco el nombre de Willem fue sonando como un solo grito ensordecedor. ¡Willem! ¡Willem! ¡Viva el príncipe heredero! ¡Viva el príncipe Willem!

Bertrand, Elizheva y la niña dejaron atrás el poblado con rumbo al verdadero Trimib con la esperanza de encontrar a la familia de la muchacha. Se habían despedido de Ameb con el deseo de volver a encontrarse y la promesa de satisfacer la deuda que habían contraído con él. Iban en dos mulas cargadas de víveres, agua y algunos enseres, transitando por un camino escarpado y salpicado de pedruscos que dificultaban la marcha. Según Ameb, no era frecuente que se encontrasen bandidos en aquel trayecto, pero habían de andar con cuidado en las proximidades de Trimib, pues se trataba de una ciudad con menos recursos que demanda y en sus afueras malvivían gentes dispuestas a cualquier cosa con tal de obtener un mendrugo de pan.

Ameb les había dicho que en apenas veinte o treinta jornadas estarían en Trimib, y que preguntasen por Bebak el mercader de especias y le mostrasen un escrito que les había dado y que Bertrand guardaba celosamente en un bolsillo interno de su túnica. Pero como Ameb estaba acostumbrado a viajar, les dijo que si perdían el escrito le dijesen simplemente a Bebak que iban de parte de Ameb y que la próxima vez le ganaría la partida de pelota para compensar las que había perdido la última vez que se vieron. Así, él sabría que decían la verdad y Bebak les ayudaría a encontrar a los familiares de Elizheva, si todavía vivían, y también les procuraría cobijo y buscaría trabajo a Bertrand mientras decidían partir hacia los Grandes Lagos, a donde tal vez tardarían mucho en llegar. ¿Cuánto?, le había preguntado Bertrand a Ameb. No sabría decirte, maestro carpintero, tal vez tres o cuatro estaciones, o tal vez más. ¿Tan lejos está?, se había extrañado el artesano. ¡Oh!, sí... muy muy lejos.

De ese modo emprendieron la marcha, decepcionados por haber perdido tanto tiempo y a la vez emocionados por verse libres del domino de Rerad, quien bajo la apariencia de protección los había tenido subyugados. Elizheva viajaba esperanzada y a la vez preocupada, pues aunque la ilusionaba encontrar a su familia, le dolía en lo más profundo pensar que Bertrand tendría que continuar su viaje hacia las tierras del sur en busca de su hijo y ella no podría retenerlo. Y a su vez Bertrand se guardaba en el interior la misma preocupación, puesto que aunque deseaba que Elizheva encontrase a su familia no podía evitar sentir una enorme tristeza cuando pensaba que él tendría que continuar su vida sin ella si no estaba dispuesta a seguirlo. Y no lo estaría después de cumplir su sueño de reencontrarse con los suyos.

El camino discurría por un valle poco profundo después de superar los pedregales. Iban en silencio. En realidad, apenas habían hablado desde que habían salido, salvo algunas obviedades relacionadas con la niña, o con el camino por el que iban. Cada cual tenía sus motivos, pero ambos sabían que una pequeña brecha comenzaba a abrirse entre ellos después de haber superado juntos tantas dificultades. Elizheva se preguntaba si de verdad estaba enamorada o únicamente había sentido deseo verdadero por primera vez al compartir techo con un hombre que la cuidaba y estaba continuamente pendiente de ella, y su conclusión era que el dolor que le producía pensar en la separación era fruto del amor. No, no podría separarse de Bertrand, pero... ¿cómo retenerlo? Ella no podría ir con la niña hasta tan lejos, pasando por las calamidades que todavía, sin duda, les aguardarían, transitando por la dureza de los caminos y poniendo en riesgo sus vidas.

Al vigésimo día avistaron Trimib a lo lejos y a Elizheva se le aceleró el corazón desde que vio las primeras casas. Atravesaron los arrabales sin más molestias que las de algunos menesterosos que insistieron con rudeza en que tenían que ayudarles si no querían salir apaleados, pero Bertrand se había mostrado firme y amenazador y, finalmente, los habían dejado en paz.

Así llegaron al verdadero Trimib, la ciudad de casas altas que Elizheva recordaba de la niñez, aunque fuera incapaz de traer a su memoria lo que solo guardaba en los recuerdos infantiles. La descripción que un día había hecho a Bertrand coincidía con asombrosa aproximación con lo que ahora veían sus ojos: una ciudad próspera cuyos habitantes más acaudalados vivían en casas de dos pisos y disfrutaban de las ventajas de un mercado y un asentado barrio de artesanos. A Bertrand le recordó a Waliria, aunque más pequeña y con menos defensas, pero con mucha actividad y mucha vida, con carromatos que iban y venían cargados de mercancías, artesanos que voceaban proclamando las bondades de sus manufacturas, labradores que ofrecían sus productos a precios razonables, olor a especias y estofados, música callejera procedente de cada esquina.

Preguntaron por Bebak, el mercader de especias, y les indicaron dónde podían encontrarlo. Era un hombre muy conocido en Trimib y no habían dudado acerca de por quién estaban preguntando. Así que se dirigieron a un barrio de callejuelas intrincadas y estrechas cuyas casas adornaban las fachadas con geranios y otras plantas que refrescaban el ambiente. Olía a comida por todas partes, se oían voces en el interior de las casas, músicas sin una procedencia determinada y chiquillos jugando al aire libre. Llegaron a una plazoleta en cuyo centro había un pozo y un pilón con agua clara. Entre las edificaciones que la bordeaban había una vivienda que destacaba sobre el resto, con un gran balcón de madera que sobresalía en la fachada y un pequeño jardín tras una valla. A sus puertas se apilaban sacos de especias que desprendían un olor delicioso.

—Ahí es, vamos.

Preguntaron por Bebak a un jovenzuelo que estaba clasificando los sacos. Los miró con curiosidad y les preguntó a quiénes debía anunciar a su amo.

—Dile que venimos de parte de Ameb el varkadí, con eso será suficiente —afirmó el carpintero con determinación a pesar de sus propias dudas.

Esperaron largo rato hasta que un hombre orondo vestido con camisola, medias y botas altas salió con la curiosidad reflejada en el rostro.

—¿Quién pregunta por mí?

—Paz y justicia, buen hombre. Soy Bertrand, maestro carpintero; y esta es Elizheva. Ameb nos dijo que preguntásemos por vos cuando llegásemos a Trimib, porque podríais ayudarnos. Me entregó este escrito para que lo leáis. —Se sacó la vitela del bolsillo y se la dio.

El hombre leyó el escrito y Bertrand lamentó en aquel momento no haber tenido la curiosidad de haberlo leído antes. Bebak asintió y los invitó a pasar a su casa, ordenó que les sirvieran algo de comer y los acomodó en un amplio y fresco salón, donde Bertrand pudo exponerle cuáles eran sus inquietudes.

—Una chiquilla secuestrada... dejadme pensar...

Le habían contado que Elizheva buscaba a su familia. Había sido secuestrada siendo muy pequeña y había vivido en una tribu de salvajes que se había adueñado del lejano bosque de Loz. Ella le dio todas las pistas posibles contándole cuanto recordaba de su familia y rememorando aquellos episodios infantiles que tenían que ver con las calles y plazas de Trimib. De pronto el hombre creyó recordar algo.

—Creo que sé quién eres —dijo al fin con una sonrisa, y Elizheva no pudo evitar que el corazón comenzase a latirle como si fuera a reventar—. Hay una viuda no muy lejos de aquí que perdió a una hija en extrañas circunstancias. Su esposo llegó a ser uno de los hombres influyentes de Trimib, ayudante del admi-

nistrador de justicia. Sí... creo que sí... Te pareces a tus hermanos...

—Por Rakket —balbució Bertrand.

—Llevadme, por favor —suplicó Elizheva muy emocionada
por la posibilidad de dar con su familia, pero también por la noticia de la supuesta muerte de su padre durante su ausencia.

—No puedo estar seguro de que seáis su hija... ya os digo que
desapareció de forma extraña, pero no que fuese secuestrada. Tal
vez esté confundido, pero no perdemos nada por intentarlo.

Dejaron las mulas paciendo tranquilamente en las cuadras
de Bebak, dando cuenta de un saco de cebada y una buena porción de paja de avena. Ellos fueron caminando por callejuelas
hasta llegar a una vivienda que también era de dos plantas. Elizheva comenzó a llorar.

—Es aquí, estoy segura, es aquí... Esta casa, esta calle...

Los recibió un mozo alto y fornido, con la piel atezada por el
sol de los campos. Preguntaron por su madre pero les dijo que
no estaba. Entonces le relataron la historia de su hermana perdida y él miró con extrema curiosidad a la muchacha y a la niña.

—¿Cómo decís que os llamáis?

—Elizheva.

—Mi hermana se llamaba Deva, lo siento. Que tengáis un
buen día. —Se dio media vuelta y volvió a la casa.

—¡Deva! —exclamó Bertrand.

Elizheva estaba decepcionada, aquella no era su familia.

—¡Espera! ¡Deva y Elizheva son el mismo nombre!

—No, hombre, no son el mismo nombre —dijo el mercader
de especias.

—¡Sí lo son! ¡En Waliria lo eran! Según la leyenda, la diosa
Deva se enamoró del rey, un hombre, y al no ser correspondida
lo castigó transformando a su esposa Elizheva en una *deva*, que
es un árbol que crece en las proximidades de la antigua capital
de Ariok. Es posible que alguien te llamase Elizheva si tú te lla-
mabas Deva...

Volvieron a llamar a la casa y el mismo joven de antes les abrió
de mala gana. Le preguntaron por el paradero de su madre y él

dijo que no podía atenderles. Intentando atraer su atención lo pusieron al corriente de la coincidencia del nombre de la muchacha.

—¿Deva? ¿Tú eres Deva, mi hermana? Es imposible, Deva desapareció y se la dio por muerta...

—¡Pero no! ¡Me llevaron aquellos hombres y me vendieron a Borriod, el jefe de la tribu del bosque de Loz! —gritó ella desesperada, pero de pronto se le vino un recuerdo a la memoria—: ¿Hay un pozo en la parte de atrás de la casa en cuyo arco hay dibujado un dragón?

El muchacho abrió los ojos como platos.

—Por todos los dioses... —y dando una voz hacia el interior de la casa—: ¡Madre, dejad lo que estéis haciendo! ¡Rápido!

Una mujer enjuta y de expresión neutra asomó tras la puerta.

Al verla aparecer, a Bertrand ya no le cupo ninguna duda: el parecido de Elizheva con su madre era asombroso, no concebía cómo aquel muchacho no había sabido verlo de inmediato. La mujer los miró un momento y, de pronto, sin que nadie le dijese nada, la neutralidad de su rostro se transformó en un gesto de expresivo asombro.

Durante mucho tiempo Bertrand recordaría aquella transformación. No hizo falta que nadie pronunciase una palabra para que todos se dieran cuenta de que aquella mujer acababa de reconocer a su hija a pesar de los años transcurridos. No podía decirse que fuesen sus ojos iluminados, ni el grito ahogado de su boca ni el rostro desfigurado por la sorpresa ni sus manos adelantadas hacia su hija como queriendo tocarla desde lejos... No. Fue una luz inexplicable, un haz emitido por toda ella como si en un instante se concentrasen todas las alegrías que no había podido vivir desde que su hija desapareció siendo una niña.

No habló, solo se abalanzó sobre Elizheva y la abrazó como si fuese una muñeca de trapo, la balanceó, la besó en la cara y en el cabello, gritó sin decir nada, lloró. La muchacha se aferró a su madre llorando desconsoladamente, y Bertrand tuvo que mirar hacia otro lado para evitar que el sonriente muchacho y el asombrado mercader lo viesen llorar también a él.

5

El príncipe Willem, llamado «el Mudo», se convirtió inmediatamente en el favorito del pueblo, tal vez porque recordaba a su madre, la querida Shebaszka, o tal vez porque el hecho de que fuese mudo enternecía a las gentes. Lo cierto es que pocos habían reparado en él hasta el día del funeral de Magmalión, pero aquella imagen de un niño echando un puñado de tierra y una flor sobre el ataúd con la mirada de miles de personas clavadas en él, lo hicieron visible definitivamente para los súbditos huérfanos de rey. Fue así como en los días siguientes solo se hablaba de Willem y su nombre se repetía por todas partes. El suyo y el de la Gran Aya, cuya popularidad alcanzó la cima también en el mismo instante que el heredero.

El general Barthazar no encajó bien el golpe. Al terminar el funeral se retiró enfurecido y en apenas un suspiro ya había dado orden de arresto para los soldados de la guardia real que estaban más próximos a él y que no habían sabido estar atentos a sus órdenes. Los azotó y los ejecutó personalmente durante la madrugada. Al retirarse a descansar con las manos manchadas de sangre se encontró con que Lauretta lo esperaba en su propia tienda, sonriente y completamente desnuda. Si hubiera querido su compañía la habría mandado llamar, pero la muchacha parecía divertirse jugando a dar sorpresas. La miró con hielo en los ojos y, sin decirle nada, la abofeteó dejándole en las mejillas la marca de la sangre de los soldados recién degollados.

—¡Vete!

Lauretta se puso la mano en la mejilla ardiente y una mezcla de sangre y lágrimas se la tiñó de rojo.

—Solo quería darte compañía en un día tan duro —le dijo entre sollozos—. No te entiendo, no sé por qué me pegas y de dónde vienes con las manos manchadas de sangre.

Temblaba. Estaba muy asustada. Barthazar la ignoraba y se movía de un lado a otro, se lavó las manos y el torso y se puso ropa limpia para dormir. Hacía como que no la escuchaba.

—Además, quería darte una noticia muy importante. Espero un hijo tuyo.

De repente, Barthazar la miró con el rostro desencajado y antes de que ella pudiera reaccionar le propinó una fuerte patada en el vientre.

—¡Fuera! ¡Fuera! ¡Furcia! ¡Ese hijo no es mío! ¡Fuera!

La golpeó repetidamente, hasta hacerla sangrar. Ella, absolutamente decepcionada y sin querer defenderse, se echó al suelo y se encogió hecha un guiñapo, protegiéndose la cabeza entre las manos y el torso con las rodillas. No podía comprender qué estaba pasando.

—Es tu heredero, tu hijo, nuestro hijo... —musitó mientras recibía la paliza.

Barthazar la arrastró y dejó un reguero de sangre en el suelo de juncos. La echó a la calle como si fuese un saco y ordenó a los soldados de guardia que se la llevasen e hiciesen con ella lo que quisieran. Los hombres, desbordantes de lascivia, le echaron un cubo de agua por la cabeza para limpiarle la sangre y luego la violaron repetidamente. Cansados, se la entregaron a sus otros compañeros para que la noche de guardia se les hiciese más llevadera.

Astrid la encontró muy de mañana junto a la puerta de la tienda del príncipe cuando, en un cambio de guardia, oyó una discusión entre soldados en la puerta de la casita del príncipe. Salió a curiosear y vio el cuerpo de una mujer que, en un primer momento, parecía muerta. Le costó reconocer a Lauretta y cuando lo hizo gritó horrorizada. Inmediatamente preguntó por los soldados salientes de guardia, pero sus compañeros cerraron filas y no dijeron absolutamente nada, aunque resultaba evidente que los hombres que habían estado a las puertas de la casa la habían visto o incluso era probable que fuesen los responsables. De inmediato pensó en Barthazar. Ningún soldado osaría hacerle aquello a Lauretta siendo la amante del general; no, ellos no habían sido, pero estaba segura de que al menos habían sido testigos de lo ocurrido.

Con urgencia dio la voz de alarma, avisó a Azzo y a la Gran Aya pero no se atrevió a pedir que se lo comunicasen a Barthazar. Cuando la Gran Aya vio a la muchacha lanzó un grito de dolor. No quisieron introducirla en la casita del príncipe para evitar que el niño viese a su cuidadora en aquel estado, pero no pudieron evitarlo; atraído por el revuelo, Willem salió al exterior y se encontró de bruces con el cuerpo sanguinolento de Lauretta.

Astrid se interpuso de inmediato para evitar que siguiese contemplando semejante atrocidad.

—Por todos los dioses... ¿quién le ha hecho esto? —se preguntó la Gran Aya a sí misma—. ¡Que vengan los mejores físicos inmediatamente!

No tardaron en acudir dos médicos con dos ayudantes y se llevaron a la muchacha a la tienda donde tenían sus hierbas y utensilios. Astrid le dijo a Willem que aguardase en el interior.

—Decidme, Astrid... ¿qué ha pasado? —le preguntó la gran aya.

Azzo estaba escuchando y Astrid lo miró, por lo que la Gran Aya se dio cuenta de que prefería hablar a solas.

—Azzo, cuida del niño hasta que venga Astrid, vamos a hablar con los físicos.

Ambas se encaminaron hacia la tienda que servía de dispensario. Cuando comprobó que estaban solas Astrid habló:

—Me confesó que espera un hijo de Barthazar —dijo sin más trámite mirando a los ojos a la Gran Aya, que permaneció impasible.

—Vaya... Luego entonces debíamos comunicarle inmediatamente a Barthazar lo que ha pasado y que él indague. ¿Dónde la han encontrado?

—Los soldados han guardado silencio. Se encubren unos a otros.

—Si es cosa de los soldados temerán la brutal venganza de Barthazar. Y si no es así, será porque el general es el culpable.

Pero aquel mismo día, cuando la Gran Aya puso en conocimiento de Barthazar lo que había pasado, el general encontró a los culpables y los ajustició en presencia de la multitud para que sirviera de escarmiento. Por supuesto nadie dijo nada del embarazo de la muchacha, y la Gran Aya pensó que sería mejor guardarse la información por si la necesitaba en cualquier otro momento. De todas formas, los físicos pusieron en duda desde el principio que la muchacha, que había sido violada y golpeada hasta que perdió el sentido, llegase a recuperarse del todo.

Sin embargo, mejoró. Fue paulatinamente recobrando la conciencia, la movilidad, el habla y las fuerzas. Puesto que no tenía a nadie cerca que se preocupase por ella, únicamente Astrid permanecía a su lado todo el tiempo que se lo permitían los cuidados a Willem. Nada que Lauretta pudiera necesitar le faltaba nunca, y Astrid la limpiaba cuando se hacía sus necesidades, la atendía cuando se le adormecía un miembro, le daba de comer cuando aún no podía tragar y la consolaba cuando despertaba desconcertada en mitad de una pesadilla. Era precisamente en esas ocasiones en las que la muchacha agradecía con mayor intensidad la compañía de Astrid, porque siempre que despertaba aterrada lo hacía rememorando la paliza de Barthazar, su amado, el padre de su futuro hijo; y Astrid, más que nadie, era capaz de compadecerse de ella porque no solo la veía sufrir, sino que en ella percibía también su propia pesadumbre. Porque Astrid también despertaba por las noches en mitad del sueño con el aliento de Barthazar en su cara, tan real como si lo tuviera encima. Una y otra vez se tragaba las lágrimas por los ojos, las reabsorbía, apretaba la mandíbula diente con diente, fuerte, apretaba los puños, ahuyentaba la imagen de Barthazar, había aprendido a alejarlo de ella, incluso de maltratarlo en su imaginación.

Lauretta despreciaba su dolor físico porque para ella no era importante. El verdadero dolor estaba muy hondo y no había remedio alguno que pudiera curarlo. Le había pegado pero en realidad, sin saberlo, le había arrancado el alma. De pronto no sabía si quería aquel hijo que, según le habían dicho los físicos, se había salvado de la paliza de su propio padre. No podía olvidar que se había enfurecido al conocer que iba a tener un heredero. El primero. ¿El primero? A Lauretta le sobrevino la duda en uno de esos despertares repentinos de madrugada. Acaso no era la única.

Recordaba a los soldados violándola. Había perdido la cuenta de cuántos habían sido. Aquellos hombres a los que tenía por garantes de la seguridad del pueblo, hombres a los que había admirado siempre al verlos uniformados y alineados flanqueando el paso de su general, tan disciplinados que jamás habría podido imaginarlos como los veía ahora, como animales salvajes, seres despreciables a los que arrancaría la vida con sus propias manos si pudiera.

Durante el tiempo en que estuvo convaleciente apenas hablaba. Su postración alertó a Astrid, que la veía derrotada y sumergida en tinieblas. Le hablaba y la animaba con historias cotidianas, habladurías divertidas y chascarrillos de la corte. Llegaba con el niño y le traía alguna golosina: dulces con miel o almendras fritas. Pero no reaccionaba. Un día esbozó algo parecido a una sonrisa y otro día acarició a Willem. El resto del tiempo lo pasaba con los ojos cerrados o con la mirada clavada en el techo. A veces se tocaba el vientre y lloraba en silencio, sin descomponer el gesto, solo dejando escapar las lágrimas como si lo hiciesen por accidente.

Astrid mantenía informada a la Gran Aya, que estaba muy pendiente de lo que le ocurría a la muchacha. Para ella no dejaba de ser una desgracia que aquella chiquilla estuviese pasando por semejante martirio, pero lo que realmente le interesaba era el niño que nacería fruto de las relaciones de Lauretta con Barthazar. ¿Qué haría el general? Él sabía que era su hijo. Él, Astrid, Lauretta y ella misma. No creía que lo supiera nadie más.

Tal vez Gabiok, a quien su hijo podía haber pedido consejo acerca de qué hacer con ese niño. Al fin y al cabo era pariente lejano del rey Magmalión, pero también hijo de quien se consideraba a sí mismo rey de Ariok por viudedad. De pronto lo imaginó de mayor, enfrentándose a Willem por el trono. Lo que faltaba.

Transcurrió el tiempo y nació la criatura: un niño precioso con el pelo rojo encendido y los ojos azules como los de su madre. Astrid lo recogió en su regazo porque Lauretta no quiso mirarlo. Cuando le dijeron que iban a ponerlo a su lado para que mamara, ella negó rotundamente y pronunció las primeras palabras en mucho tiempo. Lo odio, dijo.

Poco después Lauretta fue desterrada de la corte, relegada de nuevo a un lugar de la caravana en que no fuese visible, donde amamantar al hijo que le recordaba a un amor que jamás había sido recíproco. Debía ser olvidada, borrada; y no fue asesinada porque a pesar de todo el general Barthazar temía a los dioses y a las represalias que pudieran tomar contra él si mataba a la madre de su propio hijo.

¿Cómo se puede recuperar la infancia perdida? Elizheva había soñado durante años con regresar a su casa y había imaginado el momento de todas las maneras posibles, pero ninguna de ellas resultó ajustarse a la realidad. Su madre la abrazó fuertemente entre llantos como si fuese a exprimirla, hasta casi causarle daño, pronunciando su nombre y el de su padre difunto, y Bertrand pensó que en aquel abrazo no había alegría, sino ira. La fuerza con que la apretaba era su rabia tanto tiempo contenida, el lamento de un espacio perdido que ya no podría regresar nunca, la muerte de un padre que se fue sin saber que su hija estaba viva, la infancia que sus hermanos ya habían dejado atrás y en la que ella no había participado, las alegrías y las penas de un hogar del que había estado ausente. Ya no podría recuperar nada de todo aquello y la alegría y la rabia se mezclaban en la impotente actitud de no saber cómo afrontarlo. Quería saber qué había ocurrido y a la vez no quería saber nada, salvo tenerla consigo como si nunca hubiese faltado.

Dejó de abrazarla cuando se sintió exhausta, se separó de ella y la contempló con una tristeza infinita, intentando descifrar en sus facciones de adulta la vida que había llevado y el lugar donde había vivido. Apenas lanzó una mirada a la niña y a Bertrand y creyó comprender que eran una familia, al mismo tiempo que se decía a sí misma que necesitaría mucha vida para recuperar la que le habían robado.

Elizheva se sintió torpe de repente, incapaz de reconocer a su madre en la mujer que tenía delante. Nunca pensó que tendría que hacer un esfuerzo, pero ahora que estaba en su casa, con su familia, se sentía una extraña. En su imaginación había construido una idea de hogar que se le antojaba instantánea, como si regresar supusiera también volver atrás en el tiempo y retomar su antigua vida por donde iba, sin prever que la distancia temporal entre aquel día y este era tan abismal que jamás podría sino recorrerse con la paciencia de quien asume su desventaja.

Ocurrió que tanto Elizheva como su madre, y en menor medida sus hermanos, comprendieron pronto que para que la alegría fuese completa tendrían que beber a sorbos las historias que tendrían que contarse, y que ninguno de ellos se sabría al fin liberado del peso que arrastraban desde hacía tantos años hasta que hubieran recorrido juntos un camino que previamente habría que desandar. Y también Bertrand tomó conciencia de que así debía ser, por lo que creyó llegado su momento: descansaría, realizaría sus preparativos y se marcharía definitivamente para ir en busca de su hijo. Le dolería, sí, le dolería mucho; pero se dijo a sí mismo que no podría renunciar a su misión porque jamás se lo perdonaría si fuera de otro modo.

Sin embargo, pasaban los días y siempre encontraba un pretexto para aplazar la despedida. Elizheva estaba demasiado ocupada en la natural tarea de convertir su casa en la que fue y él eludía interrumpirla por miedo a romper el rito del reencuentro. Y aunque cada noche se retiraban a dormir juntos en la estancia que les habían preparado, todo lo que hablaban tenía que ver con las emociones que ella había acumulado durante el día y a las que daba rienda suelta a la hora de acostarse. Quería contarle todo a Bertrand, ponerlo al día de cuanto había ocurrido durante aquellos años, de la reacción de su madre cuando le contaba los detalles de su vida en el bosque de Loz. Hasta que uno de los dos caía rendido y la noticia de que él quería partir cuanto antes era engullida por la oscuridad de la noche. Luego, cada mañana, Bertrand se prometía que el nuevo día sería el definitivo, que tendría que afrontar la separación y dejar atrás a Elizheva después de lo que habían pasado juntos y del amor que sentía por ella. Pero regresaba al lecho por la noche con la misma sensación de culpa y la angustia de no haber sido capaz de avanzar en absoluto.

Cuando soñaba con Erik despertaba desesperado y lloraba, y veía en la penumbra la silueta gris de Elizheva y el pequeño lecho donde dormía la niña, y entonces movía la cabeza violentamente y se la sujetaba con las dos manos al mismo tiempo, como si fuesen partes de personas diferentes en mitad de una lucha. Permanecía despierto hasta el amanecer y volvía a repetirse la historia del día anterior como si todos los días fuesen uno solo. Amaba a Elizheva y no quería o no sabía encajar en su vida, en su misión, ese sentimiento patente.

Se distraía yendo a dar de comer a las mulas y charlando con Babek. El comerciante de especias resultó ser un hombre divertido e interesante, con tantas historias que contar que nunca se le agotaba el repertorio. Cada día invitaba a Bertrand a beber cerveza con él y a charlar un buen rato, e incluso algunas veces lo animaba a sentarse a la mesa con su familia. Hasta que un día le hizo un encargo de carpintería comprometiéndose a facilitarle las herramientas que necesitase.

—No puedo aceptar el encargo, pues tengo intención de marcharme de Trimib hacia los Grandes Lagos —dijo con la misma determinación que le faltaba a la hora de comunicárselo a Elizheva.

Bertrand le había contado a Babek la historia del terremoto y el éxodo de Magmalión, así como el asunto de su hijo.

—Así que os marcháis, a pesar de que ahora la joven ha encontrado a su familia.

—Ella no querrá irse. Me iré solo a buscar a mi hijo y, si lo encuentro, regresaré.

—¿Querrá quedarse dejando que os marchéis en solitario? —se extrañó.

Bertrand cayó en la cuenta de que no se lo había preguntado y que había dado por hecho que le diría que no. Lo cierto era que desde que habían llegado a Trimib ella se había distanciado de él pero no podía reprochárselo, porque se imaginaba a sí mismo encontrándose con Erik muchos años después y casi no podía soportarlo.

—Ha vivido desde que era niña queriendo volver a casa y ahora no puedo arrancarla de nuevo de su familia.

El mercader de especias se quedó pensativo mientras se llevaba un dátil a la boca.

—La primera vez se la llevaron por la fuerza, pero es posible que en esta ocasión se vaya voluntariamente por amor, ahora que ha cumplido su sueño de encontrar a su familia y darles la alegría de que está viva. No es lo mismo.

Ahora fue Bertrand el que guardó silencio mientras reflexionaba. Tal vez Babek tuviera razón y Elizheva decidiese seguir unida a él y ayudarle a encontrar a su hijo, pero de inmediato descartó la idea.

—No, la niña es demasiado pequeña y no aguantará un viaje así.

—Aguardad un poco más. Aquí estaréis bien y no os faltará trabajo, estoy convencido.

Después de pensarlo mucho, Bertrand aceptó el encargo que le hacía Babek, sumándolo así a sus propios motivos para aplazar la decisión de marchar. El trabajo consistía en arreglar las puertas de las caballerizas, una tarea sencilla que no le llevó demasiado tiempo. Pero no bien hubo terminado, Babek, encantado con el resultado, le encargó la reparación de las techumbres de la parte alta de su casa.

Bertrand era carpintero, no constructor, y la carpintería de lo blanco se escapaba a sus habilidades, aunque tenía ciertos conocimientos y así se lo hizo saber al mercader, por lo que el trabajo le fue encargado a un constructor de Trimib con la condición de que Bertrand trabajase con él. Esa noche, después de cerrar el trato, se sentía motivado por el aliciente de aprender las técnicas de construcción con madera, y quiso compartirlo con Elizheva, pero una vez más ella dio rienda suelta a todo un torrente de sensaciones que había ido guardando en su interior durante toda la jornada y no lo dejó hablar.

Al amanecer sintió que tenía prisa por levantarse por primera vez desde que estaban en Trimib, dejó la alcoba y tomó un poco de pan de centeno con miel y cerveza fresca. Se vistió y acudió a casa de Babek, donde había de reunirse con Petok, el maestro constructor.

Petok resultó ser un hombre más joven de lo que había imaginado. Alto, fuerte y con cara de ser bondadoso, se mostró encantado de conocer a Bertrand y le hizo mil preguntas acerca de las maderas que había en la arruinada Waliria y las edificaciones que otrora se habían levantado allí. Bertrand contestó hasta donde sus conocimientos le permitieron, y pronto se pusieron manos a la obra.

A medida que iban avanzando en la construcción crecía la fascinación del maestro walirés al descubrir los secretos de las estructuras de madera que siempre le habían parecido simples y sin ninguna complejidad. Sin embargo, si él hubiese tenido que enfrentarse a ellas sin conocimientos previos no habría sido capaz de montar una sola de las vigas que componían las cerchas que diseñaba Petok.

Se levantaba ilusionado cada mañana sin importarle la dureza del trabajo que tenía por delante, anotaba todos los detalles en un cuaderno de vitela que le había preparado un pariente de Babek y repasaba cada una de las piezas con el embeleso de un aprendiz. Embebido por la tarea de construir, olvidó momentáneamente el desapego experimentado por Elizheva en la rememoración de su propia historia y encontró un pretexto para continuar en Trimib aplazando la decisión de emprender su viaje.

Aunque él era ya un consumado experto en elegir maderas y escuadrar troncos, Petok le enseñó a usar un hacha de dos bocas y lo familiarizó con las diferentes formas de obtener las secciones adecuadas para construir grandes estructuras. Por primera vez empleó Bertrand un sistema de medidas y aplicó lo que Petok llamaba geometría. Aquel hombre hábil y calculador había venido, según su propio testimonio, de tierras tan lejanas que ya no recordaba siquiera el tiempo que había tardado en llegar a Trimib. Venía de un lugar cuyo nombre no recordaba, pero nunca había olvidado las enseñanzas que su padre, un maestro carpintero, le había regalado.

Aprendió Bertrand los secretos de las armaduras más complicadas, el uso de los cartabones, la relación entre ángulos y el cálculo de las cargas que soportaba cada techumbre. En poco tiempo logró obtener las secciones adecuadas con la misma agilidad que Petok, e incluso contribuyó a reforzar bóvedas que hasta el momento habían necesitado vigas cuyos grosores las hacían excesivamente pesadas.

Con la excitación que le produjo la ampliación de sus conocimientos, se le fue pasando el tiempo de encargo en encargo, y pronto se extendió por Trimib la fama de las construcciones que realizaban ambos conjuntamente, nuevas techumbres que combinaban solidez y belleza y que causaron tanta admiración que dieron lugar a reemplazos de algunas antiguas por otras nuevas en las casas de los más acaudalados, aunque por su estado de conservación no hiciera falta sustituirlas.

Bertrand fue acumulando caudales a la misma velocidad que en su interior crecía el deseo de partir hacia los Grandes Lagos, buscar a Erik y participar en la construcción de la nueva capital. Imaginaba que si la caravana de Magmalión llegaba hasta la tierra prometida, sería necesario un tremendo esfuerzo para levantar la ciudad, con sus palacios, sus casas y sus edificios públicos. Y nadie en Waliria, que él recordase, había estado nunca preparado para construir las estructuras que estaba aprendiendo a diseñar. Solo quedaba que Elizheva quisiera viajar con él.

Elizheva se pasaba el día ayudando a su madre, cuidando rosales en el jardín, cosiendo o cocinando. Dagne las acompañaba a todas horas porque la abuela no consentía separarse de su nieta ni un instante, como si viera en ella a la hija que perdió un día y no hubiera mejor forma de recuperar el tiempo perdido que vivir cada suspiro de la niña. Bertrand la había dejado hacer y se había buscado la vida en Trimib otorgándole una libertad necesaria. Ella no había sido consciente al principio, pero poco a poco se fue dando cuenta de que él se había apartado voluntariamente para que le resultase más fácil el reencuentro con su familia, y no sabía cómo agradecérselo. Cuando empezó a trabajar en la construcción y a aprender las artes que le enseñaba Petok, llegaba por la noche con ganas de contarle mil cosas, pero aun así permitía que fuese ella la que le narrase a él cuanto había descubierto de su familia y las anécdotas que se había perdido. Sin embargo, advertida del sacrificio que hacía Bertrand, fue dejándole también su espacio y lo escuchó atentamente cada vez que él le contaba lo que había aprendido.

Una noche, cuando ambos habían hablado animadamente acerca de lo que habían hecho durante el día, Bertrand se atrevió a abordar el asunto que le rondaba la cabeza desde hacía tiempo pero que no se había atrevido a confesar:

—He aprendido mucho, Elizheva, ahora sería capaz de construir magníficos edificios con la única ayuda de peones, no necesito más que madera, herramientas y mano de obra, lo demás lo tengo en mi cabeza y podría calcular cualquier estructura por grande y compleja que fuese. ¿Sabes lo que eso puede significar si Magmalión llega a los Grandes Lagos? No habrá nadie que sepa hacerlo. Solo alguien que llegue de fuera y que haya aprendido el oficio podrá construir una ciudad digna de un rey como el nuestro.

Bertrand guardó silencio con el fin de comprobar la reacción de Elizheva, pero la muchacha no dijo nada y la penumbra sostuvo las palabras del maestro suspendidas en el aire hasta que resultaron incómodas, por lo que continuó hablando:

—El rey otorgará un barrio a los artesanos y podremos construirnos una gran casa. Sin duda, ganaré dinero suficiente para que llevemos una vida holgada juntos: Erik, Dagne, tú y yo.

Bertrand deslizó el nombre de Erik para que ella supiera que para él había llegado la hora y que no podría esperar más, tenía que ir en busca de su hijo e intentar llegar a los Grandes Lagos para cuando lo hiciese la caravana. Lógicamente existía la posibilidad de que Waliria hubiese dejado de existir o de que Magmalión hubiera cambiado de opinión por el camino, pero tendría que asumir el riesgo.

—Dicen que los Grandes Lagos son un lugar maravilloso —continuó diciendo—. Están rodeados de tierras fértiles y gozan de un clima benigno durante todo el año. Allí podemos abrazar la prosperidad y ser felices.

Como ella no decía nada, comprendió que estaba pensando en su madre y sus hermanos, en que había convivido poco tiempo con ellos en relación con el que había estado apartada de su familia, por lo que su temor comenzó a tomar la forma que había deseado ahuyentar. De pronto estuvo seguro de que ella iba a decirle que no, que se quedaba en Trimib, y a él se le partiría en dos el corazón, una mitad para ella y la niña, y la otra para Erik. Para Erik y para Lizet, como si su difunta esposa estuviese aún en alguna parte y abrazase a su hijo para desnivelar la balanza a su favor.

—Tengo que ir en busca de mi hijo, compréndelo. —Dado el silencio de ella quiso abordar el asunto directamente—: He estado aquí un tiempo que considero suficiente. Entiendo que quieras quedarte, porque es tu familia y es por lo que luchaste durante toda tu vida en el bosque de Loz, pero yo no puedo olvidar a Erik y dejarlo a su suerte para siempre. —Se calló durante un momento y ella siguió sin decir nada—. Pero mi dolor no tiene límites si pienso en separarme de ti y de la niña, por lo que mi deseo es que vengáis conmigo. Si no quieres, si prefieres quedarte aquí pero aún me amas y deseas que vivamos juntos, iré en busca de Erik y regresaré a Trimib renunciando a la vida próspera que intuyo en la nueva capital.

Ella seguía completamente inmóvil y en silencio, tanto que

Bertrand pensó por un momento que se había quedado dormida. La miró en la penumbra y comprobó que la luz de la luna que penetraba por la ventana le bañaba el rostro suficientemente para hacer brillar un reguero de lágrimas silenciosas.

—Es lógico, Elizheva. Quieres quedarte —dijo con la voz cargada de tristeza—. Tal vez yo haría lo mismo. Pero te aseguro que si la niña estuviese perdida tú irías a buscarla, como has hecho con tu familia. Puede que Erik ya no viva, pero mi alma no descansará mientras haya un atisbo de esperanza. He estado aquí durante este tiempo aguardando a que pudieras saborear el reencuentro con tu familia y también a que la niña creciese lo suficiente como para viajar, por si decidías acompañarme. Ahora veo que no vas a hacerlo, me entristece pero lo comprendo.

Elizheva seguía en silencio.

—¡Por Rakket, dime algo! —elevó la voz con evidente desesperación.

Entonces Elizheva se giró y él pudo ver las lágrimas con más nitidez. Pero no fueron las lágrimas lo que lo hizo estremecerse, sino la expresión de profunda tristeza que pudo adivinar en el rostro de su amada. Vio en sus ojos el cansancio de una carga insoportable, como si tomar la decisión la hubiera agotado hasta no ser capaz siquiera de hablar. No hacían falta palabras. Con su silencio, con sus lágrimas y con el rostro invadido por la tristeza le había dicho todo cuanto tenía que decirle. Sin embargo, habló. Solo dijo dos palabras, y las pronunció de un modo que Bertrand no olvidaría jamás. Mucho tiempo después todavía se preguntaría cómo pudo decirlas con aquella mezcla de amor y pesadumbre, y su respuesta era siempre la misma: Elizheva lo amaba profundamente y sabía que lo que tenía que decirle cambiaba el rumbo de su vida para siempre:

—Estoy embarazada.

PARTE IV
EL OLOR DE LA MADERA

Desde el frondoso jardín llegaba el rumor del agua de una fuente. Era el mismo chorro relajante que solía adormecerla mientras leía junto a la ventana en las tardes apacibles de descanso, esas mismas tardes que ahora se le antojaban lejanas, como si al sumergirse en el relato que le estaban contando hubiese viajado en el tiempo. Escuchaba a su aya con asombro y admiración, con el corazón encogido, intentando adivinar qué parte de la historia reposaba tras sus ojos, quién era ella en realidad y qué iba a descubrir.

La mujer había callado de nuevo, pero esta vez parecía encontrar reposo en el silencio y no quiso interrumpirla con preguntas. La vio cerrar los ojos y pensó que necesitaba descansar.

Se levantó y paseó lentamente por la estancia, se detuvo ante uno de los ventanales y contempló la armonía del jardín. Rememoró retazos de su infancia, de la que siempre llegaban rumores confusos, envueltos en juegos felices, instantes iluminados en mitad de la desmemoria. Por un momento pensó en que la historia que le estaban contando era una fantasía inquietante, uno de esos cuentos aprendidos por tradición oral y que pasan de generación en generación para el recuerdo colectivo. Pero no. No podía ser, porque en aquellas leyendas tradicionales los personajes venían desde lejos para llegarte muy hondo, para quedarse en ti; sin embargo, la historia que estaba escuchando era diferente, pues por alguna extraña razón que aún no lograba comprender, los personajes estaban ya en su interior porque lo habían estado desde siempre.

Un jilguero se posó en el alféizar sin percibir su presencia, sacudió el plumaje y picoteó una brizna imperceptible antes de emprender el vuelo. Lo siguió con la mirada hasta que se perdió en la frondosidad de un avellano. La luz intensa coloreaba con nitidez los contornos de las plantas y los senderos, y se reflejaba en las aguas mansas donde nadaban los patos. Abrió del todo la ventana para respirar los fuertes aromas vegetales y una mezcla de fragancias la envolvió como en un baño relajante y purificador. Luego la entrecerró de nuevo y por un instante siguió percibiendo aquellos perfumes imposibles de definir, hasta que paulatinamente fue distinguiendo un olor que antes le había pasado desapercibido por razón de la costumbre, era el aroma interior, el de la estancia donde se encontraba desde hacía tantas horas, el olor de la madera.

Su aya había despertado y se había dirigido a la ventana con sigilo. Continuemos, le sugirió, y ella aceptó encantada. En realidad, tenía unas ganas inmensas de conocer el final, que poco a poco iba intuyendo. Tomaron asiento de nuevo y el aroma a madera fue acomodándose en su interior hasta perderse de nuevo. Entonces escuchó las primeras palabras de la mujer, que le llegaron al corazón como una daga: Elizheva murió de sobreparto...

1

Elizheva murió de sobreparto y dejó tras de sí un mar de desolación. Había dado a luz a una niña preciosa de cuya belleza Bertrand no pudo disfrutar de inmediato, sumergido en la amargura de la ausencia. Todo había ido bien durante la gestación, la madre de Elizheva la había cuidado con esmero y él mismo la había mimado con un cariño inmenso. Recordaba la noche en que lo hizo partícipe de su embarazo desbaratando sus planes de viaje, y aunque ella había temido una reacción airada, él la había cubierto de besos, porque aunque de nuevo se alejaba de Erik lo emocionaba la perspectiva de una nueva paternidad.

Durante todo aquel tiempo habían hecho mil planes y todos pasaban por esperar a que naciera el nuevo hijo, verlo crecer durante un año y preparar mientras tanto el viaje de Bertrand a los Grandes Lagos. Buscaría a Erik y regresaría con él a Trimib, formarían una gran familia y serían felices juntos, educarían a la hija de Borriod, al hijo de Lizet y al niño o niña de ambos, y lo harían con el mismo amor que se profesaban y con el agradecimiento profundo a la vida por haberles dado la oportunidad de encontrarse.

Habían preparado todo a conciencia. La madre de Elizheva les había regalado un terreno amplio en las traseras de su casa, junto a la puerta falsa por donde accedían las caballerías, con el fin de que pudieran construirse una vivienda que les permitiese gozar de intimidad y a la vez estar cerca unos de otros. Bertrand había acometido la obra con ilusión y edificó dos plantas completas con dormitorios suficientes, amplia cocina y salón dando a la calle. Por detrás acondicionó un pequeño jardín con parterres desde el que se accedía a los corrales de la casa familiar, por donde discurría un sendero flanqueado por rosales que unía ambas casas. Era un lugar perfecto para los juegos de los niños, un espacio donde podían crecer sin que nada les faltase, en una ciudad lo suficientemente próspera como para darles una vida digna.

En la planta alta de la vivienda, haciendo esquina a dos calles, preparó un dormitorio especial para Erik. De ese modo compensaba un poco la amargura de haber aplazado de nuevo su búsqueda, se sentía bien preparando sus cosas, construyendo su cama y sus muebles, tallando juguetes en madera y esculpiendo su nombre sobre una tabla de encina. Iría a por él y lo encontraría con la ayuda de Lizet, estaba seguro, y lo traería de vuelta para que conociese a sus hermanos. En Trimib podía aprender un oficio y hacerse un hombre de provecho, pues no faltaba el trabajo y parecía que la ciudad no paraba de crecer. Tal vez no fuese la nueva capital proyectada por Magmalión, pero Bertrand la consideraba adecuada para vivir y estaba seguro de que Lizet habría dado su aprobación si hubiera estado con ellos.

Para Dagne, la hija de Elizheva, había preparado una alcoba extraordinaria, pues en el cabecero de su cama había tallado en relieve la historia de su propia madre como si fuese un cuento: el rapto, el cautiverio, la fuga y el nacimiento de la niña en el poblado también llamado Trimib. Y, finalmente, el reencuentro con su familia y el nuevo embarazo para darle un hermano.

Tanto el dormitorio de Erik como el de Dagne eran lo suficientemente amplios como para acoger a más hermanos. Si lo que Elizheva llevaba en su vientre era niño, lo acomodarían en el dormitorio de Erik, y si era niña lo harían en el de su hermana. Y así con otros hijos que estuviesen por venir.

Pero nació otra niña y las entrañas de Elizheva se abrieron para no volver a cerrarse, y ni siquiera el médico más afamado de

Trimib pudo hacer nada para salvarla. A la niña, en su recuerdo, le pusieron Elizheva.

Enterrado Magmalión ya no había motivo para permanecer más tiempo en Magmalia, y aun así se retrasaron largo tiempo los preparativos para partir. Muchas voces se alzaron en contra de continuar el viaje, aduciendo que si la nueva ciudad estaba rodeada de tierras fértiles, canteras, ríos y montañas, no había motivos para condenar a Ariok a una división innecesaria. En realidad nadie sabía dónde estaban los Grandes Lagos, mientras que Magmalia era ya un punto en los mapas, un enclave privilegiado que honraba al mejor de cuantos reyes había tenido Ariok. ¿Qué más podía pedirse? ¿Por qué privar al pueblo de hombres y mujeres que eran necesarios para asegurar un futuro próspero? Nadie podría obligar a un sabio a continuar hacia el sur y que su sabiduría quedase para siempre en la ciudad recién fundada. Del mismo modo, no podía obligarse a un físico a quedarse, por lo que sus sanaciones se irían para siempre, privando a los habitantes de Magmalia de sus diagnósticos y sus remedios. Pero, después de hacer un censo de quienes habían determinado permanecer para gloria de Magmalia, sin limitación de edad ni de clases, la única y exclusiva prohibición se hizo en lo que a los miembros de la corte se refería. Ellos debían marchar en pos del sueño de Magmalión.

Sin embargo, se creyó imprescindible dotar a Magmalia de un gobierno que representase el poder real, aun sin saber si la distancia entre la ciudad y la nueva capital que se alzaría en los Grandes Lagos sería tan grande que difícilmente volvieran a verse. Aunque así fuera, Magmalia necesitaba la garantía de un orden y había que impedir que sus pobladores quedasen sumidos en el caos del desgobierno, por lo que antes de partir se llevó a cabo la difícil tarea de elegir unos líderes cuya autoridad fuese indiscutible.

Los gremios eligieron pronto a sus propios representantes y redactaron improvisadas ordenanzas para impedir el intrusismo y garantizar el orden y el buen ejercicio de sus oficios. Dragan designó a un sacerdote de entre los discípulos fieles que lo rodeaban y juntos eligieron un lugar donde alzar un templo a Rakket. Barthazar quiso disponer un gobierno a su antojo, pero el consejo real se impuso y el general tuvo que resignarse a elegir únicamente a los representantes del ejército y a establecer el rango de quienes habían decidido libremente quedarse en la ciudad de Magmalión. Finalmente, el consejo real otorgó poderes de gobierno a un grupo de personas cuya primera obligación sería dejar escritas las normas que regirían en la ciudad, con inclusión de un código de delitos y sus correspondientes penas, los impuestos fijados sobre el comercio, la garantía del orden público, la forma de sucesión en los cargos, la supeditación al poder real, las atribuciones del ejército, la administración de justicia y las reglas de producción con sus correspondientes medidas.

Mientras el engranaje administrativo se ponía en marcha lenta pero implacablemente, en Magmalia se dejó suficiente constancia de la memoria de Magmalión y se aseguró el recuerdo futuro del príncipe Willem, a quien el pueblo decidió dedicar un monumento que sería colocado en un lugar privilegiado de la gran plaza del mausoleo del rey. Barthazar no pudo oponerse.

Ordenada la ciudad, solo quedaba hacer lo mismo con la caravana que había de partir. Se construyeron carros nuevos, barriles, arcones y armas. Se confeccionaron ropajes en abundancia y se prepararon víveres de todas las clases. De entre los prósperos rebaños que habían crecido desde la llegada al lugar, se eligieron las cabezas de ganado suficientes para garantizar los abastecimientos y se cargaron sacos de grano en abundancia para usarlos en caso de necesidad.

En el seno de la corte se vivía una tensa calma. Barthazar estaba aún desconcertado por la rápida irrupción del príncipe en la vida pública, no solo porque se había hecho visible para el pueblo, sino también porque no concebía que un niño mudo pudiera hacerse comprender con tanta efectividad en todas las situaciones. Su gesto ante la tumba de Magmalión dijo tantas cosas que tú no lograrías decirlas hablando en un día entero, le había dicho su padre, Gabiok, preso de un ataque de ira después del funeral. Pero eso no era lo único. El niño parecía haber eclosionado como un huevo y se había sabido situar a la perfección en todos los espacios donde más fácilmente se granjeaba la simpatía de la gente. Unos lo atribuían a su natural carácter, otros a las directrices marcadas por la siempre enigmática Gran Aya, y solo unos pocos acertaban al opinar que Willem era un reflejo de una de sus cuidadoras, Astrid, la viuda de un herrero, que había aprovechado la postración de Lauretta para monopolizar la educación del príncipe. Ella le enseñaba a hablar con gestos, a comunicar miradas y sonrisas, a leer memorizando y a escribir expresándose correctamente.

Willem resultó ser un niño aplicado e inteligente, prestaba atención a todo cuanto se le decía y retenía las enseñanzas con gran facilidad, memorizaba ágilmente, calculaba al instante, escribía con sentimiento y sabía comportarse. Pero detrás de su tierna inteligencia había también un corazón fuerte, una personalidad aún latente que podría atribuirse a los recuerdos del subconsciente, a la dureza con que la vida lo había golpeado, aunque en sus recuerdos cercanos nada se pareciese a la realidad.

Cuando en la cálida mañana en que la caravana dio los primeros pasos y Ariok se partió en dos a golpes de despedida, Willem había dejado ya muy atrás definitivamente cualquier atisbo de recuerdos confusos. Magmalia enterró al viejo rey y resucitó al nuevo príncipe. Barthazar apretó los puños y las mandíbulas, enrojeció de ira y sufrió el trago amargo de una nueva derrota cuando, al abrir paso a la nueva caravana, la gente de la ciudad recién creada los despedía al grito de ¡Willem! Pero el general había saboreado ya las mieles del poder y ahora no podía cederlo tan fácilmente a un simple niño, puesto que en su corazón y en su cabeza solo cabía la victoria, y su victoria se llamaría Barthalia.

La gente los aclamaba y despedía con una mezcla de buenos deseos y de tristeza. Muchas familias quedarían rotas ahora, unos en Magmalia, y otros, camino del sur. Algunos jóvenes viajaban esperanzados en busca de un futuro, mientras que sus padres habían decidido vivir su vejez en la seguridad del sosiego.

La Gran Aya tiró del caballo de Willem y el niño saludó con ambas manos. Astrid lo había aleccionado y lo miraba satisfecha por la rendija de los toldos de su carromato. Dragan, Magnus y Bertolomy cabalgaban justo por detrás de Barthazar, la Gran Aya y Willem. En los flancos, dos filas de uniformados guardias nutrían la escolta.

Willem miró a ambos lados y pensó que Astrid tenía razón: la gente lo quería. Le había prometido que si los saludaba a todos jugarían toda la tarde al ajedrez, pero él le había respondido que no lograría que todo el mundo supiese que los estaba despidiendo a ellos. Ella replicó entonces que intentase dirigir su mirada únicamente a las mujeres y a los niños, pero aun así le parecía imposible porque eran demasiados.

Poco a poco fueron dejando atrás las casas recién construidas y a la gente agolpada a sus puertas. La caravana, mermada, era ahora más joven que cuando salió de Waliria, y aunque era imposible no pensar en el fracaso, una buena parte de los ariokíes que ese día se quedó en Magmalia rezó a los dioses por quienes se ponían en marcha con la esperanza de que llegaran pronto a los Grandes Lagos del sur.

El tiempo de Magmalia fue para Willem la infancia, porque también fue el tiempo en que su memoria capturó los recuerdos para siempre, aquellos retazos de tierna vida que creyó recordar nítidamente y que, a veces, en su imaginación, acaecieron de un modo diferente. Aunque la imagen de Shebaszka se fue borrando en su memoria y adoptando en su interior unas facciones semejantes a las de Astrid, y aunque Magmalión fue asemejándose en su fantasía al viejo Dragan, en esencia había retenido gestos, hechos y momentos que se correspondían con la realidad. Así, recordaba lances de su primer adiestramiento en el uso de las armas; una criada llamada Lauretta que apareció ensangrentada —aunque Astrid dulcificaba en lo posible aquel episodio—; la muerte del rey y su funeral, cuando subió a echar tierra en el interior de su tumba; las primeras cabalgadas a caballo, sus juegos, su primer aprendizaje, su contacto con el mundo que lo rodeaba...

De todos aquellos recuerdos, ninguno tan claro como la salida de Magmalia. Tenía casi diez años cuando acaeció y aquella era edad suficiente para grabarla a la perfección en su mente, para captar los detalles, las sensaciones, los ruidos y el color de las emociones. Rememoraba cada instante vivido desde que montó en su caballo hasta que dejaron atrás los últimos signos de la ciudad recién fundada y, sobre todo, la alegría que sintió al comprobar que Astrid tenía razón y que la gente correspondía a sus sonrisas y a sus saludos con una multiplicación infinita de muestras de cariño. No olvidaría nunca aquel día y, lo mejor de todo, ya nunca olvidaría nada más porque la época de recuerdos difusos había quedado atrás para siempre.

A partir de esos días, de esa época quizás, el mundo adquirió dimensiones, los problemas comenzaron a ocupar huecos en la vida, las personas dejaron de ser todas iguales y pasaron a dibujarse con perfiles diferentes. La sensación de conciencia, paulatina y sorda, tardaría en llegar, pero la conciencia en sí misma había llegado para quedarse. Fue entonces cuando se dio cuenta de los problemas de sucesión, de la importancia de su papel, de la integridad de su persona, del peso que recaía sobre sus hombros. Tal vez no lo hizo con absoluta justicia, más allá de lo que pudo percibir en los diálogos entre la Gran Aya y Dragan o en las disputas acaecidas en las reuniones del Consejo, pero fue suficiente para despertar su interés.

Hubo, de entre todas aquellas cosas recién descubiertas, una que vino a causarle un malestar contra el que todavía tardaría en luchar: los mayores lo trataban como a un niño mientras él se daba perfecta cuenta de que estaba dejando de serlo. Hablaban ante sus narices de cuestiones trascendentales que le afectaban directamente, y lo hacían como si él no las oyese o como si, al escucharlas, no pudiese comprenderlas. Decían, por ejemplo: si el heredero muere el reino tendrá graves problemas de estabilidad y se habrá extinguido la estirpe de Magmalión. Bien es cierto que tardó en comprender qué era la estirpe, pero no necesitó más de un abrir y cerrar de ojos para considerar inapropiado hablar de su muerte en su presencia. Y así fue abriéndose paso en el mundo de los mayores, en las intrigas palaciegas, en los entresijos del gobierno, dándose cuenta antes de que el resto tomara conciencia de que, efectivamente, él no ignoraba cuanto sucedía a su alrededor. Apenas notó el cambio, porque fue paulatino, pero visto años después podía establecer a la perfección momentos de su infancia tardía en los que el comportamiento de los adultos cambió sustancialmente. Esos hitos dibujaron las fronteras remotas de la infancia.

Bertrand experimentó por segunda vez en su vida la misma sensación de que la presencia de una criatura desvalida le impedía sumergirse en el abatimiento por la muerte de su amada. Desde el mismo momento en que tuvo en sus brazos a la recién nacida sintió una opresión que lo ahogaba, como si todos los ojos se posasen en él, unos culpándolo y otros esperando de él que ejerciese de padre y de madre a la vez, mientras necesitaba aire, espacio para lamentarse, tiempo para recordar a Elizheva y llorar su muerte. Nada de eso fue posible. En su lugar, se vio de pronto rechazado por la abuela y los tíos de la niña y obligado a afrontar en solitario la cría de la pequeña en la nueva vivienda. Dagne prefirió desde el principio a su abuela, como si intuyese que nada la unía a él.

Buscó una nodriza para la niña, trabajó para mantenerla y adaptó la vivienda a sus nuevas necesidades. La familia de Elizheva no lo visitaba nunca, como si la cercanía de ambas casas se hubiese convertido de repente en una distancia insalvable, y a él le dolía en lo más profundo porque desde el primer día aquella familia que había vivido con ilusión el embarazo, miraba ahora para otro lado sin mostrar el más mínimo interés por la recién nacida. Era como si no existiese. En un primer momento pensó que los consideraban culpables, tanto a él como a la niña, de la muerte de Elizheva, pero pronto se dio cuenta de que no se trataba de eso. En realidad, tanto la abuela como los tíos de Dagne la habían adoptado por la vía de los hechos y temían que les fuese arrebatada. La niña se encontraba cómoda con ellos, y ellos la veían como un calco de la hija y hermana que un día perdieron siendo muy pequeña. Apenas habían tenido oportunidad de recuperar una parte de la vida perdida y ahora se les presentaba la ocasión de tener junto a sí a una pequeña Deva con la que vivir desde la infancia, exprimiendo de ella el jugo que no pudieron saborear con su madre.

Así que temían que Bertrand reclamase a la niña, a la que no estaban dispuestos a renunciar bajo ningún pretexto. Dagne era para ellos un tesoro irrenunciable, una nueva oportunidad que les ofrecía la vida, un regalo de los dioses destinado a devolverles lo que durante tantos años pensaron que jamás podrían recuperar. No, no iban a renunciar a ella y habían tomado la determinación de recordarle a Bertrand que Dagne no era su hija, si es que llegaba a reclamarla. Por ese motivo se mantenían alejados de él, porque de pronto el carpintero se había convertido en una amenaza. Estaban dispuestos a renunciar a la recién nacida, a la que aún no habían cogido cariño, con tal de quedarse para siempre en compañía de Dagne. Dagne era su Elizheva, y la pequeña Elizheva era la moneda de cambio inevitable.

La actitud de la familia de la fallecida privó a Bertrand de una ayuda que habría necesitado desde el primer llanto de la niña. Tuvo que buscar quien la amamantase mientras él trabajaba, contrató a una jovencísima muchacha por mediación de Babek y la instaló en su propia casa, a pesar de las miradas de desaprobación de los tíos de la niña, que vieron en aquel gesto un desaire a su hermana ausente. La chiquilla cuidaba del bebé mientras no estaba Bertrand, pero cuando él regresaba prefería ocuparse personalmente de su hija. Cuando la niña enfermaba o, simplemente, cuando no paraba de llorar sin motivo aparente, su padre pasaba las noches en vela y por la mañana acudía al trabajo sin haber dormido una sola hora en toda la noche. En esas ocasiones tenía que ser el propio Petok quien lo eximiera de sus obligaciones ante el temor de que pudiera caer de lo alto de una estructura o se cortase la mano de cuajo con una sierra.

Pasó cuatro años enteros sintiéndose solo, cuatro años de noches en vela y conversaciones en voz alta con Lizet, que le otorgaron poco a poco cierta fama de loco. De madrugada, con la niña acunada en sus brazos, cerraba los ojos y hablaba con la que fue su esposa, le pedía perdón por aquella niña y le rogaba de nuevo ayuda para encontrar a Erik, como si Lizet pudiera hacer algo a esas alturas. Tenía una hija en sus brazos y un hijo perdido. Las ilusiones debían de estar escondidas por algún sitio, como la muchacha que había contratado y que lo espiaba temerosa, y luego contaba por ahí las locuras del carpintero solitario que hablaba de noche con los fantasmas.

Una mañana acudió a trabajar muerto de sueño después de pasarse la noche dando friegas a la niña, que ardía por algún mal desconocido. Dio los buenos días con desgana y escuchó con toda la atención que pudo las instrucciones de Petok acerca de una lacería que iban a realizar para el techo de la casa de un mercader enriquecido a fuerza de comerciar con caballos. Petok los instruía y sus ayudantes asentían comprendiendo lo que quería transmitirles, pero Bertrand era incapaz de seguir su razonamiento y se perdía continuamente. Al terminar la sesión de planificación se pusieron a trabajar. Al final de la jornada cada uno de ellos había realizado su parte con esmero, pero Bertrand, a quien siempre se le dejaba la parte más difícil por la habilidad que demostraba, había realizado un trabajo magnífico pero inútil para lo que se requería, a pesar de que Petok había dado las indicaciones con claridad.

A la mañana siguiente volvió a ocurrir lo mismo, pero agravado por el hecho de que Bertrand llevaba ya dos noches sin dormir. No solo no era capaz de comprender lo que se le pedía, sino que además sufrió un golpe de martillo en una mano que lo apartó del trabajo durante media jornada. Cuando regresó con la mano vendada ya no pudo hacer nada más.

Uno de aquellos días Petok le dijo que quería hablar con él.

Aunque era un hombre paciente, comprensivo e inteligente, le hizo ver a Bertrand que en aquellas condiciones no podía contar con él.

—Las circunstancias de la vida nos hacen a veces inútiles para un trabajo, Bertrand. Eres el mejor de los carpinteros que he conocido, de verdad. No tengo necesidad de halagarte y si lo digo es porque así lo creo. Pero desde que perdiste a tu mujer no has vuelto a ser el mismo, desperdicias tiempo y material, tenemos que deshacernos del trabajo que realizas durante jornadas enteras, te enfrentas con los compañeros, llegas tarde y te ausentas temprano, y has sufrido varios accidentes propios de un aprendiz. Deberías sosegarte y descansar, tomarte un tiempo y regresar cuando te hayas recuperado.

Bertrand negó con la cabeza.

—Necesito trabajar, Petok. Rebájame el sueldo y también mi categoría, estoy dispuesto a trabajar de ayudante si es preciso, puesto que es evidente que ya no soy un maestro. Ni siquiera un oficial.

—No, Bertrand. Eres un maestro. El mejor de cuantos he conocido. Pero no estás en disposición de trabajar. Cualquier hombre en tu lugar dejaría la niña en manos de la nodriza, o de algún familiar, o incluso la cedería a una familia sin hijos. Pero tú eres un hombre valiente y has decidido criarla tú solo, lo cual te impide realizar ciertos trabajos que requieren una atención especial. Ya cambiarán las cosas. Estoy seguro de que cuentas con ahorros suficientes para subsistir hasta que la niña te permita regresar y yo estaré encantado de trabajar de nuevo contigo.

Bertrand no tenía ganas de hablar. Estaba confuso por las noches de insomnio y solo quería echarse en su camastro a dormir. Así que le pidió a Petok que aplazasen aquella conversación para otro momento y decidir qué había de hacerse.

Regresó a los tres días y su semblante había cambiado por completo. Petok lo vio llegar sonriente, recuperada la gallardía con la que se solía mover entre los tablones y la sonrisa que le dedicaba a cada trabajador cuando llegaba por las mañanas. Pensó que había recapacitado y que se había replanteado su vida cotidiana adaptándola de un modo que le permitiese seguir trabajando, y se alegró al pensarlo porque perder a Bertrand sería quedarse sin un buen trabajador.

Pero se equivocaba. Bertrand había tomado una determinación:

—Me voy, Petok. Me voy en busca de mi hijo. Mi pequeña tiene edad suficiente para viajar y creo llegada la hora de partir. Te agradezco inmensamente cuanto me has enseñado y espero poder ponerlo en práctica algún día, porque tras tus enseñanzas se alzarán magníficos edificios que tal vez en un futuro tendrás la posibilidad de contemplar. He venido a despedirme y a darte las gracias por tu generosidad y también por la sinceridad con la que me hablaste el otro día, puesto que me ha servido para tomar una decisión que no había sido capaz de tomar antes. Me siento en paz conmigo mismo y estoy completamente decidido a irme.

Se fundieron en un abrazo. Petok le regaló un buen puñado de herramientas de primera calidad y Bertrand, a su vez, le dio una figura tallada en madera en la que se representaba al maestro carpintero de Trimib. Petok, al verse reflejado en el busto, abrió la boca asombrado. Los obreros que tenía cerca y que pudieron verlo acudieron a contemplar la obra de Bertrand, y llamaron a su vez a los que estaban más lejos. Todos, sin excepción, abrazaron al carpintero de Waliria en señal de reconocimiento y se despidieron de él con sincera tristeza. Se nos va un genio, dijeron.

Bertrand preparó todo a conciencia. Fabricó un carro lo suficientemente ligero para ser movido por un caballo y lo necesariamente grande para poder dormir en su interior y albergar comida, herramientas y útiles de todo tipo. Adquirió un caballo, dos mulas y varias cabras, compró víveres y un barril para el agua, varios cuchillos, una espada para autodefensa y ropa suficiente. Se despidió de la madre y hermanos de Elizheva y les agradeció lo que habían hecho por él. Luego quiso quedarse a solas con Dagne.

—Toma —le entregó una figura de madera—. Esta es Elizheva, tu madre, la mujer que me salvó la vida cuando tú ya estabas en su vientre. Jamás la olvides, como yo tampoco podré olvidarla mientras viva. Nadie sabrá ya nunca lo que pasamos juntos, los avatares que vivimos, las noches que nos amamos. Fue una mujer valiente, recuérdalo siempre, muy valiente, y te quiso con toda su alma. Ahora te quedas con tu abuela y con tus tíos, son tu familia, pero algún día volveremos a vernos. Y no olvides nunca que tienes una hermana que se llama Elizheva.

La niña desvió su mirada al suelo y Bertrand la achuchó con fuerza. Ella se quedó quieta al principio, con los brazos caídos a los costados, pero luego, de repente, lo abrazó con energía y lo besó repetidamente en las mejillas llamándolo papá. Bertrand tuvo que apretar las mandíbulas hasta hacerse daño. No quería llorar.

Unas horas después abandonó Trimib tras haberse despedido de Babek, a quien agradeció cuanto había hecho por él. Llevaba a la niña envuelta en ricas sábanas en la parte de atrás del carro, mientras desde el pescante él ponía rumbo al sur. Atrás dejaba una parte de su vida y en el horizonte le aguardaba su futuro, incierto como los sueños de la hija que viajaba con él.

Recordó entonces a Dagne, los ojos vivarachos como los de su madre, la carita sonrosada asomando al aire del poblado de Trimib, las noches en que dormía junto a ellos en aquella alcoba donde a pesar de ser esclavos vivieron días felices. Grabó la imagen de la niña en su memoria porque no volvería a verla jamás. Y ahora sí, como una necesidad incontenible, se echó a llorar desconsoladamente.

2

Astrid intentó despertarlo con un leve zarandeo y el niño se dio la vuelta. Volvió a moverlo con suavidad una y otra vez hasta que abrió los ojos y vio la pequeña jaula de palo; entonces dio un respingo y la cogió entre sus manos con la misma delicadeza que si fuese de cristal. Para que metas en ella un grillo o una mariposa, le dijo ella, porque siempre que paseaban por el campo quedaba fascinado por algún animalillo, lo capturaba e intentaba retenerlo de alguna forma que siempre resultaba inapropiada. Tomó la jaula y corrió al campo en busca del bicho que la estrenase.

Nunca supo que aquella jaula era su regalo de cumpleaños. El niño celebraba su aniversario según el día en que había nacido el verdadero Willem y para él era su día mágico, pero Astrid sabía la verdad acerca de su alumbramiento y recordaba perfectamente que Lizet había dado a luz un día como aquel.

Así, el día en que Willem vio por primera vez una rana fue también el de su décimo cumpleaños, pero él no podía saberlo. En realidad iba en busca de un grillo que cantaba no muy lejos de allí, se movía despacio intentando que sus pies pisaran con suavidad sobre la hierba, y cuando el animal dejaba de grillar se quedaba quieto como una estatua, en la posición en que estuviese en ese momento. Luego, cuando el animal reanudaba su sinfonía, volvía a caminar despacio siguiendo la trayectoria que le dictaba el oído, cada vez más cerca, hasta que creyó tenerlo casi bajo sus pies. Se agachó y comenzó a remover las plantas en busca de la tierra horadada en diagonal con los diminutos excrementos negros en la entrada, pero de pronto oyó un ruido que lo hizo estremecerse.

El grillo dejó de importarle, ahogado por el misterioso sonido que procedía de la orilla del riachuelo cercano. En justicia, no podía decirse que aquel extraño canto, o lo que fuera, lo hubiese atemorizado, pero su intensidad y la cavernosa estridencia con que había sido lanzado al aire le produjeron un palpable desasosiego. ¿Qué tipo de bicho podía emitir aquel canto repelente? Vencido el impacto inicial, se dispuso a averiguarlo.

Avanzó prudentemente hacia la orilla hasta que cesó el canto, entonces se detuvo y aguardó a que se reanudase. Durante un buen rato estuvo escudriñando con paciencia, haciendo un barrido con la vista desde la orilla hasta sus pies, con el corazón latiéndole fuerte y los músculos apretados. El animal volvió a cantar y al fin pudo verlo sin dificultad. Allí estaba, sobre una piedra, un bicho de aspecto viscoso y patas desiguales que observaba el agua con ojos rasgados. Era repugnante. De repente, de su boca salió una larguísima lengua que fue a golpear mortalmente a un pequeño insecto posado sobre el pétalo de una flor. Willem retrocedió como un animal amenazado y, al hacerlo, chocó contra el musculoso abdomen de Barthazar, que llevaba un rato observándolo.

—¿No habías visto nunca una rana, príncipe? —le dijo sujetándolo por los hombros con tanta fuerza que el niño hizo una mueca de dolor—. Mira...

Barthazar tomó una piedra del tamaño de una nuez, cerró un ojo para hacer puntería y la lanzó con tanto tino que el animalillo quedó tendido junto a la piedra panza arriba y con las patas extendidas, dejando ver su abdomen blanco. Willem se sorprendió al comprobar que en esa posición las patas de la rana eran mucho más largas de lo que parecían. El general desenvainó su puñal, se acercó al batracio, lo tomó por las patas delanteras y lo destripó con habilidad, quedándose con las ancas en la mano y desprendiéndose del resto.

—Ven, vas a probarla.

El general prendió una pequeña hoguera y, ante la mirada atónita del niño, pasó a fuego la pizca de carne que contenían las patas traseras de la rana.

—Toma, come —le dijo, extendiéndole la carne blanca.

El niño se quedó quieto. Miró con repugnancia los pequeños muslos de los que asomaban huesecillos que parecían clavados a propósito para facilitar la ingestión. Miró hacia el campamento en busca de una ayuda indeterminada, un milagro, alguien que viniese a interceder justo en el momento en que Barthazar lo conminaba a comer las patas del animal que le había fascinado apenas unos minutos antes. De pronto oyó el canto del grillo y miró al suelo, entre la hierba, donde creyó ver su negrura bajo las frágiles ramas de una amapola, y rápidamente desvió sus ojos por temor a que el general matase al grillo y lo cocinase también para dárselo a comer. Imaginó sus alas duras y crujientes y le sobrevino una ligera arcada.

—¡He dicho que comas, príncipe! ¿Acaso no eres un hombre? Por Rakket, te están criando como a una niña... Tendré que ordenar a mis hombres que se esmeren contigo.

Entonces Barthazar se acercó más a él, lo asió por el cuello con fuerza y lo obligó a introducirse en la boca las ancas de la rana.

—Escupe el hueso... —le dijo, pero al niño no le dio tiempo a hacerlo antes de vomitar violentamente, manchando el uniforme carmesí que acababa de estrenar el general esa misma mañana. Barthazar, enfurecido, lo abofeteó con fuerza.

—¡No es posible! ¿Qué clase de rey quieren que tenga Ariok? No... no estás preparado para ser rey. ¡Vamos! ¡Largo! Vete y no digas una palabra de esto. —Rio a carcajadas su propia broma—. Eres un príncipe absolutamente ridículo.

Willem apretó la mandíbula con fuerza para no llorar. No hizo ningún gesto de dolor; por el contrario, miró fijamente al general mientras este pronunciaba sus últimas palabras. Entonces Barthazar dejó de reír instantáneamente, y preso de una extraña sensación de desaliento se acercó al niño y lo abrazó con ternura.

—Vamos, perdóname, solo quiero que te hagas un hombre

fuerte, como tu madre —le dijo en un susurro—. Algún día tendrás que matar a hombres, mujeres y niños, y para que estés preparado tendrás que familiarizarte con la muerte. Oh, sí. Matar es placentero... —Sonrió ensimismado, y luego, como volviendo en sí, lo animó—: ¿Regresamos al campamento? No irías a meter la rana en esa jaula, ¿verdad? No, claro que no. ¿Un grillo tal vez? ¿Quieres que cojamos un grillo?

Willem asintió levemente.

—Ven, vamos a coger uno bien grande y que cante muchísimo. Claro que no dejarás dormir a tus cuidadoras... —Barthazar sonrió maliciosamente—. ¡Shhh! Ahí lo tenemos, ese debe de ser un buen grillo...

Se acercaron sigilosamente a un pequeño rodal de hierba baja, donde parecía que el grillo cantaba con fuerza a pesar de que se estaban aproximando a él con determinación. Cuando estaban apenas a dos pasos cesó el canto.

—Tiene que andar muy cerca, vamos a buscarlo.

Se arrodillaron uno al lado del otro y comenzaron a apartar las hojas verdes con suavidad, escudriñando entre la hierba en busca de la pequeña grillera. Barthazar rompió un tallo fino y lo retuvo entre los labios mientras seguía rebuscando. Entonces Willem hizo un aspaviento y lo golpeó suavemente en el brazo mientras intentaba lanzar una exclamación.

—¡Bien! ¡Lo encontraste! Vamos allá. —Barthazar cogió el fino tallo y lo introdujo despacio en la grillera, haciéndolo girar suavemente para obligar a salir al animal, pero no lo consiguió en un primer intento. Lo sacó y volvió a introducirlo con paciencia, hasta que vio que no iba a tener éxito—. Vaya... no hay manera. Habrá que probar de otra forma. Aparta.

Se irguió y se subió la túnica ante la mirada atónita del príncipe, dejando ver unos muslos fuertes y blancos como los de la rana. Luego se bajó los calzones y dejó al aire su miembro. Willem lo miró con los ojos desorbitados. Era como el suyo, pero mucho más grande, ¡y tenía la piel ennegrecida! Además, a su alrededor asomaba una gran cantidad de vello. De pronto, el general comenzó a orinar sobre la grillera.

—Verás ahora... —amenazó entre dientes.

El chorro comenzó a hacer un pequeño charco en torno a la entrada de la madriguera y Willem pensó que el grillo iba a ahogarse; pero, de repente, lo vio asomar por el hueco de tierra que estaba ya a medio sumergir en orines, con sus antenas negras y sus dibujos dorados sobre las alas plegadas.

—¡Ahí está! ¡Cógelo, rápido!

Willem dudó un instante, ¿cogerlo? Tendría que rescatar al bicho del charco tibio mientras Barthazar seguía orinando. Miró al general y comprobó que hablaba en serio. ¡Cógelo!, le repetía.

El niño se agachó y, sin pensarlo, ahuecó la mano y la dejó caer en torno al grillo, para luego cerrarla poco a poco hasta tenerlo entre sus dedos húmedos de orines. Abrió la jaula con cuidado y lo introdujo en ella.

—¡Bien! —aprobó Barthazar mientras se introducía el miembro bajo los calzones y dejaba caer la túnica de nuevo—, ¡es tuyo! Ahora ha de secarse, porque si no, no cantará. ¡Ah! Y coge un poco de cerraja para que coma.

Emprendieron el regreso al campamento. Cuando apenas habían caminado cincuenta pasos otra rana saltó ante ellos, y luego otra.

—¿Habéis visto? —gritó Dragan a lo lejos. Ambos lo miraron sorprendidos, puesto que no lo habían sentido llegar—. Demasiadas ranas para un simple riachuelo, ¿no creéis, general?

Barthazar no había reparado en aquel detalle. No solo había ranas, sino que un sinfín de libélulas se movían nerviosas de un lado para otro y miles de mosquitos formaban una nube oscura sobre las adelfas.

—¿Los Grandes Lagos? —preguntó con incredulidad.

—Juraría que sí.

—Toma, bebe un poco de leche, así... —Bertrand exprimió el trozo de tela sobre la boca de la niña enferma y la leche se escurrió por la comisura de sus labios a medio abrir. Le puso la mano en la frente y se estremeció al comprobar que estaba ardiendo—. Maldita sea...

Había explorado los alrededores en busca de agua fresca y no había encontrado ni un solo charco, ni una fuente, ni un riachuelo, ¡nada! La niña tenía calenturas y, con los ojos cerrados, solo emitía un gemido lastimero que le tocaba las fibras del alma. ¿Cómo poner remedio a un mal cuyo origen desconocía? Por más que intentaba hacerla comer ella lo rechazaba todo.

Llevaba muchos días parado en aquel lugar por miedo a que la criatura empeorase si reanudaba el viaje. Habían transitado por montañas y valles, y más montañas y más valles, a veces siguiendo el curso de grandes ríos y otras atravesando pequeños bosques. Incluso se había atrevido a adentrarse en una zona desértica que atravesaron sin dificultad. La niña había hecho grandes progresos en aquel tiempo y ya caminaba con soltura y hablaba lo suficiente para hacerse entender, sus rasgos se habían perfilado en busca de un parecido razonable con su madre, y la expresión del rostro resultaba tan tierna y alegre que llenaba de satisfacción a su padre con tan solo mirarla. Pero en una noche desapacible de vientos fríos y amanecer tormentoso sus ojos se entristecieron, su voz se fue apagando y la respiración se le agitó entre accesos de tos. Luego le sobrevino una fiebre violenta y le produjo convulsiones que desesperaban a su padre de pura impotencia, incapaz de hacer nada por sanarla y asistiendo aterrado a un empeoramiento progresivo que la consumía hasta dejarla con un fino hilo de vida.

Al amanecer de un día cualquiera en que el horizonte anaranjado recortaba con nitidez la silueta de una arboleda, Bertrand decidió reanudar el viaje encomendándose a Livrad, el dios de la salud, por mediación de Rakket. Puso la mano en la frente de Elizheva y la notó tanto o más caliente que la noche anterior, la cogió en brazos, le dio un poco de leche de cabra recién ordeñada y la apretó contra su pecho con ternura; luego la depositó en el lecho en que había de viajar en el carro y preparó con diligencia el escaso equipaje con que viajaban. Recontó los víveres que todavía quedaban, ató a los animales con ronzales para que caminasen con ajustada libertad y, antes de emprender el camino, se apartó un poco e imploró a Livrad y a Rakket que la niña sanase y que les permitiesen a ambos llegar con vida a los Grandes Lagos. Pidió por Erik y por Dagne, y también por los espíritus de Lizet y de Elizheva, y finalmente dio gracias por la dicha de seguir vivo y por el amanecer limpio y propicio que se les regalaba. Y al fin se pusieron de nuevo en marcha, huyendo de la muerte.

Transitaron por una zona semidesértica, árida como pocas había visto en su vida, sin una pizca de agua, llena de serpientes y escorpiones negros. Murió una cabra y la cocinó para comérsela, luego enfermó una mula y tuvo que sacrificarla porque el animal enflaqueció tanto que no podía caminar, encontró cactus y los abrió para beber su savia. Temió por su vida, pero la niña, que seguía muy enferma, resistía.

Elizheva la Fuerte aguantó la fiebre, la sed, el ajetreo del camino, las noches al raso, los cambios brutales de temperatura y la falta de alimentos adecuados. Cuando el matorral devolvió el verdor a los paisajes y dio paso a un pequeño bosque de pinos y abetos con buena sombra, la pequeña seguía viva e incluso había mejorado un poco. Bertrand, exhausto y desnutrido, se dejó caer del caballo junto a una fuente y bebió con prudencia por miedo a morir de un exceso e hizo lo mismo con la niña y con los animales. Finalmente desvistió a Elizheva y la lavó con cuidado.

El bosque le proporcionó comida en abundancia: carne de caza, raíces y frutos silvestres. Descansaron y repusieron fuerzas durante varios soles y la niña mejoró sensiblemente, hasta que el color regresó a sus mejillas, la viveza a sus ojos y la tersura a sus labios, dijo papá, sonrió y jugueteó bajo los árboles dibujando con un pequeño palo los contornos caprichosos de los rayos de sol proyectados en el suelo. Bertrand dio gracias a Livrad y a Rakket y sacrificó un conejo en su honor.

Durante las semanas siguientes la caravana transitó por inabarcables extensiones de praderas frondosas donde pastaban ciervos y caballos salvajes, correteaban conejos y liebres, anidaban perdices y faisanes, crecían árboles con suculentos frutos y olía a orégano y a poleo. A medida que avanzaban hacia el sur las tierras eran aún más profundas y fértiles, y las especies de pájaros parecían más abundantes. Es el paraíso, decían, y se abrazaban unos a otros satisfechos con su recompensa. Unos reían de satisfacción; otros lloraban recordando a quienes se habían quedado por el camino y no verían jamás aquella tierra abundante y próspera, un lugar donde las temperaturas eran suaves y las aguas frescas y cristalinas. No podían estar muy lejos de los Grandes Lagos.

Apenas un poco más adelante comenzaron a ver espacios cultivados y represas que dominaban los cursos de los ríos para irrigar bancales de árboles frutales. Luego grandes extensiones de un trigo cuyas espigas eran tan grandes y pesadas que jamás habían visto cosa igual. Los más jóvenes corrieron a meterse entre las plantas, que les llegaban al pecho, y recogieron tantos haces como pudieron abarcar con sus brazos.

—Esta tierra está habitada, ¿lo esperabais? —preguntó Barthazar a Dragan.

El sacerdote no salía de su asombro. No lo había pensado, pero a la vista de aquel prodigio de tierra lo extraño habría sido que nadie se hubiese establecido allí con anterioridad.

—Claro que lo esperaba —contestó con decisión—. No hay lugares así donde el hombre no haya llegado para quedarse.

—¡Pues yo no lo esperaba! —replicó el general malhumorado—. Se supone que Magmalión nos traía a un paraíso reservado para nosotros solos, no a una guerra. Ahora tendremos que pelear por la tierra contra un enemigo que no conocemos y que probablemente venderá caro cada palmo de un territorio que considerará suyo, aunque no lo sea.

—¡Magmalión nunca dijo que aquí no hubiese nadie! Pero esto es parte de Ariok y por lo tanto también nos pertenece.

—¿Nos pertenece? ¡Vamos, no seáis ingenuo! Nada de esto nos pertenece. Mirad... se pierde la vista en los campos de cultivo, ¿creéis que una sola de esas espigas os pertenece? Ese trigo es de quien lo ha sembrado y cuidado, es de quien lo va a cosechar y almacenar en graneros que aún no hemos visto y que, probablemente, se encuentren en la misma gran ciudad que pretendíamos fundar y que ya llevará fundada mucho tiempo. ¿Quién sabe si acaso han oído hablar aquí de Magmalión? ¿Quién sabe si son conscientes de que esto es Ariok? Y lo peor de todo... ¿lo es?

Willem, que se había acercado por detrás junto a la Gran Aya, escuchaba atentamente la conversación. Barthazar tenía razón, consideró, aunque era lógico lo que decía Dragan, puesto que en una tierra tan fértil y próspera era de esperar que se hubiese establecido alguien. Salvo que los soldados de Ariok destacados en la frontera lo hubiesen impedido.

—Aún no hemos llegado a los Grandes Lagos, no adelantemos acontecimientos —intervino la Gran Aya—. Sigamos nuestro camino y veamos qué ocurre.

Barthazar hizo una mueca de desprecio.

—Pondré en alerta a los soldados. Nadie nos garantiza que no nos vayan a atacar por sorpresa y nos vayan a exterminar después de tanto esfuerzo. Mandaré a los exploradores por delante y estableceremos puestos de vigilancia a lo largo del camino.

El general espoleó su caballo y se perdió entre la gente que se agolpaba para contemplar el paisaje cultivado.

—¿Qué pensáis? —preguntó la Gran Aya a Dragan. El cielo se había convertido en una bóveda dorada hacia el oeste y el sol comenzaba a declinar en busca de los campos de trigo.

—Los Grandes Lagos deben de estar muy cerca de la frontera sur de Ariok, según el propio Magmalión. Roger ya advirtió de esta circunstancia y dijo que había fuertes destacamentos en la zona, grupos de recios soldados que se habían convertido en autónomos debido a la lejanía de Waliria, una especie de reino dentro del reino cuya organización y fuerzas desconocemos. Pero jamás he oído decir que destacamento alguno se haya sublevado contra Magmalión, sino más bien todo lo contrario. La última paz que nuestro viejo rey firmó con los reinos colindantes fue tan sólida que nunca se ha puesto en peligro la frontera desde hace muchos muchos años. Y si no, ahí tenéis Varkad, por ejemplo, que guerreó contra Ariok derramando tanta sangre como jamás se ha visto, y hoy tiene unos sólidos lazos comerciales con nuestro reino. No, no creo que Magmalión nos pusiera a los pies de una guerra.

—Sin embargo, nadie sabía si los Grandes Lagos existían en realidad. Solo Magmalión lo creía firmemente, pero no había tomado contacto directo con sus supuestos habitantes. Ni siquiera el general Roger conocía a los soldados de la frontera sur, salvo por mandos intermedios de los que tenía noticias transcurridos muchos años, ¿quién los controlaba? Nadie. ¿Acaso ellos se controlaban a sí mismos? ¿Quién nos asegura que no se vendieron al enemigo en cuanto Magmalión se encerró en Waliria? Estos campos son inquietantes y no parecen cosa de un pequeño poblado ni de unos cuantos soldados que cultivan para sobrevivir. Tengo que admitir que estoy muy asombrada y que nunca había visto una extensión semejante de cultivo ni un trigo tan sano y abundante. En realidad, temo que nos desplacen hacia las tierras del norte y tengamos que guerrear para sobrevivir o regresar a Magmalia y fortificarla para defendernos.

Dragan se quedó pensativo.

—De cualquier manera —concluyó la Gran Aya—, pronto saldremos de dudas.

Tardaron todavía cuatro días en tener noticias de los exploradores: un viejo general llamado Risdik quería hablar con Barthazar en un acuartelamiento que se levantaba a dos jornadas de allí.

—Jamás he oído hablar de ningún general Risdik —sentenció Barthazar malhumorado—. No hay generales en las fronteras, que yo sepa. ¡Que me acompañe un destacamento formado por los mejores hombres y que otros tres cuerpos a caballo cubran los flancos y la retaguardia!

Al amanecer del día siguiente se pusieron en camino. A medida que cabalgaban, las tierras eran aún más paradisíacas que las anteriores, pero resultaba desconcertante comprobar la evidente transformación por la mano del hombre. Había casas de campo, caminos, puentes, praderas, alamedas y líneas de árboles cuidados, pero no se veía a nadie por ningún sitio. Cubrieron un tramo de camino recto y largo, con una suave pendiente hacia arriba. A ambos lados crecían altos árboles de una especie desconocida para ellos, y tras los árboles extensas superficies de plantas floridas, como si fuesen descomunales jardines cuidados con mimo. Al llegar al final de aquel trecho los hombres no pudieron reprimir una exclamación de asombro, porque ante ellos se descubrió un gran acuartelamiento perfectamente conservado, con sus murallas rectas y altas, de piedra y argamasa, puertas de grueso metal, torres de almenas uniformes y tejados puntiagudos de negra pizarra sustentados por estructuras de madera curada.

—Por Rakket —musitó Barthazar visiblemente asombrado. A continuación miró a sus hombres y los vio boquiabiertos—. ¿¡Qué os pasa!? ¡Parecéis niños deslumbrados por una espada de madera! ¡Vamos! ¡Sois el verdadero ejército de Ariok!

Aguijó el caballo y los demás lo siguieron. Cuando se fueron aproximando a la fortaleza se abrieron sus puertas y de su interior salió un destacamento a caballo a cuya cabeza iba un hombre entrado en años, curtido y barbudo, de mirada dura y fría. Alzó la mano para que sus hombres se detuvieran y aguardaran a que los recién llegados alcanzaran su posición. Las puertas se cerraron a sus espaldas.

Cuando Barthazar estuvo a unos cincuenta pasos de los soldados hizo un gesto y sus hombres se detuvieron. Esperó en silencio a que avanzaran los otros, pero no se inmutaron. Venid a mi encuentro, malditos, murmuró entre dientes. Barthazar miró a sus soldados y los vio tensos, con sus manos en las empuñaduras de las espadas, las mandíbulas apretadas, los ojos clavados en los arqueros que se habían apostado en la muralla de la fortaleza. Los caballos se agitaban nerviosos y sus relinchos era lo único que se oía en la gran explanada que se abría ante el acuartelamiento. Allí no había un solo árbol, solo tierra apelmazada y restos de cagajones de caballo.

—¡Bienvenidos! —gritó entonces el jefe de los soldados del cuartel, con un extraño acento.

Barthazar dudó un instante antes de responder a la señal con un leve movimiento de sus piernas. Su caballo avanzó lentamente al paso y sus soldados le siguieron. A medida que se acercaba fue distinguiendo los rostros de los hombres que tenía frente a él, sus miradas severas, sus armas de acero reluciente, las guarniciones bruñidas. No parecía un destacamento dejado de la mano de los dioses, sino una muestra de un ejército bien organizado y con medios suficientes para mantenerse disciplinado y dotado de buen armamento. No había imaginado así a unos simples vigilantes de frontera tan alejados de la capital.

Cuando estuvo frente a él lo observó con detenimiento, era un hombre mayor pero fornido y saludable, con varias cicatrices en el rostro, el pelo blanco, los ojos claros, erguido sobre su montura, firme y fuerte.

—Bienvenido general Barthazar —su voz sonó profunda—, le presento mis respetos, soy Risdik, el general al mando de la frontera sur de Ariok.

Barthazar aguardó un instante por si continuaba hablando, pero el hombre parecía esperar sus explicaciones. Sin embargo, prefirió satisfacer su curiosidad antes de dar ningún dato sobre sus propósitos.

—¿General Risdik? No había oído hablar de vos... en realidad creí que las guarniciones de la frontera no gozaban de la presencia de general alguno, y mucho menos de instalaciones como esta. —Levantó la cabeza recorriendo la muralla con los ojos—. ¿Podéis darme más datos acerca de la dotación militar con que Ariok cuenta en el sur?

—Es un dato reservado que solo puede revelársele al gran Magmalión, nuestro rey.

—Magmalión ha muerto; ahora soy el rey regente.

Risdik no se inmutó. Se limitó a observar a Barthazar sin traslucir inquietud alguna, como si la noticia de la muerte del rey y la regencia en manos de quien decía ser general no fueran con él.

—No tenemos constancia de semejante circunstancia —negó.

—¿Acaso tenéis constancia de cualquier otra cosa? ¿Cuánto

tiempo hace que no llegan noticias de Waliria? Ninguno de nosotros había sobrepasado jamás la línea de las montañas del Hades y nadie en la capital del reino parecía saber siquiera qué había al sur de la cordillera, ¿y me decís que no tenéis constancia de la muerte del rey? Solo faltaba... Mirad, he perdido la noción del tiempo, ya no sé cuánto hace que emprendimos este viaje. Waliria está tan lejos que podían haber pasado generaciones y generaciones sin que nadie llegase aquí. Y, si os soy sincero, me asombra que esta frontera se mantenga intacta y el reino no haya sido invadido. ¿Podéis decirme cuándo recibisteis órdenes por última vez?

—¿Órdenes? Recibimos órdenes prácticamente a diario, general. ¡Somos soldados, no una banda de ladrones! —Risdik elevó la voz con evidente enfado. Barthazar, desconcertado, cayó preso de una risa nerviosa.

—¿A diario? —Se echó a reír a carcajadas y, mientras lo hacía, se giró para comprobar que las palabras de Risdik habían causado en sus hombres el mismo efecto que en él; solo entonces rieron todos al unísono—. ¡A diario!, ¿habéis oído eso? —Volvió a mirar al general, que lo observaba impasible—. ¿Y se puede saber quién dicta aquí las órdenes a todo un general?

Risdik no se había movido ni un palmo desde el principio, ni tampoco había perdido la compostura ni su rostro se había demudado lo más mínimo, por el contrario permanecía tranquilo y firme, sin muestras de asombro ni de incomodidad. Sus hombres, tras de él, miraban al frente, a un punto lejano e indeterminado del horizonte, inmóviles y aparentemente ajenos a la conversación.

—No os ofendáis, general Barthazar, pero me temo que desconocéis completamente los términos en que se firmó la paz en tiempos del padre del gran Magmalión y no entendéis la forma en que se gobierna la frontera sur. Desconozco el motivo de vuestra visita ni qué os ha llevado a viajar durante tanto tiempo desde Waliria hasta aquí, pero lo cierto es que convendría que hablásemos tranquilamente, así que os invito a conferenciar sin prisas, si lo tenéis a bien.

Barthazar estaba realmente intrigado y si el hecho de considerarse a sí mismo rey regente estuviese desprovisto de orgullo habría aceptado la invitación inmediatamente; pero su forma de entender el orden jerárquico no admitía conferencia alguna con un general si no era por una orden suya, y el ofrecimiento de Risdik distaba mucho de serlo. Aun así, consideró que obtendría una gran ventaja sobre el resto de los miembros del consejo real si obtenía información privilegiada en aquel momento, por lo que la solución pasaba por que la reunión con el general fuese, de algún modo, controlada por él. Necesitaba imponer sus condiciones.

—No solo soy el rey regente de Ariok, sino que antes de serlo ya era miembro del consejo real, jefe de la guardia personal de Su Majestad y general en jefe de todos sus ejércitos, intendente de la corte, máximo responsable de los asuntos internos del reino, guardián de las comunicaciones y de los abastecimientos, juez supremo de los asuntos de armas, responsable del urbanismo, garante del orden de los gremios, de las cuentas reales y del cobro de diezmos. Necesito que comprendáis esto y que aceptéis que estáis bajo mi jurisdicción y bajo mis órdenes, y que esta fortaleza, con todos sus destacamentos, me deben obediencia. Abrid las puertas y ordenad a las tropas que formen en la explanada para que pueda pasar revista. Luego, preparadnos a mí y a mis hombres el mejor alojamiento que tengáis y ocupaos de nuestra manutención, puesto que estamos cansados del viaje.

Risdik contestó sin inmutarse:

—No abriré las puertas, general. Antes debo anunciar vuestra llegada al rey, y que sea él quien os reciba y ordene lo que sea necesario.

—¡¿Qué?! —Barthazar se llevó la mano a la espada y al instante se oyó el zumbido de cientos de arcos tensándose a la vez arriba, en la muralla—. ¿Al rey? ¡Esto es Ariok y yo soy vuestro rey! ¡Abrid las puertas inmediatamente e inclinaos ante mí o haré que seáis ajusticiados uno por uno ante mis ojos!

—Señor, ¡con mayor motivo he de comunicar al rey vuestra llegada si, como decís, sois el rey regente de Ariok! ¡En verdad creo que desconocéis que este lugar es la frontera y que sus territorios se gobiernan bajo una doble potestad! —Risdik gritó por primera vez demostrando una creciente indignación—. ¿Sois el rey regente y no conocéis los términos y condiciones en que se ejerce el mandato en este territorio?

Barthazar enmudeció repentinamente. Jamás oyó decir a Magmalión que la frontera sur ni ninguna otra se gobernase de ese modo. El fallecido rey solo dejaba traslucir incertidumbre acerca del lugar, y en el mejor de los casos intentaba convencer a sus súbditos de que los Grandes Lagos existían, pero nunca habló de los términos en que se había firmado la paz ni nada parecido.

—De acuerdo —admitió—, entraré yo solo y nos pondremos al día de cuanto ha acontecido en los últimos años, tanto aquí como en el norte, en Waliria. Enviaré a uno de mis hombres a por el acta del consejo real que me nombró sustituto del conde Roger de Lorbie, general de todos los ejércitos del rey. También la constancia de mi matrimonio con la reina regente, Shebaszka de Ariok, madre del heredero de Magmalión, fallecida tras nuestros desposorios. Luego hablaremos del rey. ¡Aguardad aquí hasta que salga! —ordenó a sus hombres, y vio que en sus rostros se había instalado el miedo de repente. Por un instante deseó cambiarse por el general Risdik y liderar un grupo de hombres como los que tenía enfrente.

Barthazar regresó con sus hombres al campamento dos días después llevando consigo toda la información acerca de la frontera sur de Ariok, ese espacio que el padre de Magmalión había querido compartir con el reino de Torkala para zanjar un conflicto que había durado siglos. Pero Magmalión parecía haberlo olvidado o lo había ignorado siempre, porque jamás se le oyó decir semejante cosa. Lo cierto es que su padre y el rey de Torkala habían convenido que una gran franja de terreno de Ariok podría ser aprovechada por habitantes de Torkala bajo la supervisión de ambos reinos, y lo mismo ocurría con otra franja de tierra al sur de la frontera, que podía ser ocupada eventualmente por habitantes de Ariok. En realidad se trataba de un área bastante despoblada porque la gente común rehuía de la soldadesca asentada a lo largo de toda la frontera, esos hombres que, con sus familias o en solitario, garantizaban la seguridad y el cumplimiento de los acuerdos de generación en generación y que eran, al fin y al cabo, quienes más provecho sacaban de la paz sellada entre los monarcas.

El rey regente, como se autodenominó durante todo el tiempo ante Risdik, regresaba al campamento sabiendo, además, el lugar exacto donde se encontraban los Grandes Lagos. Ahora sabía que no se hallaban lejos y que las tierras colindantes estaban despobladas completamente porque el rey Melkok dejó escrito que algún día, más tarde o más temprano, la capital de su reino se levantaría en ese lugar, así que el rey recientemente fallecido tenía razón: aquel era el sueño de su antecesor. Lo que lo asombraba era que ese sueño perduraba en la memoria de quienes velaban por las fronteras del reino y nadie se había atrevido jamás a violentarlo. Los campos de trigo se extendían al este y al oeste de una vastísima porción de terreno inculto alrededor de los Grandes Lagos, y de ese espacio tomarían posesión los exiliados de Waliria para construir la nueva ciudad. Sus campos, fértiles vegas a su alrededor, darían de comer a cinco ciudades como la que iba a fundarse, por lo que la prosperidad del nuevo asentamiento estaba garantizada. Y no solo eso, sino que además se habían establecido rutas comerciales al norte y al sur de la frontera, de tal modo que no se tardaba mucho en llegar a Navadalag, la capital de Torkala, y allí, donde abundaban las manufacturas de metal, se asentaban mercaderes que hacían rutas hacia otros reinos. Así que Barthazar supo de inmediato que Barthalia sería una ciudad realmente próspera y que el sueño de Magmalión sería sustituido por el suyo propio.

Se dirigía de regreso al campamento con la sensación de triunfo que le producía saber más que el resto y contar con el privilegio de conocer la realidad de aquella tierra magnífica. Cabalgaba tranquilo y de buen humor, por delante de sus hombres. Dos halcones que volaban bajo fueron a posarse en las ramas desnudas del único árbol seco que había en todo el camino, donde abundaban la frondosidad y las sombras, al abrigo de cuyo frescor crecían plantas aromáticas y jugosos frutos. Los caballos se movían con agilidad sobre el lecho compactado del camino, las aguas de varias albercas regaban jardines y huertos, y el suave aroma de heno recién segado llegaba desde algún lugar no muy lejano. Todo parecía perfecto en aquella mañana en que el sol lucía con especial brillo cuando, al tomar un recodo, se encontraron de frente con dos jinetes que galopaban hacia ellos levantando una nube de polvo.

—¡General! ¡General! —gritaron cuando aún no habían llegado a su altura—. General, vuestro padre, Gabiok de Rogdom, está muy enfermo, debéis acudir con rapidez.

Sin pronunciar palabra, Barthazar apretó los dientes, tensó los músculos y aguijó su caballo con fuerza para lanzarse al galope hacia el campamento. Sus hombres lo siguieron torpemente, sin ser capaces de salvar la ventaja que había tomado su jefe.

En el campamento se vivía un gran desconcierto por la repentina enfermedad del mayordomo real en ausencia del general. La Gran Aya, seguida de su fiel Dragan, habían tomado el mando haciéndose acompañar en todo momento por el príncipe Willem y habían dado las órdenes pertinentes para lograr el buen orden, especialmente entre la soldadesca que se veía incapaz de tomar decisiones.

Flanquearon el paso a Barthazar, que se dirigió a toda prisa a la tienda donde los físicos luchaban contra la muerte junto a Gabiok, penetró en su interior y cuando acomodó sus ojos a la penumbra se encontró de golpe con un pequeño tumulto formado por dos médicos, tres mujeres que los ayudaban, la Gran Aya, Dragan, Magnus, Bertolomy, dos soldados que custodiaban el lecho y el rostro demacrado de su padre asomando por entre sábanas blancas, los ojos cerrados, la línea de los labios fina y violácea, la comisura hundida, ojeras azuladas, el cabello ralo y sudoroso. Junto a la Gran Aya, los ojos silenciosos de Willem se cruzaron con los suyos por un instante. Mirtta, la esposa de su padre, lloraba silenciosamente en un rincón.

—¿Qué ha pasado? —preguntó desconcertado.

Uno de los médicos lo miró y le dijo que quería hablar con él a solas, por lo que se dio orden de que todos, sin excepción, saliesen de la tienda. Mirtta no obedeció y permaneció en su rincón. El médico, un viejo experimentado y tranquilo, le dijo sin rodeos:

—Vuestro padre agoniza sin remedio y, o mucho me equivoco, o ha sido envenenado.

A Barthazar se le heló la sangre con las palabras del médico. ¿Envenenado? Su cabeza comenzó a dar vueltas en búsqueda de culpables mientras una cólera incontenible crecía en su interior. Ordenaría ejecutar inmediatamente a la escolta de Gabiok, pero antes los torturaría para sonsacarlos acerca de quién o quiénes se habían acercado a su padre en los últimos días. Además, pondría cerco a todo aquel que hubiese podido tener en sus manos cualquier tipo de sustancia sospechosa, sembraría el terror con tal de acorralar al culpable y acabaría encontrándolo.

—Barthazar... —un gemido lastimero interrumpió sus pensamientos, su padre lo llamaba desde su lecho de muerte. Se acercó con nerviosismo, le tomó una mano y aproximó su rostro a la cara del moribundo.

—Tranquilo, padre... os pondréis bien —le mintió.

—Barthazar... tienes que jurarme que cumplirás mi última voluntad... tienes que jurarme que cuidarás del príncipe Willem tomándolo como hijo tuyo y harás de él un buen rey. —El general se estremeció y un fuerte escalofrío le recorrió la espina dorsal erizándole la piel. Observó a su padre y vio que lo miraba con los ojos desorbitados, como si hubiese percibido el escalofrío a través de su mano.

Su hijo lo contempló perturbado, sin ser capaz de disimular la duda y la confusión.

—¡Júramelo! —Su padre le apretó la mano desesperadamente, haciendo un último esfuerzo.

—Pero padre... yo...

—¡¡Júramelo!!

Gabiok se crispó, su aspecto fantasmagórico se agudizó cuando al gritar intentó incorporarse y de su boca emanó una suerte de espuma grisácea y nauseabunda. Sus uñas, extraordinariamente crecidas, se clavaron en la carne de su hijo arrancándole una mueca de dolor y su lengua ennegrecida lo salpicó de gotitas de sangre al toser.

El pánico se apoderó de Barthazar, que retiró la mano y se irguió con los ojos abiertos como platos, fijos en el rostro endemoniado de su padre. Con la respiración agitada y el terror aflojándole las piernas, se horrorizó aún más con otro grito.

—¡¡¡Júramelo o arderás en el hades, en la hoguera eterna de los dioses!!!

Paralizado, Barthazar solo acertó a pensar que su padre estaba poseído. Era imposible que un hombre con la salud quebrada hasta el borde de la muerte lograse gritar hasta producir espanto. De pronto lo vio serenarse y a su rostro asomaron los rasgos del Gabiok de siempre. Barthazar vio entonces en él al padre que lo había mimado desde pequeño, a quien lo había llevado por los intrincados laberintos de la corte hasta convertirlo en lo que era. Vio al padre que lo había cuidado cuando era un frágil niño, al padre a quien había admirado como a un héroe en sus sueños infantiles. Pero en el último instante, justo antes de irse para siempre, aquel héroe lo miró de una forma que conocía a la perfección, con la mueca de disgusto que siempre lo acompañó cuando le decepcionaba su comportamiento. Horrorizado al saber que Gabiok abrazaría el tránsito al más allá con un sentimiento de decepción, gritó:

—¡Lo juro!

El mayordomo real acababa de cerrar los ojos y Barthazar ya no sabría nunca si su padre había llegado a escucharlo. Se quedaría para siempre con la duda de si en el último suspiro habría oído el juramento que le había hecho de que iba a cumplir su última voluntad.

Salió de la tienda con el estupor dibujado aún en el rostro, cansado como después de la batalla que nunca había librado, envuelto en la crudeza de la muerte y desgarrado por la separación de quien se lo había dado todo. Solo tras unos momentos de revuelo en el exterior, cuando alguien gritó ¡el mayordomo real ha muerto!, fue consciente de que el sentimiento predominante en aquel momento no era la tristeza, sino la desorientación. Se encontraba perdido de pronto, desvalido como un niño que ha de enfrentarse por primera vez a un espacio desconocido o a una situación inesperada. Miró a su alrededor y vio a todos moverse como máquinas, con la precisión de los sacerdotes en un ritual, ordenando cada cosa en su justo momento: embalsamamos el cuerpo, lo cubrimos con perfumes, lo envolvemos en una sábana blanca, traed una caja de la mejor madera, ordenad a Dragan que prepare la ceremonia, que el niño esté junto al general... Alguien daba las órdenes sin dudar un instante y a él le parecía imposible poder hacerlo nunca, como si todo lo que había hecho hasta ahora estuviese impulsado por la presencia de su padre, ya desaparecido para siempre. Al cabo de un rato fue consciente de su odio y retomó por un momento la idea de buscar culpables, pero luego relegó ese sentimiento momentáneamente para lamentarse de nuevo. Finalmente, abatido, se dejó caer en un viejo sillón de cuero sin reparar en que era el antiguo trono de Magmalión. Una mano le acarició entonces el cabello con suavidad, alzó la vista y vio el rostro sereno y firme del príncipe Willem, y entonces una amarga sensación de impotencia lo hizo gritar.

3

El cariño que no podía regalar a Erik lo volcó Bertrand en su hija Elizheva. Tal vez en otras circunstancias habría viajado con prisas, impulsado por el imperioso deseo de llegar cuanto antes a esos lagos magníficos que se habían instalado en su mente como un prodigio ilusorio. Llegaría allí y comprobaría si los walirienses lo habían logrado también, buscaría a su hijo y sabría si había salvado la vida. ¿Qué haría si no encontraba a nadie o si llegaban solo unos pocos entre los que no se encontraba Erik? ¿Cabía la posibilidad de que hubiesen desistido de encontrar los lagos y hubiesen fundado la capital más al norte? En ese caso no podría continuar el viaje por el momento, pues se encontraba exhausto y deseaba establecerse con la niña en algún lugar tranquilo. Tampoco podría ganarse la vida como carpintero, pues nadie habría de quien recibir encargos, pero sí podría cultivar rudimentariamente y recolectar frutos silvestres, cazar y criar algo de ganado a partir de lo poco que llevaba. De cualquier manera deseaba permanecer en un lugar con agua y buena tierra, rodeado de bosques a ser posible, donde la pequeña creciese tranquila. ¿Pero qué sería de ella cuando fuese una mujer? ¿La condenaría a vivir sola? Tarde o temprano tendría que regresar a Trimib o a cualquier otro asentamiento si su empresa fracasaba y no encontraba a Erik jamás. También había pensado en la posibilidad de que la caravana de Waliria alcanzase los Grandes Lagos y él también, pero que Erik no hubiese sobrevivido —pensar en esa posibilidad le producía un desasosiego insoportable—. Si así fuese, probablemente trabajaría en la construcción de la ciudad y finalmente regresaría a Trimib con la familia de Elizheva y trabajaría con Petok como ya había hecho antes.

Observaba con satisfacción los progresos de la niña. Iba enseñándola a leer con un par de viejos libros que había echado en el equipaje a última hora y a la vez le mostraba las claves de la escritura para que fuera familiarizándose con ella. Preparaba un lecho de tierra seca y fina, desprovista de hierba, y con un trozo fino de rama de encina le enseñaba según sus torpes criterios. Pero resultó que la niña era tremendamente inteligente y no titubeaba ante sus enseñanzas, y enseguida dudó si él sería un buen maestro, puesto que no se consideraba con aptitudes suficientes para que una niña tan avispada progresara según su valía.

—¿Qué quiere decir mariposa? —le preguntó un día después de descifrar una de las palabras del libro.

Bertrand miró alrededor y no vio ninguna, pero tenía a su alcance una flor blanca de jaguarzo y tomó cuatro pétalos con delicadeza.

—Dame tu mano y ábrela así. —Ella extendió la palma de la mano y su padre dispuso los pétalos a modo de alas, luego cogió la ramita con la que le enseñaba a escribir y la depositó en medio, para dividir los pétalos dos a dos. A la niña se le iluminó la cara de repente y miró inmediatamente a su alrededor con la esperanza de ver una mariposa volando.

A medida que Elizheva aprendía de su mano fue siendo consciente del protagonismo que Lizet había tenido en los progresos de Erik. Era una cuestión simple de la que no había tomado conciencia hasta ahora, una revelación lógica que se le presentaba de pronto como el descubrimiento sorprendente de que el niño había aprendido cosas que no le había enseñado él. Imaginó a Lizet iniciándolo en la lectura y la escritura, introduciéndolo en los vericuetos de los números o mostrándole el significado de la palabra mariposa, y se preguntó cómo lo habría hecho ella y cómo lo habría asimilado Erik. Al pensarlo lo invadió una gran curiosidad, un deseo inmenso de volver atrás para vivir con su hijo lo que ahora le permitía compartir todo el tiempo con la niña, porque si bien era cierto que resultaba duro cuidarla en la enfermedad y criarla en solitario, no lo era menos que se sentía protagonista único de sus avances y que eso lo hacía experimentar una sensación inolvidable.

Sin embargo, había un punto oscuro en todo aquello, una angustia permanente que a veces se tornaba en desesperación provocada por la necesidad imperiosa de encontrar alimentos. Estaba seguro de que Lizet no había experimentado nunca una sensación semejante, tan natural y tan despojada de artificio, instintiva, animal, íntimamente ligada a la vida o a la muerte, porque Waliria jamás sufrió una amenaza tan cruel ni siquiera en las épocas de hambruna. Siempre hubo aunque fuese una pizca de grano almacenado, ganado que sacrificar, salazones escasas pero suficientes para mantenerse con vida. No, definitivamente, Lizet nunca había experimentado el temor de no ser capaz de alimentar a su hijo al amanecer de cada día.

Recordó entonces a su querida Elizheva cuando, evadida del bosque de Loz y huida de Borriod, se unió a él en el viaje hacia Trimib. ¿Habría sufrido ella la sensación de desamparo que ahora experimentaba él? Durante aquel viaje había sentido siempre la amenaza real de la muerte por no ser capaz de encontrar comida. Recordaba que con su pierna herida y su espalda maltrecha no pudo ayudarla a procurarse el sustento diario y que era ella quien lograba acarrear víveres haciendo viajes cada vez más largos. Luego nació la niña, y él siguió teniendo presente en cada momento la cercanía de la muerte sin llegar a importarle más que por el hecho de que pudiera privarle de encontrar a su hijo. Sin embargo, ahora estaba convencido de que Elizheva sufrió en aquellos días por Dagne la misma angustia desesperada y profunda que ahora sufría él ante la amenaza del hambre.

Willem despertó con el recuerdo del cuerpo inerte de Gabiok y los llantos amargos de Barthazar. Astrid, a su lado, lo ayudó a vestirse y le sirvió un desayuno frugal antes del comienzo de la reunión del consejo real que había convocado el general. Al parecer, había ordenado que se embalsamase el cuerpo de su padre para que fuera transportado hasta el lugar donde había de fundarse la nueva capital del reino, pero inmediatamente le habían anunciado que no se contaba con los medios suficientes para hacerlo. Puesto que había montado en cólera, hubo que hacer un esfuerzo urgente de recolección de resinas y minerales que garantizasen que el cuerpo aguantaría, pero ¿hasta cuándo? Barthazar, consciente de que la noticia del fallecimiento de su padre le había impedido presumir de tener información privilegiada, había convocado urgentemente una reunión del Consejo.

El príncipe hizo una señal a Astrid. Ella estaba acostumbrada a entender sus gestos, de forma que entre ambos habían establecido un lenguaje no pactado que les permitía entenderse a la perfección. A veces era un movimiento de los ojos, una forma de unir las manos, un sonido indeterminado pero con una entonación concreta. Otras veces era un lenguaje más complicado, un intento de hacerse comprender representando con las manos un objeto o una situación, moviéndolas una en torno a la otra, cerrándolas y abriéndolas, ocultando dedos o marcando con ellos un número específico o un dibujo con el índice de una en la palma de la otra. Nunca había malentendidos. Siempre sabían comunicarse a la perfección.

—¿Te parece bien este? —Astrid le mostró un cinturón que él le había pedido con un simple gesto.

El niño había madurado muy aceleradamente. Tanto, que Astrid se sorprendía cada día manteniendo con él conversaciones de una lucidez extraordinaria. Ella, consciente de que nadie más era capaz de comunicarse con él hasta el nivel de detalle que habían conseguido entre ambos, se sentía especial por ser la única persona testigo de su evolución. Willem tenía cuerpo y cara de niño —aunque cada vez menos—, pero su mente volaba hacia la madurez a una velocidad impactante.

Ella le había explicado hacia dónde se dirigían y las incertidumbres que sobrevolaban en torno a la existencia y ubicación de los Grandes Lagos. También lo había puesto en antecedentes acerca de las dificultades que había supuesto el viaje, e incluso se había visto obligada a contarle quiénes habían sido sus padres —los de Willem, pese a que la devoraba un gran deseo de hablarle de Bertrand y de Lizet— y cómo habían muerto. Él, que al principio había escuchado las historias con atención pero sin decir absolutamente nada, fue paulatinamente preguntando acerca de cada acontecimiento, persona o cosa de cuantas le había contado.

Fue en esas conversaciones cuando Astrid se dio cuenta de que el niño había captado cada detalle. De hecho, le resultaba increíble que hubiese memorizado hasta la anécdota más intrascendente, los nombres más insignificantes, las descripciones accesorias. Lo había retenido todo con absoluta claridad y lo había desgranado de tal modo que sus preguntas posteriores no pudieron más que sorprenderla. Luego le había pedido que le hablase de las personas que los rodeaban. Dime cómo es Barthazar, le decía, y ella lo describía intentando disimular la animadversión que sentía. Él comentaba luego sus propias percepciones y a ella le parecía sorprendente la manera en que había conseguido analizarlo.

Astrid se preguntaba cómo sería si Willem pudiese hablar. Lo imaginaba de verbo fácil, de lenguaje nítido y acertado, audaz, irónico y hábil en el uso de la palabra, y lo imaginaba así porque a diario le demostraba una inteligencia superior y una tremenda capacidad de análisis, además de que poseía la virtud de captar con una simple mirada el estado de ánimo de los demás. Así, cuando se sumergía en lúgubres pensamientos al recordar su desdicha, él la acariciaba de inmediato sin que ella fuese consciente de haber dado transparencia alguna a sus inquietudes. Al contrario, cuando en recuerdo de los días felices con su familia ella tenía un momento de cierta alegría interior, el niño la miraba y le sonreía acompañando su sonrisa de un guiño o un amago de aplauso. Y ella sabía que no podía ser casualidad, poseía la capacidad de penetrar en la mente de las personas y, además, gozaba de una magnífica madurez, mucho más que muchos adultos, y era un ser extraordinario y listo del que podían esperarse grandes cosas. Los demás lo trataban como a un niño y ella se daba perfecta cuenta de que él adoptaba el papel de niño; pero ambos sabían que se estaba alejando de la infancia mucho más rápido de lo que podía percibir el resto de la corte.

—Ve, luego me cuentas.

Willem asintió y la besó en la mejilla, luego se dio la vuelta y salió al exterior, donde el sol hizo brillar los metales de su uniforme en llamativos destellos. Los soldados que aguardaban la salida del príncipe lo escoltaron hasta el lugar habilitado para la celebración del Consejo. A esa hora, aún temprano, ya se habían congregado allí Bertolomy, Dragan y Magnus, que se entretenían conversando acerca de la calidad de la tierra donde estaban y la gran cantidad de agua que se distribuía por canales y acequias para regar las plantas. Magnus hizo algunos cálculos demostrando la gran habilidad mental que poseía y demostró instantáneamente la productividad que suponían terrenos como los que se extendían hasta donde les alcanzaba la vista.

—Buenos días, príncipe Willem —dijeron al unísono.

El niño los saludó con una inclinación de cabeza y una sonrisa, luego hizo un gesto que intentaba abarcar las tierras de alrededor y posteriormente se llevó los dedos junto a los labios, haciendo saber que se trataba de la mejor tierra que había visto en su corta vida y que la belleza de aquellos paisajes era pura ambrosía.

—Magníficas tierras, Willem, ojalá los Grandes Lagos nos deparen un lugar como este, ¿te gustaría? —preguntó Bertolomy—. Podrías jugar entre los árboles de un extenso jardín, donde te construiríamos una cabaña de madera y unos columpios sólidos colgados de los árboles...

Willem sonrió condescendiente, aunque pensó que le gustaría mucho más cultivar y sacar provecho de la fertilidad de las tierras que jugar en una cabaña de madera. Sin duda, Bertolomy Foix tenía buenas intenciones, las mejores, pero estaba muy alejado de sus verdaderas inquietudes.

Llegaron la Gran Aya y el general Barthazar casi a la vez, y se hizo un silencio espeso, mezcla de duelo y desconfianza. Sin que apenas mediaran saludos, el general comenzó a hablar.

—He convocado este Consejo a pesar del gran dolor que me embarga por la muerte de mi padre. No obstante, no podía dejar de hacerlo, porque creo llegado el momento de dictar ciertas órdenes por el bien de mi pueblo, órdenes que tienen que ver con los secretos que me confió Magmalión y cuya reserva me pidió bajo juramento para que los retuviese hasta este momento. No se trata de desvelarlos por la muerte de mi padre, que nadie me malinterprete, sino por el lugar donde nos encontramos.

»Como digo, Magmalión me confió su secreto el mismo día en que Shebaszka, mi fiel esposa que goza ya de la bondad de los dioses, puso fecha a nuestro enlace. Ese día me llamó junto a su lecho y me contó cuanto sabía, que era mucho más de lo que jamás ninguno de nosotros pudo intuir. ¿Por qué no lo había dicho antes?, le pregunté. Guardó silencio porque quería que su pueblo confiase en él y porque no sabía si lo que ahora voy a contaros seguía siendo como su padre lo dejó establecido.

»El caso es que tras la última gran guerra, en la gran pacificación conseguida por su padre, Magmalión fue testigo de los términos en que se firmó la paz con cada reino limítrofe con Ariok. Debido a la tremenda distancia que separaba la frontera sur de la capital, Waliria, se acordó que habría una gran franja de terreno de Ariok que se gobernaría con una doble soberanía. Esa gran franja sería suelo de Ariok aprovechado por los destacamentos que vigilan la frontera, pero siempre bajo las órdenes y la soberanía del rey de Torkala, Danebod, llamado «el Viejo». A cambio, ellos podrían aprovechar las fértiles vegas que se extienden al norte de la frontera hasta la mitad de la franja de doble soberanía, pero ni unos ni otros podían ocupar el lugar que el gran rey Melkok dejó reservado para la construcción de la nueva capital.

»Melkok II hizo jurar a su hijo Magmalión que cumpliría su deseo de trasladar la capital de Ariok a los Grandes Lagos, y nuestro rey lo juró. Ahora me espera el viejo rey Danebod para hacerme entrega de las tierras que nos pertenecen y que nos aguardan a apenas dos jornadas de aquí. Allí llevaremos el cuerpo de mi padre, Gabiok, y allí fundaremos la próspera ciudad de Barthalia. Ese fue el deseo de Melkok y de su hijo Magmalión, y yo, su sucesor, lo cumpliré.

—Querido general —intervino la Gran Aya—. ¿Pretendes que creamos que Magmalión sabía todo eso y te lo confió exclusivamente a ti teniendo plena confianza, como tenía, en este Consejo? Además... ¿crees que somos tan ingenuos como para obviar que si hubiese existido tal secreto en realidad lo habría confiado a Shebaszka mucho antes que a ti, y que ella, conocedora de lo que suponía, nos lo habría revelado mientras fue reina regente?

—¡Podéis creerme o no! Pero en cuanto el cuerpo de mi padre esté preparado acudiré al encuentro con el rey Danebod, que me hará entrega de las tierras donde se asentará Barthalia. ¡Que me siga quien quiera y quien no que regrese a Magmalia!

—¡No sois el rey! —gritó la Gran Aya— ¿Queréis dejar ya de comportaros como rey sin serlo? ¡Ya está bien! Este Consejo tiene todas las facultades para decidir qué se hará, cómo se hará y cuándo se hará. La nueva capital no se llamará Barthalia y nada de cuanto se decida en este Consejo dejará de hacerse. ¡Nada!

—Os duele que Magmalión confiase en mí, que me hiciese depositario del secreto mejor guardado del reino y que me eligiese para llevar a cabo su empresa. No ignoréis que fue él quien obligó a su sobrina a casarse conmigo, ¿por qué? Ella no me quería, lo sabéis bien, y aun así la unió a mí contra su voluntad. Lo hizo porque confiaba plenamente en mí, solo en mí, y por eso me lo contó todo viéndose morir. Yo era el garante de su perpetuidad y cumpliré con celo sus deseos.

—El garante de su perpetuidad es el príncipe Willem.

—También eso me lo confió a mí. Me pidió que lo educase e hiciese de él el rey que merece Ariok, y así lo haré; pero mientras que el príncipe no esté capacitado para reinar seré yo quien asuma la labor de guiar a mi pueblo.

Willem escuchaba con atención, como lo hacían los demás miembros del Consejo, sin pronunciarse. Sopesaban las palabras de Barthazar en busca de un resquicio de verdad o de mentira, de una prueba que les hiciese inclinar la balanza hacia un lado u otro de la credulidad.

—General, como ves no estamos convencidos de que vuestras palabas sean ciertas. Así que, como miembros del Consejo, tenemos derecho a acompañarte al encuentro con ese rey Danebod y a participar de cuanto se haga en relación con todo esto —intervino Dragan—. Además... supongo que no os fiaréis plenamente de nadie, puesto que no sabemos si nos reciben amistosamente o nos tenderán una emboscada y acabarán con lo que queda de Waliria. Tampoco sabemos si es cierto que existen los Grandes Lagos, ni si efectivamente se nos tiene reservada una porción de tierra suficiente para mantenernos.

Willem asintió visiblemente, por lo que las miradas se desviaron hacia él. Permanecía muy serio y solemne, y su expresión no era la de un niño que juguetea con un trozo de madera, sino la de un adulto que quiere hacerse oír.

—¿Estáis de acuerdo con Dragan, príncipe? —preguntó la Gran Aya, pero inmediatamente se armó un revuelo de murmullos e incluso de risas, dando a entender que el niño no podía estar ni de acuerdo ni en desacuerdo, y que su opinión no era más que eso, la de un niño. Pero en ese momento Willem dio un zapatazo contra el suelo que sonó como un estruendo. Todos se callaron al instante, sobrecogidos. El príncipe endureció el rostro y los miró uno por uno con ojos de reproche antes de dar media vuelta y abandonar la reunión.

Se hizo un silencio espeso y concluyó la sesión entre murmullos y miradas de recelo. Sin embargo, aunque la actitud del príncipe aguijoneó las conciencias de los bienintencionados, se cumplieron los deseos de Barthazar, puesto que era él quien seguía teniendo el ejército a sus pies y nadie estaba en disposición de contradecirlo, así que se embalsamó de cualquier forma el cuerpo de Gabiok y la caravana se puso en marcha dos días después camino de los Grandes Lagos. Los emisarios habían acordado el lugar y el momento en que el rey Danebod I, el Viejo, se encontraría con ellos para hacer entrega de las tierras baldías donde habría de levantarse la nueva ciudad cuyo nombre sería Barthalia si nadie lo remediaba.

La caravana se adentró por entre los campos de cultivo siguiendo una verde vaguada inundada de aromas sutiles y el sonido del agua que recorría regateras y bañaba fuentes. En lontananza se elevaba una colina en cuya cresta crecían recios árboles hacia los que se dirigió la serpenteante masa humana agitada por la inminente llegada a su destino después de los duros años de viaje y la añoranza de quienes se habían quedado por el camino. Hablaban con nerviosismo, se erguían de puntillas oteando el horizonte con sus manos en visera, reñían acaloradamente a los niños que, ajenos a la importancia del momento, jugaban escapando del control de sus padres para bañarse en las acequias, y caminaban atropelladamente pisando los talones a quienes los precedían si estos paraban a tomar un respiro. Hasta los animales percibían la excitación y se mostraban inquietos. Los perros corrían de un lado para otro moviendo el rabo para luego parar en seco con las orejas en punta, olfateando lo que algunos entendían que era la gran masa de agua de los lagos y otros la abundancia de piezas de caza que cobijaban aquellos parajes; los cerdos respiraban agitadamente como si fueran a quedarse sin resuello; las ovejas se subían unas sobre otras como si quisieran aparearse; y las cabras se enfrentaban cuerna con cuerna hasta hacerse daño.

Astrid viajaba por detrás de Willem, a quien habían asignado un bonito corcel castaño enjaezado con esmero. Asomada tras la lona del carromato, lo veía en su cabalgadura como al mejor de los príncipes, erguido y apuesto, justo por detrás de Barthazar y emparejado con la Gran Aya y Bertolomy Foix. Lo observaba con orgullo pero también con una mezcla de inseguridad y miedo. No le quitaba ojo, veía cada uno de sus movimientos, casi podía intuir lo que pensaba. De pronto, los escoltas que viajaban en los primeros puestos de la fila dieron un respingo y se hicieron a un lado, los siguió Barthazar, que paró su caballo en seco, y luego Willem. Astrid lo conocía bien; sabía que lo que quiera que hubiese visto lo había hecho estremecerse, casi pudo ver su piel erizada, los ojos de par en par, su boca abierta de asombro. Algo más allá de la fila de árboles que culminaban la colina lo hizo mirar hacia el carromato y cruzar su mirada con ella, y con una simple sonrisa de sus ojos Astrid supo que Willem había visto los Grandes Lagos y que quería compartirlos con ella.

Willem volvió de nuevo la vista al frente y su cara se iluminó con la belleza del cielo reflejada en las aguas flanqueadas por las arboledas de las orillas verdes, allí donde nacía sin contrastes un paisaje inabarcable de prados frondosos y llanuras floridas. Se dijo que ningún otro lugar, desde donde le alcanzaba la memoria, era similar al que tenía ante sus ojos, pero no era un sentimiento únicamente suyo, sino que idéntico pensamiento tuvieron cuantos lo rodeaban, y aun todo el pueblo exiliado de Waliria cuando, momentos después, pudo disfrutar de la misma armonía. Aquel era el lugar elegido, el enclave donde el padre de Magmalión había soñado dejar su impronta, la tierra prometida por la que muchos habían perdido la vida y otros la habían conservado a fuerza de soñar.

Qué lugar tan bonito, pensó. Es un sitio precioso para vivir. De pronto fue consciente de que no tenía amigos. Ya no recordaba a Ryanna, ni a ningún otro niño. Tampoco recordaba bien a su madre, Shebaszka, y se lamentaba de ello. En realidad, solo tenía a Astrid y era con ella con quien quería compartir la belleza idílica del sitio donde vivirían, ahora sí, para siempre. También tenía a su primo, Roger, con quien a veces compartía juegos, pero eran muy diferentes. Mientras sus inquietudes recorrían el mundo que tenía a su alcance en el que la curiosidad la despertaban la naturaleza, el cielo y los libros, las de su primo tenían el tacto del acero, el brío de los caballos y el olor de la guerra.

Miró a su alrededor y vio las caras de asombro en quienes iban llegando a su altura, acompañadas de exclamaciones e incluso de abrazos y lágrimas. Barthazar, que había avanzado unos metros con su caballo, se mostraba nervioso. Willem lo observó un rato y lo notó impaciente por acudir a la llamada de Danebod, que supuestamente le haría entrega de las tierras reservadas para ellos. La Gran Aya, a su lado, conversaba en voz baja con

Dragan, muy probablemente del mismo asunto, preocupada por que fuese Barthazar quien diese todos los pasos por delante del resto. La miró un instante, siempre con su vestido largo y negro, el pelo enigmáticamente cubierto, sus facciones duras y su cara blanca como las nubes. Ella lo miró también y le dedicó una sonrisa, aunque él percibió nítidamente la preocupación tras sus ojos color violeta. Le devolvió la sonrisa y llevó su atención hasta Barthazar con un ligero movimiento de cabeza. La Gran Aya asintió, mientras que Dragan no había llegado a comprender su gesto. Volvió a mirar a Barthazar y aguijó su caballo para ponerse a su altura.

Danebod I el Viejo, se encontraba aún en el interior de su silla de mano cuando los ariokíes se aproximaron al lugar del encuentro: una ligera colina desde donde la vista de los lagos resultaba prodigiosa. La legación torkalí era escasamente nutrida, compuesta apenas por unos cuantos porteadores y tres o cuatro guardias personales que pretendían garantizar la integridad del rey ante unos hombres cuya verdadera intención desconocían. Habría bastado una orden de Barthazar para matarlos a todos si esa hubiera sido la intención de quienes ahora se aproximaban al lugar: el general, su escolta personal compuesta por diez soldados armados hasta los dientes y una pequeña comitiva formada por los miembros del consejo real, incluido el propio Willem. No es que el general hubiese querido semejante compañía, sino que no le había quedado más remedio que consentir en que lo acompañasen ante la insistencia de la Gran Aya y el apoyo que esta había conseguido entre el resto del Consejo. Incluso Willem, cada vez más inmiscuido en los asuntos del gobierno, se había mostrado firme en su exigencia de participar de un momento tan relevante para el reino. Y por si fuera poco, el general Risdik y sus hombres parecían haber caído rendidos a los pies del príncipe, a quien habían venerado desde el primer momento entregándose a su causa de forma servil.

El general Barthazar levantó una mano cuando estaban a unos

cincuenta pasos del rey de Torkala, y todos se detuvieron al instante. Todos, menos Willem, que aprovechó el momento para ponerse al lado del general, alineó la cabeza de su caballo con la del suyo y desmontó decididamente. Barthazar lo miró desconcertado justo en el momento en que Danebod salía de su silla. Willem se acercó a él caminando sin que Barthazar lograse reaccionar a tiempo.

La Gran Aya, que no había esperado semejante reacción del príncipe, aprovechó para gritar:

—¡Querido rey Danebod, he aquí a Willem, príncipe heredero del reino de Ariok por deseo del rey Magmalión el Grande!

Todo sucedió muy rápidamente. El niño se aproximó al rey y este lo abrazó como a un hijo. Era un hombre huesudo, muy viejo, con la cara surcada por profundas arrugas de cuya parte baja colgaba una larguísima barba blanca. Willem observó que estaba desdentado y que destacaban especialmente en él la nariz y las orejas. Barthazar descabalgó precipitadamente y se abalanzó sobre Danebod.

—¡Soy el general Barthazar, rey regente de Ariok! —gritó con rabia—. ¡He venido a tomar posesión de las tierras reservadas para la construcción de la nueva capital del reino!

El rey se apartó del niño pero lo sostuvo todavía por los antebrazos y, sin soltarlo, miró a Barthazar y al resto de los miembros de la delegación arioki. Arrugó el entrecejo como si no lograra verlos bien, y con los ojos entornados y la voz quebrada por el paso de los años, dijo:

—Queridos amigos... he esperado este momento durante muchos años. En todo este tiempo hemos cuidado estas tierras como si fueran exclusivamente nuestras, y jamás hemos soñado con otra cosa que con el deseo de mi amigo el gran rey Melkok y de su bondadoso hijo Magmalión. Atrás quedaron las guerras hace ya mucho tiempo y Ariok salió vencedor siempre. Ellos podían habernos sometido, haber cortado mi cabeza y haberla expuesto en una pica en este mismo lugar hace ya tanto tiempo que solo recuerdo que por aquellos días yo todavía conservaba el vigor de la primera juventud. Pero no lo hicieron, y lejos de matarme y sojuzgar a mi pueblo, convinieron en dejar bajo la doble soberanía esta porción de tierra que ha servido para nuestro disfrute hasta ahora mismo. Os la entrego con la alegría de ver cumplido el deseo de mis amigos y la pena de que sobre este mismo lugar se erigirá muy pronto una ciudad. Solo espero, querido príncipe —dijo dirigiendo ahora una mirada bondadosa a Willem—, que sea la ciudad más brillante de todo el orbe y que en ella haya siempre cabida para todo aquel que acuda a vuestros pies. Yo ahora he de regresar, pues cumplido vuestro deseo y mi cometido, solo me queda culminar mi reinado, despedirme de mi pueblo y del vuestro y marchar tranquilamente en paz dondequiera que los dioses me lleven cuando ellos lo deseen. No lo olvidéis nunca, Danebod el Viejo, rey de Torkala, solo desea la paz perpetua y la prosperidad de todos los pueblos. Es la enseñanza de toda una larga vida: nada vale más que la paz que proporciona la justicia. Vivid por vuestros ideales y jamás matéis por ellos.

No hubo nada más, ni entrega de título alguno, ni siquiera de un puñado de tierra o de unas flores que simbolizaran la transmisión de un territorio. Lo vieron partir en su silla mientras les decía adiós alzando sus manos huesudas para despedirse. Así, de aquella manera sencilla, Danebod el Viejo dejó de ser el depositario de un lugar que en otro tiempo había sido el escenario de sangrientas guerras y que ahora solo era una porción del paraíso.

—Queda mucho por hacer —dijo Dragan en voz alta—, hay que construir la ciudad más bella de cuantas haya visto el hombre.

4

—¿Herrero, decís? Por aquí. Id con mi compañero y él os dirá lo que debéis hacer.

—Hay bastantes artesanos, pero todos ellos se quejan de que no tienen herramientas ni material para empezar a trabajar: falta hierro, madera, cuero, hilo..., en realidad, no tenemos de nada, pero estas tierras pueden proveernos de todo cuanto necesitamos.

Dos de los encargados de organizar a los diferentes gremios para la construcción de la nueva ciudad se afanaban en dotar de lo necesario a quienes quisieran establecerse como artesanos.

—Lo que de verdad necesitamos es paciencia. El general Barthazar quiere que la ciudad se construya en dos días y eso es imposible. El príncipe Willem, sin embargo, parece más comprensivo y entiende que es una labor que llevará largos años, diez, quince, quizá muchos más...

En primer lugar, faltaba dinero. Nadie poseía fondos para comenzar a pagar a quienes prestasen un servicio. Magnus se estaba encargando de negociar con Torkala los intercambios necesarios y había llegado al acuerdo de recibir un préstamo para que los nuevos colonos tuviesen lo suficiente para comenzar su nueva vida. También había distribuido provisionalmente algunos terrenos para el cultivo por parte de los campesinos de la caravana que estaban dispuestos a trabajar la tierra y suministrar alimentos. El ganado que todavía quedaba en los rebaños después de tanto sufrimiento, se distribuyó en diversos prados al cuidado de los pastores para intentar conformar rápidamente un sistema agrícola que garantizase el sustento de la población.

Por su parte, Dragan había reunido a dos arquitectos torkalíes para diseñar el trazado de la nueva ciudad distribuyendo el espacio de la corte, en torno a la cual se alzarían los demás barrios de una manera bella y operativa. La ciudad crecería de forma circular por manzanas de viviendas y zonas abiertas, partida en dos por una gran avenida en cuyos márgenes se alzarían los edificios administrativos, un gran templo y varias plazas, en una de las cuales se erigiría el mausoleo de Gabiok, todo ello adornado con fuentes, jardines, esculturas y un espacio dedicado al teatro y a la diversión. En lo concerniente a la actividad, se pensaba en el asentamiento regular y bien distribuido de todos los oficios, para permitir el fácil acceso de la población a cualquier servicio que se pudiera necesitar y al trasiego de mercaderías de abastecimiento.

Se distribuyeron los solares pensando en viviendas de dos plantas y corral con acceso trasero para las caballerías, aunque la primera gran dificultad estribaba en la distribución de estos solares, puesto que todos querían los que estaban más próximos al espacio que ocuparía el palacio real y demás alojamientos cortesanos. Al no existir en un principio la posibilidad de comprar y vender terrenos, se carecía de oferta y demanda, y no era posible asentarse en función de la capacidad económica de nadie. Así, se estableció que la distribución se haría agrupando por estratos de edad y, dentro de los mismos, por sorteo, asignando un número de solar a cada familia.

El espacio reservado para la corte era un pequeño paraíso. Barthazar lo vio claro desde el principio, pero en esta ocasión nadie le discutió que el lugar era el adecuado. Se trataba de un amplio espacio a orillas del mayor de los lagos, donde crecían magníficos árboles y plantas de toda índole que florecían a lo largo del año. El jardín se situaría junto a la orilla, y el palacio se dispondría de tal manera que los aposentos reales tendrían vistas al lago y al jardín. El edificio poseería dos alas y tres plantas, y la distribución de las estancias se diseñó concienzudamente sometiendo a la consideración del consejo real los avances del diseño arquitectónico, haciendo diseños y más diseños, descartando planos y rehaciéndolos para contentar a todos. Barthazar imponía con frecuencia su criterio, pero, tal vez porque le convenía no entorpecer los trabajos, transigía en cuanto a las exigencias de los demás miembros del consejo real, que tendrían sus viviendas en torno al palacio y querían asegurarse un nivel adecuado de comodidad.

La gran controversia llegó cuando hubo que concentrarse en las estancias del rey. Barthazar no estaba dispuesto a dejar de ser considerado rey regente y debía ocupar, por lo tanto, los aposentos destinados al rey de Ariok. Consintió, eso sí, que se construyeran otros aposentos contiguos destinados al príncipe heredero, pero separados de los anteriores. Y puesto que siempre habría un rey y un heredero, cada cual tendría su espacio y podrían estar cerca uno del otro.

Barthazar quería, además, garantizar su seguridad disponiendo un fuerte cuerpo de guardia personal a la entrada de sus aposentos. Nadie podría acceder sin traspasar ese cordón inexpugnable de vigilantes que harían guardia día y noche y que impedirían que nadie pudiese ver al monarca si este no lo permitía. Junto a la guardia real habría un equipo de secretarios que organizarían su vida cotidiana.

—Este Consejo aún no ha decidido si sois el regente o si la regencia nos corresponde a todos —recordó la Gran Aya al general Barthazar en una reunión del Consejo—, de manera que las estancias destinadas al monarca quedarán vacías por el momento y solo se ocuparán las del príncipe. No obstante, lo mismo que pedís para el rey tendremos que garantizarlo para el heredero, especialmente en lo que se refiere a la guardia personal.

—¡No estoy dispuesto a seguir discutiendo esto! Me casé con la reina y me quedé viudo inmediatamente. ¿No sería regente si ella viviese? ¿Acaso no ocuparíamos ambos los aposentos reales y marcaríamos los designios del reino desde allí? ¡Basta ya, no vamos a discutir eternamente! —Barthazar estaba visiblemente alterado—. ¡Tiene que haber un rey!

—¡El nuestro es Willem!

—¡Es un niño y solo es el heredero! ¡No es el monarca! —gritó el general señalando a Willem. El príncipe negó ostensiblemente con la cabeza e hizo unos gestos con las manos—. ¡Y además es mudo! ¿Qué clase de rey queremos?

Willem comenzó a emitir unos sonidos imprecisos, pero evidentemente airados, en señal de protesta.

—¡Ya no es tan niño! ¡El príncipe estará muy pronto en condiciones de reinar y su condición de mudo no lo priva de una inteligencia bastante mayor que la vuestra!

El príncipe sacó un pequeño pizarrín de debajo de sus ropajes y escribió en él:

«Propongo que el general ejerza la regencia durante dos años y que su actividad sea controlada por este Consejo. Transcurrido ese tiempo, seré coronado y elevado al trono de Ariok.»

—Parece razonable —intervino Dragan con inmediatez.

—¡Lo que faltaba! ¡Un niño dándonos lecciones a los hombres con mayor experiencia y mejor preparados del reino!

—Pues yo creo que sería una buena solución —terció Bertolomy Foix.

—Y yo... —dijo Magnus—. Así daría tiempo a formarlo mejor y a que la construcción de la ciudad estuviera más avanzada. Al príncipe hay que buscarle unos preceptores adecuados y prepararlo definitivamente durante este período.

Barthazar pareció recapacitar de pronto ante las palabras de Magnus, de quien no esperaba un posicionamiento tan favorable a los intereses del príncipe. En ese momento pensó que tal vez había de aceptar el trato y aprovechar el tiempo de dos años para evitar a toda costa que Willem fuese proclamado rey. De lo contrario, si se oponía a una propuesta que todos consideraban razonable, tendría menos margen de actuación y más ojos puestos en él todo el tiempo. Así que, en un calculado gesto de resignación, bramó unas palabras de protesta y masculló:

—No me dejáis otra opción —y, diciendo esto, abandonó el lugar airadamente.

Cuando Bertrand vio a lo lejos los campos de trigo cayó de rodillas y alzó la vista al cielo. Gracias, dijo. Y luego, dirigiéndose a la niña: ¿Ves? Aquellos son campos cultivados, comida en abundancia, agua.

Llevaba algunos días percibiendo señales en la naturaleza que le anunciaban fertilidad, había visto adelfas y juncos junto a cauces livianos pero constantes, restos de huertos abandonados no hacía mucho, indicios de tierras cultivadas y las ruinas de una vieja noria. Los habían sobrevolado pájaros de ricos plumajes y había observado un sensible incremento de piezas de caza. Luego, casi sin darse cuenta, había penetrado en un espacio boscoso pero clareado, donde muchos árboles habían sido apeados con sierras y hachas.

Tras percibir las primeras señales de vida humana, había apretado el paso inconscientemente. Sabía que ni la vieja noria ni los huertos abandonados ni los árboles apeados tenían nada que ver con la caravana de Waliria, lógicamente, pero el simple hecho de tomar contacto de nuevo con algún signo de civilización lo impulsaba hacia el horizonte con renovadas energías. La niña, desde atrás, miraba con asombro los campos verdes y uniformes, salpicados esporádicamente por las pinceladas rojas de las amapolas.

Después de recorrer un buen trecho a paso vivo desembocaron en un camino amplio y bien cuidado, en cuyos márgenes crecían rosales, lirios, hortensias, narcisos... Poco a poco fue adentrándose en un terreno de acequias y surcos regados, de fértiles vegas cultivadas con suculentas hortalizas y ricos frutales. Aunque no había un alma en los campos, estos estaban perfectamente cuidados. A lo lejos oyó voces de mujeres y niños, y aumentó aún más el ritmo.

El camino discurría por una larga recta flanqueada por huertos y ricas plantaciones, pero en determinado punto había un recodo que rompía la simetría de los trazados. Cuando fue acercándose a la curva que desviaba el camino se percató de que se trataba de un puesto de vigilancia en cuyo interior parecía haber señales de vida.

—¡Alto! —gritó alguien. Al momento, un soldado joven salió de detrás de un mamparo y pidió a Bertrand que se acercara—. Identificaos y decidme, ¿de dónde venís y hacia dónde os dirigís?

Por un instante Bertrand había albergado la esperanza de que se tratase de un soldado de Magmalión, un hombre de los de la caravana de Waliria llegado allí mucho tiempo antes para establecer fronteras con puestos de guardia, e incluso que aquellos campos cultivados fuesen fruto del trabajo de los ariokíes del norte. Pero aquel muchacho hablaba con un extraño acento.

—Soy Bertrand de Lis y esta es mi hija Elizheva. Vengo de Waliria y de Trimib en un largo viaje hacia los Grandes Lagos del sur. ¿Podéis decirme dónde me encuentro?

—Por todos los dioses, venís desde muy lejos. Os encontráis en el área fronteriza, no muy lejos de los Grandes Lagos, que están a unas veinte jornadas hacia allá. —El joven extendió su brazo y señaló un punto del horizonte hacia poniente.

Bertrand se vio embargado por una gran alegría al saberse tan cerca de los lagos del sur, pero seguía siendo prisionero de las incertidumbres.

—¿Sabéis si una caravana procedente de Waliria ha llegado en los últimos tiempos a los Grandes Lagos?

El soldado negó ostensiblemente.

—No puedo saberlo, pero ninguna noticia ha llegado a este puesto de guardia, señor.

—Oh... vaya. —Al carpintero se le demudó el rostro y el soldado lo miró con curiosidad.

—¿Os ocurre algo? ¿Acaso tenía que haber llegado alguna caravana? ¿Procedente de dónde?

Bertrand pensó que, en realidad, no sabía nada de aquel hombre y aunque se mostraba amigable no tenía la certeza de que no quisiera sonsacarle para informar a sus superiores y los pusiera en alerta ante la posible llegada de la caravana o de sus miembros desperdigados. Por otra parte... ¿qué hacía aquel soldado allí?

—¿Quiénes cultivan estos campos? —preguntó para romper el silencio.

—Nosotros, nuestras familias...

—Pero... estoy en Ariok, ¿verdad?

—Estáis en el espacio de frontera compartida, en la marca del sur, bajo la soberanía de Danebod y de Magmalión. Estas tierras están cedidas a los soldados que vivimos aquí, a nuestra gente, y son cultivadas para nuestro abastecimiento y para el comercio con el reino de Torkala, cuya capital, Navadalag, se encuentra cerca.

A Bertrand le fascinó la explicación del soldado. Miró hacia los trigales y comprobó que había a su alrededor árboles de extraordinaria madera, especies desconocidas para él, pájaros de coloridos plumajes y mariposas azules de gran tamaño. Estaba como en otro mundo donde la naturaleza que los envolvía era distinta a la que había conocido desde que era un niño. Hasta el aire había cambiado de pronto y la temperatura resultaba más suave, el cielo más azul y la vegetación más verde.

—Me gustaría ver los Grandes Lagos, ¿hay alguna población por aquí?

—Encontraréis varios asentamientos desde aquí hasta los lagos, pero no tendréis dificultad alguna para llegar, puesto que los caminos son amplios y buenos, y la gente afable y tranquila. Después del último puesto de guardia tendréis que girar a la izquierda, y al fin veréis los lagos inmensos. Allí no hay asentamiento alguno.

—¿Por qué?

—Pues no lo sé... pero después del último destacamento militar hay una grandísima extensión de tierra inhabitada.

—¿Peligrosa?

—¡No! En absoluto. De hecho, es la mejor tierra y posee los más bonitos lugares de toda la frontera. La gente va a contemplar los atardeceres, a disfrutar de las aguas cristalinas de los lagos... Cuando una pareja de novios se casa suele irse por la orilla hasta perderse durante días y días, puesto que es el mejor inicio posible para una vida en común. Sí... es un lugar maravilloso.

No parecía un soldado, sino un poeta, se dijo Bertrand. Mientras rememoraba los paisajes de los lagos miraba al infinito y en sus ojos destellaba una luz de extraordinaria fascinación.

—Bien... continuaré entonces.

Se despidió del centinela y siguió su camino en mitad de una vorágine de pensamientos difusos en los que se mezclaban el desasosiego por el destino incierto de la caravana y la expectación creciente ante un lugar nuevo y asombroso. Tenía ganas de explorar y descubrir, de mezclarse con la gente y mimetizarse con una tierra que se le antojaba una fuente inagotable de vida, inabarcable y misteriosa, y con esa excitación anduvo las siguientes jornadas.

Magnus había negociado con Torkala un préstamo en especie que devolverían en dinero llegado el momento, aunque cuando comenzó a recibir las peticiones de material necesario no tuvo más remedio que reconocer que el crédito era tan grande que había de ser aprobado por el consejo de regencia. Barthazar, enterado del caso, intervino sin contemplaciones.

—¿Aprobación del Consejo? ¡No hemos llegado hasta aquí para tardar ahora treinta años en construir esta ciudad! —protestó airadamente—. ¡Trae lo necesario y negocia un préstamo lo más ventajoso posible, y que los hombres trabajen en turnos de día y noche sin parar! Eso, o juro que os mandaré ahorcar, Magnus de Gottem.

El tesorero no tenía ningún miedo a Barthazar. Era de los que pensaban que su maldad no era más que la fachada tras la que se escondía un cobarde, un hombre débil que había crecido a la sombra del fallecido Gabiok, a quien atribuía una crueldad muy superior a la de su hijo. Aun así, los argumentos de Barthazar —excepto en lo que se refería a su amenaza de ahorcamiento, que no tomó en serio— le parecieron razonables; no habían expuesto sus vidas durante años de travesía para comenzar ahora a fabricar las herramientas con las que podrían construir la ciudad algún día. Así pues, sin más mandato que su propia conciencia, Magnus se convirtió en el suministrador de medios para la construcción.

Consiguió algunos carros desvencijados que los carpinteros de lo prieto consiguieron reparar con pericia para que sirvieran al propósito de abastecer de madera, piedra y alimentos a todo el pueblo sobreviviente de Waliria. Desde muy temprano podían verse las caravanas de carros dirigirse a los bosques a por madera, a la cantera a por bloques de piedra y a los campos cargados de gente que se empeñaría durante todo el día en la recolección. Canturreaban animadamente mientras compartían pan mojado en cerveza o rememoraban con humor episodios vividos durante los años de éxodo, como si las desgracias hubiesen sido relegadas dando lugar a la alegría desprovista del caparazón de las desdichas tras haber logrado llegar al lugar más bello jamás soñado.

Fue con una de aquellas caravanas con la que se topó Bertrand al amanecer de un día cualquiera, recién puesto en marcha con su carro y con la pequeña Elizheva dormida sobre un lecho de telas. La vio a lo lejos y apretó el paso hasta interceptarla en un cruce de caminos. Al principio pensó que podía tratarse de unos mercaderes que se dirigían hacia el norte, pero pronto apreció que los carros estaban cargados solo con herramientas de cantero y que las gentes iban ataviadas para el trabajo de unas pocas jornadas. Además, se trataba solo de hombres y no había lugar para mujeres y niños. No. Definitivamente no eran mercaderes.

—¡Paz y justicia! —gritó para hacerse oír.

Los primeros miembros de la fila alzaron la mano para detener la caravana al comprobar que aquel hombre deseaba entablar conversación.

—¡Buen día, señor! ¿A trabajar a los campos?

—¡No, vengo de viaje! Voy en busca de los Grandes Lagos.

—¡Ah! Bien... pues avanzad hacia el sur, están muy cerca. Si tomáis este camino veréis que se está construyendo una gran ciudad a orillas de uno de esos lagos.

—¿Una ciudad? ¿Ha llegado ya la caravana de Magmalión?

—Ya hace algún tiempo. Nosotros provenimos de Waliria y nos estableceremos aquí. Ahora vamos a la cantera a por piedra para la construcción.

—¡Alabados sean los dioses! —Bertrand miró a los cielos con las manos juntas—. Yo también soy de Waliria pero perdí de vista la caravana en el bosque de Loz. ¡Por Rakket! Me parece que estoy soñando. ¡Sobrevivisteis!

—¡Venid, compañeros! ¡Este hombre también viene de Waliria y ha hecho el viaje en solitario! ¡He aquí un valiente, un héroe! ¿Cuál es vuestro nombre?

—Soy Bertrand de Lis, maestro carpintero.

—¿Alguien conoce a Bertrand de Lis, maestro carpintero?

—¡Yo! —gritó alguien desde muy atrás. Era un hombre poco refinado, con la tez muy curtida y los ojillos negros y pequeños como cabezas de alfileres—. ¡Por todos los dioses! —musitó al verlo—. Es el maestro Bertrand...

—¿Bert? ¿Sois vos? ¿El oficial curtidor?

—¡Por supuesto! ¿De dónde venís? ¿Qué os ha ocurrido? Os dábamos por muerto.

—Es una larga historia. Demasiado larga, y ya habrá tiempo de contarla. Ahora decidme, ¿está lejos la ciudad en construcción?, ¿a quién debo dirigirme? Estoy deseando trabajar y establecerme. Además, perdí a mi hijo en el bosque de Loz y quiero saber si ha sobrevivido...

—¡Oh!, vaya... —se lamentó el curtidor, que hasta ese momento había tenido por seguro que tanto Bertrand como su hijo habían desaparecido juntos, aunque no quiso decírselo para no disgustarlo en aquel instante.

—Tal vez lo mejor sea que alcancéis a aquella otra caravana —el hombre con el que había entablado conversación al principio señaló otra fila de carros que avanzaba como un desfile de hormigas por un camino paralelo—, son los encargados del suministro de madera y se dirigen a los bosques a talar árboles. Ellos sabrán, sin duda, a quién debéis dirigiros.

—Os estoy agradecido —Bertrand se llevó la mano al pecho y luego a la frente—, haré como decís.

Se despidieron y el maestro carpintero siguió su camino a paso vivo con el objetivo de alcanzar a la otra caravana antes de perderla de vista. Arreó las bestias y la niña se despertó al reanudarse el trote, miró a su alrededor y preguntó con voz infantil:

—¿Dónde estamos?

—Llegando a casa, pequeña. Al fin estamos llegando a casa.

Bertrand nunca le había hablado de su hermano Erik, como si el miedo a haberlo perdido definitivamente le impidiese asentar la ilusión de reunirlos algún día. En su imaginación había concebido todas las formas posibles de decirle a Erik que tenía una hermana y, al contrario, de hablarle a Elizheva de su hermano mayor. Y al final, siempre con la tendencia a la procrastinación, desviaba sus pensamientos hacia momentos insulsos de una supuesta vida en común que la desazón de sus temores le impedía imaginar con acierto.

Interceptó la caravana por el centro. Algunos carros iban cargados de mujeres y niños; otros llevaban hachas, azuelas, rodillos, barrenas, tinteros y cuerdas. Sin duda, iban a talar árboles y a transportar los troncos a la ciudad en construcción para abastecer a los carpinteros que, con sus aprendices, estarían trabajando sin descanso. Se le aceleró el corazón; había aprendido tantas cosas en Trimib que sabía que nadie de Waliria, absolutamente nadie, sabría lo que él acerca del arte de construir con madera.

—¡Paz y justicia! —gritó.

Algunas mujeres lo miraron con indiferencia y ningún hombre pareció percatarse de su presencia. Los niños jugueteaban y reían ajenos a cuanto acontecía a su alrededor.

—¡¡Paz y justicia!! —gritó más fuerte para elevar claramente su voz sobre las risas de los pequeños.

—¡Por todos los dioses, es el maestro Bertrand de Lis! —exclamó alguien, y entonces se armó un revuelo entre los hombres que comenzaron a abandonar la fila, unos porque conocían sobradamente al maestro y otros por pura curiosidad. Las mujeres se giraron a mirarlo y algunos niños guardaron un momentáneo silencio que apenas duró un suspiro.

Varios hombres se precipitaron a saludarlo:

—¡Amod! ¡Karid! ¡Martalad!... —iba nombrándolos Bertrand con evidente emoción, mientras ellos gritaban:

—¡Acudid, acudid, es el maestro Bertrand!

Se saludaron unos a otros los que estaban más cerca, mientras que la parte delantera de la caravana continuó su camino y la trasera se vio paralizada sin saber qué sucedía. Se extendió la noticia hacia atrás y algunos otros hombres acudieron a saludar al recién llegado. También algunas mujeres lo hicieron, e incluso hubo quien preguntó por Lizet y por el pequeño Erik. Bertrand, embargado por la alegría del reencuentro, prefirió no hablar de las pérdidas y dejó para más tarde su propia historia.

—Ahora decidme, ¿qué he de hacer para trabajar? ¿A quién he de dirigirme? —preguntó al fin, después de disfrutar un buen rato del reencuentro.

—Venid con nosotros hoy y regresaremos cargados de madera al atardecer o mañana para el almuerzo. Luego, en la nueva ciudad en construcción podéis hablar con quienes se encargan de dirigir las obras. El general Barthazar ha reclutado a tanta gente para el ejército que apenas quedan jóvenes aprendices, y los viejos maestros o han muerto por el camino o se han asentado en Magmalia —le contaron brevemente cómo había sucedido la fundación de la nueva ciudad—, así que bastará con que te dirijas al representante del pueblo y de los gremios para que te acepte como maestro.

—De acuerdo, iré con vosotros y así podréis contarme qué fue de vuestro viaje, puesto que yo perdí la caravana en el bosque de Loz. Allí perdí también a mi hijo, de quien no sé siquiera si vive.

Aprovechó para hablar de su hijo asegurándoles que podría servirle cualquier pista, aunque fuese difusa e insegura, pero nadie supo decirle nada. Se lamentaron de su desaparición y tuvieron alguna ocurrencia, como preguntarle a tal o a cual persona que tal vez supiese algo.

—Lo sentimos mucho, maestro... —dijo uno de ellos, apesadumbrado.

Se dirigieron a los bosques. Las mujeres se vieron atraídas de inmediato por la pequeña Elizheva —a la que cogieron en brazos e hicieron reír con carantoñas y cosquillas—, y los hombres se apresuraron a contarle la experiencia vivida durante el viaje de manera atropellada, mezclándose las experiencias propias de unos y otros, sin que los acontecimientos esenciales fuesen narrados con claridad. Bertrand se perdía con frecuencia en la narración.

—¿Quién es Barthazar?

Lo observaron con gran curiosidad y luego se miraron entre ellos en silencio.

—Disculpad, maestro. En realidad, ha pasado mucho tiempo desde que nos separamos, y desde entonces han ocurrido muchas cosas. Tal vez debemos empezar por el principio.

Barthazar sostuvo el vaso para que una de sus criadas lo llenase de nuevo de un licor dulzón que habían traído de Torkala. Aquella región, rica y enigmática, no dejaba de sorprenderlos con sus productos, sus avances y sus gentes. En realidad, la nueva ciudad se estaba construyendo gracias a la colaboración del reino vecino, porque si bien se estaba contrayendo una abultada deuda con ellos, no era menos cierto que lo hacían porque existía un interés de su rey por favorecerlos. Barthazar era de los que pensaban que no dejaba de ser inquietante que un país vecino fomentase de modo activo el asentamiento de toda una capital tan próxima a la frontera, pues tarde o temprano llegarían los intereses contrapuestos y los enfrentamientos.

—¡Por vosotros, mis hombres más fieles! —Elevó la copa y brindó con brillo en los ojos.

Había organizado una fiesta por todo lo alto con la cúpula del ejército con el pretexto de celebrar la llegada a los Grandes Lagos. Habían concentrado toda su atención en la construcción de la nueva ciudad y no había dado tiempo a celebrarlo, así que había llegado la hora de hacerlo y para ello se había dispuesto una gran carpa en las traseras de la vivienda que provisionalmente ocupaba el general. Allí, relativamente cerca de donde se había sepultado a Gabiok y donde se erigiría un monumento a su memoria en cuanto fuera posible, Barthazar vivía en la opulencia mientras era testigo cercano de los progresos de los maestros constructores que levantaban el palacio.

En cuanto a su padre, las pesquisas por averiguar quién lo había envenenado habían dado como fruto la ejecución de varios hombres de su entorno cercano; todos ellos habían pagado por no haber sido capaces de evitarlo, pero no habían conseguido encontrar al verdadero culpable todavía.

—General, estamos muy halagados.

—Gracias, coronel. Sin vosotros yo no sería nada, ya lo sabéis. Soy muy afortunado de contar con hombres como vos. En realidad, todos sois la garantía de la seguridad de nuestro pueblo. ¿Sabéis? Cuando Roger de Lorbie nos dejó y Magmalión me nombró general, supe que contaba con vuestra lealtad, la leí en los ojos de todos y cada uno de vosotros.

Barthazar pasó su mirada por sus oficiales. El único que faltaba era Risdik, que había sido privado de sus cargos ante la imposibilidad de conciliar los intereses del ejército, teniendo ya a Barthazar con tal privilegio. Al viejo se le había relegado a tareas de escaso calado en el entorno del heredero, retirándolo de toda actividad militar.

—Por supuesto, mi general. Así ha de ser siempre...

Barthazar asintió pensativo. Se encontraba reclinado en una especie de diván cubierto por lino blanco. A su alrededor, ocupando un banco corrido en forma de U plagado de mullidos cojines, se encontraban los demás oficiales de más alta graduación del ejército.

—Ahora estamos en un momento muy delicado —continuó el general Barthazar—. Como sabéis, en el seno del consejo real no acabamos de ponernos de acuerdo acerca de quién debe asumir la regencia. Tras la muerte prematura de mi esposa, la reina Shebaszka, he creído de buena fe que me correspondía ejercerla para garantizar la seguridad del reino y la educación del heredero, quien debe tener una referencia clara y precisa para formarse como lo que ha de ser en el futuro: el rey de Ariok. Sin embargo, el consejo real está dividido, y hay quienes piensan que la regencia debe corresponderle al propio Consejo. El problema es que no creo que actúen con responsabilidad, sino con ansia de poder. Sus miembros, muchos de los cuales lo son desde hace décadas, ven la posibilidad única de ostentar la regencia de todo Ariok, y esa cercanía del poder los ha embriagado. Por otra parte, el heredero me preocupa, puesto que nadie, salvo yo, parece anticiparse al futuro velando por el bien del reino, y es que el príncipe es mudo, lo cual, considero, puede inhabilitarlo para ser rey.

Los hombres lo escuchaban muy atentos. Las criadas se habían retirado a una orden de Barthazar y ya solo estaban ellos en la estancia.

—Y, por último —continuó diciendo el general—, yo no he sido capaz de superar la pérdida de mi amada Shebaszka y no he vuelto a contraer matrimonio, por lo que no he podido dar un hermano al heredero para que lo sustituya en caso de que, los dioses no lo quieran, él no pueda reinar.

Se hizo un silencio largo antes de que uno de los coroneles de más antigüedad interviniese:

—Pero el único heredero legítimo nombrado por Magmalión es Willem, y solo él puede ser rey cuando se considere que puede hacerlo. Un hijo vuestro, mi admirado general, no cuenta con el apoyo del malogrado Magmalión y, por lo tanto, debería ser respaldado por el consejo real.

—En realidad, creo que todo es más sencillo. —Barthazar se concentró en el líquido que reposaba en su vaso—. Si yo soy respaldado como rey, mis hijos serán los herederos legítimos. Y yo... —añadió, y los miró a todos, uno por uno— cuento con el respaldo del ejército.

Los hombres se miraron unos a otros en silencio y luego lo miraron a él, que escrutó con su mirada la reacción de cada uno de ellos. Sabía que de aquella noche dependía en gran medida lo que había de suceder en los próximos tiempos, puesto que había llegado la hora de que la ciudad de Barthalia creciese paralelamente a un proyecto de futuro para Ariok. La estirpe de Magmalión era exigua y él no tenía culpa.

—¿No habéis pensado en desposaros? —preguntó uno de los oficiales para romper el silencio.

—No, aún no. No he encontrado a la mujer adecuada en el seno de esta corte, pero no tardaré en hacerlo, no habéis de qué preocuparos.

—Tal vez Torkala ofrezca nuevas oportunidades. Casaros con una princesa vecina puede servir para establecer una fuerte alianza con el país del sur y engrandecer Ariok hasta los confines del mundo —sugirió otro de los hombres.

—Es posible... —musitó Barthazar—. Pero ahora, lo que os propongo es algo mucho más inmediato, incluso urgente. Quiero saber que cuento con vuestra lealtad y vuestra fidelidad para proclamarme rey sin que el consejo real pueda ser un impedimento. De hecho, quiero disolver ese órgano inútil e incompetente para nombrar un consejo castrense, formado por los que estáis aquí, para que Ariok cuente con los cerebros más capaces y los hombres más valientes del reino.

—¿Y el príncipe Willem? —preguntó uno de ellos.

Barthazar lo miró con suficiencia.

—El príncipe Willem pasará a ser un ciudadano más de Ariok y nosotros seremos el poder de este país y decidiremos su futuro. Nosotros garantizamos y garantizaremos la justicia y la seguridad, construiremos un reino nuevo, una nación alejada de las falsas consignas vinculadas a unas tradiciones que ya no tienen sentido. Si os preocupa la persona del príncipe, no le faltará cuidados, pero un niño mudo y débil no puede garantizarnos un futuro digno. Pensad en vuestros hijos y en vuestros nietos, ellos agradecerán que hagáis este sacrificio.

Había chispas en los ojos de Barthazar cuando se elevó entre sus hombres un murmullo que se tornó en discusión acalorada. Unos y otros opinaban a voces mientras el general sonreía satisfecho al comprobar que había arraigado en ellos la semilla del poder. Sus hombres, ante la posibilidad de sentirse poderosos, habían eclosionado con suma facilidad y eran de pronto un polluelo con el pico abierto ansiando recibir su porción. Ahora solo cabía dársela, alimentar su codicia con la dosis adecuada de vanidad.

El general hizo pasar de nuevo a las criadas y pidió que llenasen de licor todos los vasos. La discusión seguía y él permanecía al margen, gozando del momento en que se estaba gestando la gran rebelión, el golpe de Estado que acabaría con el consejo real. ¿Qué haría entonces con aquellos consejeros remilgados? Aunque no estaba dispuesto a perdonar, fingiría estarlo a quien se arrodillase ante él sometiéndose a su mandato. Incluso al príncipe Willem, que pronto se convertiría en un inválido, en un jovenzuelo discriminado por la sociedad, que terminaría uniéndose a sordos, tullidos e incapacitados en general, durmiendo toda su vida el sueño de haber sido rey.

Los hombres se callaron de pronto. El general los vio rendidos, mirando cada cual su propio vaso lleno de licor, unos daban unos sorbos, otros se mordían los labios como si disfrutaran anticipadamente de su lugar en el nuevo orden o como si se arrepintieran de antemano de lo que iban a hacer. A Barthazar le daba igual. Sabía que su propósito estaba conseguido y que le había resultado tremendamente fácil. Ahora comprendía a su padre, a Gabiok, cuando le decía que sobreestimaba el honor de los hombres y que cada cual tiene su propio precio.

—No tenéis que sentiros culpables. Al contrario, creo que sois más grandes cuanto más libres.

Willem tocó el hombro de Astrid y la despertó. Quiero ir a dar un paseo por las obras, le dijo mediante señales. Estaban en la penumbra de una pequeña y provisional casa de madera recién construida dentro del recinto en el que más tarde tendrían que lucir los jardines de palacio, a escasos metros de la vivienda del general Barthazar, donde la noche anterior había habido música y fiesta. Olía a pino recién aserrado y a barnices. Astrid se desperezó y dejó ver su aún conservada belleza entre los mechones de pelo revuelto. Aquellos aires salubres le habían sentado bien y su buen estado se manifestaba en la amplitud de su sonrisa.

—¿Quieres que te acompañe?

—¡Claro!

El príncipe se levantó de su lecho de un salto y se enfundó unos calzones poco llamativos y una camisola blanca. Cogió una jofaina con agua, se lavó el rostro y se peinó sin mucho esmero metiendo su mano abierta por el cabello.

—Estás muy guapo. Si quieres que te acompañe tienes que aguardar a que me adecente un poco.

En ese momento la Gran Aya llamó a la puerta y la hicieron pasar.

—Buenos días, príncipe. Buenos días, Astrid. Han cambiado tu escolta y daba la impresión de que apenas me conocían. No sé de dónde sacan tantos jóvenes... no es de extrañar que luego no haya suficientes obreros para levantar la ciudad y que los maestros artesanos no encuentren aprendices que se hagan cargo de sus trabajos.

—Pues no sé... no hemos visto que cambiasen a los soldados de la escolta, ¿verdad Willem?

El príncipe se encogió de hombros.

—Bueno... venía a por ti, Willem, por si quieres recorrer conmigo y con Dragan las obras y comprobar cómo van.

Willem asintió sonriente.

—Es justamente lo que estábamos hablando cuando habéis llegado, Gran Aya. El príncipe se había vestido apresuradamente porque tenía muchas ganas de darse un paseo y yo iba a acompañarlo para que no fuese solo.

—Pues vayamos. El día es espléndido y hay una gran actividad por todas partes. Magnus me ha dicho que hoy llegan nuevas herramientas y que las caravanas que transportan los materiales cada vez son más largas. Creo que nos gustará lo que veamos hoy.

Salieron al exterior cuando el sol se elevaba tímidamente por encima de la vivienda de Barthazar. Los soldados, efectivamente desconocidos para el príncipe, saludaron con la vista al frente y echaron a andar detrás de ellos. No muy lejos de allí se escuchaba ya el golpeteo de los martillos sobre el metal, la madera y la piedra, se oían las voces ordenantes y se olían los barnices, el yeso y la argamasa. Enfilaron por la que había de ser la principal de las avenidas de la ciudad y vieron la alineación perfecta de cuerdas por donde habían de levantarse las fachadas de las casas hasta donde se perdía la vista y, en medio, una gran cantidad de materiales acopiados por todas partes: troncos desbastados recién traídos de los bosques, bloques de granito perfectamente canteados, montones de paja, arena, arcilla y ladrillos.

Avanzaron un poco y pronto tuvieron que sortear las herramientas esparcidas por el suelo, esquivar a los albañiles que se movían como insectos entre recipientes de agua y montones de piedra, eludir las acémilas que tiraban de los carros en medio de barrizales y buscar los espacios libres por donde caminar.

De pronto, surgido de un corro de obreros que se calentaban en torno a una hoguera recién encendida, se oyó un grito:

—¡Viva el príncipe Willem!

Dragan, que acababa de asomar junto a Bertolomy por detrás de una pila de troncos, se emocionó al oír aquella espontánea manifestación de cariño.

—¡Viva! ¡Viva! ¡Es el príncipe! ¡Salid a verlo! —gritaron desde otros lugares cercanos mientras aumentaba el número de personas que le salía al paso para aclamarlo.

Las puertas de la vivienda de Barthazar se abrieron entonces de par en par y por ellas salieron el general y sus oficiales con evidente resaca. Unos palafreneros acudieron desde las cuadras con sus caballos y montaron mientras se oía el griterío a lo lejos.

—Es el príncipe —dijo alguien.

—Vamos.

Bajaron con sus caballos hacia el lago, cabalgando en zigzag por entre los montones de escombros, materiales de construcción y barrizales. Iban con sus uniformes impregnados de alcohol, sus espadas relucientes, pero mal enfundadas, y un aspecto desastrado que contrastaba con el de sus caballos perfectamente enjaezados.

Al llegar a un ensanche, se les cruzó un carro que venía cargado de troncos. Tras él, otros muchos que componían la caravana que acarreaba la madera para los carpinteros. A los lados de la carga viajaban a pie mujeres y niños que habían ido a plantar nuevos árboles a los bosques deforestados. El carro dejó pasar al general y a sus hombres para luego, cuando hubieron dejado el espacio libre, continuar hacia el lugar de acopio de madera, situado en lo que más adelante había de ser una gran plaza.

Bertrand iba en el pescante y la niña dormía plácidamente detrás. Arreó el caballo y se encaminó hacia la plaza.

—¿Qué pasa allí? —preguntó alguien.

Bertrand se puso de puntillas para alcanzar a ver qué era aquel tumulto.

—Es el príncipe Willem, al que todos aclaman. Oíd.

¡Willem! ¡Willem!, vitoreaba la multitud. Había salido gente de todas partes y coreaban el nombre del príncipe mientras este los saludaba con una amplia y sincera sonrisa. La Gran Aya, Dragan, Bertolomy y Astrid se habían retirado un tanto para dejarle espacio y ahora temían que una avalancha lo pusiera en peligro; sus escoltas no parecían tener mucha pericia y apenas eran capaces de contener las muestras de alegría del pueblo.

El general Barthazar se aproximó soltando las riendas de su caballo abriéndose paso a fuerza de atemorizar a la gente que se agolpaba en torno al príncipe. Flanqueándolo, varios coroneles se esforzaron también por ganar un lugar entre la muchedumbre. Cuando llegaron a la altura de Willem, desenvainaron sus espadas y miraron con gesto serio al general Barthazar, que también desenvainó la suya tras dudar un instante.

A la Gran Aya no le pasó inadvertido el gesto y dio un codazo a Dragan, que no se había percatado de la presencia de los militares.

—¿¡Qué hacen!? —se alarmó ella.

—¡Barthazar! —gritó Dragan, desesperado, pero nadie pareció oírlo en medio del creciente griterío. Se abrió paso a codazos y la Gran Aya intentó seguirlo sin éxito. En su camino se interpusieron varios albañiles y dos mujerzuelas que aclamaban también al príncipe, impidiendo acercarse al general y a sus hombres.

Las espadas de los coroneles que se encontraban más cerca de Barthazar se elevaron en ángulo hasta tocarse. La del general tardó un poco más, vacilante. El más veterano de los oficiales miró a Barthazar y vio el miedo en sus ojos, la duda tras sus pupilas, el gesto contraído. Entonces tomó la iniciativa y gritó:

—¡Viva Willem, nuestro príncipe, el próximo rey de Ariok! ¡Aquí tenéis a vuestro ejército!

Barthazar enfundó su espada y agachó la cabeza, derrotado. Su fin de fiesta había sido un manifiesto de todos sus oficiales en favor del príncipe Willem, a quien no estaban dispuestos a traicionar en modo alguno. Barthazar, herido en su orgullo hasta lo más profundo, había aceptado a la fuerza una capitulación sin paliativos que alimentaba su odio y hacía germinar la más atroz de las venganzas.

La caravana cargada de madera se acercó por la avenida principal hasta no poder avanzar más. Bertrand, desde el pescante, miraba atónito el espectáculo. Le habían explicado durante el duro día de trabajo en el bosque que Magmalión había muerto y que el general Barthazar de Pontoix, hijo de Gabiok de Rogdom, se había desposado con la princesa Shebaszka, convertida en reina regente para entonces. Sin embargo, la reina había muerto y había dejado huérfano a su hijo, cuyo tío, el conde Roger de Lorbie, también había fallecido durante la travesía. En definitiva, ahora el heredero era el príncipe Willem, hijo de Shebaszka y de Emory, designado sucesor por el propio Magmalión antes de morir. El viudo de su madre, Barthazar, era el jefe superior de todos los ejércitos. Bertrand se puso de pie para contemplar lo que sucedía y vio a cientos, quizá miles ya, de hombres y mujeres aclamando al heredero de la corona de Ariok. Vio caballos a su alrededor, gente moviéndose en masa como si fueran una única cosa, uniformes intentando mantener el equilibrio sobre sus monturas. Su carro estaba inmovilizado en medio de la muchedumbre y no había un solo palmo de terreno libre a su alrededor. De pronto vio cómo varios albañiles tomaban en brazos a un mozalbete y lo elevaban a los cielos; otros cuantos se abrieron paso a empellones llevando una gran plancha de madera sobre la que subieron en pie al muchacho como si fuera una estatua. Brazos fornidos como columnas de piedra lo elevaron al cielo para que todo el mundo pudiera ver al príncipe, al futuro rey, al heredero de Magmalión aclamado por su pueblo. Entonces, movido por la emoción del momento, él también gritó su nombre con todas sus fuerzas: ¡Willem! ¡Willem! ¡Willem!

5

A Bertrand le costaba conciliar el sueño, se mostraba muy agitado. Pasaba el tiempo y nadie le daba una sola pista acerca de Erik. Lo había buscado por todos los rincones, había preguntado por él, había indagado recorriendo el mercado, las obras, las calles e incluso los campos. Era cierto que no contaba con la libertad de movimientos que necesitaba, puesto que llevaba consigo a Elizheva, pero incluso así consideraba que había hecho ya todo lo posible y no había logrado un solo indicio de que Erik se encontrase entre los que habían llegado a los Grandes Lagos. Tampoco había obtenido información alguna en cuanto al paradero de otros muchos conocidos, tales como Astrid, Rudolf, Filippha, Simon y Lariet, la niña Ryanna y sus padres... a los que parecía haberse tragado la tierra. En algunos casos se trataba de conocidos comunes a otras personas como Bert, el oficial curtidor, pero este dijo no haberlos visto en mucho tiempo y no parecía haber nadie que supiese de ellos. Ni siquiera podían asegurar que se hubieran quedado a vivir en esa ciudad recién fundada llamada Magmalia.

También daba vueltas a su cabeza la idea de trabajar de nuevo en su oficio. Por el momento había dedicado su tiempo a buscar a Erik desesperadamente y, a ratos, había ayudado a oficiales de su gremio a cortar y escuadrar troncos, de manera que en sus manos habían quedado las marcas de las hachas de filo ancho y filo corto, así como de las líneas de corte —por las noches todavía notaba entre sus dedos el hilo tenso y en su olfato el olor de la corteza al desprenderse del tronco—. Formaban largas vigas que luego transportaban hasta la ciudad en construcción, tan extensa y tan activa, donde los albañiles y artesanos se esforzaban por dibujar sobre el terreno las casas que crecerían muy pronto por doquier. Estaba deseando comenzar y aplicar las técnicas que había aprendido con Petok en Trimib, poner en práctica el arte de la lacería, demostrar que era tan buen artesano de lo prieto como carpintero de lo blanco, capaz de construir los más difíciles y elegantes techos de madera de todo Ariok, y demostrar también que una nueva forma de edificar era posible. Pero la fuerte decepción que lo asolaba no lo dejaba concentrarse. Había puesto demasiadas ilusiones en la caravana, excesivas esperanzas en encontrar a su hijo a orillas de los Grandes Lagos. Y cuanta más ilusión, mayor decepción.

Si pensar en Erik no lo dejaba dormir, Elizheva tampoco, no porque hiciese ruido alguno, pues dormía a pierna suelta, sino porque aún no sabía qué hacer con ella si empleaba su tiempo en nuevos trabajos. Recibiría encargos, estaba seguro, y no podría defraudar a sus clientes, y también tendría que construirse a sí mismo una vivienda. Le costaba reconocer que le dolía la idea de separarse de la niña, pero desde el mismo día en que nació los había atado un fuerte nudo que parecía imposible de desliar, como si un grueso cordón umbilical los mantuviese unidos todavía.

Una de aquellas noches en que no conciliaba el sueño, consiguió al fin entrar en duermevela casi al alba, no era un sueño profundo, sino que en su cabeza daban vueltas las medidas de las vigas: tercia, cuarta, sesma; tercia y cuarta, cuarta y sesma, sesma y octava igual a un cuartón... Una vara, media vara, un cuarto de vara igual a un palmo, un tercio igual a un pie. Lima bordón, lima bordón... La niña se removió inquieta a su lado y volvió a despabilarlo cuando la claridad mostraba con suavidad los perfiles de la ciudad a medio construir, anaranjada por la primera luz, con los contornos desdibujados todavía. Se puso en pie, se desperezó y recogió sus cosas antes de tomar en brazos a la niña y subirla en peso hasta el lecho del carro donde viajaba habitualmente. Enganchó el caballo y anduvo en sentido contrario a la ciudad, en busca de la orilla del lago, hasta que consideró que estaba lo suficientemente lejos como para lavarse fuera de cualquier mirada. Primero se aseó él y luego desvistió a la niña medio dormida y le refrescó el rostro antes de bañarla por completo.

—¡Papuki, está fría! —protestó la niña.

—Es que tú estás dormida aún y te parece fría, pero no lo está... toma, sécate y ponte esta camisa limpia.

—¿Por qué? ¿Adónde vamos?

—Vamos en busca de trabajo, pequeña. Ya es hora de que tengamos una casa propia, ¿no crees?

—¿Por qué una casa propia?

—Pues porque no podemos estar siempre durmiendo en el carro, al aire libre. Necesitamos un lugar donde vivir...

—¿Por qué? ¿Por qué necesitamos un lugar donde vivir?

—¿Acaso no tienen una casita los grillos? ¿No la tienen las hormigas? ¿O los abejarucos? ¿Los conejos?

—¿Por qué tienen una casita los grillos y las hormigas y los abe..., abe... —hizo un chasquido de fastidio—... y los conejos?

—Bueno... porque allí tienen a sus hijitos mientras crecen y se hacen mayores. Duermen en sus camas, comen a su mesa, cocinan en su hogar y crecen felices al saber que tienen un lugar donde descansar cada noche.

La niña se quedó pensativa y, al cabo, dijo:

—Tengo hambre y sed.

Habían cazado y pescado durante su viaje, se habían detenido a recolectar frutos silvestres, habían ordeñado las cabras o sacrificado algún chivo para darse un festín cuando habían faltado las fuerzas, pero el encuentro con la caravana de madereros y las emociones del día anterior habían sido suficientes para descuidar lo imprescindible, por lo que llevaban más de un día entero sin alimentarse. Rebuscó con la mano en el interior de uno de los serones de la mula y sacó una vasija de barro cubierta por un hatijo de esparto, lo retiró, extrajo un poco de carne en salazón y se lo dio a la niña. Luego rebuscó de nuevo y encontró una manzana reblandecida por el exceso de madurez y también se la dio a ella. La devoró.

—Bueno, pues vamos...

—Tengo mucha sed.

—Oh... claro. —Bertrand miró a su alrededor. Solo estaba el lago y no se atrevía a dar de beber sus aguas a la niña; sin embargo, toda aquella población bebía de algún sitio. La última agua que habían ingerido se la habían proporcionado el día anterior los carreteros—. Te daré agua en cuanto lleguemos allá arriba.

Se pusieron en marcha y alcanzaron las primeras viviendas en construcción en apenas un suspiro. Pidió un poco de agua para la niña a una mujer que portaba un cántaro, se lo agradeció sinceramente y continuaron su camino.

A esa hora ya estaban todos trabajando, las carretas habían partido hacia la cantera, o hacia los bosques y los campos, los albañiles canturreaban mientras cavaban los cimientos, los herreros martilleaban a golpe de gritos sofocados por el metal y los carpinteros se mantenían erguidos ante sus banquetas de trabajo marcando ángulos con los cartabones. Preguntó por el representante del pueblo y de los gremios y le indicaron que se encontraría aún en la vivienda improvisada que habían levantado para él, en el recinto de lo que algún día sería el palacio del rey. Se dirigió hacia allí pero una imponente fila de soldados le impidió el paso y le indicó que tendría que esperar hasta que el venerable consejero saliese a revisar las obras.

De pronto se le antojó que cualquiera que estuviera pensando en encargar un trabajo digno de un maestro no se conformaría con que el contratista tuviese que trabajar y cuidar de una niña al mismo tiempo, así que su cabeza comenzó a dar vueltas con el ánimo de encontrar a alguien que se hiciera cargo de Elizheva, al menos mientras hablaba con el representante del pueblo y de los gremios. El día anterior, durante el regreso del bosque, multitud de mujeres habían acompañado a los hombres, por lo que se le ocurrió que podía preguntar a Bert por alguien que pudiera ayudarlo.

Recorrió la avenida en sentido inverso, desde el recinto de palacio hacia la plaza donde había visto al príncipe la tarde anterior, y preguntó por Bert en las distintas obras con que se iba topando.

—¡Oh, Bert está de nuevo en el bosque, en busca de más madera! No podréis hablar con él hasta la puesta del sol —le dijo un carpintero que encontró colocando una puerta en el interior de una de las viviendas en construcción.

—Ah... claro. Muchas gracias de todos modos.

—¡Aguardad! Creo que... ¿os conozco? Tengo la impresión de que os he visto antes. —El hombre se quedó pensativo con sus herramientas en la mano y el ceño fruncido, como si le costase pensar.

—Bueno... soy maestro carpintero, es fácil que nos hayamos visto con anterioridad.

—¡Claro! ¡Sois Bertrand de Lis! ¡Por todos los dioses! —El hombre dejó caer las herramientas y miró a su alrededor como queriendo encontrar a alguien más a quien decirle que tenía ante sí a uno de los más afamados artesanos de Waliria—. ¿No me recordáis? ¡Fui vuestro aprendiz un tiempo! ¡Renard, soy Renard, hijo de Lasot! Estuve con vos solo unos pocos días porque sufrí un corte, ¿no me recordáis?

A Bertrand se le vino de inmediato a la memoria aquel episodio del corte. El chico había ingresado con él como aprendiz recomendado por uno de sus clientes más distinguidos, un alto cargo de la corte de Magmalión. Pero cuando apenas llevaba una semana trabajando con él un descuido suyo hizo que el aprendiz tomase en sus manos una herramienta que no debía haber usado con su escasa formación. El corte fue limpio y profundo, y Bertrand temió que perdiese la mano. Ahora, al verlo allí perfectamente sano y colocando aquella pesada puerta, se alegró sinceramente de tenerlo ante sí.

—¡Por supuesto que lo recuerdo, y estoy muy contento de veros trabajar así!

—¡Qué alegría! ¿Puedo ayudaros en algo?

—Eh... no... bueno, sí. Veréis, necesito que alguien cuide de una niña pequeña mientras hago unas gestiones y me gustaría saber si conocéis a alguna mujer que esté dispuesta a hacerlo. No puedo pagar ahora, pues acabo de llegar aquí y aún no me he establecido como artesano, pero satisfaré mi deuda en cuanto me sea posible.

Renard rumió su respuesta.

—¿Os valdría mi esposa? —le propuso—. Es joven y está acostumbrada a cuidar de nuestro hijo. Estoy seguro de que estará encantada y yo me sentiría muy honrado de poder pagar las enseñanzas que me disteis vos.

—¡No, por Rakket! Apenas estuvisteis conmigo una semana, y aunque hubieseis estado cinco años habríais trabajado para mí con la condición de aprender y recibir un pequeño sueldo. No, no me debéis nada, por el contrario yo estaría encantado de que sea vuestra esposa quien cuide de mi hija a cambio del importe que convengamos.

—Bien, admito que habría sido como decís, pero de cualquier modo os estoy agradecido y me gustaría que lo tomaseis entonces como un obsequio. Esto que veis será nuestra casa cuando esté completamente construida, pero mientras tanto utilizamos un pequeño cobertizo que he levantado en la parte de atrás. Acompañadme, mi esposa y mi hijo estarán encantados de conoceros. —Movió ligeramente la cabeza para señalar al maestro la parte trasera de la casa en construcción.

Bertrand volvió sobre sus pasos, tomó a la niña de la mano y entró en el solar a medio construir para atravesarlo y acceder a la parte trasera. Al pasar por lo que, sin duda, sería el salón en un futuro, vio que la estructura que soportaría el techo se encontraba en el suelo, ensamblada ya para ser elevada cuando los muros estuviesen completamente levantados, y comprobó que era muy endeble y que si alguna vez se presentaban vientos fuertes no resistiría, pero prefirió no decir nada por el momento por miedo a parecer insolente.

Recorrió un corto pasillo y desembocó en un espacio abierto precedido de Renard.

—Einar, te presento a quien fue mi maestro, mi admirado

Bertrand de Lis, que se encuentra en un apuro al no tener quien cuide de su hija. Le he ofrecido nuestra ayuda desinteresada.

Si Renard era un joven de agradable trato pero rudo y varonil, Einar le pareció a Bertrand una criatura extremadamente dulce y delicada, casi frágil, de una belleza sobresaliente y exótica. Se encontraba sentada sobre un gran cojín, esforzándose en seguir las instrucciones de los juegos que imaginaba su pequeño.

—Se alegran mis ojos de conoceros, Einar, esposa de Renard. Como bien dice vuestro esposo necesito que alguien cuide de Elizheva, mi querida hija, mientras hago unas gestiones. Os pagaré en cuanto pueda, aunque vuestro esposo diga que no acepta pago alguno.

—De ningún modo —terció Renard—, os estoy tremendamente agradecido y no pienso ceder en ese asunto. Id tranquilo y dejad con nosotros a Elizheva.

La niña se agarró a las piernas de Bertrand, poco dispuesta a separarse de su padre.

—Papuki, yo... —dijo, y se quedó callada al borde del llanto.

—Vamos, hija, vendré pronto a por ti y daremos un paseo por la orilla del lago, jugaremos a tirar piedras y capturaremos una rana viva, te doy mi palabra. Pero si no permites que vaya a trabajar, no podré hacer nada de eso, porque tendré que pedir limosna en el mercado o ir de obra en obra pidiendo los desperdicios de los albañiles para darte de comer.

La niña sopesó las palabras de su padre, pero ella no estaba acostumbrada a estar más que con él, y con él quería seguir estando. Mientras hombres como Renard dejaban a sus hijos bajo los cuidados de sus madres, Elizheva no había conocido otra compañía que la de su padre, quien no se había separado de ella jamás. Ahora, la perspectiva de perderlo de vista, aunque intentase convencerla con argumentos razonables, le parecía inaceptable.

—Papuki...

—¿Cómo te llamas? —le preguntó Einar intentando congraciarse con ella y conseguir que se separase de buen grado de su padre, pero la niña no respondió y continuó agarrada a las piernas de Bertrand. La mujer se maravilló de la unión férrea que existía entre padre e hija, inconcebible en ninguna de las familias que conocía—. Ven... ¿quieres jugar con mi niño? Lo pasaréis bien, estoy segura. Mira, esto es para ti. —Einar le mostró una pequeña muñeca de madera.

Elizheva abrió los ojos como platos y soltó las piernas de su padre en un suspiro. Se acercó con curiosidad y se quedó boquiabierta; nunca había visto nada semejante.

—¡Mira, Papuki! ¡Es como yo!

Einar sonrió ampliamente.

—Podéis ir tranquilo y regresar cuando queráis; estará bien con nosotros —dijo la mujer amablemente. Bertrand dio media vuelta, recorrió el espacio donde trabajaba Renard, con el suelo cubierto de serrín, se despidió de su antiguo aprendiz, salió al exterior, giró a la derecha, luego a la izquierda, anduvo unos doscientos pasos y salió al espacio donde crecía la gran avenida.

Al llegar a la fila de soldados que custodiaba las obras del palacio vio cómo salía un grupo de gente distinguida de aquel recinto. Reconoció a uno de ellos, era Dragan, el gran sacerdote. A su lado caminaba otro hombre que le resultaba familiar; de pronto lo reconoció. Era un mercader, un hombre gracias al cual había conseguido buenos encargos en Waliria, un hombre que lo había ayudado en los primeros días del éxodo cuando él intentaba mantener con vida al viejo Gunter. ¡Bertolomy Foix! Se acercó con temor a no ser reconocido, pero en cuanto estuvo al alcance de su vista el antiguo ayudante de Renat de Lisiek exclamó:

—¡Maestro Bertrand! ¡Qué alegría de veros, por Rakket!

—Bertolomy Foix, buen amigo... ¡qué sorpresa! He preguntado por la persona a la que dirigirme para poder trabajar en este fabuloso proyecto... —Se giró e hizo un gesto que pretendía recorrer toda la ciudad—... y me han recomendado que me dirija al representante del pueblo y de los gremios, ¡y resulta que sois vos! Estoy realmente contento de veros y, humildemente, me pongo a vuestra disposición para trabajar en la construcción de esta ciudad...

—¡Aquí hacen falta cien o doscientos como vos, Bertrand, os lo aseguro!

El maestro desvió la mirada por un instante atraído por el ruido de los martillos de cantero cincelando los bloques para la construcción de los cimientos del palacio. Mientras la inmensa mayoría de las viviendas de la ciudad se estaban construyendo con madera, el palacio del rey sería de piedra con techos de madera.

—Me gustaría hablarlo con tranquilidad, Bertolomy. —Miró a Dragan y, sin dejar de hacerlo, dijo—: Y no quisiera interrumpiros en estos momentos, puesto que estáis en la grata compañía del gran sacerdote.

Bertrand se inclinó levemente en señal de respeto y Dragan le puso la mano en el hombro a la vez que correspondía con una sonrisa y un entornar de ojos.

—Bien, bien... creo que no nos interrumpes, ¿verdad, Dragan? —dijo Bertolomy, y el sacerdote sonrió complaciente—. De hecho, íbamos a inspeccionar las obras. Venid y contadme, ¿por qué no estabais aquí el día en que hicimos los grupos de artesanos?

Bertrand le resumió entonces su periplo, si bien obvió detalles que entendía poco relevantes para el asunto que tenían entre manos. Hizo hincapié, eso sí, en la gran experiencia que había adquirido como constructor en la ciudad de Trimib, gracias a un especialista consumado como era Petok.

—Trimib... hacía décadas que no oía hablar de esa ciudad... Llegué a pensar que solo existía en la imaginación de algunos mercaderes que llegaban a Waliria ávidos de favores. En fin... ya me contaréis, amigo Bertrand. Ahora creo que merece la pena veros trabajar, puesto que vuestra fama os precede y considero que con la experiencia que habéis adquirido, según decís, ha de ser digno de verse vuestro trabajo.

—Bueno, no quiero generar una ilusión que luego no se vea satisfecha, Bertolomy, pero creo que si cuento con el material adecuado y unas herramientas dignas, además de la ayuda necesaria, puedo construir espacios nunca vistos en Waliria.

Bertolomy se quedó pensativo y Dragan aprovechó para girarse a hablar con los soldados que iban a acompañarlos en el paseo matutino.

—Estoy dispuesto a formar una cuadrilla para que podáis construir vuestra casa e instalar un taller adecuado, pero con la condición de que a la par realicéis el primer encargo.

—Decidme, estoy dispuesto a lo que sea necesario.

—Quiero que me ayudéis a construir mi propia vivienda dentro del recinto del palacio del rey, justo allí. —Bertolomy señaló un lugar cercano al lago, por uno de los laterales de los cimientos del palacio, donde irían las viviendas del resto de los miembros del consejo real—. Os pagaré de acuerdo con lo establecido para el resto de los maestros artesanos y además permitiré que compaginéis ese trabajo con el levantamiento de vuestro propio hogar. ¿Estáis de acuerdo?

Por supuesto que lo estaba. Quería trabajar, poner en práctica lo que sabía, demostrarse a sí mismo que no solo conservaba sus habilidades intactas, sino que los conocimientos que había adquirido, y en los que había pensado durante el viaje desde Trimib, permanecían latentes en su cabeza. Habían sido muchos días pensando en cómo construiría cada tipo de estancia, cómo adornaría los techos y los elevaría sobre los muros, la forma en que dispondría las puertas y las ventanas, las chimeneas, la mágica lacería que le había enseñado Petok. Le dijo a Bertolomy que necesitaba dibujar los diseños, calcular el suministro de la madera adecuada y las herramientas para él, para sus oficiales y para sus aprendices, y seleccionar a los mejores hombres que trabajarían duro y se ganarían justa fama de ser únicos en toda la ciudad e incluso en todo el reino. Pero todo ello llevaría mucho tiempo.

—Yo contribuiré a ello —sentenció Bertolomy justo en el momento en que Dragan volvía a reunirse con ambos—, pero empezaréis mañana mismo. Esta tarde elegiremos el lugar donde construiréis vuestra vivienda y acordaremos lo necesario para que podáis empezar la mía sin premura.

Sellaron su pacto estrechando sus manos en presencia de

Dragan y, finalmente, se despidieron. Cuando los hombres se hubieron alejado junto a los soldados que les servían de escolta, Bertrand permaneció un rato inmóvil, sonriendo por dentro. Luego, como solía sucederle, la alegría se vio ensombrecida de inmediato cuando pensó en Erik. ¿Y si no lo encontraba? ¿Qué sentido tenía establecerse allí? Tenía a Elizheva, eso era cierto, pero no podría vivir tranquilamente con ella en una ciudad tan bella como la que se estaba construyendo sin haberlo intentado todo. Si su hijo no estaba allí se encaminaría más temprano que tarde hacia Magmalia y lo buscaría hasta encontrarlo; no tenía más remedio. Tenía que pensarlo antes de comprometerse definitivamente con Bertolomy. La necesidad de sobrevivir día a día le hacía aplazar lo más importante, y ahora que llegaba el momento de echar raíces lo asaltaba de nuevo la más inquietante de sus pesadillas.

6

Se sucedían las estaciones casi sin que se dieran cuenta, tan suave era el clima en el sur. Durante aquel tiempo Barthazar fue madurando su rencor, macerándolo como el jugo de las viñas y bebiéndolo a sorbos de embriaguez. Tenía que reconocer que había sufrido una gran decepción, pero su padre le habría aconsejado que no se dejase vencer en ningún caso, que buscase una alternativa, otro modo de conseguir sus objetivos, y así lo estaba haciendo. A veces se sentía débil como cuando era pequeño y otros niños de su misma edad lo ignoraban o se burlaban de él. Esa era la sensación que había experimentado al constatar que el ejército se había puesto del lado de un jovenzuelo sin redaños, por legítimas que fuesen sus aspiraciones. Tal vez tenía que haberlo enfocado de manera distinta y haber pedido el apoyo de sus oficiales exclusivamente durante la regencia, en lugar de haber planteado la exclusión absoluta de Willem, pero ya era tarde y las consecuencias de no haber medido bien sus fuerzas lo habían situado en un primer momento en una posición tan débil que se vio momentáneamente por debajo de cualquiera de los coroneles que lo acompañaban. Para colmo, una idea lo martirizaba: consideraba que el general Roger gozó siempre de la lealtad inquebrantable del ejército y que cualquiera de sus miembros se habría quitado la vida por él. Claro que, bien pensado, Roger jamás habría planteado hacerse con el poder; no tenía aspiraciones.

Intentó enfocarlo de otro modo, transformar el contratiempo en una oportunidad. En lo primero que pensó, involuntariamente, fue en el niño que había nacido de aquella criada, Lauretta, a la que no había vuelto a ver salvo en una ocasión, puesto que había dado órdenes de apartarla de su vista y la habían separado de la corte dedicándola a ama de cría de otros niños nacidos de madres enfermas o fallecidas en el posparto. Luego, suponía, le habrían buscado un marido para que los mantuviese a ella y al recién nacido. Aquel niño era su hijo y no sabía qué hacer con él. Era del todo indeseado pero podía llegar a serle útil. En ese caso, lo apartaría de su madre y lo enfrentaría a Willem haciendo valer su sangre real.

Luego pensó en que tendría que elegir una esposa entre las hijas de los nobles de la corte. Magnus, del que se decía que tenía tantos hijos que no podría contarlos, era un posible suegro cuya lealtad podría ganarse si lo necesitaba en el seno del Consejo. No es que desease a ninguna de las hijas de Magnus, pero puesto que satisfacía su deseo carnal yaciendo con cuantas mujeres se le antojaba —criadas y cortesanas sin abolengo en cuyos lechos se solazaba con especial ardor—, aquella que fuese su esposa podría ser una dama remilgada por la cual no tendría que sentirse atraído necesariamente. Bastaría con emplearse en la tarea de elegir esposa y asegurarse cuantas amantes se le antojasen, y Magnus no podría reprochárselo porque nadie mejor que él sabía de aquellos menesteres. Movió su cabeza de un lado a otro como para sacudirse sus pensamientos y quiso concentrarse en asuntos más importantes. En primer lugar, había encontrado un atisbo de resistencia a Danebod en Torkala, nobles rebeldes que urdían un asalto al poder. En ellos veía una oportunidad que no quería perder, por si una liga antimonárquica pudiera derrocar los tronos a ambos lados de la frontera. Había empezado a tener contactos tímidos con ellos, breves escarceos que parecían dar buenos resultados por el momento, especialmente porque con la esperanza puesta en una subida al poder iba convenciendo cada vez a más oficiales del ejército. Tendría que seguir adentrándose por ese camino que resultaba peligroso pero alentador.

Por último, tenía que controlar al príncipe heredero de una u otra forma. Tal vez lo había menospreciado durante mucho tiempo y ahora resultaba menos moldeable de lo que lo habría sido con anterioridad, cuando su mente era como una esponja. El día en que falleció su padre, Gabiok, lo vio por primera vez como un joven en lugar de verlo como un simple niño, y tomó conciencia de que pronto sería un rival muy molesto. Tenía que haber atado antes aquel cabo suelto haciendo del heredero un vasallo fiel en lugar de una mente libre, como le advirtió su padre. Era consciente, no obstante, de que no estaba recibiendo una educación adecuada para reinar y eso era algo que resultaba evidente a los ojos de cualquiera; no le habían sido asignados preceptores en materia alguna y nadie lo estaba educando al margen de aquella mujer, Astrid, con la que pasaba todo el tiempo. Claro que, siendo mudo, no resultaría fácil la tarea de instruirlo.

De repente el pensamiento saltó a Astrid, y de Astrid a Lauretta, y de Lauretta de nuevo al niño que había nacido de sus entrañas. A veces era mejor no pensar, actuar según viniesen los acontecimientos, todo lo contrario de lo que le aconsejaba Gabiok, que era un hombre capaz de trazar planes tan a largo plazo que resultaban desesperantes. Ya le gustaría ser como su padre en el asunto de la planificación, ser capaz de ver más allá lo que podía suceder, anticiparse a los movimientos de los demás. Como en el ajedrez, le decía Gabiok. Pero él nunca aprendió a jugar al ajedrez.

Willem movió el alfil por detrás del caballo y miró sonriente a Astrid, que elevó los ojos por encima del tablero, muy sorprendida al comprobar que en apenas unos cuantos movimientos el príncipe le había ganado la partida. Estaba contento y ella lo notaba, no por el jaque mate, sino porque aún resonaban en sus oídos los gritos que lo aclamaban cuando se mezclaba con el pueblo. Mucho habían hablado de ese asunto entre ellos, y también lo habían hecho Dragan y la Gran Aya, así como diversos nobles y gente principal del reino después del episodio de los coroneles. Nadie sabía qué había ocurrido en realidad y, sin embargo, no escapaba a quienes lo conocían que el rostro del general Barthazar a la hora de levantar su espada en aquella ocasión había denotado contrariedad y repulsa, había sido un gesto forzado y marcado por el autocontrol y la disciplina, un acto que solo tenía una explicación: había actuado contra su propia voluntad por expreso deseo de sus hombres, y eso significaba que la mayoría del ejército, al menos por ahora, estaba de parte del príncipe.

—Sabemos que concentra sus esfuerzos en que Danebod lo reconozca como a un igual, como rey de Ariok y único interlocutor válido, de rey a rey —había dicho Dragan al día siguiente.

El sacerdote había acudido a saludar al príncipe y a mostrarle sus parabienes por la aclamación recibida. Además, quiso aprovechar para presentarle a un nuevo colaborador suyo, un joven mancebo que había reclutado entre aquellos que estaban dispuestos a seguir la senda del sacerdocio y que a partir de ese día lo acompañaba a todas partes.

Con una sonrisa, el príncipe miró las fichas sobre el tablero y pensó en lo complicada que era a veces la corte. Su mente, madura a medias todavía, la imaginaba como una complicada partida de ajedrez en la que las piezas eran tan dispares como la Gran Aya o el general Bartha, pero al fin y al cabo una partida, en la que anticiparse a la jugada era tan importante que del acierto dependía conservar la vida.

Pensó en Barthazar, en lo que Dragan había dicho de él, en aquel episodio de los coroneles. No sentía una gran simpatía por el general, pero al margen de asociarlo con una rana despellejada y un grillo bañado en orines, no era capaz de ver en el general a un verdadero enemigo. Era, al fin y al cabo, a quien su madre había elegido para casarse y por lo tanto se convertía en algo así como un padre de quien le habría gustado recibir cariño y atenciones en lugar de miradas endurecidas y menosprecio, características debidas tal vez a sus responsabilidades o a la aspereza de un carácter mal conformado. Pero, sin saberlo, echaba de menos a Barthazar. Quizá, no a él mismo, sino al padre que le faltaba. En Astrid veía a una madre y todavía le faltaba la figura paterna, la fuerza, la compañía masculina, la guía de un hombre de armas, y tal vez por eso había admirado aquella espada en alto, la presencia del general junto a sus coroneles uniéndose al pueblo y jurando lealtad al futuro rey. Estaba muy ocupado correspondiendo a los saludos de la gente y no había apreciado duda alguna en Barthazar; al contrario, en su imaginación lo concebía orgulloso de él como un padre lo está de su hijo con motivo de sus logros. Así lo veía porque así quería verlo.

Después de aquel episodio, de aquellas muestras de cariño del pueblo, había tenido otras oportunidades de comprobar la misma lealtad y el mismo calor de las gentes, cada vez que salía del recinto de palacio y se adentraba en las calles a medio hacer, en la ciudad infantil que avanzaba hacia la madurez. Sin embargo, apenas se relacionaba con Barthazar, casi no lo veía, y cuando preguntaba por él siempre obtenía las mismas respuestas imprecisas: está por ahí, con sus hombres. O, quién sabe, siempre de un lado para otro, revisando armas, probando caballos, controlándolo todo...

Por eso, cuando al terminar la partida de ajedrez anunciaron la inusual visita de Barthazar, no pudo evitar cierta embriaguez, una alegría inocente forjada sobre el lecho impreciso de una satisfacción que le impidió apreciar la angustia en el rostro de Astrid, encogida de pronto como un animal predispuesto al ataque, una serpiente enroscada antes de la picadura mortal o un felino arqueado contra la roca con las afiladas garras preparadas para el zarpazo. Ella se levantó con premura y buscó precipitadamente una ocupación para dar la espalda al recién llegado mientras el príncipe acudía solícito a recibirlo a la puerta, en cuyo umbral apareció el general con uniforme nuevo, charreteras brillantes, cinturón engrasado y metales tan pulidos y brillantes como su sonrisa.

—¡Buen día tengáis, príncipe Willem! —dijo sin mirarlo a los ojos, porque los suyos indagaban con curiosidad en el interior de la diminuta vivienda—, y buen día para ti también —dijo dirigiéndose a Astrid, tuteándola.

Astrid respondió con una palabra inaudible, sin dejar de darles la espalda, aparentemente afanada en la limpieza de un frasco de cristal.

—Me preguntaba, príncipe, si querríais hacerme el honor de acompañarme a visitar las obras, especialmente las del palacio y de los que serán vuestros aposentos y los míos. —Ahora sí miró a los ojos del príncipe, escrutando su reacción a la propuesta que le hacía.

Willem buscó a Astrid con la mirada implorando su aprobación, pero incomprensiblemente ella, que siempre lo ayudaba a hacerse entender con las visitas, seguía de espaldas, ajena a un momento tan importante. Era la primera vez que Barthazar venía en su busca y él se sentía orgulloso, mientras que Astrid parecía no ser capaz de comprenderlo, como si quisiera estar ausente en aquel preciso instante en que tanto la necesitaba.

El príncipe se dirigió hacia ella, la rodeó en busca de su aprobación antes de contestar al general, que aguardaba con expectación. Pero lo que vio Willem lo desconcertó tanto que no reconoció a su querida Astrid en aquella mujer que sostenía un cristal entre sus manos: el rostro furioso, los ojos inyectados en sangre y la mandíbula apretada dejando ver los dientes como un perro rabioso. Ni siquiera lo miró. Siguió extraviada en su propia indignación, ausente, con el ceño fruncido y la crispación reflejada en el frasco de vidrio, cuya curvatura distorsionaba menos su rostro que la feroz cólera que la paralizaba.

Willem le puso la mano en el brazo y la apretó ligeramente para llamar su atención, puesto que esperaba una respuesta. Ella desvió entonces sus ojos y lo miró como si lo traspasara, sin decir nada, sin asentir ni negar, como si nada de aquello tuviese que ver con su decisión.

—¡Vamos, príncipe! —lo instó Barthazar—, no hagas caso a mujer alguna o te volverás loco.

El príncipe lo miró sin saber qué decir, con la doble indecisión de no saber si podía irse con el general y, sobre todo, de no alcanzar a discernir si Astrid lo necesitaba a su lado o prefería estar sola. Finalmente, incapaz de reaccionar con determinación, volvió a buscar la aprobación de Astrid y provocó la indignación contenida del general.

—¡Príncipe... no tenemos todo el día! Si no deseáis acompañarme iré solo, pero más os convendría rodearos de personas que sean capaces de tomar las decisiones con mayor rapidez, especialmente en cuestiones de tan escasa trascendencia. Si no, cuando tengáis algo importante que hacer, si no actuáis por vuestra cuenta no habrá quien vele por vuestros intereses.

Willem comprendió a medias lo que decía el general, demasiado preocupado por Astrid, que pareció reaccionar de pronto asintiendo levemente, sin hablar, sin concentrar su mirada y sin llegar a relajar la crispación de su rostro. Fue suficiente para que el príncipe respondiese a la propuesta del general con un contundente asentimiento, aunque cuando traspasó el umbral de la casa dejándola atrás escondiese tras el rostro alegre el corazón triste, lacerado por la angustia de haber visto el sufrimiento de la única madre que había conocido.

Cuando la voz de Barthazar se difuminó a lo lejos, Astrid suspiró aliviada y se enjugó con la bocamanga la única lágrima que no pudo ahogar en la inmensidad de su fortaleza. Dejó el frasco que sostenía en las manos, anduvo vacilante hasta una silla y se desplomó desconcertada, enojada con ella misma por no ser capaz de afrontarlo con más entereza, afeándose la incapacidad de haberse comportado con Willem como lo haría una madre, o mejor aún, una consejera leal e infalible.

Al quedarse allí sola, atenazada por la desazón, sintió que le ahogaban las cuatro paredes de madera que la enjaulaban. Necesitaba que le diese el aire, salir al exterior y caminar un rato, pasearse por el mercado, distraerse regateando con las vendedoras, comprando cualquier cosa. Así que se puso en pie, se quitó el delantal, se lavó la cara, se trenzó el pelo y adornó sus orejas con dos aretes de bronce que le había regalado la Gran Aya. Antes de salir miró a su alrededor con mirada aprobatoria al comprobar que el orden era aceptable, tomó en sus manos una pequeña bolsa de cuero repleta de monedas y salió al exterior.

Magnus había aceptado que la moneda habitualmente utilizada en Waliria resultaba completamente inútil en la nueva ciudad, puesto que aún no estaban preparados para acuñarla y de nada valía hacer acopio de lo poco que todavía guardaban las familias. Así que acordó con Torkala un cambio ventajoso para ambos reinos con el fin de utilizar la moneda extranjera durante algún tiempo, lo cual permitía los intercambios frecuentes sin necesidad de cambiar previamente o de perder en el cambio si no se estaba habituado al cálculo de la conversión. De ese modo, todos aquellos que entregaron su viejo dinero recibieron en pago la cantidad equivalente y pudieron comenzar a comprar y vender mercancías indistintamente a arıokíes o a torkalenses, con el consiguiente efecto de prosperidad a ambos lados de la recién restablecida frontera. La medida era provisional, especialmente porque llegado el momento habrían de tratar un asunto que por el momento se había obviado, que eran los aranceles que tendrían que pagar unos y otros para no arruinar a los artesanos y campesinos locales.

Al salir al exterior, Astrid se asombró del tremendo ruido que hacían esa mañana los hombres en el empeño de levantar la nueva ciudad. Dentro de casa llegaba mucho más atenuado o simplemente estaba acostumbrada a él en el interior, pero al salir al aire libre le pareció un estruendo insoportable. Anduvo paralelamente a la orilla del lago, mucho más arriba de la residencia palaciega cuyos cimientos parecían estar casi concluidos. Había bloques de piedra por todas partes, troncos de pino convertidos en palancas y artilugios, excrementos de las caballerías que tiraban de los carros, varales rotos, herramientas nuevas.

Al fondo, flanqueando una de las aperturas en la valla que se ceñía en torno a lo que pronto serían el palacio y sus edificios anexos, había un grupo de soldados controlando el acceso a las obras, la saludaron al verla llegar y le facilitaron la salida a la avenida principal, en cuyos márgenes se alineaban ya las pri-

meras hileras de fachadas de los principales edificios administrativos de la capital. De vez en cuando, cada manzana dejaba
un espacio para que se abriesen las calles perpendiculares que
llevarían a otras calles, y así todo un entramado de vías y plazas que terminaban desembocando en el lago o en los caminos
que se dirigían hacia el norte, a los bosques, a la cantera y a los
campos.

Su objetivo era el mercado, que se había ubicado provisionalmente en el extremo norte, junto a lo que había de ser posteriormente uno de los templos principales dedicados a Ridak, diosa de la fertilidad y de las buenas cosechas. Allí, en una
explanada seca y amplia, a cobijo de altos árboles que la som-
breaban, se habían dispuesto tenderetes y pequeños puestos de
madera donde cada cual colocaba su mercancía de la manera más
vistosa posible, alineando frutas, verduras, pescados y carnes en
una sucesión ordenada de colores y texturas que pretendía abrir
el apetito de los compradores.

Astrid echó a andar en busca de un acceso fácil al área del
mercado, anduvo con cuidado de no hundirse en barrizales donde se mezclaban cal, tierra y agua, esquivó unas tablas de las cuales sobresalían grandes clavos como dientes de tigre y, al hacerlo, se levantó el vestido un palmo para no mancharlo de barro
mientras se aproximaba a unas dos varas de unos hombres que
se afanaban en alinear los dinteles de una vivienda a medio construir, de cuyo interior salieron palabras soeces con el eco de un
interior vacío. Apretó el paso para separarse de ellos y cuando
levantó la vista al frente vio algo que la dejó completamente pe-
trificada.

Bertrand había vuelto a dejar a Elizheva con Einar, la bella
mujer de Renard, después de una noche completa de insomnio
durante la cual había cambiado de opinión tantas veces que al
amanecer llegó a dudar cuál era su decisión definitiva. Ahora se
dirigía a paso lento en busca de Bertolomy Foix para decirle que
aceptaba construir su casa y que se pondría manos a la obra in-

mediatamente, conformaría una cuadrilla de trabajo y le pediría una lista completa de materiales y herramientas.

Había tomado la decisión final sopesando que Erik, si vivía, tendría suficiente edad para no necesitarlo, al menos de manera imperiosa, en tanto que Elizheva era aún tan pequeña que no podía prescindir de su padre. Era cierto que había viajado con ella en el peor momento, cuando era todavía muy frágil, pero ponerla en riesgo de nuevo le parecía un exceso inconcebible y si a la niña le ocurría algo no se lo perdonaría nunca. Así es que se asentaría en la nueva capital, construiría su propia casa y ganaría dinero en abundancia mientras Elizheva crecía lo suficiente como para dejarla bajo los cuidados de una familia a la que pagaría su manutención y su educación durante su ausencia, mientras iba en busca de Erik y agotaba la última posibilidad de encontrarlo en Magmalia.

Era consciente de que lo atormentaría su propia decisión y que tendría pesadillas que no lo dejarían dormir, sueños en los que aparecería Erik aguardando la llegada de su padre, incomprensibles suplicios que a duras penas se verían compensados por la presencia de su hija. Intentaría distraerse, se concentraría en la construcción, en la puesta en práctica de sus amplios conocimientos que transmitiría a sus oficiales y aprendices, en la demostración de que podía construirse con la bella representación de la geometría y hasta de la naturaleza. Estaba seguro de que su obra podía ser admirable y que sería admirada, y atraería la curiosidad de carpinteros de todas partes. No podía negarlo; estaba deseando ponerse a construir.

Mientras caminaba por entre los montones de acopios era reconocido de vez en cuando por algunos carpinteros que lo admiraban y se alegraban sinceramente al verlo: ¡mirad, el maestro Bertrand!, gritaban. Se paraba entonces a hablar con ellos, se interesaba por su trabajo y les daba consejos que acogían agradecidamente. Se sentía a gusto entre trozos de madera, atraído por los olores y el mullido tacto del serrín bajo sus pies.

Continuó camino de la zona de palacio, donde había quedado para hablar con Bertolomy y darle su contestación. Varios hom-

bres que trabajaban en el dintel de una puerta a lo lejos le dijeron algo a una mujer que caminaba a buen paso, probablemente
hacia el mercado; ella se apartó y continuó su camino. No puso
especial cuidado en ella en un primer momento, pero entonces
la vio titubear y pararse de pronto junto a un montón de ladrillos. Su figura le resultó familiar, mas en la lejanía no supo identificar por qué. En ese momento un carpintero lo llamó desde el
interior de una caseta de madera: ¡maestro!, ¿cómo se encuentra? Desvió su mirada hacia la voz que lo llamaba e inmediatamente volvió a girarse para buscar a la mujer, pero ya no estaba.

Astrid se paró a recuperar el resuello con la respiración agitada, encorvándose con las manos aferradas a las rodillas para
sostener la mitad de su cuerpo como si lo apuntalase con los
brazos. Aquel hombre era Bertrand, no cabía duda, y en aquellos momentos no era capaz de sentir alegría por encontrarse de
nuevo con él. No sabía dónde había estado todo aquel tiempo,
pero lo cierto era que estaba allí y que con toda probabilidad
desconocía, como cualquiera, el secreto que ella sola guardaba.
¿Por qué no había ido a su encuentro? ¿Por qué le huía? No
estaba preparada, pensó apresuradamente, no era capaz ni de
ocultárselo ni de decírselo, pero le preguntaría por el niño si es
que él no estaba convencido de que hubiera corrido una suerte
que ella ignoraba. En cualquier caso, ella sí sabía dónde estaba
Erik y no podía compartirlo con su padre, ¡con su padre, por
todos los dioses! ¿Cómo podría disimularlo? Y sobre todo,
¿cómo podría privar al niño de su propio padre para siempre
ahora que sabía que estaba vivo? Se le antojaba una de esas situaciones no por posibles menos imprevistas, una circunstancia
probable en la que no se piensa hasta que ocurre, un dilema que
se presentaba ante los ojos y que le hizo preguntarse: ¿por qué
no lo he pensado antes? Sí, claro que lo había pensado. Había
pensado antes en ello, pero era como si lo hiciese por primera
vez, impulsada por la visión del carpintero, tan real y tan cercana como que se podía dar de bruces con él a la vuelta de cual-

quier esquina. Bertrand estaba allí, a tan solo unos metros de su hijo, que a aquellas horas acompañaba al general Barthazar a ver las obras del palacio del rey, su propio palacio.

Movió la cabeza en negaciones violentas, como si quisiera remover las ideas y que se ordenasen de manera más inteligible cuando cesara la sacudida interna, necesitaba convencerse de que lo mejor sería hacer lo que, en el fondo, sabía que iba a hacer. Porque lo sabía, claro que lo sabía. Quería persuadirse a sí misma de que no lo había pensado del todo, no lo suficiente, pero en realidad no había hecho otra cosa durante todo aquel tiempo, no porque tuviese que tomar una decisión, sino porque la decisión estaba tomada desde el primer instante y solo quedaba interiorizarla, fijar en su cerebro que si un día veía a Bertrand tendría que mentirle, mostrarse más fuerte que nunca, ser capaz de no titubear, de no ceder ante la inmensa pena de negarle a un padre la existencia de su propio hijo. Y, sin embargo, lo había visto de lejos y se había ocultado a sus ojos con la velocidad de un rayo, huyendo de él o de sí misma, incapaz de asimilar que lo que había deseado era que no apareciese nunca.

Sabía que el niño no reconocería a su padre, pero ¿reconocería Bertrand a su hijo? El príncipe Willem era casi un mozo, un joven en plena pubertad que crecía por días, y ella lo sabía bien. Tenía que adaptar sus ropas continuamente y mandar que le confeccionasen otras nuevas en cada cambio de estación, los zapateros no hacían otra cosa que tomarle medidas y hasta el sombrerero tenía trabajo permanente. Crecía y crecía, cambiaba su rostro y su pelo, y probablemente habría cambiado ya la voz si no fuese porque permanecía mudo desde aquel día en que lo reconoció el médico ante las murallas derruidas de Waliria. Aun así, ¿lo reconocería? Era casi imposible. Podría encontrarle cierto parecido si llegaba a verlo, podía recordarle a Erik, pero el hecho de pensar que se trataba del hijo de Shebaszka sería suficiente para desterrar no solo la idea, sino incluso los parecidos. Así funcionaban las cosas, pensó Astrid. Bastaba imaginar a una persona muy alejada de otra para que lo evidente dejara de serlo.

Tenía que afrontarlo, entonces. No tenía más remedio que

enfrentarse a la realidad de que Bertrand estaba allí y exhalar su mentira cuanto antes, abrazarlo de alegría por saberlo vivo y negar tajantemente cualquier asunto que tuviese que ver con Erik, contarle que ahora era la aya del príncipe Willem y decirle que era dichosa con su nuevo cometido. Y luego, en privado, pedir perdón y comprensión a los dioses por sus mentiras y sus hechos.

Se olvidó momentáneamente del mercado y volvió sobre sus pasos para intentar reencontrarse de frente con Bertrand, pero al asomar de nuevo a la avenida de los grandes edificios comprobó defraudada que el carpintero se encontraba ya ante la entrada del recinto real, conversando con los soldados que vigilaban el acceso. ¿Qué hacía allí? ¿Acaso estaba trabajando en las obras? Le dio un vuelco el corazón cuando pensó que podía encontrarse de un momento a otro con su propio hijo, aquella misma mañana, en aquel mismo instante.

Bertrand preguntó a los soldados de la entrada por Bertolomy, e inmediatamente avisaron al representante del pueblo y de los gremios y dejaron pasar al artesano indicándole el sendero que debía seguir. Avanzó por una senda limpia, de piedra machacada y compacta, en cuyos flancos crecían plantas floridas que no había visto nunca, hasta que desembocó en una gran explanada donde habían levantado improvisadas viviendas de débiles estructuras. Un poco más abajo, donde las aguas del lago bañaban un jardín silvestre, crecían los cimientos de un largo edificio que, sin duda, acabaría siendo el palacio del rey.

Preguntó por Bertolomy Foix y dio con él mientras discutía con varios hombres jóvenes acerca de un litigio entre artesanos que, como representante de los gremios, estaba obligado a juzgar. Al parecer, uno de ellos se había servido de la débil organización sobre la que se sostenían los gremios asentados en la ciudad para hacerse pasar por oficial sin ser sometido a examen alguno, puesto que no se habían dictado ordenanzas ni se habían nombrado jurados que determinasen la valía de cada uno para encuadrarlo en la escala correspondiente. Al parecer —pudo escuchar Bertrand—, se habían respetado los testimonios de al menos cinco conocidos que verificasen la categoría que cada cual ostentaba en Waliria, pero los artesanos predispuestos al fraude se habían unido en grupos de cinco para apoyarse unos a otros. El problema había surgido cuando unos artesanos que habían quedado fuera de los grupos —bien por descuido, bien por haberse enterado tarde del sistema de clasificación—, habían denunciado que las categorías otorgadas no se correspondían con la realidad. Su denuncia fue inmediatamente secundada por algunos miembros de los grupos conformados para defraudar, puesto que no estaban satisfechos con el reparto de categorías que se había hecho. La envidia y las rencillas personales hicieron el resto, hasta que no hubo nadie que saliera limpio del asunto que ahora correspondía juzgar a Bertolomy.

—¡Paz y justicia, maestro! —gritó el representante del pueblo y de los gremios cuando lo vio llegar.

—¿Veis, señor Foix? —llamó su atención uno de los litigantes—, nadie osaría discutir que Bertrand de Lis es maestro carpintero, puesto que todos los que lo conocen, aunque sea de oídas, podrán dar testimonio de ello. Por lo tanto, es tan sencillo como impedir que se conformen grupos de cinco hombres elegidos entre ellos mismos, y que seáis vos mismo quien exija el testimonio aleatorio de otros artesanos a los que elijáis. No puede resultar tan difícil.

Bertolomy pareció pensarlo.

—¿De modo que nadie osaría discutir que Bertrand de Lis es maestro carpintero?

—¡Por supuesto que no! No creo que haya ningún artesano que se dedique a trabajar con la madera que no lo conozca y que no sepa que es uno de los mejores maestros de la antigua Waliria. Además, su honradez y buen juicio lo hacen merecer el respeto de todo su gremio, ¿verdad? —preguntó uno de ellos a los otros, que asintieron con convencimiento—. Es una cuestión de confianza y reconocimiento.

—Bien, seguiremos hablando de esto y dictaminaré mañana

al mediodía junto al mercado. Ahora, id, tengo que tratar asuntos importantes con el maestro, ¿verdad? —dijo mientras miraba con complicidad a Bertrand, que asintió complacido.

Los hombres se despidieron y los dejaron a solas.

—¿Y bien? —inquirió Bertolomy.

—Construiré vuestra casa si se me proporciona todo lo que necesito.

El consejero real asintió sonriendo y apoyó su mano en el hombro del carpintero.

—Pedidme lo que necesitéis y una estimación de cuáles serán los costes. Es mi deseo que comencéis cuanto antes. ¿Habéis pensado en cómo sería la casa? Os confieso que yo no soy capaz de imaginarla.

—Veréis, creo que la casa debería construirse en piedra y rematarse en madera, por lo que tendréis que contratar canteros y albañiles, a no ser que... —Bertrand dudó por un instante.

—Hablad.

—A no ser que queráis que yo me encargue de todo y os diga cuánto os costará, así no tendréis que preocuparos de contratar por vuestra cuenta a canteros, albañiles, herreros... me pagaréis la obra completa. La diseñaremos conjuntamente y yo la construiré, si vos así lo queréis.

—Dejadme pensarlo... así que me proponéis hacerlo todo vos, a pesar de ser solamente maestro carpintero. ¿No creéis que podéis tener problemas con los demás gremios?

—Respetaré su trabajo y únicamente estarán dirigidos por mí, pero ellos desarrollarán las labores que les son propias y en la realización de su trabajo se someterán a los dictados de sus propias ordenanzas. Es fácil, os lo aseguro.

—Pero reprenderéis al cantero o al herrero si resulta necesario...

—Alguien tiene que hacerlo. O lo hacéis vos o lo hace alguien en quien confiéis esa labor. En el caso de que depositéis la confianza en mí, yo me ocuparé de todo. —Bertrand comprobó que Bertolomy seguía dudando—. Mirad, para mí es más fácil llegar a la obra cuando empieza mi labor: puertas, ventanas, estructura del tejado y techos. Pero ganaremos tiempo y vos ganaréis dinero si yo me encargo de todo, puesto que la obra se alzará desde el principio bajo una coordinación única, solapando tiempos y tareas, planificando cada fase y contratando los materiales conjuntamente. De cualquier manera, si no os convence hacedlo como mejor consideréis, y yo iré trabajando en lo que me atañe. Estoy seguro de que en lo referente a la carpintería quedaréis plenamente satisfecho.

Bertolomy apretó los labios mientras meditaba sobre el caso.

—¿Por qué no? En realidad, tenéis razón, seréis el responsable de toda la obra y solo a vos podré exigir la corrección de los trabajos. ¡Allá vos y vuestra organización!, dadme vuestro presupuesto y si me parece razonable os conminaré a constituir las cuadrillas de trabajadores y a comprar los materiales. Y eso sí, empezad inmediatamente.

—Estoy convencido de que no os arrepentiréis. —Se estrecharon las manos en señal de aceptación—. Y ahora, permitidme que me vaya, quiero empezar hoy mismo a buscar hombres y materiales. Mañana, al alba, vendré a medir el espacio de que disponemos.

—Esperad, quiero proponeros algo... —Bertrand lo miró extrañado—. Me gustaría nombraros responsable de los tribunales que han de examinar a los artesanos para otorgarles las categorías de las que sean merecedores. ¿Qué me decís?

—Yo... —Bertrand se mostró muy sorprendido—. Pues no sé, Bertolomy, no lo esperaba...

—Os dará prestigio y se os retribuirá. Además, consideradlo como un favor personal que os pido y que sabré agradecer. Ya habéis visto que necesito a quien pueda ejercer cierta autoridad entre los artesanos, no el tipo de autoridad que sabe imponerse por la fuerza, sino la autoridad por la admiración, el reconocimiento que he podido ver en esos dos hombres cuando habéis llegado, una autoridad ganada al margen de la imposición. ¿Me comprendéis?

El maestro lo comprendía sobradamente, pero también comprendía que ejercer de juez granjeaba más enemigos que amigos en Ariok y que la autoridad no siempre daba resultado cuando mediaban los intereses personales. En ciertos casos, cuando una persona creía merecer un reconocimiento determinado y el juez no se lo otorgaba, la autoridad era puesta en tela de juicio con el mismo desparpajo con que era reconocida en sentido contrario. A pesar de todo, un favor personal era ineludible y no podía decir que no.

Se despidieron y Bertrand se encaminó hacia la salida del recinto de palacio.

Willem se asomó a una zanja en la que media docena de obreros excavaban lo que luego serían los cimientos de la parte este del palacio. Tenían los torsos desnudos y sudorosos, tostados por el sol, tensos los músculos cada vez que golpeaban el suelo con las azadas ahondando con tesón, o cuando elevaban sus brazos fibrosos para achicar tierra o colocar tablones en los terraplenes y evitar que se desprendiese el terreno y los sepultase en el interior. Más hacia poniente, una cuadrilla de forzudos se servía de poleas y palancas para depositar en los agujeros ya excavados las piedras que los canteros habían preparado para los arranques, con paciencia, una a una, hasta que el muro alcanzaba la superficie todavía más allá, hacia donde le señalaba Barthazar mientras le hablaba:

—Es la zona de vuestros aposentos, los del príncipe heredero, mirando a aquella parte del jardín y al embarcadero del lago, justo después de donde se alojará la guarnición y custodiada por una línea de garitas de vigilancia. Será un lugar seguro y tranquilo, donde podéis leer, escuchar música y... —El general hizo una pausa y lo miró con el ánimo de comprobar su reacción— estudiar.

El príncipe no se inmutó. Siguió observando el trabajo de los obreros, la recia fortaleza de aquellos cuerpos poderosos. A un lado había restos humeantes de hogueras en las que se habían cocinado vísceras, rodeadas por pedrejones ennegrecidos y tajuelos recién aserrados.

—He pensado, querido Willem —continuó diciendo Barthazar— que resulta imprescindible buscar un cuerpo de instructores, de preceptores que os enseñen las materias necesarias para vuestra formación y, desde luego, tenemos que recuperar una actividad que quise inculcaros cuando erais más pequeño y que vuestra madre no veía con agrado. —Ahora sí, el príncipe lo miró a los ojos—. Me refiero a la formación militar. No se ha conocido en Ariok a ningún rey, por pacífico y conciliador que fuese, que no tuviera una exquisita trayectoria en armas.

Al príncipe se le vino a la memoria una imagen que tenía olvidada, cuando los soldados lo recogían a las puertas de un carromato y se lo llevaban a luchar con armas de madera. Aunque parecían proceder de un sueño, estaba seguro de que eran imágenes reales y que no las había soñado, eran evocaciones al borde de la infancia más tierna, casi en el filo de la memoria posible y de los recuerdos que pueden conservarse.

—¿Qué me decís?

Willem asintió con displicencia, pero Barthazar sonrió complacido. En su cabeza tenía ya trazado un plan de formación para él, un adoctrinamiento efectivo, una forma de entretenerlo envuelto en enseñanzas favorables a su causa. Incluso había elegido mentalmente a quienes podían servir para cada cometido, aquellos que podían instruirlo como a él le convenía, especialmente en lo que se refería a su formación como persona, como hombre y como rey más dado a las artes que a los asuntos de gobierno.

El príncipe miró hacia atrás y vio a los soldados de la escolta con sus armas al cinto, espadas relucientes y afiladas que podían matar fácilmente, dagas puntiagudas, hachas robustas de hojas anchas. Aquellos hombres tenían algo en la mirada que no poseía ni siquiera el general, un estigma, una fiereza interna que les rebosaba por los ojos, el atisbo de maldad que se intuye en quien está dispuesto a matar. Willem sintió un escalofrío y pensó que tal vez Barthazar le estaba proponiendo convertirlo en uno de ellos, un hombre de armas, un soldado, un guerrero. Si tuviera que serlo, le gustaría en cualquier caso ser como Risdik, aquel general ennoblecido y admirado por sus hombres, capaz de destilar bondad incluso por sus cicatrices.

—Me gustaría poder conversar contigo —le dijo—. Te confieso que me cuesta mucho tener a mi lado al heredero al trono de Ariok y no poder oír qué piensa. Pero eso es imposible, claro...

El general le dirigía ahora una mirada interrogante, sus ojos reflejaban duda y curiosidad a partes iguales. El príncipe abrió la boca como si quisiera hablar y la cerró de nuevo, impotente, antes de intentarlo con los mismos signos y gestos con los que se hacía entender a la perfección en presencia de Astrid. Pero Barthazar no sabía reconocer palabras y frases en su mímica; al contrario, al general le pareció ridículo que el muchacho intentase comunicarse sirviéndose de las manos y soltó una sonora carcajada.

—Pareces un bufón —le espetó con aridez.

A Willem se le demudó el rostro de repente. Barthazar había visto ya esa expresión anteriormente y sintió algo que no podía describir. Tenía ante sí a un mozalbete, a un jovencito quizá, tierno e inofensivo como un caracol y, sin embargo, no era la primera vez que lo miraba así y lo hacía sentir incómodo y —no lo reconocería ante nadie— atemorizado.

Barthazar sugirió que continuasen la visita. El príncipe intentó que comprendiera algunas de sus preguntas haciendo gestos sencillos, usando expresiones corporales fácilmente reconocibles por cualquiera, señalaba algo y se encogía de hombros para preguntar de qué se trataba, por ejemplo, y entonces comprobó que la sencillez surtía efecto. Luego se dirigía hacia un objeto concreto y sonreía, con lo que el general entendía que le resultaba simpático o agradable. Y así hicieron el resto del recorrido por las obras de la zona palaciega, en las que Barthazar le mostró dónde iba cada vivienda y cómo sería el espacio del jardín. Llegados a aquel punto, Willem lo imaginó diferente a como se lo describía el general, puesto que si de él dependiese haría un jardín mucho más verde y lo adornaría con fuentes y canales, espacios para los animales y parterres de flores.

—¡Paz y justicia! —saludaron desde atrás. Era Bertolomy Foix, que se había acercado a ellos con cara sonriente—. ¿Qué os parece, príncipe Willem? Las obras van dando su fruto y con un poco de imaginación ya puede verse cómo será este palacio cuando esté terminado, aquí la biblioteca, allá las cocinas, la sala de audiencias, las caballerizas, el guadarnés...

—Buen día, señor Foix —le devolvió el saludo el general a la vez que Willem se inclinaba levemente para recibirlo también—. Estaba explicándole al príncipe cómo será el jardín. También hemos pasado por donde estarán vuestras viviendas.

—Precisamente acabo de cerrar el trato para su construcción con un gran maestro carpintero que se encargará de todo. ¡Estoy realmente emocionado y deseando comenzar! ¡No va a tener nada que envidiar a vuestro palacio, os lo aseguro! —Bertolomy rio a carcajadas—. Bueno, seguid vuestra visita con tranquilidad, ¡alabados sean los dioses!

Despidieron al representante del pueblo y de los gremios y todavía admiraron las vistas del lago desde donde se encontraban antes de regresar cada uno a sus quehaceres.

Esa misma tarde, después de comer, Barthazar comunicó que quería presentar al consejo real su propuesta de preceptores para el príncipe. Por su parte, Willem contó a Astrid cómo había ido su visita a las obras y lo que le había dicho el general, pero ella parecía encontrarse ausente. El príncipe recordó la turbación que había sufrido cuando Barthazar había ido a buscarlo después de la partida de ajedrez, aquella vuelta de espaldas sosteniendo el frasco de cristal, su cara desencajada. Pensó que perduraba el malestar de la mañana, lo que quiera que la hubiera sumergido en una preocupación tan profunda, pero estaba lejos de imaginar el verdadero motivo por el que Astrid parecía tener la cabeza muy lejos de allí.

En realidad no la tenía lejos, sino bien cerca; la tenía en Bertrand. No hacía más que ensayar en silencio la conversación que tendría con él tarde o temprano, lo que contestaría cuando le preguntase por Erik, la convicción con que pronunciaría una mentira tan dolorosa. Sabía que aquella noche no dormiría, como tampoco lo haría otras noches después. Cuando Willem le dio un beso y le dijo que se iba a dormir, fue incapaz de mirarlo a los ojos.

A la mañana siguiente, Astrid quiso hacer una visita a Lauretta. Desde que nació su hijo nada había sido normal en la vida de la muchacha, que había sido obligada a casarse para encubrir la verdadera paternidad del niño. Para muchos, su matrimonio había sido normal, pero Astrid sabía que los hilos del amor habían sido, en realidad, tentáculos de Barthazar para demostrar que podía hacer con ella lo que quisiera. Así, la habían casado con un hombre humilde pero honrado con el que Lauretta no era especialmente feliz, pero con el que vivía tranquila mientras veía crecer a su pequeño, al que había ido aceptando, primero, y queriendo, después. A su esposo lo habían convencido fácilmente para que se casara con ella: cuando la vio por primera vez pensó que se trataba de una broma, tal era la belleza de la muchacha que habían elegido para que fuese su esposa. Tan intensamente se enamoró de ella, que nada le importó que tuviese un hijo de padre desconocido, y a los cuatro vientos proclamaba siempre que era el hombre más feliz del mundo.

Astrid se dirigió a su casa, una modesta vivienda que se estaban construyendo no muy lejos del mercado. Llamó a la improvisada puerta que tapaba la abertura a la calle, consistente en un tablón puesto comoquiera contra el hueco. Inmediatamente le abrió Lauretta, que llevaba pegados a su falda a su hijo y a una amiguita que debía de tener su edad.

—Es la hija de unos amigos —le aclaró—. ¿Cómo estás, Astrid? ¿Y ...?

Lauretta no quiso pronunciar el nombre de Willem. Desde que habían inventado para ella una nueva vida había intentado borrar todo cuanto la uniese a la corte. Incluso había cambiado de nombre.

—¡Oh! Bien... muy bien, creciendo muchísimo, tanto en cuerpo como en personalidad y memoria.

—Vamos, siéntate conmigo mientras les doy de comer a los niños.

—Cada día más crecido... —dijo pasando la mano por el cabello del pequeño—. ¿Tienes una amiga? —El niño no hizo caso y siguió jugando—. Es muy guapa...

Lauretta asintió.

El esposo de Lauretta asomó tras unos tablones y saludó a Astrid. Estaba afanado en terminar los detalles de su casa.

—Hola, Renard. Me alegro mucho de verte.

—Lo mismo digo, Astrid.

—A ver, niños, tenéis que comer —instó Lauretta—. Os echaré un poco de caldo a cada uno y luego tomaréis carne de coco y bizcocho, ¿entendido? Tú, Milok, ponte aquí junto a Elizheva.

Bertrand tardó semanas en encontrar a un maestro cantero que quisiera trabajar con él. Era un viejo conocido a quien había arreglado unas carretas de transporte de piedras en Waliria, un hombre afilado y fibroso, de ojos escondidos tras una maraña de cejas, que cuando hablaba miraba siempre a lo lejos como si no tuviese a nadie ante él. Cuando el carpintero le ofreció el negocio y le dijo que Bertolomy le había contratado la obra completa escupió a un lado sin que se moviese un ápice la ramita seca que tenía adherida a la comisura de los labios. Tras pensárselo un rato pidió un importe que a Bertrand le pareció tan desorbitado que si aceptaba sabía que no tendría el valor de trasladarle el precio final a su cliente, dado que todos querrían cobrar en proporción a lo que se le pagaba al maestro cantero.

—Sin duda vuestra experiencia y la calidad de vuestro trabajo merecen ese precio, pero no puedo pagarlo; buscaré a alguien menos habilidoso, aunque la piedra que utilice desl-uzca un poco el conjunto del edificio, que será, sin duda alguna, de los más renombrados de la nueva ciudad, un espejo en el que se mirarán los demás.

Bertrand habló con desinterés, mostrándose convencido de que simplemente no podía alcanzar a pagar la excelencia y tendría que conformarse con algo un poco peor. Su cara era la resignación de quien quiere pero no puede. El cantero giró la cabeza en sentido contrario y volvió a escupir, esta vez al otro lado, e hizo un chasquido con la lengua.

—Te bajo el precio —lo tuteó—. Pero por ser tú.

—No, de verdad, maestro. No dejéis que vuestro trabajo se deprecie. Sois, estoy seguro, el mejor cantero de cuantos puedan encontrarse en Ariok, y no debéis rebajar el valor de vuestra labor. Quien quiera contar con vuestros servicios deberá pagar por ellos, es justo. Simplemente yo no puedo garantizar a mi cliente que su lujosa vivienda tenga un precio razonable, pero eso no es culpa vuestra. Os lo agradezco de veras, amigo mío, ahora disculpadme..., levantar una casa de esa categoría junto al mismísimo palacio del rey no me va a resultar fácil y tendré que contar con un buen número de gente. ¡Que los dioses os acompañen a vuestra persona y a vuestra familia!

—¡Esperad! —Lo retuvo ahora sin tutearlo. Meneó la cabeza como si quisiera engrasar el cuello y volvió a escupir, esta vez delante de sus propios pies, se pasó el pulgar y el índice por el filo de la nariz y la mano por la barbilla—. Podemos negociar el precio para que os resulte razonable.

Bertrand sonrió.

—Perfecto, amigo. Será una gran obra, os lo aseguro. El mejor lugar de esta ciudad si exceptuamos el palacio del rey. Vuestra marca personal irá en esas piedras y seréis recordado siempre, no lo olvidéis —le habló con entusiasmo mientras le daba una palmada en el hombro—. Además, el representante del pueblo y de los gremios en el consejo real, nuestro representante, os estará agradecido por siempre y no os olvidará nunca. Ahora vamos, tomaremos cerveza y cerraremos el trato y los plazos de suministro.

El maestro cantero le dio algunos nombres para que pudiera contratar una buena cuadrilla de albañiles, obreros con experiencia, curtidos a fuerza de trabajar la piedra desde que eran apenas unos niños. Una vez conformado el equipo de canteros y albañiles, podría emplearse a fondo en buscar a un maestro herrero. La parte de la carpintería era suya, pero también necesitaba suministros y hombres, que no eran fáciles de conseguir.

Era en su propia materia donde se mostraba más exigente; pero todo lo abordaría a su debido tiempo. Ahora, por fin, tenía un maestro cantero.

Tras despedirse de su nuevo socio se encaminó a casa de Renard y de Einar para ver a Elizheva, puesto que los preparativos para su nuevo trabajo lo tenían absorbido y apenas veía a la niña en todo el día. Solo al atardecer, cuando ya poco o nada podía hacer y los artesanos acudían en busca de sus familias para descansar, él se permitía dar algo de cenar a la niña y escuchaba lo más atentamente que podía todas sus inquietudes, que solían estar siempre relacionadas con los juegos que había ideado junto al hijo de Renard o con las discusiones que había tenido con él a cuenta de esos mismos juegos. Cuando sus pensamientos se alejaban de ella, asentía mecánicamente para hacerla creer que aún la escuchaba, pero le resultaba imposible mantener la concentración durante el mismo tiempo que ella necesitaba para contárselo todo. Y así era siempre, salvo cuando la niña se dormía, porque si el primero en sucumbir al sueño era él, Elizheva se encargaba de arrancarlo de los brazos de Morfeo para que siguiera ejerciendo de esponja de sus andanzas.

Ese día era distinto. Quería proponerle a Renard que trabajase con él y no había esperado a la noche. Al contrario, aún era temprano cuando ya se dirigía hacia su casa con la esperanza de encontrarlo. Renard le parecía un buen hombre, bien dispuesto en el trabajo, padre de una familia a la que mantener, admirador de quien había sido su maestro. Estaba seguro de que aceptaría acompañarlo en aquella aventura, encantado de participar en la construcción de una de las viviendas más nobles de la ciudad. Eso le permitiría a él pagarle también el favor de haber cuidado de la niña durante aquellos días tan importantes para su futuro. Y, si su esposa quería, podía seguir siendo así a cambio de un sobresueldo para Renard que consistiría en enseñarle los secretos de la carpintería de lo blanco, las claves que le transmitió Petok y que tendría que difundir para garantizar la continuidad del conocimiento.

Al llegar frente a la fachada de la casa de Renard encontró

que su esposa estaba en la entrada despidiendo a otra mujer que se hallaba de espaldas a él. Los niños correteaban alrededor de ambas, persiguiéndose uno al otro entre risas, pellizcándose, tirándose de los pelos, pasando en un suspiro de la diversión a la discusión y de nuevo al disfrute de los juegos.

La niña lo vio llegar con paso vivo y se alborozó aún más que de costumbre por lo inesperado de la visita:

—¡Padre! —gritó mientras corría a su encuentro, y Bertrand advirtió que era la primera vez que lo llamaba así.

Astrid se giró entonces por la curiosidad de ver a la niña correr hacia su padre, Bertrand puso los ojos en su hija y no vio a la mujer que se giraba en esos momentos. A Astrid le latió el corazón tan fuerte como una tormenta; a Bertrand se le contagió la risa de la chiquilla. Mil preguntas acudieron a la cabeza de Astrid sobre Elizheva; a Bertrand no le dio tiempo a saludar a la mujer que ya se iba, vuelta de espaldas tras despedirse precipitadamente de Lauretta, conocida por todos ya como Einar, su nuevo nombre.

—Hola, Einar, ¿está Renard? Necesito hablar con él —preguntó el maestro carpintero al llegar ante la casa, cuando la otra mujer ya se había despedido.

7

Astrid asumió con resignación su paulatina pérdida de protagonismo, la relegación a un segundo plano en la vida de Willem. El niño se hacía mayor con asombrosa rapidez y los hombres que tenían que enseñarle las artes del reinado iban acaparando su atención y consumiendo todo su tiempo hasta conseguir que en presencia de Astrid ni siquiera tuviese ganas de hablar. Se lo había dicho a la Gran Aya, le había mostrado su preocupación por la pérdida de peso del príncipe, por lo absorbido que estaba en el afán de cumplir lo que se le encomendaba, sin atender a otra cosa que no fuesen sus enseñanzas. La Gran Aya no quiso preocupar a Astrid en lo que se refería a la escasa confianza que tenía en quienes rodeaban al príncipe, pero eran personas designadas por Barthazar con el apoyo de todo el Consejo y con los únicos votos en contra de Dragan y de ella misma.

Que el príncipe aprendía era evidente. La propia Astrid lo comprobaba día a día. Él, con la facilidad que tenía para comunicarse con ella, le explicaba asuntos de una naturaleza inalcanzable, teorías aprendidas con entusiasmo, comportamientos físicos imposibles de entender, las claves de la naturaleza, la astronomía o la química. Si sus preceptores resultaban ser una mala influencia para él, no lo parecía. Al contrario, daba la sensación de que se encontraba a gusto, le fascinaba aprender, avanzar, atesorar conocimiento sin ninguna pereza, salvo en la cuestión de su instrucción militar.

Era la materia castrense el único punto negro, la causa de los cambios de humor agravados por la pubertad y por su propia evolución corporal. Pasaba paulatinamente de niño a hombre y alteraba en el proceso sus propios comportamientos, cambiantes como los vientos, como la luz a lo largo del día, como el color del cielo. Astrid se lo aguantaba todo, lo comprendía en su totalidad, lo acompañaba en las risas y en los enfados, sabía calmarlo, dosificar las palabras justas, tocarle las cuerdas adecuadas para que su ruido interior se convirtiese en música.

Barthazar, cuyo empeño era adoctrinar al príncipe y domarlo atado en corto como si fuese un caballo de su cuadra, perdió el ritmo de su transformación por incapacidad propia. Estaba demasiado ocupado en amarrar la fidelidad de una parte del ejército, en establecer alianzas dudosas con el reino de Torkala, en comprar voluntades por si llegaba el caso de actuar. Incluso, estaba ocupado en trazar un plan para eliminar al príncipe cuando llegase el momento, si era necesario, obviando la última voluntad de su padre, Gabiok, justificándose a sí mismo con el argumento de que el veneno que lo mató también lo había trastornado.

Todo lo hacía con sigilo, con cierta audacia, empeñando su tiempo y sus recursos en afianzar su poder y su futuro, mientras Ariok continuaba su vida como reino y sus habitantes crecían en prosperidad casi sin darse cuenta. La ciudad se expandía, las casas se adornaban, las calles tomaban forma, en las plazas crecían los primeros árboles y se alzaban imponentes templos, y los mercados se engrandecían con la holgura de la población.

Los trabajos de construcción de la casa de Bertolomy Foix se iniciaron una mañana de suave brisa entre las risas de alegría de los obreros y del propio Bertrand, que dictaba las órdenes con precisión para que nada fallase. Lo tenía todo atado, contratados los suministros de piedra, cal, madera y hierro, acordados los sueldos a pagar a las cuadrillas, planificadas las fases de construcción si nada fallaba, ideadas las formas más eficientes de trabajar en equipo. Quería que aquel edificio sirviese como ejemplo de una nueva forma de organización, una demostración de que antes de ponerse a trabajar merecía la pena detenerse para trazar sobre un papel lo que debía hacerse y cómo debían llevarse a cabo los trabajos. Era, en esencia, la obra que había soñado desde que salió de Trimib, y no iba a fallar.

El primer problema serio se le planteó con el dinero. Había convenido con Bertolomy un anticipo para los acopios de material, para la compra de algunas herramientas y su propia manutención, pero uno de los carros se quebró mientras transportaba bloques de piedra, algunas herramientas no aguantaron la dureza del terreno y dos hombres faltaron a su trabajo por accidente.

Bertrand no tuvo más remedio que acudir a Bertolomy y plantearle el problema. Temeroso de la reacción de su cliente, esperó pacientemente a que pasara por el lugar de las obras para hablar con él, pero no apareció ni ese día ni al siguiente. Al atardecer del segundo día se complicaron las cosas debido a que Magnus no había logrado un acuerdo para la compra de cal en Torkala. La cal escaseaba en aquella zona de Ariok y los hornos más próximos estaban demasiado lejos, así que resultaba imprescindible acarrearla desde el reino vecino. Sin embargo, el exceso de demanda para la construcción de la nueva capital hizo ver a los torkalíes que estaban ante un filón extraordinario, y subieron los precios. Magnus, acostumbrado a negociar, no quiso ceder al chantaje y se negó a pagar un importe abusivo.

Algunos nobles quisieron cerrar tratos clandestinos al margen de Magnus, pero cuando se supo que las obras de sus futuras viviendas continuaban con normalidad, una comisión de vigilancia organizada por el consejero desbarató los planes de los desobedientes. Porque la idea de Magnus era no ceder, aguantar si era necesario trayendo la cal desde lugares remotos, e incluso paralizar las obras y conformarse con vivir en las condiciones en que estaban hasta ese momento, aprovechando el tiempo de espera para acopiar materiales, empedrar las calles y fabricar tejas y ladrillos con arcilla.

Algunos optaron por prescindir de la construcción con piedra y apostaron por la madera, por lo que se multiplicó la demanda de carpinteros y también subieron las ofertas por sus servicios. Varios de los que Bertrand había contratado recibieron suculentas ofertas que no estaban dispuestos a rechazar, y aunque el maestro les recordó que tenían un compromiso con él, ellos no parecieron convencidos de una obligación que suponía rechazar mayores beneficios, y le exigieron una subida de sueldo.

—¿Una subida de sueldo? —preguntó Bertrand indignado—. ¡Sabéis que a lo largo de una obra pueden darse estas circunstancias, e incluso peores! Puede ocurrir un incendio, o un accidente grave, o una falta de suministro y la paralización completa de los trabajos. ¿Y solo porque media ciudad ha decidido construir prescindiendo de la piedra y necesitan carpinteros, queréis iros? ¡Estáis rechazando una gran oportunidad! Este edificio será un ejemplo a seguir... ¿es que no alcanzáis a verlo?

—Lo único que vemos es que nos ofrecen más dinero, cuando empezamos a trabajar con vos los precios eran mucho más bajos, y aunque tenemos un acuerdo para realizar estos trabajos, no podemos rechazar una oferta que casi dobla el importe que percibiremos aquí.

Un total de cinco carpinteros de los que habían venido con Renard se mantenían firmes frente a Bertrand, que miró a su antiguo aprendiz para sopesar su reacción, pero este permanecía cabizbajo, por lo que el maestro temió que también estuviese contagiado por la codicia. Por el momento decidió no decirle nada.

—¿Y qué pasará si de pronto cambian de opinión? —preguntó intencionadamente.

—Siempre se necesitarán carpinteros —repuso uno de ellos, un hombre joven que parecía representarlos a todos, con el pelo rubio enmarañado, las cejas casi blancas, ojos azules y cara siempre sucia—. Si cambian, no volveremos aquí, pero habrá otros maestros que querrán tenernos a su lado.

La indignación de Bertrand crecía por momentos.

—Considero que me estáis traicionando, a mí y a vuestros compañeros.

El hombre rubio sonrió antes de contestar con aire de victoria:

—Nuestros compañeros piensan igual.

Bertrand, sorprendido, fijó de nuevo su mirada en Renard, que permanecía con la cabeza baja, la mirada en sus botas, con las que hurgaba en el terreno como si quisiera horadarlo. Mantenía las manos a la espalda, el aire despreocupado. Se hizo el silencio y Renard comprendió que el maestro esperaba sus palabras, así que levantó la cabeza y Bertrand se sintió muy decepcionado, pues en sus ojos resaltaba también el brillo de la ambición. Antes de que pudiera decir nada, el maestro quiso adelantarse:

—Renard, quien hoy está arriba mañana puede vivir en la indigencia y arrastrarse por el polvo, y solo una trayectoria puede medir la valía de los hombres. Díselo tú, que estoy seguro de que compartes mi opinión.

El carpintero dudó desconcertado al oír las palabras del maestro. Sus compañeros hablaron todos a la vez, enzarzados en una discusión entre ellos, mientras que Renard seguía mirando a Bertrand, arrobado.

—¡Nosotros nos vamos! —sentenció a gritos el hombre rubio—. Los que queráis quedaros hacedlo, pero no vengáis luego a pedirnos ayuda ni a lamentaros por vuestra suerte. No tenemos la culpa de que hayan subido los precios y no podemos sentirnos responsables de que el maestro Bertrand no pueda igualarnos la oferta que nos hacen en otras obras. Mi conciencia está tranquila y me voy ahora mismo.

Renard abrió la boca para decir algo, pero la cerró al instante y permaneció en absoluto silencio, agachó la cabeza de nuevo y continuó removiendo la tierra suelta a sus pies. Bertrand, con la respiración agitada y el rostro congestionado, supo tragarse la ira que le crecía en el interior.

—Continuad con vuestro trabajo, yo voy a ir a ver a Bertolomy.

Siguió los pasos de los sediciosos hasta donde se bifurcaba el camino de la salida. El hombre rubio, que lo vio venir tras ellos, se giró y lo esperó.

—Nos debes el tiempo que hemos trabajado contigo.

—Os pagaré generosamente, os lo aseguro. —Y apretó el paso en busca del representante del pueblo y de los gremios, que a esas horas estaría posiblemente merodeando por el mercado, tomando el pulso al estado de los mercaderes y los artesanos, preocupado por la crisis de precios que había acarreado la escasez de cal.

Salió del espacio vallado por el puesto de guardia, saludó a los soldados distraídamente y avanzó por la ancha avenida hasta la esquina de lo que había de ser en el futuro el edificio de la Lonja, dobló a la derecha y enfiló hacia el norte en busca de la gran plaza donde se asentaba el mercado. Nada más hacerlo se encontró ante sus ojos con una gran masa de gente merodeando ante los puestos y comprendió que la prosperidad crecía a largos pasos en aquella ciudad bendecida por los dioses.

Como había previsto, encontró fácilmente a Bertolomy, que estaba intentando calmar a varios maestros albañiles en el borde del mercado. Cada día está más gordo, pensó. El consejero iba con una túnica blanca con borde rojo y dorado, cogida con un cíngulo a juego, el pelo muy corto, la nariz sonrojada en mitad de la cara blanca. Les hablaba con autoridad pero sin aspavientos:

—Está en las mejores manos posibles, Magnus sabrá solucionarlo, os lo aseguro. Y si él no lo logra, es que no tiene solución, al menos de inmediato. Si nos vemos obligados, tendremos que explorar otras posibilidades, tened en cuenta que aquí nadie ha construido con piedra desde hace mucho tiempo, recordad que la cantera estaba abandonada... ¡hola, maestro Bertrand, buen día tengáis! —Bertrand saludó con una ligera inclinación y una leve sonrisa—. Enseguida estoy con vos.

Bertolomy continuó su discurso persuasivo ante la atenta mirada de sus interlocutores, que no parecían dispuestos a discutir sus argumentos. Mientras tanto, Bertrand se acercó a husmear en los primeros tenderetes que los mercaderes habían extendido a lo largo de la explanada del mercado. Un hombre cuyo rostro le resultó conocido estaba intentando vender unas vasijas de buena alfarería a varias mujeres que reían sus ocurrencias. Echó un vistazo al género y continuó hacia el siguiente tendal, donde se vendían frutos secos, especias, hierbas aromáticas, pimientos desecados... Miró distraídamente unas ciruelas cuya piel brillaba a la luz del sol, tomó una en sus manos y se la acercó a la cara para apreciar su aroma. Al hacerlo, cruzó su mirada con la mujer que, a su lado, se disponía a pagar su compra. La ciruela resbaló entre sus manos.

—¡Astrid...!

—Bertrand...

8

Sujetó el cartabón cuadrado en sus manos y lo mostró a los demás carpinteros que lo observaban atentamente en semicírculo, reteniendo sus explicaciones en la memoria. No es difícil, les dijo, únicamente tenéis que familiarizaros con su uso, pues para ensamblar los estribos del testero habéis de determinar el ángulo del cartabón de izgonce sujetando antes este que os muestro. Tomad un hilo o regla y arrimadla al cuadrado y que caiga sobre el estribo del testero. El ángulo resultante es el de la escuadra con que habéis de ajustar el nudillo, ¿comprendéis?

Toda la planta del edificio estaba concluida, los recios muros de piedra destacaban por la belleza de sus formas y los detalles de las esquinas, los dinteles y los balcones. Ahora, Bertrand dirigía los trabajos de la techumbre, los que le resultaban más complicados de asimilar a sus hombres. Se aseguraba de que entendiesen sus explicaciones y después transmitía otras mucho más sencillas a aprendices y carpinteros acerca de puertas y ventanas, pasamanos de las escaleras y, en definitiva, los elementos menores que terminarían por culminar una gran obra. La casa de Bertolomy ya destacaba sobre las demás y atraía miradas curiosas, y eso, pensaba Bertrand, que todavía no habían visto los techos. Sería la envidia de la ciudad, estaba seguro de ello.

La crisis de la cal se había resuelto gracias al acierto de Magnus, que había sabido tener paciencia y esperar hasta que la escasez de demanda había rebajado las pretensiones de los torkalíes. Casi de golpe habían caído los precios y Bertrand, como todos, había hecho acopio suficiente para no volver a poner en riesgo la obra. Por su parte, los canteros, albañiles y herreros habían trabajado con gran pericia y acierto, y ahora le tocaba a él.

Durante aquel tiempo en que se levantaba la casa había vuelto a ver a Astrid en diversas ocasiones, desde el día en que se reencontró con ella en el mercado. Fue una alegría y un desastre a la vez, un feliz descubrimiento y una pésima noticia, puesto que tampoco ella sabía nada de Erik, cuando en realidad era su gran esperanza. Le dijo a Bertrand que desde la noche en que se perdió en el bosque de Loz ella tampoco había vuelto a verlo nunca, que pensó que estarían juntos, padre e hijo, y demostró un gran disgusto cuando supo que desde aquella noche él tampoco había vuelto a verlo. El maestro se entristeció grandemente y ella lo consoló como pudo.

Bertrand le contó a Astrid que tenía una hija llamada Elizheva, a la que había dejado bajo los cuidados de una joven conocida como Einar. Era fruto de su unión con Elizheva, que a su vez tenía una hija del hombre que la había mantenido cautiva en el bosque de Loz. Junto a ella había bordeado las montañas del Hades hasta llegar al poblado de Trimib, primero, y a la ciudad de Trimib, después.

En aquella primera conversación en el mercado Astrid apenas le preguntó nada, no indagó en su relación con Elizheva, no le preguntó siquiera qué había sido de ella. Estaba nerviosa por el reencuentro, y apenas hablaron. Luego habían vuelto a verse y entonces sí, él le contó con mayor detalle cómo había sido su viaje hasta allí y ella le narró los desastres que había vivido y cómo había llegado ella, por pura casualidad, a servir en la corte, al lado del príncipe heredero.

No dejaba de pensar en Astrid, en su historia, en cómo perdió a su hija y a su esposo y había conseguido sobreponerse, luchar y ascender hasta verse en la mismísima corte junto a quien un día sería rey de Ariok. Tenía una sensibilidad especial, una curiosa mezcla de dulzura y valentía, como un jugo de fruta en el cual, dejado en reposo, se depositaba abajo la pulpa y quedaba arriba el líquido. Así era Astrid, líquido suave con la mirada y las palabras; pulpa áspera y sólida con los actos, un dulce de fina crema por dentro pero de dura corteza, curtida por los reveses, mas de corazón tierno.

En los últimos tiempos había tenido la posibilidad de comprobar que, además, era una mujer reservada cuando debía lealtad. Él, por pura curiosidad, le preguntaba por su vida en la corte, por dónde se alojaba, con quiénes trataba a diario, cómo era el príncipe heredero y qué relación tenía con él, pero ella apenas contaba unos cuantos detalles y al instante desviaba la conversación intentando disimular sin conseguirlo. Él no insistía, por supuesto, pues comprendía que trabajar en la corte requería discreción.

Sí le contó, con detalle, cómo habían muerto Roger, Magmalión, Renat... Lo duro que había sido atravesar las montañas del Hades, los paisajes que habían visto a lo largo de todo aquel tiempo, cómo se había erigido un monumento al viejo rey en la ciudad que habían fundado más al norte, Magmalia, en un lugar tan bello y rico que incluso llegaron a dudar si convenía continuar el viaje hacia los Grandes Lagos y dividir el pueblo de Ariok.

En cuanto a Shebaszka y su casamiento con el general Barthazar, Astrid apenas le contó nada. Fueron sus obreros los que le habían contado los detalles, cada uno a su manera, con fuertes discrepancias en cuanto a si la muerte de la reina había sido suicidio o asesinato.

—Desde entonces no ha habido más que problemas —dijo uno de los carpinteros en mitad de la conversación durante un descanso—. El general dice ser rey porque el heredero es muy joven y a él le corresponde la regencia por ser el viudo de la reina, pero lo que se sospecha es que quiere seguir siendo rey hasta que se muera.

—Los del Consejo saben atarlo en corto —terció otro.

—Todos ellos me importan un grano de trigo, no me dan de comer, ni a mí ni a mis hijos. Aquí hay tierras y no creo que padezcamos hambrunas, pero allí, en Waliria, bien que nos quejábamos mientras ellos vivían en la opulencia.

Bertrand los escuchaba atentamente. Astrid no le había contado nada semejante, por lo que daba poco crédito a sus hombres, alimentados seguramente por habladurías e imprecisiones.

—La culpa la tiene el viejo Magmalión, que murió sin hijos ni mujer ni nada. Era, digamos... afeminado, todos lo sabemos, pero podía haber hecho un esfuerzo, tampoco es para tanto, ¿verdad Jodotok?

Los hombres rieron a carcajadas. Jodotok era un hombre amanerado a quien no se le conocía relación alguna con mujeres y que, sin embargo, era sorprendido con frecuencia observando a los hombres semidesnudos, con los torsos al aire, durante las horas de trabajo. Sus compañeros se reían de él mientras negaba sus acusaciones como un despropósito.

—Magmalión tiene algunas coplillas... Os puedo cantar una.

—No, por favor... —rogó Bertrand.

—¡Dejadlo, maestro! Será divertido...

—Luego os las cantaré a vosotros. Hay otra que alude al príncipe heredero por lo de que es mudo y todo eso.

—¿Es mudo? —preguntó Bertrand con curiosidad.

—Completamente. —Uno de los carpinteros se metió en la boca un trozo de madera del tamaño de un puño, y los demás, salvo el maestro, rieron su ocurrencia.

Bertrand pensó que Astrid era muy prudente, le había ocultado que el heredero era mudo para que él no se sintiera mal acordándose de Erik. Además de prudente era una mujer muy inteligente.

—¡Venga, vamos al trabajo! —ordenó tras apurar la cerveza de su jarra.

Los hombres dedicaron el resto del día a montar armaduras, con sus tirantes, sus cuadrales y sus estribos, recibiendo de Bertrand las indicaciones acerca de cómo construir las izgonzadas y las de lima bordón, desvelándoles los secretos acerca de la geometría de las mismas, los ángulos que debían calcular, los anchos de las maderas, las alturas de los enlaces entre piezas y la forma de unirlas unas a otras.

Al atardecer despidió a los carpinteros uno por uno, deseando un buen descanso y regalando palabras de afecto para los familiares de todos ellos. Él salió el último, después de supervisarlo todo y de ordenar las herramientas, echó un postrer vistazo al trabajo y sonrió satisfecho por la labor de los hombres. Estaban trabajando bien.

Salió del recinto palaciego para dirigirse a la orilla del lago, donde se encontraría con Astrid para conversar durante la puesta de sol. Le gustaban aquellos ratos que esporádicamente compartía con ella, durante los cuales charlaban del pasado pero también del presente y del futuro, de cómo crecía la ciudad y de lo bello que era aquel lugar.

La esperó sentado en la hierba, chupeteando un tallo verde que había arrancado de una pequeña planta. El sol, camino del ocaso, se reflejaba en las aguas dejándolas como un espejo anaranjado cuya armonía era rota de vez en cuando por el salto fugaz de algún pez que dejaba ondas circulares expandiéndose hacia todos lados.

Astrid se presentó al rato, con un vestido blanco de pequeñas flores verdes y sombrero claro de paja. Venía con la tez sonrosada, caminando como si bailase sobre la hierba, danzarina y sonriente. Bertrand sintió que a medida que se acercaba le contagiaba aquel júbilo, como si ella fuese el pez y él la orilla tocada por las ondas.

—¡Buenas tardes, maestro! ¿Mucho tiempo aquí esperando?

—¡Oh, no! Desde que el sol levantó por allí... —Señaló hacia levante y ambos rieron a carcajadas. Astrid se sentó junto a él en la hierba, se quitó el sombrero dejando al aire su melena oscura y brillante y lo puso a un lado sobre un rodal de florecillas.

—Hueles a madera.

—Acabo de despedir a los hombres, trabajamos casi de sol a sol y paramos poco.

—Supongo que tenéis un plazo para terminar vuestro trabajo...

—En realidad Bertolomy no es exigente con los plazos, sino que soy yo mismo quien estoy deseando ver los techos acabados.

—Me encantaría verlos. No me hago a la idea de cómo se hace un techo y cuál es el resultado final.

—Los tengo dibujados en un papel para mis ayudantes, por lo que uno puede hacerse una idea de cómo van a quedar, aunque yo los retengo en la cabeza, cierro los ojos y solo veo estribos, limas, lazos, testeros, cartabones... Se va liberando la mente a medida que esos dibujos se hacen realidad, entonces dejan los huecos, desaparecen de aquí. —Se llevó el dedo índice a la frente—. Parece magia, pasan de aquí a la madera y ya no regresan.

Astrid lo escuchaba muy atenta, vuelta hacia él para verle la cara mientras se explicaba. Luego se fijó en sus manos, fuertes e impregnadas en barnices y colas.

—Me gustará verlo, todos hablan de la casa de Bertolomy Foix.

—Puedes ir cuando quieras, aunque me gustaría que la vieses terminada, al menos los techos de la planta baja y las estructuras bajo el tejado. Estoy realmente satisfecho del trabajo que estamos haciendo, a pesar de que me quedé sin una parte de los mejores hombres, que decidieron abandonarme durante la crisis de la cal.

—¿Qué fue de ellos?

—Algunos han vuelto a pedirme trabajo de nuevo.

—¡No los habrás acogido!

—A dos de ellos, sí. Estaban realmente arrepentidos y se disculparon ante mí y también ante sus compañeros. Admitieron que les había movido la codicia y que en ningún sitio habían aprendido tanto y se habían sentido tan a gusto como en el seno de mi cuadrilla. A los demás, no. Volvieron con altanería y exigencias, sin admitir que habían obrado mal.

Astrid se quedó pensativa, miró la luz de las aguas del lago y tomó el sombrero en sus manos haciéndolo girar como una rueda.

—¿Cómo está la pequeña Elizheva?

—Trabajo tanto que apenas la veo. Los primeros días me echaba mucho de menos, pero ahora protesta cuando voy a recogerla porque quiere quedarse con Einar y su hijo en casa de Renard. Incluso alguna noche se ha quedado allí a dormir porque han terminado convenciéndome entre todos, la niña con sus zalamerías y el matrimonio con el argumento de que los niños estaban entusiasmados con la idea de dormir juntos. Renard es un buen hombre, trabajador y honrado. Y Einar, aunque me resulta a veces reservada, también parece una buena mujer.

Astrid pensó en Lauretta, en su tragedia, en el verdadero padre del niño. Si Bertrand supiera... Ella sabía que Lauretta temía que algún día Barthazar reclamase a su hijo, ahora que su vida se había sosegado junto a Renard.

—¿Cómo está el príncipe? Me han dicho los hombres que es mudo.

Astrid se alarmó pero intentó mantener la calma.

—¡Oh! Sí, lo es de nacimiento.

—Pobre Erik, ¿te acuerdas? Perdió el habla cuando tomó conciencia de que Lizet había muerto. Y luego, en el bosque... —La voz se le quebró al recordar aquella noche lejana— no podía comunicarse conmigo, yo le gritaba, pero él no lograba decirme nada para que yo pudiese saber dónde estaba. Pobre Erik... Yo... no pude...

—¡Oh! ¡Bertrand... no te culpes, tú no pudiste hacer nada! —En un intento inconsciente de consolarlo le acarició la cara.

—¿Sabes, Astrid? Siempre me culpo. No hay noche en que no despierte sobresaltado rememorando aquellos momentos y me siento de un modo que no soy capaz de explicar. Cuando lo pienso, sé que no pude hacer nada, pero en mi interior hay una voz permanente, un sentimiento, una desazón inmensa que me grita que sí, que en cualquiera de los casos se puede hacer más. Entonces entro en un pensamiento circular, en una tortura inevitable, en una lucha entre mi razón y mis sentimientos, y vence la culpa. Siempre vence la versión en que yo soy culpable de la desaparición de mi hijo, como si no hubiese tomado las precauciones necesarias, o como si la oscuridad me hubiese hecho vulnerable a la desorientación. No sé. Es tremendamente triste y me tritura por dentro...

Astrid le puso una mano en el hombro sin ser capaz de decir nada. ¡Cuánto le gustaría decirle dónde estaba su hijo! Se le encogía el corazón, la angustia le oprimía el pecho, el fuerte deseo reprimido de desvelarle la verdad la fustigaba por dentro. Acudía a los encuentros con Bertrand porque le gustaba estar con él, pero también porque se creía obligada por el tremendo secreto que le ocultaba. Ella escuchaba sus lamentos y se martirizaba, pero sentía que al hacerlo pagaba una parte de su culpa. Se engañaba a sí misma, se aliviaba con la absurda idea de que sentirse mal en presencia de Bertrand mitigaba un tanto el daño que no podía evitar.

—¿Quieres acompañarme a recoger a Elizheva? Hoy dormiremos en el espacio que me han dejado para hacerme una casa, allá, un poco más arriba. Es un lugar bonito y ya tengo una idea aproximada de cómo será la vivienda, de piedra y madera, con amplios ventanales con vistas a los lagos. Será como la de Bertolomy pero mucho más reducida, con un pequeño espacio ante la puerta para levantar parterres y sembrar plantas con flores. En cuanto termine este trabajo me pondré a construirla para Elizheva y para mí.

—Vamos, te acompaño —le dijo Astrid sonriendo—. Me gusta ver a la niña, es muy bonita. Su madre debió de serlo también...

Anduvieron por un sendero que llevaba hasta la gran plaza donde ahora solo había montones de escombros, trozos de madera cortados y piedras esparcidas por todas partes. Giraron a la derecha para tomar la gran avenida y luego a la izquierda en busca de la casa de Renard y Einar. La luz del día se extinguía por momentos y resultaba peligroso caminar por los espacios abiertos debido a la gran cantidad de obstáculos que había por todas partes. Ni siquiera una antorcha para guiarse en la inminente oscuridad, por lo que apretaron el paso para llegar pronto a recoger a Elizheva.

Estuvieron poco tiempo en casa de sus amigos, recogieron a la niña y se dispusieron a regresar. Renard les dio una lámpara de aceite para que pudieran orientarse en la noche. Convinieron que Bertrand y su hija acompañarían a Astrid hasta la entrada del palacio y luego se encaminarían hasta el recinto donde tenían sus animales y sus pertrechos, aquel pequeño espacio que pronto sería su casa y que ahora ya era una especie de hogar al aire libre, delimitado y propio.

Cuando Astrid llegó a la zona palaciega se dirigió a su casa; tenía ganas de ver a Willem. Ahora le tocaba la otra parte, el contrapunto, el hijo. Era como un río que llevase las aguas de la montaña al mar, de Bertrand a Erik, del maestro a Willem. Anduvo con cuidado porque ya no tenía lámpara alguna, se presentó ante la puerta de su casa, donde aguardaban los centinelas, y los saludó antes de entrar, pero ellos la retuvieron.

—Tenemos órdenes de no dejar entrar a nadie.

Astrid se sorprendió.

—¿Es que el príncipe está ocupado? —preguntó.

—No se puede entrar —respondió secamente el soldado.

—¡Pero es mi casa! Quiero decir... la casa del príncipe, y yo vivo con él. Vosotros lo sabéis. ¿Qué ocurre? —preguntó Astrid con el corazón en un puño.

En ese momento se abrió la puerta y una silueta se recortó a contraluz, pero no era Willem. A Astrid no le costó reconocer al general Barthazar, que cerró la puerta a sus espaldas antes de hablar.

—¿Acaso no te han avisado? —preguntó el general.

Astrid notó cómo la paralizaba el pánico. No lograba superar lo que sentía en presencia de Barthazar, era algo que escapaba a su voluntad, una mezcla de rechazo y odio que derivaba siempre en unas tremendas ganas de verlo sufrir.

Ella negó con temor.

—¡Azzo! Explícale a esta criada que ya no vive aquí.

El criado acudió a la llamada y el general se alejó camino de su casa.

—El príncipe y el general han decidido que a partir de ahora va a vivir solo —comenzó a decir Azzo, y a Astrid se le hizo de pronto un nudo en el estómago—. Va siendo mayor, está recibiendo una formación muy completa, se relaciona ya con los nobles de Ariok, toma sus propias iniciativas, acompaña a su padre en las labores de gobierno que están a su alcance... En definitiva, ya no necesita una cuidadora. Así que tendrás que solicitar un lugar para tu propia vivienda, trabajar para poder construirla y vivir con dignidad fuera del recinto de palacio, como cualquier otra persona. El príncipe nos ha transmitido lo importante que has sido para él y lo bien que has cumplido tu cometido. —El eunuco hizo un gesto de resignación—. Además, al general le consta que eres una buena mujer, según nos ha dicho..., así que no te costará encontrar marido.

Astrid no percibió el gesto irónico de Azzo. Había poca luz, pero no lo habría hecho tampoco a plena luz del día, porque las lágrimas le habían nublado los ojos.

—Dejadme pasar, quiero hablar con Willem —dijo—. Quiero despedirme de él.

—Ahora quiere descansar. Ha tenido un día muy intenso de entrenamientos. Uno de estos hombres te acompañará fuera del recinto del palacio y a partir de mañana podrás pedir que se te asigne una parcela. Vamos, es tarde.

Un centinela dio un paso al frente hasta colocarse a su lado, pero ella no le hizo caso. Azzo había comenzado a alejarse desentendiéndose ya de Astrid, pero ella se abalanzó contra la puerta y la aporreó mientras gritaba:

—¡Willem! ¡Willem!

Los soldados la sujetaron por los brazos, Azzo se giró de nuevo y regresó hasta ella.

—¡Lleváosla! ¿Estás loca? He dicho que el príncipe está descansando. ¡Ya tendrás tiempo de verlo otro día! ¡Eres una simple criada! ¿No lo entiendes? Una maldita criada que cuidaba de un niño que ya no lo es. ¿Lo has entendido? —le preguntó gritándole al oído, y luego otra vez, aún más fuerte—: ¡¿Que si has entendido?!

Astrid asintió. Estaba temblando y las piernas se le habían

aflojado en presencia de Barthazar, se puso lívida, le castañeteaban los dientes y le vibraban los labios. En ese momento se abrió
la puerta y al otro lado apareció Willem. Cuando vio lo que sucedía dio dos palmadas para llamar la atención, luego hizo un
gesto inequívoco para que la soltaran.

—Príncipe, ya le he explicado que a partir de ahora viviréis
solo y que vuestro deseo hoy era descansar. También le he dicho
cuál es su situación a partir de mañana, pero no lo comprende.
Estas criadas que no se han formado en la corte son así... le co-
gen el gusto a esto y ya no quieren irse nunca.

Astrid miró a Willem con los ojos desorbitados, esperando
una reacción, pero el príncipe se había quedado quieto mirándola. Lo conocía sobradamente y supo de inmediato que Azzo
y Barthazar no mentían, que era cierto que quería vivir solo y
que ella acababa de ser despedida como cuidadora suya.

—Quedaos aquí esta noche —le ofreció entonces el príncipe mediante señales.

De pronto lo vio claro, ¿por qué no se había dado cuenta
antes? Tarde o temprano Willem la vería como lo que era, una
cuidadora de la infancia, alguien a quien tenía cariño pero que
ya estorbaba en su vida.

El príncipe se acercó a ella, la besó en la mejilla y la abrazó,
pero ella no correspondió ni a su beso, ni a su abrazo, ni a nada.
El ritmo de su corazón, antes agitado, se fue calmando hasta la-
tir lentamente, la respiración se le calmó, las lágrimas afloraron
silenciosas. Se apartó de Willem y miró hacia la salida de la zona
vallada. Él volvió a pedirle que se quedase allí esa noche para
que pudiesen hablar tranquilamente, pero ella no dijo nada y
comenzó a caminar sin mirar atrás, aparentemente sosegada
y tranquila.

Bertrand había recibido de Bertolomy Foix una buena suma
de dinero para hacer acopio de materiales y herramientas, pagar
los salarios de sus hombres y obtener un pequeño beneficio que
redundaría en su manutención y en el avance de las obras de su

propia casa, eso sin contar con el sostenimiento de la pequeña Elizheva y de los animales, puesto que ahora tenía un caballo, una mula y un rebaño de cabras que crecía paulatinamente. Claro que, bien mirado, obtenía de ellas leche en cantidad abundante, e incluso podía permitirse sacrificar de vez en cuando un cabrito para celebrar la festividad de Rakket o la llegada de las cosechas. Visto en su conjunto, podría decirse que Bertrand de Lis vivía holgadamente, si bien no había nadie entre todos los walirenses que pasara hambre. Ni siquiera los tullidos e incapacitados podían tener verdaderas quejas, ya que cualquiera podía solicitar una porción de terreno para cultivar cereales, hortalizas y frutales para el sostenimiento de una familia entera. No es que los considerados incapaces pudieran labrar la tierra con sus manos, sino que en su nombre había otros que obtenían doble porción de terreno y compartían luego los frutos obtenidos de la labranza, y dado que las tierras de los Grandes Lagos eran tan fértiles como jamás se habían visto otras, parecía desterrada para siempre la palabra hambre. Eso sí, como vaticinaba Dragan, no sobrevenían plagas que matasen las cosechas, pues ya se sabe que los dioses no permiten a los hombres vivir cómodamente durante demasiado tiempo.

La prosperidad que despuntaba en la nueva capital no era ajena a los mercaderes de todas partes, no solo por la abundancia de cosechas, sino porque un asentamiento tan grande, unido a la garantía de suministros, convertían el enclave en una mina inagotable. Cubiertas las necesidades primarias y establecida la circulación fluida de moneda, la gente comenzó a verse con caudales suficientes como para permitirse consumir otros bienes que nada tenían que ver con alimentos y ropajes. Así, los torkalíes aprovecharon su cercanía para introducir productos de otra índole: manufacturas de piel, cueros, tintes, tejidos de todas clases, maderas curadas, piedras preciosas, vidrios, finos espejos, alfombras, muebles, metales, útiles de labranza, armas... El mercado no hacía más que crecer. Los comerciantes ampliaban continuamente sus tendales y ofrecían productos cada vez más llamativos, haciendo que la afluencia fuese creciente y que los intercambios fueran también en aumento de día en día. Por eso no era extraño que para los walirenses el mercado se estuviese convirtiendo en un punto de encuentro ineludible.

Bertrand también aprovechaba algunos días para merodear por allí. No tenía mucho tiempo, pero consideraba su incursión entre los puestos como una oportunidad de conocer nuevas cosas y adquirir artilugios y productos que pudieran serle de utilidad en algún momento. No hacía mucho había descubierto un pigmento desconocido para él y lo estaba empleando para pintar la madera del techo de uno de los salones de la casa de Bertolomy. Y lo mismo podía decir de una gubia de extraordinaria factura que le había ofrecido un comerciante torkalí y con la que trabajaba con tanta soltura y eficacia como jamás lo había hecho antes.

Uno de aquellos días regresó al mercado con el ánimo de adquirir varias gubias idénticas a la suya para que sus más aventajados oficiales pudieran experimentar las mismas sensaciones que él y gozar de las ventajas que ofrecía la herramienta. Se dirigió al tenderete que sostenía el torkalí pero no lo halló en el sitio que había ocupado semanas atrás, y en su lugar se ofrecían ricas verduras y raíces jugosas. Y tampoco en las proximidades encontró al hombre que buscaba, sino a comerciantes de lanas, carnes, frutas y metales.

Aprovechando que se encontraba en el mercado, quiso extraer algún beneficio del tiempo de ausencia en las obras de la casa de Bertolomy, por lo que siguió husmeando bajo los toldos, asistiendo fortuitamente a regateos, transacciones, fingidos enfados y adquisiciones ventajosas. Su altura le permitía observar los puestos desde atrás cuando estaban concurridos, pues era infrecuente que nadie superase su estatura. Si quienes se agolpaban ante un género eran mujeres, accedía a ver la mercancía con suma facilidad, y si eran hombres, rara vez eran un obstáculo insalvable.

Así anduvo por todo el mercado, distraídamente, de puesto en puesto. Cuando se hallaba frente a un pequeño espacio destinado a la compra y venta de reses y caballerías, alguien le tocó el hombro desde atrás, se giró y se encontró frente a frente con un rostro que le resultó familiar. Lo observó unos instantes y, al caer en la cuenta de quién se trataba, le costó creerlo. Desastrado, con ropajes hechos jirones, sucio y enflaquecido que daba pena verlo, Ameb no conservaba ni rastro de su lustre anterior.

—Y eso es todo, querido maestro, aquí tenéis una muestra de cómo la vida cambia caprichosamente en poco tiempo, ahora vos sois quien tiene la posibilidad de ayudarme a mí. —Ameb agachó la cabeza al decir esto y Bertrand creyó percibir humedad en sus ojos justo antes de que lo hiciera—. Por eso he venido a buscaros. Habéis de saber que vuestra fama se ha extendido hasta muy lejos, y que no me hizo falta más que pronunciar vuestro nombre sin saber si os hallabais aquí o no, para que unos cabreros me hablasen de vos como de un dios.

Bertrand sonrió con incredulidad. Estaban en el deprimido campamento de Ameb, sentados en sendos cojines de seda desgastada. A su alrededor, tres hombres y siete mujeres ojerosos, demacrados, vestidos con andrajos y envueltos en moscas, los escuchaban atentamente. Unas cabras descornadas y con las ubres reabsorbidas, custodiadas por dos perros de marcados costillares, comían a boca llena en los prados junto al lago.

Ameb le había contado que había pasado por Trimib, donde Bebak lo había puesto al día de lo acaecido con Bertrand, la muerte de Elizheva y el nacimiento de la niña, el trabajo con Petok y su marcha en busca de los Grandes Lagos. También le habló de Dagne, a quien dijo haber visto hecha una jovencita hermosa como su madre.

Bertrand se estremeció al recordarla, como una pérdida lógica pero tanto más dolorosa cuanto más lejos de volver a verla nunca más. Se le desdibujaban paulatinamente sus facciones, como si se mezclase con las de otros rostros, con las de los relieves que realizaba en la madera. La había dejado siendo una niña y habría crecido tanto que apenas la reconocería ya, estaba seguro. Tal vez algún día Elizheva conocería a su hermana, ese era su deseo, pero para entonces sabía que entre ellas se habría levantado el muro de las vidas no vividas y los mundos diferentes en que habrían crecido. Esa certeza le removía el interior cuando se le presentaba nítida, desnuda y transparente.

Ameb le había narrado luego los desastres que habían sucedido en su caravana y la pobreza extrema en que se encontraba, y cómo lo único que se le había ocurrido era ir a buscarlo por ser la única persona a la que conocía.

Todo habían sido calamidades para Ameb después de perderlo de vista. En primer lugar, tuvo un desencuentro con Rerad el Negro y se vio obligado a abandonar el poblado de Trimib antes de lo previsto, con lo que no les dio tiempo a organizar su partida como era debido. Luego fueron víctimas de un asalto por parte de unos guerrilleros desconocidos que, junto a la frontera con Varkad, los habían masacrado, robado y apaleado. Fatigados, habían recalado en Trimib, donde habían establecido el campamento con el ánimo de recuperarse. Una vez rehechos, fortalecidos por el descanso y recompuesta su economía, habían partido de Trimib camino de Torkala con el objetivo de vender algunas de las mercaderías que aún conservaban y aprovisionarse para volver a hacer la ruta hacia el norte, como siempre habían hecho durante toda su vida. Al ponerse en camino, una rara epidemia se extendió por el campamento y comenzó a segar las vidas de ancianos, niños y, finalmente, jóvenes fuertes y sanos. A todos ellos les salían unas pequeñas ronchas por todo el cuerpo, acompañadas de fuertes calenturas. Los que sobrevivían, lo hacían con fuertes secuelas, frecuentemente ciegos y con los rostros picados.

Huyendo de las calamidades, algunas familias habían abandonado la caravana con sus pertenencias, y más adelante habían encontrado a todos sus miembros famélicos o incluso muertos, después de haber sido víctimas de atracos para robarles lo que de valor llevaban.

Ya no les quedaban más que unos cuantos asnos, mulas y caballos más flacos que sus dueños, no tenían gallinas ni conejos que sacrificar, y apenas tenían unos carros desvencijados e inservibles donde guardaban las mercancías que ningún ladrón había querido.

—Ni siquiera podemos vender las caballerías que nos quedan —dijo Ameb, mientras con un movimiento de cabeza señalaba a los animales—, pues en ese estado nadie las querrá. A ver si estos buenos pastos las engordan y podemos obtener por ellas un precio ventajoso que nos permita comer mientras conseguimos recuperarnos. Aunque, si os soy sincero, nunca me he visto tan hundido como ahora.

—Aunque no sé en qué modo voy a hacerlo, la vida me da la oportunidad de pagaros lo que os debo —dijo Bertrand, entristecido.

—Sí, os la da. Pero aunque no me debieseis nada, estaríamos aquí de igual modo, puesto que sois la única persona por la que podía haber preguntado en este lugar. Así que no os pido que me paguéis lo que me debéis, sino que me ayudéis.

—Decidme en qué modo puedo hacerlo.

—Aún no lo sé, maestro, pero estoy seguro de que nuestra salvación está en vuestras manos.

—Enseñadme la mercancía que aún os queda y empecemos por ver qué puede sernos de utilidad.

—No creo que os sirva.

—Mostrádmela de todos modos.

Con desgana, Ameb ordenó a dos de sus hombres que los acompañasen. Se alejaron sorteando carros destrozados y caballerías perezosas hasta llegar a un espacio donde se apilaba mercancía bajo un gran lienzo de tela raída. Ameb dio la orden a sus hombres de retirar el recubrimiento y dejaron a la vista del maestro un montón de objetos inservibles, artesanías deshechas, vidrios rotos, metales oxidados y cabos de herramientas podridos. Ameb, consciente de que lo que allí había era basura, pronunció un lamento y ordenó que se tapase de nuevo. Un poco más adelante reposaba otra pila cubierta por un tejido deshilachado que los hombres retiraron para dejar al descubierto una formidable pila de tablones de una madera que Bertrand solo había visto una vez en su vida: era la misma con la que habían esculpido la estatuilla de Borriod.

—¡Por Rakket! —se asombró al reconocerla.

—¿Os gusta? —lo escrutó Ameb con asombro.

—Es maravillosa, dura, compacta, con una veta perfecta para el trabajo que estoy realizando. —La describió el maestro mientras la observaba con detenimiento—. ¿De qué árbol proviene?

—Nogal. Se trata de un árbol desconocido aquí pero abundante en la tierra de donde vengo, árboles tan viejos como todos nosotros juntos. —Quiso abarcar a los hombres que se hallaban presentes—. O incluso más. No dispongo de grandes vigas ni pilares recios, solo pequeños tablones y troncos de escaso tamaño.

—Para mí serían perfectos... ¿Cuál es su precio?

—Luego hablaremos de eso... ¿En verdad os interesa? —Bertrand se dio cuenta de que Ameb sospechaba que, en realidad, no quería la madera pero se mostraba interesado para comprarla y ayudarlo—, no es gran cosa...

—¡Por supuesto que me interesa! Y me interesaría una cantidad mucho mayor. ¿Qué más podéis ofrecerme?

—Venid, conservo algo que puede seros útil.

El varkadí lo condujo hacia una pequeña jaima donde había varias cajas de madera, abrió una y le mostró el contenido. Bertrand no pudo remediar una enorme exclamación:

—¡Por todos los dioses! ¡Gubias como nunca había visto otras! Me quedo con todas ellas. Ameb, decidme... ¿Cuánto pedís por esta caja entera?

El mercader dudó:

—Treinta ariokíes, creo que es un precio justo.

—Treinta ariokíes..., bien, las compro todas.

Luego le mostró algunos tintes, unas cuantas lijas, pinceles y escasas ropas. Hizo acopio de todo cuanto pudo y, finalmente, echó cuentas con Ameb y le pagó el precio convenido. Sin embargo, aquello era una minucia para lo que necesitaba Ameb y no veía el modo de pagar la deuda que había contraído con él.

Bertrand no quería ausentarse por mucho tiempo de su obra, pero tenía un gran interés por buscar una solución para Ameb y su maltrecha caravana, sobre todo, saber de qué modo podía pagar lo que le debía. Así que se despidió de ellos con la promesa de volver.

El maestro se ausentó y regresó de nuevo al cabo de unas horas, acompañado por varios de los carpinteros de confianza que trabajaban con él, llevando del ronzal su caballo, su mula enganchada al carro repleto de comida, y unas cuantas cabras.

—Querido Ameb, lo que hicisteis por mí en el poblado de Trimib no se compensa ni en una mínima parte con el suministro de unas maderas, por beneficioso que sea el trato para vos. Quien realmente se beneficia de la compra soy yo, os lo aseguro, pues con esa madera y esas gubias realizaré un sueño, así que comenzaré por devolveros la mula que aún conservo, y regalaros las cabras y el carro; yo tendré ocasión de comprar lo que necesite más adelante, puesto que ganaré lo suficiente como para permitírmelo. Además, os traigo alimentos en abundancia, y estos buenos carpinteros repararán vuestros carros. Finalmente... —Bertrand se percató de que al rostro de Ameb asomaba ya una protesta, por lo que continuó sin dejarlo hablar—: Finalmente, quiero presentaros a alguien que puede ayudaros, estoy seguro. Escuchad atentamente y haced lo que os diga.

Ameb protestó definitivamente por lo que consideraba una ayuda excesiva.

—Por favor, escuchad...

9

Willem salió al exterior y se desperezó con ganas al sol, metió su mano abierta en el cabello abundante y lo echó hacia atrás para dejar la cara expuesta a la mañana brillante y luminosa, bostezó y abrió los ojos de par en par. Se había convertido en poco tiempo en un joven apuesto y, aunque él apenas lo apreciaba, quienes dejaban de verlo durante una temporada se admiraban de sus cambios. Sus músculos se habían redondeado, su tórax ensanchado se mostraba fuerte y atlético, sus piernas habían crecido hasta elevar el tronco por encima de los soldados que habitualmente lo escoltaban y una incipiente barba había asomado a su rostro. Al desperezarse estiró sus brazos y tocó con sus dedos las ramas bajas del árbol que daba sombra al tejado.

Miró a su alrededor. El día estaba bonito, las obras continuaban su ritmo, el olor a carne asada invadía todo el recinto de palacio y el humo de las hogueras encendidas por los obreros se extendía desde muy temprano hasta el lago.

Le trajeron agua y se lavó, luego vistió ropa limpia y se perfumó con esencia de lavanda antes de que llegase Alfad, el hombre que ahora lo acompañaba prácticamente durante todo el día, el encargado de su formación y de su agenda, su secretario personal, su asistente. Con él estaba ensayando una forma de comunicarse que ya había comenzado a desarrollar con Astrid, con él aprendía el funcionamiento de las rudimentarias instituciones del reino, le enseñaba a expresarse y comportarse, ordenaba el resto de las clases —historia de Ariok, plantas y animales y sus usos, astronomía, geometría...—. Alfad era un hombre que acariciaba la madurez, había servido a Magmalión y ahora se mostraba en privado favorable a las tesis de Barthazar, por eso el general sabía que era un hombre leal, alguien en quien podía confiar si había que predisponer al príncipe contra los miembros del Consejo. El preceptor, o el Alto Maestro, como era conocido en el círculo cortesano, tenía la cabeza rapada, el torso y las extremidades fuertes a pesar de no ser joven, la voz grave pero templada, los ojos azul cielo. Se expresaba con claridad, abordaba con la misma intensidad los asuntos más leves y los más espinosos, y no dudaba en dar cualquier clase de consejos al príncipe, incluso en lo referente a la más absoluta intimidad.

Varias noches atrás se había presentado con un joven alto, moreno y guapo a quien había desnudado completamente en su presencia. Luego, como si tal cosa, hizo lo propio y lo penetró ante la mirada atónita del príncipe, que vio primero cómo se besaban, luego cómo sus miembros iban poniéndose erectos y finalmente cómo el Alto Maestro se untaba el suyo con aceite y lo introducía por detrás en su acompañante en medio de los jadeos de ambos. Willem sintió su propia erección y, al finalizar, fue masturbado por ambos hombres entre tocamientos y caricias, mientras Alfad le explicaba con detalle cuál era el proceso que sufría el cuerpo hasta llegar a la eyaculación.

A la noche siguiente se presentó con dos mujeres jóvenes, de tal belleza que Willem se preguntó de dónde habrían salido, puesto que jamás había visto mujeres así en la ciudad. Las muchachas se desnudaron, Alfad se desnudó también y pidió al príncipe que hiciese lo mismo y que tomase para sí a una de ellas e intentase imitar su actuación con la otra mujer. El muchacho eligió a la más joven, una morena de ojos verdes, bellas facciones, grandes pechos y amplias caderas, cuya piel brillaba a la luz de las lámparas como untada en aceites. Ella se le acercó con desparpajo, se arrodilló ante él y comenzó a lamer su miembro. Willem se estremeció en un primer momento, pero luego tragó saliva y comenzó a morderse el labio, a gemir lentamente, a sentir que una sensación de extremo placer le recorría el cuerpo. Sintió su miembro crecer en la boca de la joven mientras ella lo introducía hasta lo más profundo de su garganta, lo presionaba con sus labios en un movimiento rítmico, suave y húmedo. Cuando consideró que el príncipe estaba preparado, se puso en pie y lo besó mientras lo acariciaba; él se dejaba llevar como un pasmarote. Entonces ella tomó sus manos y las llevó a sus pechos para que los acariciase, luego a su sexo, a sus glúteos, a sus muslos... Él comenzó a hacerlo de forma autónoma, poco a poco, mientras miraba por encima del hombro cómo el Alto Maestro estaba penetrando ya con firmeza a la otra mujer, que jadeaba y se arqueaba bajo su cuerpo, ambos tumbados en un jergón en el suelo. La visión del maestro fornicando con la muchacha hizo que su excitación aumentase al mismo ritmo que sus caricias, hasta que su acompañante comenzó a respirar agitadamente, a chuparle la piel por todas partes, a agarrarle el miembro e intentar introducírselo con desesperación. Entonces él la tumbó en el otro jergón y la penetró con tantas ganas como poca destreza, en apenas un instante, en el efímero tiempo que transcurrió hasta su éxtasis.

No supo cómo había ocurrido hasta que al día siguiente Alfad se lo explicó entre carcajadas, especialmente cuando recordó ante el príncipe que había penetrado también a la segunda de las mujeres porque había quedado insatisfecha después de fornicar con él. El príncipe no alcanzó a comprender las palabras de su instructor hasta algún tiempo después, y entonces la mera rememoración de aquella noche lo hizo avergonzarse y detestar a Alfad por haberlo introducido tan torpemente en las artes amatorias.

Después de aquel día el Alto Maestro continuó con la explicación de otros órganos del cuerpo humano, con sus funciones esenciales y las principales formas de curación de las enfermedades. En mitad de las lecciones hizo traer a un médico para que diese unas clases magistrales al príncipe, como hacía en cada una de las materias que enseñaba.

A Willem le fascinaban las lecciones que recibía, su aprendizaje paulatino y eficaz, el descubrimiento del mundo, los secretos de la naturaleza, los misterios contenidos en los libros a los que tenía acceso, el conocimiento atesorado por los más mayores. Nada parecía tener fin; siempre podía aprenderse algo nuevo. La sabiduría era un pozo inagotable, amplio como el cielo, inabarcable, y a medida que avanzaba su aprendizaje crecían sus ansias de conocimiento, su interés por adentrarse en cada materia, como si se tratase de universos inexplorados e infinitos, imposibles de recorrer al completo, senderos que siempre continuaban, se bifurcaban, se perdían en el horizonte dejando a su paso la dosis justa de elixir para hechizarlo, atraparlo y llevarlo a desear siempre más.

Seducido por la ambición de conocimiento —y también distraído por el descubrimiento de las pasiones carnales y de las diversiones mundanas de una vida licenciosa— no echó de menos a Astrid, que había pasado de pronto de realidad a recuerdo, una reminiscencia de la infancia recién dejada atrás, la cariñosa presencia sacrificada necesariamente, sin remordimientos, apartada de él con la justicia de su propia evolución.

Alfad llegó a media mañana, luciendo con pulcritud vestimenta y sonrisa, con la alegría de quien se muestra abiertamente feliz sin tener que pregonarlo. Había en él, siempre, una suerte de energía cautivadora, un sobresaliente encanto que arrastraba al resto con el impulso invisible de su halo. Saludó a Willem con una inclinación, se frotó las manos y, mirando a su alrededor antes de fijar sus ojos azules en él, le anunció las actividades que había programado para ese día.

—Bien, querido príncipe. Ayer hablamos de la organización social, de la estructura en estratos o en clases, de la manera en que se agrupan los gremios en defensa de sus intereses, pero también como garantía de un correcto funcionamiento dentro del gobierno del Estado. Todo aquel que tiene algo que ofrecer, ya sea una mercadería o un servicio, se agrupa con los de su mismo interés, redactan sus propias normas y regulan el ejercicio de su oficio en beneficio propio, pero también pensando en el bien de toda la sociedad, que a su vez deposita su confianza en ellos con mayor intensidad cuanto mayor sea el grado de organización que demuestran al pueblo. ¿Me seguís?

Willem asintió.

—Imaginad que yo me presentase ante vos con descuido, con mis ropas hechas harapos, suciedad en rostro, pies y manos, maloliente, más parecido a un animal que a un hombre. Decidme con absoluta sinceridad si daríais el mismo crédito a mis palabras o, por el contrario, os predispondríais contra mí aun sin pretenderlo.

El príncipe, que llevaba colgada una pequeña pizarra, escribió que, una vez conocido su conocimiento y su forma de pensar, tanto le daría su presencia física.

—Bien. Estáis presuponiendo que ya me conocéis y que valoráis en mí la forma en que expongo mis lecciones u organizo vuestras actividades, por lo que alcanzáis a verme como lo que hago y no como lo que soy a vuestros ojos. Imaginad, sin embargo, que mañana os muestro a un nuevo maestro, a alguien que pretende enseñaros nociones de dibujo y arquitectura, y este se presenta ante vos del modo en que os he descrito antes, ¿no os resultaría, visto al pronto, menos apropiado que si se presentase ante vos recién aseado y con ropas limpias?

Willem dudó.

—Reconoced al menos que la idea que una persona tiene de otra en un primer instante está influida, de un modo u otro, por la imagen que percibe de él. En cualquier caso... —Quiso resolver al fin— lo que quería deciros es que desde que llegamos a los Grandes Lagos los gremios han vuelto a organizarse de la manera en que estaban en Waliria. Tal vez os convenga saber que cada artesano tiene un grado de conocimiento que es reconocido por los que saben más que él, de manera que cada oficio regula el modo de acreditar la pericia y la experiencia de un individuo para ocupar un rango concreto dentro de su especialidad. Eso, como podéis imaginar, da lugar a los intrusismos y a la defensa que el propio gremio hace frente a la ilegitimidad de quienes se hacen pasar por lo que no son.

Willem asintió y luego escribió en su pizarra:

—¿Quién se encarga de otorgar las categorías y qué categorías existen?

—Para cada oficio existen los jueces, los jurados que deciden cómo ha de ser el examen que tiene que superar cada artesano para que le sea otorgada la categoría pertinente, empezando por los aprendices y terminando por el maestro. Por encima de todos ellos existe una persona capaz de designar a los jueces y de decidir en caso de litigio, que es el representante de los gremios en el consejo real. Actualmente, el cargo lo ocupa el señor Bertolomy Foix, el viejo mercader. En fin, lo conocéis sobradamente, por lo que no sé por qué os hablo de él como si solo yo lo conociese.

El príncipe sonrió mientras asentía. Claro que conocía al bueno de Bertolomy. Aunque no tenía con él un trato tan cercano como con Dragan o la Gran Aya, el representante del pueblo y de los gremios siempre le resultaba accesible y conciliador. Un buen consejero.

—Hoy visitaremos su nueva casa, aún no concluida, pero que según quienes la han visto será un referente en la arquitectura de esta ciudad. Ha tenido el acierto de contratar al mejor grupo de artesanos de todo Ariok, dirigido por un maestro tremendamente reconocido y que ha sido nombrado por el propio Bertolomy como juez para el reconocimiento de los diferentes grados de pericia que os he explicado. Al parecer, están haciendo en su casa un trabajo digno de admiración, así que iremos a visitarla. Nos acompañará Garabak, el único arquitecto superviviente de Waliria, que ha participado en el diseño del edificio junto al maestro carpintero. Por cierto, Garabak será quien os enseñe las nociones sobre arquitectura que os tengo reservadas. No tiene mucho tiempo, porque el general Barthazar le ha encomendado que forme a nuevos arquitectos ante el miedo de quedarnos sin ninguno, pero con vos hará una excepción.

—Pensaba que el mejor grupo de artesanos de todo Ariok trabajaba en las obras del palacio —escribió Willem.

—Eso pensaba yo también y, al parecer, el general Barthazar. Pero no cometáis la imprudencia de decirlo en su presencia, porque creo que este hecho lo ha predispuesto contra Bertolomy Foix, quien se defiende diciendo que él contrató a sus artesanos después de comenzadas las obras del palacio, y que si pudo hacerlo fue precisamente porque los que ahora son considerados los mejores no habían sido contratados por el general para las obras palaciegas. Sea como fuere, se han lanzado acusaciones mutuas y el señor Foix lleva las de perder, os lo aseguro, porque si hay algo que no soporta el general es la deslealtad.

Willem se quedó pensativo. ¿Qué deslealtad cabía en el desacierto de no contratar a los que después consideras mejores que los tuyos? Tenía que reconocer que el escaso interés que tenía en un principio por conocer la casa de Bertolomy se había tornado ahora, conocida la polémica, en verdadero deseo, tal vez porque tendía a solidarizarse con las causas más llanas, las grandes historias protagonizadas por pequeños hombres, los que a sus ojos adquirían de pronto la categoría de héroes sin necesidad de conocer sus nombres.

El príncipe terminó de vestirse, calzó sus botas de mejor cuero y salió en compañía de Alfad y de dos soldados hacia el lugar donde se levantaba el nuevo edificio a cuyas puertas esperaban Bertolomy y Garabak para servirle de guías. Por fuera era una bonita vivienda de dos plantas en piedra y madera, rematada con un techo de pizarra del que sobresalía una cornisa sostenida en apariencia por ménsulas que representaban deidades relacionadas con los más representativos gremios y oficios. En vertical, varias chimeneas adornaban el conjunto obligando al observador a elevar la mirada al cielo, momento en el que el contraste con los colores del tejado producía una bonita sensación de armonía.

La piedra de la fachada era de excelente calidad, explicó Garabak, elegida conjuntamente por el maestro cantero y por el encargado de las obras, y estaba colocada de manera que al contemplarla fijamente no parecía diferenciarse de ninguna otra, pero si se miraba el conjunto, sin mirar a ningún lugar concreto de la fachada, parecía formar un extraño dibujo semejante a una flor silvestre, puesto que habían dispuesto los bloques en función de sus tonalidades y aprovechando las vetas de la piedra para conformar lo más parecido a un mosaico. El resultado era realmente espectacular.

—Vayamos al interior —sugirió Garabak—, hemos elegido el día de hoy para la visita porque no hay obreros trabajando, si no sería casi imposible moverse con tranquilidad por el edificio.

—¿Por qué no hay obreros trabajando hoy? —preguntó Alfad.

—¡Porque es el día de la consagración del templo! —exclamó Bertolomy con incredulidad—. ¿Cómo podéis olvidar algo así?

—¡Claro, no he relacionado ambas cosas! —Alfad se sintió incómodo. En realidad, no era un hombre especialmente devoto pero intentaba disimularlo de la mejor forma posible. Willem, sin embargo, lo miró con reprensión. Estaba seguro de que a Astrid no se le habría pasado algo así.

—Pero aún tenemos tiempo, será hacia el mediodía, así que podremos ver todo el edificio y luego irnos a la ofrenda a Rakket —sugirió el anfitrión—. Entremos.

Al acceder al interior Willem experimentó, en primer lugar, un frescor confortable y un aroma a madera casi adormecedor. Se trataba de una estancia amplia y luminosa, con ventanas al jardín y una gran chimenea al fondo enmarcada en granito y madera que le llamó especialmente la atención.

—¿Os gusta, príncipe? —preguntó Garabak al comprobar que se sentía atraído por ella—. Es realmente bonita y original...

Willem escribió en su pizarra:

—¿Para qué sirve?

Bertolomy y Alfad se miraron, no habían caído en la cuenta de que Willem no había visto jamás una chimenea. Había salido de la infancia al mundo exterior de los recuerdos mientras viajaba en un carromato o vivía en casas provisionales de mala factura, y no podía traer a su memoria casa alguna de Waliria porque la ciudad fue arrasada por el terremoto cuando aún era demasiado pequeño para guardarla en sus recuerdos.

—Disculpad, mi príncipe —se excusó Alfad—, debí explicaros antes las partes de que se compone una vivienda. Esto es una chimenea y está pensada para calentar la estancia y calentarse las personas que se aproximan a ella, pero también para cocinar. Aquí se enciende el fuego —explicó señalando el hogar— y por aquí salen los humos. Las cenizas son recogidas bajo esta rejilla metálica al día siguiente y vuelve a encenderse una hoguera. También puede cocinarse en ella, como os decía, colgando aquí los calderos... Eso sí, no siempre son así, esta es posiblemente la chimenea más bonita que he visto en mi vida.

—Gracias, Alto Maestro... —agradeció con satisfacción Bertolomy—, he confiado ciegamente en los artesanos y he acertado, lo confieso, puesto que jamás imaginé que resultase una casa tan acogedora y bella a la vez.

En un lateral había una escalera de piedra con un pasamanos de madera oscura labrada. Willem se acercó a tocarlo y se deleitó con su contemplación, era una obra de arte que reflejaba una especie de historia que arrancaba en la parte baja de la escala y que ascendía a medida que se subía por los peldaños.

—¿Os gusta? Es un cuento o algo así... —dijo Bertolomy mientras Garabak explicaba a Alfad algo relacionado con la chimenea.

Willem observó el labrado con detenimiento y comprendió enseguida que se trataba de una alegoría de la acción de los dioses sobre el pueblo de Ariok, una historia que había aprendido del acompañante de Dragan, designado para enseñarle los entresijos de las sagradas tradiciones. Era una alegoría, sí, pero sobre todo era la obra de un genio.

—Ahora mirad hacia arriba, nada es comparable a estos techos —sugirió Garabak.

Levantaron sus ojos y quedaron boquiabiertos. El techo era completamente de madera esculpida formando los más maravillosos dibujos que jamás habían visto. Resultaba imposible admirarlo en un solo instante y su contemplación requería mucho más tiempo del que uno era capaz de forzar el cuello en el empeño de descubrirlo por completo.

—Nada comparable con la planta alta, os lo aseguro. Subamos —los animó Bertolomy—, veréis qué maravilla, y eso que aún no está concluida; es un trabajo minucioso que requiere la dedicación de los artesanos durante muchas horas. En realidad, aún no he sido capaz de comprender cuál es el beneficio de estos hombres, puesto que cuando encargué esta obra lo hice por el precio de una vivienda bonita y bien construida, pero muy alejada del ornamento y las maravillas que contiene. Tengo que reconocer que ahora, visto el resultado, no me habría extrañado que me hubiese costado cinco veces lo que voy a pagar por ella.

Willem estaba realmente asombrado. No alcanzaba a comprender en su justo término cuál era la dificultad exacta de realizar aquel trabajo, pero sí era capaz de valorar su belleza. De pronto tuvo ganas de ver trabajar a aquellos hombres, comprender cómo se labraba la madera y cómo podían colocarse aquellos techos sin que se desprendiesen del todo. Si Barthazar no había sabido valorarlos, él los reclamaría para los trabajos de sus aposentos.

—Fijaos en la estructura de madera que parte de allí y soporta todo el tejado, es absolutamente sorprendente...

—Lo sorprendente es que os sorprenda a vos, que sois arquitecto —dijo Alfad.

—En Waliria jamás se llegó a construir así. Esta estructura de madera es excepcionalmente ingeniosa y precisa, un secreto de la geometría, muy avanzada para nuestros conocimientos. He de admitir que yo he aprendido tanto de los carpinteros en esta obra como aprendí de mis maestros en lo referente a la construcción en piedra.

—Os honra reconocerlo, maestro —reconoció Bertolomy.

—Cuando uno se hace viejo admite de mejor grado lo que le enseñan los más jóvenes, y yo no tengo ningún motivo para no hacerlo. Jamás había visto algo semejante y desconfié en un principio de la solidez de esa estructura, hasta que lo vi con mis propios ojos. Su equilibrio y robustez conjugados con la belleza y calidez de la madera hacen de ese tejado una pieza única jamás vista. He hecho venir aquí a todos mis alumnos y a los constructores de palacio, pero nadie parece comprender con claridad lo que ha realizado aquí el maestro carpintero. Así que le he propuesto que enseñemos conjuntamente lo referente a la construcción con madera, ya que no parece haber nadie como él en toda la ciudad.

—Estoy tremendamente asombrado.

—Y mirad los techos...

Si los de la planta baja eran de una imaginación desbordante, los del piso de arriba eran absolutamente inalcanzables. Una serie de lazos y figuras adornaban las estancias con una policromía natural que dotaba al conjunto de una extraordinaria belleza. Se quedaron en silencio mientras lo contemplaban.

—Aún falta terminar toda la parte de los dormitorios y la biblioteca, pero ya van bastante avanzados —admitió Bertolomy—. Desde que comprendí la dificultad de su obra he dejado de pedir explicaciones sobre plazos, puesto que si hay algo que deseo sobre todas las cosas es que el trabajo culmine con la misma precisión con que se ha desarrollado hasta ahora.

—Increíble —escribió el príncipe, que escatimaba en palabras, trazando sobre su pizarra las estrictamente necesarias para hacerse entender—. Quiero hagan techos mis estancias palacio.

Bertolomy pareció pensarlo durante un momento.

—Bueno... resulta que el general Barthazar, que también ha tenido ocasión de verlo, quiere que estos hombres hagan las suyas, así que supongo que tendréis que hablarlo con él.

Willem sopesó aquellas palabras. Si todo salía según lo previsto, los aposentos de Bartha acabarían siendo suyos, aunque sabía que el general no cedería fácilmente. Volvió a mirar hacia arriba intentando descifrar el significado de las representaciones del techo y se dejó llevar por las formas geométricas, por los pigmentos de las maderas y el suave olor que ocupaba toda la estancia. Se dijo que no querría vivir en sitio alguno sino en aquel donde cada noche, desde su cama, pudiese contemplar una belleza semejante.

La plaza mostraba ya un aspecto festivo a aquella hora, los carros cargados de frutas se habían dispuesto en torno al recinto ocupado por nobles, militares, artesanos y, sobre todo, campesinos con sus familias, tanto ariokíes como aquellos que ocupaban desde hacía décadas la franja común al reino de Magmalión y de Danebod, los que habían cultivado las tierras y regado los huertos dotándolos de pozos, albercas y acequias. Algunos llevaban gallinas en jaulas de madera, otros conejos y perdices recién capturados colgando de un aro, o peces del lago atados con juncos, mieles de mil flores, llamativas especias y olorosos perfumes. Comenzaban a verse ropajes recién tejidos, buenas lanas, rollos de lino y calzado de cuero de excelente manufactura. Lo que debía ser una fiesta religiosa en honor a Rakket, se había convertido improvisadamente en un mercado.

El príncipe llegó junto a Bertolomy, Alfad y Garabak, escoltado por cuatro soldados de la guarnición de palacio. Las gentes, al verlo llegar, prorrumpieron en un sonoro aplauso a la vez que un griterío ensordecedor coreaba su nombre: ¡Willem! ¡Willem!

Los soldados intentaban mantener alejada a la muchedumbre, pero a él le gustaba mezclarse con la gente, sentir el calor del pueblo, escucharlos de cerca, percibir casi sus alientos y el cálido tacto de quienes se arriesgaban a acercarse tanto como para tocarlo. Los guardias lograban abrir a duras penas un angosto pasillo entre el gentío para llevarlo hasta el atrio del templo, donde Dragan tenía ya todo preparado para el gran sacrificio y la consagración del primer templo de la nueva ciudad. Lo vio a lo lejos, el sacerdote con su ayudante, la Gran Aya vestida como siempre de blanco y negro, su primo Roger hecho todo un militar de alta graduación, Magnus junto a su esposa y sus hijos mayores, todos los nobles de la ciudad luciendo sus armas en torno al altar. Faltaba Barthazar.

Pensó en Roger, con quien apenas había jugado durante todos aquellos años por la diferencia de edad mitigada ahora por el crecimiento de ambos. Su primo se había sumergido siempre en un duro adiestramiento militar, le gustaban las armas, se sometía por propia voluntad a terribles entrenamientos, era un consumado jinete y, según decían los mayores, un vivo calco de su difunto padre.

Willem volvió a mirar en derredor, estrechando la mano a todo aquel que podía, regalando sonrisas, moviendo la cabeza de arriba abajo en correspondencia y agradecimiento a las muestras de cariño de los ariokíes. Le pareció ver a Astrid entre la gente, pero fue una imagen fugaz perdida de inmediato entre otras miles. Algunos padres sostenían a sus niños a hombros para que lo viesen, le ofrecían cabritos, corderos, liebres, capones y palomas por encima de las cabezas de los soldados, y él declinaba los cumplidos agradeciéndolos como si los hubiese tomado para sí.

Se oyeron a sus espaldas unos cascos de caballos. Barthazar y sus coroneles se abrían paso a fuerza de generar miedo con sus cabalgaduras, aunque su querido caballo tenía los minutos contados. El gran sacrifico a Rakket era una ofrenda del general, que quería consagrar el templo grabando su propio nombre en un lugar destacado, porque Barthazar era un hombre temeroso de la divinidad, que creía en la brujería y en las maldiciones, y que estaba dispuesto a cualquier cosa con tal de aplacar la ira de los dioses y predisponerlos a su favor del modo en que fuese necesario. Por eso siempre había temido a la Gran Aya, con quien apenas osaba enfrentarse; y otro tanto podía decir de Dragan. E incluso cada vez estaba más convencido de que el propio Willem había salvado la vida milagrosamente al despeñarse aquel carro porque los dioses lo protegían de algún modo. Así que no había mayor sacrificio para él que entregar su propio caballo, un corcel inigualable con el que había convivido desde que se lo apropiase a la muerte de Roger, un ejemplar magnífico, brioso y noble a más no poder. El príncipe lo vio venir y se fijó en el animal: hollares húmedos, pelo brillante, crines largas, movimientos ágiles y armoniosos. Pensó que en lugar de sacrificarlo, Barthazar debería devolvérselo a su primo Roger, pero lo sentía tan suyo que jamás se le habría pasado por la imaginación un gesto tan justo y apropiado.

La gente abrió ahora un pasillo mucho más amplio y Barthazar avanzó hasta el altar justo cuando Willem y Bertolomy accedieron al rectángulo custodiado por los guardias en torno al punto donde tendría lugar el sacrificio.

El general desmontó, palmeó al caballo en el cuello y en la grupa y le dio la espalda visiblemente conmovido antes de ocupar su lugar frente al altar, de cara al templo cuyas columnas de granito soportaban un frontón de entablamento esculpido con el nombre de los principales dioses adorados en Ariok.

Cuando Willem ocupó su lugar, Dragan miró a la Gran Aya y esta asintió. Sin esperar el consentimiento ni de Barthazar ni del príncipe, con la ayuda de su fiel acompañante, el gran sacerdote comenzó la consagración del templo y el ritual de sacrificio del animal cuya vida entregarían ese día a Rakket.

—¡Oh, Rakket! Te invocamos y te pedimos que te reúnas hoy con nosotros y recibas nuestro regalo como un testimonio del amor que te profesamos, y acojas de buen grado el sacrificio que hoy hacemos en tu honor con motivo de la consagración de este templo que te dedicamos y donde desde hoy podremos reunirnos contigo para hacerte partícipe de nuestra entrega como pueblo. Aquí, ¡oh dios Rakket!, vendremos a rogar tu ayuda y que no te apartes nunca de nosotros y nos guíes siempre en la conducta que te sea agradable para que jamás, por los siglos de los siglos, te defraudemos.

»¡Oh, Rakket, dios de todos los dioses! ¡Te invocamos a ti y te rogamos que acudas en nuestra ayuda siempre y nos envíes a Trok, dios del amor; a Pidek, dios de la carne; Livrad, dios de la salud; Deva, diosa de los campos; Ridak, diosa de la fertilidad...! ¡Y tú, gran rey Magmalión, alcanzada ya tu condición de deidad después de tu muerte, intercede por nosotros ante el todopoderoso Rakket para que nunca nos abandone, y no permitas nunca jamás que tu pueblo se aparte de la senda de la divinidad a la que hoy invocamos!

»¡Escuchad, pueblo de Ariok! —Dragan se volvió ahora a la muchedumbre—, ¡entregad vuestro corazón a la magnanimidad de Rakket, ofrecedle vuestra sangre si fuese necesario, invocad su favor en beneficio del pueblo y hacedle cuantas ofrendas estén en vuestras manos! ¡Por él conservaréis la virtud en vuestros hijos y la sana esperanza de una larga vida para ellos! ¡No desfallezcáis en vuestra entrega, venid a este templo que hoy consagramos y ofreceos a Rakket porque él sabrá recompensaros!

La voz de Dragan era cada vez más potente y grave, como si en realidad no pudiese salir de un cuerpo como el suyo. La gente se sobrecogía al escucharlo, y a medida que elevaba la voz crecía también la expectación con que lo miraban.

—¡Oh, Rakket, dios de todos los dioses, sé propicio a nuestras peticiones y reúnete con nosotros en este templo que hoy consagramos! ¡Tomad! ¡Tomad! ¡¡Tomad!! —Dragan levantó una gran espada en sus manos, la elevó al cielo mientras gritaba y al fin la dejó caer con fuerza sobrenatural hundiéndola en el caballo, que se desplomó al instante fulminantemente muerto—. ¡¡Este es vuestro sacrificio!! ¡¡¡Este es vuestro sacrificio!!!

El gran sacerdote parecía enloquecido, sacó la espada y con ella cortó el cuello de cuajo, luego hizo grandes cortes en el abdomen y extrajo el corazón del caballo con sus manos ensangrentadas llevándoselo a la cara y frotándose luego con él por todas partes mientras seguía gritando como poseído:

—¡¡Venid, Rakket!! ¡¡Favoreced a vuestro pueblo!! ¡¡Ariok es vuestra!! ¡¡Vuestra!! ¡¡¡Vuestra!!! —Y, diciendo esto, se desvaneció y cayó al suelo, exhausto.

Barthazar apartó la mirada y disimuló su turbación al ver a su caballo destripado por completo. Incapaz de odiar al dios Rakket, odió un poco más a Dragan a partir de ese momento.

La multitud se disolvió igual que se había congregado, los carros se apartaron de la plaza, las mercancías cambiaron de manos y fueron a parar a las bodegas de las casas, la cerveza cayó en los estómagos agradecidos y el poco vino que quedó tras la fiesta se consumió en las tabernas que ya afloraban en la ciudad como las setas en las tierras frescas al norte de los lagos.

Bertrand fue al encuentro de Astrid porque hacía varios días que quería hablar con ella, enterado de que aguardaba a que alguien le ayudase con su nueva vida fuera de la corte. La buscó por todas partes hasta que se le ocurrió que tal vez había acudido tras la consagración del templo a casa de Einar y Renard, donde él mismo tenía que ir a recoger a Elizheva. Salvo durante la ceremonia, había estado todo el día empeñado en la construcción de su propia casa, puesto que en los días de trabajo le resultaba imposible dedicarse a tan necesaria tarea.

Cuando se dirigía a casa de Renard, se encontró de frente con Ameb, que venía acompañado, como solía, por varios de sus hombres y algunas de sus mujeres que los seguían a unos pasos. El mercader, con el semblante risueño, abrió los brazos unos pasos antes de llegar a su altura, y lo abrazó amistosamente.

—Querido Bertrand, os he buscado por todas partes.

Bertrand apreció enseguida sus finos ropajes, el turbante de fina seda, un rico anillo de oro y una espada arqueada que brillaba en su cintura, todo ello en contraste con la piel broncínea y los dientes blanquísimos con que adornaba su espléndida sonrisa. Las cosas estaban cambiando.

—Nuestro plan está resultando.

—¡Desde luego que sí! Y no sabré cómo agradeceros esto.

—¿Vos? Creo que aún no he satisfecho ni la mitad de mi deuda. Yo era un esclavo y comprasteis mi libertad. Nada hay parecido a eso. Yo solo os he puesto en contacto con el señor Magnus y vos, con vuestra habilidad de mercader experimentado, habéis satisfecho sus necesidades suministrando lo que esta ciudad necesita, comprando a buen precio y vendiendo a buen precio, sin dejar de obtener suculentos beneficios. Os admiro.

—Este lugar está llamado a convertirse en el mayor centro de intercambios de cuantos se conocen. La cercanía con Torkala, la abundancia de sus cosechas, las generosas carnes de sus ganados y la calidad de todo cuanto la tierra regala a sus habitantes, dotan a la ciudad de un atractivo inmenso, maestro. —Ameb miró a su alrededor y con los brazos abiertos hizo un gesto con el que quería expresar que todo cuanto abarcaba su visión era un signo de prosperidad—. Pero todo eso no lo habría conseguido sin vuestra ayuda. Estábamos al borde de la muerte. Estos hombres y estas mujeres os están tan agradecidos como yo.

Bertrand asintió despacio.

—No sabéis lo que decís. Vos me prestasteis ayuda sin saber si os la podríais cobrar algún día. Yo estaba en deuda, sin embargo. Pero, si aun así creéis que he sido generoso, me alegro, puesto que significa que estáis feliz y que consideráis que os habéis sobrepuesto a una dificultad. Yo también soy feliz al saberlo.

—Tenéis un gran corazón, además de ser un magnífico maestro. Cuanta más gente conozco aquí, más halagos oigo a vuestro trabajo. Estoy seguro de que sois el mejor artesano de toda esta gran ciudad que se ha dado en llamar Barthalia. No os faltará trabajo.

—No hay carpinteros suficientes para cubrir todos los encargos. Yo mismo me exprimo en jornadas interminables y trabajo como el que más, incluso con mayor intensidad que algunos de mis aprendices. Salgo de mi casa cuando aún es de noche y regreso más tarde que cualquiera de los carpinteros que trabajan conmigo, y aun así me falta tiempo...

—Pero no tenéis por qué trabajar tanto...

—Vivimos tiempos de paz y prosperidad, pero no sabemos si en cualquier momento puede sobrevenir una crisis. No hace mucho hemos vivido una carencia absoluta de cal que impidió continuar las obras en piedra.

—Con lo cual, aumentaron los trabajos en madera, no podéis quejaros.

—Aunque toda la ciudad se construyese en madera, no tengo más horas para trabajar, así que no obtendría mayor beneficio con un aumento de la demanda de maestros carpinteros.

—Yo creo que sí. Vos no debéis cobrar por las horas que trabajáis, pues en realidad no debéis obtener un beneficio por lo que hacéis, o no exclusivamente por esa razón, sino fundamentalmente por lo que sabéis. Son vuestros conocimientos los que os hacen único, los que han de proporcionaros los caudales, la gran ventaja que poseéis frente al resto de los carpinteros que pueden trabajar las mismas horas que vos, y de hecho lo hacen.

Bertrand pareció recapacitar, las palabras de Ameb estaban cargadas de acierto.

—Tal vez sea así, pero aunque lo sea, ¿podría dejar de trabajar? Hago el trabajo más complicado, lo que apenas pueden hacer otros.

—Perfecto, haced lo más difícil y enseñad a hacer el resto a vuestros ayudantes, y no habrá nadie en todo el reino que pueda alcanzaros jamás.

Bertrand asintió con una sonrisa.

—¿Seguiréis comerciando con Torkala? Necesito esa madera de nogal y os la pagaré a buen precio.

—Sí, no os preocupéis, habrá quien os la proporcione en mi nombre por el importe que hemos convenido, pero yo ahora me ausentaré durante algún tiempo, puesto que queremos reabrir la ruta hacia el norte. Además, Magnus está muy satisfecho con nuestra participación en el suministro de cal y en los intercambios de moneda, por lo que nos ha hecho algunos encargos que merecen la pena. Además, mucha de la mercancía que llevo tiene que ser vendida para que nuestro negocio no quede estancado. Mas sabéis que volveré y que volveremos a vernos, pues este lugar se me antoja tan interesante que no descarto asentarme aquí y dirigir mis caravanas desde la tranquilidad de una casa mirando al lago. Vendré, compraré una tierra donde vivir y os pediré que construyáis un hogar para mí y para mi familia, maestro.

—Sería un tremendo honor, amigo Ameb. Volved pronto.

Se fundieron en un cálido abrazo, un gesto de sincera amistad, envuelto en el deseo de volver a verse y cumplir el sueño de Ameb de dejar que el resto de su vida fuese una contemplación tranquila de las aguas doradas del lago. Pero aquel abrazo sería el último que se darían y aquella la última vez en que las sonrisas de ambos brillasen a la luz intensa de las mañanas del sur.

Astrid estaba en casa de Renard quejándose ante Einar de cómo había cambiado su vida. Ante ella se confesaba abiertamente decepcionada por la actitud de Willem, puesto que a nadie más que a él podía reprochar nada. Barthazar no iba a ser condescendiente con ella, y ella tampoco querría que lo fuera por nada del mundo; pero Willem se había criado a su lado, ella le había dado calor, lo había cuidado, lo había protegido aun a costa de su propio sufrimiento durante los años en que habían vagado por las tierras de Ariok desde Waliria hasta los Grandes Lagos. Y ahora... No esperaba grandes gestos e incluso comprendía que quisiera tener independencia y prepararse para ser rey, pero le dolía la forma en que lo había hecho, sin contemplaciones, como si la hubiese amputado de golpe y se hubiese sentido liberado sin su presencia, como un humor maligno, como una verruga purulenta. ¿Cómo, si no, podía explicarse que no se hubiese interesado por ella ni una sola vez desde que la obligaron a marcharse? ¿Es que no era capaz de sentirse agradecido? De vez en cuando se consolaba pensando que tal vez estaba siendo sometido a una transformación, que estaban secuestrando su voluntad a fuerza de adoctrinarlo, y entonces sentía la alegría de creerse querida aún por el muchacho y la tristeza de saberlo a él desposeído de libertad.

—¡Paz y justicia! —saludó Bertrand—. ¿Es que no habéis asistido a la consagración del templo? Os aseguro que no seré yo quien os delate a la policía de Barthazar, que Rakket me libre.

—Guardadnos el secreto, maestro, pero es que hay tantas cosas que hacer en casa...

—No os habéis perdido nada. Había tanta gente que era imposible ver lo que sucedía, pero parece ser que el gran sacerdote ha matado brutalmente el caballo del general en ofrenda a los dioses.

Hicieron un gesto de repugnancia al escucharlo y Astrid quiso cambiar el rumbo de la conversación.

—¿Cómo va vuestra casa? —le preguntó.

—La obra de Bertolomy me absorbe todo el tiempo y apenas puedo dedicar los descansos a mi propia vivienda. Por cierto, ¿dónde están los niños? —Miró alrededor y no vio a Elizheva.

—Están correteando por ahí —dijo Einar con indiferencia—. Aguardad a que tengan hambre y acudirán como animalillos, luego os llevaréis a vuestra hija si queréis, o incluso podéis dejarla aquí para que duerman juntos esta noche, ¿os parece bien?

Bertrand dudó. Miró a Astrid y ella lo miró a él. Quería hablar con ella pero a solas, así que vio una buena ocasión en el ofrecimiento de Einar.

—Os lo agradecería muchísimo porque quiero aprovechar el resto del día para avanzar en la construcción de mi casa. —Volvió a mirar a Astrid y ella pareció darse cuenta de lo que pretendía.

—Podéis ir tranquilo.

—¿Dónde está Renard?

—Ha ido a la nueva taberna con los muchachos —así se refería Einar a los compañeros de cuadrilla con los que trabajaban junto a Bertrand—, pero no tardará. ¿Queréis que le diga algo?

—Me gustaría que me echase una mano esta tarde con unas vigas, decidle que lo espero después del almuerzo. —Einar asintió mientras Bertrand se levantaba de su asiento para irse.

—Esperad —dijo Astrid—, me voy con vos, quiero que me aconsejéis acerca de lo que puedo hacer en el terreno que me asignan para que construya mi casa, ¿tenéis un momento?

Ambos dejaron atrás la casa de Renard y rodearon las primeras viviendas a medio construir. La ciudad crecía poco a poco, las casas iban terminándose, las calles estaban cada vez más despejadas de materiales constructivos, los espacios abiertos iban siendo poblados con nuevos árboles y el mercado crecía ordenadamente hacia el norte. Los talleres de los artesanos iban tomando forma, agrupándose en un barrio entero de viviendas con buenos accesos para las carretas y las caballerías.

—¿Cómo estás, Astrid? —la tuteó, ahora ya en privado—. Apenas hemos hablado desde que saliste de la corte. ¿Ya te han asignado un terreno para la construcción de tu casa?

—De eso quería hablarte yo, porque no me gusta el lugar

que me ha tocado en suerte. Parece ser que se trata de un sorteo limpio, pero desde que tomaron la decisión de apartarme del príncipe ya no me fío de nadie.

—Veré qué puedo hacer al respecto, de todas formas, si necesitas un techo bajo el cual dormir en tanto construyo tu casa, no dudes en utilizar mi propia vivienda. No está terminada, pero estoy habilitando estancias suficientes y Elizheva y yo tenemos espacio de sobra. —Hizo una pausa para mirarla antes de continuar hablando; Astrid parecía impasible—. Solo quería ofrecértelo.

—Provisionalmente duermo en casa de Einar, pero quiero dejar de ser una carga para ellos, así que había pensado ir a ver a la Gran Aya a ver qué puede hacer. Es una mujer buena y poderosa, me conoce y hemos compartido momentos difíciles desde que me llamaron.

—Sería magnífico —dijo el maestro sin convencimiento alguno, pues en lo más profundo él deseaba tenerla cerca—. De cualquier forma, si no te dan trabajo en palacio, para nosotros no serías ninguna carga, te lo aseguro.

—Déjame pensarlo, Bertrand —le dijo con voz tranquila—. Tú estás solo y yo estoy sola, y tú eres un buen hombre con quien me siento protegida y segura. Estoy convencida de que tanto Borg como Lizet estarían encantados de vernos bajo el mismo techo y de que nos cuidásemos mutuamente, pero no creo que nadie en esta ciudad apruebe que viva contigo sin estar desposados.

Al pronto, Bertrand no supo cómo interpretar las palabras de Astrid. ¿Le estaba proponiendo matrimonio? Escrutó su semblante y no vio en ella interés alguno, sino una pizca de tristeza y mucha incertidumbre, por lo que determinó que lo que en realidad quería decirle era que quedaba descartada la posibilidad de vivir juntos.

Y así era. Astrid pensaba que habría sido posible si se hubiesen dado otras circunstancias, si entre ambos no hubiese un secreto tan grande como el paradero de su hijo, que la incapacitaba para unirse a él y compartir su vida. Estaba marcada para siempre, era prisionera de lo que solo ella sabía y pagaría un alto precio el resto de sus días.

—Claro... —Sonrió resignadamente Bertrand—. De cualquier forma, no sé qué hacer en cuanto a Elizheva. Va creciendo y yo estoy empleando mucho más tiempo del que me gustaría en el trabajo. Ahora es Bertolomy, pero me temo que esa casa nos está abriendo otras muchas puertas y no faltará quien quiera contratarnos; de hecho, ya me han ofrecido, casi obligado, los trabajos en madera de todo el palacio. ¿Qué podría hacer para asegurar que recibe una educación adecuada y que mientras trabajo está cuidada y protegida?

Astrid reflexionó un instante.

—Tal vez podamos conseguir que entre en el colegio de palacio, donde se educan los hijos de los nobles. Es un buen sitio, pero no sé cómo acceder de nuevo al príncipe para pedírselo. Puedo intentarlo.

—Eso sería maravilloso... Además, así podría tenerla cerca, puesto que yo pasaré cada vez más tiempo allí. —Señaló en dirección al recinto del palacio real.

Astrid se quedó pensativa. Ella misma podría cuidar de Elizheva, como lo había hecho con su hermano, pero no estaba segura de querer hacerlo, por el mismo motivo por el que nunca podría compartir la vida con Bertrand. El destino los condenaba injustamente a una distancia forzosa.

—No habría habido nadie mejor que tú —dijo entonces Bertrand como si le hubiese leído el pensamiento—. Has sabido educar a un príncipe, luego con mayor motivo lo harías con Elizheva. Pero mereces estar en la corte, con la Gran Aya o con quien sea.

Astrid se lo quedó mirando. Aquellas palabras, dichas por el padre de aquel príncipe, le llegaron al alma, la invadieron por completo reblandeciéndola de pronto y haciéndola sentir desventurada. Unas tremendas ganas de abrazarlo y llorar con él se apoderaron de ella y la obligaron a sobreponerse, pero el rostro de Bertrand le recordó a Willem y le trajo a la memoria su mirada, la mirada de otro príncipe llamado Erik, el hijo de Lizet y del maestro carpintero. Desde detrás de la tristeza de sus ojos percibió la sonrisa sincera de los labios de Bertrand.

Se internó por los senderos del recinto palaciego hasta la vivienda provisional de la Gran Aya, donde los guardias estaban ya prevenidos de su visita, por lo que le franquearon el paso a la vez que anunciaban su presencia. En el interior, con el mismo aspecto de siempre, aguardaba la mujer más enigmática del reino, vestida con los mismos ropajes de siempre, completamente cubierta su figura alta, delgada y recta, y dejando a la vista únicamente su rostro de edad indefinible. En sus ojos se dibujaba la sonrisa que le negaban los labios, leve y acariciadora como un susurro al oído.

—Buen día tengáis, Gran Aya, recibid de antemano mis excusas por importunaros y distraeros de los muchos quehaceres que os roban el tiempo, pero seré muy breve. —La Gran Aya abrió sus brazos con las palmas de las manos hacia arriba para restar importancia a la aceptación de su visita y le indicó una silla donde sentarse.

—Dime, Astrid, ¿qué te preocupa?

—Como sabéis, se me ordenó abandonar la vivienda del príncipe y dejar de servirle...

—Lo sé, lo sé.

—Bien. Abandoné el recinto de palacio y me asignaron un terreno donde puedo construirme una casa, pero ni tengo familia ni modo alguno de ganarme la vida, de momento. Ni siquiera tengo para construir la casa.

La Gran Aya hizo un gesto de condescendencia y le preguntó:

—¿Has hablado con el príncipe? ¿O con Barthazar?

—No, no he hablado con ninguno de los dos desde que salí de aquí. —La mera perspectiva de tener que hablar con Barthazar le producía una angustia irresistible.

—Podría emplearte en mi propia casa, Astrid, pero ya ves que aquí no necesito a nadie. —Pasó la vista por la pequeña vivienda donde se encontraba sola—. Cuando tenga mi nueva casa, que será grande, necesitaré ayuda y podrás venir conmigo si así lo deseas, yo estaré encantada y pagaré bien los servicios que prestes a mi lado. Te considero juiciosa, valiente y educada, y creo que se te debe lo que has hecho por nuestro príncipe y nuestro reino en este tiempo. Si la corte de Ariok no sabe agradecértelo, lo haré yo en su nombre.

—¡Oh... yo... os lo agradezco, gran aya! —le dijo sin disimular la tristeza.

—En palacio siempre podrás prestar un buen servicio. Te prometo que haré lo que esté en mi mano y que tendrás noticias mías en unos días. No tienes dónde alojarte, ¿no es así?

—Vivo de la misericordia de unos amigos.

—¿De Lauretta?

Astrid se asombró de que la Gran Aya supiera dónde se alojaba.

—Sí...

—Sal de allí cuanto antes, en esa casa estás en peligro.

—¿En peligro? Pero... Lauretta, su hijo, su esposo y... —Astrid se calló de pronto antes de mencionar a Elizheva. Su cabeza voló de pronto a Bertrand y se dijo a sí misma que no se perdonaría que le pasara algo a la niña y que bastante tenía ya el maestro carpintero viéndose envuelto sin saberlo en el mayor engaño jamás pensado—. Tendría que avisarlos, no puedo ignorar un peligro si existe.

—No hagas nada, Astrid. Tú no puedes evitar lo inevitable y solo puedes terminar siendo una víctima más. Deja aquella casa con tranquilidad y búscate otro lugar donde dormir hasta que yo te llame. Hazme caso, yo me preocuparé por ti. Pero, mientras tanto, no hables con nadie, no te mezcles con el peligro.

—¿No puedo saber qué ocurre? ¿Cuál es el peligro?

—Astrid, estoy segura de que puedes imaginarlo. Por favor, haremos lo posible para proteger a ese niño y a su familia, pero no podemos ignorar que es hijo de Barthazar y te aseguro que estás en peligro si permaneces en aquella casa.

Astrid se despidió y salió de la zona palaciega con un insoportable desasosiego estrujándole el estómago. Solo se le ocurría que quisieran hacer daño a Lauretta ahora que su hijo iba creciendo y podía suponer un peligro para Barthazar. Aquel maldito general era el mal encarnado, la peor bestia jamás conocida, una deformación inmunda que no merecía vivir. Tenía que prevenir a Lauretta, no podía callárselo. Y también a Bertrand, que tenía que poner a salvo a su hija.

Se dirigió con prisas a casa del artesano y lo encontró afanado en la construcción de una escalera junto a Renard, que había acudido con su hijo y con Elizheva. Los niños correteaban de un lado para otro, se echaban serrín por la cabeza, retozaban por el suelo muertos de risa hasta que alguno de los dos se golpeaba y desaparecían las carcajadas. Quería hablar con Bertrand a solas, pero al verlos trabajar juntos no fue capaz de reaccionar, por lo que se despidió con un vago pretexto y se marchó sin pensarlo a casa de Renard.

Cuando llegó, Lauretta estaba sola, canturreando mientras cosía una camisa que su marido se había rasgado con un trozo de madera mientras trabajaba. Estaba aparentemente tranquila, sosegada en su silla de enea, con las mejillas sonrosadas, la piel tersa, los ojos brillantes de alegría. Al ver aparecer a Astrid con cara de preocupación, se levantó de la silla y dejó caer al suelo la camisa que estaba cosiendo:

—¿Ocurre algo, Astrid? ¿Le pasa algo a mi hijo? —preguntó alarmada.

—Lauretta, tienes que irte de aquí.

—¿Irme? ¿Qué ocurre, Astrid? ¿Es Barthazar?

Astrid cerró la puerta y se llevó un dedo a los labios para hacerla callar. Temía que la reacción de Lauretta alarmase al vecindario y atrajesen el peligro.

—Escucha, Lauretta, corro un tremendo peligro avisándote de esto. Estoy advertida, me han pedido que no te lo diga, que intentarán protegerte y que yo deje que ocurra lo que tenga que ocurrir, pero no quiero que te pase nada malo. Por favor, idos, salid de la ciudad, cruzad los campos y eludid los puestos de guardia, asentaos en Magmalia o en Trimib, haced lo que queráis, pero tenéis que alejaros de aquí, al menos hasta que tu hijo tenga edad suficiente para defenderse.

Lauretta se tornó pálida de pronto. Se movió de un lado a otro con desesperación, miró a todas partes sin ningún orden, y finalmente se echó a llorar.

—No puedo hacerle eso a Renard. Está ilusionado con su trabajo, es un buen artesano y ha encontrado la felicidad al lado de Bertrand, llega cada día ilusionado a casa, me cuenta cuánto ha aprendido, sueña con ser uno de los grandes maestros carpinteros de Ariok. —Acentuó su llanto—. Hemos sufrido mucho, me ha aceptado como soy, tomó a mi hijo como si fuera suyo, lo quiere y me quiere, nos cuida con toda su alma, ¿y ahora lo voy a arrastrar conmigo? No. Si he de irme me iré sola con mi hijo, pero no le haré esto a Renard.

—¿Sola con el niño? Él lo entenderá, se sacrificará por ti y podrá establecerse en otro sitio donde pueda demostrar lo que sabe. Prosperará y seréis felices, pero, por favor, no dejes que te arrebaten a tu hijo o que os maten para callaros. Renard querrá huir de él sabiendo que el niño es su hijo...

—No lo sabe.

—¿Qué? —preguntó con asombro.

—Nunca le he dicho quién es el verdadero padre del niño y no se lo voy a decir.

Astrid comprendió entonces que la situación era mucho peor de lo que había previsto. Lauretta no desvelaría su secreto a Renard y tampoco lo arrastraría con ella. Consideró que sería un error, que su esposo tenía derecho a conocer quién era el padre del niño para contribuir a su seguridad, pero ella no podía forzarla ni hacer más de lo que había hecho. La había advertido y ahora tocaba a su amiga tomar la decisión que considerase mejor para el futuro de su hijo. Solo le quedaba rezar a los dioses y pedir que tomase la decisión más acertada.

—Te admiro, Lauretta, eres una mujer fuerte y rezaré por ti. —La abrazó fuertemente y la besó en la frente antes de despedirse—. Yo he de irme...

No hizo falta que le explicase nada. Recogió lo poco que tenía en su casa y se dispuso a marcharse. En aquel momento llegaba Renard con su hijo. Sus risas sonaron en la calle al otro lado de la puerta. Lauretta se secó las lágrimas y se recompuso el pelo para convertirse de nuevo en Einar, una Einar sonriente y feliz que acogía animosa la llegada de su familia. Astrid se despidió de Renard y le dio un beso al niño. Salió a la calle y corrió presurosa a casa de Bertrand.

Lo encontró junto a Elizheva ante una mesa sobre la que reposaba un libro abierto. La niña leía en voz alta y de vez en cuando preguntaba a su padre por el significado de alguna palabra complicada. Elizheva tenía la cara y las manos recién lavadas y todavía mostraba algunas virutas de madera entrelazadas en el pelo. Su vocecilla suave y melodiosa resonaba en la vivienda como si fuese una caja de música. Astrid comprobó que se estaba haciendo mayor.

—¡Astrid, qué sorpresa! No te esperaba de nuevo aquí.

—¡Hola Astrid! —Elizheva corrió a abrazarla.

—Hola, Elizheva. ¿Sabes que estás preciosa? —La chiquilla asintió sonrojada—. Eres la niña más bonita de toda la ciudad. Estoy segura de que todos los niños quieren jugar contigo. ¿Verdad?

—Me gusta jugar con mi amigo Milok —replicó ella, y Bertrand se echó a reír. Astrid esbozó una sonrisa triste, incapaz de asimilar que el amigo de Elizheva corriese peligro por el hecho de ser el hijo de un malvado.

—He venido a pedirte que me dejes dormir en tu casa esta noche. —Bertrand la observó con mirada escrutadora y antes de que pudiera preguntarle si tenía problemas con Renard y Einar, se adelantó a decir—: He pensado en lo que me dijiste y tal vez necesites que te eche una mano con Elizheva mientras trabajas, al menos por ahora, y así no tendrá que irse a casa de Einar. Además, he hablado con la Gran Aya y tengo posibilidades de regresar a palacio, y entonces podríamos intentar que ella entre en la nueva escuela y...

Bertrand no pudo evitar emocionarse con las palabras de Astrid.

—Gracias, Astrid, muchas gracias, no sabes lo que significa para mí. —Le sonrió con profundo agradecimiento y no hizo falta que ella siguiese justificándose.

Esa misma noche le preparó un lecho en la parte alta de la casa, a la que se podía acceder por la escalera que acababan de terminar esa misma tarde Renard y él. A su lado acomodó a Elizheva con el fin de no molestarlas de madrugada, cuando él se dispusiera a abandonar su casa para ir a trabajar. Le proporcionó una jofaina, un jarro con agua, un velón de sebo y una fina manta con la que arroparse si por la noche ascendía la brisa del sur, que se refrescaba con las aguas del lago.

A la mañana siguiente no pudo evitar subir con sigilo la escalera y asomarse a verlas antes de partir. Su hija estaba abrazada a Astrid, que se encontraba cubierta hasta la cintura con la manta y de cintura para arriba con un tupido camisón. En la cocina, todavía a medio terminar, les había dejado una hogaza de pan, dos jarras de cerveza y unas coles hervidas. Volvió a bajar las escaleras intentando que no crujiese la madera bajo sus pies, salió a la calle y se sintió feliz.

Acudió a la zona de palacio, lo saludaron los soldados y se dirigió a las puertas de la casa de Bertolomy, donde a esa hora temprana ya se congregaba la cuadrilla de carpinteros. Renard no había acudido todavía y lo esperaron un buen rato, hasta que lo dieron por imposible y decidieron, contrariados, afrontar la jornada sin él.

Bertrand pensó que Renard no habría podido ir por cualquier motivo, se encontraría enfermo, o lo estaría su hijo, o tal vez Einar, que necesitaría de sus cuidados. Pensó ir a su casa a interesarse por él, pero esa tarde se entretuvo en avanzar en los preparativos de su vivienda, pues ahora que Astrid se alojaba allí quería que tuviese a su alcance todas las comodidades que él le pudiese brindar y que se sintiese como en su propia casa.

Por la noche encendió todas las velas, a pesar de que no solía hacerlo nunca. Preparó la mesa con esmero, proporcionó agua abundante tanto a Astrid como a la niña, rebuscó entre sus enseres y sacó algunos útiles de madera que había fabricado durante el viaje desde Trimib y limpió los restos de serrín y polvo de madera que todavía había en el improvisado dormitorio de arriba. Astrid se había hecho inmediatamente a la casa y se movía con desparpajo por las estancias, llenó un caldero de agua y echó en él algunas verduras que había comprado en el mercado. Bertrand, por su parte, preparó una hogaza recién horneada y un poco de estofado que había hecho Astrid durante la tarde, y sirvió la cena ante los ojos hambrientos de la niña.

Apenas habían comenzado a dar cuenta de la comida cuando llamaron a la puerta. Primero un golpe seco, luego la aporrearon con violencia. Bertrand y Astrid se miraron.

—Quedaos aquí. Si fuera necesario, sal por la puerta trasera y lleva contigo un cuchillo, luego acude a casa de Einar y refúgiate allí.

Astrid pensó que si tenía que huir por cualquier motivo correría a palacio en busca de la Gran Aya, y no a casa de Einar. Bertrand acudió a la puerta y la abrió antes de que la echaran abajo. Del otro lado, con los ojos inyectados en sangre, descompuesto y medio borracho, gritaba Renard.

—¿Alguien sabe dónde está Einar? —preguntó con una mano en una parte del marco y la otra en la contraria, abiertas las piernas y los brazos como si fuese a desplomarse de un momento a otro. Resoplaba como un becerro y olía a vino que echaba para atrás.

—¿Qué pasa, Renard? —Bertrand estaba realmente preocupado.

—Ha huido junto a esa furcia de Astrid y se han llevado al niño. No me quieren, maestro, nadie me quiere. —Renard comenzó a lloriquear como un niño—. Se ha ido con su hijo y me ha dejado solo, solo, solo...

—¡Astrid! —gritó Bertrand, y la mujer acudió a su llamada. Al ver a Renard comprendió enseguida lo que pasaba. Le iba a costar disimular.

—Ya lo ves, Renard. Astrid está aquí con mi hija. No sabemos dónde puede haber ido Einar, pero te ayudaremos a encontrarla.

—Tú tienes que saberlo —se dirigió a Astrid—. Te has venido aquí porque sabías algo... ¿Dónde ha ido? ¿Dónde se ha escondido? ¿Seguro que no está aquí? Vamos, maestro... dime... —Renard parecía cada vez más borracho, como si el vino le estuviese haciendo efecto por momentos—. Tú estabas con ella, ¡Einar! ¡Einar! ¡Hijo! —gritó hacia el interior de la casa con la esperanza de que se hubiesen refugiado allí.

—No están aquí, te lo aseguro, Renard —las palabras de Bertrand le sonaron convincentes—, tranquilízate.

—Qué en secreto lo manteníais, maestro. —Señaló a Astrid con un movimiento de cabeza y soltó una carcajada..

Astrid bajó la cabeza y miró al suelo, mientras Bertrand prefirió ignorar las insinuaciones de su empleado.

—Tranquilízate y cuéntanos con más detalle, quizá podamos ayudarte.

Pero Renard se despegó del marco de la puerta y mantuvo el equilibrio. Sin decir una sola palabra más, echó a correr en medio de la oscuridad.

—Tengo que ir tras él, no está en su sano juicio —dijo Bertrand.

Astrid no dijo nada, no intentó retenerlo. Quería decirle que sabía lo que estaba pasando, que Lauretta había tomado la determinación de no arrastrarlo con ella y lo había abandonado, y él estaba en esas horas de locura en que no podía explicarse por qué.

Bertrand salió a la oscuridad con una antorcha en sus manos, fue hasta la casa de Renard y vio la puerta abierta, pero aparentemente no había nadie dentro. Alumbró el interior con la antorcha y vio que tras la puerta había clavada en la pared una nota en la que Einar le decía a su esposo que quería vivir sola con su hijo, que no la siguiese, que continuase trabajando para llegar a ser el mejor carpintero de Ariok y que tal vez algún día volverían a reunirse. Ya está. Nada más. Ni un motivo, ni una explicación de por qué.

Bertrand recorrió la casa pero no encontró ni rastro de Renard, luego vagó por algunos descampados próximos, recorrió las calles de la ciudad en obras, merodeó por los alrededores de palacio y eso le valió la reprimenda de los soldados que lo custodiaban. No encontró a Renard, y regresó a casa.

Astrid lo esperaba despierta y preocupada, ella tenía la culpa de todo, pero únicamente quería prevenir a Lauretta del peligro que la acechaba. Lo que no esperaba era que su decisión excluyese a su esposo, había actuado precipitadamente y sin pensarlo, y probablemente se había marchado sin él. Su certeza fue corroborada por Bertrand cuando, a su regreso, le contó lo que había visto y el contenido de la nota que había dejado Einar.

Ni Astrid en la planta alta ni Bertrand en la baja pudieron conciliar el sueño. Al amanecer, el maestro no quiso subir las escaleras para verlas, porque intuyó que ella había dormido tan poco como él aquella noche. Se dirigió al palacio, saludó a los guardias como cada mañana y se reunió con sus hombres a las puertas de la casa palacio de Bertolomy. Igual que el día anterior, Renard no estaba.

Decidieron de nuevo acometer los trabajos del día sin él, entraron en el edificio dispuestos a una nueva jornada larga y dura, pero ilusionante. El trabajo estaba quedando perfecto gracias a la asombrosa capacidad de Bertrand y a su exigente perfeccionismo. Casi a tientas enfilaron la escalera uno tras otro para subir a la planta alta, donde los techos estaban aún sin terminar, la madera crujió bajo sus pies y los aromas del barniz penetraron en ellos. A primera hora de la mañana todavía percibían bien los olores, los distinguían unos de otros, sabían qué aroma provenía de cada tipo de madera. Luego, sin embargo, a medida que avanzaba la mañana, iban mezclándose y perdiendo intensidad, y se acostumbraban a ellos de tal manera que después del almuerzo ya apenas los percibían. Llegaron al piso de arriba y, todavía en la penumbra tímida del primer amanecer, se dieron de bruces con el cuerpo inerte de Renard que colgaba de las vigas del techo.

PARTE V
LOS RECUERDOS DE ISHALMHA

El palacio estaba ahora a oscuras, apenas iluminado por unos candelabros repartidos por las estancias que los criados iban prendiendo con tesón. En el gabinete de lectura, aún en penumbra, el eco de las últimas palabras de la mujer había sido acallado por los libros ordenados en los anaqueles, que como esponjas absorbían los sonidos para atraparlos en su interior. La joven percibía la oscuridad a través de sus párpados cerrados, los mismos párpados que protegían la retina que guardaba la imaginada estampa de unos carpinteros compungidos por el cuerpo sin vida de su compañero.

Ella conocía bien aquella vivienda, el célebre edificio del ahorcado, la que fue la casa de Bertolomy, destruida parcialmente durante la guerra y mandada reconstruir posteriormente para albergar la sede del Consejo de Sabios. Había jugado en su interior durante su infancia y jamás había creído aquella historia del hombre que se había colgado de sus vigas; ahora, sin embargo, sabía que no se trataba de ninguna leyenda sino de la más cruda realidad. Conocía el edificio, pero sobre todo conocía a Milok, porque había regresado a la ciudad mucho después de todo aquello y ahora era su amado, su prometido, el niño convertido en hombre que siempre creyó ser hijo de Renard y cuya verdadera historia Ishalmha había ignorado siempre. Ahora que lo conocía intentaba no pensar que por las venas de su amado corría la sangre del general Barthazar.

Su aya volvió a sumergirse en uno de aquellos sueños en que

parecía reposar su pensamiento, tomar resuello para continuar su historia, poner las ideas en orden para no errar a la hora de contarle a ella el misterioso recorrido por el pasado de Ariok. En su mente revivía ahora la conmoción por la muerte de Renard y la huida de Lauretta llevando consigo a su hijo, las horas que siguieron al descubrimiento del ahorcado, el corazón en un puño y la violenta reacción del general Barthazar, calmada paulatinamente con sus conspiraciones para llevar al próspero y pacífico pueblo de Ariok al desastre.

En su cabeza rememoraba lo que sucedió después, y las palabras audibles brotaron de nuevo de sus labios, primero como un susurro, luego con la asombrosa claridad de una voz joven. La mujer, aún con los ojos cerrados, hablaba de nuevo mientras Ishalmha la escuchaba sin pestañear, deseando conocer qué ocurrió en aquel tiempo en que todo parecía perder el equilibrio y ella, aunque con esfuerzo, creía traer a la memoria a retazos de recuerdos desordenados.

Barthazar, cuya envidia no conocía límites, exigió a Bertolomy que el maestro Bertrand se trasladase a palacio con todo su equipo, y solo después de mucho discutir se acordó que terminase primero la vivienda del representante del pueblo y de los gremios. Era lo más lógico, pero el general no conocía más concordia que la de su propia ambición. Finalmente, terminada la preciosa casa de Bertolomy, ensombrecida por el sobrenombre con que se ha conocido siempre desde el episodio del ahorcamiento, Bertrand y sus hombres se trasladaron a palacio y comenzaron a trabajar primero en los salones de la planta baja, en los techos magníficos de la sala de audiencias, en el comedor, en el guadarnés y en el despacho. El maestro no habría tenido tiempo en toda su vida de terminar su obra de no ser porque sus alumnos iban convirtiéndose en consumados artesanos, expertos en el arte de trabajar la madera y de construir las más difíciles estructuras, de forma que Bertrand dirigía los trabajos reservándose para sí únicamente los más complicados. De esa forma se hizo toda esta planta baja, donde hoy nos encontramos. Él, cuya mano era conocida y admirada ya más allá de las fronteras de Ariok, reservaba su tiempo para los lugares singulares del edificio. Él, Bertrand de Lis, esculpió con sus propias manos el techo que ahora nos da cobijo.

La aya abrió los ojos y los clavó en el techo a la misma vez que lo hacía Ishalmha. Curiosamente, por vez primera en su vida, la joven apreció las figuras que tenía sobre su cabeza, y de pronto comprobó que allá arriba había seres que parecían moverse, colores que hipnotizaban, historias contadas con minuciosidad a lo largo de la estancia, en idas y venidas de episodios que parecían épicos. Deseó trepar hasta el techo, verlo todo de cerca, apreciar mejor lo que desde abajo se descubría a sus ojos como una maravilla. Siempre le pareció que aquel lugar destilaba magia, que en su interior se vivía una asombrosa paz que siempre atribuyó a la luz y a los aromas del jardín, a la disposición ordenada de los libros, a las alfombras, a la tapicería de los sillones y al suave tono de la madera de los muebles. Ahora, de repente, se le desvelaba el secreto, el verdadero motivo de la atracción que caracterizaba a la biblioteca.

—Decidme —interrumpió a su aya—, ¿hizo también el maestro Bertrand los techos de los dormitorios?

La mujer calló por un momento, y luego dijo:

—Te lo contaré ahora, querida muchacha, pero calla y escucha. Y no dejes de admirar lo que tienes sobre tu cabeza, las hazañas de los dioses, el poder de Rakket y todos los misterios que dejó Bertrand para que alguien, algún día, pudiera descifrarlos. Y ahora presta atención, pues no tardó Willem en terminar de crecer y en ser considerado por el Consejo como digno heredero del trono de Ariok, cumplido el plazo para su coronación con la lógica oposición del general Barthazar, que alegaba inmadurez, formación incompleta, escasa edad e incapacidad por ser mudo. En los planes del general se concebía una rebelión completa, un control absoluto eliminando a cualquiera que pudiera desposeerlo del poder, y si Willem era elevado a la condición de monarca se le complicaría el control sobre él y sería más difícil el magnicidio.

Hacía tiempo que Barthazar conspiraba contra Willem. A su alcance tenía muchas herramientas, pero consideró que ninguna sería mejor que predisponer a Roger, hijo de Roger de Lorbie, contra su propio primo, haciéndole ver que ser sobrino de la reina Shebaszka lo ponía en segundo lugar en la línea de sucesión. Quiso que germinase en él la semilla de la codicia y que creciesen en su interior la envidia y la ambición, hacerlo descarriar y liderar una oposición fuerte contra Willem basando su legitimidad en la evidente incapacidad del hijo de Emory y de Shebaszka para reinar, debido a su mudez. Le resultaba fácil utilizar a su favor la maleable mente de un joven como Roger, atraerlo hacia sí y moldearlo, predisponerlo contra Willem y usar su juventud según conviniese. Mientras iba atrayendo a Roger, Barthazar continuó sus movimientos para unirse a los rebeldes torkalíes que parecían dispuestos a ir contra ambos reyes, el de Ariok y el de Torkala, pero las cosas se le habían complicado un tanto al general debido a que la oposición a Danebod en el país vecino había sufrido un contratiempo derivado de la fractura entre los nobles de Torkala. Cuando todo parecía organizado, aquellos que habían de prestarle apoyo y armas contra el rey torkalí habían sucumbido a la duda y a la cobardía retrasando cualquier paso hacia la deposición del viejo rey. Barthazar, desesperado, intentaba contener a sus hombres fieles como si fuese un dique de tierra sobre un río desbordado, incapaz de impedir la fractura y las temidas deserciones. Cada hombre huido de su causa era un peligro de traición, un posible confidente de los coroneles fieles al príncipe heredero, o del viejo general Risdik. Algunos soldados aparecían muertos en extrañas circunstancias, asesinados vilmente junto a sus familias en los días posteriores a su abandono, pero otros escapaban hábilmente de sus garras y lo martirizaban con la amenaza de revelar su sedición. Barthazar, sin embargo, no se rendía, continuaba su lucha, su labor de minar los alrededores de Willem a cualquier precio, como único objetivo en su vida.

En cuanto a Lauretta, mucho tiempo se tardó en saberse de ella y de su hijo, un tiempo que transcurría tranquilo para Astrid y Elizheva mientras la niña crecía ignorante de su entorno, feliz entre juegos y enseñanzas, y recibiendo el cariño de una mujer que vertió en ella todo el amor que todavía le quedaba. Astrid no llegó a mudarse a su casa, puesto que su casa no llegó a existir nunca, primero porque Bertrand no tuvo tiempo ni para terminar del todo la suya propia, absorbido por completo en los trabajos de palacio; pero, sobre todo, porque la rutina los envolvió como la niebla a los campos y lo que iba a ser una sola noche de estancia se convirtió en una costumbre, hasta que se habituaron a vivir juntos como una familia, ignorando habladurías y comentarios malintencionados, conviviendo en una armonía sin malentendidos.

Resultó que Astrid consiguió que la Gran Aya abriese un hueco a la niña en el colegio de palacio, a donde acudía dos veces por semana a mezclarse con los hijos de los nobles del reino de Ariok. En esas condiciones, Bertrand veía a su hija cada vez con menor frecuencia, lamentándose siempre de lo muy dedicado que estaba a su trabajo, a vivir entre maderas y barnices, unas veces colgado de las vigas y otras pegado al torno. Sus ingresos crecían a medida que aumentaba el número de hombres a su cargo y mermaba la superficie de los bosques, pero su tiempo menguaba y apenas se le veía a la luz del día. Elizheva crecía y aprendía, y Astrid permanecía en su entorno calladamente, casi sin que la niña se diese cuenta, pendiente de ella sin inmiscuirse en su educación y su aprendizaje, pues no quería para ella un trato de favor que pudiese indisponerla ante los hijos de los nobles.

Pero un día de mercado en que los niños tenían libertad para estar con sus padres fuera de palacio, Astrid se llevó a Elizheva a realizar las compras para la Gran Aya, a la que con mayor frecuencia ayudaba en sus tareas diarias, más como una persona de confianza que como parte de su servicio. Fue entonces cuando Willem, convertido ya en rey, mandó llamarla.

Era una mañana tranquila y soleada. Elizheva la ayudaba a llevar las cestas rebosantes mientras charlaban a la salida del mercado. Unos soldados las esperaban para comunicarle a Astrid que el rey la mandaba llamar. La niña la acompañó a ver a Willem.

La mujer guardó silencio en este punto y abrió los ojos para mirar a Ishalmha. Sabía lo que iba a pasar a continuación y aguardó con tranquilidad. De pronto, ocurrió. Ishalmha la miró con ojos desmesuradamente abiertos y se puso en pie sin dejar de mirarla, el corazón le latía fuerte, muy fuerte, y una ira creciente la hacía crisparse por momentos. Su aya esperaba esa ira, esperaba que la descargase sobre ella de un momento a otro, esperaba que la llamase por su nombre. Y lo hizo.

—¡Astrid! ¡Maldita seas, Astrid! ¡No puede ser... no puede ser! ¡Tú eres Astrid!

Las bellas facciones de la joven se descompusieron, sus ojos lloriqueantes se inyectaron de sangre, sus músculos se crisparon antes de echar a correr para abandonar el gabinete de lectura.

Astrid sabía que llegados a aquel punto de la historia, Elizheva lo recordaría todo, porque aquel día en que Willem la mandó llamar era, y ella lo sabía, el inicio de la historia de sus recuerdos. Durante toda su vida en palacio la niña había recordado a una mujer que la acompañaba con unas cestas y que luego habían ido con los soldados a ver al rey, pero jamás había sido capaz de ordenar aquellos vagos recuerdos en el lugar exacto de su vida. Ahora, al fin, recomponía el rompecabezas con todas sus piezas.

No salió tras ella, simplemente la esperó. La conocía muy bien y sabía que regresaría para cerrar ambas el final de la historia, para responder a las preguntas que todavía le quedaban por contestar, para narrar junto a ella lo que todavía quedaba por venir y rememorar juntas lo que había ocurrido luego, lo que pasó después de aquel día en que Astrid fue llamada a palacio y llevó consigo a la pequeña.

—¡Paz y justicia! Eres Astrid, ¿verdad? —saludaron los soldados cuando vieron venir a la mujer y a la niña con las cestas. Ella asintió con una pizca de incertidumbre asomando a sus ojos—. El rey quiere veros.

A Astrid le dio un vuelco el corazón. No había vuelto a verlo más, salvo de lejos. La última vez había sido en la asombrosa ceremonia de proclamación, hacía casi un año. Aquel día había experimentado en soledad la dicha de verlo coronado, una felicidad silenciosa solo enturbiada por el olvido. Willem no había vuelto a querer saber de ella, después de todo lo que había sido para él. Ni una sola palabra, ningún interés.

Mezclada entre el gentío y con lágrimas en los ojos, el día de la ceremonia lo vio allí arriba, en el magnífico escenario que habían construido para él. Aparcado ya el ligero rencor que sentía por el trato que estaba recibiendo, por el olvido a que la había sometido, no pudo sentir otra cosa que orgullo al verlo convertido en rey.

Fue coronado ante la odiosa presencia del general Barthazar, un hombre manchado con la sangre de inocentes, que violaba y destrozaba la vida a las mujeres que se cruzaban en su camino y que aún no había sido capaz de encontrar una esposa que le satisficiese, aunque mucho se hablaba de una hija de Magnus, el tesorero real. Junto al nuevo rey también estaban Dragan —al que vio especialmente envejecido—, la Gran Aya, envuelta en su eterna juventud, Bertolomy, el propio Magnus... Estaban los nobles, sacerdotes, eunucos, oráculos y ayas de la corte. También había sido invitado Danebod, que había acudido con su guardia personal ataviada con llamativos uniformes. Había sido una ceremonia magnífica que lo había convertido en el primer hombre de Ariok, un rey querido por el pueblo: «El Rey Mudo.»

Ahora, por alguna extraña circunstancia, Willem había pedido que acudiese a verlo. ¿Qué querría de ella? Se adecentó el pelo como pudo e hizo lo mismo con la niña, y ambas acompañaron a los soldados a ver al rey Willem. No olvidaría nunca aquel día, el momento exacto en que volvió a ver a Erik convertido en rey.

Ishalmha regresó al gabinete de lectura cabizbaja y desconcertada, y tomó asiento de nuevo en el mismo lugar que había abandonado. Sus ojos eran ahora un océano de incertidumbres plagado de preguntas que brotaban de sus profundidades, mezcladas con la extraña sensación de no comprender qué había pasado en realidad. Miró a Astrid. El odio había desaparecido de sus ojos y, en su lugar, quedaba una mezcla de incomprensión y abatimiento. Por qué lo hiciste, le preguntó. ¿Por qué me ocultaste siempre quién era y me privaste de vivir con mi familia, con mi padre y con mi hermano, con los únicos seres a los que me unía algo tan importante como la sangre? ¿Qué quieres de mí ahora después de contarme mi propia historia? Astrid permaneció en silencio hasta que la muchacha, resignada, se reclinó y desvió su mirada hacia la oscuridad del jardín. Entonces continuó su relato, ahora con la voz sumamente cansada, como si se consumiese, como si no fuese la misma persona que había dejado en aquel gabinete lleno de libros un rato antes. Un atisbo de compasión sobrevoló entre las estrellas que brillaban más allá del ventanal.

1

Aquel día dejamos las cestas y nos fuimos a ver a mi querido Willem, tu hermano, aunque estabas muy lejos de saberlo. Me asombró ver cómo habían progresado las obras en el interior de las estancias reales, el bonito orden de sus techos, las vistas del lago que de pronto descubrí desde los ventanales. Yo te llevaba de la mano y tú querías observarlo todo, boquiabierta, con tu cabello rubio y esos ojos de miel abiertos de par en par, como si quisieras llevarte en ellos todos los colores del mundo.

No puedo explicar por qué, pero cuando el soldado que nos acompañaba por los corredores del interior del edificio anunció nuestra presencia, se me encogió el corazón. Tal vez no tomé verdadera conciencia de que Willem era ya el rey hasta ese momento, a pesar de haber asistido a la ceremonia de su coronación y haberlo visto engrandecido hasta rozar la divinidad. Fue, sin embargo, la grandiosidad de aquellas salas lo que me hizo empequeñecer de pronto, asimilar la grandeza que había adquirido aquel niño sin voz que ahora era el rey de todos nosotros.

Cuando al fin me hicieron pasar al salón de visitas y me vi frente a él —tú te quedaste fuera bajo los cuidados de una jovencísima aya—, tuve la sensación extraña de que no lo conocía. Había crecido, pero no únicamente en sus proporciones físicas, sino en una dimensión personal, humana, individual. Era, a mis ojos, un hombre en el que ya apenas se intuían los restos del niño que fue, de la infantilidad inocente que se escondía tras sus palabras silenciosas, de aquellas miradas cristalinas a través de las que podía leerse su pensamiento. Ante mí tenía ahora a un hombre joven en cuya mirada intuí todo un mundo complejo, un intrincado laberinto de pensamientos y preocupaciones apenas disimuladas tras una sonrisa arrebatadora. Allí, en una sala que olía todavía a madera recién pintada, cuyos colores se expresaban en todo su esplendor gracias a la luz que penetraba por los ventanales, me encontré de nuevo ante la persona que me había robado muchas horas de sueño desde que me separó de él.

Es justo reconocer que no pude evitar preguntarme si se habría cruzado ya con Bertrand en aquellas estancias mientras trabajaba con su cuadrilla de carpinteros y si, en ese caso, habría existido entre ambos esa suerte de emoción que se siente ante los seres queridos, si el maestro habría mirado a los ojos del rey y habría visto en ellos a Erik, si de algún modo todavía era capaz de reconocer en aquel hombre al niño que perdió en el bosque de Loz.

Lejos estaba yo, pobre de mí, de conocer la verdad sobre el asunto, y lo único que recuerdo de aquel instante es que cuando Willem me abrazó y pronunció mi nombre, experimenté una tranquilidad reconfortante. Intenté no llorar, mostrarme fuerte y segura, para que siguiese viendo en mí a la mujer que lograba calmarlo en sus momentos de flaqueza y a la que lo abrazaba cuando despertaba gritando en mitad de las pesadillas. Pero cuando me pidió perdón por el ostracismo al que me había obligado no pude evitar un nudo en la garganta y la visión acuosa de los ojos humedecidos por las lágrimas. Demasiadas lágrimas ya, demasiados nudos en la garganta.

—Astrid, ¿cómo te encuentras? Cuánto tiempo sin verte... Estoy..., estoy tan contento... —me dijo en su peculiar idioma de signos, y yo comprobé que no se me había olvidado y que seguía comprendiendo sus palabras con la misma agilidad con que podía hacerlo con cualquier otra persona. No fui capaz de contestar nada, solo quería que me abrazase de nuevo, que se dejase abrazar a su vez, que me diese el cariño que me había faltado todo aquel tiempo.

—Quiero que sepas que no te he olvidado —continuó diciéndome—, que siempre te he tenido en mi recuerdo y que mis ocupaciones me han impedido atenderte como mereces. No imaginas lo ocupado que estoy. Pasan los días en un suspiro y cada noche me hago el propósito de reclamar tu presencia al día siguiente, pero se trata siempre de intenciones frustradas que no logro satisfacer.

—No te preocupes... —logré decir—, sé que tu vida ha cambiado mucho.

—Sí, no puedes imaginar cuánto. Pero ahora quiero que regreses a mi lado y que estés cerca de mí, te necesito conmigo y quiero que te instales aquí. El palacio aún no está concluido pero tiene estancias sobradas para un gran número de personas, y yo me veo rodeado cada día por más y más gente que no conozco, así que mi deseo es tener cerca a quienes me inspiren confianza y de cuya lealtad no tenga duda. Quiero que te instales hoy mismo aquí.

Al pronto no supe qué decir. Tenía que explicarle que estabas allí afuera sin decirle realmente quién eras por la sencilla razón de que ni siquiera sabía quién era él. Sé que te haces mil preguntas, que en estos momentos me ves como un misterio, como una persona que te ha robado lo más importante de tu vida. Hace mucho que renuncié a que nadie pudiera comprenderme nunca, a que nadie se pusiera en mi lugar y me dijese qué hacer, cómo comportarme entonces, de qué forma podía evitar que se tambalease el reino. No podía decirle a Willem que tenía una hermana, no podía decirle que en cualquier momento podía ser libre y salir de este palacio para correr por la orilla del lago junto a su familia. Sí, podíamos haber sido una familia, podía haberme casado con Bertrand y haber desvelado a todos mi secreto. Pero en lugar de hacerlo me arrodillé ante mi rey, ante el rey de todos, y le dije que estaba dispuesta a estar a su lado siempre que me necesitase.

—¡Perfecto, Astrid! ¡Cuánto me alegro! —me escribió.

—Solo hay un problema —le advertí—. Me acompaña una niña.

—¿Una niña?

—Sí. Su madre murió y su padre... bueno, su padre ya no está para cuidarla como es debido, así que pasa la mayor parte del tiempo conmigo y su compañía me ha servido de entretenimiento todo este tiempo. Conseguí, gracias a la Gran Aya, que la admitiesen en vuestro colegio, y acude dos días por semana a tomar sus clases. El problema es que si me traslado al palacio no tendrá con quien quedarse los días que no viene aquí y tendré que buscar a quien pueda cuidarla, por eso no podré instalarme hoy mismo, necesito tiempo.

—¡Oh, no! —escribió Willem en su pizarrín—. La niña puede quedarse aquí e ir a clase todos los días. Hay personal de sobra y podrán cuidarla perfectamente y recibir la misma educación que el resto de los niños y niñas, hijos de los nobles más destacados del país.

Me dio una gran alegría leer aquellas palabras. Él debió ver mi felicidad reflejada en la cara, porque me acarició una mejilla y me sonrió como se sonríe a una madre: con un cariño inmenso y la satisfacción de saberla contenta.

Willem quiso conocerte, y muchas veces me has dicho que tu primer recuerdo del rey era precisamente tu encuentro con él en el jardín. Allí os conocisteis algún tiempo después, bajo la luz del atardecer, ajenos a que por vuestras venas corría la misma sangre.

Tu padre no puso objeción alguna a que te internase en palacio, todo lo contrario, sabía que aquí tendrías una vida mucho mejor que la que podía darte él. Lo que no sabía era que apenas tendría posibilidad de verte y que tú, Ishalmha, la niña a la que pronto yo misma cambiaría el nombre, irías desdibujándolo poco a poco con el tiempo, distanciándote de él hasta que ocurrió la desgracia definitiva y no volvisteis a veros.

Y fue pasando el tiempo, transcurrieron dos años más y Bertrand no terminaba de acostumbrarse a la soledad de su casa, por lo que terminó por quedarse a dormir en la parte de palacio reservada a los obreros. En un primer momento pensó pedir matrimonio a Astrid. Si ella aceptaba podía seguir sirviendo en palacio pero regresando a casa cada día, y podrían vivir como una familia. Puesto que no renunciaba a encontrar con vida a Erik algún día, podrían convivir los cuatro. Él tenía ya un negocio muy próspero, ganaba dinero suficiente incluso para pensar en construir una casa más grande y mejor, tener su propio huerto y campos de cultivo, procurarle a ella una vida parecida a la de los nobles que se vanagloriaban de beneficiarse del favor real y de entrar y salir de palacio recibiendo siempre ayudas de la corte. Astrid gozaba de la confianza del rey por encima de aquellos nobles, y él era el artesano más afamado de toda la ciudad; estaba preparando las estancias del rey y estaba seguro de que podía sorprenderlo, aunque aún no había tenido la dicha de conocerlo en persona.

Pero pronto se acostumbró a la rutina de vivir en palacio. Todos los días se sometía a intensas jornadas de trabajo, especialmente cuando el general Barthazar le pidió —más bien le exigió— que compaginase su trabajo en las estancias reales con la realización de los techos de su propio dormitorio y de las habitaciones contiguas. El general no había aceptado de buen grado la coronación del rey ni la asignación a Willem de las estancias que antes habían estado destinadas a él, por lo que se veía a sí mismo esperando durante años a que se terminasen sus aposentos y no estaba dispuesto a consentirlo. Así que obligó a los carpinteros a trabajar más horas, hasta casi rozar lo imposible, y Bertrand se vio obligado a organizar lo mejor que pudo a sus hombres y reclutó más aprendices, a quienes tuvo que dedicar mucho tiempo antes de que pudieran trabajar con soltura.

Así las cosas, el maestro llegaba al lugar de las obras antes de que la luz del día penetrase por las ventanas y se iba cuando ya había oscurecido. Finalmente, terminó por acomodarse en palacio junto al resto de los obreros y prolongó las jornadas ideando una iluminación con lámparas que fuese suficiente para alargar las jornadas más allá de los límites del sol. Aun así, mientras el rey parecía ser condescendiente y no recibía queja alguna de él a través de sus hombres de confianza, el general Barthazar se mostraba intransigente y continuamente le hacía llegar amenazas por lo que consideraba un ritmo excesivamente lento de las obras.

Bertrand permanecía el día entero subido a complicados andamios con la única compañía de algunos de sus ayudantes, que bajaban y subían a por los fragmentos de madera que necesitaban. A veces bajaba y dirigía las tareas de fabricación de las piezas, y en otras ocasiones se concentraba en esculpir lo que luego tendría que colocar arriba.

Echaba de menos a Elizheva, a la que apenas veía. Según le contó Astrid, con la que mantenía encuentros fugaces de vez en cuando, estaba siendo instruida en todo tipo de materias y crecía sana y feliz rodeada de los hijos e hijas de los prohombres de la corte. A la pregunta de Bertrand de si preguntaba por él, ella le fue sincera por una vez: poco. Y lo fue porque si le decía que preguntaba mucho por su padre, este podía tomarlo como que la niña no estaba a gusto, por lo que prefirió dar a entender al maestro que estaba tan integrada y feliz, que apenas reparaba en su ausencia.

—Los niños son así —lo tranquilizaba—. Mientras están distraídos y contentos no se acuerdan de sus padres. Y Elizheva, te lo aseguro, está muy bien aquí. De todas formas, tenemos que buscar momentos en que podáis pasar más tiempo juntos.

Él asentía sin convencimiento. Casi siempre se conformaba con verla de lejos, desde las ventanas de la zona de palacio que se correspondía con las estancias reales. Desde allí, a ciertas horas del día, la veía juguetear rodeada de institutrices y ayas que la trataban con delicadeza cuando correspondía, pero también con firmeza cuando no obraba bien. La veía correr, saltar, jugar con otros niños, hijos de nobles de la corte, los que algún día serían herederos de los títulos de sus padres.

Cuando la veía junto a esos otros niños, soñaba con que de mayor se convirtiese en esposa de alguno de ellos, noble consorte de algún gran hombre de Ariok, una mujer alejada de las virutas de madera que, al fin y al cabo, era el único espacio que podía darle su padre. Estaba ganando dinero, eso era cierto, pero no dejaba de ser un carpintero, un artesano con fama que jamás podría llevar a casar a su hija más que con el hijo de otro artesano como él. Tal vez el destino estaba regalándole, al fin, la posibilidad de perpetuarlo en otro lugar, en otro mundo, en esa parte de la esfera donde él solo podía llegar a través de la madera que esculpía para otros. Y cuando veía a Elizheva recordaba a su madre, a esa otra Elizheva raptada por un bárbaro en un bosque peligroso, y la rememoración del pasado hacía doblemente valioso para él que la niña estuviese allí, rodeada de los más importantes linajes de Ariok.

Una mañana, aprovechando que había terminado una parte complicada de uno de los techos, quiso bajar de los andamios para completar una armadura para un tejado a tres aguas. Se reunió con los mejores oficiales en una de las amplias salas donde tenían los bancos de trabajo y todas las herramientas, y elevó la voz para explicarles cómo hacer una armadura.

—Así es la armadura de lima bordón a más de dos aguas. Las péndolas que concurren en las limas son coincidentes y no se puede escoger de forma arbitraria el grueso de la madera y su separación, ¿comprendéis? Como la longitud del nudillo es un tercio del ancho de la estancia a cubrir, y ha de tener un número de gruesos en función de los pares del testero, todo queda fijado en función de las medidas.

—Maestro... hace tiempo que nos perdimos. Colocamos los estribos y los tirantes, y también hicimos los ensamblajes a cola de milano, pero creo que hemos errado en las péndolas y en las mangletas porque los pares y contrapares no llegan por igual a la hilera y no somos capaces de encajar el testero. Así que tampoco logramos poner los nudillos, ni aun calculando como decís.

—Bien, no os preocupéis. Es posible que hayáis querido hacer la armadura con limas bordones y la hayáis hecho con limas moamares, o bien hayáis mezclado ambas. Si queréis, podemos hacerlo de la segunda forma, que se diferencia de la anterior en que al tener las limas desdobladas se puede construir por paños independientes con dos gualderas, el testero y el almizate, lo que facilitará vuestra labor, ¿de acuerdo?

Los oficiales dijeron que sí y se pusieron manos a la obra. Cuando estaban afanados en colocar las piezas y elevarlas al espacio que quedaba por cerrar en aquella esquina del palacio, Astrid apareció entre andamios y bancos de carpintero, en busca de Bertrand.

—¡Maestro, tenéis visita!

—¡Hola, Astrid! Qué alegría de verte.

—Buenos días, maestro —le respondió, aunque pocas veces lo llamaba así.

—¿Cómo está Elizheva?

—Precisamente vengo a por ti para que vayas a verla ahora, que es buen momento. Sus institutrices me han dicho que estarán en el comedor provisional que hay al otro lado del patio, junto a la puerta del oratorio de Deva. Tendréis poco tiempo, pero al menos podrás verla y estar con ella un rato.

—¡Oh, te lo agradezco! —dijo apartándose un poco de sus hombres—. Había pensado hablar contigo, pues no me gusta estar tanto tiempo sin verla. Creo que a partir de ahora me organizaré de otro modo y pasaré más tiempo con mi hija. Siento que es importante, Astrid. —Y dirigiéndose a sus oficiales—: ¡Enseguida vuelvo! Colocad eso ahí y calculad los gruesos de las piezas para aquella otra armadura a razón de un tercio del grueso de la diagonal para los nudillos.

Mientras salían de aquella parte del edificio para dirigirse al espacio común de la guardia, Astrid iba respondiendo a sus inquietudes.

—Tienes razón. Creo que debemos compaginar tus descansos con los de los niños, y que pases con ella más tiempo, incluso que salgáis de palacio, paseéis por el lago o vayáis a casa a descansar ambos allí. ¿No crees? Podemos aprovechar ahora y hablar con sus educadoras para hacer coincidir esos tiempos.

—Se está haciendo mayor y no quiero que termine por no querer estar conmigo. La veo por los ventanales y algo se remueve dentro de mí al comprobar lo mucho que está creciendo.

Es una jovencita ya y apenas he pasado tiempo con ella en los últimos dos años.

Se dispusieron a bajar por las escaleras hasta el patio. Antes de afrontar el primer tramo se toparon de frente con el general Barthazar, que venía departiendo con varios de sus hombres, polvorientos y sudorosos, después de una cabalgada larga por algún lugar de las orillas del lago. El general miró hacia arriba y a Bertrand le pareció que dirigía a Astrid una mirada extraña, pero no le dio importancia en un primer momento.

Continuaron bajando y entonces percibió que Astrid dudaba un instante. Elevó la vista de nuevo y ahora no le pasó desapercibida la sonrisa que Barthazar le dedicaba a Astrid, acompañada por una mirada de asquerosa lascivia, de superioridad apabullante, grosera y oscura. Luego lo miró a él solo un instante, con desprecio, y aquellos ojos le provocaron un desasosiego enorme.

Bertrand y Astrid se detuvieron a la vez, sin necesidad de que ninguno advirtiese al otro que les rondaba el peligro. Barthazar volvió a mirar a Astrid y, al llegar a su altura, se acercó a ella hasta rozarla.

—Hace tiempo que no te veo...

Ella no le respondió. Bertrand miró a su alrededor desconcertado y las sonrisas cómplices de los soldados lo alarmaron definitivamente. Entonces vio cómo el general rodeaba a Astrid con sus brazos atrayéndola hacia él tan fuertemente que sus cuerpos quedaron pegados, la elevó en el aire y la arrastró mientras ella gritaba pidiendo auxilio.

Bertrand volvió a mirar a su alrededor en busca de una respuesta, una ayuda, como si considerase que aquello no podía ser verdad. A plena luz del día, en la escalera central de palacio y en presencia de los soldados de su propia escolta. Pero aquellos jóvenes se miraban unos a otros con ojos divertidos y semblantes sonrientes, complacidos de que su jefe pudiera abordar a una mujer en cualquier circunstancia.

El carpintero pareció salir entonces de su inicial aturdimiento, miró con desprecio a los soldados, a los que instintivamente reprochó su actitud insolente, y no se lo pensó una sola vez más. En el momento en que Barthazar penetró en una estancia subiendo el vestido de Astrid hasta dejar sus muslos desnudos, el maestro fue tras él, lo alcanzó con furia y lo cogió con descomunal fuerza por una de las correas de su uniforme tirando de él hacia atrás hasta provocarle una incipiente asfixia. Barthazar manoteó y pataleó en balde, porque Bertrand lo arrastró con tal fuerza que lo habría matado si no fuese porque los soldados, alarmados por la reacción violenta del artesano, acudieron en auxilio de su jefe y dejaron al carpintero inconsciente de un fuerte golpe en la cabeza. Le pusieron unos grilletes y lo llevaron al calabozo que se había habilitado en los sótanos del nuevo edificio.

Roger lanzó una vez más su hacha contra la diana que se había fabricado y dio en el blanco. Cada vez la lanzaba desde más lejos y con más fuerza, hasta lograr lo humanamente imposible. La agarraba firmemente por el cabo y la hacía girar por los aires mientras describía un arco perfecto para ir a clavarse siempre en el centro de la diana. Se acercó a comprobar cómo había acertado, extrajo el hacha de la madera, se secó el sudor y se dispuso a marcharse. El atardecer se le había echado encima y era ya casi de noche. Era hora de reunirse con su amada.

Abandonó el campo de entrenamiento y anduvo por el sendero paralelo al lago, con el deseo a flor de piel. Era un hombre apuesto, fuerte y disciplinado, y jamás mujer alguna había podido penetrar con facilidad en el interior de sus pensamientos, pues siempre se mostraba taciturno y escaso en palabras. Su dominio de sí mismo lo hacía parecer enigmático y solitario, pero había alguien que lo conocía bien y compartía con él ese carácter reservado y enigmático, una persona que lo había tutelado desde pequeño y que había conseguido que Roger no fuese capaz de contener sus pasiones en el poderoso campo del amor. La admiración mutua se fue tornando en enamoramiento a fuego lento, madurando en un sentido que nadie habría juzgado lógico, al menos según los cánones de la corte de Ariok. Lo que en un principio fue un amor utópico, una quimera labrada en la espada de un caballero dispuesto a morir en el campo de batalla, terminó por germinar también en el corazón de la amada, contra toda naturaleza y fuera de todo orden. Ella, mucho mayor que él, enigmática hasta decir basta, aparentemente escudada contra el amor, envuelta en un caparazón de férrea disciplina, sucumbió a la bonhomía, la capacidad y la belleza de un joven a quien había intentado instruir y cuya apostura llamaba la atención en toda la ciudad.

La Gran Aya se había dejado amar por primera vez en su propia casa, con la pasión acumulada de los años de soledad. Experimentó tal placer al sentir los glúteos firmes de Roger tensándose en arremetidas nerviosas sobre su desnudez, solo para él descubierta, que sus gemidos no pudieron ser acallados con todos los esfuerzos del amante. Y a partir de aquel día, Roger y ella alimentaron su amor a escondidas mientras ambos fueron influyendo el uno en el otro, convirtiéndose ambos en una misma cosa, en un único ser capaz de pensar del mismo modo, de albergar las mismas inquietudes, los mismos anhelos, las mismas ambiciones.

—¿Qué puedo hacer yo? —escribió Willem en el pizarrín. En sus ojos había una mezcla de rabia e impotencia, la evidencia de la incapacidad de todos ellos para doblegar al general Barthazar, a quien, a pesar de todo, él seguía guardando una pizca de respeto en secreto.

Astrid había acudido a suplicarle ayuda, omitiendo los antecedentes de la violación que había sufrido años atrás y la pérdida de la criatura que crecía en su interior por culpa del general. Ahora se trataba de Bertrand y estaba pidiendo al rey que hiciese algo por liberarlo, por liberar a su propio padre sin poder decirle de quién se trataba, salvo del mejor maestro carpintero de Ariok, el encargado de realizar los techos y adornos de todo el palacio real, del juez nombrado por Bertolomy para dirimir las cuestiones de reconocimiento de su gremio.

—No lo sé, mi querido Willem, pero tal vez el hecho de que sea un artesano tan valorado sirva para que Barthazar reconsidere su enjuiciamiento. Lo acusa de haber intentado matarlo, de atentar contra la máxima autoridad del ejército y padre político del rey, lo cual merecería, según dice él mismo, la pena de muerte. ¡Y lo único que hizo fue apartarlo de mí!

El rey se acercó a Astrid y la abrazó cariñosamente, acariciándole el pelo. Le costaba imaginar a Barthazar intentando violentarla, sobrepasando una línea que debería ser infranqueable para un hombre como él, capitán general de los ejércitos, viudo de su difunta madre. ¿Qué respeto era ese por la memoria de Shebaszka? Era una conducta reprochable y completamente impropia de un representante de las instituciones del reino, un hecho que constituía un delito tan grave en sí mismo que solo podría ocultarse tras la cortina de un delito mayor: el intento de asesinato del propio general. Así intentaba desviar Barthazar la atención, descargando sobre el carpintero toda la fuerza de la ley para convertirlo en el primer ajusticiado de la ciudad.

—Hablaré con el general —escribió el rey.

Astrid se lo agradeció muy sinceramente antes de retirarse. Cerró la puerta de la sala de audiencias y cruzó el pasillo que llevaba a los aposentos de los criados del rey. Mientras se alejaba, pensó en Willem, a solas en aquella sala a la que accederían ahora sus asesores, personas que ella no conocía y que suponía de extraordinaria confianza del rey, hombres versados en leyes y política, en ciencias, artes y práctica militar.

Luego pensó en Bertrand, que a aquellas horas estaría maldiciendo en un oscuro calabozo, cobijo de ratas e inmundicias, quién sabe si sometido a las vejaciones de carceleros sin escrúpulos que lo estarían maltratando por orden de un general indigno de serlo.

Al pasar junto a una pequeña hornacina construida enfrente del primer tramo de las escaleras donde había tenido lugar el encuentro con Barthazar y sus hombres, se fijó por primera vez en la representación alegórica que del dios de la justicia habían instalado en ella, se reclinó sin pensarlo, a pesar de su escasa devoción a los dioses, y le pidió con todas sus fuerzas por Bertrand, por la justicia sobre su persona y por la fortaleza de su espíritu.

Cuando Bertrand volvió en sí ya le habían puesto los grilletes y tenía un fuerte dolor de cabeza. Notó su barba tiesa y pegajosa, y un ligero sabor a sangre en su boca, por lo que supuso que tenía una herida sangrante justo por encima de la frente, donde tanto le dolía. Miró a su alrededor y comprobó que estaba en una sala de piedra sin apenas luz, custodiado por dos soldados de aspecto descuidado que jugaban a los naipes sobre una caja de madera casi podrida. En uno de los laterales de la estancia se abría una puerta cerrada con una sólida reja. De pronto, reconoció el lugar: era la antesala de los calabozos. Había estado allí en busca del herrero precisamente cuando uno de los oficiales instalaba la puerta de la prisión real, un lugar frío, húmedo y lúgubre a más no poder donde jamás pensó que podía verse a sí mismo.

Los soldados terminaron su partida y apuraron las copas de mal vino que se habían servido mientras jugaban, luego lo recogieron del suelo, abrieron la reja y lo metieron en una de las celdas. Uno de ellos, como despedida, le dio un puñetazo en la herida provocando las carcajadas del otro. Bertrand sintió un dolor paralizante en toda la cabeza, comenzó a verlo todo nublado y luego completamente oscuro, y perdió el sentido de nuevo. Cuando regresó a la realidad todo estaba oscuro y frío. Era la primera vez desde su llegada a los Grandes Lagos que sentía un frío que penetraba hasta los huesos, tan húmedo e intenso que le hacía tiritar.

Todo había pasado muy rápido, aquel hombre estúpido llevando a Astrid en volandas, la desnudez de sus piernas abiertas en torno a la cintura del general, la absurda risa de los soldados, el deseo animal de un hombre que se permitía utilizar a una mujer como si fuese un objeto más de cuantos adornaban el palacio.

Apenas recordaba nada. Lo había apartado de ella con fuerza y luego debió de recibir un golpe. Y ya está. Le preocupaba sobremanera el estado de salud de Astrid y lo que podían haber hecho con ella, y le preocupaba también que se supiera la relación de la niña Elizheva con él y que sufriera las consecuencias del impulso defensor de su padre.

Pensó en sus hombres, en los oficiales, artesanos y aprendices a los que había dejado montando la estructura para el tejado; no sabrían completarla sin él. Estaban trabajando en las estancias reales pero también en las del general. Lo habían hecho con esmero hasta entonces, con absoluta dedicación y entrega, poniendo pasión en cuanto se estaba realizando: los techos esculpidos, las filigranas y lacerías que los adornaban, las policromías maravillosas que brillaban en tonos diferentes según penetrase la luz del sol a lo largo de todo el día, mezclada con el brillante efecto que producía sobre las aguas del lago. Y todo ello lo disfrutaría un bárbaro, un hombre sin escrúpulos que no merecía semejante obra.

Pasó la primera noche en el calabozo sin visita alguna, hasta que por la mañana le trajeron un trozo de pan con tocino ahumado de puerco y un tazón de leche de cabra. Comió con avidez y dejó la escudilla a un lado. Un poco más tarde volvieron a abrir la puerta exterior de los calabozos y un hombre bien ataviado se plantó ante la reja de su celda con un pergamino en sus manos, lo desenrolló y, a la luz de una palmatoria que le sostenía un criado, leyó:

«Bertrand de Lis, maestro carpintero de Ariok, sin esposa ni hijos conocidos, habitante de la ciudad de Barthalia, de edad igualmente desconocida. Se te acusa de intento de asesinato del capitán general de los ejércitos de Ariok y serás juzgado de acuerdo con nuestros códigos, y de acuerdo con nuestros códigos te será impuesta la pena que corresponda al intento de magnicidio con el agravante de ataque a traición. Te asiste el derecho a la defensa propia. Mientras tiene lugar el juicio permanecerás encerrado en esta cárcel real por orden del juez supremo, el general Barthazar, con el consentimiento del rey, nuestro señor

Willem I de Ariok. ¡Paz y justicia a Rakket, el dios supremo, por medio del cual te será aplicada toda la fuerza de nuestra ley en orden a la paz suprema! He dicho.»

—¿¡Asesinato!? ¡Estáis de broma! ¡Solo lo aparté de una pobre mujer a la que intentaba violentar! ¿Es eso asesinato? ¿Acaso hay mayor justicia que esa? ¡Maldita sea! ¡Tengo derecho a implorar el favor real!

El hombre, que ya le había dado la espalda, se giró de nuevo para hablar, y su voz sonó con eco en el pasillo abovedado de la cárcel:

—Podréis defenderos en el juicio, artesano, aunque me temo que no va a serviros de nada. Además, si queréis mi consejo, será mejor que admitáis vuestra culpa. Solo así tendréis una remota posibilidad de salvar el pellejo.

—¿Qué me decís?

Barthazar y Roger se habían apartado lo suficiente de la ciudad como para que nadie pudiera verlos, salvo los soldados que componían la escolta del general, constituida por cuatro hombres armados hasta los dientes que aguardaban ligeramente distanciados a que terminase la conversación entre su jefe y el primo del rey.

—No debéis dudar de mí —insistió Barthazar, animando al joven Roger a romper su silencio—. Yo cumpliré mi parte del trato y vos cumpliréis la vuestra, como os dije: la corona en vuestra cabeza y el poder compartido.

El caballo de Roger de Lorbie escarbó en la tierra suelta.

—Tengo a una buena parte del ejército conmigo, general Bartha. Hombres que creéis de vuestro lado en realidad no lo están, pues creen que soy el legítimo sucesor de Willem si a él le ocurriese algo.

El general asintió.

—Os digo esto porque temo que lo que busquéis sea la corona y no el control del consejo real —apostilló Roger.

—¡De ninguna manera! Si fuese así no habría acudido a vos.

Me basto para dar un golpe como el que necesita Ariok. Si quiero inmiscuiros no es por los apoyos que tenéis en el ejército, mucho menos sólidos de los que vos creéis, sin duda, sino porque creo con rotundidad que el pueblo os apoyará con firmeza.

—Es una justa vindicación, desde luego, pero no estoy dispuesto a confiar ciegamente en vos sin más garantía que vuestra palabra, lo siento.

El general pensó que Roger no era tan fácil de convencer como había pensado, así que le pidió que los acompañase, a él y a sus hombres, y lo hizo. Se sumaron a su escolta unos cuantos hombres más y cabalgaron en dirección sur para salir al encuentro de una delegación torkalí contraria al rey Danebod. De aquel encuentro saldría convencido Roger, a quien utilizaría a partir de aquel momento para conocer los planes del rey y de su entorno. Y, por supuesto, para terminar de atraer a su causa a muchos de los poderosos oficiales del ejército favorables al joven conde Roger de Lorbie si se inhabilitase a Willem.

Después de cabalgar varias leguas, Barthazar alzó el brazo para que sus hombres se detuvieran tras él. Eran algo más de veinte jinetes armados y acababan de traspasar la frontera de Torkala. Pidió que aguardasen en silencio y se dispusieron a esperar. Un halcón que los sobrevolaba en círculos bajó vertiginosamente hasta posarse en su antebrazo, le puso una caperuza y se lo entregó a un halconero que portaba una percha. Su caballo se removió con nerviosismo, se alzó de manos y retrocedió sobre los cuartos traseros hasta que pudo dominarlo de nuevo sin dificultad.

Había intensificado los contactos con los revolucionarios torkalíes insatisfechos con el reinado excesivamente longevo de Danebod, especialmente con el brazo armado de los nobles rebeldes, un general llamado Krok que otrora había servido junto a Risdik en la fuerza conjunta, como coronel destacado.

Los nobles alzados en rebeldía habían querido que el viejo rey entregase su cetro y su corona a un heredero más joven, pero ninguno de sus hijos poseía las cualidades de un verdadero monarca, a juicio de su propio padre. Bien porque las carencias filiales eran ciertas o bien porque el rey se negaba a entregar el poder antes que la vida, el reino permanecía anclado en un tiempo muy anterior al que vivían sus vasallos, de manera que en el seno del ejército, y con apoyo de muchos nobles insatisfechos, se había creado una célula conspiratoria —germinal en origen pero creciente ahora—, que había llegado a congregar a muchos de los principales caballeros y altos mandos del ejército de Torkala.

Barthazar, que se sentía traicionado por sus coroneles, había ido aunando voluntades en su propio ejército favorables a un golpe de mano que le diese el poder absoluto. Se trataba de soldados rasos que creyeron desde el primer momento en la promesa de ocupar los mandos del nuevo ejército liberado, una vez depuestos el consejo real y los actuales coroneles fieles al inexperto rey Willem. El general no solo les había prometido ascenderlos y colmarlos de honores, sino también dinero, mucho dinero, puesto que su apoyo a la causa revolucionaria torkalí le reportaría reciprocidad y también una buena suma para llevarla a efecto.

Tenía todo atado, soldados fieles infiltrados por todas partes, algunos hombres y mujeres sobornados y otros amenazados de muerte. Llegado el momento tendría que borrar del mapa a sus adversarios, a la Gran Aya, a Dragan, a Bertolomy, a sus hijos bastardos, a algunos nobles y a sus horrendas esposas... y, por supuesto, al nuevo rey. Tenía agentes fieles que los vigilaban, que le daban información puntual de todo cuanto acontecía alrededor de cada uno de sus adversarios, una red de informadores en la corte que extendía sus raíces hasta la cámara real. Nada escapaba a su control, al estilo en que Gabiok lo hacía en la pasada corte de Magmalión, con efectividad y discreción, haciendo desaparecer a los traidores sin dejar rastro para que pareciese un accidente, un suicidio o un encuentro fortuito con ladrones.

A medida que maduraba, la crueldad de Barthazar iba asentándose sobre los cimientos de la paciencia, y la impulsiva personalidad juvenil había ido dando paso al regusto de las acciones contundentes pero desapercibidas, fruto de lo que él mismo llamaba diplomacia mortal. Se sentía orgulloso de sí mismo, se veía como un estratega consumado, el hombre cuyas virtudes habían perdido para siempre quienes habían renegado de su liderazgo optando por apoyar las pretensiones del que se había convertido en rey. Había aprendido de Gabiok, sí, y estaría orgulloso de él si podía verlo desde algún lugar, desde alguna otra vida. Porque él sabía que aquella última voluntad de respetar a Willem no provenía sino de la pura enajenación, del veneno mortal, de una mente coaccionada por la muerte inminente. No, aquel a quien había prometido cuidar de Willem no era su padre, Gabiok ya se había ido para entonces, dejándolo huérfano.

Un grupo de hombres a caballo se acercaba por el Este levantando una polvareda a su paso, eran diez o doce, a lo sumo, sin duda, el general revolucionario Krok junto a sus soldados. Una progresiva excitación lo hizo sudar ante la perspectiva de la acción militar. Se acercaba el momento de dar el zarpazo definitivo.

Aguijó su caballo y galopó al encuentro de los recién llegados a la par que hacía una señal a sus hombres para que lo siguieran, le gustaba que lo obedecieran, marcar el ritmo, decir qué había que hacer y que se hiciera. Sintió el brío del caballo entre sus piernas, el nuevo corcel que había elegido tras el sacrificio del anterior, un macho castaño fuerte y nervioso que había requisado a un soldado joven encaprichado con él desde que era un potro. Le estaba costando someterlo, pero cuanto más esfuerzo requería, más satisfacción le producía la sumisión del animal, la obediencia forzada que ahora, al sofrenarlo en el sitio justo, le hizo sentir una superioridad absoluta.

Los torkalíes retuvieron a sus caballos antes de llegar a su altura y se acercaron al paso, despacio, por lo que desde la distancia Barthazar pudo ver a Krok, maduro, corpulento, de barba espesa y rostro pétreo. Al acercarse, se tocó el ala del sombrero para saludar a los ariokíes y habló con voz ronca:

—Bienvenido a Torkala, general Barthazar, que los dioses os sean propicios a vos y a vuestros hombres. No tenemos mucho tiempo, pues nadie escapa fácilmente a los espías del rey Danebod, así que seré conciso. Tenemos dispuestos quinientos hombres a caballo y dos mil a pie, bien armados, entrenados, capaces de someter a toda la corte de Torkala en menos de tres días. Contamos con el apoyo de la mayor parte de los nobles que conforman la Cámara Real y queremos actuar de inmediato.

El caballo de Barthazar se removía inquieto, movía la cabeza de arriba abajo y de un lado a otro, se dolía del bocado, alzaba las patas delanteras alternativamente, como escarbando con los cascos en la tierra suelta. El general tiraba de las riendas y las volvía a aflojar, le daba palmadas en el cuello y le hablaba palabras tranquilizadoras.

—Ahora queremos saber cuál es vuestra garantía —terminó diciendo Krok.

—¿Nuestra garantía? —preguntó Barthazar, más pendiente del caballo que del general torkalí.

—Sí. Los nobles que nos apoyan quieren saber con qué respaldo contáis, cuántos hombres a caballo, infantería, armas, medios... cuál es vuestro plan de actuación en Ariok. Nuestro rey es viejo y no tardará en ceder, pero el vuestro es muy joven y apenas lo conocemos, lo único que sabemos de él es que el pueblo lo aclama y no parece que haya ningún descontento en el seno de vuestra corte. —El general Krok hizo una ligera pausa y, al ver que Barthazar no reaccionaba, continuó—: Os seré sincero, tenemos serias dudas acerca de vuestra organización y de vuestra capacidad, y tememos que Ariok, en lugar de servirnos de ayuda, se una a Danebod para derrotarnos. Además, vuestro rey tiene entre sus hombres al general Risdik, hombre cuya autoridad es reconocida por muchos de nuestros soldados.

La contundencia de las palabras de Krok hizo flaquear momentáneamente el ánimo de Barthazar, quien no se arredró a la hora de responder:

—Creí que no había duda alguna, estamos preparados para la lucha, tenemos infiltrados en todas partes, espías que nos avisan de los movimientos de todo el mundo, un plan bien definido para quitar de en medio a todo aquel que pueda suponer una amenaza. —Sus propias palabras le resultaron convincentes y su voz fue ganando en seguridad y volumen—: ¡Decidle a vuestros nobles que no comprendemos su desconfianza! Nuestro rey es un muchacho más dado a la poesía que a las armas, un mequetrefe mudo e incapaz que no está preparado para dar una sola orden a los coroneles que todavía le son fieles. Cuando nuestro ejército conjunto caiga sobre Barthalia, muchos de ellos no dudarán en pasarse a nuestras filas, querrán pertenecer a un ejército sólido, fuerte y decidido. Además, os traigo la mejor de las garantías —dijo señalando a Roger—, he aquí a Roger de Lorbie, primo del rey Willem, un hombre querido por el pueblo que aspira a ser el mejor rey de Ariok. Estando él con nosotros nada hemos de temer.

—Sí, supongo que así será. —Krok pasó la mirada por sus hombres, luego la fijó en Roger, que asintió, y luego volvió a mirar a Barthazar—. Está bien, si es así debéis acudir al lugar donde os diga porque allí aguardan varios de los hombres principales de Torkala, puesto que ellos serán, conjuntamente con el ejército aliado, quienes determinarán la fecha de ataque y la estrategia a seguir. Me temo que tendréis que tener dispuesto vuestro ejército dentro de dos lunas, no más.

—De acuerdo. Espero instrucciones. ¡Ah! Y no os preocupéis del general Risdik; ya me ocupo yo de él.

Bertolomy, escandalizado por la encarcelación del maestro carpintero, suplicó al rey que lo recibiese en audiencia, lo que Willem no tardó en concederle. El representante del pueblo y de los gremios se presentó en palacio muy temprano, con las quejas de los artesanos todavía en la memoria. No comprendía cómo un hombre como Bertrand de Lis, de conducta absolutamente intachable y dedicado por completo a su trabajo, podía ser acusado de intento de asesinato de todo un general del ejército, que se encontraba, según parecía, en presencia de toda su escolta personal.

Subió las escaleras principales del edificio, se inclinó ante la divinidad que la presidía y al llegar arriba giró a la derecha para pasar por el puesto de guardia que custodiaba el acceso a las dependencias reales a medio construir. La luz penetraba a esa hora por las ventanas de la sala de audiencias e iluminaba el interior de los corredores de paredes desnudas, donde todavía olía a cal y maderas frescas. Dos guardias lo acompañaron al interior de la estancia donde el rey recibía a sus visitas y comprobó que ya había cierto mobiliario adornándola, aunque el monarca persistía en la costumbre de mantener las reuniones de pie. Los que criticaban esta circunstancia lo atribuían a la juventud excesiva de Willem, que no necesitaba descansar en ningún momento, mientras que otros alababan la astucia del rey por cuanto obligaba a que las reuniones fuesen breves.

Bertolomy salió de sus cavilaciones cuando se abrió la puerta del fondo y apareció el joven rey ataviado con una sencilla camisa limpia bajo una capa de un rojo intenso. A sus espaldas, uno de sus consejeros siguió sus pasos. Se trataba de Alfad, quien había sido su maestro cuando aún era príncipe, un hombre de confianza de Barthazar en quien —decían las malas lenguas— el rey confiaba hasta sus asuntos de cama.

Willem sonrió y, con un gesto sutil, instó a Bertolomy a hablar.

—Mi querido señor, conozco al maestro carpintero, pues fue él quien construyó mi propia casa. —El rey asintió levemente para demostrar que conocía tal circunstancia sobradamente y que no olvidaba la visita que había hecho a las obras de su casa—. Es un buen hombre, cabal, trabajador e inteligente, lo cual no impide que pueda cometer una locura, es cierto; pero de lo que estoy seguro es de que no se atrevería a asesinar al general de vuestros ejércitos delante de toda su guardia sin un motivo justificado. Se dice que simplemente lo apartó para librar a una mujer indefensa del ímpetu del general... ya me entendéis. —Bertolomy miró a Alfad, que lo escuchaba con atención—. Bueno, no puedo asegurarlo, pero sí puedo dar testimonio de que conozco a Bertrand de Lis y es un buen hombre, eso es todo.

—Barthazar viene hacia aquí —intervino Alfad adelantándose a lo que pretendía escribir el rey—. Acude a la llamada del gran y justo Willem para que pueda dar testimonio de lo ocurrido, señor Bertolomy. Pero tened por seguro que ese hombre agredió al general Barthazar, quien, según confirman todos sus hombres, no quiso hacer daño alguno a aquella dama.

El rey se apartó y miró por la ventana, aparentemente ajeno a las palabras de Alfad. Sabía que tendría que enfrentarse a Barthazar y que no todo el mundo aceptaría que el general claudicase ante un carpintero, de manera que no le quedaría más remedio que tomar una decisión en contra de su voluntad. Estaba convencido de que Bertolomy tenía razón, y también sabía que si daba la razón a Barthazar, Astrid no se lo perdonaría nunca, pero si algo había aprendido de cuanto le habían contado de su antecesor Magmalión, era que un rey se ve obligado a menudo a tomar decisiones dolorosas por el bien de la estabilidad del reino. Había cosas más importantes en qué pensar y lo que menos le preocupaba de Barthazar era que tuviese retenido a un artesano.

—¡El general Barthazar, señor! —anunciaron desde la puerta.

El general entró en la estancia con determinación, a paso ligero, haciendo restallar sus botas en el solado. Sin mirar a nadie, más que al rey, se paró a unos dos pasos de él y habló decididamente:

—Hijo, me has hecho llamar.

Willem lo miró con una sonrisa en los labios. Cuando el general quería apuntar su ascendiente sobre cualquier otro en el reino y hacer notar su condición de viudo de la reina Shebaszka, lo llamaba hijo con todo el cariño que era capaz de fingir. El rey se había esforzado en los últimos tiempos por conocerlo mejor, por aprender cada pincelada de su historia desde la más tierna infancia, sabía cuáles eran sus sentimientos y sus frustraciones, sus fortalezas y sus debilidades. Conocía hasta el detalle la forma en que Barthazar llegó a casarse con su madre, el fatal destino de la reina nunca aclarado del todo, la lucha de Gabiok por aupar a su hijo al poder máximo. La palabra hijo en los labios de Barthazar era como una puñalada, una negación implícita de la palabra rey, un denodado empeño en no reconocer la jerarquía de un joven como él.

Willem se giró e instó a Alfad a hablar.

—Querido general, el rey os ha hecho llamar para saber de primera mano por qué el maestro carpintero Bertrand de Lis, responsable de los trabajos en madera de este palacio, ha sido encarcelado y se encuentra a la espera de juicio.

El rey miró al general en espera de una respuesta. El general resopló y miró hacia la ventana antes de hablar con desgana:

—Creo que todos lo sabéis, pero imagino que queréis oírlo de mi propia voz: me agredió por la espalda y estuvo a punto de matarme. Lo habría hecho, creedme, si no hubiese sido por mi escolta. —La cicatriz de Bartha brillaba a la luz del ventanal tanto como sus ojos felinos—. Ese carpintero tiene una fuerza endiablada. Quise matarlo allí mismo, y lo habría hecho de no ser porque estoy convencido de la necesidad de que sea nuestro rey quien dicte justicia en todos los casos, en lugar de que cada uno de nosotros lo haga por su propia cuenta.

Willem movió la cabeza afirmativamente, luego tomó el pizarrín y escribió: Astrid. Se lo mostró al general y lo miró a los ojos. Barthazar miró el nombre y sonrió.

—Sé el cariño que le tenéis porque ha sido vuestra compañía durante la infancia, pero no os dejéis engañar, hijo. Las mujeres no son lo que aparentan en presencia del hombre por el que sienten atracción. Es cierto que es madura, tal vez muy mayor para mí, y por eso nunca he tomado en serio sus insinuaciones, pero lleva viuda demasiado tiempo y no pierde ocasión de entregarse a algún soldado. Y... bueno, no sería la primera vez que... —Se acercó al rey y le susurró al oído—. Ya me entiendes.

Al apartarse le guiñó un ojo y le sonrió. Willem lo miró muy seriamente. ¿Astrid yaciendo con el general? No era capaz de imaginarlo.

—No hay duda, os lo aseguro —continuó diciendo Barthazar, esta vez en voz alta y dirigiéndose tanto al rey como a Bertolomy, al que había ignorado hasta ese momento—, creo que ese carpintero tuvo un terrible ataque de celos al ver cómo ella quería aprovechar la ocasión, y se abalanzó sobre mí como un animal. Por eso debe recibir un castigo ejemplar, para que nadie ose atacar los poderes de este reino, especialmente al ejército, que es garantía de seguridad y estabilidad.

—¿Y quién acabará los trabajos de este palacio? —preguntó Bertolomy en un intento desesperado por mantener a su amigo con vida—. Si se decide que el carpintero debe ser castigado, al menos debería garantizarse que termine lo que empezó.

—Creedme, soy el primer interesado en que lo haga, puesto que también está trabajando en mis aposentos —esgrimió Barthazar, aunque a nadie pasaba desapercibido que estaba furioso porque el maestro Bertrand dedicaba casi todo el tiempo a las habitaciones privadas del rey—, pero un delito como el que ha cometido no puede quedar sin castigo. Y el castigo por el intento de asesinato del primer general de los ejércitos es, si nuestro rey no me corrige, la pena de muerte.

—¿No puede aplazarse el juicio y que mientras tanto, en calidad de prisionero, sea sometido a trabajos forzosos? Se trataría de que terminase, bajo vigilancia, los aposentos reales y, si también lo queréis vos, los vuestros. —Bertolomy intentaba ganar tiempo fingiendo un inusitado interés por el bien de las obras de palacio.

El rey miró a Barthazar y este al representante del pueblo y de los gremios. El general parecía pensar la mejor respuesta posible, por un lado salir airoso y que nadie pudiera pensar que un carpintero lo había doblegado, y por otro lado reconocía el talento del carpintero y le gustaba la idea de que terminase el trabajo, a ser posible exigiéndole mucho más sin recibir dinero alguno como contrapartida al aplazamiento de su sentencia.

—Corresponde al rey decidirlo —dijo al fin—. Lo único que espero es que nadie en Ariok se libre del castigo que le corresponda en proporción al delito cometido, porque si falla la justicia, se debilita el rey. —Miró con gesto serio a Willem antes de esbozar una sonrisa—. Y ahora, hijo mío, me gustaría retirarme, tengo que pasar revista a mis hombres.

El rey los despidió a todos y pidió a Alfad que informase al prisionero del aplazamiento de la sentencia. Mientras tanto tendría que seguir trabajando en palacio y dormiría en los calabozos cada noche, sería alimentado como lo que era, un preso, y no podría hablar con nadie que no fuese alguno de los carpinteros a sus órdenes. Si deseaba hacerlo, debía contar con el permiso pertinente.

Cuando hubo salido Alfad, se quedó solo en la sala de audiencias, pensando. No lograba imaginar a Astrid insinuándose a ningún soldado, y mucho menos a Bartha, pero tal vez había cambiado durante el tiempo en que había estado apartada de él, en soledad. La pubertad y el deseo de que nadie ejerciese control alguno sobre él lo habían hecho colaborador necesario al permitir que la apartasen de su lado. Ahora se arrepentía, pero era tarde, y tenía que admitir que tal vez ya no la conocía tan bien como para responder ante ella. Que no concibiese a una Astrid yaciendo con el general no quería decir que no fuera posible, a pesar de la diferencia de edad. Astrid, a sus ojos, era demasiado mayor.

Abandonó la sala de audiencias y se dirigió hacia el lugar donde pronto estaría su dormitorio, una estancia amplia y luminosa que estaba siendo adornada por la mano del maestro carpintero que ahora estaba en prisión. Ese contratiempo retrasaría unos trabajos que deseaba ver terminados cuanto antes.

No había nadie trabajando allí, olía a madera y a barnices, y reinaba el caos por todas partes. Había trozos de madera en el suelo, bancos de trabajo, herramientas esparcidas por doquier, cartabones, gubias, martillos... Era la primera vez que entraba allí desde que comenzaron los artesanos y quiso escudriñar para ver qué estaban haciendo. Él había expresado su deseo de que se hiciese algo parecido a las estancias privadas de la casa de Bertolomy, una de esas obras de lacería y escultura policromada cuyos efectos a la luz eran asombrosos. En algunas ocasiones había querido entrar a ver los primeros resultados, pero siempre que había luz suficiente para verlos el futuro dormitorio estaba abarrotado de gente trabajando y no había querido interrumpir.

Miró al techo y no logró ver nada, porque los andamios le tapaban toda la visión posible, así que decidió trepar y admirarlo de cerca, oler la madera a un palmo, recrearse en lo que veía cuando estuviese tumbado boca arriba en su lecho. Cuando llegó a la parte alta del andamio se dio cuenta de que no podría ponerse de pie sobre el mismo, sino que tendría que tumbarse para ver el techo, escasamente iluminado allá arriba a la sombra de la propia estructura que pisaba. Primero se sentó en los tablones y luego se dejó caer despacio, hasta apoyar la cabeza en el suelo del andamio, mirando hacia arriba, pero apenas lograba ver nada tan de cerca porque su visión era tan reducida que apenas abarcaba unos palmos de figuras en penumbra. Sufrió una gran decepción.

De repente, allí tumbado sin lograr atisbar gran cosa de la obra del maestro, una inexplicable sensación de haber vivido ya aquel instante se apoderó de él. En principio lo atribuyó a esos momentos en que de vez en cuando se tiene la impresión de estar viviendo por segunda vez una misma experiencia, pero pronto descubrió, para su asombro, que no se trataba de un segundo tiempo de idéntica vivencia, sino del embargo intenso que le producían aquellos aromas, la cercanía de la madera y sus tonos cambiantes al compás de los nudos y las vetas.

Aturdido, volvió a sentarse en los tablones y descendió lentamente del andamio hasta el suelo. Secuestrado por una emoción contenida, husmeó por todas partes y, en un rincón, vio una gran sábana de lino que tapaba una figura deforme del tamaño de una mesa. Se acercó con cuidado de no tirar ninguno de los frascos de pintura y barnices repartidos por el suelo y levantó el tejido lo suficiente como para poder ver lo que había debajo: una serie de placas de madera, del tamaño de un tablero de ajedrez, con numerosas figuras esculpidas en ellas, relieves de un realismo asombroso, caras humanas representadas con absoluta nitidez, animales, plantas, rocas, escenas de una secuencia que se asemejaba a los cuentos ilustrados y a los lienzos de los pintores de la corte. Era una madera tan sólida y dura como la de una puerta y, sin embargo, parecía tener la blandura de un tejido, la suavidad de las mejillas de las personas que representaba, la liquidez de las aguas de los ríos que surcaban los paisajes, el brillo del cielo y los destellos del sol en un lago. Pasó la yema de sus dedos por uno de aquellos relieves y cerró los ojos, lo acarició suavemente y de pronto le pareció que estuviera tocando un rostro tan real como él mismo. Abrió los ojos de nuevo y acercó su cara hasta casi tocar la madera con su nariz, aspiró, y el olor penetró en él con suavidad para quedarse dentro durante el tiempo indeterminado que estuvo allí, como hipnotizado por los aromas y las texturas, envuelto en un halo mágico que no era capaz de definir, sintiendo la poderosa atracción que de manera atávica lo retenía en aquel lugar.

Cuando volvió a tapar los relieves, de sus ojos brotaban lágrimas que quiso atribuir a los vapores del barniz, tal vez, o a pequeñas motas de madera desprendidas del lienzo de tela al extenderla, pero en lo más profundo de su ser sabía que ninguna de aquellas mundanas cosas habían inundado sus ojos.

Finalmente, dejó atrás su dormitorio y, al hacerlo, sintió un fuerte deseo de conocer al artesano, al mago, al genio que era capaz tanto de hacer las impresionantes estructuras en madera que soportaban los tejados como de esculpir un rostro que pareciese tan real como si emergiese de pronto del interior de un árbol.

Risdik acudió a la llamada de Barthazar sin tomar precaución alguna, pues nada le hizo pensar que estaba en peligro. El viejo general dobló la esquina de las caballerizas y vio el guadarnés abierto, por lo que penetró en él con la intención de comprobar si había alguien dentro antes de cerrarlo. Sus huesos, cansados ya de tantos años de servicio, crujieron al agacharse para traspasar la puerta baja de la habitación donde se guardaban las monturas, los estribos, las cabezadas... Un fuerte olor a cuero y grasas lo envolvió al penetrar en la penumbra, ese olor que adoraba, con el que estaba familiarizado desde su infancia, en tiempos del rey Melkok.

Las articulaciones volvieron a crujir al erguirse. En el fondo, agradecía que lo hubieran apartado del servicio activo —aunque su orgullo de soldado no pudiese reconocerlo en público—, porque notaba su cuerpo cansado y la creciente dificultad con que se desenvolvía. Apenas lograba ya montar a caballo y rara vez empuñaba una espada. Por el contrario, se permitía dar consejos permanentemente a los soldados más jóvenes, que lo veneraban. Su prestigio y el reconocimiento de toda la tropa, incluso más allá de la frontera, le antecedían. Nombrar a Risdik era hablar de todas las virtudes juntas que ha de atesorar un hombre y un soldado.

Pero él no solo agradecía su retirada por la decrepitud de su cuerpo, sino también porque había privado a su familia de compartir con él todas las horas en que estuvo ausente, unas veces por los largos recorridos por las fronteras y otras porque tenía que acudir a rendir cuentas a Danebod en la capital de Torkala. Ahora, sin embargo, las cosas habían cambiado, y disfrutaba de la tranquilidad del hogar, de la cálida compañía de su esposa, de la presencia alegre de sus hijos y de las risas de sus nietos, a los que adoraba.

Era fácil ver a Risdik pasear a orillas del lago, saludado permanentemente por cualquiera que se lo cruzase acompañado de sus nietos. Jugaba con ellos a todas las cosas posibles y a medida que lo hacía iba olvidando su vida anterior, su entrega como soldado, su férrea imposición del orden jamás cuestionada y la ostentación del mando de la marca.

El guadarnés estaba más oscuro de lo habitual, alguien había cerrado la ventana. Risdik preguntó directamente antes de girarse para cerrar la puerta:

—¿Hay alguien aquí? Voy a cerrar la puerta.

Lo había. Agazapado en un rincón, un hombre empuñaba en una mano una daga de hoja larga y afilada, y en la otra una soga gruesa con un nudo de horca. Su respiración se había agitado desde el momento en que Risdik había sobrepasado la puerta.

Todo transcurrió en un instante. La puerta se cerró a las espaldas del general, que no pudo evitar la sorpresa. Cuando quiso gritar para que quien la había cerrado volviese a abrirla, haciéndole ver que estaba en el error al pensar que no había nadie en el guadarnés, el hombre que aguardaba en el rincón se precipitó sobre él y le echó la soga al cuello.

Un gemido lastimero le impidió gritar. Abrió los ojos desorbitadamente mientras su instinto de soldado buscó un objeto contundente con el que golpear a su agresor. Pero entonces notó que el nudo se apretaba fuertemente en torno a su cuello hasta impedirle respirar. Solo pudo oír la voz de su asesino:

—Lo siento, general Risdik. Ha terminado vuestra hora y ha empezado la mía.

Barthazar terminó de apretar hasta que dejó de sentir sus movimientos.

—¿Pena de muerte? ¿Celos? —preguntó Astrid con voz casi inaudible mientras se derrumbaba. Willem le había contado una versión muy suavizada de los hechos según Barthazar, sin aludir a las posibles insinuaciones a otros soldados y al propio general. Solo le había dicho que según Barthazar ella sentía atracción por él y se lo había demostrado el día en que se encontraron en las escaleras, delante del carpintero, quien había sufrido un ataque de celos.

Pero Astrid no quería defenderse. No de esa acusación. No le dolía tanto que un ser mezquino como el general esgrimiese una atrocidad así para justificar su crimen contra un inocente, como que Willem pudiese dar pábulo a semejante acusación. Deseaba gritarle de una vez por todas que Bertrand era su padre, contarle la verdad, chillarle al oído su secreto, pero... ¿la creería? Diría que se había vuelto loca y daría mayor credibilidad aún a la versión del general, y jamás daría crédito a una historia que, contada ahora, resultaría absolutamente inverosímil.

—Celos... No sabes lo que dices, Willem —dijo con una enorme tristeza, la mirada perdida en un punto indefinido más allá de los ventanales, el corazón encogido como si se lo estrujasen—, de verdad que no. ¿Sabes? Cuando eras solo un niño y me llamaron para que te cuidase después de la gran catástrofe en la que salvaste milagrosamente la vida, yo estaba embarazada de mi difunto esposo, un hombre bueno, honrado y trabajador. En el terremoto de Waliria los perdí, a él y a mi hija, me quedé sola y sin ganas de vivir. Entonces encontré a ese carpintero, que era nuestro vecino en la antigua capital, tan bueno, honrado y trabajador como mi esposo. Él había perdido a su mujer, y luego, durante el éxodo, también a su hijo. —Se le hizo un nudo en la garganta—. Yo estaba embarazada, te decía, pero fui violada por un hombre sin escrúpulos, al que todavía hoy tengo un miedo atroz, al que odio con todas mis fuerzas, quien me quitó el sueño y me lo quita aún. Me hizo perder la criatura que llevaba en mi vientre y las pocas ganas de vivir que tenía, recuperadas a duras penas gracias a que me abrazaba a ti por las noches, en el lecho que compartíamos en un carromato.

Los ojos de Willem comenzaron a brillar por lágrimas tímidas, aguantadas a fuerza de luchar contra el llanto, pero Astrid no las vio, porque seguía con sus ojos más allá de los vidrios, en el lugar donde duelen los recuerdos.

—Cuando estoy en presencia de ese hombre se me aflojan las piernas y me huye la valentía al escondrijo de los cobardes, mientras el odio me sube a la boca hasta saborearlo, más amargo que la hiel. No puedo mirarlo a los ojos porque siento ganas de matarlo con mis manos. Cuando tu madre lo eligió por esposo —Willem se sintió desfallecer— me compadecí de ella, bien lo saben los dioses. Me compadecí mucho de ella, porque había elegido darte hermanos con la peor semilla del reino. Barthazar es un mal bicho, Willem, y no he querido decírtelo nunca por respeto a tu madre, quien me consta que hizo un gran esfuerzo asumiendo la decisión de Magmalión de desposarla con el hijo de Gabiok de Rogdom, ese hombre que, solo o con la ayuda de su hijo, acabó por segarle la vida.

Astrid no esperó a ver la reacción de Willem, salió corriendo de la sala de audiencias y, al traspasar el alfoz, sintió unas náuseas irreprimibles, una fuerte sensación de ahogo que le oprimía el pecho, la pesada certeza de la derrota y el arrepentimiento inmediato por las palabras que nunca debieron ser dichas. Dudó entre volver atrás o echar a correr, gritar y dar rienda suelta al llanto que le atravesaba la garganta. Miró en todas las direcciones, los soldados que vigilaban los aposentos reales se alarmaron al verla y, pensando que le ocurría algo al rey, entraron en la sala de audiencias sin llamar.

Willem estaba sentado en el suelo con el rostro entre las manos.

—¡Retenedla! —gritaron los soldados intuyendo que la mujer le había infligido algún daño.

Las voces sacaron al rey de su abatimiento y se puso en pie de un salto, con el asombro dibujado en el rostro. Negó con la cabeza para que los soldados la dejaran tranquila, pero cuando quiso darse cuenta la habían inmovilizado y Astrid gritaba enloquecida exigiendo que la soltasen. Willem acudió en su auxilio y la liberaron inmediatamente.

—Pasa adentro —dijo por señas.

Astrid estaba muy agitada, dando hipidos como si le costase respirar, a punto de asfixiarse. Willem la llevó cuidadosamente de nuevo a la desnuda sala de audiencias, la sentó en el suelo y le acarició el cabello esperando que se calmase. Poco a poco, con los ojos cerrados y la cabeza entre las manos, su respiración se hizo más acompasada, sus músculos se destensaron, su mente se fue despejando. Al cabo de un rato, Willem, que se había puesto en cuclillas a su lado, se levantó y fue a por su pizarrín, escribió en él y lo puso ante Astrid, que entreabrió los ojos para leer:

—La ignorancia no me exculpa de la desconfianza. Lo siento.

Ella intensificó el llanto, un llanto nervioso, un río de lágrimas que eran los desechos de un secreto largo tiempo guardado. Jamás había desvelado a nadie su violación y ahora lo hacía para intentar salvar a Bertrand, pero sobre todo para salvar a Willem de cometer una atrocidad contra su propio padre.

2

Los rebeldes habían conformado un ejército numeroso y bien armado, compuesto en su mayor parte por nobles y caballeros con ejército propio, infanzones con dinero que otrora se habían mostrado serviles y ahora conspiraban contra quien los había enriquecido en tiempos de paz. Eran hijos de una generación que había dado la vida por Danebod, cuyos hombres más notables habían abandonado ya este mundo o, si todavía permanecían en él, no estaban en condiciones de levantarse de sus lechos para tomar partido por nadie. Así las cosas, la corte torkalí se defendía como podía, con una parte del ejército que luchaba en inferioridad de condiciones, compuesta fundamentalmente por la guardia real apoyada por algunos nobles que permanecían siendo leales al rey. Quienes se habían levantado en armas previeron una campaña limpia y rápida, pero había resultado que los defensores habían cerrado filas en torno a la corte y la guerra se había convertido en un asedio lento y de desgaste contra Danebod.

Barthazar se mostraba desconcertado por el hecho de que el general Krok no hubiese contado con él desde el inicio de las operaciones. La noticia de la guerra le había llegado mientras adiestraba a nuevos adeptos a su causa. Ahora, sin saber qué hacer, preparaba una incursión en Torkala y tomar contacto con sus aliados desde la retaguardia. Ya solo le valía prestar su apoyo y recibir luego la ayuda que necesitaba para atacar a su propia corte.

Por su parte, Willem, enterado de la atrocidad cometida contra el fiel Danebod, amigo de sus antepasados y garante durante tantos años de la frontera de Ariok, comenzó a darle vueltas a una posible ayuda a su aliado al sur de los lagos. Consultados sus consejeros por separado, estos se mostraban mayormente partidarios de la neutralidad. El argumento más contundente de todos era la posibilidad de que venciesen los insurrectos y un apoyo a Danebod los convirtiese en enemigos de los vencedores. Sin embargo, Willem planteaba el caso contrario: una neutralidad cobarde sería tomada como una traición si vencía el viejo rey.

Willem convocó al consejo real para tratar el asunto, tomar el pulso al ejército y conocer hasta qué punto estaban preparados para atacar, para defenderse o, cómo tenía previsto Barthazar, consolidar la frontera y prolongar un período de paz que había nacido con su bisabuelo y que debía perpetuarse por el bien de su pueblo.

La reunión tendría lugar en el gabinete de lectura, donde se estaban acondicionando los anaqueles que atesorarían el conocimiento de Ariok, los viejos libros salvados del desastre y otros muchos que los escribanos y copiadores iban encuadernando después de ordenar viejos pergaminos e incluso papiros casi deshechos. Era un sitio maravilloso, de maderas claras iluminadas por la luz intensa que, envuelta en aromas, provenía del jardín. Willem se dirigió hacia allí lentamente, pasando primero por su dormitorio para inspeccionar los trabajos de carpintería y comprobar su evolución. Le avergonzaba tener que encontrarse con el maestro carpintero, obligado a trabajar en condición de prisionero del rey portando unos grilletes que le permitían trabajar pero que le impedían darse a la fuga. Su curiosidad por conocerlo se había visto ensombrecida por una falsa justicia que no podría defender ante él, puesto que aunque se había hecho el propósito de ayudarlo, no había encontrado aún el modo de hacerlo sin que su gesto supusiera un cisma en la corte.

Aquella situación le había servido para distanciarlo de Astrid, que se había negado a servirlo. Como monarca podía haberla obligado, pero se sabía en deuda con ella y admitía que tenía motivos sobrados para su contrariedad. La veía pulular por el palacio y merodear por los aposentos reales evitando encontrarse con él. También la observaba desde los ventanales, en compañía de la muchacha que había llegado a palacio con ella y que estaba convirtiéndose en una joven muy hermosa. Se notaba que Astrid le tenía un cariño especial, hablaban largos ratos, se sentaban en los bancos del jardín, departían amigablemente, casi como si fuesen madre e hija.

Recorrió el corredor desde el que se accedía a su dormitorio y, como siempre, se asomó tímidamente al interior. La estancia estaba ocupada por media docena de aprendices que formaban un corro en aquel momento, un círculo en cuyo centro daba instrucciones con voz poderosa el maestro carpintero. Los estaba instruyendo en cuanto a las medidas de algunas maderas.

—Veamos, esto es una vara, esto un cuarto de vara que es lo mismo que un palmo, y esto una tercera parte de una vara que es exactamente un pie, ¿comprendéis? Así tendréis tercia, cuarta, sesma... y, por su puesto, tercia y cuarta, cuarta y sesma... ¿lo veis?

Los aprendices escuchaban atentamente las explicaciones del maestro, que parecía seguro de sí mismo y ajeno a su condición de preso. Había perdido su empleo de juez supremo de los gremios para el que lo había nombrado Bertolomy, y también había dejado de percibir remuneración alguna por su trabajo. Aun así, parecía entusiasmado. Willem dejó atrás el dormitorio y recorrió pensativo el último tramo de corredor hasta pasar ante la sala de audiencias para salir de sus aposentos y dirigirse al gabinete de lectura, donde ya lo esperaban Magnus, Bertolomy, Dragan y la Gran Aya. El general Barthazar no había llegado aún, a pesar de que era ya la hora convenida.

—P y J —escribió en el pizarrín para abreviar el saludo «Paz y Justicia».

—¡Paz y justicia para ti, gran rey! —gritaron al unísono los demás miembros del consejo real.

Alfad asomó medio cuerpo tras la puerta y se retiró de nuevo. Al momento, unos criados acudieron portando bandejas con agua y jugos de fruta que desprendían un aroma suave y dulzón. Los consejeros hablaban entre ellos y hacían partícipe a Willem de toda clase de asuntos sin trascendencia, pues lo realmente importante era dejado conscientemente para la reunión.

Empezaron a impacientarse por la ausencia del general. Willem parecía sumergido en sus pensamientos, mirando a los ventanales. En el exterior, tras los cristales, aparecieron de pronto Astrid y aquella muchacha con la que pasaba tanto tiempo. Incapaces de apreciar que había gente en el interior, se movían con absoluta naturalidad, ajenas a que estaban siendo observadas. La chiquilla pegó entonces su cara al cristal intentando escudriñar en el gabinete de lectura, pero la cegadora luz del exterior se reflejaba en el vidrio convirtiéndolo en un espejo, al otro lado del cual solo el rey parecía estar pendiente de lo que pasaba fuera. Se fijó en la muchacha de ojos de miel y cabello dorado que con aire despreocupado y alegre le decía algo a Astrid esbozando una sonrisa. Era imposible abstraerse a su singular belleza, a la naturalidad de sus movimientos.

En ese momento se anunció la llegada del general Barthazar, que apareció en el gabinete visiblemente cansado, con las botas polvorientas y el uniforme sacudido a medias. Entró secándose el sudor de la frente mientras balbuceaba una disculpa por el retraso, muy lejos de la petulancia con que solía lucirse en público.

El rey levantó sus manos con las palmas hacia arriba indicando que se daba comienzo a la reunión. Barthazar, a su derecha, tomó la palabra todavía con la respiración agitada.

—Eh... sí... mi señor, habéis convocado esta reunión con el fin de analizar la situación de guerra que se vive en Torkala, así que me permito exponeros a todos las noticias que tenemos al respecto. —Barthazar pasó la mirada por los consejeros—. Danebod no solo resiste, sino que se está imponiendo a las tropas rebeldes por momentos. Según lo que nos transmiten nuestros espías allí, su victoria total es muy probable, pero nos manda pedir ayuda para lograrla.

Barthazar escrutó la reacción del rey y de los demás miembros del Consejo. Su mentira parecía hacerlos reflexionar, por lo que continuó ahondando para lograr que la corte de Ariok se decidiese a apoyar a los perdedores. Enviaría a las tropas del rey mientras que reservaría a su parte del ejército para unirse a los rebeldes torkalíes en la venganza contra Willem por haber apoyado a Danebod. Además, para entonces las tropas leales al rey de Ariok estarían mermadas por la lucha, y serían muy fáciles de derrotar.

—Consultados los principales coroneles de nuestro ejército, no dudan en que no debemos negar la ayuda que Danebod nos solicita —continuó diciendo Barthazar—. El rey de Torkala ha sido y es un fiel aliado de este reino, y su lealtad ha permitido que ahora estemos aquí, asentados en tierras bendecidas por los dioses. Si nos necesita, no podemos más que acudir en su auxilio —concluyó.

Vio que Magnus asentía levemente, Bertolomy parecía reflexionar con el ceño fruncido, la Gran Aya y Dragan se miraban entre sí y el rey permanecía pensativo con la mirada en el suelo. Después de un rato de silencio, Willem escribió: ¿Qué pensáis?

—Mi querido rey —comenzó a hablar la Gran Aya—. Sabéis que siempre he sido partidaria de la neutralidad, porque aun siendo ciertas las palabras de Barthazar, siempre tendremos enemigos si apoyamos a uno de los bandos, mientras que bajo el pretexto de encontrarnos inmersos en la construcción de esta ciudad nos ha resultado imposible contar con un ejército lo suficientemente pertrechado para luchar. Además, este lugar a medio construir ni siquiera tiene murallas que nos defiendan de una posible venganza, mientras que lo que cuentan de Navadalag es que se caracteriza precisamente por ser una ciudad extraordinariamente fortificada que permite resistir un asedio.

—¡Pero Danebod necesita muy poco para vencer! Si no le prestamos ayuda nos reprochará por siempre haberle dado la espalda —argumentó Barthazar disimulando su nerviosismo.

—Debemos una gran cantidad de dinero a Danebod, ¿no es cierto, Magnus? —preguntó Dragan, y el tesorero real hizo un gesto afirmativo—. Podríamos negociar con él la ayuda de nuestro ejército en concepto de pago de esos préstamos...

—Bien, no es mala idea —confirmó Magnus.

—Tendríamos un amigo y las arcas llenas —intervino Bertolomy—, me gusta vuestra propuesta, Dragan, no cabe duda de que estáis inspirado por los dioses. Desde que se levantó ese templo a Rakket estáis incluso más joven —bromeó.

El general los miró a todos, uno por uno, hasta llegar al rey, que permanecía inmóvil y con la mirada clavada en sus botas polvorientas. Lo observó atentamente a la espera de su decisión, pero sabía que no podía negarse. Aunque la Gran Aya estuviese en contra del envío de las tropas, Dragan, Magnus y Bertolomy se habían manifestado favorablemente. Willem levantó su rostro y miró hacia el ventanal; la joven y Astrid se habían marchado. Afuera brillaba un sol rotundo, grande y luminoso, que resaltaba los colores hasta hacerlos insólitamente intensos. Las flores de los parterres congregaban a su alrededor golosas abejas cuyo zumbido podía intuirse desde el interior, zigzagueantes y nerviosas en sus idas y venidas en vuelos desordenados. Un poco más lejos, bajo la sombra mínima de una alta palmera, un perro de pelo oscuro dormitaba plácidamente.

Con parsimonia, Willem tomó el pizarrín y escribió: «Neutrales aún. Hoy encargo proyecto muralla.»

—¡El rey ha hablado, que se cumpla su decisión! —gritó la Gran Aya.

—¡Pero eso es pura cobardía! —vociferó Barthazar, dejando salir al exterior sus nervios enjaulados hasta ese momento.

El rey, que comenzaba a tomar el camino a la salida, se paró en seco y se giró a mirarlo. Clavó en él unos ojos neutros y tranquilos, pero inquebrantables, y le sostuvo la mirada como si de un torneo se tratase, hasta que Barthazar, desconcertado, soltó un bufido y salió al corredor airadamente.

La joven Ishalmha se puso en pie y se dirigió en silencio hacia el ventanal todavía a oscuras. Tanto su aya como ella se habían quedado dormidas por un instante y la incipiente luz del amanecer acababa de despertarla con la imagen de Elizheva mirando por aquel mismo ventanal hacia dentro y el rey contemplándola desde el otro lado.

—Elizheva... —susurró.

Se quedó allí un buen rato, viendo cómo las primeras luces definían los contornos lentamente, los parterres, las flores, las palmeras. Recordó aquellos días en que recorría con Astrid aquellos jardines, ajena a su propia identidad, ajena al mundo. Ahora lo comprendía todo, y sobre todo, comprendía lo que ocurrió después, en los días en que conoció al rey.

Se distanció de la ventana y se dirigió a los sillones de nuevo, observó a Astrid que permanecía dormida, el cansancio en su rostro, los movimientos de sus pupilas bajo los párpados cerrados, la fina piel de sus manos surcadas por el azul de las venas, el pelo blanco. Inquieta en el mundo misterioso de los sueños, movía los labios sin decir nada, como si la historia que le estaba contando siguiera su curso en el interior de su cabeza, oculta, subterránea, ignota.

Salió del gabinete de lectura y anduvo por el corredor hasta la escalera, subió los peldaños, se inclinó ante la hornacina, continuó hasta el piso de arriba y se dirigió al dormitorio real, que permanecía cerrado con llave desde hacía años. Aplicó un ojo a la cerradura y vio parcialmente el interior en penumbra, y sintió una tremenda curiosidad por conocer la obra de Bertrand. Había estado antes en aquella estancia, pero no había prestado atención a nada de cuanto había a su alrededor. Ahora, sin embargo, la atracción que sentía por el dormitorio superaba a su propia paciencia.

Bajó de nuevo las escaleras y regresó al gabinete de lectura; la quietud de Astrid era semejante a la de los libros de los anaqueles, a la de los relieves del techo. Temió por un momento que estuviese muerta y que la historia que le estaba contando quedase inconclusa, pero enseguida desechó la idea absurda y se sentó frente a ella a observarla. En pocos días había conseguido que la viese de un modo diferente, que dejase de ser la mujer que la había cuidado desde que era una niña y que había sido la madre que nunca tuvo, para convertirse de pronto en la misteriosa mujer poseedora de un secreto de unas dimensiones inabarcables. En aquella cabeza que ahora reposaba dormida sobre el respaldo del sillón había habitado hasta ahora la historia del reino, la piedra angular de su futuro y su estabilidad. En ella, en aquella mujer que parecía más anciana de lo que era en realidad, había residido hasta ahora la mayor de las verdades escondidas.

Como si supiera que la observaban, Astrid abrió los ojos y vio enfrente a Ishalmha, a Elizheva, a la hija de Bertrand. Sus ojos enormes la miraban desde más allá de sus pupilas, desde el lugar remoto donde crecen los misterios aún no desvelados, con la inquietante incertidumbre de quien desea tener certezas.

—Mi querida niña... siento haberme dormido.

—Astrid, tengo tantas preguntas... ¿Por qué permitiste que sufriésemos tanto?

—Escucha, escucha esto, por favor. —Y continuó su narración con la voz reavivada por el descanso.

3

Creyó en la justicia del rey desde el primer instante, puesto que era inocente y no había en su cabeza lugar para una ignominia semejante. Nadie que lo conociese creería la versión de que había intentado asesinar al general, así que acató la prisión como medio inevitable mientras se aclaraba el suceso y se le concedía la libertad. Sin embargo, pasaba el tiempo y nadie hacía nada por él, salvo sacarlo de la celda con la obligación de terminar su trabajo sin recibir ningún dinero en contrapartida, lo cual le pareció un despropósito y una afrenta. Fue entonces, aquel día en que salió de la celda con grilletes en los tobillos y con el mandato de trabajar a destajo, cuando empezó a perder la fe en el rey y a temer por su libertad. Acaso aquel era el final, se dijo, y aquella su última obra, el legado que dejaría al mundo. Si así había de ser, entonces no habría lugar para buscar más a Erik, y nunca más vería a Elizheva. A partir de aquel día rezaba a todas horas, rezaba con la poca fe que conservaba, a todos los dioses que retenía en la mente, y a Rakket por encima de todos ellos. Solo pedía que su hija permaneciese en palacio, al abrigo de los cuidados de Astrid, sin que el fatal destino de su padre la arrastrase también a ella.

Le dictaron órdenes estrictas y tuvo la sensación, por segunda vez en su vida, de ser un esclavo. No lo dejaban ver a nadie salvo a sus obreros y a los suministradores de madera —habitualmente emisarios de Ameb que llegaban con extraordinaria madera de nogal—, había de trabajar un número mínimo de horas, se sometería a la vigilancia del cuerpo de guardia de la zona real de palacio y no tendría libertad de movimientos. Por supuesto, no podría salir del edificio y regresaría cada noche a dormir a los calabozos.

A pesar de todo no se amedrentó. Siguió pidiendo justicia cuando tuvo la ocasión, aunque aún no hubiera tenido la mejor de todas ellas: ver al rey. Mientras tanto, y tal vez con más motivo y con la esperanza de atraer su atención, trabajó con mayor dedicación, con el esmero de un aprendiz, con la experiencia de un maestro y con las ganas de un pobre. A la vez, enseñaba a sus colaboradores para que ellos ayudasen en la realización de los trabajos más fáciles y él pudiera dedicarse a terminar lo que retenía en su mente, perdiendo paulatinamente el interés por la construcción y centrándose en las tallas, en los relieves que adornarían techos y paredes por todas partes.

Permanecía casi todo el tiempo esculpiendo su obra maestra, completamente abstraído y ausente, hasta que alguno de los oficiales lo devolvía al mundo real para preguntarle por cuestiones sin resolver relacionadas con las grandes estructuras, la lacería o el labrado de la madera. Desde la elección del material hasta la colocación de la última pieza, lo revisaba todo con detalle y siempre estaba a disposición de sus colaboradores para atenderlos y aclararles cualquier duda que les surgiese. Por su parte, todos ellos, conocedores del juicio aplazado que —según opinaba cada día más gente— terminaría con la carrera del maestro, intentaban absorber su sabiduría apurándola como hambrientos en un plato. Se apiadaban de él, les daba pena la injusticia cometida, pero habían renunciado a regodearse en la tristeza y miraban hacia el horizonte aplazando los lamentos en la medida en que se aplazaba también el desenlace.

Le habría gustado conocer al rey antes de todo aquello, saber cómo pensaba, cuáles eran sus gustos, qué quería para su dormitorio, puesto que así habría tenido que esforzarse menos por acertar con sus gustos. Ni siquiera sabía si era un admirador del arte o un burdo militar que ignoraría durante toda su vida cualquier obra que lo rodease, dedicándose a clavar su espada cada noche en cualquiera de las figuras que con tanto esmero estaba esculpiendo para él. Aún quedaba mucho, terminaría el perímetro exterior del techo y luego abordaría la lacería del centro, rematando el punto del que colgaría una gran lámpara con una reproducción del propio lugar donde se encontraban como si fuese visto desde arriba, pero pensada para verse desde abajo.

Luego acometería la ejecución de las paredes y el suelo, poniendo especial atención al cabecero del rey. Le constaba que había pedido expresamente que en aquel respaldo se contase una de las historias contenidas en los libros de la biblioteca, y había confiado el asunto a Alfad para que velase por el cumplimiento de sus deseos. Pero cuando el preceptor real abordó la idea, Bertrand lo convenció de que él, que sabía leer y escribir, se encargaría de elegir personalmente la más bella historia de cuantas se encontrasen en los libros.

Alfad, más pendiente de las maquinaciones de Barthazar que de los encargos del rey, se dio por satisfecho, y Bertrand se sintió libre de elegir sin supeditarse a una historia que no le habría inspirado ni una sola de las imágenes que quería representar.

Una mañana, antes del almuerzo, se encontraba tumbado boca arriba en los tablones del andamio, esmerándose en hacer del techo del dormitorio el cielo cuya belleza admiraría el rey cada noche de su vida. Ese sería su martirio si él no conservaba la vida: no olvidar jamás al artesano que, injustamente, ya nunca podría contemplar ese mismo cielo.

—¡Maestro! —gritó alguien desde abajo—. Maestro, tenemos a varios hombres que piden verle con urgencia. Son artesanos que vienen en busca de trabajo. Ya les he dicho que estáis ocupado, pero insisten en que tienen una gran necesidad. Al parecer vienen de Torkala, donde la guerra los está matando de hambre y no pueden mantener a sus familias. ¿Qué les digo?

Bertrand pensó un momento. En realidad, necesitaría hombres. El trabajo estaba siendo tedioso y él no podía atender a todas partes, por lo que ya había pensado nombrar un encargado de entre los oficiales de más valía, solicitando que le fuese reconocida la condición de maestro. Luego tendría que dotar la cuadrilla del nuevo maestro con más aprendices y oficiales, por lo que si de entre los que solicitaban ser admitidos había alguno con experiencia, le vendría bien contar con sus servicios.

—Está bien, decidles que los veré a la hora del almuerzo. Facilitadles la entrada en el puesto de guardia y que se presenten aquí uno por uno, ¿cuántos son? —Bertrand no estaba seguro de que los dejasen pasar como hacían con los suministradores de madera, ni que lo dejasen salir a él para verlos.

—Seis o siete. Algunos de ellos parecen fuertes y nos pueden ayudar con las vigas.

—Está bien, id. Los veremos luego.

Un poco antes de la hora del almuerzo, Bertrand bajó del andamio. Los grilletes que le habían colocado solo servían para identificarlo, puesto que no poseían cadena alguna que le impidiese el movimiento, sino que solamente se trataba de dos aros de hierro en torno a los tobillos. Resultaban molestos y pesados, pero estaba acostumbrándose a ellos.

Tomó junto a sus hombres una hogaza de pan y una jarra entera de cerveza. Tenía el cabello revuelto, mezclado con virutas de madera, y la barba tan larga que le llegaba a la parte baja del pecho. Sus manos, renegridas, sostenían la jarra como si fuese un trozo de madera, dejando el asa libre a un lado.

—Haz pasar a los hombres, y vosotros dos quedaos conmigo para ayudarme a hacer la selección —ordenó a sus oficiales.

Los aspirantes fueron pasando de uno en uno, venían demacrados y enflaquecidos, contando atrocidades de la guerra en Navadalag, de donde habían huido con sus familias al inicio de la contienda. Hartos de esperar un desenlace que les habría permitido regresar a sus casas, con sus familias al borde de la muerte, habían decidido cruzar la frontera de Ariok y buscar la forma de alimentarse. Los soldados del general Barthazar impedían la entrada de torkalíes, pero muchos de ellos también habían sido soldados en la época de la marca, y conocían la frontera a la perfección. Buscaban pasos seguros y lograban entrar en el país y ponerse a salvo. Argumentaban al llegar que habían vivido mucho tiempo allí mismo y que merecían un trato de favor, una ayuda, ahora que atravesaban momentos de dificultad. Ellos, que habían cuidado aquellas tierras a la espera de que algún día llegasen desde Waliria para construir una nueva ciudad, no podían sentirse extranjeros en una tierra que sentían como propia.

—Pero si trasciende que sois torkalíes os echarán de aquí y nos responsabilizarán de haberos dado trabajo —adujo el oficial que estaba con Bertrand.

—En ese caso respondo yo —replicó el maestro—. Tengo poco que perder. De cualquier forma, que nadie desvele que son torkalíes, y que los seleccionados queden en todo momento bajo nuestro control.

Pasaron de uno en uno, todos ellos con cierta experiencia y ganas de trabajar para dar de comer a sus esposas e hijos. El penúltimo era especialmente interesante, puesto que era maestro carpintero de la corte de Torkala. Era fuerte y se encontraba en esa edad en que se ha dejado atrás la inexperiencia de la juventud y aún no se ha llegado a la vejez que impide el esfuerzo. Cuando salió, Bertrand comentó sus cualidades con los dos oficiales que lo acompañaban, y se encontraban en pleno debate cuando entró el último de los aspirantes. El maestro seguía con la vista puesta en sus colaboradores, pero de reojo percibió un titubeo en la persona que acababa de asomar a la puerta, lo que le hizo desviar la mirada hacia él. Era un hombre alto cuya peculiaridad residía en que era negro, un negro que él conocía bien, un tratante de esclavos, un asesino a quien no olvidaría nunca: era Rerad.

—Necesito un trabajo, apiadaos de mí —intentó convencerlo el Negro.

—¿Qué os pasó? —inquirió Bertrand.

—Una epidemia. La gente acabó yéndose de la noche a la mañana, atemorizados ante la posibilidad de contagiarse, así que nos fuimos quedando solos y tuvimos que salir de allí inmediatamente. Me abandonaron todos.

El Negro, desprovisto de orgullo, se sinceró con Bertrand como si nada hubiese pasado. En sus palabras y en sus gestos había un hombre que en verdad necesitaba ayuda y no dudaba en pedírsela ahora a quien había esclavizado. «La vida tiene estas cosas —pensó el carpintero— y ofrece estas oportunidades de venganza que uno puede o no aprovechar.»

Bertrand recapacitó durante un buen rato. No estaba para administrar justicia, cuando en realidad era él quien estaba esperando que se le juzgase, pero sí podía decidir incorporar o no a aquel hombre a su cuadrilla. Tenía la oportunidad de demostrarle que no eran iguales, que a pesar de ser un asesino podía ofrecerle una oportunidad de trabajar para él. Podía hacerle ver que no todos los hombres actúan de igual modo y que la generosidad de Ameb, como la de él mismo, contrastaba tremendamente con su mezquindad, y que su falta de humanidad no era óbice para que fuese perdonado.

Por otra parte, recordó Bertrand la gran suma de dinero que había costado su libertad y la de la fallecida Elizheva, eso, además del gran susto que se llevó pensando que habían sido asesinadas por Rerad. También recordó el fatídico momento en que vio al herrero colgando de la soga en el interior del pozo.

Lo miró a los ojos y le dijo:

—Desde que os conocí, Rerad, me he preguntado muchas veces qué clase de hombre puede someter a todo un poblado a su antojo, qué tiene que circular por una cabeza como la tuya —lo tuteó ahora— para creer que puedes disponer de la vida de las personas y qué mala sangre hay que tener para cobrar por la libertad de un hombre y una mujer libres.

Bertrand hizo una pausa y Rerad agachó la cabeza.

—También me he preguntado muchas veces cómo pudiste destrozar así la familia del herrero, un buen hombre cuyo único delito era haberme querido hacer un favor. ¡Un favor consistente en hacer unas simples herramientas!

La indignación del carpintero iba creciendo a medida que hablaba y recordaba lo que había pasado en el poblado de Trimib.

—¿Sabes qué, Rerad? Que no mereces mi ayuda. Lo único que mereces es trabajar para mí hasta que me pagues la última de las monedas con las que Ameb compró mi libertad, y luego someterte a la justicia por el asesinato de un hombre. Mereces que ahora mismo mande a mis hombres a retenerte y hacerte trabajar únicamente por la manutención y el alojamiento durante un tiempo equivalente al que tú me retuviste a mí. Eres merecedor, igualmente, de rezar en voz alta una plegaria a los dioses cada día en mi presencia por la memoria de mi querida Elizheva, a la que privaste de encontrar a su familia durante todo el tiempo que te servimos.

Rerad seguía sin levantar la cabeza.

—Pero no voy a hacer nada de eso. Tampoco puedo emplearte aquí. Vete. Vete y búscate la vida como puedas, pero no oses volver porque te entregaré a la justicia y exigiré que me pagues lo que me debes. Vete y no vuelvas a aparecer ante mi vista nunca más en toda tu vida, sal por esa puerta y da gracias a que en el mundo hay poca gente como tú.

Y diciendo esto, Bertrand ordenó a uno de sus hombres que lo sacaran de allí y lo acompañasen a la puerta del recinto de palacio. Al finalizar aquella entrevista, Bertrand quiso quedarse solo a pensar. Ameb tenía razón —se dijo—, la vida siempre da una oportunidad para ajustar cuentas.

4

Willem había elegido aquella hora para pasear por el jardín intencionadamente. Dos soldados lo seguían por entre los olorosos setos de flores hacia las fuentes, se paraban cuando él se paraba y continuaban cuando reanudaba el paso. Disimuladamente fue acercándose a la zona sur del palacio, al lugar donde en otras ocasiones había visto a Astrid y a la muchacha charlando mientras paseaban, pero no las encontró. A lo lejos, en los tejados, se oía el claveteo de los carpinteros que continuaban montando las aparatosas estructuras de madera, un sonido cadencioso y metálico que se mezclaba con las risas de niños y mujeres y, más lejos aún, con el relincho de caballos. Las obras, al fin, estaban terminando.

Giró hacia el ala este y luego hacia el patio del norte, y entonces sí, las vio. Astrid llevaba un sencillo vestido de criada, tan humilde que la hacía parecer una de aquellas mujeres que entregaban su vida a Rakket ocultas en sus templos, sirviendo a los oráculos y a los sacerdotes, ajenas al mundo exterior. Llevaba el pelo recogido en un moño bajo una redecilla y estaba en pie, hablando con la muchacha que permanecía sentada en un banco, detrás de ella, fuera del alcance de la vista del rey.

De pronto, Astrid pareció recordar algo y se marchó a paso vivo hasta desaparecer tras las puertas traseras de las cocinas, mezclándose con la oscuridad del edificio. La muchacha, sola, parecía ensimismada en sus pensamientos, con una flor entre sus manos. Willem ordenó a los guardias que aguardasen y se acercó sigilosamente hasta colocarse a un lado del banco. La muchacha se sobresaltó y dio un respingo.

—¡Oh! Buena tarde tengáis, señor...

Willem sonrió y cruzó sus brazos sobre el pecho llevándose las manos abiertas a los hombros e inclinando levemente la cabeza, en una reverencia cortés. La muchacha lo miró esperando que dijese algo, pero el rey volvió a sonreír, tomó su pizarrín y escribió: «Buena tarde también para ti.»

La muchacha abrió los ojos desmesuradamente y se llevó la palma de la mano a la boca para ahogar una exclamación:

—¡El rey...!

Willem asintió encogiéndose de hombros.

—Disculpadme, os lo ruego, he demostrado ser muy despistada —se apresuró a decir mientras se ponía en pie—. No os había reconocido.

Él hizo un gesto de insignificancia para restar importancia al hecho y con las palmas de sus manos le instó a que volviese a tomar asiento, pero ella no se inmutó. Ambos quedaron callados, sin saber qué decirse. Elizheva miró a un lado y a otro, esperando ver la comitiva que siempre había imaginado que rodeaba a un rey, pero él estaba solo ante ella, apenas un muchacho, guapo y sonrojado.

El rey cayó entonces en la cuenta de que no sabía su nombre, así que rompió el silencio con el roce de la escritura en su pizarrín:

—¿Cuál es vuestro nombre? —le dijo mostrándole lo que había escrito.

—Ishalmha —respondió ella esbozando una tímida sonrisa.

Willem le sonrió también. Era preciosa. Sus ojos de miel no lo miraban, sino que le acariciaban el rostro. Sus labios no se movían para hablar, sino para susurrar palabras mágicas. Sus mejillas no tenían el color de la piel, sino el de los sueños.

Ambos callaron a la vez que se desdibujaba el jardín, tan hermoso apenas un instante antes, y ninguno hallaba palabras con que regresar al mundo real desde la turbación en que se encontraban. Se acalló la brisa que subía desde el lago y se congeló la luz de la tarde en prolongadas sombras, y las finas telarañas que brillaban entre las flores atraparon un tiempo espeso como el zumbido de los insectos al atardecer. Para ellos se hizo una luz perenne, del cielo se borró la luna blanquecina y el sol se agarró a las aguas negándose a sumergirse en ellas, dotándolas del mágico color dorado que a aquellas horas rebotaba en miles de matices para esparcirlos por doquier.

Por todo paisaje, el rey contemplaba unos maravillosos ojos de miel; Ishalmha, también. Y transportados por los campos sin tocar el suelo, sobrevolaron la ciudad que se elevaba al cielo, los juegos de niños ajenos a su presencia, los bosques cuyos árboles apeados exhalaban el aroma intenso de la madera que a ambos, sin saberlo, los unía íntimamente en un subconsciente profundo y evocador. Allí, atrapados en el elixir de las resinas, en el olor dulzón del serrín y en el hipnotismo intenso de los barnices, rememoraban tiempos difusos y olvidados, momentos que ya nunca regresarían más que en un recuerdo borrado que había dejado la huella del tiempo. En el interior de sus almas crecían silenciosamente las raíces cuya savia alimentaba sus sueños compartidos, el amor profundo por los mismos horizontes y la admiración secreta por la belleza de la vida.

Solo las voces repentinas de una horda de chiquillos que abandonaban el edificio para inundar el jardín los devolvió a la tierra que pisaban, alargó las sombras, removió la brisa, iluminó la luna y sumergió el sol bajo las aguas. La tarde caía y las palabras brotaron en una sencilla despedida. Aquella noche, Willem I de Ariok tardó mucho tiempo en dormirse. Ishalmha soñó que era la esposa de un rey.

El sitio de la ciudad de Navadalag se prolongaba demasiado tiempo y Danebod ya no aguantaría mucho más encerrado entre las murallas que lo defendían de los nobles rebeldes. Había pensado pedir ayuda desesperada a Willem, pero sus consejeros lo habían disuadido debido a que sabían que el rey de Ariok no contaba con ejército suficiente y pertrechado para hacer frente a Krok y a sus hombres. Sería un suicidio, y pensaron que tal vez, en un futuro, cuando Ariok estuviese preparado, restablecería el orden en Torkala.

Esa era la realidad del reino vecino, pero las noticias llegaban distorsionadas al rey Willem porque los hombres de Bartha hacían llegar otras bien distintas para animar al rey a enviar tropas en auxilio de Danebod, haciéndole creer que el viejo rey de Torkala se afianzaba cada día más y avanzaba hacia la victoria ganando terreno a los nobles y al general Krok, que comandaba un ejército mermado en extremo, permanentemente en retirada, maltratado en todos y cada uno de los poblados en los que pretendía buscar alimentos y cobijo. Barthazar siempre insistía en la necesidad de ayudar al viejo Danebod en un momento tan importante como aquel, pues aunque se hallaba al borde de la victoria siempre le faltaba un último impulso que solo podía llegar de la mano del ejército real de Ariok.

Willem, que era partidario de Danebod, dudaba y tomaba siempre la decisión de seguir esperando. Y mientras el rey aguardaba, Barthazar sobrepasaba todos los límites, retenía a sus hombres a fuerza de promesas siempre incumplidas, sufría deserciones que se veía obligado a castigar severamente, veía cómo se le escapaba día a día la última posibilidad que tenía de alcanzar la gloria por las armas.

Por eso, cuando Barthazar recibió el mensaje de Krok pidiendo auxilio para terminar de una vez por todas con Danebod y liberar al fin a la población que se moría de hambre y enfermedad más allá de las murallas de Navadalag, sintió que hasta el último poro de su piel exclamaba de júbilo. El general preparó entonces su último intento para desguarnecer la corte de Ariok. Sus hombres adoctrinaron a un torkalí que había de hacerse pasar por un correo de Danebod; falsificaron un documento real del viejo rey, valiéndose de un original de cuantos manejaba Magnus para acordar los préstamos, y lo hicieron llegar a las puertas de palacio con el único objetivo de entregar personalmente el mensaje a Willem.

Tras prepararlo todo, Barthazar se reunió con uno de los emisarios de Krok para mostrarle la intención de Willem de enviar tropas en auxilio de Danebod y convencerlo de que por su parte todo estaba preparado para entrar en combate en apoyo de los rebeldes, aunque él sabía que no era cierto y que le quedaban algunos cabos por atar. Tenía que asegurarse de que Roger estaría preparado, y a ser posible conseguir que Willem enviase realmente algunas tropas en auxilio de Danebod.

Regresó del encuentro con el emisario de Krok y se encaminó hacia sus aposentos. Era tarde y solo deseaba fornicar con alguna de las mujeres jóvenes que Alfad le procuraba cada día, unas veces eran hijas de nobles y otras veces mujerzuelas traídas de los burdeles que empezaban a proliferar en la ciudad con género traído de Torkala, e incluso de lugares más remotos, viajando en caravanas de mercaderes que comerciaban con extranjeras. Al pensar en sus cuerpos desnudos sintió un fuerte deseo, ganas irreprimibles de poseerlas, a dos o tres de ellas antes de caer rendido en brazos del sueño. Le ayudarían a relajarse y descansar, lo necesitaba. Eso si Alfad no se había entretenido con alguno de los jóvenes obreros que tanto le gustaban y había descuidado su tarea principal. Iba pensando en eso cuando descabalgó a las puertas de las cuadras, donde varios hombres ultimaban los preparativos para la dormida de los caballos. Entre ellos se encontraba el conde Roger, y vio una buena ocasión para hablar con él. Tenía algo importante que decirle.

Willem había vuelto a ver a Ishalmha dos veces más, y aquella tarde era la tercera que se había encontrado con ella. Vencida la timidez inicial de la primera vez, en las ocasiones posteriores habían entablado conversación con facilidad.

La muchacha, que acariciaba la primera juventud, se mostraba fresca, natural, desprovista de artificios y de cualquier lenguaje protocolario en presencia de Willem, lo cual lo estimulaba sobremanera. Conversaban ambos tranquilamente, ajenos a cuanto a su alrededor ocurría, ya fuese un juego de niños, un ir y venir de pájaros anidando o el trabajo silencioso de un jardinero.

—La luz de la tarde es maravillosa aquí, y mejor aún al otro lado —señaló Ishalmha hacia el sur—, mirando al lago, donde las puestas de sol son realmente bellas.

Willem asintió sin dejar de sonreír.

—Hace tiempo que no veo a Astrid —escribió.

—Anda por ahí, de cosa en cosa, siempre atareada. Apenas la veo yo tampoco, y cuando nos cruzamos siempre me pregunta lo mismo, cómo estoy, si aprovecho mis lecciones, si como bien y si tengo alguna dificultad con mis ropas. Yo no presto atención, o al menos no mucha más de la debida, pues no son cosas que me preocupen en exceso.

—¿Qué os preocupa? —le preguntó Willem con curiosidad.

Ishalmha lo pensó un momento y al instante contestó:

—Me preocupan mis compañeros, o mejor dicho el comportamiento de algunos de ellos. Es notable la distancia que existe entre unos y otros, las inquietudes tan diferentes que nos mueven, la altanera actitud de los hijos de los más altos nobles, incapaces de tratarnos a todos por igual.

El rey asintió interesado.

—Me preocupa que no salgamos de aquí y que el mundo sea distinto ahí afuera, que las gentes que no viven en palacio, los que habitan en los bosques, o en las aldeas, más allá de los límites de la ciudad, del lago o del mercado, sean tan diferentes a nosotros que de nada sirva lo que aquí aprendamos.

—Por verdad tengo que no somos muy distintos unos a otros —escribió el rey.

—Es posible que no lo seamos, pero eso no evita diferentes formas de comportarnos.

Willem pensó sobre aquello unos instantes.

—Y me preocupa mi padre —concluyó ella—, a quien hace tanto tiempo que no veo que apenas logro ponerle rostro.

El rey pensó por un instante en su propio padre, en Emory, a quien él tampoco conseguía ponerle cara, puesto que había muerto apenas hubo nacido él. Y, lo que era peor, tampoco a

Shebaszka, su madre, era capaz de dibujarle los rasgos en la memoria, y mucho le dolía tal circunstancia.

—¿Dónde está vuestro padre? —inquirió retomando la conversación.

—Astrid dice que ha ido en busca de mi hermano Erik, y que no regresará hasta que no dé con él o hasta que haya dado por imposible encontrarlo. La última vez que nos vimos trabajaba en las obras de este edificio, es maestro carpintero —esbozó una sonrisa—, el mejor de todos.

Willem sonrió con condescendencia; era lógico que Ishalmha otorgase la condición de mejor maestro a su padre, aunque él sabía, como lo sabían todos, que el mejor de los maestros era, con absoluta certeza, Bertrand de Lis, un genio sin par, el mejor artista jamás conocido en Ariok. No había nadie, entre los viejos nobles —solo ellos recordaban cómo era el palacio Real de Waliria—, que lo pusiera ya en duda, y eso sin que hubieran llegado a ver más que la casa de Bertolomy o los salones de la planta baja de palacio. ¿Qué opinarían cuando viesen la maravilla de las maravillas? El dormitorio del rey, para quien tuviese acceso a él, sería recordado por siempre incluso más allá de las fronteras de Ariok, de eso estaba seguro, aun sin haberlo contemplado en toda su plenitud todavía.

—¿Qué pasó con vuestro hermano?

—Se perdió durante el éxodo, en el bosque de Loz. —Se le ensombreció el rostro como si sobre ella hubiese caído la noche de pronto—. Es una historia muy triste que le oí contar a mi padre, quien siempre repite que lo encontrará, cueste lo que cueste.

—El bosque de Loz... —repitió el rey, pensativo.

Asomaron a la esquina del palacio donde recientemente se había construido una garita que ahora era ocupada por un soldado de guardia. Desde que la guerra sacudía Torkala no solo se había proyectado la construcción de una muralla cuyas obras comenzarían muy pronto, sino que el sistema defensivo incluía también garitas, puestos de guardia en torno al lago, sistemas de alerta de soldados apostados en la frontera... todo un entramado que pretendía dotar de aparente seguridad a una corte que en realidad estaba desprotegida.

Al doblar aquella esquina el lago apareció ante sus ojos como un inmenso reflejo dorado que proyectaba su brillo más allá de las aguas, esparciéndose por las tierras cercanas, por los árboles, la hierba y las flores, como una música lenta. La luz anaranjada de la tarde lo invadía todo de sombras alargadas y colores suaves, tostando también los rostros del rey y de Ishalmha mientras avanzaban bajo las palmeras hacia el embarcadero recién construido frente al palacio.

—Este lugar tiene algo de mágico, ¿no crees? —reflexionó Ishalmha—. Me gustaría saber cómo es el resto de Ariok, cómo son sus montañas y sus desiertos, los bosques, las praderas del norte, los huertos de donde viene la fruta.

Willem pensó que tampoco él conocía su reino, si bien había tenido la oportunidad de viajar junto a Barthazar y otros soldados hacia los bosques, la cantera y los huertos, pero no más allá. Astrid le había hablado muchas veces del viaje desde Waliria, de los años que tardaron pasando penurias por las montañas del Hades y las tierras anegadas donde los ríos constituían un laberinto, pero él no recordaba nada de su infancia.

—¿Tú también sientes paz aquí? —preguntó a través de sus palabras escritas.

—Sí, paz, sosiego, tranquilidad. Me ayuda a pensar, a memorizar las lecciones que me enseñan ahí adentro, a imaginar cómo será el futuro...

Al rey le pareció que Ishalmha había adquirido una belleza aún mayor con la luz de la tarde, y así la contempló mientras ella perdía la mirada en las aguas del lago o, aún más allá, en ese tiempo futuro que como todo porvenir se inunda de incertidumbres.

—¿Es difícil ser rey siendo mudo? —le preguntó de pronto volviéndose hacia él, con la misma naturalidad con que habría preguntado cualquier otra cosa.

A Willem le sorprendió tanto la pregunta que al pronto no supo qué contestar. Ella clavó entonces la mirada en el pizarrín en busca de una respuesta, así que él escribió:

—Es difícil ser rey. Ser mudo, a veces, facilita las cosas.

Ella asintió despacio, como si el gesto le ayudase a comprenderlo mejor, y entonces dijo:

—Hay ocasiones en que hablamos demasiado, cuando en realidad deberíamos comprender a quienes tenemos cerca con solo mirarlos.

Se miraron a los ojos largo rato. Ishalmha pensó que en los ojos del rey se guardaban las palabras no dichas, una vida interior profunda y reflexiva que lo asemejaba a un tesoro bien guardado cuya ocultación alimentase el deseo de conocerlo. Por su parte, Willem pensó que Ishalmha era la primera persona no contaminada que había conocido, alejada de secretos, de intrigas, de luchas por el poder y por ganarse su favor. La tenía ante sí y le resultaba transparente como el cristal, pero también como el cristal se le antojaba frágil y delicada.

Uno de los guardias se acercó entonces a ellos con toda la prudencia que pudo y, sin poder descuidar la misión que lo había llevado al jardín, llamó la atención de su rey:

—Señor, Alfad lo reclama, al parecer ha llegado un mensajero de Torkala. Es urgente.

Willem miró a Ishalmha con circunspección.

—He de irme. ¿Nos veremos mañana? —escribió.

Ella movió la cabeza afirmativamente regalándole una sonrisa.

Al despedirse, la besó en el dorso de la mano y le sonrió. Ella, con la misma naturalidad con que se había mostrado durante el paseo que habían compartido, le dio un beso en la mejilla y, al hacerlo, el rey aspiró su perfume. El azar quiso entonces que Astrid tuviese que salir al patio un poco antes de lo que solía hacerlo cada día, pues acudía a una llamada de Azzo, el criado, que necesitaba ayuda urgente con un chiquillo que se había hecho daño en un brazo. Al salir y encarar la senda que la llevaba hasta la fachada norte del palacio, vio de lejos a Willem y a Elizheva, e intuyó enseguida que en aquellas miradas, en aquellas sonrisas, en aquellos besos de despedida había mucho más que ternura, mucho más que simple amistad, y de pronto sintió que algo vital se le escapaba de las manos, como un líquido que se le escurriese sin poder retenerlo, irremediablemente, para su desesperación. Las voces de Azzo la apartaron momentáneamente de sus pensamientos y acudió presurosa a su llamada, pero su mente seguía en el lugar donde se había desbordado el cauce, en el sitio exacto en que se había fracturado el curso normal de la naturaleza.

Willem acudió de inmediato a la sala de audiencias. Mientras subía las escaleras se llevó su bocamanga a la cara para volver a respirar el aroma de Ishalmha, esa suave fragancia que se le venía a la memoria como un perfume completamente real en los momentos más inesperados del día. No podía dejar de pensar en ella y a todas horas la imaginaba junto a él, escuchaba su risa, se perdía en su mirada, rememoraba las palabras que le dedicaba cada tarde a orillas del lago. Algunas noches soñaba con ella y no podía evitar agitarse, removerse inquieto en la cama y despertar en mitad de la oscuridad, sudando y deseando tenerla entre sus brazos.

Al ver llegar al rey a la sala de audiencias, Alfad gritó:

—¡Hacedlo pasar!

El hombrecillo entró en la estancia, sucio, cubierto de polvo hasta las cejas, impregnado en un agrio hedor. En sus manos portaba un pergamino enrollado y lo extendió al rey inclinando su cabeza, sin mirarlo a los ojos.

Willem lo desenrolló y leyó para sus adentros la llamada de Danebod, que alarmaba de que sus tropas se estaban viendo obligadas a retroceder después de haber tenido la victoria muy cerca. Ahora, debido a la falta de abastecimientos y a la mella que causaban las epidemias, tenía que replegarse alargando la guerra y sufriendo al ver a su pueblo padecer toda clase de males. Con un poco de ayuda tendría la victoria a su alcance y confiaba en que Ariok fuese su fiel aliado.

El rey dejó el mensajero que se retirase y ordenó que le permitiesen bañarse y le proporcionaran comida, agua y ropa limpia. Luego pidió que a él lo dejaran solo. Volvió a leer el mensaje y se quedó pensativo durante largo rato. Barthazar, que debía estar allí, no se había presentado, probablemente entregado a la tarea exigente de tener preparado el ejército si era preciso actuar.

En realidad estaba convencido de que el ejército de Ariok no estaba preparado para entrar en guerra. Había estudiado la historia reciente del reino, desde la época en que Melkok y su hijo Magmalión habían firmado la paz después de décadas de conflictos. Desde el terremoto de Waliria hasta la llegada a los Grandes Lagos toda la trayectoria militar de Ariok se había ido al traste, y el ejército se había recompuesto con pocos medios y soldados escogidos al azar entre los jóvenes más saludables, hijos de artesanos y labradores sin ninguna ascendencia militar, sin formación y sin vocación de servir al reino con las armas. Luego habían destinado sus recursos a la compra de materiales para construir, se habían empeñado en préstamos para la adquisición de herramientas, habían salido con esfuerzo de la crisis de la cal y aún no habían concluido siquiera los trabajos en el palacio, que todavía no contaba con defensa alguna.

Por su parte, los soldados que un día habían servido con el fallecido general Risdik —cuya muerte, extraña y muy llorada, estaba envuelta en un mar de incógnitas— estaban poco habituados a la guerra, y además habían estado hermanados con el ejército de Torkala durante demasiado tiempo como para combatir contra ellos. Tal vez lo harían contra los rebeldes, si hubiese que defenderse, por la amistad que siempre había unido a Risdik y a Danebod; pero en realidad, Ariok tenía vocación de paz y no debía implicarse en la guerra. Entendía que el rey vecino estuviese en apuros, que pidiese ayuda y que echase mano de un monarca que pudiera comprenderlo de igual a igual, en contra de rebeldes que quisieran acabar con él. Pero ni confiaba en que Barthazar tuviese un ejército victorioso ni quería enviar al reino al desastre. Si mandaba el poco ejército que podía garantizar la seguridad de su pueblo y fracasaba, ¿quién podría entonces defenderlos de un ataque? Tendría que pensarlo detenidamente y tomar una decisión.

Se retiró a descansar. Alfad envió a dos criados con candelabros para iluminarle el camino, porque el sol había declinado hacía un buen rato y la oscuridad se había apoderado de cada rincón del palacio.

De camino a su improvisado dormitorio, instalado en lo que luego sería un despacho contiguo al definitivo, vio que el maestro carpintero estaba trabajando aún a la luz de una simple vela. Pidió uno de los candelabros y ordenó a los sirvientes que lo dejaran solo, entró en la que sería su alcoba y saludó al artesano con un gesto.

Roger le palmeó la grupa a su caballo castaño mientras lo cepillaba en las cuadras. Trabajaba en silencio, como siempre, con gravedad en el rostro y la mirada perdida en algún lugar indescifrable. Al oír la voz del general se giró con parsimonia. Barthazar ordenó a su escolta que lo esperase afuera y mandó salir a todo el mundo, pues quería hablar a solas con el conde.

—¡Paz y justicia, Roger de Lorbie!

—¡Paz y justicia también para vos, Barthazar de Pontoix!

El general miró a su alrededor y comprobó que nadie más podía escucharlos. La cuadra estaba casi a oscuras.

—Todo está decidido, conde. Preparad a vuestros hombres para salir de un momento a otro, puesto que la claudicación de las tropas fieles a Danebod está a punto de llegar. —Lo observó por un momento antes de continuar—. Muy pronto serás rey de Ariok y yo tu más fiel aliado, no lo dudes.

Roger hizo un gesto de asentimiento con los músculos del rostro contraídos. Se le notaba dispuesto a la lucha, preparado para afrontar su momento en la vida, para mirar al cielo y decirle a sus padres que él, Roger, heredero del condado de Lorbie, quería llegar a lo más alto para rendirles el homenaje que merecían.

—No dejes que tus hombres se relajen —continuó el general—, mantenlos alerta, con los caballos ensillados, los uniformes puestos, las armas en ristre, las botas caladas. No quiero sorpresas porque de nuestra rapidez y coordinación dependerá el éxito de esta arremetida que hará historia en Ariok.

—No hace falta que me digáis cómo he de mantener a mis hombres, general, os lo aseguro. Únicamente mandadme recado de cuándo partimos y, en menos tiempo del que empleáis para un suspiro, nosotros, los hombres que componemos la unidad del ejército más fuerte de todo este reino, estaremos dispuestos a morir por nuestros ideales.

Bartha sonrió. El conde le parecía pretencioso, pero por eso mismo le sería útil.

—Está bien —le respondió—. Pero no olvidéis que la lucha está unida a la muerte y que hay que estar preparado para morir. ¿Lo estáis?

—¿Lo estáis vos?

Roger lo miró con ojos fieros y Barthazar se dijo a sí mismo que lo que más le gustaba de aquel hombre era la ausencia de dudas que había en su mirada y en sus palabras. Era peligroso tenerlo como enemigo y una garantía tenerlo como aliado. Asintió satisfecho y se fundió en un abrazo con él.

—Lo estamos ambos, y venceremos.

Apenas se veía ya, porque la noche se cernía sobre ellos. Uno se retiró en busca de mujeres que satisficieran sus deseos; el otro, se encaminó hacia su gran amor.

Bertrand vio llegar a Willem, soltó sus herramientas y se puso en pie de un salto.

—Señor, soy Bertrand de Lis, maestro carpintero. —El rey movió la cabeza afirmativamente para transmitirle que sabía quién era—. Llevo mucho tiempo trabajando en este dormitorio y nunca había tenido el honor de veros, espero que mi obra os resulte agradable.

Bertrand estaba nervioso, no sabía comportarse ante un rey, y mucho menos si era mudo. ¿Debía aguardar algún tipo de respuesta o era mejor hablar y hablar sin parar con el fin de hacerlo sentir más cómodo? No había tenido la precaución de preguntarle nunca a Astrid cómo había de tratarse a un rey mudo.

El rey escribió:

—Me fascinan las figuras esculpidas, aunque no sé qué significan.

Bertrand se sintió muy halagado.

—No os preocupéis, lo sabréis. Ahora me basta con que el conjunto os resulte bello y armonioso. He querido que el realismo de la representación de una historia no prive al conjunto de la hermosura que debe transmitir una estancia como esta, donde pasaréis muchas horas de vuestra vida. Me gustaría... —Dudó un instante—. Me gustaría, digo, enseñaros mi obra a la luz del día, si lo tenéis a bien. Queda poco para que esté completamente acabada.

Willem sonrió mientras asentía. Claro que le gustaría. Escribió una respuesta afirmativa, borró las palabras y a continuación volvió a escribir:

—Trabaja, me gustaría ver cómo lo haces.

Bertrand volvió a sentarse en su silla baja de enea, tomó la gubia y un nuevo bloque de madera, luego miró al rey durante un rato, y Willem pensó que iba a decirle algo, pero permaneció en silencio, muy quieto, sin pestañear, por lo que comenzó a sentirse incómodo. Al cabo, el maestro comenzó a raspar la madera sacando grandes virutas del bloque, poco a poco. Lo miró de nuevo y otra vez se concentró en su trabajo, y luego se levantó, se acercó a él y lo observó muy de cerca. Willem comprendió entonces que lo estaba usando como modelo y que estaba siendo testigo de cómo se esculpía su propio rostro.

Después de un largo rato, Bertrand le dijo sin apartar la vista de su trabajo:

—Si no deseáis quedaros aquí, no tenéis por qué hacerlo.

El rey escribió:

—¿Cómo me representaréis, entonces?

—Ya os he visto, sé cómo son vuestras facciones, no necesito mucho más.

—¿No? Pero eso es imposible.

Bertrand se levantó con una ligera sonrisa en los labios. Miró al rey directamente a los ojos, aunque no sabía si eso podía hacerse. No fue capaz de intuir en ellos la maldad que hacía falta para condenarlo a él por algo que no había hecho, no apreció un atisbo de injusticia, esa malicia bobalicona que le había asignado anticipadamente. Quería decirle que lo dejase libre, que él no había cometido delito alguno, que el general Barthazar era un animal sin escrúpulos... pero de pronto se sintió paralizado. Al cabo de un momento, incapaz de decir una sola palabra, solo fue capaz de decirle:

—Mañana tendré el resultado, podéis iros a descansar si lo deseáis; es tarde —le sugirió.

El joven monarca tomó sus útiles de escritura y le respondió:

—Gracias.

Bertrand se dejó caer en su asiento, ensimismado. Luego tomó sus herramientas y volvió a la figura, pero su mente parecía estar lejos de allí, sus manos trabajaban maquinalmente, llevadas por los rasgos que sus ojos habían grabado en su cerebro. Así continuó hasta que se consumió la vela. Curiosamente, esa noche no lo llevaron al calabozo; los soldados lo dejaron dormir acurrucado en un rincón, sobre un montón de cálido serrín.

Willem se levantó temprano, se lavó, le sirvieron un desayuno de frutas, pan con estofado y un largo trago de cerveza fresca, y se dirigió a su futuro dormitorio con la enorme curiosidad que el artesano había despertado en él la noche anterior al ofrecerle ver su obra a la luz del día. Además, había conseguido impresionarlo ante la perspectiva de esculpir su cara en un trozo de madera, con sus propias manos y solo con haberlo visto un momento a la luz de una vela. Estaba deseando ver el resultado.

Salió al corredor y vio que desde donde se encontraba hasta la antesala de su dormitorio todo era un hervidero de artesanos que iban y venían cargando madera, herramientas, pinturas, útiles de limpieza y otros enseres. Al verlo, se pegaron a las paredes con sus cabezas inclinadas y sus ojos clavados en el suelo, dejando un paso amplio en medio para que el rey pudiera transitar con tranquilidad por allí. Willem dio dos palmadas para que lo miraran, hizo un gesto con las manos, palmas hacia arriba, animando a los carpinteros a comportarse con normalidad, como si él fuese uno más. Ellos, sin embargo, permanecieron quietos, franqueándole el paso hasta el dormitorio, donde esperaba encontrarse con el maestro Bertrand.

En el dormitorio reinaba la quietud, aparentemente no había nadie trabajando allí y el carpintero no se hallaba en su sitio. El rey entró de todas formas, miró a su alrededor y la estancia le pareció distinta a la que había contemplado la noche antes en la penumbra. Ahora todo era luz, colores vivos que aparecían entre el desorden del andamiaje, semiocultos por telas colgantes, maderas de diferentes tonos que ocultaban su brillo tras una capa de fino polvo, haces de luz que mostraban ese mismo polvo en suspensión desde los ventanales hasta el suelo, flotando en el aire sin ir a ninguna parte.

Oyó un roce, un ruido semejante al de un roedor, un arrastre constante sobre una superficie seca que no logró identificar en un primer momento. Luego, aplicando su oído con empeño, supo que procedía de la parte alta del andamio y que no se trataba de ningún roedor, sino del maestro que, encaramado en lo más alto, pasaba alguna de sus herramientas por los relieves. Resultaba evidente que no se había percatado de su presencia y no quiso molestarlo. Pasó su mirada por toda la habitación antes de salir y vio que en el banco de trabajo reposaba un bulto cubierto por un trozo de tela. Intuyó que se trataba de su propio busto, el trozo de madera en que el maestro había comenzado a esculpir su rostro.

Sintió un profundo deseo de verlo a la luz del día, comprobar cómo una pieza informe podía cobrar vida, reflejar unas facciones apenas vislumbradas a la luz de una simple vela, en un instante, con la sencilla contemplación de una cara nunca vista hasta entonces. Se acercó al banco de madera marcado por todas partes con mellas de sierra, tomó el bulto en sus manos y retiró la tela temeroso de no encontrarse debajo, pero cuando dejó al descubierto la pequeña figura que representaba su imagen, abrió la boca estupefacto, incapaz de comprender cómo podía captarse mucho más que una simple imagen congelada en el tiempo, el reflejo en las aguas del lago o en la fría superficie de un espejo. Pasó las yemas de los dedos por las mejillas de la escultura, por las cavidades de los ojos, la protuberancia sutil de las cejas y la intrincada forma de los cabellos. Instintivamente se llevó la mano a la oreja, como queriendo comprobar que en la madera se reproducían fielmente sus complicadas formas, pues se le antojaba imposible que con la mera contemplación momentánea de la noche anterior el maestro hubiera podido retener tanto detalle en la memoria.

Sintió unas ganas enormes de descubrir toda la obra de aquel genio, retirar las telas que cubrían parcialmente las paredes, pedirle que desmontara el andamio y contemplar los techos, solicitar que limpiasen el dormitorio y que le dejaran verlo iluminado por los rayos del sol de la mañana para no perderse un solo detalle de cuanto allí se representaba. Crecía en él una gran curiosidad y deseaba satisfacerla cuanto antes.

No quiso molestar al artesano y sacarlo de la concentración con que se empeñaba en su trabajo. Desde abajo no lograba ver más que un bulto inmóvil aparentemente tumbado boca arriba en los tablones, dejando caer pequeñas virutas de madera entre los resquicios del entramado que lo soportaba. Cubrió su propio rostro con la tela y lo depositó de nuevo en el banco antes de salir del dormitorio, tremendamente sobrecogido.

Dio media vuelta, atravesó el cuerpo de guardia y se dirigió a los aposentos de Barthazar, donde unos carpinteros trabajaban colocando las estructuras que soportarían el último vano de tejado de aquella ala del palacio. El general no estaba allí. Bajó las escaleras centrales y se dirigió a las cuadras, a cuyas puertas percibió un gran ajetreo de soldados y mozos que entraban y salían del guadarnés con herraduras nuevas, grasas para los cueros, espuelas recién pulidas, cepillos limpios y rasquetas para los caballos. Preguntó por Bartha, pero nadie lo había visto aquella mañana. Se interesó entonces por el motivo de tanta actividad y le contestaron que habían recibido órdenes de tener preparados los caballos por si era necesario entrar en combate.

Observó durante un rato a aquellos hombres y se fijó en su

forma de trabajar, el escaso entusiasmo con que realizaban sus tareas, en la manera desganada de arrastrar las almohazas por el pelo de los caballos, la falta de energía con que se aplicaban en la limpieza o el ensillado de las caballerías. Eran muchachos de su misma edad o quizás algo mayores, pero en cualquier caso rebosantes de juventud y no podía decirse que estuvieran cansados o faltos de fuerzas, tampoco que actuaran con la resignación de quien se ve forzado a hacer algo que no quiere, pero faltaban ganas en sus acciones. Pensó que podría deberse al miedo a la guerra, al pánico a entrar en combate, a la escasa pasión con que se anticipaban a verse cara a cara con la muerte. Pensó en ello con detenimiento y quiso imaginarse a sí mismo como uno de aquellos soldados ante una agresión proveniente del sur, un ataque con el fin de someter al reino de Ariok, y se dijo con convencimiento que él se prepararía para la lucha con temor, sí, pero con ímpetu, con el ánimo encendido de defender el propio hogar, el fruto de un esfuerzo, la integridad de una familia, una ciudad o un reino.

Tuvo entonces la certeza de que a aquellos muchachos se les había transmitido la posibilidad de entrar en combate, pero no en suelo de Ariok, sino de Torkala. No estaban pensando en defender sus hogares, en arriesgar sus vidas por sus familias, sino en luchar por una causa que no era la suya. Bartha les había ordenado que preparasen los caballos para la guerra, para una guerra que les era ajena, para enfrentarse a una muerte que no debía ser su muerte.

Subió de nuevo apresuradamente y ordenó a Alfad que mandase llamar a la Gran Aya.

—¿Ocurre algo, Willem? Si se trata de algo relacionado con las obras, podemos verlo antes de actuar, si por el contrario...

El rey tomó su pizarra y puso:

—¡Haced venir a la Gran Aya, ahora mismo!

Alfad habló de nuevo con gran calma:

—¿Acaso hay algo que os inquiete? Me han dicho que habíais bajado a las cuadras y tal vez haya algo que os ha disgustado. ¿Queréis que llame a Bartha? Os veo alterado, mi señor, iré a buscar a la Gran Aya pero no quisiera dejaros solo, no tenéis buen aspecto.

El rey miró a su antiguo preceptor, la cabeza afeitada, la piel morena y tersa, el cuerpo fibroso y fuerte. Sus ojos, que siempre se movían rápidos como un ratón, mirando en todas direcciones, escrutándolo todo, atentos a cualquier movimiento, reaccionando a los más mínimos detalles, observadores e inquietos, ahora estaban clavados en él.

—Lo he pensado mejor —escribió entonces el rey, con determinación—, buscad al general Barthazar, sí.

Alfad se dirigió al corredor central y cuando Willem oyó que cerraba la puerta a sus espaldas salió rápidamente en sentido contrario, en busca de la Gran Aya. Bajó las escaleras de servicio, salió al patio norte y cruzó entre los rosales hasta una pequeña fuente de esquina cuyos chorros de agua clara le salpicaron ligeramente el rostro. Apretó el paso y notó que dos soldados lo seguían. Se paró y escribió:

—No necesito escolta. Podéis esperar aquí.

Se apresuró hasta la vivienda que se había construido para la Gran Aya, un poco más abajo que la de Bertolomy, entre la de Magnus y un modesto templo que se había levantado en el recinto de palacio siguiendo las indicaciones de Dragan. Al llegar a la altura de los soldados que custodiaban la entrada, estos se inclinaron ante el rey y anunciaron desconcertados su llegada. La Gran Aya, desprevenida, se hallaba dando rienda suelta a su pasión en compañía de Roger junto a uno de los ventanales con vistas al lago.

—¡Señor! ¿Qué ocurre? —preguntó turbada mientras Roger y ella se tapaban con los ropajes como buenamente podían.

El rey, boquiabierto, retrocedió a medias avergonzado, a medias desconcertado. Mientras abandonaba la estancia los miró alternativamente tantas veces como su ánimo le permitió. Ellos, en una ridícula sucesión de intercambios de ropa y alocada recuperación de la compostura, fueron incapaces de retenerlo.

5

—Soy hija de Bertrand y por lo tanto hermana de Willem, eso ya lo sé —dijo Ishalmha interrumpiendo el relato de Astrid. El gabinete de lectura estaba intensamente iluminado a esa hora, las maderas se tornaban del color de la miel, las alfombras lucían en todo su esplendor y el tapizado de los sillones parecía resucitar al día entre los tonos oscuros de la noche—, y no puedo entenderte.

Había lágrimas en los ojos de Ishalmha, lágrimas que brotaban de la imposibilidad de regresar al pasado, de tomar conciencia de lo que se había perdido para siempre, de la injusta certeza de que quienes habían pasado por su vida de manera efímera se instalaban ahora en ella clavándose para siempre en ese lugar del alma donde duelen las ausencias.

—Recuerdo bien aquellos días, Astrid, el tremendo ajetreo que se vivía en palacio, mi agitación al conocer al rey y la enorme decepción que sufrí cuando me apartaste de aquí con urgencia. Ahora comprendo muchas cosas, sé que lo hiciste por nosotros, por mi hermano y por mí, por mi propio padre, pero no logro comprender por qué no dijiste la verdad, por qué quisiste privarnos de la existencia común, del conocimiento mutuo, del calor que ya nunca tendré. Yo quería a Willem, podía haber transformado aquel amor en el cariño inmenso de una hermana, en el apoyo de una familia que hubiese gozado al fin de la fuerza de la unión.

Astrid permanecía callada, observando a Ishalmha con el rostro contraído y unos ojos acuosos que la hacían envejecer por momentos. Escuchaba los reproches de la joven sin ánimo alguno de defenderse, pues sabía que ningún esfuerzo alcanzaría a explicar aquel tiempo. Nunca lograría hacerse comprender con claridad suficiente, convencerla de que nada de cuanto sucedió les pertenecía, porque si algún legado había dejado Magmalión era la certeza sublime de que nadie podía estar nunca por encima de un reino que se soportaba en el común de sus súbditos. Notaba la mirada cargada de desprecio de Ishalmha, la indignación que se extendía por su interior como las raíces se extienden bajo la tierra, la fuerte ira que se inyectaba en la sangre de sus ojos. Durante muchos años había esperado aquel momento y lo había imaginado exactamente así: la muchacha frente a ella escuchando su propia historia mientras una brecha oscura y triste se abría entre ellas como un abismo insalvable.

—Recuerdo que me sacaste de mi lecho en mitad de los sueños, en plena noche, para decirme que debíamos irnos. Me sacaste de aquí por una abertura que nadie conocía, me dijiste, y respondiste a mis preguntas con palabras esquivas e imprecisas, ahora comprendo por qué. Querías ponerme a salvo, insistías, alejarme de palacio porque algo grave podía suceder. Luego, cuando ocurrió lo inevitable, cuando Barthazar consumó su traición, quisiste hacerme ver que habías acertado en tu predicción y que era aquello de lo que querías alejarme, y yo te creí. Ahora sé que el peligro del que me hablabas no era aquel y que tan solo encontraste un pretexto perfecto para justificar nuestra huida. Ahora sé que, en realidad, solo querías preservarme de enamorarme de mi propio hermano.

La princesa se levantó del sillón y continuó hablando en un tono amargo y triste, mirando a Astrid a los ojos.

—Quiero que sepas que lo que te reprocho es no haberme dicho la verdad, no haber tenido la valentía de decirme que el rey era mi hermano y que por eso nuestro amor era imposible, y no haber sido capaz de salvar a nuestro padre de la peor de las condenas: la de no saber que su hijo vivía y la de apartarlo de mí para siempre. No puedo perdonarte, Astrid, no puedo —dijo con la voz quebrada por la aparición del llanto.

Ishalmha dio unos pasos y se colocó frente a uno de los ventanales, como si la luz y los colores del jardín le sirviesen de consuelo. En su cabeza quedaban incógnitas no resueltas, piezas del puzle cuya ubicación creía saber, pero que no encajaban cuando intentaba colocarlas en los huecos del dibujo de su historia. ¿Qué pasó después? Solo recordaba la guerra, la muerte prematura del rey y el regreso al palacio. ¿Qué había sido de Barthazar? Y sobre todo... ¿qué había sido de Bertrand? Formuló las preguntas en voz alta para que Astrid completase al fin su relato, pero Astrid permaneció en silencio, estaba sumergida en un llanto silencioso y triste. A su rostro, por primera vez, había asomado el final de la historia.

Willem se sumergió en un profundo océano de abatimiento por la ausencia de Ishalmha, a quien echó de menos en cada puesta de sol, en cada palabra no dicha a la luz suave de la tarde, en la brisa del lago y en los reflejos dorados de sus aguas cristalinas. La echó de menos sin comprender sus motivos, imaginando que tras la belleza de sus ojos y el cariño inmenso de sus palabras se escondía la cruda realidad de quien no quiere conversar con un rey mudo. Eso creyó al leer la nota que le había dejado escrita, sin alcanzar a sospechar que la muchacha no era su verdadera autora: «Mi querido Willem, lamento comunicaros que no puedo seguir residiendo en palacio, que nuestra amistad no es posible y que no seré dichosa si no me aparto de la corte. Os ruego que os olvidéis de mí y que respetéis mi decisión de alejarme de un mundo que no me pertenece. He rogado a Astrid que me acompañe un tiempo, por lo que os pido encarecidamente que no la reclaméis si no es estrictamente necesario. Es un favor que espero obtener de vos. Vuestra, siempre, Ishalmha.»

Willem buscó entonces refugio en la actividad frenética para olvidarla, se propuso implicarse en los asuntos del reino como nunca había hecho, se fijó el objetivo de culminar las obras de palacio y aun de la ciudad entera, de hacer crecer el mercado y de abrir rutas alternativas de comercio. Se marcó el objetivo de mejorar sus técnicas de comunicación para transmitir con efectividad sus palabras, proyectó el control del ejército, quiso mediar en el conflicto de Torkala y se prometió fomentar la cultura, las artes y las ciencias.

Aquella noche, como todas las noches, tras la triste puesta de sol, cuando terminó de hablar con el último de los coroneles a los que había llamado, tomó un baño fresco y se dirigió al dormitorio sin terminar con un gran candelabro en sus manos. Estaba solo, los soldados del cuerpo de guardia habían sido relevados y se encontraban en sus puestos, Alfad había sido enviado fuera de palacio con el pretexto de dirigir una expedición botánica por sus conocimientos científicos y Azzo dormía plácidamente en el pabellón de infantes.

Se encontraba agitado. Como cada noche, entraría en la estancia con la excitación de hallar una sorpresa, una señal, pero con la incógnita de no saber cuál sería. El maestro sabía que acudiría, y como sucedía cada día al final de su jornada, antes de ser conducido de nuevo a su presidio, le habría dejado un señuelo para que descubriese por sus propios medios lo que quería enseñarle. Al principio se trataba de piezas sueltas, relieves que dejaba sobre el banco de madera cubiertos por el trozo de tela bajo el cual siempre se escondía algo sorprendente, la reproducción fidedigna de una flor, el rostro de un soldado o la representación alegórica de algún dios. Luego, cuando esas piezas ocuparon su sitio en el techo, en las paredes o en el cabecero de la cama, Willem había sido llevado a contemplarlas parcialmente, poco a poco, para que fuese descubriendo la obra por fragmentos antes de admirarla en plenitud.

Enfiló el corredor que daba a su dormitorio con el ánimo de acudir a su cita puntual con la obra del maestro y encontró la puerta cerrada. A sus pies reposaban dos grilletes sueltos, rotos a martillazos, al lado de la llave de sus aposentos. Creyó saber de inmediato el significado de aquellos aros deformes, de aquella burlona muestra de un cautiverio fácilmente evitable, del arresto innecesario de un hombre que habría terminado su obra aun cuando lo hubiesen dejado ir a dormir a su casa cada día desde que fue acusado injustamente de intentar matar a un hombre. El maestro podía haber escapado, quería decirle con aquellos grilletes, pero había permanecido allí voluntariamente porque aquella era su obra, una obra de arte realizada por un genio para un rey.

Estremecido por sus pensamientos, Willem sopesó la posibilidad de que, concluidos sus trabajos, el maestro se hubiese fugado, y temió por él. No quería que le hicieran daño, que lo juzgasen y condenasen a muerte, que se cometiese con él la injusticia de descargar los desafueros de un general sin escrúpulos. No estaba dispuesto a perder a un genio por culpa de un malvado. Deseó que no se hubiese ido, que le permitiese manifestar su admiración profunda, su desacuerdo con la manera en que había sido tratado, la injusticia cometida. Bajaré al calabozo, se dijo, y si todavía está ahí velaré por su seguridad y lo protegeré también a él.

Se agachó a recoger las llaves y tomó en sus manos los grilletes sueltos. Sentía una necesidad imperiosa de satisfacer su curiosidad, de conocer el resultado final, de componer definitivamente una historia que el maestro le había ido contando por fragmentos aislados, no por inconexos menos fascinantes. Abrió la puerta y, sin mirar a ningún lado, puso el candelabro en el suelo, en mitad de la habitación vacía. Ya no había andamios ni bancos, no había serrín en el suelo, todo estaba limpio, diáfano, expedito.

Elevó su mirada y no pudo evitar el estremecimiento más absoluto, la emocionante sensación de estar contemplando algo único e inigualable, de sentirse en el centro de un universo desconocido y realizado exclusivamente para él por un dios, cualquier dios, que hubiese movido las manos prodigiosas de un hombre admirable. Primero miró al techo en semipenumbra, alumbrado por los reflejos del candelabro, y vio una intrincada red de lazos increíbles que parecían un firmamento infinito, un cielo plagado de estrellas en una noche sin luna, un misterioso entramado de armonía perpetua que parecía adquirir un significado diferente según la forma en que se contemplase. A su alrededor, cerrando un perímetro policromado, una secuencia de figuras parecían moverse en una espiral sin fin compuesta por figuras femeninas de exótica belleza. Necesitaría una escala para subir allá arriba y acercarse al techo para contemplarlas. Miró un poco más abajo y vislumbró las paredes. Vistas desde el centro eran un paisaje inabarcable capaz de engañar a los ojos y hacerlos creer en una pretendida profundidad inexistente, en un horizonte lejano. Eran unos relieves más alejados que otros, unas figuras que parecían emerger de la pared y otras que habían penetrado en ella, la habían traspasado y se habían alejado por el jardín para sumergirse en las aguas del lago. Luego miró al suelo, cuya madera parecía tan rugosa que le habría parecido piedra si no fuera porque al agacharse a por el candelabro la tocó para asegurarse de que era completamente lisa.

Con el candelabro en sus manos se dirigió al lateral donde se colocaría su cama, al lienzo de pared que haría de cabecero de su propio lecho. Acercó el foco de luz y reconoció pronto algunos de los relieves que había visto antes de ser colocados allí, intercalados entre figuras y paisajes que no había visto antes. Recorrió todo el tramo y no comprendió nada de cuanto había representado el maestro, luego continuó junto a los ventanales, disfrutando de la extraordinaria hermosura de los paisajes esculpidos en la madera que adornaban los espacios de muro que había entre huecos. A continuación siguió por la pared más alejada a la cama y posteriormente por el último espacio, el que había junto a la puerta. De pronto, casi al final, cuando se estaba dando por vencido, a punto ya de reconocerse incapaz de comprender nada, el corazón le dio un vuelco: allí, en su propio cuarto, en el que había de ser su dormitorio, el maestro había retratado con un realismo inquietante el rostro de su querida Ishalmha.

Con la emoción contenida, desanduvo el recorrido con paciencia, identificando los hechos, localizando los rostros... ¡Aquella era la historia de Ariok desde el terremoto de Waliria, que el carpintero había vivido en primera persona! Consiguió dar con las murallas destruidas, con la muerte y la devastación, el éxodo, la figura del rey, las montañas del Hades, el bosque de Loz, las tierras surcadas por ríos, una ciudad, un niño extraño, una niña... ¡por Rakket!, murmuró en su interior. Se quedó paralizado mirando la pared mucho rato, luego volvió a recorrerla despacio, recomponiendo la historia. Llegó hasta su propia representación, el relieve que había tenido en sus manos la primera vez que tomó conciencia de la maravillosa obra de Bertrand, luego volvió atrás y se vio a sí mismo representado en diferentes etapas de su vida.

Todavía volvió a recorrer la estancia entera varias veces, despacio, una y otra vez, hasta que fue avisado de que había llegado la hora y que no había tiempo para más. Con la mirada perdida se dirigió a su gabinete, escribió varios despachos y dejó bajo llave algunos documentos. Luego pasó al vestidor y se puso su uniforme militar, se ajustó el cinto, las armas, el sombrero. Bajó a las cuadras, todavía con la mirada perdida. Lo estaban esperando.

—Los hombres están preparados, señor —le dijeron.

Él, todavía impactado por lo que había visto, movió la cabeza afirmativamente casi sin darse cuenta de lo que hacía.

Ishalmha se levantó de pronto y Astrid la miró como si supiera que iba a hacerlo en ese preciso momento, como si se estuviese cumpliendo un ritual o representando una obra de teatro, y en ese instante, en esa secuencia de palabras, hechos y reacciones, hubiese llegado el momento en que Ishalmha se ponía en pie y le pedía la llave del dormitorio del rey. Se hurgó en la faltriquera adelantándose a la petición de la princesa y extrajo una llave grande, dorada, con una R labrada en metal, y se la entregó. La joven la cogió sin decir nada y salió del gabinete de lectura. No volvió a bajar en todo el día y, llegada la noche, Astrid se sumergió en un profundo sueño del que solo despertó cuando la luz devolvió de nuevo los colores del jardín. Ishalmha había regresado.

—¿Willem llegó a comprenderlo? —preguntó con voz cansada, pero Astrid permaneció inmóvil—. ¿Crees que cuando subió a su caballo ya sabía que no era hijo de Shebaszka?

Elizheva comprobó que Astrid estaba derrengada en el sillón como si le faltasen las fuerzas. Su rostro estaba lívido, la mirada perdida. Debía de estar agotada. Comprendía que para su aya no estaba siendo fácil abrirle los ojos a su pasado mientras asumía como inevitable su parte de culpa.

—Yo lo sé, y por eso me resulta fácil comprender lo que mi padre quiso representar en el dormitorio del rey —continuó diciendo Ishalmha—, pero eso significa que también él lo sabía. Mi padre sabía que Willem era su hijo Erik, ¿verdad? Solo eso puede explicar que esculpiese en la madera la historia del rey mudo desde el día de la muerte de Lizet. ¿Cuándo y cómo lo supo?

Astrid sonrió apenas, rememorando una escena que permanecía intacta en su mente, imborrable.

—Se las ingenió para verme, tenías que haberlo visto. Nunca he olvidado aquel momento porque jamás había tenido ante mí a un hombre tan agitado como él aquella amanecida, con tan evidente mezcla de felicidad y desconcierto. Estaba preso, pero se valió de una estratagema con la complicidad de sus compañeros, que lo adoraban. Bajó a buscarme mientras dejaba a otro hombre subido en el andamio de su habitación, el día después de la visita de Willem a su dormitorio. Le había bastado mirarlo a los ojos a la luz de la vela, me dijo. Me cogió fuertemente por los hombros y me exigió una explicación, estaba completamente seguro de lo que estaba diciendo. Yo lo desmentí una y otra vez, pero comprendí que era inútil. Le sostuve la mirada y eso fue suficiente para saber que lo suyo no era una duda, sino una absoluta certeza; sabía que el rey era su hijo. Había estado toda la noche llorando mientras esculpía su rostro, me confesó. Reflejó su mirada en la madera recordándolo la última vez que lo vio, a la luz de la hoguera del bosque de Loz, con los mismos reflejos con que lo veía aquella noche a la luz de la vela en su propio dormitorio. Lloró hasta no poder más, preguntándose cómo era posible que su hijo hubiera llegado a ser rey. Tenías que haberlo visto, Elizheva, tenías que haber visto cómo le costaba hablar, cómo me exigía una explicación una y otra vez, con qué angustia me pedía que le dijese por qué no se lo había desvelado en todo aquel tiempo. Fue, puedes creerme, el día en que Astrid murió para siempre. Nada de cuanto le conté sirvió para nada, porque él estaba enajenado, repitiendo una y otra vez el nombre de Lizet, hablándole en voz alta. Le conté mis motivos, argumenté que todo había sido por el propio Erik y también por el reino, por la estabilidad, por la seguridad de un niño que podía haber muerto de no ser por la protección de la corte, le dije todo cuanto se me ocurrió, deshaciéndome entre lágrimas mientras le pedía perdón. Todo cuanto hizo fue darme un abrazo mientras repetía el nombre de Erik sin parar. Cuando se despidió de mí para regresar a su trabajo, le pregunté qué iba a hacer, y él me dijo que le contaría cada día a Lizet cómo era el rey, por lo que comprendí que iba a hacer el enorme sacrificio de no decirle nada y poner todo su empeño en la mayor obra que jamás haya hecho hombre alguno. Ese dormitorio no es la historia del rey, ni la de Ariok, ni la de nada. Es el sacrificio de un padre obligado a callar, un padre que acepta amar a su hijo en la distancia sabiendo que jamás será correspondido. Y en ese dormitorio, sin saber que Erik no dormiría nunca en él, puso todo el amor que nunca podría regalarle.

Ishalmha había roto a llorar, enjugaba sus lágrimas con un fino pañuelo de lino, con las manos tapando su bello rostro. Astrid, consciente de que tenía ya poco tiempo, quiso terminar su historia.

—Qué pena —dijo la princesa—. Willem murió sin saber que el maestro era su padre.

Astrid sonrió de nuevo, esta vez ampliamente.

—Por qué sonríes —le preguntó la joven.

—Porque nunca un final tan triste me produjo tanta alegría.

—Señor, los hombres están preparados —insistieron.

Willem movió de nuevo la cabeza afirmativamente. Tocó la empuñadura de su espada, palmeó el cuello del caballo y acarició instintivamente las crines. Miró al frente y no logró ver nada. Nada más que el futuro de Ariok, el sueño de un pueblo libre como lo había sido siempre, y la sonrisa de una muchacha que a aquellas horas estaría en algún lugar soñando con la vida que ya nunca podría tener.

Uno de sus hombres se acercó a abrazarlo. Solo entonces salió de su ensimismamiento: el abrazo y la sonrisa de su primo Roger lo devolvieron a la realidad.

—Estamos preparados, Willem —le dijo—, ha llegado nuestra hora.

Roger de Lorbie, primo del rey, no era tan maleable como el general Barthazar pensaba, por el contrario, se trataba de un joven habituado al sufrimiento, que se había sobrepuesto a la muerte de sus padres y su hermano con una entereza indiscutible y que dedicaba su tiempo a entrenarse como soldado, pero también a reflexionar acerca de la condición humana. Nadie sabría nunca, ni tampoco Barthazar, que él había sido testigo de cómo el general terminaba con la vida de su padre empujando aquel varal contra su pecho, y que aquel trauma, aquella imagen infernal, se le había clavado a fuego en la memoria para siempre junto a la promesa de acabar algún día con la vida del general.

El tiempo había madurado el odio, en lugar de diluirlo. A pesar de que por la cabeza de Roger habían pasado ya todas las venganzas posibles, la madurez lo había convencido de que llegaría la ocasión más tarde o más temprano y que no dudaría en ejecutarla sin más reparo que su propia descarga. Era cierto que había aprendido a que la venganza nunca es suficiente y que jamás borra el odio, pero él la consideraba imprescindible para honrar la memoria de su familia. Si había guardado silencio era porque nadie alcanzaría nunca a sufrir lo que él había sufrido.

Por eso había envenenado a Gabiok, como parte del sufrimiento que había de infligir a Barthazar. Silenciosamente, pasando desapercibido en la corte, aparentemente embebido por una única afición que lo unía indiscutiblemente a las armas, se movía, sin embargo, como una jineta en la oscuridad. Había urdido su golpe con tanta determinación como prudencia, había aguardado a que el general se ausentase movido por la codicia en busca del encuentro con Risdik aquellos fatídicos días en que se aproximaban a los Grandes Lagos, y había sabido usar el veneno que hábilmente había robado a los físicos y que celosamente guardaba para la ocasión. Así, aprovechando la avidez de poder y el deseo de medrar que movía al mayordomo, en una de las ocasiones en que Gabiok intentaba atraerse la voluntad de la Gran Aya, había deslizado en su comida la poderosa dosis de veneno que había terminado con su vida. Culminaba así una parte de su venganza, privando a Barthazar de la compañía de su valedor y acabando a la vez con quien, se sospechaba, era también el asesino de su tía Shebaszka, la madre del rey.

Así que cuando Barthazar intentó indisponerlo contra su primo haciéndole ver que tenía tantos derechos al trono como para hacerlos valer ante el pueblo de Ariok, su mente estaba lo suficientemente madura como para permitirse jugar al doble juego con el general, haciéndole creer que tal vez lo haría y agradeciéndole que contase con él para, así se lo dijo, tan justa vindicación.

Ahora, la sonrisa que dedicaba a Willem era una muestra de satisfacción, una forma de decirle al rey que nunca lo había abandonado, que siempre había estado ahí para proteger sus intereses y que estaba dispuesto a no ver un nuevo amanecer con tal de privar al reino de sus enemigos.

A una orden del rey, espolearon sus caballos.

Se desató la ira del dios del mal aquella madrugada sin luna, un segundo terremoto que había de asolar Ariok aunque esta vez no temblase la tierra. Era la confirmación de que los dioses no permiten a los hombres vivir placenteramente durante demasiado tiempo y que su ira se vierte con idéntica furia tanto si los humanos abrazan el mal como si experimentan demasiado gozo. El dios del mal había anidado en Barthazar, en su corazón vulnerable y predispuesto, en su alma siempre sonriente y favorable a un dios que no dudaba en apoderarse de la debilidad de espíritu de quien se prestaba a alojarlo en su interior para experimentar el gozo del poder y de la ambición desmedida.

Con nocturnidad, Barthazar había acudido a la llamada de Krok para dar el golpe definitivo a Danebod, que había sido capturado, decapitado y vejado tras su muerte con la exposición pública de su cabeza clavada en una pica en el lugar más alto de su propio castillo. Victoriosos, la sed de sangre de los rebeldes se había saciado con la violación de las mujeres y los niños y con la muerte de todos los habitantes que en Navadalag habían considerado dignos de ella. Ávidos todavía de sangre y poder, cuando aún no se habían enfriado los cadáveres de los perseguidos, Barthazar había exigido a Krok su parte del trato y este había arengado a sus hombres para repetir su hazaña en la capital de Ariok. La corte de Willem, les dijo, está llena de mujeres jóvenes cuya belleza trasciende las fronteras, sus joyas brillan en las aguas del lago cuando el sol ya se ha ocultado y las riquezas de sus tierras son la envidia de los dioses. Y esas mismas tierras, las que pudimos gozar durante décadas, ahora nos han sido usurpadas por un joven mudo. Sin pensarlo, sin limpiar siquiera sus espadas tras su postrer ataque a Navadalag, en plena noche, embriagados de sangre y deseosos de muerte, pusieron rumbo a la nueva capital de Ariok con el ánimo de deponer a Willem y proclamar a Barthazar, el aliado fiel al otro lado de la frontera.

El ejército conjunto contaba con sorprender aún dormidos a los habitantes de la corte de Ariok, hacer una incursión rápida sin encontrar resistencia, penetrar como la hoja afilada de una espada en el corazón del reino. Barthazar les había contado que la parte del ejército que había quedado en la nueva capital no estaba prevenida y que los pocos puestos de vigilancia que encontrarían serían incapaces de detenerlos. Una vez en las proximidades de palacio sería cuestión de enfrentarse a la guarnición fiel a Willem, pero no sería un obstáculo serio para un ejército como el que comandaban Krok y él mismo, hombres experimentados, en disposición de combate.

Cabalgaron hasta la frontera, y el puesto de vigilancia, compuesto por una guarnición escasa y sin pericia, no pudo dar la voz de alarma. Reconocieron a su general, mezclado con soldados torkalíes y apenas tuvieron tiempo de darse cuenta de que se trataba de una traición, de un ataque a sus posiciones y un asalto que les costó la vida en un suspiro.

Traspasada la frontera, bordearon el lago y comenzaron a sentir la excitación del ataque inminente, la agitación de la sorpresa y del botín. Barthazar insistió a Krok en que la población de la ciudad no estaba militarizada y no había de sufrir las consecuencias, únicamente había que doblegar al ejército fiel al rey y deponer a Willem acabando con su vida.

Los caballos también se mostraban nerviosos, intuían la acción de guerra, tiraban de sus bocados con inquietud y sus relinchos sonaban en la noche como cortes de navaja que rasgaran el velo de la oscuridad. No había luna y las aguas del lago eran una negra mancha que se iba quedando atrás, a su derecha. Al llegar a la orilla norte, vieron la silueta imprecisa de la ciudad mezclada con las sombras de la noche y, en algunas de sus casas, luces de velas titilantes que parecían flotar en el aire.

Aguardaron a que las primeras luces de la amanecida les allanasen el camino, y entonces, antes de que nadie tuviese tiempo de reaccionar, cuando los hombres y mujeres de palacio estuviesen aún entre sábanas o saliendo somnolientos de sus lechos, ordenarían atacar a galope tendido. Krok preguntó entonces por Roger, el primo del rey, y Barthazar se mostró inquieto, puesto que aquel era el lugar convenido para que se les unieran y aún no había rastro de las tropas del conde Lorbie. El general arioкí intentó tranquilizar a Krok, diciéndole que tal vez Roger se había retrasado pero que confiaba ciegamente en él —en aquellos momentos, en realidad, solo desconfiaba y empezaba a sentirse traicionado— y que se les uniría un poco más adelante. Así estuvieron inquietos todavía un rato más, deseando que a sus ojos acudiesen las primeras imágenes del día para lanzar el ataque.

Y allí, en la ciudad que Barthazar llamaba Barthalia y que Willem bautizó para siempre como la Nueva Waliria, en aquel amanecer sangriento, las primeras luces tenues, apenas perceptibles, regalaron a los guerreros de Torkala la visión de los edificios recortados sobre el fondo de un cielo ligeramente rosado, pero por encima de todo, la imagen como en un espejo de otra larga fila de soldados que, frente a ellos, aguardaban para defender con su vida la paz de un pueblo que no estaba dispuesto a perder. Willem, al frente de su ejército, respiraba pausadamente, tranquilo y firme en su propósito. A su lado, con ojos de hielo, Roger de Lorbie mantenía la mirada fija en el traidor.

Cuando Bertrand despertó en su celda se preguntó si aquellos gritos provenían aún de sus sueños, aplicó el oído en la oscuridad y determinó que era el mundo real el que elevaba al cielo el eco de un combate. Sobresaltado, con el corazón latiéndole como la estampida de una manada, preguntó a gritos a los guardias del calabozo qué estaba pasando allí. Nadie le contestó. A tientas se acercó a los barrotes de la prisión y perdió el sentido del espacio, se desorientó buscando el frío metal, tanteando en el aire a manotazos en busca de la firme rigidez a la que esperaba agarrarse. De pronto, en ese intento a oscuras, se dio cuenta de que la celda estaba abierta.

Desconcertado, mientras se preguntaba si aquella libertad guardaba relación con el combate o con los grilletes abiertos que había dejado a los pies de la puerta del dormitorio del rey, se dirigió a la entrada de la prisión con la esperanza de encontrar el paso despejado. Salió sin dificultad al exterior, estaba amaneciendo y una terrible confusión lo gobernaba todo a su alrededor, la gente huía despavorida buscando refugio, el palacio estaba sirviendo de plaza fuerte para soldados que habían retrocedido en lo que parecía un combate entre tropas del mismo bando, las mujeres y los niños habían corrido a encerrarse en los salones de la planta alta, la población entera de la ciudad parecía prepararse para una inevitable masacre.

Miró a su alrededor en busca de un arma, una espada o un hacha con la que ayudar, una manera de defenderse de quienquiera que hubiese osado atacar. No lograba ver qué estaba sucediendo, entender a qué se debía aquella lucha, identificar al posible enemigo al que enfrentarse. Vio a un soldado joven y desarmado que, con nerviosismo, corría en dirección a las cuadras, entró en el guadarnés y salió con una vieja espada en sus manos. Aprovechó su cercanía para preguntarle y la respuesta lo dejó perplejo:

—Una parte del ejército se ha sublevado con el general Barthazar a la cabeza. Los rebeldes de Torkala se han unido a ellos. Nuestro señor Willem y los coroneles fieles a la Corona luchan por defender la ciudad.

En apenas unos minutos no hubo hombre que no estuviese luchando al lado del rey. Artesanos, carpinteros, alarifes, médicos, albéitares, personal de palacio o carreteros, daba igual. Todos habían echado mano de cualquier tipo de herramienta que sirviese de arma para defenderse del ataque.

Los torkalíes, que habían reunido fuerzas en aras de un fácil botín después de días enteros de combate sin dormir, recibieron la defensa de la ciudad como un obstáculo inesperado y correoso que minó con desgana las escasas energías que conservaban. Poco a poco, la resistencia de los ariokíes fieles al rey iban causando bajas en los torkalíes, hombres deseosos de volver a su casa para tomar el botín que todavía les aguardaba en Navadalag e instaurar el nuevo régimen de gobierno en un país que estaba arrasado por la guerra. Allí los esperaban los nobles que ahora eran sus jefes y que difícilmente entenderían su ausencia en un momento tan delicado, cuando los prófugos y oportunistas saldrían de sus escondrijos para medrar en medio del caos.

Krok se vio de pronto a sí mismo en medio de una lucha que no era la suya, traicionado por el primo del rey enemigo y, quién sabe, tal vez también por el general aliado, chocando una y otra vez contra un muro defensivo que acabaría cediendo pero que podía esperar a otro momento en que su ejército se recompusiera. Su ánimo se quebró de pronto y, sin pensarlo dos veces, ordenó la retirada.

Barthazar luchaba denodadamente en las primeras posiciones cuando percibió que los torkalíes lo abandonaban. En apenas un instante vio dudar a algunos de sus hombres y quiso evitarlo gritando con fuerza:

—¡A por ellos! ¡Ariok nos pertenece, muerte al rey!

La defensa era férrea, un viejo coronel luchaba junto a Willem cubriendo los flancos de su inexperiencia y su primo Roger se anteponía dispuesto a parar cualquier golpe, aunque le supusiera la muerte. El rey, por su parte, derrochaba voluntad en lances de descuido, sin escatimar valentía en defensa de su pueblo. Sumergido en su mudez sentía el latido del corazón como un choque de piedras, el rostro encendido, el acero de su espada manchado de sangre. No había tregua, no había dolor, no había más que victoria o muerte.

Muchos soldados caían a su alrededor a manos de sus parientes, de otros soldados que, como ellos, vestían el uniforme de su mismo ejército, traidores a su patria y a su señor, a sus familias y a su ciudad, al esfuerzo de todo un pueblo que había luchado por una vida mejor en una tierra prometida que no estaba dispuesto a ceder a malvados.

Las fuerzas iban cediendo, los soldados de ambos bandos caían bajo los cascos de caballos heridos o desbocados, la población a pie mezclándose con los jinetes, portando azadas, hoces, hachas y viejas espadas, hiriendo, matando y muriendo. Las mujeres gritaban desde las azoteas de sus casas, desde más allá del jardín de palacio, desde lo más profundo de sus seres, animando a las tropas defensoras que se descomponían y recomponían en oleadas de desesperación.

Bertrand entró en el guadarnés, buscó entre el desorden y halló un hacha grande, de las que llevaban a los bosques para talar árboles, la sujetó con ambas manos, se tensaron sus músculos con el esfuerzo, la elevó en el aire y salió con prisas. No le costó alcanzar el frente, que había retrocedido hasta casi las primeras casas de la ciudad, entre la orilla del lago y la parte oeste de los jardines. Había caballos sin jinete en desbandada, cuerpos tendidos por todas partes, hombres heridos pidiendo auxilio. A gritos llamó a cuantas mujeres y personal de palacio pudieran atenderlos, llevarlos a rastras hacia el jardín para procurarles los cuidados que necesitaban y auxiliarlos aunque fuese en el último suspiro de sus vidas.

Pisoteó cadáveres hasta llegar a rozar la grupa del último caballo defensor. Algunos jinetes habían echado pie a tierra y blandían sus espadas exhaustos, emitiendo gritos de esfuerzo cada vez que las hacían chocar contra las armas contrarias. Un soldado que luchaba al grito de ¡Barthazar! se abrió paso hacia el caballo del rey, Bertrand levantó su hacha y le partió la cabeza en dos. Con rabia, se internó entre las fuerzas enemigas agitando el hacha como si fuese un látigo, a un lado y a otro, en círculo, enloquecido por el fragor del enfrentamiento.

De pronto alguien gritó que el general Barthazar estaba herido. Bertrand alzó su mirada y lo vio frente a él, a escasos diez pasos, desarmado, inclinado en su montura retorciéndose de dolor, la sangre manchando de rojo la capa torda de su caballo. El conde Roger, hijo de Roger de Lorbie, le había abierto una profunda brecha en la cabeza con un hacha lanzada desde lejos. Barthazar, con los ojos desorbitados por el dolor y por la rabia, le lanzó una mirada de odio profundo y Roger rio por primera vez en muchos años. En la distancia, Barthazar de Pontoix pudo leer en sus labios las últimas palabras de su vida: vete al infierno.

Los suyos intentaron recomponer un cerco en torno a su jefe para aislarlo del ataque enemigo, pero una piedra certera lanzada desde muy atrás por un joven soldado de pelo rojo encendido fue a impactar en la cabeza desnuda del general que, sin fuerzas ya, cayó al suelo como si fuese un saco inerte. Bertrand intuyó el ruido del impacto en el suelo, del golpe seco y duro de Barthazar contra la roca que afloraba a los pies de su caballo. El general no se movió, uno de sus soldados se agachó para auxiliarlo pero negó desesperadamente moviendo la cabeza de un lado a otro, mirando a cuantos estaban a su alrededor. Los defensores que lograron verlo supieron que había muerto.

El desánimo cundió entonces entre las filas rebeldes, se descompuso su ataque y los hombres intentaron rendirse; algunos gritos de júbilo se oyeron entonces por detrás, entre los hombres que habían acudido a ayudar con cualquier cosa a su alcance. Bertrand, con una sensación de desbordante gozo, se volvió entonces a mirar al rey, como lo hicieron otros soldados, como lo hicieron también sus enemigos. Willem, enfundado en su uniforme y blandiendo todavía su espada, parecía dichoso. Sin embargo, un extraño brillo en sus ojos que solo Bertrand supo ver, antecedió al desastre. El monarca soltó su espada, demudó el rostro y cayó hacia delante mientras intentaba agarrarse a las crines de su caballo. Tres soldados acudieron a sujetarlo, otros cuantos desmontaron al grito de ¡acudid al rey!, mientras los demás perseguían a los enemigos en desbandada. Estaba gravemente herido.

Bertrand se abrió paso como pudo, intentó acercarse al rey a base de empujar a cuantos soldados se le ponían por delante, pero un cerco férreo como una muralla protegía al rey, que yacía boca arriba en el suelo, todavía consciente. Varias hogueras prendidas por los rebeldes a su paso quemaban los cuerpos sin vida de sus muertos para que no fueran vejados por los soldados victoriosos. Un intenso olor a carne quemada se extendió por la orilla del lago.

El maestro logró acercarse lo suficiente para verlo allí tumbado, con la mirada perdida en el cielo, el rostro contraído por el dolor. El joven Roger y otros hombres fuertes del ejército real habían acudido a su lado. De repente se hizo un silencio espantoso, cortante y espeso, el presagio del desastre. A los soldados, conscientes de que el rey estaba herido de muerte, se les hizo un nudo en la garganta. Bertrand, descorazonado y abatido, dejó caer el hacha y forcejeó para colarse dentro de aquel círculo en que agonizaba el rey, pero le resultó imposible puesto que la guardia real lo repelió a empellones. Entonces, cuando más espeso era el silencio, cuando no se oía un solo quejido, un solo pájaro en el cielo, una simple voz de niño, cuando nada podía oírse ya que no fuese un llanto, de la garganta del rey brotaron unas palabras, dejando atónitos a todos cuantos lo rodeaban:

—¿Qué es ese olor?

Antes de que nadie pudiera responder, perplejos todavía después de haber oído por primera vez la voz de su rey, Bertrand elevó sus palabras desde atrás con todas sus fuerzas:

—Es el olor de los cuerpos cuando se quedan sin alma, mi querido Erik...

Willem se giró lo suficiente para verlo allí detrás, entre un enjambre de armas y soldados, su barba larga y su cabello espeso, con aquellos ojos acuosos donde no quedaban lágrimas.

—Acércate, maestro... acércate, padre...

Los hombres susurraron unos a otros que el rey, mudo siempre, había hablado al fin para delirar. Bertrand intentó abrirse paso de nuevo pero los soldados no lo dejaron, había que dejar morir en paz al rey.

El maestro lo miró con una enorme tristeza desde donde se encontraba, impotente ante la fuerza de las armas, ante la férrea creencia de los soldados de que el rey deliraba en su último aliento. Willem lo miró con ternura, relajó el rostro mientras murmuraba su nombre y, al fin, antes de cerrar los ojos para siempre, le sonrió.

Epílogo

Por las mejillas de Ishalmha rodaban silenciosas lágrimas de cristal. La fragilidad de sus sentimientos flotaba en el aire hasta rozar en caricias las maderas del salón, con el corazón encogido en mitad de aquella imagen que no había visto y que, sin embargo, no se borraría jamás de su memoria. Astrid, frente a ella, como si hubiese vertido en palabras las últimas fuerzas de su dura vida, se apagaba como se apaga una vela al soplo del aire. Nada se supo de Bertrand, dijo ya en un susurro, nunca. Nadie recordaba haber visto al maestro después, a aquel hombre con el que el rey, decían, había confundido a su padre Emory. Algunos dijeron que desde allí pronunció sus últimas palabras antes de morir desangrado por una herida, aquellas palabras que habían hecho reaccionar al rey en su último delirio.

Cuando se abrió el testamento del rey Willem, pudo comprobarse que había dejado por escrito la revelación de un secreto, la existencia de una hermana que sería su heredera, la princesa que había de reinar cuando la edad se lo permitiese. En ese momento, Ishalmha habría de ser coronada y proclamada reina de Ariok. Asombrados por el descubrimiento, los miembros del consejo real celebraron sin hacerse preguntas la continuidad de la estirpe de Magmalión.

Pero yo poseía el verdadero secreto, mi querida princesa, yo llevaba en mi corazón esta historia que debía contarte antes de irme para siempre. Al fin he cumplido mi misión, mi cometido.

Te pediría perdón por cuanto he hecho, por todo lo que por mi culpa habéis sufrido, por haber enterrado en el desván de mi memoria esta historia que ahora ya conoces. Te diría que me arrepiento, pero no puedo hacerlo porque, al filo de la muerte, cuando hago balance de cuanto aconteció, me reafirmo en el convencimiento de que volvería a hacer lo mismo.

—Dime, Astrid, has tomado veneno, ¿verdad? Has calculado el tiempo para contarme esta historia y marcharte para siempre... tampoco eso te lo perdono. Al menos dime por qué me pusiste mi nombre, por qué me llamo Ishalmha.

Astrid sonrió tristemente.

—Ishalmha era mi hija, fue el primer nombre que se me ocurrió cuando tuve que rebautizarte. —Astrid sonrió de nuevo, los labios morados, el rostro azulado y triste. Elizheva supo que se le escapaba para siempre y que un mar de sentimientos impedía despedirla con cariño, y Astrid lo sabía—. En cuanto a esta historia... sé que habrá quien juzgue injusta mi conducta, quien piense que primaba vuestro amor y vuestra vida al margen de la corte, quien me reprochará que no os dejase vivir en paz como la familia que deberíais haber sido, y quien me condenará por haberlo impedido. Pero juzguen los hombres los designios de los hombres, y los dioses los de los dioses, y que nadie ose dictar sentencias desde la cómoda suavidad de su sillón. Fueron tiempos difíciles que ya nadie volverá a vivir. Yo me voy tranquila, mi querida niña, porque Ariok tiene a su reina, y así ha de ser por siempre jamás.

Por la ventana entreabierta se deslizó una brisa fresca que trajo los aromas del jardín.

Nueva Waliria. Año veinte desde la fundación de la nueva ciudad

Agradecimientos

Siempre hay a quien agradecer los éxitos, e incluso los fracasos, aunque al hacerlo sea inevitable dejarse atrás a alguien que de alguna manera haya contribuido a los unos o a los otros. Por eso quiero pedir disculpas de antemano a quienes, sintiéndose parte de mis éxitos o de mis fracasos, no aparezcan en estas líneas.

Agradeceré sin descanso a mis padres, durante toda mi vida y en todas las ocasiones en que pueda, su esfuerzo y su valentía, sus desvelos, su cariño y su desgaste en la tarea de criarnos y educarnos a mis hermanos y a mí, pese a las tremendas dificultades a las que se han enfrentado siempre. Por eso, una vez más, gracias.

A mis hijas, a mis hermanos y demás familia, a quienes tengo presentes en mi cabeza cuando escribo y en mi corazón a todas horas. A los amigos que conservo, a los que han estado a mi lado en las dificultades y en los logros, y siguen estando aun cuando yo no estoy. Y también a todas aquellas personas que en algún momento de mi trayectoria como escritor han contribuido a que lo sea.

A Pilar Murillo, Jesús Gil y José Enrique Pardo, por la ayuda que me han prestado en la lectura de borradores de esta novela y por su contribución a mejorarla. Algunos de los hombres y mujeres de esta narración les deben parte de lo que son.

A Lucía Luengo, mi editora, y al equipo de Ediciones B, por

haber apostado por esta historia con un entusiasmo tan decidido y contagioso, que estoy seguro de que incluso los personajes que aparecen en estas páginas comparten conmigo tan sincero agradecimiento.

A Eduardo Melón Vallat, mi agente, por confiar en mí y por
aguantar la impaciencia intrínseca a quien, viendo acabada su
obra, solo quiere compartirla contigo, lector, a quien también,
y sobre todo, quiero agradecer el aliento necesario para continuar enlazando palabras sobre páginas en blanco.

Por último, un ruego. Comparte conmigo tus sensaciones,
escríbeme y dime cómo has vivido esta historia que ya forma
parte también de ti. Puedes hacerlo en el correo electrónico:
autor@joseluisgilsoto.es o a través de las redes sociales. Te estaré siempre agradecido.

Índice